中央党校（国家行政学院）
离退休人员科研成果资助出版项目

中华英烈诗词大典

雍桂良　编

人民东方出版传媒
People's Oriental Publishing & Media
東方出版社
The Oriental Press

图书在版编目（CIP）数据

中华英烈诗词大典 / 雍桂良编 .-- 北京 ： 东方出
版社，2024.1
ISBN 978-7-5207-2340-4

Ⅰ.①中… Ⅱ.①雍… Ⅲ.①诗集－中国－现代
Ⅳ.① I226

中国版本图书馆 CIP数据核字（2021）第 159378号

中华英烈诗词大典
（ZHONGHUA YINGLIE SHICI DADIAN）

责任编辑：张晓雪
出　　版：东方出版社
发　　行：人民东方出版传媒有限公司
地　　址：北京市东城区朝阳门内大街 166号
邮　　编：100010
印　　刷：北京铭传印刷有限公司
版　　次：2024年1月第 1 版
印　　次：2024年1月北京第 1 次印刷
开　　本：787毫米 ×1092毫米　1/16
印　　张：35.25
字　　数：545千字
书　　号：ISBN 978-7-5207-2340-4
定　　价：118.00元
发行电话：（010） 85924640

前 言

从中国近代以来，有无数中华儿女为了民族独立、人民解放和国家富强而捐躯，成为光荣的英雄烈士。他们不屈不挠的英雄形象和可歌可泣的光荣业绩，则是永垂不朽的。

众多的英烈还留下了革命诗词作品，这是他们用自己的生命和鲜血谱写出的。他们用诗词表达了自己的信仰和对真理、对革命理想的追求，当深陷囹圄后，用诗词表达了大义凛然、坚贞不屈、视死如归的高尚革命情操。这些诗词蕴含着鲜明的时代气息，是人民的心声，是中国现代革命史的真实记录；同时也是华夏文化宝库中的珍品，可称作中国现代革命的英雄史诗。

我们可以从这些气势恢宏、震撼人心的壮丽诗词中汲取养分，增添力量，为实现中华民族伟大复兴的中国梦而努力奋斗！

本书中英烈的生平简介版本较多，部分英烈史料较少，编者已尽力核查，以求准确，错误和不足仍在所难免，敬请读者批评指正。

编者

2019 年 8 月 31 日

凡例

一、本书收录中国共产党党员革命烈士及少量（占总人数的6%～7%）其他革命烈士（共青团员、群众等）、辛亥革命志士、抗战英烈（国民党爱国将领）以及多名2009年被评选为“100位为新中国成立作出突出贡献的英雄模范人物”（如鲁迅、邹韬奋、方志敏等）共计730余人的1900多首诗词。

二、所收录的英烈作品，有旧体诗词、新诗、歌词及联语等。

三、所收录英烈诗词按作者写作（或发表）时间为序排列，共分五大部分：

（一）辛亥革命前后至五四运动时期（1904年—1921年7月）

（二）中国共产党创立至大革命时期（1921年7月—1927年7月）

（三）土地革命战争时期（1927年8月—1937年7月）

（四）全民族抗日战争时期（1937年7月—1945年8月）

（五）全国解放战争时期（1945年9月—1949年9月）

因所收录英烈诗词较多，为便于查找，将每个（同一）历史时期英烈诗词按照作者（英烈）的姓氏笔画为序排列，同一笔画者，以笔顺为序。

四、每首（或多首）诗词前冠作者（英烈）姓名、诗词后附有作者简介及必要的评语、注释。

五、书后附有“作者汉语拼音音序索引”以备检索。

·目录·

辛亥革命前后至五四运动时期
（1904年——1921年7月）

中国共产党创立至大革命时期
（1921年7月—1927年7月）

土地革命战争时期
（1927年8月—1937年7月）

全民族抗日战争时期

（1937年7月—1945年8月）

全国解放战争时期
（1945 年 9 月—1949 年 9 月）

辛亥革命前后至五四运动时期

（1904 年—1921 年 7 月）

仇亮

绝命诗（二首选一）

祖龙流毒五千年，①
百劫残灰死复燃。②
碧血模糊男子气，
黄袍娇宠独夫天。③
那堪新莽称元首，④
定有荆轲任仔肩。⑤
世不唐虞心不死，⑥
望中凄绝洞庭烟。⑦

1915年就义前

仇亮（1879—1915），原名仇式匡，湖南湘阴人。1903年赴日留学。1905年加入同盟会，为东京士官学校同盟会负责人之一，并任《民报》编辑。1909年回国，武昌起义后，组织山西新军起义响应。民国成立后，任陆军部司长。1915年，因反对袁世凯复辟帝制而被捕，6月9日遇害。

【注释】

① 祖龙：即秦始皇。这里借以指封建君主专制。② 此句指袁世凯复辟帝制活动。③ 黄袍：古代帝王的袍服。全句谓袁世凯图谋称帝。④ 新莽：指王莽。王莽篡汉，改国号曰“新”。这里借喻袁世凯。⑤ 荆轲：战国末年刺客，刺秦始皇未果，被害。仔肩：担任，负责。⑥ 唐虞：唐尧、虞舜。传说中的圣明之君。这里代指理想世界。⑦“望中”句：意为想到烟波浩渺的洞庭湖即倍感凄凉，暗喻对故乡湖南的思念。

石磊

狱中诗

十年仗剑悔上游，
彀力不达死不休。①
国破家亡身何在，
誓将热血染神州。

石磊（1880—1914），辽宁辽阳人。1913年在辽阳组织民主革命激进会，积极从事反袁活动护法。1914年3月，日本宗社党乘船运送军火支援袁世凯，石磊便率反袁志士乘船追击，经过苦战获全胜。后乘船陪送负伤志士去大连医治，船行驶时，被日东北水上警察发现，立即交火，后被俘监押，在狱中坚贞不屈，大义凛然。同年8月7日被杀害，在狱中写此诗。

【注释】

① 诗中第2句的“彀”，同“够”。

白毓昆

绝命诗

慷慨吞胡羯，[①] 舍南就北难。[②]
革命当流血，成功总在天。
身同草木朽，魂随日月旋。
耿耿此心志，[③] 仰望白云间。
悠悠我心忧，苍天不见怜。
希望后起者，同志气相连。
此身虽死了，主义永流传。[④]

1912年1月就义前

白毓昆（1869—1912），字雅雨，江苏南通人。同盟会会员。武昌起义爆发后，组织天津共和会，任会长。1912年元月参加发动滦州起义，成立北方革命政府，任参谋部部长兼外交部部长。袁世凯调兵镇压，起义失败后被俘殉难。

【注释】

①胡羯，即羯胡，古代北方少数民族之一，曾附属匈奴。这里指清政府。②南：指当时革命势力控制的南方。北：指当时袁世凯控制的北方。③耿耿：形容火光明亮，此处形容意志坚定。④主义：革命精神。

宁调元

武昌狱中书怀（四首选一）[①]

拒狼进虎亦何忙，[②]
奔走十年此下场。
岂独桑田能变海，
似怜蓬鬓已添霜。
死如嫉恶当为厉，[③]
生不逢时甘作殇。[④]
偶依明窗一凝睇，[⑤]
水光山色剧凄凉。[⑥]

1913年7月

宁调元（1883—1913），字仙霞，号太一，湖南醴陵人。早年加入华兴会、同盟会。1906年湖南萍浏醴起义爆发时，赶往参加，在岳阳被捕，三年后获释。武昌起义后，在西湖进行革命工作，后任广东三佛铁路总办。1913年6月25日因从事讨袁活动被捕，9月25日在武昌被害。

【注释】

①作者于1913年3月辞去广东三（水）佛（山）铁路总办的职务，从事反对袁世凯的斗争，不幸在武昌被捕入狱，写此诗。诗前有序，因长未录。②拒狼：指被推翻的清朝封建专制。进虎：指袁世凯专制独裁统治。③厉：恶鬼。这句是说，自己死后也要变成厉鬼去惩治恶

人。④殇：未成年而死叫殇。此处作国殇解，指为国作战而牺牲的人。⑤睇：斜着眼睛。⑥剧：厉害。

朱元成

绝命词

死我一人天下生，
且看革命起雄兵。
满清窃国归乌有，[①]
到此天心合我心。[②]

1907 年

朱元成（1876—1907），字松坪，湖北江陵人。1903 年入湖北新军工程营当兵，三年后去职，曾于武昌参与创设日知会。后留学日本，并加入同盟会。归国后，于 1907 年 1 月 7 日因策应萍乡、浏阳、醴陵起义被捕，在狱中受尽折磨，患重病。在垂危之际，写此绝命词，同年 5 月 6 日逝世。

【注释】

①乌有：即虚无、没有，意说清朝将要灭亡。②天心：上天的旨意。此句是说清王朝被推翻时，天意符合我的心愿。

杨功甫

就义诗

胡儿心狠毒，残杀我同胞。
嘉定扬州事，[①]不言泪自抛！
忍令我上国衣冠，沦为夷狄了！
谁敢当前队，使尔开天辟地刀，
谁斩胡儿首？大俊！大杰！大英豪！

杨功甫（1888—1910），又名杨世尊，四川屏山人。1906 年在四川成都加入中国同盟会。1907 年 10 月，参与秘密发动泸州、江安起义，不果成行。同年 12 月，参与发动的叙府起义也失败了。1909 年 6 月，参与领导的屏山起义获得成功，与清军发生激战，不久被捕入狱。1910 年正月 10 日慷慨就义。临刑前赋此诗高歌。

【注释】

①嘉定扬州事：指 1644 年清军入关后，又继续南侵，这里说的是长江下游扬州，嘉定人民进行反清斗争的事迹。

李炳辉

答母促归

回头二十年前事，
此日呱呱坠地时。

惭愧劬劳恩未报，[①]
只缘报国误乌私。[②]

1911年，从马来西亚归国途中

李炳辉（约1891—1911），广东肇庆人。早年赴马来西亚入教会学校，毕业后从事传教，并加入中国同盟会。1911年4月27日参加广州黄花岗起义，在战斗中牺牲，为黄花岗七十二烈士之一。

【注释】

①劬劳：劳累。指父母养育子女的劳苦。②：乌私："乌乌私情"的省略语，相传小乌鸦能反哺老乌鸦，借用为孝养父母之情。

吴慕尧

绝命诗

慷慨挥椎博浪沙，[①]
丹心一片兴中华。
男儿一死无他恨，
大千世界是吾家。

1915年

吴慕尧（1877—1915），贵州锦屏人。1912年加入同盟会，投身革命活动，后任进步报刊《国风日报》主笔。1913年7月，二次革命兴起，任讨袁军总司令部秘书，起义失败后逃亡日本。1914年回国，拟杀袁世凯，因叛徒出卖被捕。1915年2月19日被杀。

【注释】

①据《史记》记载，公元前218年秦始皇东方巡游，张良与力士阻击秦始皇于博浪沙，此句意为（吴）自己志在为国杀敌。

邹容

狱中答西狩[①]

我兄章枚叔，[②]忧国心如焚。
并世无知己，[③]吾生苦不文。
一朝沦地狱，[④]何日扫妖氛？[⑤]
昨夜梦和尔，[⑥]同兴革命军。[⑦]

1905年

邹容（1885—1905），原名邹绍陶，清末四川巴县人。1902年留学日本，积极参加革命活动，并撰写《革命军》。次年回国，在上海加入爱国学社，后因"苏报案"，自报投案，慷慨入狱。1905年4月3日病逝狱中。

【注释】

①西狩：章炳麟的笔名。②章枚叔即章炳麟，字枚叔。③并世：当代。④地狱：此处比喻监狱。⑤妖氛：此处比喻

当时清政府的黑暗统治。⑥尔：指章炳麟。⑦《革命军》一书，章炳麟作序，该书深刻揭露了清政府的封建专制，是中国近代史第一部系统宣传革命，主张建立民主共和国的著作，1903年起，在上海、香港等地以及日本等国翻印29版，发行100万册以上。

宋教仁

哭铸三尽节黄花岗[1]

海天杯酒吊先生，时势如斯感靡平。
不幸文山难救国，多才武穆竟知兵。
卅年片梦成长别，万古千秋得有名。
恨未从军轻一掷，头颅无价哭无声。

1911年

宋教仁（1882—1913），近代民主革命家，号渔父。1904年参与组织华兴会，任副会长。1905年加入同盟会，并参与会本部领导工作。1911年任上海《民立报》主笔。武昌起义后，积极促成上海、江苏、浙江等地起义。1912年南京临时政府成立，任法制院总裁。国民党成立后任代理事长，曾试图成立政党内阁，以制约袁世凯，为袁所忌恨。1913年3月20日，被袁派人袭击受重伤，22日逝世于上海。孙中山送挽联称："为宪法流血，公真第一人。"

【注释】

①铸三：陈更新的字，1911年在广州起义中牺牲，为黄花岗七十二烈士之一。黄花岗，位于广州白云山麓。1911年4月同盟会在广州发动武装起义，失败后，死难烈士葬此。

罗仲霍

辛亥春返国留别诸同志（三首）[1]

一

陨霜杀草一何悲，[2]
赤子扶扶捧首啼。[3]
忍见铜驼卧荆棘，[4]
神州遍地劫灰飞！

二

英雄老至忽如电，
世事云翻雨覆时。
漫把先鞭让祖逖，[5]
黄龙置酒岂无期！

三

公等健儿好身手，
愧余一介弱书生。[6]
愿将铁血造世界，
亚陆风波倩汝平。[7]

罗仲霍（约1882—1911），名坚，广东惠阳人。早年赴东南亚一带谋生。1906年毕业于槟榔屿（在今马来西亚）师范学堂。后从事教育和新闻工作，并结识孙中山，到南洋各岛宣传革命。1911年春回国参加黄花岗起义，作战中因足伤被俘，壮烈牺牲。为黄花岗七十二烈士之一。

【注释】

①辛亥：1911年。返国：作者由南洋回国。②陨霜杀草：指寒霜降落，草木凋零。这里用以比喻清朝反动统治对人民的压迫剥削。③赤子：这里指人民群众。扶扶，幼小貌。这句说广大人民群众受到残酷的统治，极为痛苦。④铜驼：汉代洛阳宫南有一对夹路相对的铜铸骆驼。铜驼卧荆棘，意为变乱后的残破景象。⑤祖逖：祖逖和刘琨都是西晋人，东晋南渡后，两人志同道合，都急切盼望收复北方的土地，后来刘琨闻祖逖被任用，这里作者以刘琨自比，表示从事革命决不落在人后。⑥一介：独自一人。⑦亚陆风波：这里指中国动乱局面。倩：请求。汝：你。全句意思是中国动乱局面还得靠大家的力量去平定。

罗福星

祝我民国词[①]

中土如斯更富强，
华封共祝著边疆；
民情四海皆兄弟，
国体苞桑气运昌。
孙真国乎著光唐，
逸乐丰神久既章；
仙客早传灵妙药，
救人于病身相当。

1913年12月—1914年3月于狱中

绝命词

背井离乡赴瀛山，扫穴犁庭指顾间；
世界腥羶应涤净，男儿不识大刀还。
勇士飞扬唱大风，黔首皆悲我独雄；
三百万民齐奋力，投鞭看吐气如虹。
军乐扬扬列队过，天朗风清感慨多；
男儿开口从军乐，同唱台疆报国歌。

1914年3月2日临刑前作于狱中

罗福星(1884—1914)，字东亚，广东镇平人，中葡血统。1905年在厦门加入同盟会，后赴新加坡、印度尼西亚从事教育工作。1911年4月参与黄花岗之役，失败后回印度尼西亚。武昌起义爆发后，率两千多南洋义军赴武昌支援。1912年12月，孙中山派其去台湾成立同盟会支部，暗中抗日，秘密组织起义。1913年12月18日被捕，次年3月30日惨遭日本侵略者绞刑杀害。

【注释】

①此诗作于狱中，把每一句的第一个字连起来，就是“中华民国，孙逸仙救”，表达了对孙中山领导中国革命的热烈赞颂。

周实

痛　哭（二首）[1]

一

腥风血雨误归期，
痛哭江头杜拾遗。[2]
弩末已无穿缟力，[3]
刀头休作赐环思。[4]
狰狞猛虎磨牙日，
夭矫神龙见首时。[5]
虏运将衰炎运在，[6]
南阳会睹汉旌旗。[7]

二

瘴雨蛮烟路几千，
楝花落尽一潸然。[8]
三年化碧心难灭，
九转成丹目已穿。[9]
誓起鲁阳麾赤日，[10]
忍教胡月犯黄天。[11]
匣中夜夜青锋啸，
愿作人豪不羡仙。

周实（1885—1911)，原名桂生，字实丹，江苏淮安人。1909年加入南社，后又组织“淮南社”，用诗词宣传民主革命。1911年在淮阴组织学生响应武昌起义，任当地军政府巡逻部部长，后被劣绅杀害。著有《无尽庵遗集》。

【注释】

①此诗为作者凭吊黄花岗七十二烈士墓之作。②“痛哭”句：杜甫曾任左拾遗之职，因称杜拾遗。③“弩末”句：鲁缟，古代鲁国出产的一种白色生绢。④赐环：指赦罪放还。⑤“夭矫”句：夭矫，屈伸貌。这里以神龙喻革命力量。⑥虏运：谓清王朝的气运。炎运：谓汉民族的国运。炎，指炎汉。汉代自称因“火德”而兴，故云。⑦“南阳”句：用汉光武刘秀事。⑧“楝花”句：楝花开于春末。楝花落尽，正是黄花岗起义失败的时候。⑨九转成丹：道家语有“九转金丹”之说，故以九转为贵。诗中以喻革命成功。⑩“誓起”句：相传楚鲁阳公与韩交战，日暮，乃以戈挥（同“麾”）日，使之返三舍，再战。意指人力可胜天。⑪黄天：比喻汉族国家。

秋瑾

鹧鸪天[①]

祖国沉沦感不禁，闲来海外觅知音，金瓯已缺总须补，[②]为国牺牲敢惜身？

嗟险阻，叹飘零，关山万里作雄行。休言女子非英物，夜夜龙泉壁上鸣。[③]

1904年

秋瑾（1875—1907），女。字竞雄，号鉴湖女侠，浙江绍兴人。1904年留学日本，次年参加光复会、同盟会。被推为评议员和浙江主盟人。1907年1月在上海创办我国第一份妇女报刊《中国女报》，提倡女权，宣传革命。曾与徐锡麟等制订皖浙起义计划，同年7月13日被捕，15日从容就义。

【注释】

①1904年作者在日本时写此革命词作，抒发了她立志为国牺牲的心声。“鹧鸪天”：词牌名，又名“思佳客”“千叶莲”等。双调55字，前片4句；后片5句，各3平韵。②金瓯：古时用黄金做的盆类器皿。比喻完整的疆土，泛指国土。③龙泉：宝剑名，古时传说，宝剑在非常时期会自动跃出剑鞘铮然而鸣。

钟明光

自挽诗[①]

一念酬恩愿尚违，[②]
卅年心事总堪悲。
不才敢拟擎天柱？
无处能容立地锥。[③]
破国亡家徒有恨，
赴汤蹈火义难辞。
料应化作啼鹃去，
欲报慈乌再世期。[④]

钟明光（1881—1915），字达权，广东兴宁人。同盟会会员。民国后积极参加讨袁活动。二次革命失败后，被迫去南洋。1915年回国，继续参加倒袁活动。同年在广州行刺袁的心腹龙济光时被捕，慷慨就义。

【注释】

① 此诗写于诗人行刺龙济光前夕。诗人抱着自我牺牲的决心，预作此诗以自挽。② 酬恩：指报答亲恩。③“无处”句：《荀子·儒效》：“无置锥之地，而明于持社稷之大义。”诗中暗用此意，谓自己虽无处容身，而深明大义。④ 慈乌：相传能反哺其母的一种乌鸦。诗人以此喻父母养育之恩。

徐鸣时

绝命词

愧无尺寸报先烈，
尚有英雄起后来。

徐鸣时（1881—1915），浙江诸暨人。1911年武昌起义，陈英士等占领上海，其立即参加起义。1915年袁世凯倒行逆施复辟帝制，参加倒袁活动。10月，在浙江组织讨袁军，约期起义，后因坏人出卖被捕。就义时神色从容，口吟此绝命词。

黄之萌

绝命诗

朔风砭骨不知寒，
几次同心是共甘。
在昔头皮拼着撞，①
而今血影散成斑。②
天悲却为中原鹿，③
友死犹存建卫蛮。④
红点溅飞花满地，⑤
层层留与后人看。

黄之萌（1887—1912），贵州贵定人。早年在贵阳新军营充学兵。1910年入北京陆军测绘学堂，毕业后被派到军咨府测地局。武昌起义后到天津参加京津同盟会。1912年1月16日行刺袁世凯未遂，被捕后就义。

【注释】

①头皮：指头颅。②斑：指血迹。③中原鹿：《史记·淮阴侯列传》：“秦失其鹿，天下共逐之。”④建卫蛮：指清朝统治者。满族初起时之鄂多理城，即唐时所置之建州。其地在明时又属所置建州三卫境内，故以名之，并示鄙贱之意。⑤红点：即血点。

蒋翊武

绝命诗（四首）

一

当年豪气今何在？
如此江山怒不平。①
嗟我寂冤终无了，②
空留弩箭作寒鸣。③

二

痛我当年何昧昧，④
只知相友不相知。
而今相识有如此，
满载仁声长相思。

三

只知离乱逢真友，
谁识他乡是故乡？

从此情丝牵未断，
忍余红泪对残阳。

四
斩断鹿根感晚秋，
中原无主倍增愁！
是谁支得江山住？[5]
只有余哀逐水流。

1913年于就义前

蒋翊武（1885—1913），湖南澧县人。1906年加入同盟会。1909年入湖北新军。1911年初振武学社改组为文学社，任社长，并与共进会合作，准备发动新军起义，被选为起义总指挥。后因起义机关遭破坏，被迫逃走。武昌起义后，任湖北军政府顾问、军务部副部长。1913年参加二次革命，因策动反袁被捕，在桂林就义。

【注释】

①如此江山怒不平：指袁世凯种种统治，这样的局面不能不令作者感慨。②嗟：感叹；无了：没有结果。③弩箭：本指古代兵器，这里指落入敌手，空有为国为民的一腔热血，无法尽力。④昧昧：糊涂。⑤支：支撑；江山：指国家。这里意思是说究竟谁才是支撑国家长治久安的人呢？

曾志仁

绝命词

血染黄沙，气还天地，
有志未成，抱恨归去。
愿吾同胞，勉继我志，
扶起共和，推翻专制。
此吾魂慰，地中目拭。

曾志仁（1884—1914），字熙荣，云南牛街人。在四川参加同盟会，积极从事革命活动。1911年武昌起义爆发后，在观河运动防军，组织同志会，与清兵连战数月。民国告成，慨然引退。1913年后，积极参加讨袁、倒袁活动。1914年9月2日被捕，20日惨遭杀害。临刑前神色自若，并口吟这首绝命词。

韩伯棠

就义诗

借债重重已破家，[1]
是谁断送好中华？
千秋自有董狐笔，[2]
撒手西归不理他！

韩伯棠（1893—1914），原名韩叶芬，安徽望江人。1908年加入中国同盟会，负责宣传工作，秘密奔走京津地区，不幸被捕，后被营救出狱。1912年孙中山发起二次革命，便在上海等地进行革命活动，曾在苏州组织当地军警三千余人定期在苏州起义，不料因叛徒告密被捕。1914年12月1日在苏州英勇就义。这是他在临刑时撕下衣襟，咬破手指，血书而成的就义诗。

【注释】

①此句指袁世凯统治时期出卖路权、矿权，大借外债，并与列强签订一系列不平等条约出卖国家。②董狐：春秋时晋国的史官，因敢于秉笔直书被后人尊为正直史家。此句意为历史自有公论，会记载下来“是谁断送大好中华”。

熊朝霖

绝命诗（二首）

一

夷祸纷纷愧伯才，①
天荒地老实堪哀。②
须知世界文明价，
尽是英雄血换来。

二

男儿死耳果何悲，③
断体焚身任所为。
寄语同胞须努力，
燕然早建荡夷碑。④

熊朝霖（1888—1912），字其贤，贵州贵阳人。早年就读于湖北陆军中学。1911年夏加入北方革命组织共和会。武昌起义爆发后，1912年元月参加领导滦州起义，任敢死队队长。进军天津途中，在雷庄之役中战败被俘，慷慨就义。

【注释】

①伯才：“伯”通“霸”，即“霸才”，谓横逸杰出的人才。②天荒地老：语出李贺《致酒行》：“天荒地老无人识。”此借指社会动乱，生民涂炭。③“男儿”句：唐张巡守睢阳，抗击安禄山叛军，失败被俘。他鼓励同时被俘的部将南霁云说：“南八，男儿死耳，不可为不义屈！”诗中用此语以示为革命牺牲的决心。④“燕然”句：意谓要早日推翻清政府。荡夷碑：谓扫荡敌人后建立的纪功碑。

于方舟

方舟歌

狂澜四面严相逼，
群生彼岸须舟亟。
方舟负任一何重？
方舟遭境一何逆？
……
努力壮尔神，努力执尔舵，
战胜眼前魔，何愁沧海阔！

浣溪沙[①]

红日过墙三丈透，监狱门开来走兽，看到绝食眉头皱。

面对英雄发抖！标语传单未写够，牢外同学平安否？

1920年于狱中

浪淘沙[②]

千古做完人，震撼三津，爱国不怕进狱门。虎狼拒送监察厅，更增仇恨！

红日透监棂，满眼光明。绝食神州风云动。买办洋奴休横行，一场春梦！

1920年于狱中

遣　怀

前途举首正悠悠，
冥想徒添无限愁。
幸有余年堪努力，
明年再看此方舟。

于方舟（1900—1928），原名于兰渚，河北宁河人。1919年积极参加五四运动，后为天津社会主义青年团创建人之一。1923年加入中国共产党，任中共顺直省委组织部部长、天津地委书记。1927年秋领导玉田农民暴动，失败后被俘。1928年1月14日英勇就义。

【注释】

①②1920年，作者曾和周恩来等人领导了著名的天津一二·九斗争，后被捕入狱。作者在狱中写了这两首诗，以抒发蔑视敌人、矢志革命的宽阔胸怀。“浣溪沙”：原为唐代教坊曲名，后借用为词牌。也有人认为是春秋西施浣纱故事而得名。双调，前后片各3句。前片3平韵，后片2平韵，过片多用对偶。“浪淘沙”：唐代教坊曲名。唐白居易词有“却到帝都重富贵，请君莫忘浪淘沙”句而得名。单调28字，4句、3平韵；双调，前后片54字，各5句，各4平韵。

马骏

一个小蜘蛛

潇潇的细雨，
嗖嗖的凉风，
枯枝上一个小小的蜘蛛，
在经营它的网儿。
忽上、忽下、忽东、忽西，
好像一个织布的梭机，
须臾间把网儿织起。
可恨的无情风雨，
织成了，刮乱了，

织好了，打破了。
刮乱了，织成了。
打破了，织好了。
它们永久不息地工作呀工作，
努力呀努力，奋斗呀奋斗。

1919 年

别李愚如赴法[①]

你去法兰西，我在监狱里，
他日，
你带着自由回来，
我拿着自由迎你。
不然，
你就要看着一个坟儿说：
“我把它给你带来，
你却已为它而死了！”

1920 年 6 月 8 日

【注释】

① 李愚如：原天津市河北女子师范学生。1920 年，她战胜经济的困难，冲破舆论的阻力，毅然赴法留学，成为我国最早到国外勤工俭学的女留学生之一。

马骏（1895—1928），回族，吉林宁安（今属黑龙江）人。五四运动时期，任天津学生联合会副会长兼执行部长，后参加组织觉悟社。1921 年加入中国共产党，后赴东北从事建党活动。1925 年赴苏联学习，大革命失败后回国，任中共北京市委书记兼组织部部长。1928 年 2 月 15 日，被奉系军阀张作霖杀害。

王达强

勉 励[①]

自叹青春运不济，
山河破碎又支离。
胸怀东海波涛阔，
气压西江草树低。
怨处每时思国恨，
闲来挥笔写新诗。
男儿未展凌云志，
空负天生五尺躯。

无 题

北辙南辕叹旧痕，
纵横未就兴犹存。
崎岖关塞身忘倦，
浪迹江湖志愈精。
得失何曾占理数，
行藏原不计亨屯。[②]
中原逐鹿人神疾，
唤醒同胞莫醉沉。
年来书剑走天涯，

只为匡民不顾家。
东海狂澜西蜀险，
南京名胜北燕奢。
苏州风景扬州月，
沪口楼台汉口花。
大地茫茫荆棘布，
风烟蓦地我心嗟。

1916年春

王达强（1901—1928），号镜清，湖北黄梅人。1925年春加入中国共产党，曾任共青团汉口硚口区委书记。大革命失败后，任共青团湖北省委书记，兼京汉铁路总指挥。1927年10月被捕，1928年正月英勇就义。

【注释】

①此诗写于作者小学毕业时，诗题为编者所加。②亨：通达顺利。屯：艰难。

王尽美

沉浮谁主问苍茫

沉浮谁主问苍茫，
古往今来一战场，
潍水泥沙挟入海，①
铮铮乔有看沧桑。②

1918年

保护我山东③

看看看。滔天大祸，飞来到身边——
日本强盗似狼贪，硬立民政官！
此耻不能甘，山东又要似朝鲜！
嗟我祖国，攘我主权，破我好河山。

听听听，山东父老，同胞忿怒声，
送我代表赴北京，质问大总统！④
反对卖国廿一条，保护我山东，
堂堂中华，炎黄裔胄，⑤主权最神圣。

1919年7月

王尽美（1898—1925），名瑞俊，山东莒县人。1920年，在济南发起组织马克思学说研究会，不久，成立山东共产主义小组。1921年7月，出席中共一大，后任中共山东区支书，山东地方执委会书记，中国劳动组合书记部北方分部副主任，中共山东省委书记。1925年8月19日病逝。

【注释】

①潍水，即潍河，北流入（山东）莱州湾，流经作者的故乡莒县北杏村北面。②乔有：山名，又称南岑，在北杏村南。③这首歌唱出了山东人民反日救国的决心和力量。这首歌当时在诸城一带流传开来。④大总统：指当时中华民

国总统袁世凯。⑤裔胄：后代。

方志敏

书联（两副）

一
心有三爱奇书骏马佳山水；[1]
园栽四物青松翠竹洁梅兰。

二
云龙搏浪飞三级；[2]
天马行空载五华。

方志敏（1899—1935），原名远镇，江西弋阳人。1924年3月加入中国共产党，在江西从事农民运动。1927年底，领导弋阳农民暴动，创建了赣东北革命根据地和工农红军第十军，任闽浙赣省苏维埃政府主席、省委书记。是中共第六届中央委员，中华苏维埃共和国中央执行委员。1934年率红军抗日先遣队北上。1935年初被俘，同年8月6日被杀害，英勇就义。

【注释】

①青年时期自撰的这副倾注他一生寄托的书联。②这副书联洋溢着他渴望乘风搏狂浪之革命激情。

邓中夏

觉　悟[1]

觉悟的门前，
便是刀山剑林。
兄弟姐妹们啊；
我们开门呢，
不开门呢？

刀山剑林的那头，
便是我们朝夕希冀的地带，
光明和愉快的地带。
兄弟姐妹们啊！
我们去呢，
不去呢？

1921年春

过洞庭（二首）[2]

莽莽洞庭湖，五日两飞渡。
雪浪拍长空，阴森疑鬼怒。
问今为何世？豺虎满道路。[3]
禽狝歼除之，[4]我行适我素。[5]

莽莽洞庭湖，五日两飞渡。
秋水含落晖，彩霞如赤炷。[6]
问将为何世？共产均贫富。
惨淡经营之，我行适我素。

1921年

无产阶级快起来[7]

如今世界太不平，
重重压迫我劳工。
一生一世作牛马，
思想起来好苦情。
北方吹来了十月的风，[8]
惊醒了我们苦弟兄。
无产阶级快起来，
拿起铁锤去进攻！
红旗一举千里明，
铁锤一举山河动，
只要我们团结紧哪，
冲破乌云满天红！

1921 年

血和铁

军阀手中铁，工人颈上血，
颈可折，肢可裂，
奋斗精神不熄灭。
劳动的工友呐！
快！起来！团结！

邓中夏（1894—1933），原名邓康，湖南宜章人。1920 年参加北京共产主义小组。1922 年任中国劳动组合书记部主任，参加领导长辛店铁路、金汉铁路、开滦煤矿等工人大罢工。后任中共江苏省委书记，广东省委书记，中国工农红军第二军团政委，中共第二、五届中央委员，第三、六届候补中央委员等职。1933 年 5 月 15 日被捕，9 月 21 日遇难，英勇就义。

【注释】

①此诗作于五四运动时期。表达了作者要投身大规模革命斗争中去的雄心壮志。②1921 年前后，作者为革命奔走于长沙、汉口之间，曾两渡洞庭湖。诗中面对眼前景物，结合当前局势，抒发自己的革命抱负。③豹虎，指反动势力。④狝：猎（杀）也。像捕杀禽兽那样歼灭之。⑤素：生平的志愿。⑥赤炷：火炬，象征蓬勃发展的革命力量。⑦1921 年，党派作者到长辛店组织工人斗争。他创办了“劳动补习学校”“工人俱乐部”，团结工人掀起了罢工的高潮。这年五一国际劳动节，作者组织一千余工人游行示威，并编写了这首歌传唱。⑧十月的风：指俄国十月革命在中国所产生的深远影响。

邓恩铭

民　谣

种田之人吃不饱，
纺纱之人穿不好，
坐轿之人唱高调，
抬轿之人满地跑。

约 1913 年

答 友

君问归期未有期，乡关回首甚依依。
春雷一声震大地，捷报频传是归期。

1917 年 8 月

前 途

赤日炎炎辞荔城，
前途茫茫事无分。
男儿立下钢铁志，
国计民生焕然新。

1917 年秋

述 志[①]

南雁北飞，去不思归。
志在苍生，不顾安危。
生不足惜，死不足悲。
头颅热血，不朽永垂。

1917 年

决 心

读书济世闻鸡舞，
革命决心放胆尝。
为国牺牲殇是福，
在山樗栎寿嫌长。[②]

1917 年

平 权[③]

男女平权非等闲，
木兰替父出戍边。
自古多少忠烈士，
谁谓女子甘痴眠。

邓恩铭（1901—1931），水族，贵州荔波人。1920 年与王尽美在济南组织共产主义小组。1921 年出席中共第一次全国代表大会，后任中共山东支部委员，青岛市委书记，山东地委书记，山东省委书记。1928 年 12 月被捕，曾两次领导越狱斗争。1931 年 4 月 5 日在济南从容就义。

【注释】

①1917 年作者离开贵州荔波去山东济南，临行前，作了这首诗告别乡亲，并抒发自己报国救民的壮志。《答友》和《前途》也是临行前写的。② 樗栎：樗，臭椿；栎，柞树。这里比喻无用之才。③ 此诗是作者在济南时写给家乡女同学的，用以激励她们的革命斗志。

古柏

对 联

占人田地，谋人妻子，残害鳏寡孤独，这样凶徒，任其烧香都无益。

孝于父母，悌于兄弟，和睦乡里亲邻，若果良民，到来不拜也何妨。

古柏（1906—1935），江西寻乌人。1925年12月加入中国共产党。1927年参加广州起义。1928年3月领导寻乌农民暴动。后任中共寻乌县委书记，曾协助毛泽东做寻乌调查。1930年后，任红一方面军总前委秘书长，江西省苏维埃政府内务部部长，曾遭到错误批判。1934年10月，中央红军主力长征后，留在苏区坚持斗争，任闽粤赣边区游击纵队司令员。1935年3月14日被反动民团伏击，英勇牺牲。

作者上小学时写了这副对联，贴在本村神庙门口，表达了对地主豪绅辛辣的讽刺。

田波扬

戒牌歌

不打鼓，不打锣，听我唱个戒牌歌。
你说打牌讲社交，我说打牌惹烦恼。
张三赢了李四的钱，李四打了张三的腰。
赢的如抢不义财，输的要往河里跳。
……
此种风气不扫除，亡家亡国不得了！

1916年

禁烟快板

不唱天，不唱地，今天唱唱禁烟记。
吸鸦片，最可气，等于拿刀杀自己。
……
同胞们，团结起，戒牌戒烟扫恶习。
改变害人旧风俗，大家愉快多欢喜。

1916年

田波扬（1904—1927），又名田佐储，湖南浏阳人。1922年加入中国社会主义青年团，1923年转为中共党员。曾任湖南省学联负责人，全国学联常委，共青团湖南省委宣传部部长、书记，共青团中央委员。1927年5月31日被捕，同年6月6日英勇就义。

1916年，作者在浏阳县卓然学校读书，曾将同年写下的这首诗歌和《禁烟快板》刻印成册，在农民群众中广为散发和教唱。

向警予

溆浦县立女校校歌①

美哉！卢峰之下溆水滨，
我校巍巍矗立当其前。
看，我们姊妹一堂，相爱相亲。
看，现在已是男女平等，
天然淘汰，

触目惊心！
愿同学作好准备，
为我女界啊，
大放光明。

1917 年

运动歌②

运动，运动，运动乐，
不怕天寒和地冻，
各把精神来振作，
肌肉强，血脉活，
运动，运动，运动乐。

1918 年

向警予（1895—1928），女，原名向俊贤，湖南溆浦人，土家族。1918 年参加新民学会。1919 年赴法勤工俭学。1921 年底回国，不久加入中国共产党，任中共中央妇女部部长。1925 年赴苏入莫斯科东方大学学习。1927 年回国，在汉口市委工作。四一二反革命政变后，负责中共湖北省委工作，为中共第二、三、四届中央委员。1928 年 3 月被捕，5 月 1 日英勇就义。

【注释】

①1917 年，作者从长沙周南女校毕业后，回到家乡溆浦县，创办了县立女校，任校长。这是为该校写的校歌。
② 此歌是为学校写的运动歌。

刘谦初

满江红·讨袁①

新潮起伏，莽原上，玉龙翻飞。举目望，放喉高歌，情怀激越。千年帝制已归去，四亿神州向共和。须警觉，有人开倒车，蹈覆辙。

袁世凯，复帝制，新青年，举干戈。跨骏马直捣袁氏巢穴。壮志饥餐国贼肉，笑谈渴饮袁凶血，待到国体重光日，奏凯歌。

颂歌黄河（七首）

其一

九曲连环绘图案，
万里躯干横中原。
传人火龙载盛誉，
育我中华好儿男。

其二

高山之巅举目望，
金涛澎湃卷狂澜。
列强蚕食神州日，
黄河震怒气冲天。

其三

一波未平一波兴，
激流尽往高处争。
千回百折东到海，
几时曾见大河平。

其四

躯体百折布战阵，
铁臂万条挥金剑。
须知黄河是巨人，
雄壮威严不可犯。

其五

两岸土石好筑垒，
万里波涛可行船。
从来华夏不可侮，
滔滔黄河胜雄关。

其六

既是文明策源地，
应为革命发起乡。
喜听涛声响天际，
乐看万众奏乐章。

其七

誉满环球称摇篮，
惊涛如山上蓝天。
金龙翻腾莽原上，
中华崛起在眼前。

1919 年

拉纤歌（四节）

拉纤呵，拉纤，
这累死人的苦力活，
落到咱穷人的双肩。
在盛夏酷暑，雪地冰天，
咱们赤着脚，躬着腰，
咱们肚里无饭，
咱们的衣服破烂，
这千辛万苦跟谁言？

拉纤呵，拉纤，
这累死人的苦力活，
落到咱穷人的双肩。
支持不了的腰痛腿酸，
流不完的血泪和汗，
诉不尽的苦水心酸，
拉纤呵，
咱们何时把这僵硬的绳索拉断。

拉纤呵，拉纤，
这累死人的苦力活，
咱穷哥们儿来承担。
是谁给我们造成苦难，
是日本鬼子、卖国贼汉奸，
还有那些有钱有势的阔人。
是他们榨取了咱们的血汗，
是他们将咱推向深渊！

拉纤呵，拉纤，

这累死人的苦力活，
咱穷哥们儿来承担。
无论是列强的明晃晃的刺刀，
还是那军阀手中的皮鞭。
都吓不倒咱钢铁硬汉，
咱们要攥成一个铁拳，
把不平的世界砸烂！

1919年

缠足歌

封建旧礼教，
虐杀妇婴辈，
一双天然脚，
损坏成残废。
裹脚缠又缠，
哭泣悲又悲，
竟拿筋骨断，
来换金莲美。
扭捏扶墙走，
缠足害女婴，
万恶老封建。
一双天然脚，
损坏成残废。
东村有女瘸，
西疃有女瘫。
有女变疯癫，
有女丧九泉。
可怜人惨死，
奇怨诉难完。

放足秧歌

沉睡的人们，
快觉醒呵，快觉醒！
漫漫的长夜，
已经到了黎明。
放足，放足，放足，
一时也不能再等。
我们决不容许，
骤雨狂风
肆意敲打娇嫩的花朵；
我们决不容许，
恶浪狂潮
肆意冲击命运多舛的妇婴。
慈爱的母亲，
谁不爱自己的女儿？
多情的丈夫，
最能体贴妇女的苦衷。
放足，放足，放足，
一时也不能再等。
我们要的是真正的母爱，
帮助女儿砸碎脚上的铁镣。
我们要的是真正的丈夫，
支持妻子争取幸福光明。
封建的习俗，
多么可恶可憎，
千丈万丈苦井，
妇女在最底一层。
放足，放足，放足，
一时也不能再等。

我们将要看到：
妇女们踏着厚实的脚板，
奔向解放的里程；
我们将要看到：
喷薄欲出的旭日，
冉冉东升！

刘谦初（1897—1931），原名刘德元，山东平度人。1916年2月参加讨袁军，同年秋考入齐鲁大学预科。1922年考入燕京大学学习。1924年加入中国社会主义青年团，曾参加北伐战争。1927年1月加入中国共产党。曾任中共福建省委书记，中共山东省委书记。1929年8月6日被捕。1931年4月5日英勇就义。

【注释】

① 满江红：词牌名。原为唐代教坊曲名，本名“上江红”。双调93字，有平韵、仄韵两体，仄调一般用入声。岳飞的“怒发冲冠”最为有名。

许苏魂

迎接明天

“今天”已在消逝，必将永远消逝。
“明天”已在到来，定会迅速到来。
这黑暗社会的今天啊，要人们赶跑！
用血和汗，创造美好的明天！
用欢笑和热泪，迎接胜利的明天！

1916年，赴新加坡前

许苏魂（1896—1931），亦称许甦魂，原名许统绪，又名许进，广东潮安人。早年赴新加坡从事革命活动，1923年回国。1924年加入中国共产党，曾任国民党中央海外部秘书兼中共海外总支部负责人。1927年当选为国民党中央候补执委。参加南昌起义、百色起义，后任红七军师政治部主任、军政治部主任。1931年冬，在中央苏区扩大化“肃反”中被错杀。

1916年秋，他改名许苏魂，表示自己已经觉醒，立志为“今天”，创造“明天”而斗争。诗题为编者所加。

孙炳文

行路难（四节）①

吁嗟呼，吾欲登昆仑而望远海兮，岂有贼能阻！
吾欲倚长剑天外兮，孰不我许！②
行路难兮，满地穿墉之雀、宿讼之鼠。③
吾不难不顾而去兮，云帔轩举。④
哀无辜之民兮，无宁处。
行路难兮，大好河山，
四亿同仇，吾难舍汝。

日暮伤行路，行行欲何之。
君看鹏飞六月息天池。[5]
悲乎哉！息天池易易，恐归来事不可知。
戢羽仪，非以道修阻而淹迟，心繄费思。[6]
天阶月冷，明月出东方，涕彷徨。[7]
君看孤雁，已过横塘。
我何为独此室处，与蜉蝣抢攘。[8]
叱云将，控飘风，俟我与堂。[9]
晞发望洋，息匡床，吞吐大荒。[10]

百思不能去，行路难，何以澹我虑。[11]
嗟夫，此境之不可终留兮，又不可匆遽，还犹豫。
君看去来今豪杰，袅作烟丝何处。[12]

行行重行行，莫更伤路难。
青天一挥手，已在层云端。[13]
男儿报国耳，莫取孤筝弹。[14]
圣人邈天际，君看披心肝。[15]

1919年

孙炳文（1885—1927），四川南溪人。早年加入同盟会。1922年9月与朱德一起赴德国留学，同年10月加入中国共产党。1925年回国后，任黄埔军校主任教官，国民革命军总政治部秘书长、后方留守处主任。1927年，四一二反革命政变后8天被害于上海，英勇就义。

辛亥革命失败后，不少革命知识分子处于找不到正确道路的彷徨之中，作者的《行路难》表达出他当时的矛盾心情。这首诗也表达了作者对疮痍满目的社会现实的愤慨和改变现状的报国决心。

【注释】

①行路难：古乐府的曲调名，讲世路艰难。②倚长剑：本于宋玉《大言赋》："长剑耿耿倚天外。"③穿墉之雀、宿讼之鼠：比喻害人的东西。墉，墙。宿，招致。④云帔：云霞做成的披肩。轩举：高飞。这句指像仙人那样驾云飞行。⑤"君看"句：借大鹏的飞行比喻革命者的革命行动。《庄子·逍遥游》中提到大鹏从北海飞到南海，一飞六个月才休息。天池就是北海。⑥戢羽仪：收敛翅膀，不飞。修阻：远而难走。淹迟：久留。繄：助词。这句指不是因为路远难走而久留，而是因为在用心考虑。⑦天阶：天上的三台星。⑧蜉蝣：小虫，成虫后交尾产卵即死。抢攘：扰乱不安。⑨云将：云神。飘风：暴雨。堂：山的宽平处。这里指呼唤风云，等在山上，准备出发。⑩晞发：洗头后晒头发。望洋：仰望。匡床：方床，大床。大荒：极遥远的地方。这句说又不想出发，仰望远处，在大床上休息，呼吸荒野的空

气。⑪澹我虑：解除我的思虑。上文说想走又不想走，因为有种种顾虑，无法排除。⑫“君看”两句：不论过去、未来还是现在的英雄人物，总要化作袅袅的烟丝而消失。指人必有一死，不必过多顾虑。⑬这句指终于出发，一挥手告别，飞升到层层的云端。⑭“男儿”两句：指为报国献身，不要囿于个人的悲欢得失。筝：乐器。⑮圣人：指革命者。邈天际：远在天边。披心肝：献赤心。这两句指追求革命，要为革命献上忠诚。

杨超

男儿志在安天下[①]

莫教桑麻困后人，
浮云富贵不如贫；
男儿志在安天下，
破旧河山再造新。

1921年

杨超（1904—1927），字天真，河南光山人。早年随家迁居江西德安。1921年考入南昌心远中学。1923年在南京东南大学附中学习，加入社会主义青年团。1925年加入中国共产党，曾任中共江西地委委员，中共德志县委书记等职。1927年大革命失败后，在南昌等地坚持革命活动，同年12月23日被捕，27日英勇就义。

【注释】

①此诗是作者小学毕业时所作。

杨虎城

还我山河（三首）[①]

一

西北山高水又长，
男儿岂能老故乡。
黄河后浪推前浪，
跳上浪头干一场。

二

西北大风起，[②]东南战血多。[③]
风吹铁马动，还我旧山河。[④]

三

万姓倒悬我心忧，
满地烽烟何日收？
联欢民众撑危局，
扫尽群魔定神州。

杨虎城（1893—1949），陕西蒲城人。曾参加辛亥革命。1917年任陕西靖国军第五路司令。1924年任国民军第三军第三师师长。1927年参加国民革命军。1929年任国民党第十七路军总指挥。1935年任陕西绥靖公署主任。1936年12月，在中共抗日民族统一战线政策的影响下，和张学良一起发动西安事变，逼蒋介石接受停止内战一致抗日的主张，后被蒋介石逼令离军出国。抗日战争全面爆发后回国，被蒋长期监禁。1949年9月17日，在重庆惨遭杀害。

【注释】

①这三首诗有的写于反袁战争，有的写于1921年以前。诗题为编者所加。②西北大风起：指1915年12月，袁世凯准备称帝，随后蔡锷等在云南起义。次年5月，陕西独立。③东南战血多：指北洋军阀的战争，如孙传芳与罗永祥的江浙战争。④此句意指要起兵推翻军阀，恢复孙中山创立的民国。

杨嗣震

出关留日（二首）

一

男儿立志出乡关，
学若不成誓不还。
埋骨何须桑梓地，①
人间到处有青山。

二

寄语慈亲莫倚闾，
国家多难不容私。

1917年春

杨嗣震（1895—1927），学名杨三阳，江西九江人。1917年6月赴日留学，在日期间参加进步团体“赤心社”。1921年中共一大后，加入中国共产党。1922年回国，任海丰县高小校长。1925年后任黄埔军校潮州分校政治部组织科长，北伐军第一混成旅政治部主任、第三十军政治部副主任、总政治部秘书。1927年9月15日，被国民党反动派杀害，英勇牺牲。

【注释】

①桑梓地：桑与梓都是古代家宅旁边常栽的树木，看见桑与梓，容易引发对父母的思念，后人用来作为故乡的代称。诗题为编者所加。

杨匏安

钓①

收拾诗篇理钓竿，
潺湲秋水辨微寒。
居夷有此宁为陋，
合辙于今倍觉难。②
霜叶争霞明水际，
风帆向晚走云端。
单襦皂帽萧条甚，
老却天涯管幼安。③

秋夜同无庵闲步

佛面西风病乍苏，
柳堤行尽屐声孤。④
大江潮涌初圆月，
浅渚秋惊熟睡凫。
借次清霜坚傲骨，⑤
拼将浊酒斗孱躯。⑥
多时不作还乡梦，
旧种黄花尚有无？⑦

1918年秋

杨匏安（1896—1931），原名杨锦焘，笔名杨匏安，广东中山人。早年赴日留学，1919年后积极宣传马克思主义。1921年加入中国共产党。后从事工人运动，参加领导省港大罢工。国共合作时期，任国民党中央组织部秘书，广东省党部常委。大革命失败后赴南洋等地开展革命活动。是中共第五届中央监察委员。1931年7月被捕，后在上海龙华就义。

【注释】

①1918年作者在广州时敏中学、道根女校任教，生活十分清苦。当时，广州警察局一位官僚请他当幕僚，作者断然拒绝，并写了这首诗，表达他在恶浊的社会环境中，决不随波逐流、同流合污，而宁愿安贫乐道、淡泊自甘。②合辙：车轮的宽窄与辙迹相合。喻想法和做法一致。③管幼安：即管宁，三国北海朱虚（今山东临朐东南）人。东汉末年，避居辽东三十多年。魏文帝征他为太中大夫，明帝又征他为光禄勋，都固辞不就。这里是作者以管幼安自喻，表示宁可清贫度日，也不寻官问爵，趋炎附势。④屐：木头鞋。⑤"借次"句：指冬梅秋菊不畏霜雪，以此表达作者不畏强暴、投身斗争的信念和决心。⑥孱躯：懦弱之躯。⑦黄花：即菊花。

李坦

治国救民

为国捐躯问有谁？纷纷只是自营私。
若求宇宙承平日，除却祸患灭绝时。
莫谓狂言且未当，须知世事也难为。
吉秦恨少韩公子，搏浪沙中奇铁锤。

贿　选

假作斯文活弄猴，
臭皮囊也着貂裘。
狼心狗眼猪肝肺，
厚脸尖腮贱骨头。
手掌平平工拍马，
嘴唇薄薄惯吹牛。
金钱原是稀奇货，
只得拼将命去求。

李坦(1903—1932)，原名李安贫，安徽寿县人。1924年秋加入中国共产党。1926年9月入中央政治学校学习。1927年参加南昌起义，不久回家乡从事革命活动。1930年3月赴鄂豫皖苏区，任红一军第一师政委，红四军第十师政委，鄂豫皖军委参谋部主任。1932年10月"肃反"时被错杀。

作者写这两首诗的时间在1921年以前。诗题为编者所加。

李大钊

咏玉泉[1]

殿阁嵯峨接帝京，[2]
阿房当日苦经营。[3]
只今犹听宫墙水，
耗尽民膏是此声。

1913年

太平洋舟中咏感[4]

浩渺水东流，客心空太息。
神州悲板荡，[5]丧乱安所极？
八表正同昏，[6]一夫终窃国。[7]
黯黯五彩旗，[8]自兹少颜色。
逆贼稽征讨，[9]机势今已熟。
义声起云南，鼓鼙动河北。[10]
绝域逢知交，慷慨道胸臆。
中宵出江户，[11]明月临幽黑。
鹏鸟将图南，扶摇始张翼。
一翔直冲天，彼何畏荆棘？
相期吾少年，匡时宜努力。
男儿尚雄飞，机失不可得。

1916年

神州风雨楼[12]

壮别天涯未许愁，
尽将离恨付东流。
何当痛饮黄龙府，[13]
高筑神州风雨楼。

1916年

送别相无[14]

逢君已恨晚，此别又如何？
大陆龙蛇起，江南风雨多。[15]

斯民正憔悴，吾辈尚蹉跎。
故国一回首，谁堪返太和？[16]

1916年

布尔什维主义的胜利[17]

人道的警钟响了！
自由的曙光现了！
试看将来的环球，
必是赤旗的世界！

1918年

书联[18]

铁肩担道义，妙手著文章。

欢迎独秀出狱（三节）[19]

一
你今出狱了，
我们很欢喜！
他们的强权和威力，
终竟战不胜真理。
什么监狱什么死，
都不能屈服了你；
因为你拥护真理，
所以真理拥护你。

二
你今出狱了，
我们很欢喜！
相别才有几十日，
这里有了许多更易：
从前我们的“只眼”忽然丧失，[20]
我们的报纸便缺了光明，减了价值；
如今“只眼”的光明复启，
却不见了你和我们手创的报纸！
可是你不必感慨，不必叹惜，
我们现在有了很多的化身，同时奋起：
好像花草的种子，
被风吹散在遍地。

三
你今出狱了，
我们很欢喜！
有许多的好青年，
已经实行了你那句言语：
“出了研究室便入监狱，
出了监狱便入研究室。”
他们都入了监狱，
监狱便成了研究室；
你便久住在监狱里，
也不须愁着孤寂没有伴侣。

1919年9月

李大钊（1889—1927），字守常，河北乐亭人。新文化运动和五四爱国运动的直接组织者和领导者。中国共产党创始人之一，中国共产主义运动的先驱，伟大的马克思主义者。1927年4月6日被军阀张作霖逮捕，坚贞不屈，28日英勇就义。

【注释】

①此诗原无题，诗题为后人所加。玉泉，是北京玉泉山上流下来的泉水。这是一首借物咏怀的诗作。原载《言治》月刊第一年第6期，1913年11月1日出版。②殿阁：指颐和园内的宫殿楼阁。嵯峨：状高大。接帝京：跟北京城接近。③阿房：秦阿房宫，修筑时浪费了无数人力物力。这里指清末慈禧太

后做寿，把建设海军的经费拿去建筑颐和园，致使国库更加空虚，民生日趋凋敝。④1916年1月，作者由日本回上海（两星期后又返回日本），途中作此诗，诗中描述了当时的讨袁形势和自己的决心。原载《言治》季刊第1期，1917年4月1日出版。⑤神州：指中国。板荡：即《板》和《荡》，是《诗经》中两首名诗，内容为感叹世乱，因此称世乱为板荡。⑥八表同昏：指全国陷入袁世凯的黑暗统治之下。八表，犹八方。⑦一夫窃国：指袁世凯窃国称帝。⑧五彩旗：辛亥革命以后，建立中华民国，当时的国旗为红黄蓝白黑五色。⑨逆贼：指袁世凯。稽征讨：讨伐得太迟了。⑩鼓鼙：军鼓，指袁派兵镇压起义。⑪江户：在日本。作者是从江户转横滨回国的。⑫1916年春，作者送友人回国而作此诗，表达了作者以身许国，为拯救祖国而献身的壮志豪情和满怀信心。原载《言治》季刊第1期，1917年4月1日出版。⑬黄龙府：古代金国的京都（今吉林省农安县）。喻指敌军的老巢。《宋史·岳飞列传》："金将军韩常欲以五万众内附。飞大喜，语其下曰：'直捣黄龙府，与诸君痛饮尔！'"⑭1916年春，作者送另一个留日同学相无回国而作此诗。诗中流露出对祖国的深沉怀念，并表明与同辈一起投入讨袁斗争的急切心情。原载《言治》季刊第1期，1917年4月1日出版。⑮龙蛇起：指各地讨袁军的兴起。风雨多：指战事频繁。当时讨袁军和袁世凯的反动军队正在南方作战。⑯太和：太平。⑰所录为《布尔什维主义的胜利》一文中一段富有诗意的文字。此文的发表标志着作者从一个革命的民主主义者向马克思主义者的转变。此文原载《新青年》第5卷第5期，1918年10月25日出版。⑱明朝人杨继盛的诗句是"铁肩担道义，辣手著文章"，李大钊将"辣"字改成"妙"字，成此联，送给吴弱男（章士钊之妻）。此联是李大钊一生为人的座右铭。⑲1919年五四运动中，陈独秀被捕入狱，经作者等营救，于9月16日获释。作者便写此诗，刊登在《新生活》第6期和《新青年》第6卷第6号上。全诗主要讲了两点：第一，强权和威力永远战不胜真理；第二，希望寄托在青年身上。有很多好青年，什么监狱、死亡都不可能使革命者屈服。⑳只眼：陈独秀的笔名。

李玖铭

感 怀

八载同胞变匪常，①
沙虫猿鹤怨苍苍；
已将帝国成民国，
竟恋疆场作战场。
广厦自应罗俊杰，

金台何日召贤良；[2]
只期和议全球决，
亿兆生灵总寿康。

1919 年

李玖铭（1876—1931），原名李宗珏，湖南浏阳人。清末秀才。从事教育工作。1925 年加入中国共产党，曾任县女子师范学校校长。1927 年大革命失败后，从事党的地下工作。1930 年秋被捕，1931 年 2 月 19 日被杀害，英勇就义。

【注释】

① 匪常：违背常规的行为，比喻生活不安定。匪，即非。② 金台：黄金台的省称，比喻政府。诗题为编者所加。

李翔梧

悼崔师傅

雕龙刻凤夺天工，
金屋藏娇富家翁。
天理良心今何在？
饥寒折杀巧木工！

李翔梧（1907—1935），又名凤周，河南洛宁人。1925 年加入中国共产党，后赴苏联学习。1929 年回国后，在中共中央军委工作。1931 年任中央军委总政治部宣传部副部长，红十四军师政委，红十三军政治部主任等职。1934 年红军主力长征后，留在江西坚持斗争，任中央军区政治部宣传部部长。1935 年 3 月在战斗中牺牲。

作者少年时代家境贫困，颇同情劳动人民。他的邻居一位木刻师傅去世，作者悲痛地写了这首诗，既是对木刻师傅的悼念，又是对旧社会的控诉。

李慰农

游采石乘轮出发[1]

浩浩长江天际流，
风吹乐奏送行舟。
问谁敢击中流楫？[2]
舍却吾侪孰与俦！[3]

1914 年

新三字经（节录）

卖国贼，曹陆章，[4]定密约，卖鲁矿，[5]关青岛，济潍张，[6]媚日本，国权丧，君思想，更感伤。愿同胞，细思量，头可断，忠不让。

1919 年五四运动后作

李慰农（1895—1925），原名李尔珍，安徽巢县人。1919 年底赴法勤工俭学。1922年组织“旅欧中国少年共产党”，后转入中国共产党。1923年赴苏入莫斯科东方大学学习。1925年初回国后，到山东开展党的工作，后任中共青岛市委书记，同年7月26日被捕，29日被北洋军阀杀害，壮烈牺牲。

【注释】

①1914年，作者在安徽省立第二甲种农校读书时，由芜湖乘江轮往采石矶春游，望着辽阔的江水，感到襟怀为之大开，吟此诗言志。②此句引自《晋书·祖逖传》。祖逖中流击楫发誓收复中原，诗人以此表达自己的抱负。③侪：辈。俦：伴侣。④曹陆章：指曹汝霖、陆宗舆、章宗祥，皆为袁世凯政府亲日派卖国贼。⑤卖鲁矿：指袁世凯政府1915年5月25日与日本秘密签订的《关于山东之条约》，该约拱手让出山东主权。⑥潍：潍县；张：张店。皆位于山东，为胶济铁路要冲。

吴干臣

除　夕

啼饥号寒寻常见，
卖妻鬻子亦等闲。[①]
辜负汉阳山川好，
爆竹声里泪痕斑。

吴干臣（1906—1930），别名贞贤，湖北汉阳人。1925年加入中国共产党，后在汉阳合贤地区开展农民运动。1928年4月后，任中共川阳临时县委委员，汉阳县委委员，参与开辟川阳苏区。1930年9月初被捕，翌日晨从容就义。

这是作者少年时的习作，抒发了他对黑暗现实的愤懑之情。

【注释】

①鬻：卖。等闲：寻常、随便。

何叔衡

妇女放脚歌[①]

妈妈包脚骆驼样，
脚布冇得眼泪长。[②]
痛伤心，心痛伤，
日夜痛得喊爹娘。
走一步，颤三颤，
风一吹，晃三晃。
伸手动脚像残疾，
摇摇摆摆出死相。
快学何家黄花女，
大手大脚大姑娘。

1911年

自度曲·扬子江词③

长长长，亚洲第一大水扬子江。源青海，分峡瞿塘。蜿蜒腾蛟蟒，滚滚下荆扬。千里泻，黄海黄，润我祖国，千秋万岁，历史之荣光。

1920年

何叔衡（1876—1935），湖南宁乡人。1918年参加新民学会。1921年7月，出席中共第一次全国代表大会。后任中共湘区委员会组织委员，主持湖南自修大学。1928年赴莫斯科学习。1930年回国后，任中华苏维埃共和国中央执行委员、工农检察部部长、临时最高法庭主席、内务部代部长。1935年2月，在福建长汀突围战斗中壮烈牺牲。

【注释】

①辛亥革命期间，作者在家乡带头剪了自己头上的辫子，又动员妻子不为自己的两个女儿包脚，也劝说妻子在同辈人中带头放脚。为了宣传包脚的害处，他运用家乡方言，编写了这首歌谣在群众中传唱。②冇得：湖南方言，即没有。③自度曲，指不根据旧谱自己创制的词曲。

何孟雄

狱中题壁①

当年小吏陷江洲，②
今日龙江作楚囚。
万里投荒阿穆尔，③
从容不负少年头。

1921年4月

何孟雄（1898—1931），字国正，湖南酃县人。1920年9月参加北京共产主义小组，10月加入北京社会主义青年团。1921年加入中国共产党，任中共北方地委书记，曾领导京绥铁路工人运动。后任中共湖北省委组织部部长，江苏省委农委书记兼军委秘书，上海沪西、沪中、沪东区委书记。1931年1月17日被捕，2月7日牺牲于上海龙华。

【注释】

①1921年4月，作者代表北京社会主义青年团赴苏出席少共国际第二次代表大会，行至中苏边界黑龙江时，被奉系军阀逮捕，在狱中墙壁上题此诗，以表心志。②小吏：指梁山宋江曾是恽城小吏。在江洲被捕陷在狱里。③阿穆尔：即黑龙江阿穆尔地区。

邹努

中国话

咱们的国家
物博地又大，人口多兮哪。
你说你的话，我说我的话，
大家说的话，大家听得懂，
中国人不懂中国话，呀，喂，
四万万同胞，都来改用中国话，
大家说的话，大家听得懂，
唤起民众呀，世界庆大同。

1918年

邹努（1902—1927），字玉书，江西新干人。1923年1月加入中国社会主义青年团。1924年2月转为中国共产党党员。曾任中共江西支部委员，江西省学联主席，共青团江西地委学生部部长、组织部部长，江西省学联总会主席。1927年夏被反动当局逮捕，后被杀害，英勇就义。

应修人

采桑词（四首）

柔桑绿已满枝头，
共道今年叶甚稠。
夜班蚕饥桑又尽，
明朝早起唤同俦。

采桑人着布衣裳，
楚楚风姿淡淡妆。
自是儿家勤苦惯，
让他金屋绮罗香。

饲蚕采叶未嫌烦，
罗绮何曾得上身。
卖却新丝还自笑，
由来辛苦为他人。

堪笑侬家计绝痴，
育蚕才罢又缫丝。
丝丝尽是蓬血庐，
为问豪家知不知。

1920年

应修人（1900—1933），原名应麟德，浙江慈溪人。早年开始写作诗词，后参加“湖畔诗社”。1925年加入中国共产主义青年团，不久转为中共党员，赴莫斯科学习。1930年回国后，在中共中央军委、中央组织部工作，后任中共江苏省委秘书长、宣传部部长，并加入中国左翼作家联盟。1933年5月4日，在做地下工作联络时，遭国民党特务埋伏，在同敌人搏斗中壮烈牺牲。

作者所赋词中，倾述了采桑农人的劳动辛苦和对豪家富人的批判。

陈昌

除夕有感[①]

呜呼一去几时归，
烈士空劳举世悲。
沧海桑田成幻影，
万民齐咒帝王徽。[②]

1915年农历除夕

感　时

商量时局愤孤忠，
外患犹将接内讧。
大地群雄方逐鹿，
岂堪同室又兴戎。
西北风云势正危，
余波犹震我边陲。
愧无击楫匡时略，[③]
极目遥天空自悲。

1915年5月1日

怀　友

午后复润之兄书，又上子升兄书作怀友一首。[④]

久别难为语，阳春付水流。
思亲徒洒泪，顾国怕登楼。
家国两危绝，我生逢此忧。
何时一樽酒，重与话离愁。

1915年5月14日

授地理课有感（二首）[⑤]

一

同舟共济尚仓皇，
大海茫茫渡未遑。
兄弟阋墙先御侮，[⑥]
凯歌高奏太平洋。

二

唯有强权足自豪，
兴邦雪耻属吾曹；
称戈直渡朝鲜峡，
爱国头颅等弁髦。[⑦]

1915年秋

陈昌（1894—1930），字章甫，湖南浏阳人。1918年参加新民学会、马克思主义研究会。1921年冬加入中国共产党，曾任中共湖南省委委员兼做统战工作。北伐时，任国民革命军第二师党代表。1927年参加八一南昌起义，后任中共湘西特委书记。1928年回浏阳坚持党的地下工作。1930年元月被捕，同年2月23日英勇就义。

【注释】

①1915年农历除夕，作者得知袁世凯阴谋登基称帝，特写此诗斥责。②帝王徽：王冠上的标志。这里代指阴谋称

帝的袁世凯。③匡时：犹言救时，意即改造社会，纠正现状。④润之：即毛泽东。子升：即萧子升（1894—1977），湖南湘乡人，新民学会发起人之一。1919年初赴法勤工俭学，后加入国民党。⑤1915年秋，作者从第一师范毕业后，任长沙县五美高小的地理教员。通过讲授地理，向学生进行爱国主义教育，并作诗激发学生的爱国热情。⑥阋：争吵。阋墙：出自《诗经·常棣》："兄弟阋于墙，外御其务。"全句意为团结起来一致对敌。⑦弁髦：弁，即黑布帽；髦，古代童子的垂发。周代贵族男子成年行冠礼，结发加弁。冠礼后，弁不再用。后比喻无用的东西，引申为抛弃的意思。全句意思是为了国家可以抛头颅，洒热血。

陈浅伦

放足歌

女同胞，自思量，小脚有何比人强？
吾陕西，女学兴，女子见识日日增。
或参政，或办公，为国为家与男同。
观欧美，妇女中，经商游览到亚东。
能自立，能谋生，写字计算皆精通。
快放脚，莫装聋，放足之后乐无穷。

陈浅伦（1906—1933），原名陈典伦，陕西西乡人。1928年冬加入中国共产党，曾任共青团西安市委书记兼宣传部部长，中共陕南特委书记。1932年参加领导红二十九军和马儿岩革命根据地，任红二十九军军长兼政委。1933年4月1日在战斗中被俘，6日遭杀害，壮烈牺牲。

陈赞贤

无　题

清明道上湘桂天，
劳师鼓乐到军前。
遥忆家乡此日里，
墓田到处飞冥钱。

1921年

陈赞贤（1896—1927），字于襄，江西南康人。1925年加入中国共产党。国共合作时曾任南康县县长，赣州总工会委员长，江西省总工会副委员长。1927年3月6日被捕，敌人威逼他签字解散工会，他斩钉截铁地回答："头可断，血可流，解散工会的字我决不签！"当即被敌人杀害，壮烈牺牲。

1921年，作者离开南昌，由湘入桂，参加了国民革命军。行军至梧州，他写了这首诗寄回家里，对在军阀和封建势力重重压迫下的家乡人民满怀忧虑和同情。

武胡景

志

师问学生志，化作光明烛，
不照朱门富，愿作贫者牛。

1913年前上小学时

学

少年不学事难成，
一寸光阴不可轻。

1913年上中学后

武胡景（1899—1936），原名武怀让，又名吴福敬，河南孟县人。1924年加入社会主义青年团，不久转为中国共产党党员。大革命时期赴苏入东方大学学习，任中共旅莫支部书记。大革命失败后回国，任中共山东省委书记，天津市委书记，上海中央局军委书记。1935年再次赴苏，出席共产国际第七次代表大会，当选共产国际监察委员会委员。1936年遭诬陷迫害，屈死苏联。

罗学瓒

书　怀[1]

（仿古意）

未来未有来，有心曷徘徊。
已往却已往，我心惟坦荡。
我生本有为，胡为忧其神。
伤心国家事，猛勇直前行。
不知今日乐，不顾后来身。

自　勉[2]

书此以为异日遇艰难时之反省也

不患不能柔，惟患不能刚；
惟刚斯不惧，惟刚斯有为。
将肩挑日月，天地等尘埃。
何言乎富贵，赤胆为将来。

咏　怀[3]

与诸友雇舟畅游水陆洲一周后[4]

龙蛇争大地，[5]豹虎满环瀛。[6]
蹂躏无余隙，巢空草木惊。
安得异人起，拔剑斩妖氛。
倾洋涤宇宙，重建此乾坤。
一同登乐园，万世庆升平。

随　感

我心如不乐，移足晤故人。[7]
故人留我饮，待我如嘉宾。
开怀天下事，不言家与身。
登高翘首望，万物杂然陈。
光芒垂万丈，何畏鬼妖精？

奋我匣中剑，斩此冤孽根！
立志在匡时，欲为国之英。

1918年

罗学瓒（1893—1930），号荣熙，湖南湘潭人。早年参加新民学会，1919年赴法勤工俭学。1921年冬回国，不久加入中国共产党。曾任中共湘区委员会委员，湖南区委宣传部部长，醴陵县委书记，湘潭工委书记。1929年秋在任中共浙江省委书记时被捕，次年8月26日英勇就义。

【注释】

①②③三首诗均为作者在湖南第一师范读书时（1914—1917）所作。④水陆洲：即橘子洲，在长沙城西的湘江中。第一师范的同学常来此游泳和游玩。⑤龙蛇和豹虎，均指帝国主义和封建军阀。⑥环瀛：指四海。⑦移足：即走访。

周逸群

劈开旧世界

南雁北飞，去不思归。
志在苍生，不顾安危。
生不足惜，死不足悲。
头颅热血，不朽永垂。

无　题

壮士何慷慨，志欲盛八方。
驱车远行役，受命念自忘。
良弓挟乌号，明甲有精光。
临难不顾生，身死魂飞扬。
岂止全躯士，效命争战场。
忠为百姓荣，义使英名彰。
重声谢后世，气节故有常。

周逸群（1896—1931），原名周立凤，贵州铜仁人。早年留学日本。1923年回国，次年在上海加入中国共产党。1924年10月入黄埔军校第二期。曾参加北伐，任第二十军政治部主任，后参加南昌起义。1928年后，与贺龙一起开辟湘西革命根据地，任红六军政委，红二军团政委，湘西特委书记，湘鄂西苏维埃联县政府主席。1931年5月，在返江北途中遭敌人伏击，壮烈牺牲。

以上两首诗是作者在贵阳南明学校中学部学习时（1914—1918）写的。第一首诗的诗题为后人所加。

庞人铨

述　志①

愿以铁锤平社会，
欲将机杼之人生。

约1916年

题　扇[②]

世间做扇多稠绫，
此独山间竹制成。
拿来岂为驱蚊蜮，
一扫人间太不平。

1920 年夏

蒲　觞[③]

蒲觞珍重共斯辰，[④]
事业天涯始问津。[⑤]
自昔多才唯有楚，
而今苛政猛如秦。
青萍贮我囊中剑，[⑥]
白眼看他世上人。
只恐江山蚕食尽，
波臣遗恨作横沧。

1921 年 6 月

庞人铨（1897—1922），字寿纯，笔名人铨，湖南湘潭人。1919 年积极参加驱张运动。1920 年 5 月与黄爱发起组织湖南劳工会，任出版部主任、教育部委员。1921 年底加入中国社会主义青年团。1922 年初领导湖南第一纱厂工人罢工，1 月 17 日被敌杀害。

【注释】

①这是作者在湖南甲种工业学校期间（1913—1917）作的诗。②1920 年夏，作者退出湘军回湘潭寻求救国的道路。他在自制的一把扇子上题了这首诗，抒发革命志向。③1921 年 4 月，作者的战友黄爱因组织工人罢工而被捕。6 月出狱后不久，正值端午佳节，作者与他举杯畅饮，并即席赋成此诗。④蒲觞：蒲，菖蒲，一种水生植物。旧俗于端午节挂在门上，谓可避邪。觞，古代盛酒器皿，这里是向人敬酒的意思。⑤问津：询问渡口。《论语·微子》：“使子路问津焉。”引申为探求途径或尝试的意思。这里是说：“寻求革命的真理，为国家干一番事业。”⑥青萍：古代宝剑名。①②诗题均为编者所加。

恽代英

《学生周刊》发刊词[①]

嗟我中国，强邻伺侧，[②]外交紧急，河山变色。
壮哉民国，风起云蒸，京津首倡，武汉继兴。[③]
唯我学界，风潮澎湃，对外一致，始终不懈。
望我学生，积极进行，提倡国货，众志成城。
力争青岛，事出至诚，口诛笔伐，

救国之声。
愿我同胞，声胆俱张，五月七日，毋忘毋忘！[4]

五律·赠夏长青（二首）[5]

一
闻道人间事，由来似弈棋。
本事同浮载，何用逐雄雌？
鬼妒千金子，人窥五色旗。[6]
四方瞻啾啾，犹复苦争持。

二
每作伤心语，狂书字尽斜。
杜鹃空有泪，鸿雁已无家。
浩劫悲猿鹤，荒村绝稻麻。[7]
转旋男儿事，吾党岂匏瓜？[8]

一刹那的感想[9]

——致王光祈[10]

昨天蓦然地想起来，
这魂魄还不曾有个地方安放。
这飘零的生活，令心中每觉怅惘。
我待要不努力，
眼看见许多天使样的少年，
一个个像我样的坠入劫障。[11]
我待要努力，
这罪孽深重的人类啊！
又处处的打消了我的力量。
是我对不住人类么？
是人类对不住我么？
我愉快的灵魂，亦似乎感觉痛苦了。
这似乎是我听见了我灵魂的哀唱。
我知道我应该努力。
但我应该有更合宜的努力地方。
长铗归来乎！[12]何处是我的家乡？
令我这颗柔软的心儿，
永远的这样系思还想。

1921年春

我

我身上没有一件值钱的东西，
只有一副近视眼镜，
值几个钱？
我身上的磷，
只能做四盒洋火。

我愿我的磷发出更多的热和光。
我希望它燃烧起来，
烧掉古老的中国，
诞生一个新中国。

1921年春

恽代英（1895—1931），字子毅，江苏武进人。早年入武昌中华大学读书，是五四运动中武汉学生运动的领导者之一。后创办“利群书社”和“共存社”。1921年加入中国共产党。曾任团中央宣传部部长兼《中国青年》主编，黄埔军校政治总教官。大革命失败后，参加领导南昌起义和广州起义。后任中共中央宣传部秘书长等职，是中共第五届中央委员，第六届中央候补委员。1930年5月6日被捕，次年4月29日在南京英勇就义。

【注释】

①这是作者为武汉学联的《学生周刊》写的发刊词，1919年5月上旬出版，发刊词成了诗传单。②“嗟我”两句：1919年1月，第一次世界大战结束，在巴黎召开“和平会议”。会上，日本提出要夺取在山东的一切权利，所以是“强邻伺侧”。③“京津”两句：5月4日，北京、天津的学生在天安门前集会，高呼“外争国权，内惩国贼”，武汉跟着响应。④“五月”两句：当时全国人民要求收回青岛主权，“取消二十一条”。“二十一条”是日本掠夺中国权利的条约，1915年5月7日日本压迫袁世凯政府承认，所以5月7日定为国耻纪念日。⑤夏长青（1896—1979），又名夏维海，是作者在大学的同班同学，1917年赴日留学，五四运动爆发后，因抗议日本帝国主义对中国的压迫返国，作者到夏家与之谈论国事，后写此诗，以表达自己忧思国难之心。⑥五色旗：指辛亥革命后所制定的国旗。当时复辟派都想取消五色旗。⑦猿鹤：相传周穆王南征，一军尽化，君子变为猿鹤，小人变为沙虫。这两句是说在北洋军阀的统治下，百姓过着非人的生活，悲愁交结。⑧瓟瓜：即葫芦。⑨作者此诗作于1921年春在致王光祈的长信中，此时正是作者世界观发生质的转变的时候。这首诗表达了作者在寻找真理时的苦闷、彷徨，渴求开辟新天地努力寻找“家乡”的心情，终于在这一年年底或次年初经陈独秀的介绍加入中国共产党。⑩王光祈（1892—1936），1918年参与发起成立少年中国学会，后介绍作者加入该会。此信刊于1921年6月15日《少年中国》第二卷第12期上。⑪劫障：指灾难造成的后果。⑫长铗：指长剑或长剑的柄。

贺锦斋

赞贺龙

桑植有个贺文常，[1]
不怕猛虎和豺狼。
星月奔赴芭茅溪，
两把菜刀打胜仗。[2]

1919年

述　志

黑夜茫茫风雨狂，
跟随常兄赴疆场。[③]
流血身死何所惧，
刀剑丛中斩豺狼！

1919 年

贺锦斋（1901—1928），原名贺文绣，湖南桑植人。贺龙的堂弟。大革命时期，在贺龙部队任师长。1927 年加入中国共产党，同年参加南昌起义，任第二十军第一师师长，后随贺龙在洪湖、湘鄂西一带坚持武装斗争。1928 年任工农红军第四军第一师师长，同年 9 月在战斗中英勇牺牲。

【注释】

① 文常：贺龙原名。贺龙（1896—1969），湖南桑植人。曾任国民革命军师、军长。1927 年参加领导南昌起义，同年加入中国共产党。后任红二方面军总指挥，八路军一二〇师师长，西北军司令员。中华人民共和国成立后，任国务院副总理，中央军委副主席。共和国元帅。是中共第七届中央委员，第八届中央政治局委员。② 指 1916 年春，贺龙带领 20 多名青年，用两把菜刀夺取芭茅溪盐局的枪支，组成一支劫富济贫的农民武装。③ 常兄：指贺龙。

秦青川

警　告

倭儿何蠢蠢，支那岂无人。
……
他日横滨畔，将抬几人魂。

1919 年

秦青川（1898—1929），原名秦治谷，四川叙永人。1919 年 12 月赴法勤工俭学。1922 年 6 月加入旅欧中国少年共产党，不久转入中国共产党。1925 年进入苏东方大学学习。1926 年 5 月回国，曾任川军杨森部二十二军军政学校副校长等职，实在做兵运工作。1927 年大革命失败后转入地下从事隐蔽斗争。1929 年 2 月 11 日病逝。

1919 年 1 月巴黎和会上，日本等列强仍然在瓜分中国，又享受特权。秦青川耳闻后，愤然写此诗警告。诗题为编者所加。

袁玉冰

勖　弟[①]

人生难得是青春，
要学汤铭日日新。[②]
但嘱加鞭须趁早，
莫抛岁月负双亲。

1919 年

无　题

弹指流光又一年，
倔强顽劣尚依然。
从今矢醒黄粱梦，
猛向前途力著鞭。

1919 年

警　狮

日已午兮，[3] 我心伤悲。
狮犹睡兮，[4] 何不醒为？
事寝蹙兮，[5] 将奈何？

二十初度感怀（三首）[6]

一

光阴去我太匆匆，
忽忽年临二十中。
矢愿从今坚立志，
要为世界主人翁。

二

国势阽危抱杞忧，[7]
挽回深愧乏良谋。
才疏漫与终军比，[8]
弱冠空贻识者羞。

三

原来我亦是贫家，
那得金钱用似沙。
游学多年消巨费，
从今敢不力惩奢。

1920 年

袁玉冰（1899—1927），又名孟冰，江西兴国人。1921 年参加组织改造社。1922 年加入中国社会主义青年团，不久加入中国共产党。1924 年初赴苏联学习，次年冬回国。曾任共青团上海市委书记，中共江西省委委员兼宣传部部长，共青团江西省委书记，中共赣西特委书记。1927 年 12 月中旬被捕，27 日在南昌英勇就义。

【注释】

① 勖：勉励。② 汤铭：《大学》汤之盘铭曰：“苟日新，日日新，又日新。”传说是商汤刻在浴器上的铭辞。③ 日：指日本。④ 狮：指中国。⑤ 寝蹙：逐渐紧迫。⑥1920 年，作者在南昌二中读书时写下这三首诗作。诗后有作者附注：“余在成德小学时，曾组织自治会、阅书社，同人品学蒸蒸日上，颇为一般父老所欢迎，堪以自慰耳。”⑦ 阽：临近。杞忧：“杞人忧天”的简语。⑧ 终军：西汉济南人，字子云。18 岁被选为博士弟子，武帝任为谒者给事中，迁谏大夫。后奉命赴南越（今两广地区），前 112 年被杀。死时年仅 20 多岁。人称“终童”。

聂文波

伤　时

外人虎视已交加，
迫胁重重四面哗。
祖土如今犹剖豆，
神州何日免分瓜。
国仇欲雪谁无责，
夷患难除岂恋家。
苦劝同舟诸伯仲，
好随越石共吹笳。

1920 年

聂文波（1893—1935），原名聂望老，湖北黄梅人。1926 年加入中国共产党。历任中共黄梅县区委书记、县委委员兼秘书，浮梁县区委书记。1934 年被捕，次年惨遭杀害，壮烈就义。

1920 年时作者担任村塾教师。诗中展现作者对帝国主义列强的极大愤慨，吐露出他为寻求真理、投身革命的思想情感。

夏明翰

过九江①

洋船水上漂，洋旗空中飘。
洋人逞淫威，国耻恨难消！

为军阀画像②

眼大善观风察色，
嘴阔会拍马吹牛。
手长能多捞名利，
身矮好屈膝磕头。

1918 年秋

驱张口占③

张督心藏刀，治湘一团糟。
杀人又放火，民众怨声高。
吾辈齐奋起，驱张胆气豪。
张毒如老鼠，夹起尾巴逃。

1920 年 6 月

夏明翰（1900—1928），字桂根，湖南衡阳人。1921 年加入中国共产党。曾任中共湖南省委委员，武昌中央农民运动讲习所秘书，中共湖南省委组织部部长，平浏特委书记，积极协助毛泽东筹划秋收起义。1928 年调任中共湖北省委委员，同年 3 月 18 日被捕，宁死不屈，20 日从容就义。

【注释】

①此诗为作者少年时代作品。作者曾随母亲乘外国轮船从武汉去九江，船上洋人气势汹汹，任意欺侮中国乘客。作者触景感怀，吟成此诗。②1918 年

秋，作者在湖南省立第三甲种工业学校读书时，目睹军阀卖国求荣、争名夺利的丑行，慨然作了一幅漫画并配上此诗。③1920年夏，湖南人民在毛泽东领导下进行的驱逐皖系军阀张敬尧的运动胜利结束后，作者写下此诗。

高风

七　律①

旅馆残灯思旧盟，
那堪江笛送人行。
英雄未必长飘泊，
时事可能尽变更。
花雨洒残爱国泪，
秋风愧老劫余生。
而今我亦伤春客，
怕听阳关三叠声。②

1920年12月

高风(1886—1926)，原名高良能，湖南华容人。曾参加五四运动，后赴法国勤工俭学，是旅欧中国少年共产党最早成员之一，1923年转为中共党员，后转入莫斯科学习。1926年回国，曾任中共保定市委书记。1926年9月19日被捕，10月7日英勇牺牲。

【注释】

①1920年12月，作者作为最后一批勤工俭学的学生启程赴法，回首往事，百感交集，写成此诗。②阳关三叠：曲调名。唐王维的诗："劝君更尽一杯酒，西出阳关无故人。"后入乐府，以为送别曲，反复诵唱，谓之阳关三叠。

郭亮

问问社会①

一个奇怪的问题，
举人秀才都说："不值一提"，
教书父子也说是"普通道理"，
可是，他们一概不知。

富人的米是从哪里来的？
为什么种谷人把谷担进富人的仓里？
问问社会，
是何道理？

富人的房屋是哪里来的？
为什么贫人造屋富人安居？
问问社会，
是何道理？

富人的衣裳是哪里来的？
为什么种棉织布的人衣不遮体？
问问社会，
是何道理？

人们同活在一个世界，
为什么贫富不一？
问问社会，
知也不知？

“公所”对联[②]

鱼所肉所麻将所，所内者甜，所外者苦；
猪公狗公乌龟公，公道何在，公理何有？

约 1915 年

爱国岂能怕挂头[③]

湘水荡荡不尽流，多少血泪多少仇？
雪耻需倾洞庭水，爱国岂能怕挂头！

1916 年

郭亮（1901—1928），号靖茄，湖南长沙人。1921 年 10 月加入中国社会主义青年团，不久加入中国共产党。曾任湖南工团联合会总干事，中共湖南省委工农部部长，湖南省总工会委员长。参加八一南昌起义，后任中共湖北省委书记，湘鄂赣边区特委书记，是中共第五届中央委员。1928 年 3 月 27 日被捕，28 日被押至长沙，当夜处死，英勇就义。

【注释】

① 此诗系作者少年时代之作，抨击了旧社会的黑暗现实。② 作者上长沙县立第四高小时写的讽刺“西湖寺自治公所”的一副对联，并将其贴在“公所”的大门上。③1916 年，作者就读长沙长郡中学时，目睹革命党人被湖南都督汤芗铭杀害，愤然作此诗。

唐伯壮

鞭挞军阀

不是英雄也揭竿，师行到处任摧残；
只缘一点膏脂在，草木也无半日安。

萤火虫颂

那些萤火虫儿，在那里飞一飞，亮一亮。
正飞得高兴时，来些儿童（有人）把他们扑在地上。
他们虽是死了，但是，他们的光不灭，还在那里亮一亮！
萤虫儿！你们只是要为世界放光，
才遭下这杀身的殃！
你们的死，我敬佩——
生前不肯韬光，死后还要流光！

唐伯壮（1899—1929），字身然，四川达县人。1926 年考入黄埔军校第六期，不久加入中国共产党，后转入武汉中央军政学校学习，参加讨伐夏斗寅叛军的战斗。1927年秋回四川，参加川东游击武装的组织工作，任红军川东游击军第一路军政委。1929年3月参与领导万源固军坝起义，同年8月1日被捕，9月20日被反动军阀杀害。

作者的两首诗是他在中学读书时写的。诗题为编者所加。

黄负生

镜底诗

天地山河有情无情，
皆能觉照本体，
却不能留纤微尘影，
这便是菩萨心。

黄负生(1891—1922)，原名黄凤清，安徽休宁人。1911年参加辛亥革命武昌起义，后从事教育工作。1921年加入中国共产党，任中共武汉区委宣传部部长，主编《武汉星期评论》，参加和领导了汉口人力车工人罢工。1922年4月7日病故于武昌。当时陈潭秋撰文悼念。

作者于1914年与王纯素结婚。他的这首诗写在当时与妻子共用镜子背面的皮垫纸上。作者借用“镜子”的形式指出了一个革命者应该具备的品质和情操。

黄齐生

不为积财不为官①

廿年辛苦我何堪，
不为积财不为官。
为了此心直恕力，
责任还由尔辈担。

约1905年

敢夸恬退恋青毡

教育身担四十年，
敢夸恬退恋青毡。②
人人竞羡玄都乐，③
那个农夫肯种田。

约1919年

在法勤工俭学时的诗(三首)④

一

投身工厂学劳工，
要识劳资两阵容。
阶级森森成壁垒，
怎教世界不相攻。

二

巴黎奢侈足繁华，

酒绿灯红耀眼花。
一盏葡萄一滴血，
由来先觉已兴嗟。

三
四十始学埃、皮、C，
伦敦聋妇笑吾愚，
“莫非学去阴刁用？”
“植点根基是好的。”

黄齐生（1879—1946），名禄祥，贵州安顺人。参加过辛亥革命、护法反袁运动。1917年和1921年先后率领贵州学生赴日、法留学。回国后，长期从事教育工作。1937年组织抗日救国会，曾赴延安考察。1946年4月与王若飞等赴延安途中，因飞机失事遇难。毛泽东称赞他是在中国共产党最困难的时候最早同情、爱护党的党外人士和民主运动的老战士。

【注释】

①1905年作者在贵州贵阳达德学校任教时写给学生袁咨桐的诗。②青毡：《晋书·王献之传》：“青毡吾家旧物。”后以此作儒业者的代称。作者指一生辞官、躲官，宁可过教书的清苦生活。③玄都：即神仙居处，此指追求繁华享乐。④所录三首诗是作者在法（1919年冬赴法）勤工俭学（在铁工厂做工）时所作，从实践中深刻体会到阶级斗争这一客观真理。

黄治峰

以身殉国[①]

男儿立志出乡关，
报答国家哪肯还，
埋骨岂须桑梓地，
人生到处有青山。

1917年

黄治峰（1891—1934），壮族，广西奉仪人。1923年后从事农民运动，任奉仪县农协会主任。1928年加入中国共产党，次年参加百色起义，任中共右江特委委员，右江农民自卫军第二路总指挥，红七军纵队长、副师长、军参谋处处长。1934年冬，返回右江工作，在从中央苏区返回广西的途中，不幸被捕牺牲。

【注释】

①1917年，作者在参加护法战争进军湖南途中，收到家乡一位小学教师来信，劝他退出军界回故乡，并赠给他一首诗：“金风吹达过乡关，江汉滔滔恨往还；坎地折鞭空洒泪，何日三箭定天山。”黄治峰看后，便仿照日本西乡隆盛的一首

诗，写下此诗，寄给那位小学教师，表达自己以身殉国的决心。诗题为编者所加。

萧楚女

寄孙问梅兼示泥清仲宣①

北风吹寒雨，夹势如飞镝。
飘然天涯来，萧飒满园湿。
广陌叶声繁，穷巷泥涂积。
卷帘望秋色，洒扫无遗迹。
幽人悲岁暮，念此百感集。
初与君别时，何言日月疾。
天时不我与，人事犹如昔。
历历西窗下，熠熠秋灯侧。
檐花落细雨，秋声绕虚室。
载饮我浊酒，载豁我胸膈。
赋诗准曹刘，② 谈话拟卫霍。③
少年俊迈气，壮志未肯息。
及今蓬发改，三十不能立。
酒醒中夜起，④ 抚剑涕横臆。⑤
相知遍海内，此怀何由说。
病叶先衰殒，⑥ 枯鱼过河泣。⑦
凄惘箜篌引，饱蠹不忍读。⑧
落落肝胆交，维君崇令德。
相视何所赠，炯然此莫逆。
秋花含红泪，淋漓频首滴。
狼藉庭阶前，慰君他乡忆。

原载1918年12月9日《汉口新闻报》

萧楚女（1893—1927），原名树烈，湖北汉阳人。1922年加入中国共产党，后任《新蜀报》主笔。1924年任中共中央特派员，领导四川的革命斗争。后任《中国青年》主编，农民运动讲习所专职教员，黄埔军校教官。1927年，在广州四一五反革命大屠杀中壮烈牺牲。

【注释】

①1918年末，作者和好友刘泥清、秦仲宣等在武汉参加新文化运动。不久，刘、秦离开武汉，作者便写了这首诗。这首诗反映了辛亥革命失败后知识分子寻求救国救民道路的苦闷心境，但也流露出革命壮志。②曹刘：三国时魏国的曹植、刘祯，都是著名的诗人。③卫霍：汉武帝时的卫青、霍去病，都是著名的大将。④中夜起：本于祖逖闻鸡起舞。⑤涕横臆：涕泪满胸。⑥病叶：比喻有病的人经不起革命艰苦的考验先倒下了。⑦枯鱼：被捕的鱼成了干鱼，此句意在告诫同志要提高警惕，小心被捕。⑧饱蠹不忍读：书稿被蛀虫蛀坏，不忍卒读。

龚培元

秋

疏雨淡烟起暮秋，
朔风初动使人愁。
马沧湖上碧波冷，①

大别山头红叶稠。[2]
憔悴田农朘髓血，[3]
垂腴豪富厌粱糇。[4]
人间多少辛酸泪，
都付江河昼夜流。

1915 年

龚培元（1900—1927），又名龚崇香，湖北汉阳人。1921 年加入中国社会主义青年团，1923 年加入中国共产党。1924 年冬考入黄埔军校第四期，后编入国民革命军第四军独立团任连级职务，参加北伐。1927 年参加南昌起义。8 月 5 日起义军撤出南昌，在会昌与敌作战时英勇牺牲。

诗中以对比手法，形象地描绘出社会的贫富悬殊，表达了作者同情人民疾苦，憎恶地主豪绅的情怀。

【注释】

①马沧湖：即汉阳县境内之东湖。②大别山：即武汉市汉阳龟山，古时称大别山。③朘：缩减，这里指剥削。④垂腴：指腹部肥大下垂。粱糇：精美饭食。糇：干粮。

彭湃

劳动节歌

今日何日？
五一劳动节，
世界劳工同盟罢工纪念日。
劳动最神圣，
社会革命时机熟。
希望兄弟与姊妹，
“劳动”两字永牢记。

1921 年

彭湃（1896—1929），原名彭汉育。早年留学日本。1922 年开始从事农民运动。1924 年加入中国共产党，同年创办广州农民运动讲习所。曾任中共广东区委农委书记，中共中央农委会委员。参加南昌起义、广州起义，是广东海陆丰革命根据地的创始人。是中共第五届、六届中央委员，八七会议上当选为临时中央政治局委员，六届中央政治局候补委员、农委书记。1929 年 8 月 24 日被捕，30 日被害于上海。

这首歌是 1921 年作者在海丰担任教育局局长时，为庆祝五一国际劳动节而写的，当时曾经作为海丰各中小学音乐课的教材。《劳动节歌》在学生中广为传唱。

童汉章

挽姜高琦烈士联

碧海竟沉冤，此去应知难瞑目。
黄泉晤旧侣，为言后死不忘仇。

1921 年 6 月

童汉章（1897—1943），安徽合肥人。1921年春加入中国社会主义青年团，大革命时期加入中国共产党，曾任国民党安徽临时党部总干事。1927年参加南昌起义，任革委会宣传委员会委员。抗日战争时期，任合肥抗日县长，路西联防办事处主任。1943年6月遇敌躲在水塘中，后被救起抢救，8月8日病逝。

1921年安庆发生军阀镇压教师、学生的六二惨案。此挽联是作者为追悼被害学生姜高琦烈士的大会而写。挽联凝聚着作者对封建势力的仇恨，并表达了与他们斗争到底的决心。

嘉康杰

火　炬[①]

卖国求荣，
早知曹瞒遗种碑无字；[②]
倾心媚外，
不期章惇余孽死有头。[③]

1916年

嘉康杰（1889—1939），山西夏县人。早年参加辛亥革命、五四运动。1927年加入中国共产党，曾任中共山西省河东中心县委书记。1936年参与领导中条山起义，后任中共晋豫特委军事部部长等职。1939年被中共晋豫区党委选为出席中共七大代表，是年12月赴延安，途中被国民党特务杀害，英勇就义。

【注释】

①作者早年曾赴日本留学。1916年袁世凯与日本签订“二十一条”时，断然退学回国，参加北京学生反袁爱国运动，并写了此诗，揭露卖国贼曹汝霖、章宗祥。1919年5月4日，北大学生在天安门前集会，会场上竖了一面白旗，将这首诗作为对联，书写在旗上，下款写“北京学生挽卖国贼曹汝霖、章宗祥遗臭千古”。②曹瞒：即三国时的曹操，小字阿瞒。③章惇：宋人，字子厚，宋哲宗时知枢密院事，后任门下侍郎，打击元祐党人，人民交怨。

蔡会文

我的家乡

有山又有田，地名叫山田。
农民做牛马，土豪像神仙。
同生一块地，穷富两个天。
何时得平均，我要问苍天！

约1921年

蔡会文（1908—1936），号赤湖，湖南攸县人。1926年在中学时加入中国共产党。1927年参加湘赣边秋收起义，后随部队上井冈山。历任中国工农红军教导队党代表，红三军、红八军政委，湘赣省军区总指挥兼政委。红军长征后，留在中央根据地坚持斗争，任赣南军区司令员，中共湘粤赣特委书记。1936年初在战斗中身负重伤被俘，后壮烈牺牲。

这一诗作是作者在盘田小学读书时写的一篇作文。

蔡和森

无　题[①]

君不见，武王伐纣汤伐桀，
革命功劳名赫赫。
又不见，詹姆斯被民众弃，[②]
查理士死民众手。[③]
路易十四招民怨，路易十六终上断头台。[④]
俄国沙皇尼古拉，[⑤]
偕同妻儿伴狗死。
民气伸长除暴君，
古今中外率如此。
能识时务为俊杰，
莫学冬烘迂夫子。[⑥]

1918年初

少年行（二首）[⑦]
——北上过洞庭有感

大陆龙蛇起，乾坤一少年。
乡国骚扰尽，风雨送征船。
世乱吾自治，为学志转坚。
从师万里外，[⑧] 访友人文渊。[⑨]
□□□□□，□□□□□。[⑩]
匡复有吾在，与人撑巨艰。

忠诚印寸心，浩然充两间。
虽无鲁阳戈，[⑪] 庶几挽狂澜。
凭舟衡国变，[⑫] 意志鼓黎元。[⑬]
潭州蔚人望，[⑭] 洞庭证源泉。[⑮]

1918年夏

蔡和森（1895—1931），学名蔡林彬，湖南湘乡人。1918年同毛泽东等创建新民学会，次年赴法勤工俭学。因参加学生运动，1921年冬被当局遣送回国，同年底加入中国共产党。曾任《向导》周报主编，中共驻共产国际代表团团长，中共中央宣传部部长，中共中央北方局书记，曾领导五卅运动。中共第二至四届中央委员，第五、六届中央政治局委员。1931年6月12日被捕，于8月初惨遭杀害，英勇就义。

【注释】

①1918年初，十月革命胜利的消息传来，作者极为振奋，在一位好友的笔记本上写下了这首诗。②詹姆斯：英国国王查理二世之弟，由于他复辟封建制

度，损害了新兴资产阶级的利益，遭到反对，1688年10月，逃亡法国。③查理士：17世纪初，英国斯图亚特王朝的国王。1649年1月被人民群众推翻，并被处死。④路易十四、路易十六：均为法国波旁王朝的国王。他们在位期间腐朽残暴，激起了人民的极大怨恨。1793年1月，路易十六被处死。⑤尼古拉：俄国的沙皇专制统治者。1917年3月被人民推翻。⑥冬烘迂夫子：指顽固、迂腐的人。⑦1918年夏，作者为筹备赴法国勤工俭学离长沙去北京，途经洞庭湖，时遇暴风骤雨，他触景生情，吟成此诗。作者到北京后，将其题在一张照片背面寄回长沙。原稿失散，这是根据刘昂同志的回忆录出的。⑧从师：指去北京访问老师杨怀中先生。当时杨在北京大学任教，曾写信给毛泽东，谈到有人发起赴法勤工俭学的事。毛泽东便召集新民学会会员开始商讨，提议派作者赴京联系这一工作。⑨人文渊：指北京是人文汇聚的地方。⑩据刘昂同志记忆，这里可能还有两句，但已回忆不起来。⑪鲁阳戈：据《淮南子》说，鲁阳公跟韩国军队作战，到太阳落山时，他用戈一挥，太阳倒退了三舍（一舍为三十里）。后被引申为使敌人倒退。这里指军权。⑫衡国变：衡量国内的变乱。⑬鼓黎元：鼓动、激发人民的革命热情。黎元：指人民。⑭潭州：指长沙。蔚人望：蔚，蔚然，形容丰盛繁茂。这里是指毛泽东领导的新民学会人才济济，为青年所仰望。⑮“洞庭”句：从洞庭湖的浩渺、广大，证明其源泉的深远众多。意思是新民学会等进步团体取得众多青年的信仰，有深厚的群众基础。

谭寿林

儿　歌[①]

——抵制日货

亚妈㖭，你勿忧，
儿今抵制有机谋。
有钱咪买日人食，[②]
无钱咪着东京绸。
日货劣，国货要研究，
待过几年儿长大，
一定挺身报国仇。

谭寿林（1896—1931），又名谭勉予，广西贵县人。1921年参加北京大学马克思学说研究会。1924年加入中国共产党，曾任中共梧州地委书记，中共广西省委筹备小组成员。1927年参加广州起义，后任全国海员总工会秘书长，全国总工会秘书长。1931年4月22日被捕，5月30日在南京雨花台英勇就义。

【注释】

①这首儿歌写于五四运动时，是为配合抵制日货而作，发表在当时贵县《晨报》上，为许多少年儿童传唱。②咪：方言，不要的意思。

熊雄

东望沉沉，用伤故国，口占一绝①

登高东望一咨嗟，
长剑倚天信手拿；
北海鲸鲵终就戳，②
南圻逐鹿竟谁家。③

1920年秋

秋虹辞庚申九月独景感时④

燕丹死后荆轲绝，⑤
虹犹亘天仇未灭。⑥
追怀壮士怅已矣，⑦
事足千秋任褒蔑。⑧
俯观今世益艰难，
愧我昂藏忧泪没。⑨

1920年于巴黎

熊雄（1892—1927），原名祖福，江西宜丰人。1911年参加辛亥革命。1919年赴法国勤工俭学。1922年去德国，加入德国共产党，同年参加筹组中共旅欧总支部。1925年回国后，任黄埔军校总教官，政治部副主任、主任，中共广东区委军事部部长。1927年四一二反革命政变后，在广州遇害。

【注释】

①1920年秋，作者同友人游巴黎埃菲尔铁塔，赋此七绝，表达了他对祖国内忧外患的焦虑，抒发了他希望走俄国革命道路、拯救中国的志向。②北海：大西洋的边缘海。这里指俄国。鲸鲵：即鲸，这里比喻凶恶敌人。③南圻：南方，这里指中国。④作者的诗洋溢着浩然正气和激情，追思效法古代的豪杰，甘洒热血，勇于牺牲，为民捐躯，青史留名。⑤燕丹：战国末人，燕王喜的太子，名丹，称太子丹。荆轲：战国末人，燕国上卿。燕王喜派荆轲刺秦王嬴政（始皇帝），不中被杀。⑥亘天：漫天，连天。⑦怅：失意，不痛快。⑧褒蔑：夸奖和轻蔑，即评价的意思。⑨昂藏：仪表雄伟、气宇不凡的样子。

熊亨瀚

少年行①

湘江浪打船，衡岳雾弥天。
莫畏长途险，吾曹是少年。

1912年秋

过岳阳[2]

风雨闇神州，男儿急国仇；
哪来诗酒兴，吟醉岳阳楼？

1913 年赴日途中

客上海

吴淞敌舰驰，黄浦竖幡旗；
上海今如此，中原事可知。
英雄能用武，盗寇欲何为？
唤起轩辕裔，生当报国时。

1913 年赴日途中

东　渡

碧海路迢遥，谁能掣巨鳌？
扬帆辞汉月，击楫震天骄。
卫霍声威壮，孙吴策划高。[3]
昔人长已矣，大业赖吾曹。

1913 年赴日途中

昆明湖泛舟

昆明湖上柳，旖旎似南朝。
画舫红牙枝，高楼碧玉箫。
维新摧帝制，照旧刮民膏。
莫作书生叹，闻鸡试舞刀。

1915 年于北京

示　友[4]

莫傍萤窗作庸儒，
巨雷天半万人苏；
中原有事君无事，
尚抱残经伍蠹鱼！[5]

1919 年于日本

熊亨瀚（1894—1928），原名济才，湖南桃江人。在长沙从事教育工作。1924 年秋加入国民党，同年任湖南反帝大同盟执委。1926 年春加入中国共产党，同年任国民党湖南省党部常委兼青年部部长，湖南通俗教育馆馆长兼《湖南通俗日报》馆馆长。大革命失败后，在武汉、九江等地从事党的地下工作。1928 年 11 月 7 日被捕，28 日在长沙就义。

【注释】

①辛亥革命武昌起义后，作者参加湖南学生援鄂敢死队，后因南北和议而解散。他回益阳驻省中学，遭到顽固派的斥责，但不畏险阻，斗志愈坚，写诗明志。②1913 年，作者因参加湖南革命学生倒袁运动，遭到袁世凯的通缉而逃离长沙去日本，途经岳阳，写下此诗。③孙吴：指战国时的战略军事家孙膑和吴起。④1919 年五四运动爆发后，作者在日本为启发友人关心时局、立志革命而

作。⑤伍蠹鱼：伍，杂居一起，相与为伍。蠹，蛀食衣服、书籍的害虫。伍蠹鱼借喻闭门读书不问国家兴亡的读书人。

颜昌颐

忧民报国

国步日艰难，生民似倒悬。
青年应有责，破旧换新天。

约 1918 年

颜昌颐（1898—1929），又名颜国宾，湖南安乡人。1919年赴法勤工俭学，1921年10月回国，同年底加入中国共产党。1924年赴苏学习，次年回国。大革命时期任国民革命军的师党代表。曾先后三次参加上海工人武装起义、南昌起义和海陆丰起义。历任东江红二师党代表，中共中央军委委员。1929年8月30日被杀害，英勇就义。

作者在中学时，面对内忧外患的中国，他作诗述怀明志。诗题为编者所加。

中国共产党创立至大革命时期

（1921 年 7 月—1927 年 7 月）

于方舟

西江月·大好河山

大好河山似锦，军阀混战乾坤。二十年来掩泪痕，遍地疮痍谁问？

民心忧痛如焚，九河流水呜喑。[①]神州破碎金瓯损，津沽烈火风云！

1923 年

自　疚[②]

一行热血千行泪，
泪有干时血不干。
莫因逆境生悲感，
且把从前作死看。

1923 年

“五四”竹枝词（八首）

九河天堑近渔阳，[③]
十里鱼盐此水乡。
海河两岸神州土，
尽是租界与洋行。

游行队伍像条龙，
行到城角更威风。
口号惊天呼打倒，
声声深入人心中。

标语条条贴家家，
传单飞舞赛雪花。
同胞拾得亲亲看，
不买日货救国家。

开开铺面白了天，
忽然进来跪哭团。
先听演说亡国惨，
就是铁人也心酸。

既无刀来又无枪，
爱国演说血满腔。
会旗插在浮桥上，
百万同胞骂杨梆(子)。

三岔河口水如梭，
千流百汇入海河。
天津同胞真爱国，
宋朝义与李凤和。[④]

丁字沽边柳万条，
澎湃流水过红桥。
罢工工人桥上过，
愤怒如同午时潮。

省长衙门添卫兵，
巡警街头打学生。
日本租界架大炮，
六大纱厂罢了工。[⑤]

租界竹枝词（六首）

安福官僚多如狗，[6]
直奉政客满街走。[7]
逃命司令闹妓院，
败仗将军醉酒楼。

鸦片吗啡海洛因，
赌局麻将骨牌九。
巡捕侦探便衣队，
洋行买办摆花酒。

儿女亲家金兰谱，
银鱼紫蟹洋朋友，
花旗汇丰老头票，[8]
天棚字画大狼狗。

当铺印子高利贷，
绫罗绸缎苏州头，
居士彩票姨太太，
描眉画眼假风流。

百货厘金味之素，
仁丹牙粉黄酱油。
地痞县官土财主，
肠肥脑满鬼神愁。

老妈厨子小丫头，
包车铃铛红彩绸，
卫兵马弁盒子炮，
旷古无伦万恶薮。

1926年

于方舟，简介见第13页。

【注释】

①九河：指河北境内的潮白河、永定河、大清河、子牙河、滹沱河、南运河、北运河、漳河及卫河。②此诗作于1923年入党以后，时作者在南开大学。诗作表达了他拯救危亡、重建中华和视死如归的精神。③渔阳：秦汉时京兆为渔阳郡。④宋朝义与李凤和：是五四运动时很活跃的两位工人。⑤六大纱厂：即当时天津的裕大、裕元、北洋、恒源、华新等六大纱厂。⑥安福官僚：即安福系，以徐世昌、段祺瑞等为首的北洋皖系军阀的政客集团。⑦直奉政客：直系、奉系北洋军阀集团。⑧花旗、汇丰：美、英帝国主义在天津开办的银行。

又：“西江月”：词牌名，原为唐代教坊曲名。明人说或是李白诗“只今唯有西江月”诗句得名，又名“江月令”等。双调50字，前后片各4句，各2平韵，结句仄韵。

马铭

对　联

四面湖山归眼底，
万家忧乐到心头。

约1922—1924年

马铭（1903—1931），号孝元，江西永新人。1921年入永新蓬州书院学习。1925年秋加入中国共产党，曾任中共永新县西北临时特委书记，江西省苏维埃政府秘书长，中共安福县委书记，永新县苏维埃政府主席。1931年8月20日，在"肃反"扩大化中被错杀。

这副对联是作者在蓬州书院学习时写的，字里行间充满着忧国忧民的心潮。

马仁兴

志　向

夜深人静五更寒，
半轮残月照窗前。
邪雾尘污遮大地，
何时曙光照人间。
哺乳虽重母病危，
巢毁岂能有完卵。
到处黄土皆埋骨，
血染征袍何堪怜。

1924年

马仁兴（1904—1947），河北平乡人。1925年入冯玉祥的国民军，参加北伐战争，曾任团政训处长，旅、师参谋长。1938年加入中国共产党。1940年春率部起义。后任八路军团长，晋绥第一军分区司令员，东北保安一旅长，第七纵队师长。1947年6月22日在四平攻坚战中殉职，被追认为"辽吉功臣"。

此诗写出了作者的志向：行动起来，走出家门，去参加革命斗争。诗题为编者所加。

王湖

劝　父[①]

尽扫狼烟芰莠俏，
乘风投笔剑横腰。
宗邦事业何须道，
扭转乾坤品独超。

1921年秋

书　怀[②]

志坚不怕青云高，
直上青云逞英豪。
炼就龙泉驱虎豹，
辟开银浪斩金鳌。

1926年于武冈

王湖（1900—1927），又名王文英，湖南武冈人。1922年到安源路矿工作，次年夏加入中国共产党。1926年任武冈县农民协会委员长。1927年马日事变后，外出避难。

同年9月初，去湘东参加武装斗争，在奔赴途中被捕，当即惨遭杀害，壮烈牺牲。

【注释】

①1921年夏秋，正在长沙读书的作者收到父母的来信，说受当地一个土豪劣绅兼官僚的欺凌，要作者回家报仇雪耻。他给父亲写了回信，并附此诗。②1926年后，作者参与领导武冈农民运动，看到农运如火如荼地迅猛发展，极为兴奋，便挥笔写出此诗。

王毅

挽黄静源烈士联（三副）

其一
水流东海千里远，
旭日东升万丈辉。
横批：黄君事业春常在。

其二
门朝炭山是沙场，
户户后继有栋梁。
横批：静源精神千古照人。

其三
英雄战死在疆场，
乾坤裹体骨肉香。
横批：九泉长眠豪气在。

1925年

王毅（1908—1933），女，原名王荫葵，湖南湘潭人。1924年加入中国社会主义青年团。1926年夏加入中国共产党。曾任安源团地委委员，安源女子联合会主任。1927年参加湘赣边秋收起义，后赴苏学习。1932年回国，不久在武汉被捕，一年后死于狱中。

1925年10月16日，安源工人俱乐部副主任黄静源被杀害后，安源工人举行隆重的追悼大会。这是王毅为烧给烈士的“灵屋”撰写的三副对联。

王达强

感　怀

国事蜩螗甚，民生唤奈何。
投笔从戎去，舞剑斩妖魔。

1924年

王达强，简介见第15页。

王尽美

无情最是东流水[①]

无情最是东流水，
日夜滔滔去不停。
半是劳动血与泪，
几人从此看分明。

1921年

肇在造化

——赠友人②

贫富阶级见疆场，
尽善尽美唯解放；
潍水泥沙流入海，
乔有麓下看沧桑。

1921 年

贫困非命③

为何贫困并非命，
乃因世事太不公。
如把脑筋肯放开，
天下大事无不成。

革命天才明（五首）

其一　对工人

工人白劳动，厂主吸血虫；
工人无政权，世道太不公；
工人站起来，革命打先锋！

其二　对农民

穷汉白劳动，财主寄生虫；
人穷并非命，世道太不公；
农民擦亮眼，革命天才明！

其三　对店员

店员白劳动，财东吸血虫；
人穷并非命，世道太不公；
工商联合起，革命无不胜！

其四　对学生

反帝反封建，五四大运动；
打乱旧社会，民族才振兴；
同学快觉醒，革命学列宁。

其五　对士兵

小兵死千万，大官立了功；
为何打内战，道理讲不清；
枪口要对外，反帝是英雄！

1923 年

工会成立为救我同胞④

好工友，好同志，
大家同心来结团体。
团体要结好，
意志要坚牢。
铲除工头打倒走狗，
工人地位要提高。
争取平等自由，
工会成立为救我同胞。

王尽美，简介见第 15 页。

【注释】

①此诗写于1921年，作者出席中共一大后回济南历下亭时所作，表达了要

唤醒劳动人民起来革命的决心。②1921年7月，作者参加中共一大时，将自己的名字由王瑞俊改为王尽美。“潍水”“乔有”见前文解释。③此诗作于1922年至1923年，作者见省一中伙夫王某因家境贫困，负担太重而愁眉不展，就给他讲苏联穷人翻身得解放的道理，并在王某的扇子上题了这首诗。后来王在作者的影响下走上了革命的道路。诗题为编者所加。④1923年3月，王尽美与邓恩铭一起到山东淄博矿区从事工人运动。二人深入群众，通过艰苦工作，于当年6月成立了“矿业工会淄博部”，将矿工团结在工会周围。为此，王尽美创作这首歌词，并配以当地熟悉的民歌音调，成歌后，在淄博矿区广泛传唱。

王孝锡

悼北京死难烈士

霹雳一声，
在阴霾沉沉、妖气弥漫的北京，
现在霞光万道——
主义的鲜花，
烈士的血腥，
表现在帝国主义的发抖中。
你们的精神，
高唱在民族解放运动中；
你们的声音，
革命导师，
人类明星。
你们一面引颈、一面高呼：
“枪弹是革命者的饭食，
死是革命者的归宿，
为了被压迫阶级最后的胜利。”
这是何等的悲壮啊！
你们是为党，为国，
为全人类解放而牺牲。
这是何等的光荣！
后死者的我们，
恨不能列于诸君子林，
与贼拼命。
真羞！
真惭愧！
可是诸君的鲜血，
深注在我们的脑中。
应当怎样的努力！
前进！奋斗！杀贼！
才能完成你们未竟之功，
慰你们在天之灵。

1927年

王孝锡（1903—1928），字遂五，甘肃宁县人。1926年加入中国共产党，任中共兰州特委组织委员，国民党甘肃省党部青年委员。大革命失败后，任中共西北特派员彬（县）宁（县）支部书记。1928年参加领导旬邑农民暴动，同年11月26日被捕，12月30日在兰州英勇就义。

1927年4月29日，李大钊等19人在北京被张作霖政权杀害，兰州各界人士联合举行追悼大会。当时作者是国民联军第二军政学校政治部主任，在他主持下，出版了《追悼北京死难烈士》专号。此诗亦刊载在专号上。

王环心

雪　晨

一阵朔风，吹动了满天雪花，
凄凄濛濛，清透了我的心胸！

好大威权的雪花哟！
一霎儿把地球要换一副面容了。
但是，我却也很感谢你！
感谢你送来了无际的光明，
消灭了大地的污秽！

多事的太阳呀！
请你别要来到地球上罢。
你若来了，那么一切的腥血秽浊，
都要被你窥探破了！

1923年1月于上海大学

王环心（1901—1927），江西永修人。1922年考入上海大学。1924年2月加入中国共产党。曾任中共江西省委委员兼永修县委书记。北伐军光复永修后，被任命为县长，后任中共江西省委赣东北特派员。1927年冬被捕，12月28日英勇就义。

王泰吉

壮　志

七尺男儿汉，足立天地间；
满目不平事，蹈覆待何年。

1924年黄埔军校

王泰吉（1906—1934），字仲祥，陕西临潼人。1924年夏入黄埔军校第一期学习，同年加入中国共产党。1928年5月，参加领导渭华起义。失败后，从事党的秘密工作，后被捕，押在南京监狱，但未暴露身份，出狱后任杨虎城部骑兵团团长。1933年7月率骑兵团在耀县起义，任西北民众抗日军总司令，不久改编，任红二十六军四十二师师长。1934年1月被捕，3月3日在西安英勇就义。

王道文

工人夜校教材（节选）

烂军阀，打内战，抽案税，逼苛捐，百姓喊皇天。
说案板，听哑板，缺柴米，少油

盐，老小常饿饭。
工人们，团结起，讲理性，跟他干，罢工罢市闹个翻。
干干干！不是命生成，闹斗争，干革命，翻梢在明天。

王道文（1901—1928），又名王郁周，四川渠县人。1924年8月考入成都大学，积极参加学生运动。1926年加入中国共产党。常到工人夜校讲课，并编写教材。常发表文章，揭露国民党反动派。1928年2月16日凌晨被捕，当日午后被杀害，英勇就义。

王崇典

痛恨倭奴

今日肆虐一倭奴，
入主中原别有图。
旅大未来真可恨，
澎台久占是何由？
横行海内奚堪问，
何时能有大众羞。
异臭腥膻侮我族，
好如不共戴天仇。

1925年

王崇典（1903—1928），字逸文，安徽涡阳人。1927年加入中国共产党，曾任中共第四中山大学支部书记，中共南京市委候补委员。1928年5月被捕，9月在南京雨花台壮烈牺牲。

1925年五卅运动期间，作者自编了这首歌词。诗题为编者所加。

王麓水

挽李大钊烈士联

社会历史原空白，你一笔，我一笔，写到悠长无纪极。[1]
壮士烈士皆鲜红，这几点，那几点，造成全球大光明。

1927年春

王麓水（1913—1945），又名王培岳，江西萍乡人。1929年加入中国共产主义青年团。1930年参加中国工农红军。1932年转为中共党员，曾任连、营、团长。抗战时期，任八路军团政委，支队和旅政治部主任，旅政委，鲁南军区政委兼中共鲁南区委书记，山东军区第八师师长兼政委。1945年12月12日在战斗中英勇牺牲。

此联诗是1927年春作者在追悼李大钊烈士的会上写下并进行朗读的。

李大钊，简介见第29页。

【注释】

①纪极：终极、限度，《左传·文公十八年》：“聚敛积实，不知纪极。”

韦杰三

留别小友们[1]

朋友们：
有话就尽量地说来，
这是我们临别最后的一刻了！
看！一年，两年，三年……十年，
又将跑马般过去；
到那时，
不过只剩下些不堪回忆的泪痕，
倘若我们不及早努力。

“我”，
就是自己命运的创造者；
“他人”，
是难有帮忙的可能呀。
朋友们：
去！——去为前程奋斗。
去为命运努力；
别了，珍重

1923年12月24日

哀华北灾民

——仿杜甫《茅屋为秋风所破歌》

华北灾民哀且号。
可怜赤地无草茅。
哀鸿流离满野郊。
馁者仰首古树梢。[2]
死者陈尸傍塘坳，
南方人士怜尔饥无力。
忍能坐视为盗贼。
慨然解囊输运去。
体寒腹饥望不得。
移充军费徒叹息。
俄顷仰望云墨色。
苍天不雨胡昏墨。
朔风凛凛冷如铁。
吹嘘所至皮肉裂。
遍野荒田无湿处。
雨线如丝亦断绝。
自经亢旱未成眠。
长夜枵腹何由彻。[3]
安得雨粟遍人间。
普济千万饿民顿开颜。
欢然聚米如丘山。
呜呼何时灾黎获救停哀哭。
吾独冻馁于愿亦已足。

刊于1926年3月《清华周刊》
第26卷第4号

韦杰三（1903—1926），广西蒙山人。1924年入上海大学学习。1925年积极参加五卅反帝爱国斗争，后考入清华大学。1926年在北京三一八惨案中负重伤，21 日逝世。临终留言：“我心甚安，但中国快要强起来呀！”

【注释】

① 作者的这首诗是 1923 年他离开家乡到外地求学时写的。诗中表达自己要掌握自己的命运，这体现了五四时期时代的要求和民族解放的要求。② 馁者：饥饿的人。③ 枵：空虚。枵腹，即空腹。

韦拔群

游历三年整[1]

游历三年整，找到了革命。
领路是列宁，革命为人民。
凡是苦百姓，革命才翻身。
游历三年整，找到了革命。
马克思主张，拯救我农民。
领路是列宁，革命为人民。
到处有恶人把好人生吞活剥
故乡那马伯民哥，[2]
给你寄这支信歌；
我走遍了天下，看透了这世界，
到处有恶人把好人生吞活剥！
如今世界妖怪多，
口吃人肉念弥陀。
故乡那马伯民哥，
给你寄这支信歌。
可恨有天无日头，
冷风嗖嗖刮，冷雨沙沙落，
我走遍了天下，看透了这世界，
到处有恶人把好人生吞活剥！

跟列宁向前

民国十一年，起义闹翻天。在峑京开会，百姓笑开颜。
千村连万峑，遍地举枪杆。民国十一年，起义闹翻天。
喊声好比雷震天，齐跟列宁冲向前。
在峑京开会，百姓笑开颜。

1922 年

四面农军齐出动[3]

四面农军齐出动，
攻打东兰好比虎下山。
衙门的贪官土豪魂魄掉，
纷纷逃命一溜烟。
孔贤带队夺一路，[4]
各路英雄守重关。
四面农军齐出动，
攻打东兰好比虎下山。
如果农军不误会，
乌龟王八全抓完。
衙门的贪官土豪魂魄掉，
纷纷逃命一溜烟。

挽黄榜巍烈士联⑤

致公心致安心此心不灭，
为国死为民死虽死犹生。

闹起革命把头抬

右江青，红河红，
天下工农一样穷。
为何穷？
是贪官污吏、土豪劣绅，
剥削我们工与农。
工与农，快起来，
闹起革命把头抬，
打倒贪官污吏、土豪劣绅，
从此不受穷！

韦拔群（1894—1932），壮族，原名秉吉，广西东兰人。1922年曾领导农民同土豪劣绅斗争。1925年入广州农民运动讲习所，后回右江地区领导农民运动，任田南道农运办事处副主任，广西农协副主任委员。1929年加入中国共产党，同年12月参加领导百色起义，任红七军第三纵队队长、右江独立师师长，中华苏维埃共和国中央执委。1932年10月19日被叛徒杀害，光荣牺牲。

【注释】

①作者在长江流域游历三年，此诗表达了作者找到革命真理后的心情。②伯民：即陈伯民，作者的亲密战友，曾任东兰农协主席，后为革命而牺牲。③1923年，作者带领农民武装三次攻打东兰县城，这首山歌是对攻城农军的赞颂。④孔贤：即覃孔贤，当时由他带领东路农军进攻县城。⑤黄榜巍，东兰县人。1923年7月，作者率东兰县农民军第一次攻打县城时，黄任第一路指挥，在战斗中英勇牺牲，这是作者为黄写的挽联。

毛觉民

我

这是我的我，但是不是我。
牺牲我的我，那时才是我。

1926年6月

毛觉民（1908—1928），湖南汉寿人。1926年6月加入中国共产党。曾任中共汉寿县委组织部部长，中南华安特委组织部部长。1928年初参加领导南县年关暴动，同年5月30日被捕，不久英勇就义。

作者于1926年6月入党时留影纪念，并题写此小诗，表达出要做一名真正的共产党员，直至为革命事业牺牲献身。

方志敏

哭声

仿佛有无数人在我的周围哭泣呵！
他们呜咽的、悲哀的而且时时震颤的声音，
越侧耳细心去听，越发凄楚动人了！
“我们血汗换来的稻麦，十分之八被田主榨取去了，
剩的些微，哪够供妻养子！……”
“我们牛马一般的在煤烟风尘中做做输运，奔走，
每日所得不过小洋几角，疾病一来，只好由死神摆布去了！”
“跌倒在火坑里，呵！这是如何痛苦呵！”
看呀，狂暴的恶少，视我们为娱乐机械，又来狎弄我们了！
……
“唔！唔！唔！我们刚七八岁就给放牛，做工去吗？”
金儿福儿读书，不是……很……快乐吗？
“痛呀！枪弹入骨肉，真痛呀！
青年人，可爱的青年人，你不援救我们还希望谁？”
似乎他们联合起来，同声哭诉。
这时我们的心碎了。
热泪涌出眼眶来了。
我坚决勇敢的道：
“是的，我应该援救你们，我同着你们去……”

1922年5月于同文书院
原载1922年5月18日《民国日报·副刊觉悟》，后《新江西》又转载

呕血

呵，什么？
鲜红的是什么？
血吗？
血呀！

我为谁呕？
我这般轻轻年纪，就应该呕血吗？
呵！是的！
我是个无产的青年！
我为家庭虑，
我为求学虑，
我又为无产而可怜的兄弟们虑。
万虑丛集在这小小的心儿里，
哪能不把鲜红的血挤出来呢？

呵！是的，无产的人都应该呕血的，
都会呕血的——何止我这个羸弱的青年；
无产的人不呕血，
难道那面团团的还会呕血吗？

这可令我不解！
我为什么无产呢？
我为什么呕血呢？

1922 年 6 月 21 日于九江
原载 1922 年 7 月 11 日
《民国日报 · 副刊觉悟》

同情心

在无数的人心中摸索，
只摸到冰一般的冷的，
铁一般的硬的，
烂果一般烂的，
它，怎样也摸不着了 ——

把快要饿死的孩子的口中的粮食挖出来，
喂自己的狗和马；
把雪天里立着的贫人底一件单衣剥下，
抛在地上践踏；

他人的生命当馒餐，
他人的血肉当羹汤，
啮着，喝着，
还觉得平平坦坦，
哦，假若还有它，何至于这样？

爱的上帝呀！
你既造了人，
如何不给个它！

1923 年 4 月于南京
原载 1923 年 5 月 15 日
《民国日报 · 副刊觉悟》

方志敏，简介见第 16 页。

邓中夏

胜　利[①]

哪有斩不除的荆棘？
哪有打不死的豺虎？
哪有推不倒的山岳？
你只须奋斗着，
勇猛的奋斗着；
持续着，
永远的持续着，
胜利就是你的了！
胜利就是你的了！

1922 年 11 月 3 日
原载《中国青年》第 3 期

新诗人的棒喝[②]

我们不反对新诗，我们并不反对人们要做新诗人，我们反对的是这种不研究正经学问，不注意社会问题，而专门作新诗的风气。如果这种风气延长下去，将来中国青年界要演成一个什么样，是我们此时所不忍预言的了。所以我在此垂泪涕泣的叫喊道：

青年们！醒来哟，
谁在你们的四围，
虎视鹰瞵的，
磨牙吮血的？
你们是处在一种什么环境？
你们是负了一种什么责任？
春花般的青年们哟！
朝暾般的青年们哟！
烈火般的青年们哟！
新中国的改造只仗你们了，
却不是仗你们几首新诗。
青年们醒来哟！

1923 年 12 月 1 日
原载《中国青年》第 7 期

悼　歌（五叠）③

第一叠

情切切！
惨凄凄！
尼古拉列宁其死矣！
晴天打下一霹雳。
从前听了还狐疑，
此次谁知成事实。
事功未竟，
何以死为？

第二叠

情切切！
惨凄凄！
社会分成两阶级，
资主惯把劳工欺。
列宁告我结团体，
捶破强权如捶泥。
杀将上去！
何以惕为？

第三叠

情切切！
惨凄凄！
帝国主义日横恣，
弱小民族被压欺。
列宁告我联合战，
西方起了土耳其。
及时努力！
何以迟为？

第四叠

情切切！
惨凄凄！
列宁是我太老师，
列宁死后我何依？
想到前途悲复悲，
教我怎不泪如丝。
大盗不除，

何以生为？

第五叠

情切切！
惨凄凄！
列宁死的是身躯，
精神不灭万古垂。
我们只须奋斗去，
胜利终是我们的。
前途无限！
何以悲为？

1924年3月27日

原载《中国青年》第3期

启汉出狱，喜极而泣，诗以志之（三节）④

一

阴森黑暗的狱囚，
冰冷沉重的镣铐，
粗沙巨细的牢饭，
哦哦！我们的战士！
苦了你了！
屈指算来，
已是两年四个月了，
你的神采似乎比从前还光辉了些。
但是，你乱蓬蓬的发呢？
你短鬑鬑的须呢？
呵！出狱时剃去了。
但是，解开你的衣襟，
笞疤减去了没有？
脱下你的足袜，
镣痕消去了没有？
呵！斑斑犹存。
我涔涔的泪流了。

二

你莫往下细问吧！
浦东之破灭，
开滦之败北，
京汉之流血，
都不过是几页的伤心史呀。
保定狱里的伙伴，
洛阳狱里的伙伴，
北京狱里的伙伴，
天津狱里的伙伴，
都不减于你今日以前的痛苦呀！
哦哦！我们的战士！
你莫再往下细问吧。
我涔涔的泪流了。

三

你出来了，
你我的责任更重大了。
你看——猛虎一样的军阀呀！
巨蟒一样的帝国主义呀！
毒蝎一样的资本家呀！
他们联合着——而且紧密的联合着；
长蛇般向我们进攻了；
铁桶般向我们重围了；

磐石般向我们压榨了。
哦哦！我们的战士！
准备着迎战！
准备着厮杀！

1924年10月13日
原载《中国工人》第2期

送李启汉赴□□

去罢！战士呀！
我们是为群众而入牢狱的。
我们从牢狱出来，
我们仍回群众间去。
战士呀！去罢！

1924年10月14日
原载《中国工人》第2期

邓中夏，简介见第17页。

【注释】

①1922年10月，作者在开滦煤矿领导了工人大罢工，矛头直指美帝国主义。敌人派兵血腥镇压，面对敌人的暴行，有的罢工领导人发生了动摇。作者召集工人大会进行宣传鼓动，并当场破指写血书，激励工人坚持斗争到底，这首诗即作于此时。②作者著文《新诗人的棒喝》针对当时有些青年不注意社会问题、为艺术而艺术的倾向而写诗。此诗是该文结尾部分。③此诗是作者为悼念伟大的革命导师列宁逝世而写的。④启汉：即李启汉，中共党员，中国早期工人运动的领导人之一。1922年6月1日因领导上海浦东纱厂和邮局工人罢工，被帝国主义的上海巡捕房逮捕，后又引渡给上海的军阀机关，押入监狱。直到1924年10月9日才被释放。后任中华全国总工会组织部部长，中共广东省委委员，省港罢工委员会干事局局长、党组书记。1927年在广州四一五反革命大屠杀中壮烈牺牲。

邓楚才

辛苦的农友们

辛苦的农友们，
大家振奋精神。
加入农协会，
死里去求生。
我们对头人、土豪和劣绅，
大家团结起来，
杀他不留情。

邓楚才（1898—1934），湖北蒲圻人。1926年7月，在家乡开展农运工作。1927年2月加入中国共产党，大革命失败后，参加了鄂南秋收暴动，任鄂南农民革命军大队长。后任中共蒲圻中心县委宣传部部长，中心县苏维埃政府文化教育部部长。1934年5月被捕，不久被敌杀害，英勇就义。

邓雅声

寄《中国青年》记者（四首）

众生根器不相差，①
石破天惊应醒耶，②
热血一腔尽情洒，
十年定放自由花。

酒后心花更怒开，
一时哭歌笑俱来，
几根侠骨如钢铁，
人厄天穷百不回。

有母衰年尚若饥，
无家真与愿相违。
不堪嚼蜡成滋味，③
匣里双龙啸欲飞。④

偃蹇床中亦死耳，⑤
不如马革死犹雄，
等闲吾戴吾头去，
留些微痕血海中。

1925年

邓雅声（1902—1929），又名邓书堂，湖北黄梅人。1923年加入中国共产党。曾任黄梅农协秘书，中共黄梅县委组织部部长，湖北省农协执委兼秘书长。大革命失败后任中共两湖巡视员，东汉路南段特委书记。1927年12月，领导了应山农民武装暴动。1928年12月27日被捕，1929年2月19日英勇就义。

【注释】

①根器：佛家语。佛教以人之眼、耳鼻、舌、身、意为六根。这里是说人都有六根，没有多大差别。②石破天惊：这里意指马列主义传到我国。③嚼蜡：没有味道的意思。借喻教私塾索然无味。④双龙：传说双剑化龙飞去，表达投身革命的决心。⑤偃蹇：躺倒不做事之意。

古公鲁

都为工农解放

漂泊频年太坎坷，
风霜历尽志难磨。
一肩任务千斤重，
都为工农解放多。

古公鲁（1887—1931），字韩伯，广东五华人。1927年大革命失败后，投身农民运动，曾参加广东海陆丰农民暴动，后任五华县工农讨逆军总指挥。1928年夏加入中国共产党，任东江革命军事委员会委员，东江红第十一军军需处处长。1931年5月在揭阳被捕，7月16日在五华从容就义。

此诗写于1927年至1928年。

卢宝炫

英雄志气要飞扬

英雄志气要飞扬，
莫道光阴岁月长；
身先数万横磨剑，
青史垂名到处香。

卢宝炫（1901—1930），又名卢本兰、卢宝元，壮族，广西邕宁人。中共党员。1925年入广州农民运动讲习所学习，曾任中共化州县委书记，县农协会主席，中共广东南路特委委员等职。1929年12月被捕，次年1月18日英勇牺牲。

这首诗是作者当年外出参加革命时写给一位学生的。

帅开甲

寄　友（二首）

一

江水兮泱泱，鱼龙起变测。[①]
下有策舟儿，气吞思竭泽。[②]

二

抽我青萍剑，还断洁白躯。
只因世道薄，留与故人知。

扫尽人间贱丈夫（二首）

一

湖光山色任萧疏，
客里怀思人影无。
为怀故人憔悴尽，
茂陵风雨病相如。[③]

二

怕展中原离乱图，
伤心使我对愁书。
何时拔起秦横剑，
扫尽人间贱丈夫。

帅开甲（1899—1927），又名帅新初，江西永丰人。1925年12月加入中国共产主义青年团。1926年4月加入中国共产党，曾任永丰县总工会秘书。1927年大革命失败后在永丰重建党的组织，后不幸被捕。同年11月16日在南昌英勇就义。

【注释】

①古代汉时杂技有鱼能变龙等，此句指形势变化。②策舟儿：即划船人，此两句形容气势旺盛。③茂陵：地名，汉朝司马相如住在此地，在秋雨时正在生病。这句是说自己像司马相如那样生着病。

田波扬

述　志

为主义，海枯石烂心不变；
求真理，赴汤蹈火志不移。

1922年秋

我　要

我要放出更强烈的火光，
照破人世间的虚伪和欺诈。
我要锻炼成尖锐的小刀，
刺破人与人之间的隔膜。

1922年11月2日

竹片子

一家篾货店里，
师傅拿着竹片子。
望着一个年纪很小的
学徒的身上乱扑。
学徒用他的两手，
紧紧地抱着头部，
似乎想向里面逃。
我却惊心吊胆的，
好象那根竹片子快要
落到我的头部来。

1922年

田波扬，简介见第19页。

以上三首诗均发表在作者上长沙兑泽中学的校刊《新民》(不定期)上。

从德滋

对着血染红的土

对着血染红的土，
怎样平复下去？
我们同胞的血和泪，
我们国土的悲和苦，
沉痛地击着我的筋骨。
去吧，
应当是为了家乡和祖国，
足有辛酸的道路，
才是幸福的源泉。
那里有强烈的怒滔，
那里有没有停止过的战斗，
要为民族的独立、解放去奋斗。

1927年7月

从德滋(1910—1942)，辽宁凤城人。1933年毕业于东北大学，在东北军北平军分会政训处工作，后主办《西北向导》。西安事变后，主编《解放日报》。任抗日联军西北军事委员会委员。1938年加入中国共产党。1941年被捕。1942年4月在狱中被害。

1927年7月，作者从凤城第二师范学校毕业后，到江浙一带游览参观，作了此诗。诗题为编者所加。

乐继韶

贺 词

水泱泱，铎声锵锵，
洗污涤垢，发聩启盲。

1926年

乐继韶（1899—1928），字维韵，湖北孝感人。1923年在武昌文华大学读书时加入中国共产党。1926年领导组织以反帝反封建为宗旨的“孝感青年协进会”。曾任中共孝感特支委员，孝感县委书记。1928年任中共京汉路区特委联络员，曾指挥安（陆）应（山）孝（感）三县农民暴动。同年6月底被捕，后遭杀害，壮烈牺牲。

贺词，是乐继韶为孝感青年协进会的会刊创刊号写的贺词。

邝鄘

国民革命歌

打倒列强， 打倒列强，
打倒列强， 打倒列强，
除军阀， 除军阀，
除军阀， 除军阀，
国民革命成功， 国民革命成功，
国民革命成功， 国民革命成功，
齐欢唱， 齐奋斗！
齐欢唱。 齐奋斗！

1926年

邝鄘（1896—1928），又名爱陶、指日，湖南耒阳人。1922年加入中国共产党。1925年入黄埔军校第三期学习，参加北伐战争。1927年参加南昌起义，任营长。后参加湘南起义，曾任工农革命军第四师师长，红四军团长，湘南红军第一路游击司令。1928年6月在战斗中英勇牺牲。

1926年北伐时，作者任国民革命军政治部宣传科科长，创作了这首歌词，谱曲后，在全国广为传唱。

邝才诚

投考黄埔诗赠古柏

离京南下，投笔从戎，寄身黄埔，
军政兼攻。
粗衣悲食，锻炼我身。誓心革命，
志在大同。

1925年

邝才诚（1900—1930），字笃卿，江西寻乌人。1924年考入北京师范大学学习，次年入黄埔军校。1926年在校加入中国共产党。1927年大革命失败后被黄埔清除回家，任中共寻乌支部委员。1928年参与领导寻乌三二五农民大暴动。后参加红军，任红十一军五十团参谋长。1930年3月中旬，在与敌激战中被俘，三天后英勇就义。

《投考黄埔诗赠古柏》表达了作者的理想和志向。古柏简介见第19页。

朱自清

血　歌

你们的血染红了马路，
你们的血染红了人心！
日月将为你们而躲藏！
云雾将为你们而弥漫！
风必不息地狂吹！
雨必不息地降下！
黄浦江将永远地掀腾！
电线杆将永远地颤抖！
上海市将为你们而地震！
你们看全国的哀号！

你们看全国的丧服！
你们看全国颜面的沉默！
花将为你们而失色，
鸟将为你们失音；
酒将不复在我们口中，
笑将不复在我们唇上！
仇敌呀！仇敌呀——
来，来，来！
我们将与他沉沦！
我们都将与他沉沦。

原载1925年6月28日《文学周报》第179期

朱自清（1898—1948），原名朱自华，浙江绍兴人。文学家。早年毕业于北京大学，曾任清华大学中文系教授、系主任，西南联大中文系主任。五四时期从事新文化宣传活动。大革命时期，同情与支持人民的反帝反封建革命斗争。抗战时期，参加抗日救亡的宣传。抗战胜利后，支持学生爱国运动。1948年6月，表示宁可饿死也不领取美国面粉，以抗议美国扶日援蒋的反共政策，同年8月12日在贫病交加中逝世。有《朱自清全集》行世。2009年被提名为“100位为新中国成立作出突出贡献的英雄模范人物”。

1925年5月30日，上海工人、学生两千多人在租界地进行反帝游行示威，遭英国巡捕射击，打死13人，数十人受伤，造成五卅惨案。作者闻知后，强烈愤慨，写此诗《给死者》（原诗题）。

朱亦岳

对　联

有知识的，到这里来说几句三民主义；
无片土者，向前方去做一番阶级斗争。

朱亦岳(1892—1931)，江西莲花人。1926年曾任莲花县劝学所督学，同年加入中国共产党，国共合作时任国民党莲花县党部执行委员。1928年1月后，任中共莲花特支书记，莲花县委书记，湘赣边特委委员等职。1931年夏病故。

1927年4月，朱亦岳领导农军捣毁右派把持的国民党县党部后，在县党部门前贴了这副对联。

朱锡昂

挽孙中山先生①

学术撷世界精华，民权民生民族；
道德为群伦师表，不淫不屈不挠。

1925年

祭　孔②

道贯古今，莫拯斯民于水火。
德侔天地，未宁列国之干戈。

1926年

朱锡昂(1887—1929)，字识惺，广西博白人。清末最后一届秀才。早年参加同盟会，参加广州黄花岗起义。辛亥革命后，从事教育工作，并被选为广西省参议会参议员，广西省议会秘书长。后接受了马克思主义，于1925年初加入中国共产党。1927年参加广州起义，后任中共广西临时省委书记。1929年6月2日，在准备玉林武装暴动时被捕，8日被害，光荣就义。

【注释】

①这是1925年孙中山先生逝世时作者写的悼念挽联。②这是作者在1926年玉林县举行祭孔时写的对子，表达他忧国忧民的革命激情。

伍若兰

歌　谣

如今世道太不公，富的富来穷的穷。
富人高楼饮美酒，穷人赤膊喝北风。

1926年冬

伍若兰(1906—1929)，女，湖南耒阳人。1926年加入中国共产党，任耒阳县苏维埃政府妇女部指导员，县妇女联合会主席，红四军政治部宣传队队长。1928年与朱德结为夫妻，不久上井冈山。1929年2月在赣南一次战斗中，为掩护部队突围受伤被捕，不久光荣就义。朱德曾称赞她“能文能武、智勇双全”。

这首歌谣是她1926年冬回家乡筹建农会，并开办夜校教农民学习文化，为启发他们阶级觉悟而编写的。

刘华

誓　言[①]

愿拼满腔青春血，洒遍劳工神圣花。

新鼓词（一）

工友们，你静听，唱一个大鼓调儿你安心。
我工人，团结牢，什么好处都得到。
从前时，没组织，做牛做马受尽气。
生活紧，工钱小，一家数口吃不饱。
最伤心，停生意，簿子充公没人理。
现今时，有工会，大家团结保地位。
派代表，去要求，想得好处真自由。
资本家，多狡猾，花费小钱他不怕，
办小学，设诊所，处处表示来调和。
待妊妇，定条例，优待我们求妥协。
不但是，以利动，并且暗中来拨弄。
要我们，中国人，自己相打不安宁。
我称王，你称霸，彼此弄成大仇敌。
那时候，工会倒，他们暗中才好笑，
一笑我们不明理，情愿自己害自己，
二笑我们贪小财，不顾后路把国卖。
这奸计，要明亮，免得后来上他当。
任便你，千百计，我们还是顾团体。
这样来，他没法，我们工会要弄大，
一要他，造会所，一个罢工就会妥，
二要他，倒威风，一个怠工也成功。
这些事，靠团结，别样方法求不得。
工友们，快努力，免得吃亏后悔迟。

新鼓词（二）

兄弟姐妹们，睁眼望望真。
帝国主义资本家，不做工来专门剥削人，
拿我们当牛马，做活儿养他们。
青年工友们，我们要翻身，
齐心协力打倒他们，工厂归工人。

挽顾正红联[②]

先生虽死，精神不死。
凶手犹在，公理何在。
横批：工人先锋。

1925年5月24日

刘华（1899—1925），原名刘炽荣，四川宜宾人。1920年进上海中华书局印刷厂当学徒。1923年加入中国共产党，任中共中央职工运动委员会委员，中华全国总工会执委。曾领导上海沪西纱厂工人大罢工，参加领导五卅运动。后任上海总工会副委员长、代理委员长。1925年11月26日被捕，12月17日被军阀秘密杀害，英勇就义。

【注释】

① 为作者写的一封信中的隅句。

② 顾正红（1905—1925），江苏阜

宁人。1922年进入上海日商内外棉厂做工。1925年2月，积极参加棉厂罢工，在战争中加入中国共产党。同年5月，日棉厂资本家撕毁罢工协定。15日，他等进厂交涉，遭枪杀。这一事件进一步引发伟大的五卅运动。

刘天章

悼念“二七”死难烈士挽联

有志者事竟成。大好头颅，果为民权牺牲，取义成仁，可以激发后进；

不自由毋宁死。一息尚存，誓与军阀奋斗，前仆后继，庶几不负前驱！

1923年

刘天章（1893—1931），原名刘云汉，陕西高陵人。早年参加五四运动，1921年加入中国共产党。曾任中共豫陕区委委员，陕西《民国日报》社社长。1930年后任中共山西省委书记。1931年7月参与领导平定武装起义，同年10月21日被捕，11月13日在太原就义。此挽联为1923年作者代表民权运动大同盟在悼念“二七”死难烈士大会上敬献。

刘元俊

浇开革命花

人多力量大，牺牲也不怕，
血水如河流，浇开革命花。

刘元俊（1901—1929），山东宁津人。1920年加入觉悟社。1924年加入中国共产党。曾任中共宁津县委委员、书记，天津市委书记。1929年5月被捕，同年8月17日英勇就义。

刘光烈

有　感（二首）

一

世路崎岖最不平，几回阅历几惊心。
穷途频洒英雄泪，流俗惊闻瓦釜鸣。

二

不称意时须尽意，难为情处莫伤情。
安能终遂雄飞志，好借长风破浪行。

1921年10月

刘光烈（1901—1927），湖北黄陂人。1924年入黄埔军校第二期学习，毕业后到叶挺独立团任连长。参加北伐战争，参加八一南昌起义。转战于闽粤一带后潜回家乡，担任黄冈县农民自卫军参谋，参与领导黄麻起义。1927年12月5日，在突围战斗中壮烈牺牲。

此诗表达了作者痛恨旧中国的腐败落后，立志要改造社会。

刘光夏

有　感

荆棘当途敢远游，每怀正义度春秋。
此间疑是桃源洞，天地容我儿出头。

刘光夏（1904—1930），广东兴宁人。早年就读于厦门大学。1926年考入黄埔军官学校第六期。1927年大革命失败后，受党组织委派回兴宁。同年9月2日，参与领导兴宁武装暴动，后任广东革命军第十二团团长，中国工农红军第十一军五十团团长。1930年3月，与敌战斗中壮烈牺牲。

刘志丹

登镇北台

红石峡急流直下，镇北台狂风高旋。
看长城内外破碎，重收拾有待吾辈。

1922年

爱国歌

黄河两岸，长城内外，
炎黄子孙再不能等待。
挽弓持戈，驰骋疆场，
快，内惩国贼，外抗强权，
救我中华万万年。

1924年

为共进社“二大”题词①

共进！共进！
同志引着被压迫民族，
向帝国主义进攻！
不怕牺牲，
杀开血路，
前途自有光明与幸福。

1925年

决心为民要共产②

二月十五夜不眠，满月陪我上高山。
宝华山上红旗飘，决心为民要共产！

风雨夜

雨刷刷，风呼呼，今夜要杀孙敬福。③
为除人民祸根子，割掉人民害心子。

刘志丹（1903—1936），陕西保安人。1925年加入中国共产党。大革命失败后，参加领导渭华起义，任中共陕北特委军委书记。1932年创建红军第二十六军，建立陕甘革命根据地。1935年任红十五军团副军团长兼参谋长。1936年4月14日在战斗中英勇牺牲。

【注释】

①共进社成立于1922年10月，共进社第二次代表大会于1925年7月25日在三原渭中召开。刘志丹参加了大会。大会提出“唤醒一般民众使之奋起”“武装民众”“以民众的武力打倒一切统治阶级”的口号。②作者为宝华山某院墙壁上题诗。③孙敬福：当地的大恶霸。

刘昌炎

手捧一明珠

香也懒得烧，佛也懒得拜，
手捧一明珠，跳出三千界。

约1922年

刘昌炎（1894—1927），湖南醴陵人。1922年7月加入中国共产党。任中共窿内支部书记。曾赴苏学习八个月。1925年后任中共焦作地委书记，安源地委书记，湖南省委委员。1927年马日事变后，任萍乡人民军委会总指挥，湘东赣西工农义勇军军副总指挥。同年6月6日遭地主武装杀害，壮烈牺牲。

刘昌炎少时信佛，参加革命后不再迷信，便在自己原来画的佛像下写下这四句诗。诗中“明珠”比作革命理论，“跳出三千界”即投身革命。

刘象明

宝塔诗

哼
农民
好伤心
苦把田耕
养活世间人
看世上的人们
哪比得我们辛勤
热天里晒得黑汗淋
冬天里冻得战战兢兢
反转来要受人家的欺凌
请想想这该是怎样的不幸
农友们赶快起来把团体结紧
结紧了团体好打倒土豪劣绅

原载1927年2月7日
《湖北农民》第14、15期合刊

刘象明（1904—1928），湖北麻城人。1924年考入武汉中学学习，不久，加入中国共产党，后从事农民运动。1927年5月，任中共麻城县委委员，麻城县农民协会委员长，参与组织和领导了麻城“九月暴动”，并参加了黄麻起义的发动工作。1928年5月不幸被捕，不久壮烈牺牲。

《宝塔诗》发表后，在当时社会上引起强烈的反响。

许继慎

觉醒不宜迟

国事艰难日，英雄奋起时。
光阴如逝水，觉醒不宜迟。

约1924年初

许继慎(1901—1931)，原名许绍周，安徽六安人。1921年4月加入中国社会主义青年团。1924年5月考取黄埔军官学校第一期学员，不久加入中国共产党。后参加东征和北伐战争，任叶挺独立团营长、参谋长，屡建战功。1930年3月后任红一军军长，鄂豫皖军委会皖西分会主席。1931年10月，在“肃反”中被错杀。

许瑞芳

农人的叹声（三节）

农民苦真苦，清早去锄土，
太阳已下山，做到二更鼓。
日光当头晒，汗如雨下注，
风吹暴雨淋，正在田间做。
水旱天灾降，深夜睡不着，
且幸秋收熟，大半交租谷。
镰刀方收藏，又要寻借户，
春荒米陡涨，日子真难度。

官衙差警来，催粮太紧促，
团丁作威福，兵士来拉夫，
难免将被捉，任你怎乞求，
只是空泣诉。
可怜衣无穿，补上又加补。
居住太窄狭，东倒西歪屋，
四季无饱期，时常要吃粥，
儿女已长成，怎能教他读。

人们卑贱我，道是红脚肚，
一生白勤劳，为他人造福。
总是要翻身，快去找出路，
大家来团结，别人靠不住，
努力去斗争，罢税抗租谷，
个个去做工，人人来享福。

许瑞芳（1906—1934），别名春里，江西崇仁人。1926年加入中国共产党，曾在临川县开展农民运动，组织革命武装。1927年四一二反革命政变后，率农民武装参加八一南昌起义，后随军南征。1929年冬到中央苏区工作，任红四军第十师宣教科科长。1934年冬，在作战中英勇牺牲。

阮啸仙

为花县农协成立大会题联①

坚韧卓绝为吾人本色；
奋斗牺牲是我辈精神。

1924年秋

歌　谣

锄头不拿起，世人皆饿死。
拿起锄头来，打死狗地主！

1924年秋

阮啸仙（1897—1935），又名阮熙朝，广东河源人。1920年参加广东马克思主义小组，1921年加入中国共产党。曾任社会主义青年团两广特委书记，中共广东省委农委书记，第三届农民讲习所主任。大革命失败后参加组织广州起义。1931年到达中央苏区，任中华苏维埃共和国中央执行委员、中央审计委员会主任。1934年红军主力长征后，留在中央苏区，任中共赣南省委书记兼赣南军区政委。是中共第五届中央监察委员会候补委员，第六届中央审查委员会委员。1935年3月6日在一次突围中英勇牺牲。

【注释】

①1924年秋，广东花县农民协会正式成立，在九湖召开成立庆祝大会时，作者为大会写了这副对联，又用广东方言给大家唱了这首歌谣。

杨开慧

韶山民谣

农民苦，农民苦，打了粮食送地主。
年年忙，月月忙，田里场里仓里光。
今天望，明天望，只望老天出太阳。
太阳一出照四方，大家喜洋洋。

1925年写于农民夜校

杨开慧（1901—1930），女，字云锦，乳名霞，湖南长沙人。1920年冬加入中国社会主义青年团，同年与毛泽东结婚。1921年加入中国共产党。任中共湘区区委机要与交通联络，一直协助毛泽东工作。1925年初，作者回到韶山后，协助毛泽东在韶山创办农民夜校，并开展农民运动。1927年大革命失败后，坚持地下斗争。1930年10月被捕，11月14日被国民党反动派杀害，英勇就义。

杨石魂

十六字令·游广州黄花岗[①]

愁，惨淡黄花白骨幽。英雄血，洒遍黑神州！
苦，英雄郁郁埋芳土。狮梦酬，几时重起舞！
悲，壮志未酬魂已飞。铁身手，空换纪功碑！
壮，中原烽火烛天汉。剑光红，鸡鸣已三唱！

杨石魂（1902—1929），原名杨秉强，广东普宁人。1923年加入中国社会主义青年团，次年转入中国共产党。历任中共汕头地委工委书记，汕头总工会委员长，中共汕头市委书记，南路特委书记，北江特委书记，湖北省委常委兼秘书长。1929年5月初遭敌人逮捕，不久英勇就义。

【注释】

①十六字令：词牌名。即以全调16字而得名，又名《苍吾谣》等。单调16字，4句，3平韵。本词是由4首十六字令组成。

杨虎城

赠　衣[①]

去年虢国赠锦裘，[②]今日罗衫此地游。
荏苒光阴快似箭，狐鸣篝火何日休。[③]

1926年

西安被围中

伤心痛苦，民国十五。[④]
名虽共和，政愈秕腐。
内忧外患，交相侵侮。
戡定祸乱，万姓鼓舞。

1926年

红潮澎湃掩牛斗

大陆沉沉睡已久，
群兽无忌环球走。
骨骸垒垒高太华，[⑤]
红潮澎湃掩牛斗。[⑥]

写于大革命时期

杨虎城，简介见第25页。

【注释】

①此诗与下一首《西安被围中》均写于1926年坚守西安时。当时，军阀刘振华部进兵陕西，围困西安达八个月之久。作者率国民军第三师同西安人民

一起坚守古城。②虢国：古国名。有东、西、北虢之分。西虢在今陕西宝鸡东。③狐鸣篝火：指反动军阀的战火。④民国十五：即1926年（民国十五年）西安被围之时。⑤太华：指华山。⑥“红潮”句：言国民革命的洪流在高涨。

杨梅修

台　联①

有钱人，穿绸袴缎，田不耕，土不作，坐食三餐，他还神气八担；②
我农民，披蓑戴笠，手叉水，脚叉泥，种出五谷，谁怜痛苦千般！

1926年

书　联

一条大手巾，围住家国；
两只赤脚板，稳踩江山。

答敌人③

长为兄，幼为敌，能联合，无异骨肉同胞；
上马金，下马银，难买我，对党忠心一片。

杨梅修（1889—1927），湖南宁乡人。小学教师，中共党员。1926年任宁乡县人武乡农协会长，中共区委委员。1927年马日事变后被捕，英勇就义。

【注释】

①1926年，作者为宁乡五区农协成立大会作此台联。②神气八担：湖南地方俗语，盛气凌人之意。③1927年马日事变后，作者被捕，敌人以出狱、利禄引诱他交出“同党”。他挥笔写了这副对联，作为对敌人的回答。诗题为后人所加。

杨景山

操场边的小草

操场边的小草今日被践踏，
明天的清晨又重新长出来，
得到阳光雨露它将更加茁壮，
小草决不会被践踏而死亡。

1921年冬

杨景山（1903—1927），河北清苑人。1923年夏考入北京大学，不久加入中国共产党。曾任共青团北京市委书记，中共北方区委秘书、组织部部长。1927年4月6日，与李大钊等人一起被捕，28日，随李大钊之后，从容就义于绞刑架下，壮烈牺牲。

1921年冬，共产党人王锡疆遭直系军阀追捕一事，作者有感于革命青年遭受军阀迫害，写了此诗。

杨靖宇

打确山

日头出来红满天，受人欺辱怎心甘。
要是不想当牛马，拼命和他干一番。
北方八军来得欢，他的军队出奉天。
从前军长郭松龄，现任军长魏益三。
伪军要占河南省，确山县里把营安。
民宅单栋堂屋住，还要银子还要钱。
每两银子六十四，另外又加特别捐。
还要米来还要面，又要柴来又要钱。
白天出城把树锯，夜晚出城把人拴。
群众逼得无其奈，组织起来和他干。
正月十四把火点，一直烧到三月三。[①]
红枪会、义和团，提刀拿枪到城边。
捉住劣绅整四个，魏楚何田把名宣。
欧阳炳焱张立山，带领人马有万千。[②]
南五有个李天道，北十有个张广汉。
有青年，有壮年，青年壮年一齐端。
红缨枪，一大片，红缨扬起遮满天。
常言人多力量大，这话真是不虚传。
围住确山五整天，抬枪铁炮打得欢。
到底群众力量大，八军劣绅都胆寒。
三月初七夜过半，打开西门窜了圈。[③]
人民武装进了城，治安委员把民安。[④]
苛捐杂税都废除，全年钱粮豁免完。
群众看了这布告，哪有一个不喜欢。

1927年6月

杨靖宇（1905—1940），原名马尚德，河南确山人。1927年春当选确山县农民协会会长，4月4日参与领导确山农民暴动，5月加入中国共产党。1929年到东北工作。九一八事变后，任中共满洲省委代理军委书记，东北人民革命军师长、军长，东北抗日联军第一军军长兼政委，第一路军总司令兼政委。1940年2月23日在战斗中壮烈牺牲。

【注释】

①三月三：即1927年农历三月初三，公历4月4日。②③④：1927年4月4日，作者以总指挥身份领导58000余人参加确山农民暴动。经过四天激战，4月8日（三月初七夜过半）占领了县城，建立了党领导的人民政权——确山县临时维持治安委员会。

李庠

挽黄、庞、黄三烈士[①]

自由是鲜血换来，三人功比泰山重；
革命须牺牲做去，一死名同湘水长。

1925年10月

李庠（1894—1927），号学周，湖南嘉禾人。原是长沙文化书社会计兼营业员。1921 年夏经毛泽东介绍加入中国共产党，后任湖南省农民协会会计，中共湖南省委军事部会计兼秘书。1927 年秋收起义时，任党的行动委员会会计，同年 10 月 17 日在长沙被捕，20 日英勇就义。

【注释】

①黄爱（1896—1922），又名黄正品，湖南常德人；庞人铨（1898—1922），湖南湘潭人。二人于 1920 年组织湖南劳工会。1922 年 1 月，二人因领导长沙钞厂工人罢工，被湖南反动军阀赵恒惕杀害。黄静源简介见第 149 页。

李子洲

施、林及“二七”被害诸烈士追悼会有感（四节）①

阶级战争开始了，
我们平民阶级的先锋已被敌人戕害了！
我们站在后线的人呵！
鼓舞起奋斗的精神，
拿定了牺牲的决心，
手枪，炸弹，
前仆，后继，
争我们最后的胜利！
那才对得起为我们牺牲的诸烈士。

我们站在后线的人呵！
要知道:“最后的胜利总是属于革命的平民”；
“为革命而死的人虽死犹荣”。
勿愁不能成功，
勿惧牺牲性命！
手枪，炸弹，
前进，冲锋，
杀尽那无恶不作祸国殃民的军阀！
那才能使社会平等，
那才算得血性男儿。

我们站在后线的人呵！
“懦弱者”的徽号不好听呵！
如若是甘心受人压迫，
永远为人所屈服，
能免了“懦弱者”的讥诮吗?

我们站在后线的人呵！
诸烈士的担子移在我们的肩上了，
诸烈士的成与败全看我们的进退。
前进！
前进！
一齐前进！
完成他们——诸烈士的革命工作，
争我们的自由幸福。

1923 年 3 月 22 日于北京

李子洲（1892—1929），名登瀛，陕西绥德人。1917年考入北京大学，积极参加五四运动。1921年参加马克思学说研究会。1923年初加入中国共产党。曾任中共陕甘区委组织部部长，陕西省委组织部部长、军委书记、代理书记，参加领导了清涧、三原、渭南、华县等地起义。1929年2月被捕，同年6月18日在狱中病逝。

【注释】

① 此诗原载于1923年的《共进》第34号上。文后自注："一九二三年二月七日，军阀以暴力摧毁京汉路工，演出空前未有之大流血：施（洋）、林（祥谦）等三十余烈士殉难；他们真算是革命健儿。本月二十二号，北京各界在师范大学开追悼会。"施洋简介见第128页，林祥谦简介见第114页。

李文香

十二月花（节选二节）

七月里来七月半，财主都把租米算，
大家都想收全租，农民开会量一半。
……
十月里来正立冬，革命得胜好威风，
公文一到要平等，大小田亩要充公。

1926年8月

李文香（1879—1927），又名李佐民，湖南宜章人。早年从事教育工作，五四运动后，在邓中夏的影响下，走上革命道路。1924年上半年加入中国共产党，曾任中共宜章县委书记，参与领导宜章的农民运动。1927年4月30日被捕，5月1日壮烈牺牲。

李玉邕

狱中自挽联

六四岁身首分离，是奇害、奇冤、奇诬、奇诈，只有向阎王一诉；
百余里灵魂归去，愿我妻、我子、我媳、我孙，都要报戴天之仇。

李玉邕（1859—1925），又名李如英，湖南衡山人。清末秀才。1923年被选为湖南岳北农工会枫林区总代表，参加领导地方农民运动。同年11月被军阀赵恒锡逮捕，并判处无期徒刑。1925年在监狱中病逝。

此联为作者被捕后，在狱中所作，表现了他坚定的革命意志和对敌人的刻骨仇恨。

李甲稌

林山校歌①

罘罳峰接天低，日出开林晖。

林山学校峰之麓，栋宇耸巍然。
莘莘学子一堂聚处，[2] 夕诵而朝弦。
花桥岸，碑山畔，[3] 双虹彩映卧前川。
海螺挺翠，[4] 溆水装篆，[5]
形势更称奇。课余闲眺，
于兹得所，溪水共流连。
勖哉多士，山水有奇缘，
白日莫空闲。德智体群美，
五德要造全。努力争先，
奋着祖鞭，为了革命冲向前！

1924 年

李甲秾（1898—1932），湖南宁乡人。1926 年加入中国共产党。任宁乡五区农民协会执行委员。大革命失败后，曾参加领导沩山农民起义。后回家乡，以教书为掩护，支持红二十五军在湘中的武装斗争。1932 年 1 月 28 日牺牲。

【注释】

① 这是 1924 年作者任宁乡林山学校校长时，为学校作的校歌。② 莘莘：众多。③ 花桥、碑山：两地名，在林山学校门前下首和上首。④ 海螺：山名，与碑山毗连。⑤ 溆水：林山学校门前的一条河。

李汉藩

悼廖党代表[1]

廖先生之死，
谁个都知道是帝国主义的阴谋，
谁个都知道是军阀的暗杀。
我不以为死是人生的悲剧，
我最可惜造福人类的人不能长生！

原载 1925 年 9 月《中国军人》

李汉藩（1902—1928），湖南耒阳人。1922 年 4 月加入中国共产党，曾任湖南省学生联合会第十届总干事。1924 年 5 月入黄埔军官学校第一期学习。曾参加东征、北伐，任国民革命军第三军政治部宣传科科长、第六师独立营营长等职。1927 年八七会议后，任中共湖南省军委书记。1928 年春被捕后英勇就义。

【注释】

① 廖代表：即廖仲恺（1877—1925），广东惠阳人。1905 年参加同盟会。辛亥革命后任广东都督府总参议。积极协助孙中山确立联俄、联共、扶助农工的三大政策。后任国民党中央执委会常委、工人部部长、农民部部长，黄埔军校党代表，广东省省长等职。1925 年 8 月在广州被国民党右派暗杀。

李求实

川南师范学校附小校歌[①]

今日少年，
断粥身穷，
将来东亚主人翁
前程万里，
一旦奋飞何其雄！

1921 年秋

培养我们的能力[②]

阻碍是难于免的，
阻碍是不必怕的，
我们应该设法把他打倒；
不然，阻碍便终会阻碍
——甚至打倒我们了！

不要自满！
不要虚骄！
能力不足，
培养为要。
不去努力培养不足的能力便真可丑了！

培养我们的能力，
打倒一切的阻碍，
为我们的兄弟泄冤愤；
为我们的运动谋进展！
朋友们，努力干起来！
快！快！

1923 年 10 月

黄河大堤晚眺[③]

大河经百徙，[④]故道尚微茫。
白苇连岗蔓，金沙卷地黄。
壮观惟叠浪，乡思在遐方。[⑤]
笔阵凌空起，桑乾渤海旁。

1925 年

《前进》马赛曲（三节）[⑥]

前进啊，
革命青年，
前进啊，
强敌当前，
勿逡巡！
最可恨，
八十余年侵略吞并；
最可恨，
二十余载恃兵横行；
匪祸—兵灾—饥馑！

伤心哉，
我中华民族，
到今日，
无生活，
蔑性命！
是人，
便应起来反抗！
是人啊，
拼此热血，

洗净乾坤！

前进！
冲锋陷阵！
不胜，
不停！
死也甘心！
胜利啊，
终属于我们！

原载 1926 年 7 月 17 日
《中国青年》第 127 期

李求实（1903—1931），又名李国纬，笔名李伟森，湖北金口人。1922 年加入中国共产党。1924 年赴莫斯科学习。1925 年回国后，任共青团河南省委书记，中共广东区委宣传部部长，湖南省委书记，《中国青年》主编，共青团中央委员、宣传部部长。参加左翼作家联盟的领导工作。1931 年 1 月 18 日被捕，2 月 7 日牺牲于上海龙华。

【注释】

①这是作者于 1921 年秋随恽代英到四川泸县川南师范学校附小教书时创作的一首校歌。它激励青少年树立国家主人翁思想，为改变祖国面貌，实现中华腾飞的远大理想而奋发读书。②此诗刊于《安源路矿工人俱乐部罢工胜利纪念册》上（1923 年 10 月出版）的一文《朋友，歇歇脚，预备爬爬山吧——怎样培养我们的能力呢》结尾。提出更努力培养我们的奋斗力量。③此诗是作者于 1925 年在河南开封任共青团省委书记时所写。面对黄河及其故道的壮丽景观，抒发了爱国之情。④此句指历年来黄河多次改道。⑤遐方：远方。⑥这是作者根据《马赛曲》填词的《前进》。作者写道“兹特按一曲作一歌名《前进》。愿我革命青年携手高歌，前进杀贼”。《马赛曲》是 1789 年法国资产阶级大革命时的革命歌曲。1870 年被正式定为法兰西共和国国歌。

李家俊

狱中题词

身似虎，
气如虹，
那堪囚蛰在笼中，
安邦志，
济民衷，
潜伏爪牙，
忍气吞声，
任彼小丑且横行，
他日身返潭穴后，
再作霖雨济群生。

1925 年于狱中

李家俊（1903—1931），化名陈国泰，四川万源人。1927年10月加入中国共产党，同年参加创建四川第一块革命根据地——固军根据地，任四川红军游击队第一路司令员，后任中共四川省委委员兼江巴军委书记，四川省军委书记等职。1931年10月26日被捕，29日被害。

1925年，作者在家乡开办小学，实行新的教育工作，万源反动当局处处刁难。他忍无可忍，率领同学闯进伪教育局长家，当场拿获吸食鸦片烟具，并将教育局长扭送县衙。但县知事庇护教育局长，反而以哄闹公堂之罪将他关进监狱，1926年春获释。在狱期间，他备受折磨，更感到世道的不公，愤怒之余在狱中墙上写下了这首词，表达他济世救民之志。

李梯云

书联（两副）

一

与工农民众同携手，
和资产阶级作对头。

二

齐同恶魔斗争，不惜流遍赤血；
莫被敌人软化，定要痛饮黄龙。①

1925年

李梯云（1906—1931），字继堂，湖北罗田人。1924年6月加入中国共产党，曾任中共罗田支部书记，商南临时县委书记，工农红军第一游击大队大队长，红三十二师政治部主任，中共鄂豫皖边区特委委员。1929年5月，参与领导立夏节起义，一直坚持武装斗争。1931年5月2日在与敌作战时牺牲。

【注释】

① 痛饮黄龙：即定要取得革命胜利的意思。

李得钊

灯　蛾

灯蛾扑火似无成，是是非非评不清，
我说灯蛾死可贵，粉身碎骨向光明。

萤火虫

莫道流萤小小虫，抗暴大胆称英雄。
风风雨雨无所惧，长此发光黑暗中。

约1923年

李得钊（1905—1936），又名林子明，浙江永嘉人。1924年加入中国社会主义青年团，次年转为中共党员，被派到苏联学习。1927年2月回国，任《红旗》杂志编辑，1930年后调中共中央特科秘书处、总务部、上海中央局工作。1934年6月26日被捕。1936年9月牺牲于狱中。

作者在温州艺文中学读书期间，感叹旧中国处于水深火热之中，为此写下了这两首诗。

李翔梧

的的哒哒的号声[①]

的的哒哒的号声，
叫来左邻右舍的乡亲，
都是我李老四和儿子的见证人。
我们都是打牛屁股的老手，
祖祖辈辈都想从土内挖出黄金。
到头来，马奸贼，
杀我们的头还要剜我们的心。

的的哒哒的号声。
大马上坐着奸贼马德胜，
一双肮脏的手像一双扒粪的耙子。
怎么在我父子身上也捞不出一点油腥。
马奸贼，横瞪眼睛，恶气森森，
要杀头，要挖我们的心，
嘿，顶多少两个打牛屁股的老手，
但想杀奸贼的人，
却是千千万万，万万千千的人。

毁灭我们唯一的敌人[②]

都是大自然母亲的婴儿，
卧在宇宙的摇篮里，
为什么有人要拿他人劳动？
为什么有人要用人拿自己劳动？
谁是贵族？
谁是平民？
什么是阶级？
什么是法律？
简直是极不平等的黑幕！
朋友们，
来！
抖擞起来精神，
把那些恶魔一齐毁灭，
他们是我们唯一的敌人！

1924年5月

李翔梧，简介见第31页。

【注释】

① 作者的这首诗对军阀的残暴无道进行了血的控诉。它揭露了世道的不平，动员人民起来斗争。② 作者此诗刊于1924年5月28日《学生周报》。

李蔚如

更新学校校歌[①]

历史步步的推进，苦难的社会已将陨沉。

我们同舟共济，向那无边学海前进。
高举革命大旗，促进社会的更新。

1924年

孙中山先生挽词[②]

国事正蜩螗，血战玄黄。长星夜落转沧芒。满地兵戈风日暗，谁揽搀枪？[③]

勋业盖天王，国士无双。独怜人事转沧桑。问是谁家蒿地里，风雨白杨？

1925年3月24日

李蔚如（1883—1927），又名李鸿钧，四川涪陵人。早年加入同盟会，辛亥革命时参加发动重庆起义。后任涪陵军政府司令，四川靖国军参谋长，四川督军府参谋长兼讲武堂堂长。1924年受军阀排挤，退隐还乡。1926年加入中国共产党。1927年初任涪陵农民自卫军总指挥，同年7月8日被川军王陵基杀害。

【注释】

①作者1924年退隐后，在大顺场创办更新学校，并为该校写了这首校歌。②1925年3月24日，更新学校召开孙中山先生追悼大会，作者写了十二首挽词，这是其中的一首。③谁揽搀枪：搀枪，彗星名。《史记·司马相如列传》："揽搀抢（同枪）以为旌兮，靡屈虹以为绸。"此喻谁能力挽狂澜，消弭战乱。

吴永康

自勉誓言

我欲斩长鲸以红大海，
我欲埋奸臣以吐民恨！

1925年3月10日日记上

洗净山河

大洋西望，故国朱殷，河山血染！那夕阳红，真令我伤心，令我惊怕，忽又令我发狂，摩拳擦臂，亢奋跳跃，要得一足跳归把那顽冥恶魔一一摘出！青年！流血！和平的国民只流自己的血；四万万人的血，究竟洗净四万里山河！

1925年6月27日日记上

吴永康（1900—1937），原名庞大恩，广西兴业人。1920年赴日留学。1925年冬加入中国共产党。1926年回国后，任中共中央机关报《红旗报》编辑等。1932年调苏区工作，任红四方面军总部秘书，中共川陕省委秘书长，川陕省苏维埃政府经济委员会主任，红军西路军政治部地方工作部部长。1937年3月，在甘肃张掖祁连山与国民党军作战时英勇牺牲。诗题为编者所加。

吴泗来

对联（两副）

一

人人趋向金钱，世界大乱；
个个皆做劳工，天下太平。

二

不工不农哪里有钱；
白吃白穿怎能算人。

约1924年

吴泗来（1863—1928），又名吴开忠，湖南宜章人。出身于贫农家庭，外出乞讨，打短工21年。后经商而逐渐致富。对穷人疾苦常予周济。1924年5月加入中国共产党，成为中共宜章县第一个党小组成员。后任中共宜章县委委员，县农民协会副委员长，县苏维埃政府副主席。1928年7月，由于叛徒出卖，在郴州被捕，英勇就义。

这是在自家门旁贴出的两副对联。

吴焕先

无　题①

四望众山低，昂然独出奇。
白云分左右，独与占天奇。

1925年夏

农民诉苦歌②

有贫农，坐田埂，自思自叹，
叹只叹，我穷人，好不凄惨。
到夏天，拔秧草，背对青天，
那烈日，晒的我，皮肉好似油煎。
那地主，不干活，穿绫罗，逛山水，摇白扇。
我穷人，一年四季无吃无穿。
那富人，啥事不干，穿皮袄，烤白炭，鱼肉三餐。
这世道，不公平，必须推翻。

1926年

吴焕先（1907—1935），河南新县人。1925年加入中国共产党。曾任中共黄安县委组织部部长，农民赤卫军总指挥。1927年11月参与领导黄麻起义，后任红二十五军七十三师政治委员，鄂东北游击总司令，重建红二十五军军长、政治委员，中共鄂豫皖省委副书记。1935年8月21日在战斗中英勇牺牲。

【注释】

①作者等到山上开会，畅谈革命理想，借歌颂山势的雄伟抒发自己崇高的革命感情，写了这首诗。诗题为编者所加。②作者在箭河一带从事革命活动，成立农民协会，发展党的组织，并编写这些歌曲提高农民觉悟。

何羽道

庭中有奇树

庭中有奇树，[①]不支亦不蔓；[②]
众树如参差，此独精神健。
一朝风雨来，孤挺复可憾。[③]
或将大厦支，或以栋梁建。
大匠顾操斤，[④]长材遵尺寸。
桢干养岩阿，[⑤]吁嗟仰轮奂。[⑥]

1924年

冉冉孤生竹

冉冉孤生竹，[⑦]不比凡花草；
葛陂已化龙，[⑧]庭中栖凤好。
顾乃在山河，风霜经历饱；
挺挺忠臣节，凛凛烈士抱。[⑨]

1924年

何羽道（1882—1928），原名何远耀，湖北省汉川人。早年参加同盟会，长期从事教育工作，国共合作时期参加国民党，任湖北党部执行委员、常务委员。1927年四一二反革命政变后，毅然加入中国共产党，从事党的地下工作，直到被捕。次年1月4日英勇就义。

【注释】

①奇树：嘉木，贵重的树木。②不支不蔓：谓树干又高又直，无杂枝。③憾：恨，此句谓奇树面对风暴独立不惧，如革命志士面对艰难险阻，毅然挺立，没有什么遗憾。④顾：察量。操斤：操持斧斤。⑤桢干：筑墙用的木柱，竖于两端的叫“桢”，坚于两旁的叫“干”，引申为栋梁之材。⑥轮奂：也作“轮焕”，高大华美的意思。⑦孤生竹：野生之竹。⑧葛陂：地名，在今河南蔡县北，道家传说东汉人费长房投杖于此，杖化为龙。比喻风水宝地。⑨抱：襟怀，气概。后两句谓孤生竹刚直不阿，如忠臣之坚守节操，如烈士之威武不屈。

何叔衡

题湖南自修大学[①]

汇人间群书博览者，何其好也；
集天下英才教育之，不亦乐乎！

1921年秋

赠夏明翰[2]

神州大地起风雷，投身革命有作为。
家法纵严难锁志，天高海阔任鸟飞。

1921年秋

何叔衡，简介见第33页。

【注释】

①1921年秋，毛泽东创办了湖南自修大学，当时却遭到一些守旧的顽固派的攻击。为此作者写此联赞扬自修大学，驳斥顽固派的谬论。②1921年秋，夏明翰积极参加学生运动，但为祖父斥责和阻拦，将他关在家里。夏毅然破窗出走，投身革命斗争中。他这一革命行动受到作者的赞许和支持，并作此诗以资鼓励。夏明翰简介见第44页。

何孟雄

日　出[1]

澎湃——潮声，
呼吼——风声，
呜呜——放气声。

黑云遮满了天空，
星和月都没有了，
四面漆似的黑，
几乎天和地融合为一了。
茫茫的大海，
不知道的地方，
射出一个焦点似的红光。
一片欢呼的声浪，
冲破了天籁沉寂，
群众的生命，
另进了别的世界。

原载1923年3月
《小说月报》第14卷第3期

何孟雄，简介见第33页。

【注释】

①这是作者为中国劳动组合北方书记部进行曲作的序歌。

何挺颖

寄谢左明[1]

南京路上圣血殷，[2]百年侵略仇恨深。
去休学者博士梦，愿作革命一新兵。

1925年

再寄谢左明[3]

四万万人发吼声，火山爆发世界惊。
中国有了共产党，散沙结成水门汀。[4]

1926年

赠陆阿毛[5]

我不过仅仅教你认识了几个字，
你却教我懂得了不少的事。
我照着书本给你讲《阶级争斗》，[6]
你的行动却讲得多么有色有声。
在过去无产阶级对于我只是一个概念，
今天啊！我才认识了你们这一伙英雄好汉。
你们是天生的革命战士，
我多荣幸做了你们的同志。

1926 年秋

何挺颖（1905—1929），又名何科生，陕西南郑人。1925 年考入上海大同大学，积极参加五卅运动，同年加入中国共产党，后参加工人运动和北伐战争。1927 年参加湘赣边秋收起义，曾任工农革命军一团党代表，一师党委书记，红十一师党代表，二十八团党代表。1929 年 1 月 26 日在战斗中负重伤后牺牲。

【注释】

①当时作者积极参加五卅反帝爱国运动，谢左明是他的好友。他给谢的一诗中写道："对数表里查不出救国的良方，计算尺不能驱逐横行的虎狼。"②指五卅运动惨遭镇压。③五卅惨案后，作者思想上发生了重大的变化，深刻认识到人民群众的伟大力量，写了此诗。④水门汀：外来语，即水泥。⑤作者从事工人运动，广泛接触产业工人，并在工人夜校讲课。这是他送给一位工人的诗。⑥《阶级争斗》：［德］考茨基著，恽代英译。1921 年 1 月新青年社出版，该书阐述了马克思的阶级斗争理论。

余也明

女儿未必逊须眉（二首）

一

缠足如同受苦刑，女儿夜夜泪沾巾。
而今一扫千年习，怒放金莲踏不平。

二

壮志凌云不可摧，女儿未必逊须眉。
他年仗剑平天下，一样英姿一样威。

1927 年 4 月

余也明（1910—1927），女，湖南益阳人。大革命时加入中国共产主义青年团，担任益阳县兰溪区妇联会会长，积极带领妇女干革命。1927 年大革命失败后，同其父余达才（中共党员，益阳县农协秘书长）一起赴难就义，时年 17 岁。

谷雄一

有志竟成

卧薪薪能刺吾心，
尝胆胆能壮吾志，[①]
有志竟成。

谷雄一（1905—1931），原名谷文会，河北安国人。1925年加入西北军。1926年冬加入中国共产党。1927年大革命失败后在平津等地从事兵运工作。后任中共山西省委委员兼军委书记，中国工农红军第二十四军政委。1931年8月被诈降的国民党军石友三部逮捕，不久被杀害，壮烈牺牲。

作者是在上中学时写此小诗，并将它书写贴在房中墙上，这是作者面对灾难深重的祖国立下的奋斗誓言。

【注释】

①卧薪尝胆：指春秋时，越国被吴国打败，“相传越王勾践回国后坐于薪草之上”苦身焦思置胆于坐，坐卧仰胆，饮食尝胆也。形容刻苦自励。见《史记·越王勾践世家》。

邹努

从戎救中华

血钟响声彻悲切，赤潮汹涌波光裂。
鲜红血花遍地洒，
投笔从戎救中华。

1927年夏

邹努，简介见第34页。

1927年夏，在武汉召开的全国第九次学生代表大会上，邹努写此诗号召青年学生投笔从戎，建立自己的武装去反抗反革命的武装。

应修人

黄浦江边

这春风峭厉的铁栏杆旁，
连今朝，已有了三个早上，
你呀，白髯白发的印度老人，
尽这样沉默地江心呆望！
尽这样沉默地江心呆望！

江上有万色的旗子飞扬，
兵舰跟商船，这样济济跄跄，
唉，你呆望江心的印度老人，
你怕不是正在怀念故乡，
把黄浦江权当你家的恒河一样？

恒河！呵，恒河！

今已是谁底恒河！
我看江上，江上蛇舌样的旌旗吞吐，
我看岸上，岸上狰狞着洋房巍峨……
这洋房，一石一瓦，岂不就是嶙嶙白骨？
你滔滔的黄浦江呀！你流的是谁底血肉？

满脸的皱纹，已说出你一生忧伤，
家国已没有了，你还老当益壮，
印度老人，唉！你何用独自凄凉，
你在这江边，想象你底故乡，
我又哪儿呢——去认我底“故乡”？

原载1925年3月

《支那二月》第1卷第1期

应修人，简介见第34页。

冷少农

我们的将来

我们的将来，
无论遭何打击，
究竟怎样划算？
我们的手段：
干！干！干！

任他四周如何黑暗，
即使无路可走，
我们的精神，
仍然愈进愈烈！
不屈不挠！
不变换！
人们究竟怎样划算？
我们只要手段不乱，
精神一贯，
前途虽是茫茫，
自然会有光明的一天。

1926年

冷少农（1900—1932），原名冷肇隆，贵州瓮安人。1925年秋入黄埔军官学校，毕业后加入中国共产党。参加北伐战争。1927年大革命失败后，受党的指示打入国民党陆军总监部和南京宪兵司令部，任秘书，获取大量情报。1932年被敌人察觉，不幸被捕，同年5月壮烈就义于南京雨花台。

1926年，作者为鼓励被释放的好友梅重光写下此诗，希望他继续为革命而斗争。

汪后之

书　联

待从头，收拾旧山河；
往后吴，再造新神州。

1925年

汪后之（1900—1928），本名汪守愚，河南光山人。1919年考入武昌中华大学。1923年加入中国社会主义青年团，旋即转为中国共产党党员。曾任共青团武昌地委秘书长，团湖北省委委员，中共开封地委执委，河南省委委员、常委，豫南特委书记。1928年3月，在发动大荒坡武装起义中，不幸被捕，英勇就义。

这是作者为光山的进步刊物《学生自活》写的一副书联。

汪效禹

挽李时鲜①

死难烈士李时鲜，浩气凌青天。
奋身迎枪弹，抗军阀，争民权，
肝脑涂城垣。
血中振臂呼，呼声破敌胆，
再接复再励，责任在吾肩，
革命的目的，务求其实现。
那么殉难烈士方得笑于九泉。

汪效禹（1904—1927），亦名汪圣夏，湖北当阳人。1926年加入中国共产党，任中共当阳县委委员，湖北省农协特派员。曾到安远县开展农民运动，任瓦仓农民赤卫团团长，瓦仓起义副总指挥兼行动小组组长。1927年10月被反动民团杀害，壮烈牺牲。

【注释】

① 李时鲜，中共党员。瓦仓地区农民运动领导人，1927年5月被害，噩耗传来，瓦仓地区上万人参加了追悼大会，会上作者沉痛地朗诵了这首挽诗，群众为之激愤。

沙文求

自　勉

同此天海，人所共瞩；
入君之瞳，所感有独。
君有君事，不可回忆；
如夜之涛，愤悲且厉。
三步徘徊，升血斗泪；
既不愿死，是亦何为？！
譬彼江水，东流不复；
知性从性，何往不乐？
昆仑为志，东海为心；
万里长江，为君之情。
飞步东行，愿君莫驻；
瞿塘三峡，愿君莫踌。

1927年5月

沙文求（1904—1928），字仲己，浙江鄞县人。1925年在上海大学学习，同年冬加入中国共产党。1926年入中山大学学习，任校共青团支部书记。后任共青团广州市委秘书长。1927年12月参加广州起义，任少年先锋队总队长。1928年8月牺牲于广州黄花岗。

此诗是作者为题自画像而作，表达了自己为国献身的革命精神和对革命事业必胜的信心。

沈春农

偷闲最是丈夫羞①

禅林物色自清幽，二十年前忆旧游。
世事沧桑伤胜迹，人间岁月似飞流。
奔驰岂为功名计，解放原从主义求。②
莫教金身修丈六，偷闲最是丈夫羞。③

1927年

沈春农(1886—1928)，湖南湘乡人。清末举人。民国后参加滇军，后从事教育事业。1925年9月加入中国共产党。曾任湖南省农运特派员，湘乡县特别法庭审判长。1927年马日事变后从事党的地下工作。1928年3月26日被捕，29日牺牲。

【注释】

①马日事变后，作者避居在湘乡邹家冲白莲庵。当时有人劝他隐姓埋名，出家修行，他作此诗毅然谢绝，继续坚持地下斗争。②主义：指革命真理。③偷闲：这里指避难安居。

宋寿田

咏矿工

井底新开小有天，熙来攘往一绳牵。
采煤不顾风波险，穿径犹将肢体蜷。
乍见惊为泉下鬼，重逢似作隔世观。
佛言地狱皆虚幻，到此翻疑是信然。

1924年

宋寿田（1899—1938），山东莒县人。原是煤矿煤车押运工人。1925年加入中国共产党，后在博山、济南等地从事党的地下工作。抗日战争爆发后，被派回莒县组织抗日武装。1937年冬到济南购买武器时被捕，受酷刑折磨，于1938年春逝世。

这首诗是作者在博山同兴公司当煤车押运工时，目睹煤矿工人的悲惨生活而作。

张炽

努力奋斗（二节）

同胞们！
敌人投奔来了！
我们的同胞，
死者遍地！
血流成河！
伤者无数！
敌人快杀到我们来了！

快起来抵抗呀！
奋斗！努力奋斗！
同胞们！
我们不抵抗，
就免不了被他们杀死。
我们抵抗而胜，
固然得了生路。
抵抗而败，
也有无上光荣。
快起来呀！
奋斗！努力奋斗！

同胞们啊！
我们有热血，有赤心，有牺牲的精神，……
这就是我们无上的武器！
怕他干吗？
奋斗！努力奋斗！
同胞们！
美利坚已往的英烈啊，
法兰西已往的英烈啊，
爱尔兰已往的英烈啊，
土耳其已往的英烈啊，
苏维埃已往的英烈啊，
他们都是我们的指导者。
他们留给我们的教训是“努力奋斗与牺牲”。
我们的胜利也只在最后的努力奋斗与牺牲。
奋斗！努力奋斗！

1925年10月

张炽（1898—1933），原名张炳南，云南路南人。1924年入北京民国大学学习，同年加入中国共产党。曾任中共北方区委特派员，大连地委宣传部部长。参加北伐战争、八一南昌起义。后任中共中央巡视员。1930年7月在上海被捕，1933年4月1日就义于南京雨花台。

此诗发表在《革新》杂志上（1930年10月创刊）。

张贵媛

革命歌谣（二首）

一

民国一十五年起，[①] 世道改变大无底，
到处都在办农会，农民翻身是正理。

二

只要拳头多，不怕拳头小，
打得土豪劣绅到处跑。

1926年8月

张贵媛（1877—1930），女，湖南浏阳人。1925年加入中国共产党。曾任中共沙市区委委员兼妇女会委员长。1927年大革命失败后，从事地方武装斗争，任浏北游击支队地下交通员。1930年11月被捕牺牲。

1926年8月，北伐军进入浏阳，作者常带领妇女宣传队到各村巡回宣传。她还编歌谣教儿童团唱，这是其中的两首。

【注释】

①民国一十五年：即1926年。

张剑珍

我虽人小志气强①

我虽人小志气强，妇女翻身家爱当。
你莫看轻弟媳妇，细细胡椒辣过姜。

山　歌（三首）②

一

五更过哩鸡会啼，
恶鬼唔使叫豺豺。③
敢搞革命唔怕死，
剥皮抽筋骨还在。

二

你也唔使眼盯盯，
莫看妹子身骨轻。
敢于革命唔怕死，
唔怕山上睡草坪。

三

你莫切来你莫愁，
总爱革命有出头。
砸破泥碗用金碗，
烧了茅寮住高楼。

张剑珍（1911—1931），女，广东五华人。1925年参加革命，担任农民赤卫队宣传员。1929年调东江红军教导团工作。1930年春加入中国共产党，曾任五华县妇联委员，同年11月在一次战斗中被俘，坚贞不屈。1931年6月19日被敌人杀害，壮烈牺牲。

【注释】

①1925年，五华县双头乡成立农会时，作者积极要求参加农会工作。会长担心她年轻干不了，她便唱了这支山歌，以示参加农会的决心。②这是作者自编自唱的几首山歌，用来宣传革命。③唔：方言“不”。恶鬼：指反动派。

张朝燮

念奴娇·送经燕①

茫茫荆棘，问人间，何处可寻天国？西出阳关三万里，羡你独自去得。绰约英姿，参差绿鬓，更堪是巾帼。猛进猛进，学成归来杀贼。

试看莽莽中原，芸芸寰宇，频年膏战血，野哭何止千里阔，都是破家失业。摩顶舍身，救人自救，认清吾侪责。珍重珍重，特此送你行色。

1925 年

酬死友②

剩好头颅酬死友，
凭真面目见群魔。
但愿此身为国赴大义，
为党，为革命。
任劳任怨，决不计他人。

1926 年 9 月

张朝燮（1902—1927），江西永修人。1923 年加入中国社会主义青年团，1924 年转入中国共产党。任中共江西地委组织委员，永修县支部书记。国共合作后，任国民党江西党部执委兼工人部长，领导工农运动。1927 年四一二反革命政变后三天便被杀害，英勇就义。

【注释】

①1925 年，党派作者的妻子王经燕赴莫斯科中山大学学习。临别时，作者填词为她送行。“念奴娇”：词牌名。相传唐代有歌女念奴，为时人所推崇，后人遂以其名为词牌。双调 100 字，前后片各 10 句，各 4 仄韵。②死友：即赵醒侬，中共江西省的组织者，是作者的领导人和战友。于 1926 年被国民党反动派杀害，作者写此诗纪念。

张傲寒

诛尽奸劣肃嚣尘

狗狐当权乱纷纭，山河处处有啼痕。
屠杀哪能维统治，关锁岂可对人民。
蛇蝎咬人胜狼虎，生灵涂炭泣鬼神。
倚天拔起青锋剑，诛尽奸劣肃嚣尘。

约 1927 年

张傲寒（1904—1932），江西铜鼓人。1926 年加入中国共产党。1927 年大革命失败后，在修水地区以教书为掩护从事革命活动。1930 年后，任万载县苏维埃政府秘书长。《红色万载》主编。1932 年“肃反”扩大化中被错杀。

张漫萍

志　向

大丈夫马革裹尸，①
行仁事人间行雨，
狭义必抱打不平，
好男儿忠贞事国。

约 1927 年

张漫萍（1910—1947），原名张复

礼，河南荥阳人。1927年入中学学习，在校期间加入中国共产主义青年团。1932年被捕入狱，在狱中由共青团员转为中国共产党党员。1936年9月经党营救出狱后，任中共西华中心县委书记，蚌埠工委书记等。1947年七八月间被捕，在解送途中壮烈牺牲。

此诗写在作者房中的墙壁上，可看出青少年时代的作者表现出敢于坚持真理、敢于斗争的革命精神。诗题为编者所加。

【注释】

①马革裹尸：指古代壮士在战场上战死后，用马皮把尸体裹起来还葬。

陈昌

筑路歌①

修我们的马路，贯彻我们的精神！
怕什么寒和暑，风和雨，
拿起我们的锄头、铲子，快来做工！
怕什么高和低、土和石，
凡阻碍我们的，就要把它铲平！
大家起来，大家起来，
做一个真正的劳工！

1921年冬

安慰一个烦闷的青年

你为甚多闷多愁，
我怎的无惧无忧？
我爱的是绿水青山，
你爱的是佳人美酒，
我惯着短布单衫，
也不羡那些罗布锦绣，
我惯好露宿风餐，
也不羡那些广厦珍馐。
倘若是：
矢志诗书，
怡情山水，
名利双丢，
那自然无忧无惧，
又何必多闷多愁。

1923年5月

会　联②

有主义、有策略、有计划，怕他江山铁桶；
不贪财、不怕死、不松气，看我好汉英雄。

1927年

陈昌，简介见第35页。

【注释】

①1921年冬，党派作者到浏阳开

展革命工作，任训育主任，这首歌词是1922年他组织修筑环校马路时写的。②1927年，作者在湖南常宁水口山从事工农运动。决定五一劳动节召开第一次工农联合大会，并公审两个罪大恶极的土豪劣绅，他为大会撰写了此会联。

陈明

争回我们的自由（节选）

不斗而死，不若斗而死，
奋身伐贼，
虽死犹荣。
虽然失去了我们生活的资料。
却得到我们生命的源泉。
努力呀！
奋斗呀！
守此生命的源泉，
坚持到底，
发扬光大，
反对一切民贼，一切强权，
争回我们的自由之路。

陈明（1902—1941），原名陈若星，福建龙岩人。1925年加入中国共产党。1926年参加北伐东路军。1927年后任中共龙岩中心县委书记，福建临时省委书记，不久赴苏学习。1931年冬回国，历任红军大学高干科教官，八路军一一五师政治部宣传部部长，山东运河支队政委，中共山东分局党校副校长，山东战时工作推行委员会副主任兼秘书长。1941年11月在费县大青山突围中壮烈牺牲。

该诗发表于20世纪20年代中期的期刊《岩声》上。

陈博

送张天佑二绝①

一
黄鹤矶头江水流，
江流不尽世间愁。
何当百万神兵降，②
一扫妖氛庆自由？

二
任他浊浪欲排空，③
坚信江流总向东。
击楫澄清终有日，④
男儿毕竟是豪雄！

陈博（1904—1930），字贯一，湖北蕲春人。1926年秋，北伐军攻克武昌城后，任国民党湖北省党部干事，不久加入中国共产党。1927年大革命失败后被派往江西等地工作。1930年初回武汉任互济会党团书记，同年4月21日被捕，7月4日英勇就义。

【注释】

①1927年四一二反革命政变后，张天佑被任命为国民革命军第八军六师参谋官。赴任时，陈博送至黄鹤楼前，赠与此诗。②“何当”句：这里指革命武装。③浊浪排空：这里形容反革命逆流。④击楫：形容有志平定国土的气概。

陈丰京

舟中感咏

中华天府锦山川，忧患频临民不安。
伟大马援多壮志，枕戈待旦出夔关。

1926年

陈丰京（1904—1927），原名陈荣隆，四川兴文人。1926年秋考入黄埔军校第六期。毕业后参加北伐，在叶挺的独立团任职，后在北伐军总政治部工作。1927年春曾参加汉口群众收回英租界的斗争，同年逝世。

1926年，作者在渝乘轮出川赴广州黄埔军校时作此诗。

陈伯民

壮瑶走新生

陡岭密岽，丛林森森，
粉枪战刀齐奔腾。
粮食封锁已三月，
同志们，共难吃草根。

大树当战棚，
山茅当被窝，
并肩吧，勇敢冲锋，
犹如右江浪潮生。

疾风怒刮，大雪飞纷，
围火腹中暖，冷刺背薄寒，
奋斗呀，剿白匪，
壮瑶走新生！

大革命时期

陈伯民（1904—1930），又名陈图新，广西东兰人。20年代初，与韦拔群一起从事农民运动。1925年入广州农民运动讲习所学习，后任东兰县农民协会第一届主席、第二届常委。1929年3月加入中国共产党，同年12月被捕，1930年4月4日在都安县英勇就义。

陈潭秋

我来了（三节）①

一
太阳在空中眼眯眯地笑着，
如火的热光在人们身上依恋着，
人们气喘着，汗流着！

二
“我来了！我来了！
欢迎我的顷刻就凉爽了。
为何欢迎的人太少呵！”
电扇呜呜地旋转着说。

三
“我来了！我来了！
不欢迎电扇的人都欢迎我。②
佢们在热光之中电扇之外向着我唱
欢迎之歌。”③
风在广大群众中很骄矜地说。

1923年8月10日于安源

五一纪念歌④

五一节，真壮烈，
世界劳工大团结！
发起芝加哥，
响应遍各国，
年年今天大检阅。
西欧东亚与美洲，
处处溅满劳工血。
望大家，齐努力，
愿我们团结战斗勿稍歇，
不达成功誓不休，
切莫辜负五一节！

1924年五一节前夕

陈潭秋（1896—1943），湖北黄冈人。1920年参加发起组织武汉共产主义小组。1921年7月出席中共一大。曾任中共武汉地委委员长，湘北区委组织部部长，江西省委书记，福建省委书记，中华苏维埃共和国中央执行委员、粮食人民委员（部长）。1935年参加中共驻共产国际代表团工作。1939年回国后，任中共中央驻新疆代表兼八路军驻新疆办事处负责人。是中共第五、六届中央候补委员，第七届中央委员。1943年9月27日被杀害，英勇就义。

【注释】

①作者出席党的第三次全国代表大会回到安源后，采取比喻的修辞手法，写了这首诗歌，它把“三大”决议和所制定的策略比喻为凉爽的清风，吹到安源广大劳苦大众的心窝上。②旧社会电扇是阔人享用的，“不欢迎电扇的人”即用不起电扇的穷苦大众。③佢们：佢（qú），江西方言，第三人称。佢们，即

他们。④1924年五一前夕，作者曾亲自到安源工人夜校教唱这首歌。

陈毅安

登岳麓山①

岳麓山高眼界舒，湘江遥望意何如。
每思报国无途径，只有勤修马列书。

1922年9月

答未婚妻（三节）②

寄生者治人，
享受世界上一切权利；
生产者治于人，
所得的代价只有无期的冻饿。

唉！这是圣人孔孟的道德吗？
这是上帝耶稣的博爱吗？
这是南无阿弥陀佛的慈悲吗？
什么道德、博爱、慈悲，
都是一些骗人的鬼话。

创造世界的工农们，
我们赶快的团结起来呀！
死气沉沉的黑暗世界，
要用我们的热血染它过（个）鲜红。
我们要冲破压迫阶级束缚我们的藩篱，
我们唯一的法门——勇敢奋斗！③
只要我们努力，胜利终究要属于我们的，
让我们高呼预祝世界革命成功的口号啊！

1926年8月27日

陈毅安（1905—1930），又名陈斌，湖南湘阴人。1924年加入中国共产党。1925年入黄埔军校第四期，后参加北伐。1927年9月参加秋收起义，后任工农革命军第一团副团长，红四军三十一团副团长，红五军参谋长，红四师师长，红三军团一纵队司令员。1930年8月7日在长沙战斗中英勇牺牲。

【注释】

①此诗表达了作者忧国忧民的思想和坚信马列主义的信念。②作者在黄埔军校学习时，未婚妻曾两次来信劝他莫去打仗。作者回信说："革命不打仗，又算什么革命呢？革命的战争，就是要实现世界永久的和平，绝对不同于军阀争权夺利的战斗。"并在信中附了此诗。③法门：即办法。

林育南

龟蛇吟①

龟蛇古灵物，向如俗所称。
龟灼卜先知，蛇起兆战争。
我来江汉浒，数载与君邻。

朝上抱冰堂，暮宿紫阳亭。[②]
邦国亦黍瘁，贫困辱苍生。
哀鸿满泽国，郑侠实怆神。[③]
视天若梦梦，龟蛇何昏沉。
谁知超群力，于今竟无闻。
念兹将去汝，适彼海之垠。[④]

1923 年

不要忘记我们的施洋（九节）[⑤]

兄弟们，静默着！
不要忘记了我们的施洋！
他死了三年半了，
他的尸骨还埋在洪山的战场！[⑥]

他为什么死了？
我们每一个工友都已知道，
他为我们：
牺牲幸福，抛弃自由；
衣食不顾，奔走不休；
在帝国主义、军阀和资本家的
围攻中奋斗，
一直到他生命的尽头！

记得三年半前的今日，
他因帮助粤汉罢工，
横遭军阀的通缉；
他在上海出席司法大会，
发表保障人民自由的提议。
他回武汉继续奋斗，
生命的安危他早已不理！

他尽全力保障我们的利益，
他被聘为我们的法律顾问，
我们组织的雄厚和奋斗的胜利，
他是最有功劳的一人！
二月一日的京汉大会，
声势如风起云从，
他加入我们工人群众的队伍，
在郑州向包围的军警冲锋，
他从郑州回汉的时候，
沿途向群众演讲煽动。

二七京汉全路流血，
接连各工会被封；
他就在这严重的时候，
落在敌人的手中！
他向押解他的军警宣传，
听者无不流泪悲痛。
他在狱中的七日，
还是不停的向囚徒群众鼓动。

洛阳的急电来到，
他就在那残年尽头的早上枪毙。[⑦]
当枪弹射穿他躯体的时候，
他还在高呼“劳工万岁”！

他给我们的印象太深刻了，
使我们永远不能忘记。
当我们惊闻这个噩耗的时候；

大家痛哭如丧考妣！

没有施洋了！
失掉了我们有力的导师！
失掉了我们英勇的同志！
三年半来在黑暗中受无限的苦痛，
更使我们刻刻思念他不置！

在这“革命复生”的双十节，
我们继承着“工联”的“省总”，
当这万头攒仰、欢腾鼓舞的时候；
使我追想到工联的创造艰难；
追想二七的悲惨；
追想到施洋同志的殉难！

1926年10月10日

林育南（1898—1931），又名林毓兰。1921年加入中国共产党。曾任中国劳动组合书记部武汉分部主任，参加领导二七大罢工。后任中国社会主义青年团团中央书记，中华全国总工会秘书长等职。是中共第五届中央候补委员。1931年1月17日被捕，2月7日在上海龙华英勇就义。

【注释】

①1923年，作者同罗章龙等共游武汉龟山，归后写此诗，表达了忧国忧民的情怀。龟山，在汉阳城北，状若巨龟。蛇山，在武昌城内，形似伏蛇。两山夹长江对峙。作者借咏龟蛇两山的景物，抒发自己的忧国忧民之情。②抱冰堂、紫阳亭：均为山上的名胜建筑物。③郑侠：宋人，曾助王安石变法，行保甲、青苗诸法，以兴农事。详见《宋史·郑侠传》。哀鸿：悲叫的鸿雁。这里指军阀统治下痛苦呻吟的人民。④适彼：到那、去那。垠：边际，尽头。⑤1926年10月10日，湖北全省总工会在汉口宣告成立，因施洋生前曾任省总前身湖北全省工团联合会法律顾问，故作者写此诗以纪念施洋，刊于1927年3月《二七四周年纪念特刊》上，署名湘浦。⑥作者自注：“此时武昌尚未克服，洪山正是战场。”⑦残年尽头的早上：指旧历腊月三十日，是施洋殉难的时间。

林祥谦

工人何时能出头

成年累月做马牛，
吃喝如猪穿如柳。
军阀刀鞭沾满血，
工人何时能出头。

林祥谦（1892—1923），福建福州人。1911年进江岸铁路工厂做工。1922年夏加入中国共产党，后被选为京汉铁路工会江岸工会委员长。1923年2月参与领导京汉铁路总同盟罢工，被指定为江岸地区罢工的总负责人。2月7日被捕后，被绑于江岸东站的木柱上，面对敌人的屠刀坚贞不屈，高呼：“头可断，血可流，工不能复！”遂英勇就义。

昌绍先

投笔从戎[①]

男儿壮志出都门，
英夷不灭誓不还。
横尸疆场不足憾，
愿留白骨照河山。

1925年7月

练就一身钢筋骨

黄沙蔽日天昏暗，
狂风卷地石乱窜。
练就一身钢筋骨，
砥柱中流挽狂澜。

1926年

昌绍先（1907—1928），湖北沔阳人。1922年考入燕京法文学校。1925年7月，奔赴张家口考入国民军陆军干部学校。1926年春加入中国共产党。军校毕业后，到国民军骑兵师做政治工作。1928年后在高桂滋部做兵运工作，同年4月9日领导阜阳四九起义，胜利后任皖北工农红军总指挥，两日后在战斗中英勇牺牲。

【注释】

① 诗题为编者所加。

易挽澜

农友们携手起来吧

犁头不拿起，
哪里有谷米？
不怕你有钱，
你还要饿死。
犁头要拿起，
这里有谷米；
供奉你们食，
还把我们当奴隶。
你们吃的饭，
我们吃的粥；
你们住的洋房，
我们住的茅屋。
哎！
我们吃亏得很，
经济逼得死人。
农友们，梦醒！
一起携手起来吧。
努力农民革命！
消灭资本主义，
我们才自由平等。

莫替他们做牛马，
世界才有安宁！
万岁，国民革命的农民！
万岁，国民革命的农民！

易挽澜（1899—1927），原名易恩波，壮族，广西思乐人。1926年在广州农民运动讲习所学习，并加入中国共产党。结业后，任国民党龙州县党部农民部部长，以这一合法身份开展农民运动，后又任镇南道农民运动办事处指导员。1927年四一二反革命政变后被国民党反动派逮捕，9月被杀，英勇就义。

作者在龙州从事农民运动时写此诗，后配谱，教群众演唱。

罗世文

奉吴老师惠存[①]

渝宜逆水喜交心，
共庆忘年敢作霖。[②]
大地风雷惊伏蛰，
春秋血写永壬林。[③]

1924年7月

为《爝光》停刊（三首）[④]

一

勒令淫威下，《爝光》得永生。
燎原燃野火，草木自春荣。

二

苛政猛于虎，[⑤]先行誓死争。
疾风知劲草，抱璞守忠贞。[⑥]

三

落帽秋风易，牺牲革命常。
前茅如海塔，后启允鹰扬。[⑦]

1925年7月

悼杨闇公老师[⑧]

涂山诀别几经秋，
故国不堪江水流。
可惜身无双羽翼，
归来聚众斩顽酋。

1927年

罗世文（1904—1946），原名罗世闻，四川威远人。1923年加入中国社会主义青年团，曾任青年团重庆地委书记。1925年转为中共党员，同年赴苏学习。1928年回国，曾任中共四川省委宣传部部长、军委书记、省委书记，四川临时工委书记，川康特委书记。1940年3月18日被捕，1946年8月18日就义于重庆中美合作所。

【注释】

①1924年7月暑假，作者回老家探亲，适逢与吴玉章同乘一船，此诗是作者告别吴玉章时所作。吴玉章（1878—1966），早年参加辛亥革命。1925年加入中国共产党，曾任中共四川省委书记。新中国成立后，任中国人民大学校长，是中共第六至八届中央委员。②敢作霖：即敢作霖雨救苍生之意。③壬林：盛大、昌盛。全句意为用热血写出的革命历史永远昌盛。④《爝光》：是作者等创办的革命刊物，五卅运动后期被军阀查封，作者写此诗以抒愤懑。爝光：小火把。⑤苛政猛于虎：出自《礼记·檀弓下》，意指苛重的赋税比猛虎还可怕。⑥抱璞：未琢之玉石，在此指坚守信念。⑦前茅：古代行军前哨以茅草做旗。鹰扬：像鹰腾飞那样威武雄健。⑧杨闇公于1927年4月6日牺牲，正在莫斯科学习的作者闻知噩耗后写此诗悼念。杨闇公（1898—1927），于1924年加入中国共产党。曾任中央四川省地方委员会书记兼军委书记。1927年重庆三三一惨案时被捕，后英勇就义。

罗石冰

为求解放甘吃苦

非求荣华非书痴，
为求解放甘吃苦。
革命总有胜利日，
祖国处处黄金屋。

1925年8月

罗石冰（1896—1931），又名罗菁华，江西吉安人。1924年2月考入上海大学，不久加入中国共产党，同年秋派任上海总工会会计科副主任，参加五卅运动。1926年后，曾任中共吉安地委书记，福州市委书记。1928年春赴苏学习，1930年秋回国，任中共青岛市委书记。1931年1月17日被捕，2月7日遭国民党反动派杀害，英勇就义于上海龙华。

作者此诗表现了一个共产党人为信仰和事业英勇献身的革命精神。

罗怀盛

座右铭

人贵立志，不图功名，心怀济世，爱护生灵。斯是天职，敢云德馨，精忠贯日月，节烈垂丹青。谈论恨军阀，往来爱白丁。革命救中国是天经，无富贵之入耳，无利禄之劳形。

罗怀盛（1908—1928），福建龙岩人。1927年春加入中国共产党。

曾任中共龙岩临时县委书记。1928年3月，参与领导龙岩后田农民武装暴动，并组建龙岩县第一支红色游击队，不久调往闽南工作。1928年在漳州被捕，同年12月光荣就义。

罗卓云

万折不灰心

疾风知劲草，岁寒见青松；
任彼风浪险，万折不灰心。

1927年马日事变后

罗卓云（1892—1928），又名罗英，湖南宝庆人。1922年加入中国共产党，从事教学和党的工作，曾任中共宝庆地方执委会组织部副部长。1927年马日事变后，参与组织宝庆西乡暴动。1928年9月15日被捕，11月13日英勇就义。

金贯真

热　血

傍晚的夕阳，
和水儿接了个深深的吻。
她那滚滚的热血，
浸透了轻云，
染红了流水，
把我的心儿照得像燃烧一样。
哦！我敬爱的夕阳呀！
请把全世界陶醉！

1923年5月18日

金贯真（1902—1930），原名金家济，浙江永嘉人。1925年春加入中国共产党，为中共温州独立支部主要成员。后参加北伐，任东路军政治部秘书兼党团书记。1927年赴苏学习，1929年8月回国，任中共浙南特委负责人，红十三军政委。1930年5月20日被捕，当晚英勇就义。

周水平

狱中联语（两副）

一

拘留二旬，方知国法条条是废物；
奋斗十年，当使民生个个尽登仙。

二

宁为枉死鬼；
不作屈膝奴。

周水平（1894—1926），江苏江阴人。早年留学日本，回国后任高小教员，又投身农民运动，参与组织领导了江阴、常熟、无锡一带的农民运动。1925年11月18日被捕，次年1月17日被军阀孙传芳秘杀。就义时大声疾呼：“我非匪非盗。为救贫民而死，死而无憾！”

周应铭

世道沉沦

分明有理说无理，
抹煞正义昧天良。
世道沉沦人险恶，
奴才面貌黑心肠。

1927 年

周应铭（1911—1930），又名周建中，湖南望城人。1927 年考入长沙师范学校，不久参加北伐军，后随北伐军去武汉，并加入中国共产党。曾任中共长沙市委委员兼省立一中特支书记。1930 年 11 月被捕，英勇就义。

周逸群

齐天乐·一生交给党

硝烟弥漫中华，有斑斑血泪，遍体痕伤。军阀横行，列强乱争，九州怪魔猖狂。今日宏愿酬，一生交给党，斗志昂扬。愿为工农革命，洒热血一腔。

1924 年

废书学剑[①]

废书学剑走羊城，
只为黎元苦匪兵。[②]
斩伐相争廿四史，[③]
岂无白刃可亡秦？！[④]

1924 年

周逸群，简介见第 38 页。

【注释】

① 此诗是作者 1924 年 10 月入黄埔军校学习前所作。诗题为编者所加。② 黎元：指百姓。③ 廿四史中多记载战争的事，被称为相砍书。④ “岂无”句：指推翻反动统治。

又：“齐天乐”为词牌名，又名《台城路》《如此江山》等。双调 102 字，前片 10 句，后片 11 句，各 5 仄韵。此词为后片。

郑佑之

儿　歌[①]

乡村老小的农民，身上穿着烂巾巾。
心想起，实可怜！一年累得不得了。
积的钱，享不到，尽遭强盗抢去了。
洋人就是大强盗，军阀就是第二号。
贪官污吏帮到整，[②] 还有劣绅和土豪。
这些东西不打倒，我们农民怎开交。

1925 年

郑佑之（1891—1931），字自申，四川宜宾人。1922年加入中国社会主义青年团，后经恽代英介绍加入中国共产党。曾任中共宜宾县委书记，川东特委秘书长，江巴中心县委秘书长。1931年底因叛徒出卖被捕，英勇就义。

【注释】

①此儿歌写于1925年，正是国共合作时期，作者在国民党宜宾县党部工作。他用儿歌进行革命宣传活动。②帮到整：原句如此，疑为方言。

赵世当

反对“廿一条”[①]

反对签字“廿一条”，奇耻大辱受不了。
亡国灭种重大事，屈膝求全求不了。
祸首就是袁世凯，皇帝美梦迷心窍。
民族利益全不顾，丧权辱国当走狗。
签字还有曹汝霖，巴黎和会臭名声。
驻日帮凶陆宗舆，[②] 一伙败类共策划。
同胞快快来觉醒，救亡图存在今朝。
夺回主权惩国贼，取消条约把国保。

1924年

快快觉醒闹革命[③]

腊月三十要过年，穷人生活真可怜。
欠了财主钱和米，捉鸡拿物闹翻天。
粗茶淡饭冇得吃，[④] 无油无盐菜难咽。
财主吃的鱼和肉，花天酒地大过年。
皮肉相同天一个，为何穷人苦难言？
全是官府衙门坏，弄得穷富两重天。
快快觉醒闹革命，革命才能见青天。

1926年

赵世当（1908—1930），字宜兴，湖北通城人。1925年加入中国共产党，次年入广州农民运动讲习所学习，回县后参加国民革命运动。曾任中共湖北省委委员。1927年大革命失败后，曾参加鄂南秋收起义。1930年11月被捕，12月16日壮烈牺牲。

【注释】

①此诗是作者为反对“廿一条”签字9周年而作。②陆宗舆：袁世凯政府签字“廿一条”驻日公使，为爱国民众斥为卖国贼。③这是作者在家乡动员群众闹革命写的歌谣。④冇得：没有。方言。

赵世炎

远望莫斯科

我们站立在巴黎铁塔顶上，
高处不胜寒，
一片茫苍苍。
翘首远望，遥指北方，
万千风光，令人神往！
听呵！列宁在演讲，
人民群众在拍掌，
《国际歌》响震云霄，
欢呼口号声若狂。
看呵！满天大雪，
无数红旗飘扬；
工农武装，
打倒了沙皇，赶走了豺狼，
肃清着奸匪，保护着党。
让我们齐声高呼：
共产主义万寿无疆。

赵世炎（1901—1927），笔名施英，重庆酉阳人。1920年5月赴法国勤工俭学，1922年参加发起组织旅欧中国少年共产党，任中央执委会书记，同年任中共旅欧总支书记。1923年赴苏学习。1924年回国，任中共北京地委书记，上海总工会党团书记，参加领导上海工人三次武装起义。后任中共江苏省委代理书记，是中共第五届中央委员。1927年7月19日在上海英勇就义。

此诗是作者在巴黎勤工俭学时所作，表达对十月革命的向往。

胡筠

出征讨伐叛军①

绿荫深处无暑炎，
席地看报也谈天；
男女穿上军装服，
革命阵营意志坚；
保卫后方有责任，
支援前线毋稍延；
三镇基地金汤固，②
快听貔貅奏凯旋。③

1927年5月

胡筠（1898—1934），女，原名胡昀，湖南平江人。1925年底加入中国共产党，任叶挺独立团政治处宣传队队长。1926年底入武汉中央军政学校学习。1927年9月参加湘赣边秋收起义，后任游击队大队长，中共赣北特委常委，红五军第一纵队党代表，中共湘鄂省委妇女部部长等。1934年1月，在“肃反”中被陷害，不幸牺牲。

【注释】

①作者在武汉中央军政学校女生

队学习时，夏斗寅在宜昌叛变革命，为反击叛军，军校与武昌农民运动讲习所组成中央独立师，作者参加了宣传队。在出征讨伐叛军时，她写了这首诗。诗题为编者所加。② 三镇：指武昌、汉口、汉阳，即武汉三镇。金汤：谓坚固的城池。③ 貔貅：一种猛兽，比喻勇猛的战士或军队。《晋书·熊远传》："今顺天下之心，命貔貅之士，鸣檄前驱。"

胡也频

悲　愤

诗人尽寻梦于黑暗之醉乡，
留下庞大之宇宙，
任蛇狗交欢，蚱蜢跳舞。

我忍受不了这一切，
遂屹立山巅，
攘臂呼喊。

因风雨自心头袭来，
我泪儿下垂，如春夜之落花，
未为泥埋，但让阳光干去。

当我走过红袖与马褂的活尸之群，
把帽儿低到鼻尖了，
强以羞惭隐没我之鄙视。

呵，欲惊醒有不愿长睡的人，
将感情托予那春雷，
仍无从压沉活尸之鼾声！

我终弃这无希望的努力了，
躺在悬崖，蔑视一切，
赞颂毁灭，谪贬上帝！

1926 年 7 月

暴　雨

旋风引来了狂乱的游鸦，
为暴雨的先导，
尘沙弥漫着，
是其威力的显示。

阳光被逼迫向树梢远遁，
如惊弓之野鸟。
乌云追踪而来，
欲吞没这世界。

树林现着恐怖，
发出畏难的呻吟，
雷声隐隐地震动，
无意或得意的带点威吓。

宇宙变样了，如黑奴之面部，
在空间驰骤的电闪，
成了黑暗的无数裂痕，
像是报告暴雨之来的时刻。

1926—1927 年

一个时代（八节）

上帝以饿狼之心，
贻给人间之强暴，
弱者遂填于沟壑，
如夏天之雨般骤落。

刀枪因杀人而显贵，
法律乃权威之奴隶，
净地变了屠场，
人尸难与猪羊比价。

树叶是经秋凋零，
人的生命正在青春，
却如同梦幻，
须受武器的尝试，为冥土之公民。

春秋虽顺序而来，
大自然不断地变迁，
奈空间已被恐怖所充塞，
人心如惊弓的小鸟，全战栗于危惧。

偶尔听河水的缓流，
或风声飘过瓦端，
疑是兵士之皮鞭的声响，
半夜惊起，彷徨如临宰之羊儿。

铁窗之冷狱于是热闹，
勇敢的青年成了囚犯，
监卒遇这罕有之客，
便满足了极酷虐的敲诈。

社会等于足球，
在有力者的脚下旋滚，
竟无人忧虑其崩毁，
这正是历史家可珍的时代。

假使有神明和阎王，
不用其公正，在天堂或地狱，
欢迎那英灵与冤魂，开伟大之宴筵，
痛饮，狂歌，向人间嘲笑！

1926—1927 年

胡也频（1903—1931），现代作家、诗人，原名胡培基，福建福州人。1924 年开始写诗和小说。1928 年春到上海从事革命文学活动。1930 年参加中国左翼作家联盟，当选为执行委员，工农兵文学委员会主席，并加入中国共产党。1931 年 2 月 7 日就义于上海龙华，是“左联”五烈士之一。著有《胡也频选集》《胡也频诗稿》等。

胡陈杰

与家人话别 ①

男儿壮志出夔关，学不成功誓不还。
埋骨何须桑梓地，间处处有青山。

1924 年

胡陈杰（1903—1932），又名胡慎己，四川铜梁人。1925年考入黄埔军校第四期，不久加入中国共产党。曾参加北伐，任国民革命军第四军连党代表。后赴四川做兵运工作，曾任国民革命军二十军副官长兼政治部主任。1930年到湘鄂边根据地，任红军大学校长，红三军第八师参谋长。1932年9月在“肃反”扩大化中被错杀。

【注释】

①1924年，作者出川去南京考东吴大学，临行前作此诗明志。诗题为后人所加。

胡叔尼

挽二七大罢工死难烈士联①

烈士勿忧，雪恨尚有我辈在；
众志不堕，英名定卜他日扬。

1923年

讨蒋联②

问汝是何心，竟使去年之欢迎变成今日之打倒；③
革命无别法，只要大家向左站那怕个人向右倾。

1927年

胡叔尼（1899—1928），湖南醴县人。1924年加入中国共产党，1925年回湘乡开展革命工作。大革命失败后，在桃源、湘西、常德等地坚持地下斗争。1928年10月被害，壮烈牺牲。

【注释】

①1923年2月，军阀吴佩孚血腥镇压京汉铁路罢工工人，激起作者的无比愤慨。他毅然发动几所大、中学校学生集会，抗议反动军阀的暴行，并奋起为殉难烈士举行追悼大会，这是他为追悼大会撰写的挽联。②1927年，四一二反革命政变发生后，作者在湘乡县召开声讨大会，并挥笔作了这副对联。③汝：你。这里指蒋介石。

胡祥仁

穷人都翻身

地主心肠狠，压迫我穷人，
逼得穷人难生存，只得闹革命。
穷人来商量，去找共产党。
天下穷人变红军，大家一条心。
打倒那土豪，杀绝那劣绅，
土地归还我农民，穷人都翻身。

胡祥仁（1901—1932），安徽霍山人。1924年加入中国共产党，次年入黄埔军校学习。1926年回家乡进行武装斗争，曾任工农赤卫队队长，参加立夏节起义，后任霍山游击师师长。1932年被捕，不久壮烈牺牲。

此诗是作者在家乡从事武装斗争时所写的。

胡焦琴

感　世

群雄争逐鹿，中原一局棋；
干戈何日息，光我五色旗！
恨为弱女子，扶危不可期；
河山原锦绣，一览一兴悲！

胡焦琴（1902—1927），女，浙江宁波人。1922年考入浙江省立第一女子师范学校。曾多次发表文章抨击封建伦理道德，宣传妇女解放。1926年转为中共党员。任中共镇海支部代书记，国共合作时期任国民党镇海县党部执委兼妇女部部长，新仓女校校长。1927年6月6日被捕，后从容就义。

此诗写于大革命时期。

柳志杰

留别友人

临行万里莫咨嗟，
小别千年一刹那，
看剑雄心凭试水，
凌云大笔欲腾蛇；
人心险恶官为虎，
世局颠危血作花，
倘得风云神际会，
定将只手挽邦家。

1924年

柳志杰（1902—1934），字展筹，安徽潜山人。1926年考入黄埔军校长沙分校，次年春加入中国共产党。1930年参加潜山农民暴动，任潜山县革命委员会军事委员，红军独立师第二团团长。1933年参加抗日同盟军，任吉鸿昌部秘书、参谋长。1934年3月底被捕，7月12日从容就义。

1924年，作者考入湖北省法政专科学校。当时国内军阀混战，国外敌寇不断入侵，作者写此诗抨击黑暗的旧社会。

俞昌准

一柄朴刀

摒弃了我一切梦幻的欲念，
澄清了我一切颓唐的绮思；
我将我冶成了一块百炼的精钢，
我将我制成了一具完美的器械——

这具完美的器械，
就是一柄锋利的朴刀。

我没有欲念，
我没有绮思，
因为我没有那人类的变幻的一颗心！

我的亲爱的主人啊，①
你使用我吧，
充分地使用我吧！
使用我勇敢地去为那无产阶级利益
冲锋陷阵！

约 1926 年

到天堂去 ②

那边是天堂，
大家都想着进去，
去享受那人间的甘露，
去学习那天上的规章。

这里是地狱，
囚着那蓬头垢面的人群，
都是那被压迫被剥削的
劳苦大众的姐妹兄弟。

我暂时不忍离开那苦难的
兄弟姐妹，
我要帮助他们，
冲破黑暗啊，创造光明！

1926 年 9 月

谁是主人翁

食粮堆积得如山的仓库，
货物垒集得充盈的楼房，
堆集它的是工农的血和汗，
然而冻饿已死在遍野的，
都是他们的骨肉亲房！

峨峨巍巍的大厦，
辉煌灿烂的华堂，
建筑它的是工农的血和汗，
然而浊秽黑魆的茅棚里，
都是囚着他们的弟兄行帮！

是谁该支配着那栈房仓库？
是谁在享受着那大厦华堂？
劳苦的工农大众们哟！
我们要打倒那剥削我们的资本家，
我们要争取做世界的主人翁！

1927 年 6 月

俞昌准（1907—1928），又名仲则，安徽南陵人。1926 年加入中国共产党。曾任中共南陵特支宣传委员，芜湖特支委员，南芜边区苏维埃政府主席，边区赤卫队总指挥，中共怀宁县委委员，共青团县委书记等。1928 年 11 月 22 日被捕，12 月 16 日被害，壮烈牺牲。

【注释】

① 亲爱的主人：指亲爱的党。②1926年9月，党派作者赴莫斯科学习，但他要求到最艰苦的地方去工作，便写下此诗。

施季高

我的哥哥（节选三节）

我的亲爱的哥哥呀！
你的为人，
是热心公益的；
你对现社会是抱不平的……
苦、乐、劳、逸，
天阔似的悬隔着；
贫、富、贵、贱，
阶级上下的不平，
你看得不耐烦了，
自己不怕什么利害，
竟拼着力下水去救人，
想将不平的社会彻底改造，
使无产阶级的劳动同胞们，
从十八层地狱翻将起来，
享着平等自由的幸福！

你讲了五六年的法律；
读了几本马克思的社会主义的书报；
首先就向人力车夫发展你的怀抱；
就在劳动界当了个法律顾问，
这也可算你的［快乐事业］呵！
你为劳动奋斗，
不问家事，
不顾身体，
向恶社会宣战，
向鬼魅们□力。
你的奋斗精神，
伟大，锐利，
所向无敌。
呀！
黑暗的社会，
万恶的环境，
四面八方一层一层的紧紧逼着。
你仍抱着［舍身救人］，
［威武不屈］的精神，
继续不断的奋斗，
你的敌人愈多了，
枪弹就临到你身上了。
（二月十五日）
就是你三十四岁的末日，
你就［舍生就死］，［赍志而没］；
这真令我［痛、哭、悲、哀］，
吊你不幸呵！

［人生百年，总是一死。］
这又是何悲之有？
况你死得其所。
你的流血，
是为劳动运动而死；
是替无产阶级奋斗而死；
是帮助无产阶级反抗——军阀和资本家——而死！

这抱负是何等的高尚；
牺牲是何等的荣耀！
其所谓（死得其所），（重于泰山），

是啊！
你为奋斗而死，
同志们必当鼓舞勇气，
与鬼魅的——军阀资本家宣战啊！
你的灵魂不昧，
当睁着眼仰着头，
看看今后的社会，
将来的人生！

你亲爱的季弟

一九二三、二、三十作于校中①

施季高（1907—1928），湖北竹山人，施洋的胞弟。1923年加入中国社会主义青年团，任团武昌中华大学支部书记，后加入中国共产党，曾任中共武汉硚口区委书记，湖北省总工会执行委员兼秘书。1928年3月被捕，两周后被反动派杀害，英勇就义。

【注释】

①此时间有误。农历二月是平年28天，闰年29天，1923年系平年。施洋（1889-1923），字伯高，律师。1922年加入中国共产党。1923年任京汉铁路总工会法律顾问。1923年2月积极参加和领导京汉铁路总同盟罢工，2月7日被捕，15日英勇就义。

闻一多

一句话

有一句话说出就是祸，
有一句话能点得着火。
别看五千年没有说破，
你猜得透火山的缄默？
说不定是突然着了魔，
突然青天里一个霹雳，
爆一声：
“咱们的中国！”

这话叫我今天怎么说？
你不信铁树开花也可，
那么有一句话你听着，
等火山忍不住了缄默，
不要发抖，伸舌头，顿脚，
等到青天里一个霹雳，
爆一声：
“咱们的中国！”

1925年自美返国后

发　现

我来了，我喊一声，迸着血泪，
“这不是我的中华，不对，不对！”
我来了，因为我听见你叫我；
鞭着时间的罡风，擎一把火，
我来了，不知道是一场空喜。
我会见的是噩梦，哪里是你？

那是恐怖，是噩梦挂着悬崖。
那不是你，那不是我的心爱！
我追问青天，逼迫八面的风，
我问，（拳头擂着大地的赤胸，）
总问不出消息；我哭着叫你，
呕出一颗心来，——在我心里！

1926年

祈　祷

请告诉我谁是中国人。
启示我，如何把记忆抱紧；
请告诉我这民族的伟大，
轻轻的告诉我，不要喧哗！

请告诉我谁是中国人，
谁的心里有尧舜的心，
谁的血是荆轲聂政的血，
谁是神农黄帝的遗孽。

告诉我那智慧来得离奇，
说是河马献来的馈礼；
还告诉我这歌声的节奏，
原是九苞凤凰的传授。

谁告诉我戈壁的沉默，
和五岳的庄严？又告诉我
泰山的石溜还滴着忍耐，[①]
大江黄河又流着和谐？

再告诉我，那一滴清泪
是孔子吊唁死麟的伤悲？
那狂笑也得告诉我才好，——
庄周，淳于髡，东方朔的笑。[②]

请告诉我谁是中国人，
启示我，如何把记忆抱紧；
请告诉我这民族的伟大，
轻轻的告诉我，不要喧哗！

死　水

这是一沟绝望的死水，
清风吹不起半点漪沦。
不如多扔些破铜烂铁，
爽性泼你的剩菜残羹。

也许铜的要绿成翡翠，
铁罐上锈出几瓣桃花，
再让油腻织一层罗绮，
酶菌给他蒸出些云霞。

让死水酵成一沟绿酒，
漂满了珍珠似的白沫；
小珠们笑声变成大珠，
又被偷酒的花蚊咬破。

那么一沟绝望的死水，
也就夸得上几分鲜明。
如果青蛙耐不住寂寞，

又算死水叫出了歌声。

这是一沟绝望的死水，
这里断不是美的所在。
不如让给丑恶来开垦，
看他造出个什么世界。

闻一多（1899—1946），著名诗人、学者，原名闻家骅，湖北浠水人。早年从事诗歌创作。1919年参加五四运动。1922年赴美留学，1925年回国，在清华大学等校任教。抗日战争爆发后，任西南联大教授，积极从事抗日救亡运动和民主运动，任中国民主同盟中央执行委员，《民主周刊》社长。1946年7月15日在昆明被国民党特务暗杀。周恩来、宋庆龄等闻讯后，均撰挽联悼念，有《闻一多全集》行世。

【注释】

①溜：滴下的水。②庄周：即庄子，战国时哲学家。淳于髡：战国时齐国学者。东方朔：西汉文学家。

姜景义

抵抗歌[①]

好同志，大家来，来读书。
读书好，要读书，进夜校。
……
穷人苦，富人乐，为什么？
要知道，现社会，太不平。
帝国侵，军阀抢，四东家，[②]
最恶极，收租子，刮地皮。
……
同胞们，来抵抗，
杀！杀！杀！……

姜景义（1904—1930），江苏邳县人。1926年秋加入中国共产党。曾任中共邳北区委书记。重建中共邳县委负责人，以岔河小学校长的合法身份开展党的活动。1930年8月7日被捕，8月28日被敌人杀害，光荣就义。

【注释】

①作者在开展群众运动时，曾向群众教唱自编的革命歌曲，这是其中的一首。②四东家：指邳县四家大地主。

姜镜堂

对　联

汉水滔滔，洗不尽英雄恨事。
阳光皎皎，照得见我辈青春。

1926年

姜镜堂（1902—1931），湖北英山人。1925年加入中国共产党。1926

年黄埔军校第三期毕业，后参加北伐战争。1927年回英山地区领导农民运动。1929年11月，参与领导六（安）霍（山）起义。任中共皖西特委书记，皖西北特委常委兼军事委员会主席。1931年10月在“肃反”中被错杀。

1926年10月，北伐军攻克武汉后，作者到汉阳兵工厂工作。双十节时，为汉阳门写此副对联，以激励广大青年投身大革命洪流。

恽代英

国耻歌

游行警告我同胞，
国家耻辱可知道？
四年五月九日事，
大家不要忘记了，
是谁抢夺我青岛？
是谁割我台湾岛？
是谁蚕食我满洲？
忽然提起条件来，
海陆军队同时到，
看它气焰多凶横，
我们应当如何好？
二十一条何由来，
世人谁个不知晓！
限我四十八点钟，
完全答应毋违拗。
可怜政府太荒唐，
可怜国民空嚎咷，
看看不能再延迟，
只好全盘答应了！
如今整整过七年，
这样深仇犹未报。
何时合力保中华，
都得责成我同胞。

1922年5月

恽代英，简介见第40页。

1922年5月9日，四川泸州各界人民集会纪念五九国耻，当时作者正率领泸州师范学校师生参加大会，会后举行了声势浩大的游行示威，并以《梅花三弄》的曲子填写了国耻歌，教大家齐声同唱。

洪灵菲

白菊花①

傲骨千年犹未消，
篱边照影太寥寥。
生涯欲共雪霜淡，
意气从来秋士骄。
如此夜深立皎魄，
更无人处着冰绡。
绝怜风度足千古，
不向人间学折腰。

1926年

风　雨[②]

风雨满城类旷世，
病深每人酒家眠。
春光已尽垂杨外，
古国犹存风月边。
幸有慷慨及少壮，
愁无意气剧中年。
何当歌哭燕市上，
独对濛濛万古天。

1926 年

婚照题诗[③]

在革命的战线上，
我们都是头一列的好战士！
在生命的途程中，
我们都是不断的创造者！
让我们永远地团结着吧！
永远地前进着吧！
牺牲着我们的生命，
去为人类寻求着永远的光明！

1927 年 3 月

洪灵菲（1902—1933），现代作家，原名洪伦修，广东海阳人。1926 年加入中国共产党。曾任国民党中央海外部秘书等职，并从事革命文学创作活动。参加“太阳社”，是左翼作家联盟常委，上海各界民众反日救国联合会党团书记，中共中央驻北方代表处秘书长。1933 年 7 月 26 日在北京被捕，8 月遇害，著有《洪灵菲选集》。

【注释】

①② 两首诗发表在 1926 年 6 月《国立广东大学潮州学生会年刊》第 2 期上。
③ 作者和妻子秦静（孟芳）相识于 1926 年，1927 年 3 月 2 日结婚。作者在新婚合影照上题了此诗。

宣侠父

题赠之道（四首）[①]

一

神州遍地涨峰烟，莫只登楼意黯然。
惟有齐心来革命，一条生路在人前。
（赴潼前一日为之道志弟书此。越东侠父 于少华山麓）

二

中华民族命何穷，都在铁蹄践踏中。
今日工农齐奋起，国民革命快成功。
（国民革命无工农群众参加断无成功希望 侠父）

三

右派诸人亦可怜，[②]反饿反共自嚣然。
如斯也作胜利想，历史翻倒一万年。

（右派分子见此诗，必愤而绝食矣，果如此，亦无量功德也，侠父 于华州[③]）

四

人民渐自梦中回，革命呼声惊似雷。
同志如今须记取，自由要用血争来。
（革命须有牺牲，然后有代价，之道弟共勉之。1927 年春）

宣侠父（1899—1938），又名宣尧火，号剑魂，浙江诸暨人。1923 年加入中国社会主义青年团，同年转为中共党员。1924 年考入黄埔军校第一期，后在冯玉祥部工作，并任中共甘肃特支委员。1933 年任抗日同盟军第二军政治部主任和第五师师长，后任八路军总部高参。1938 年 8 月被国民党反动派秘密杀害。

【注释】

① 之道：即张之道。陕西华县人。时就读于陕西咸林中学，思想进步。曾诗宣侠父为其题字作纪念，宣便欣然命笔，先后写此四首诗。之道于新中国成立后在西安尊德中学等校任教。② 右派：指大革命时期国民党右派集团。③ 华州：即华县。

贺威圣

要将投袂兴神州

汽笛一声动容愁，
暮云江村路悠悠。
而今怕听骊歌起，[①]
未到晚钟且暂留。
扶桑鬼蜮君知否？[②]
大好河山黯锁愁。
壮士岂为儿女泣，
要将投袂兴神州。[③]

贺威圣（1902—1926），又名晓天，浙江象山人。1924 年加入中国共产党。1925 年参加五卅运动，同年考入上海大学，任全国学联宣传部部长，共青团闸北区委书记。创建象山县第一个党支部，后任中共杭州地委书记。1926 年 11 月 3 日被捕，13 日被军阀秘密杀害。

【注释】

① 骊歌：即告别的歌。② 扶桑：我国古时称日本为扶桑。③ 投袂：即拂动衣袖，表示决绝或奋发。这里是说为振兴中华要奋发努力。

柔石

战！（五节）

尘沙驱散了天上的风云，
尘沙埋没了人间的花草；
太阳呀，呜咽在灰暗的山头，
孩子呀，向着古洞深林中奔跑！

陌巷与街衢，
遍是高冠大面者的蹄迹，
肃杀严刻的兵威，
利于三冬刺骨的飞雪！

真的男儿呀，醒来罢，
炸弹！手枪！
匕首！毒箭！
古今武器，罗列在面前，
天上的恶魔与神兵，
也齐来助人类战，
战！

火花如流电，
血泛如洪泉，
骨堆成了山，
肉腐成肥田。
未来子孙们的福荫之宅，
就筑在明月所清照的湖边。

呵！战！
剜心也不变！
砍首也不变！
只愿锦绣的山河，
还我锦绣的面！
呵！战！
努力冲锋，
战！

1925 年 7 月 8 日夜

柔石（1902—1931），现代作家，原名赵平复，浙江宁海人。1923 年开始文学创作，后从事教育工作。1928 年，经鲁迅推荐，任《语丝》编辑，并一起组织朝花社。后参与发起成立中国自由运动大同盟，并当选为“左联”常委。1930 年加入中国共产党，次年 1 月 17 日被捕，2 月 7 日在上海龙华就义，是“左联”五烈士之一。有《柔石文集》行世。

秦邦宪

中华人

国之将亡，
焉顾我身，
宁愿生为中华人，
死为中华魂。

《锡报》1925 年 6 月 3 日

秦邦宪（1907—1946），又名博古，江苏无锡人。1925 年加入中国共产党，次年赴苏学习。1930年回国，曾任共青团中央委员会书记，中共临时中央政治局负责人，红军野战部队政治部主任。中共第六届中央总书记，后任中央组织部部长，解放日报社社长等职。是中共第七届中央委员。1946年4月8日，因飞机失事遇难。

袁痴

对 联

抱定三民主义，与帝制派斗，与军阀派斗，有志竟成。且看贪官污吏，土豪劣绅，誓扫若侪登鬼箓。

联合五族同胞，遵马克思遗言，遵孙总理遗言，余勇可贾。① 从此西欧东亚，南非北美，尽归吾党作神交。

1927年元旦

袁痴（1898—1927），字绍梅，又名不痴，湖南临武人。1921年10月加入中国共产党。曾任湖南学联总干事，湖南国民外交后援会干事部主任，中共湘南区委秘书，国民党湖南党部特派员，中共临武县特支书记。1927年9月29日被捕，10月1日被杀害。1927年元旦手书此对联，表达他对革命必胜的信念。

【注释】

①余勇可贾：贾，即卖。此处意为“还有未使尽的勇力可以使出来”。

桂步蟾

歌 谣

千年铁树开了花，
穷人翻身坐天下，
斗倒土豪和劣绅，
农友个个笑哈哈。

桂步蟾（1906—1929），原名桂正十，湖北麻城人。1925年加入中国共产党，后在家乡从事农民运动。1927年3月入中央农民运动讲习所学习。同年参加南昌起义、广州起义。1929年夏，回鄂豫边革命根据地，任红十一军三十一师第二大队党代表，同年10月在与敌作战中英勇牺牲。

这是大革命时期作者在家乡从事农民运动时编的歌谣。

梅金凡

革命不怕死

革命不怕死，怕死不革命。
打倒土豪和劣绅，杀掉反革命。

穷人要翻身，一切权利归人民。

约 1926 年

梅金凡(1901—1931)，湖北枣阳人。1925 年加入中国共产党。1926 年秋，在枣西成立进步组织“学友会”，后又发动群众武装“红枪社”进行革命斗争。是襄（阳）枣（阳）边区苏维埃政府委员。1931 年 12 月被民团匪兵抓住，后被敌杀害，英勇就义。

夏曦

挽夏思痛联

爱国为嗜好，骂人有文章，①
立儒振顽，② 革命精神垂宇宙；
大盗尚凶横，③ 老成勿凋谢，
开来继往，青年同志莫徘徊！

1924 年

夏曦（1901—1936），字蔓伯，湖南益阳人。1921 年加入中国共产党。曾任中共湖南区委委员，湖南省委书记。参加南昌起义，后任中共江苏省委常委。在任湘鄂西中央分局书记时，犯有“肃反”扩大化错误。后任红六军团政治部主任等职。是中共第六届中央委员，中华苏维埃共和国中央执行委员。1936 年 2 月长征途中在贵州毕节地区涉水过河溺死。

1924 年，湖南省武潭县同盟会夏思痛为唤起国人救国意识，在汉阳鹦鹉洲抱石自尽，被救后绝食而亡。作者闻知后写此挽联，用以表达他对这位革命老人的哀悼和对青年的希望。

【注释】

① 夏思痛见当时军阀混战，国事日非甚为叹惋，便写文章痛斥。② 立儒振顽：语出《孟子·万章下》：“顽夫廉，懦有立志。”意思是使贪得无厌的人能够廉洁，懦弱者从而振作起来。③ 大盗：指帝国主义和军阀。

夏明震

无　题 ①

黑水潭里的呼号声沉重着，②
东方的残花，
被雨点践踏着。
更有一片求救声，
凄凄惨惨着。
却时时在我耳鼓里，
颤动着。
我非不欲当洋博士，
无奈我的心太不残忍，
实在不敢存这个希望。

1923 年

夏明震（1906—1928），湖南衡阳人。夏明翰的胞弟。1923年加入中国共产党。曾任中共衡阳县委委员，县农民协会会长，湖南特委组织部部长，郴州特委书记，郴州县委书记，工农革命军第七师党代表。1928年3月22日在反革命暴乱中被害，英勇就义。

【注释】

①1923年作者在湖南三师读书，在党组织领导下同以校长刘志远为首的反动势力进行了坚决斗争，迫使伪省长撤了刘的职务，为被开除的进步学生恢复了学籍。驱刘斗争的胜利，使作者感到无比兴奋，便挥笔写了这首诗，表现了他忧国忧民的情怀。②黑水潭：喻指黑暗的旧社会。

钱壁

霞坊村

霞坊三百烟，百姓叫可怜。
东家没有米，锅盖朝上天。
西家没有被，寒夜不成眠。
人间活地狱，穷人受熬煎。
地主不劳动，霸占我农田。
吃的是珍肴，穿的是绸缎。
嫖嫖又赌赌，还要抽大烟。
穷人如牛马，地主赛神仙。
同是爷娘生，为何不一般！
可恶的社会，我心都要燃。

钱壁（1907—1928），江西横峰人。1925年参加横峰最早革命团体“岑阳学会”，任《岑阳月刊》主编。1925年7月加入中国共产党，同年北伐军进占横峰后，任横峰县县长。1927年5月8日被捕，11月被营救出狱。1928年初参加弋横起义，任第二路农军指挥。同年1月被捕，2月英勇就义。

1926年起，作者在霞坊乡一带从事农民运动，写出此诗。1927年4月，作者曾领导指挥霞坊乡农协会员协同其他乡一起攻克横峰县城。

翁良毓

就义诗（两行）

此身不作资产杰，
有日甘为无产奴。

翁良毓（1905—1926），福建福州人。1925年3月加入中国共产主义青年团，曾任福建学生联合会副理事长，团福州地委组织委员兼工农委员，积极从事学生运动。1925年12月23日被敌逮捕，1926年9月英勇就义。此两句是在狱中写下的铮铮诗句。

郭亮

飞越群峰得自由[①]

涓涓细水汇巨流，
千曲万转不停留。
后浪推着前浪去，
飞越群峰得自由。

1921 年

自古英雄不低头[②]

湘水激荡漫江仇，
利剑断水水更流。
善恶尽管多颠倒，
自古英雄不低头！

1922 年

登岳阳楼有感[③]

潇水流，湘水流，
流入长江不回头。
龙君送我洞庭水，
何时洗尽人间愁？

1922 年 8 月

痛斥赵恒惕[④]

赵贼恒惕，人面豺狼，
一手杀人，一手烧香，
口喊自治，暗通列强。
此崽不除，百姓遭殃，
取得狗头，铜板一双！
劝告警察，勿受迷蒙，
帮虎吃食，没好下场！
布告一体，切切记详！

1925 年

与夏明翰联句[⑤]

郭　亮：一方宝剑帐头挂，
　　　　大鬼小鬼休进来。
夏明翰：斩尽妖魔平天下，
　　　　山河日月重安排。

1926 年

郭亮，简介见第 46 页。

【注释】

①1921 年，毛泽东亲自介绍作者加入中国共产党。这是他入党后作的一首诗，体现出无比兴奋和激动的心情。②1922 年，作者受党的派遣，去粤汉铁路组织工人罢工斗争，被反动派逮捕，在押往武昌的途中，他吟成此诗，鼓舞大家的斗志。③1922 年 8 月，党派作者去岳州开展工人运动，船过洞庭湖，经岳阳楼时作此诗。④1925 年，作者在铜官开展工人运动时，湖南省省长、军阀赵恒惕出布告要捉拿他。这首诗是他对赵恒惕布告的回答。⑤1926 年，作者买

回一把宝剑，挂在帐头，准备练习舞剑。夏明翰问：“买宝剑干什么用？”作者回答：“斩妖魔鬼怪！”并随口吟了两句诗。夏明翰当即联了两句诗。

郭一清

挽　歌

爱同胞！爱同胞！
何为呼？何为号？
豺狼举刀，夺我英豪，
十八枪的仇啊，终久要报！

1927 年 3 月

郭一清（1902—1930），原名郭源锬，江西信丰人。1925 年夏加入中国共产主义青年团，1926 年转入中国共产党。曾任信丰工农运动指导员，中共信丰特区区委宣传部部长。1928 年 2 月，领导信丰农民暴动。后任赣南红二十六纵队司令，红三军团第八军二纵政委。1930 年 7 月，在红军第二次攻打长沙的战斗中英勇牺牲。

1927 年 3 月 6 日，国民党反动派残杀了赣州总工会委员长陈赞贤，陈身中 18 弹。噩耗传出，全城哀声大震，作者写了这首悲壮激昂的歌曲，在追悼大会上传唱。

高君宇

自题诗

我是宝剑，
我是火花。
我愿生如闪电之耀亮；
我愿死如彗星之迅忽。

高君宇（1896—1925），原名高尚德，山西静乐人。1919 年五四运动时为北京大学学生会负责人之一。1920 年加入北京共产主义小组。1921 年加入中国共产党。曾任《向导》《政治生活》编辑，是中共第二届中央委员。1925 年 3 月 6 日病故。此自题诗（为德国诗人海涅的诗句）铸刻在墓碑上。

高孤雁

卒业歌[①]

是休业日，
是别离天。
前途须珍重，
进步要争先，
且莫让他人猛着鞭。
改造社会环境，
责任担铁肩。
欧风美丽，
吾侪领略远。[②]

组织新脑海。
灌溉新心田。
劳工称神圣，
空气享新鲜。
打破一切旧威权，
吾眼光若炬，
吾思想如泉。
度不惯偶象似的流年，
我热血沸腾，
我情绪缠绵。
要牺牲奋斗，
要勇往直前。
战胜了恶魔，
解放了羁牵。
黑暗化光明，
还仗大家拥自由不可捐。[3]

约 1926 年

高孤雁（1898—1927），壮族，原名高炳南，广西龙州人。中共党员。1926年后，在南宁从事工人运动和学生运动，曾任党主办的革命刊物《革命之花》编辑和撰稿人，《杜宇》文艺杂志主编，从事革命宣传活动。1927年四一二反革命政变后，在南宁被捕，同年9月26日壮烈牺牲。

【注释】

①这是作者写的一首歌词，也可以说是一首发扬五四精神的热血青年进行曲。②吾侪：我（同）辈之意。③捐：抛弃。

唐克

忧国忧民（二首）[1]

一

专制铲除建共和，
爱国男儿热血多，
齐议同登新世界，
谁知室内又操戈。

二

室内操戈南北分，
连年战争总纷纭。
军阀自己争权利，
不念国来不念民。

1924 年

我[2]

去年的我是那样，
今年的我是这样，
明年的我又不知是怎样？
那样、这样与怎样。
过去、现在与将来，都是一个我。
虽然我之形态有区别，
我之躯壳有差异，
但是我之思想，我之行动，
则始终如一也。

约 1926 年北伐战争时

唐克（1903—1930），原名唐绍尧，湖南零陵人。1925年考入黄埔军校第三期学习，不久，加入中国共产党。曾任国民革命军连党代表。大革命失败后，在桂林、香港从事党的地下工作。1930年2月参加广西龙州起义，任红八军政治学校大队长（即校长）。同年3月18日在战斗中负伤被捕，遭敌人杀害，壮烈牺牲。

【注释】

①作者的诗作抒发了男儿“专制铲除建共和”的豪言壮志及对反动军阀强烈的谴责和忧国忧民之情。②作者题“我”表现了共产党人的革命坚定性；其实也是共产党人形象的代表。

唐伯赓

农民受苦歌（节选二节）

正月里来是新年，
农民做田最可怜，
当牛当马天天累，
年关到了没有钱。
二月里来暖洋洋，
地主老财狠如狼，
农民血汗被吸尽，
哪个反抗见阎王。
……
六月里来热难当，
一团火球挂天上，
地主歇凉摇蒲扇，
农民晒得心发慌。
七月里来谷子黄，
四乡八村盼桶响，
农民血汗流成河，
谷子进了地主仓。
……

唐伯赓（1899—1927），原名唐昭埙，湖南新晃人。1922年考入北京农业大学。1925年加入中国共产党。1926年大学毕业后，任湖南省第二甲种农业学校教务主任，中共芷江支部书记、芷江特别支部书记，并从事农民运动。1927年四一二反革命政变后被杀害，英勇牺牲。

唐朝英

礼堂的菊花

庄严灿烂的礼堂里，
几千朵红、黄、紫、白的菊花，
在那里集合一堆，齐首并肩，
高高兴兴地开会。
主席站在那台阶上，
不屈不挠。
朱也似的唇带着微笑的报告：
“我们今天开全体大会，
不是单纯地联络感情，

不是诩饬地伸扬团体威势，
也不是偏列交通灿烂的地方，
讨人家的喜欢。
只为着那可恶的冽冽霜风，
年复一年的摧残我们的肢体。
只为着那无情的霏霏的雪花，
一层层侵害我们的肤肌。
维持生活计，
繁荣种族计，
弭除外患计，
提给大家讨论，
究竟怎样绸缪，
这就是开会的主旨、目的！”
主席刚刚话毕，
我也正在那里酣听的传神！
可惜那无情的上课铃声，
又在那里
叮当……叮当的催行。
我只好边行边听，
回忆那会场秩序，
团体精神，
藉为自慰无聊生活的一片，
继续不断地余兴！

原载《三师校刊》1927年第1期

唐朝英（1897—1927），又名唐贤栋，湖南嘉禾人。1921年加入中国社会主义青年团，任衡阳地区团委书记，不久加入中国共产党，任衡阳总工会委员长，中共湖南特委委员。1927年5月被捕，敌人以高官厚禄引诱，他坚定地回答说：“砍头容易回头难，要我回头，除非潇水倒流！”后光荣就义。

作者通过此诗作宣传了进步团体心社的宗旨，赞扬了心社社员爱国救民的抱负。

涂正坤

民　谣[①]

朝打铁，晚打铁，打好梭镖送农协，
梭镖亮亮光，擒贼先擒王。
打倒蒋介石，活捉许克祥。[②]

1927年

涂正坤（1897—1939），原名涂正生，湖南平江人。1925年加入中国共产党。1927年9月参加湘赣边秋收起义，后在平江等地开展武装斗争，配合参加平江起义。曾任湘鄂赣省苏维埃政府常委，省委组织部部长。1937年抗战后，任中共湘鄂赣特委书记兼新四军驻嘉义留守处主任。1939年6月12日，国民党反动派制造平江惨案，将其杀害。

【注释】

①此诗写于1927年四一二反革命政变后，作者当时率领赤卫队在平江白

花尖山坚持武装斗争。②许克祥：军阀何键部团长。1927年5月21日，许受蒋介石、何键的密使，在长沙突然围攻湖南省总工会、省农民协会等革命机关，疯狂地屠杀革命者，制造了血腥的马日事变。

萧朴生

死　乡①

"哗啦啦"，电光一闪，
接着就是这么一个可怕的声音。
这一定又是那边红铁上的机器崩坏了，
我相信我并没有听错，
但人们还是照常作工。

凄惨的机声照常吼着，
威严的工头照常往来踱着，
一具死尸却已经从医室的前面抬过去了，
人们都望了一望，耸了一耸他们的肩头。

该没有压死爱和我说笑的亨利？②
该没有压死爱和我喝酒的保罗？③
我心里尽这么念着，
但人们却还是照常作工，
我心里念着，
我心里问着，
不知那威严的工头为什么只恶狠狠地望着我？
呵！原来我忘记了工作！

1923年1月19日于法国

萧朴生（1897—1926），四川德阳人。早年赴法勤工俭学。在法加入中国共产党，任中共社会主义青年团旅欧支部执委，中国共产党旅法支部组织干事。回国后，负责中国济难会工作。1926年病故。

【注释】

①1923年，作者在法国勤工俭学，目睹资本主义国家工人的苦难，愤而写下此诗。②亨利③保罗：法国工人，作者的朋友。

黄杰

劝告全体农工歌

敬告雷州各民众，一切兵农商学工。
革命军民共和作，乜事无由不通融。
伊为救民偌奋勇，肃清土匪征西东。
土豪劣绅概打倒，军阀横行更不容。
帝国主义思蠢动，走狗时常暗沟通。
看邓本殷这首恶，总霸八属入牢笼，
革命军，誓不跟伊同天共，救出雷民水火中。
伊窜琼州图霸占，

现将收复闻天哄。
偌体广东归一统，
北伐旗扬更威风。

1926年1月1日

黄杰（1884—1927），又名黄子全，广东海康人。1924年加入中国共产党，同年8月入广州农民运动讲习所学习。结业后被国民党中央农民部任命为特派员，回海康开展农运工作。1927年大革命失败后，及时组织领导农军起义，起义失败后被捕，不久被国民党反动派杀害，壮烈牺牲。

1926年，黄杰在海康组织农民运动时，创作此歌，曾在雷城召开的“庆祝琼崖收复广东统一大会”上教唱。雷州（雷城）即海康县，今雷州市。

黄大权

瑶家兄弟情义好

雷雨交加我也走，
三更半夜也不愁。
瑶家兄弟情义好，
我有工作实难留。

我把情意记心间，
边干革命边想念。
革命斗争胜利了，
我们兄弟再团圆。

黄大权（1897—1933），壮族，广西东兰人。1927年加入中国共产党。早年随韦拔群一起搞农民运动。曾任东兰县革委会委员，右江农军第一路第二团总指挥。1929年百色起义后，任右江苏维埃政府委员，红七军二十一师参谋长。1933年6月牺牲。

此诗是大革命时期，作者到东兰县西山发动瑶胞参加革命时创作和传唱的。

黄日葵

天意不容闲

五岳归来客，浩然游此山，
岂无休影思，天意不容闲。

1927年2月

黄日葵（1898—1930），又名黄潮音、黄一葵，广西桂平人。早年留学日本。1920年11月参加北京共产主义小组，是我国最早的一批共产党员之一。1926年任国民党中央党部青年部秘书，国民革命军第七军政治部主任。后任中共广西省委筹备组负责人。1927年参加南昌起义，任革命委员会宣传委员。1929年底被日本政府逮捕入狱，遭敌电刑摧残致疾。后病情加重，医治无效，在上海病逝。

此诗是作者于1927年2月路过家乡游览畅岩寺所写，表达自己为革命忘我工作、永远进击的豪情。

黄书祥

誓摧祸根

战火弥漫，
烟硝蔽天。
龚寿仪魔爪狂攫，①
黎庶遭残。

拯救众生，
奔赴国难。
贫苦儿郎怀壮志，
誓摧祸根！

起来，起来！
集点成洋。
万众心血更澎湃，
冲断山崖。

去，去，去，
奋战沙场。
但留贤名传千古，
我军更显英风。
摧枯拉朽势壮，
魔尸塞野填空。

将士一心体同，
平等是我军容。
临阵身先士卒，
敌敢轻举妄动？

爬山涉水住洞，
欢谈饮露餐风，
愿为众亡！

1926年

黄书祥（1901—1933），又名黄焕云，壮族，广西东兰人。早年参加韦拔群领导的农民革命斗争，1929年加入中国共产党。曾任东兰县革委会委员，果德县委书记，右江农民自卫军第三路军副总指挥等。1933年5月，在一次战斗中英勇牺牲。

作者写此诗是号召各族农民群众反对龚寿仪匪军的凶残“扫荡”。

【注释】

① 龚寿仪：桂系军阀的一个团长，是镇压东兰农民运动的刽子手。

黄平民

雄心万里驰

世界如潮涌，雄心万里驰。

曙光浮一线，宇宙尚昏迷。
原野垂绿荫，云天树赤旗。
万民欢呼日，游子会亲时。

1923 年

黄平民（1900—1928），又名黄式文，广东廉江人。1920 年秋赴法勤工俭学。1923 年加入中国共产党，随后赴苏学习。1925 年初回国，在中共广东区委军事部工作，其间参加省港大罢工、广州起义等，后任中共南路特委书记，广东省委候补常委。1928 年 12 月被捕，在高州县被杀害，英勇就义。

黄负生

奴　婢

一餐无食儿女饥，
两餐无食儿女啼，
三餐无食卖了儿女衣。

无衣儿身寒，
无食儿肚饥，
若要不寒又不饥，
除非儿女各东西。

卖儿作人奴，
卖女作人婢，
卖儿钱多少？
不及爷娘泪。
卖女价如何？
不及柴米贵。

柴米有时尽，
儿女无还期。
爷娘倚门望，
望望日已西。
奴婢何尝不想娘，
主人鞭扑不敢望！

1921 年 9 月 14 日写于武昌

原载 1921 年 9 月 23 日上海《民国日报·副刊觉悟》

婚姻制度底下的普遍哭声
——悼何南山

“父母之命，媒妁之言”，
婚姻制度，历代相传；
神圣不可侵犯的礼教呵！
你害死了多少青年？

何生！何生！
胡为而死？
中国从无自由神；
牛马婚姻分当尔。

缔结牛马婚约何生愁；
不能解除婚约何生病。
实践牛马婚约而何生死。

何生！何生！
胡不向社会大大地奋斗一场？
如此牺牲亦可耻！

朝请解除婚约；暮请解除婚约；
毕竟自由得不着。
父兮！母兮！不爱儿么？
天乎！天乎！胡为而此虐！

我想一脚踢翻吃人的“礼教”！
两拳打倒多事的媒人！
请出生身的父母，
问他有没有爱恨？
他若果有爱恨，
又何必要做儿女的这样去牺牲。

1921年10月19日写于武昌
原载1921年10月上海《平民报》第4期

木芙蓉

木芙蓉，
红灼灼；
今日颜色犹如昨。
今日之花今日开；
昨日之花尽枯落。
寄语看花人：
“管他什么今日与昨日！
管他什么荣华与枯落！
你只在这黄叶秋林中，
看取伊们底颜色，
天天是一样的红灼灼。”

1921年11月16日写于武昌
原载1921年11月28日上海《民国日报·副刊觉悟》

黄负生，简介见第47页。

黄肖彭

誓扫胡尘不顾身

誓扫胡尘不顾身，
头颅会有敢涂茵，
英雄血泪分明在，
血抱山河泪美人。

1926年于梧州

黄肖彭（1900—1929），壮族，又名黄像山、黄葆光。早年积极参加五四运动。后任梧州第一师范教员，《农工日报》总编辑，绥渌县知事，曾创办绥渌县农民运动讲习所，大革命失败后遭到通缉。1929年任龙州县县长，曾协助组织农民协会，开展对豪绅地主的斗争，同年11月19日被匪徒杀害，壮烈牺牲。

作者的这首诗表达了一个革命者为革命奋不顾身的豪情。

黄建中

声援北伐军北上大会对联①

军阀是列强的走狗，列强是军阀的护符，而今都要推翻了，看那些土豪劣绅如何下地；

党军是民众的先锋，民众是党军的后盾，现在唤起同胞们，将一切帝国主义赶出中国。

1926年

追悼张炳兰烈士代各界所写挽联（四副）②

代工会写的挽联

镰刀斧头，直入长驱，锄奸须净仇须报；
工人农友，联盟合作，革命不成恨不消！

代农会写的挽联

愿提十万扫魔剑；
斩净一切豪劣头。

代妇女界写的挽联

为农运捐躯，为党国捐躯，好男儿死有代价；
与土豪奋斗，与劣绅奋斗，我女子决步后尘！

为张炳兰烈士写的挽联

谭唐难为前，焦陈难为后；
地维赖以立，天柱赖以尊。

1927年初

黄建中（1892—1928），湖南浏阳人。早年赴法勤工俭学。1921年秋，因参加学生运动被法方遣送回国。1923年加入中国共产党，在乡村从事教育工作，擅长宣传工作，他撰写的对联和所编的文明戏曾被传诵一时。大革命失败后，坚持武装斗争，曾任红五军特务大队党代表。1928年冬赴上海工作，途中被捕遇害，英勇牺牲。

【注释】

①作者在浏阳围山高小任教时，为该校声援北伐军北上大会写此对联。
②张炳兰：中共党员，任浏阳官渡乡农协主席，1927年初被豪绅杀害，壮烈牺牲。

黄静源

劳工歌

创造世界一切的，
惟我劳工；

被人侮辱压迫的，
惟我劳工。
世界兮，
我们当创造；
压迫兮，
我们须解除；
造世界兮，
除压迫，
团结我劳工。

原载1925年12月30日
《工人之路特号》

黄静源（1900—1925），又名黄家祝，湖南彬县人。曾积极参加五四运动和湖南驱张运动。1921年初冬加入中国共产党。1923年到安源路矿从事工人运动，任安源路矿工人俱乐部副主任，曾领导安源路矿工人第二次罢工。1925年9月21日被反动军阀逮捕，10月16日英勇就义。

作者在安源从事工人运动时，编写了这首歌向工人群众进行宣传教育，经工人俱乐部大会决定，《劳工歌》成为安源路矿工人俱乐部之歌。

黄榜呈

社会革命歌

思想这社会，
太不平等。
为什么分成贱贵？
终日劳苦无停止！
凡我农友都要联合起，
打倒土豪劣绅和资产阶级，
才得幸福。

1925年

黄榜呈（1890—1929），壮族，广西东兰人。1925年任广西东兰县农民运动讲习所教员。后跟随韦拔群从事农民运动，曾任东兰县革命委员会财政委员。1929年3月加入中国共产党，后被党组织派到南丹县当县长，同年牺牲。

作者的这首歌是在东兰县农运讲习所开学典礼上创作的，当即谱曲、教唱全体学员。

曹维山

誓雪天下不平恨

农民种田灶覆锅，
财主收租拥绫罗；
誓雪天下不平恨，
共产主义光山河。

1927年春

曹维山（1897—1929），号鼎新，湖南耒阳人。1923年初加入中国共产党。曾任区农民协会指导员、苏维埃政府副主席。1927年大革命失败后组织武装斗争，参加湘南起义。1928年9月因叛徒出卖被捕，次年6月1日被害，英勇就义。

此诗为大革命时期，作者在家乡从事农民运动时所写。

龚培元

南行有感

海上涛头九万重，
离情辘辘乘长风。
弥天妖雾霾华夏，
遍地豺狼噬舍穹。①
孔孟儒冠我欲溺，②
马列真谛尔应通。
此行炼得金刚手，
回马中原唱大同。

1924年冬

龚培元，简介见第50页。

1924年冬，作者赴广东投考黄埔军校，船行至东海，海浪如屋，面对此情此景，作者心潮澎湃，写下这首诗。

【注释】

①噬：咬、吞。舍穹：居室、帐篷。这两句是说当时全国处在军阀政府黑暗统治下，豺狼当道，民不聊生。②汉刘邦起初厌恶儒生，曾摘下儒生帽子撒尿。作者借用这一典故，表明自己反封建礼教的立场。

崔筱斋

小放牛

小放牛，
仔细听我说，
年年去帮人，
苦难受不尽。

小老板他与我
年纪差不多，
衣服多华丽，
饮食多丰富，
早晨睡在热被窝。

一到放牛岗，
两眼泪汪汪，
想起我终身事，
一辈子没指望。

常年低工价，
几块大龙洋，
除了零用外，
哪有银钱度时光。

崔筱斋（1896—1932），原名崔兴忠，安徽合肥人。1924年加入中国共产党，在老家合肥北乡开展农民运动。1926年入广州农民运动讲习所学习，后任安徽省农民运动委员会主任委员，中共合肥特支书记，合肥中心县委委员。大革命失败后，参加领导六（安）霍（山）起义和合肥双河集暴动。1932年8月被捕就义。

此诗是作者在北乡开展农民运动时所写。

续范亭

老妇行

偶适西山谷内行，
踽踽老妇山南路。
我问老妇何所适？
老妇滚滚泪如注。
言来语长先生听，
我真世间奇苦妇。
家本定兴西乡人，
二十年前移此住。
小儿鬻为外人奴，
大子漂零不知处。
一翁一婆一儿媳，
抱得三孙苦日度。
谁知天降不测灾，
三孙儿媳一旬故。
垒垒小丘山坡上，
俱是亡人大小墓。
两老无食且饿死，
幸得群羊为人牧。
今年夏天雨泽少，
老汉入井取水饮羊肚。
井深力衰落井底，
至今臂折股裂不能步。
幸积秋草千百斤，
今年或可羊无虑。
不意昨日军爷来，
欲将羊草尽攫去。
我今入营去哀求，
不知能否少如数？
但愿天爷爷，将我苦人度。
我闻妇言怒发冲冠起！军阀盗贼真可恶！
苛政猛虎向谁诉？归来闷坐为此句。

1922年于北京西山

拉车夫

为了身和口，
午夜便离家；
人家过新年，
我还是拉车；
人家羔裘美酒团团聚，
我独泥鞋破衣走雪沙！
一样的世界，
天堂地狱这样等差！

1922年

续范亭（1893—1947），原名续培模，山西崞县人。早年参加辛亥革命，曾任国民军支队参谋长、旅长等职。1936年西安事变后，任山西新军总指挥，晋绥边区行政公署主任，晋绥军区副司令员。1947年9月12日病逝。毛泽东撰挽联悼念。其遗书请求加入中国共产党，经中共中央批准追认为中共正式党员。

彭铁

报　国

唯惧中华国运残，
同心结社号联欢，
团结学界怀忠士，
共济时艰力挽澜。

1923年

彭铁（1907—1928），字高攀，湖北应城人。1924年春加入中国社会主义青年团，次年10月转为中共党员。1925年11月、1927年9月中共湖北省委两次任命其为鄂中特派员，回应城领导工人运动。1928年2月被敌杀害，英勇就义。

1923年汉口成立“学界联合会”时，作者即席赋此诗，以抒发报国之志。

彭湃

田仔骂田公（二首）[①]

一

冬呀！冬！冬！冬！田仔骂田公。
田仔做到死，田公吃白米。
冬冬冬！田仔打田公，
田公唔知死，[②]田仔团结起。
团结起来干革命，革命起来分田地。
你分田，我分地；
有田有地真欢喜，免食番薯食白米。
冬冬冬！田仔打田公。
田公四散走，拿包斗，[③]
包斗大大个，割谷免用还。

二

冬呀！冬！冬！冬！田仔骂田公。
田仔耕田耕到死，
田公在厝食白米！
做个（的）颠倒饿；
懒个（的）颠倒好！
是你不知想，不是命不好。
农夫呀，醒来！
农夫呀，勿憨！

分田歌

分田地来分田地，
田地分来无差异。
肥瘠先分配，

远近皆一体。
不论多与寡，
劳动合规矩。
且看从前旧社会，
富人享福穷人死。
皆因制度坏，
生出豪绅与地主，
强占天然公有地，
屠杀农民肥自己。
此苦绵绵长千年，
数千年来数千年，
今日劳动夺政权，
打倒豪绅与地主，
还我农民自耕田。
自耕田来自耕田，
还是大家努力齐向前。

抗债歌

债欠多，田割无，
地主佬来上门讨，
讨呀，讨无钱，
牵猪剥鼎真惨凄，[4]
大人想去死，
好仔哭啼啼。
地主收租食白米，
耕田之主饿走死。
土豪劣绅来压迫，
匪军又来抢，
农民真惨凄。
一年到头食唔饱，
镰刀放落瓮生丝。
俺大家团结起，
土豪劣绅来压迫，
敌人敢来抢呵，
共同合力剖死伊！

歌一首

约正无道理，叫俺去送死；
俺去至大命，[5] 伊倒扒毫子。[6]
大家合起来，先将约正拍死死！

工农团结起

工农听说起，
工农听说起，
听俛共产说因由：[7]
…… 苏俄共产联合起，
革命成功万万年。
苏俄共产联合来，
革命成功有万千。
工农兄弟团结起，
打倒土豪大地主，
若得革命早胜利，
工农有日出头天。
农业于今应解放，
民生从此得自由。
…… 共产领导好主张，
建设国家变富强；

土地改革生活好，
工农翻身把家当；
工农团结有力量，
同心协力互相帮；
封建地主要打倒，
土地革命要加强；
工农联合向前进，
万众一心杀敌人；
对待敌人勿放松，
全国解放责任重；
但愿工农万万岁，
共产江山万万年。

起义歌

我们大家来起义，
消灭恶势力！
如今大革命，
反封建，分田地，
坚决来斗争，
建设苏维埃！
工农来专政，
实行共产制，
人类庆大同，
无产阶级世界革命，
最后成功！

新婚对联⑧

拥护中央政策方缪双方奋斗到底；
努力加紧下层工作准备流血牺牲。

1927年5—6月

彭湃，简介见第50页。

【注释】

①作者在开展农民运动时，用本地的方言创作了许多革命歌谣，向群众进行宣传教育，本诗与下面的几首就是其中一部分。田仔：即佃户。田公：即地主。②唔：即不。③包斗：即装米用的麻布袋。④剥鼎：鼎为古代炊器。“剥鼎”指抢锅。⑤至大命：送老命的意思。⑥毫子：即银圆。⑦俺：我。⑧1927年5—6月，方志敏与缪敏结婚，新婚燕尔，彭湃写此对联贴在洞房墙上。

彭干臣

断指何足惜

革命诚非易，断指何足惜。
留得头颅在，可为党效力。

1925年

彭干臣（1899—1935），又名彭耐寒，安徽英山人。1921年4月加入中国社会主义青年团，1923年12月转入中国共产党。黄埔军校第一期毕业。1925年10月赴苏学习。1926年秋回国，参加北伐战争，次年参加南昌起义，任南昌卫戍司令，后任中共中央军委委员。1933年任红军第十军团参谋长，次年参加红军北上抗日先遣队。1935年1月于皖南战斗中英勇牺牲。

1925年3月，作者参加东征时，在一次激战中被敌弹击断手指，有的同学为他断指而惋惜，便写此诗。

彭国材

渔　歌

我们穷得好伤心，
无衣无食泪淋淋。
我们辛苦来打鱼，
湖霸摇摆收租金。
我们团结一条心，
打倒湖霸求翻身。

约1925年

彭国材（1904—1932），字英栋，湖北洪湖人。1926年加入中国共产党。曾领导洪湖周河湾猎户和渔民暴动。历任中共洪湖特区委书记兼水上游击大队长，湘鄂西联县苏维埃政府军事部部长兼赤卫总队长，湘鄂西省苏维埃政府政治保卫局长。因抵制“肃反”扩大化，1932年8月被解职，9月1日被错杀。

作者经常深入渔村，后编写此渔歌，用来启发渔民觉悟。

葛达

打倒老蒋，杀死夏逆

蒋介石是个大敌人，
戴着假面具，伪装闹革命，
四一二大血案，[①] 他已露原形。
勾结大流氓，纠集大恶棍，
捣毁工农会，惨杀同盟军。
这个大坏蛋，若不打倒，是个大祸根。
小丑夏斗寅，[②] 跟着老蒋奔，
宠土豪，捧劣绅，残害老百姓。
我们不能忍，我们不能等；
拿定红缨枪，坚决和他拼。
杀死夏逆，打倒老蒋，我们才甘心！

1927年5月

我信人间总有春

罪孽难遭自首因，
不甘枉尺直由寻。
况当万里难投止，
何忍千家野哭频？
耳际风狂益惨厉，
心头热血更翻腾。
雪封世界任它白，[③]
我信人间总有春。

1927年

葛达（1892—1945），原名葛开大，湖北武昌人，1924年加入中国共产党。任武昌第一个农村党支部——中共保福祠支部书记。大革命失败后在家乡坚持斗争。1938年后任咸武鄂政务会主席，咸武县抗日民主政府副县长。1945年随部队突围途中受伤被捕，后被活埋，壮烈牺牲。

【注释】

①四一二大血案：指1927年4月12日蒋介石在上海发动的反革命政变。②夏斗寅（1885—1951），旧军官，1926年后为国民革命军独立第十四师师长，驻守鄂西。1927年5月，经蒋介石策动，发出叛乱通电，偷袭武汉，在武昌纸坊被叶挺独立团击溃。③大雪冰封，世界都变白了。这里比喻白色恐怖的严重。

蒋光慈

中国劳动歌（三节）

起来罢，中国劳苦的同胞呀；
我们受帝国主义的压迫到了极度；
倘若我们再不起来反抗，
我们将永远堕于黑暗的深窟。
打破帝国主义的压迫，
恢复中华民族的自主；
这是我们自身的事情，
快啊，快啊，快动手！

起来罢，中国劳苦的同胞呀！
我们受军阀的蹂躏到了极度；
倘若我们再不想法自救，
我们将永成为被宰割的鱼肉。
推翻贪暴凶残的军阀，
解放劳苦同胞的锁扣；
这是我们自身的事情，
快啊，快啊，快动手！

起来罢，中国劳苦的同胞呀！
我们尝足了痛苦，做够了马牛；
倘若我们再不夺回自由，
我们将永远蒙着卑贱的羞辱。
我们高举鲜艳的红旗，
努力向那社会革命走；
这是我们自身的事情，
快啊，快啊，快动手！

1923年7月9日

临列宁墓（四节）

在茫茫的人海中沉没了一朵光明闪灼的浪花，
在克里母宫的城下长卧着一个今古无比的伟人；
历史故意地遗留下这一堆黄土——
永远的纪念，
也不知要引起了许多赞美，凭吊，
哀痛和歌吟！

我不以为死是人生的悲剧，
我最可惜造福人类的人不能长生；
纵让全世界无产阶级号天痛哭，
也哭不醒最亲爱的墓里人！

列宁啊！你生前有改造世界的天能，
你死后怎么竟如昙花泡影的永逝！
也或者你安稳稳地卧在克里母宫的城下，
远观世界革命的浪潮，近听赤城中的风雨。

列宁啊！你的光荣如经天的红日，
我要赞美你罢，我又从何赞美起？
你的墓是人类自由的摇篮，
愿你把人类摇到那自由乡里去！

1924年2月25日于苏联

哀中国（五节）

我的悲哀的中国，
我的悲哀的中国，
你怀拥着无限美丽的天然，
你的形象如何浩大而磅礴！
你身上排列着许多蜿蜒的江河，
你身上耸峙着许多郁秀的山岳。
但是现在啊，
江河只流着很呜咽的悲音，
山岳的颜色更惨淡而寥落！

满国中外邦的旗帜乱飞扬，
满国中外人的气焰好猖狂！
旅顺大连不是中国人的土地么？
可是久已做了外国人的军港；
法国花园不是中国人的土地么？
可是不准穿中服的人们游逛。
唉哟，中国人是奴隶啊！
为什么这般地自甘屈服？
为什么这般地萎靡颓唐？

满国中到处起烽烟，
满国中景象好凄惨！
恶魔的军阀只是互相攻打啊，
可怜的小百姓的身家性命不值钱！
卑贱的政客只是图谋私利啊，
那管什么葬送了这锦绣的河山？
朋友们，提起来我的心头寒，
我的悲哀的中国啊，
你几时才跳出这黑暗之深渊？

东望望罢，那里是被压迫的高丽；
西望望罢，那里是受欺凌的印度；
哎哟，亡国之惨不堪重述啊！
我忧中国将沦于万劫而不复。
我愿跑到那昆仑之高巅，
做唤醒同胞迷梦之号呼；
我愿倾泻那东海之洪波，
洗一洗中华民族的懒骨，
我啊！我羞此长默以终古！

易水萧萧啊，壮士吞仇敌；
燕山巍巍啊，吓退匈奴夷；
回思往古不少轰烈事，
中华民族原有不少反抗力。
却不料而今全国无生息，
大家熙熙然甘愿为奴隶！
哎哟！我是中国人，
我为中国命运放悲歌，
我为中华民族三叹息。
寒风凛冽啊，吹我衣；
黄花低头啊，暗无语；
我今枉为一诗人，
不能保国当愧死！
拜伦曾为希腊羞，
我今更为中国泣。
哎哟！我的悲哀的中国啊！
我不相信你永沉沦于浩劫，
我不相信你无重兴之一日。

蒋光慈（1901—1931），著名作家、诗人，安徽霍丘人。1921 年赴苏留学，其间加入中国共产党。1924 年回国，曾在上海大学任教，提倡革命文学，组织太阳社，编辑《太阳月刊》，后又主编《拓荒者》月刊。曾当选为中国左翼作家联盟候补常委。1931 年 6 月 30 日病逝。著有《蒋光慈文集》等。

蒋先云

行军途中①

别人骑马我骑驴，
仔细思量总不如；
回头一看，还有负枪汉，
行啊~~路啊~~难啊~~②

1925 年

蒋先云（1902—1927），又名蒋湘耘，湖南新田人。1921 年冬加入中国共产党，后在安源开展工人运动。1924 年初，入黄埔军校第一期，曾任军校政治部秘书，北伐军补充第五团团长，省港大罢工工人纠察队总队长，湖北工人纠察队总指挥。1927 年参加了第二次北伐，任北伐军第十一军七十七团团长兼党代表。同年 5 月 28 日，在河南临颍与奉系军阀作战中英勇牺牲。

【注释】

①1925 年作者担任北伐军补充第五团团长时，有一次行军路过长沙与岳麓山，见副团长骑的是马，自己骑的是驴，心中有些不快，想调换过来。但回首一看，战士们背着枪跟在后面走。他立时感到自责与惭愧，便在驴背上哼成此诗。这首诗充分表现了他严于解剖自己、自谴自责的坦荡襟怀。

②1927年6月，郭沫若在怀念作者时记起这首诗，为表示当时作者口头念诵这首诗的神情和一唱三叹的声韵，将最后一句特别加了三个“啊”字和三条曲线。

覃孔贤

把劣绅军阀灭尽

万恶国民党，杀害忠良，
稗草不除，乃是庄稼之害；
劣绅不剪，乃是良民之殃。
工农兵起来革命，
端刺刀，持戈矛，
把劣绅军阀灭尽，世界太平。

覃孔贤（1897—1932），壮族，广西东兰人。早年参加韦拔群领导的农民革命斗争。1926年曾任东兰县农民自卫军第一路指挥。1929年加入中国共产党，1932年病故。1951年被追认为革命烈士。

此诗是作者在大革命时期写的。

程俊魁

“二七”节题诗[①]

——一九二七年为《中国青年》刊而写

军阀手中铁，工人身上血。
铁血相斗争，铸成“二七”节。
工潮高万丈，帝反心胆裂。
大播革命种，国人师马列。
我军须挺进，除尽人间贼。

程俊魁（1901—1928），湖北黄梅人。1924年秋考入广州黄埔军校，同年加入中国共产党。毕业后在国民革命军第二军某师做政治工作。1927年大革命失败后，曾一度回黄梅参加秋收暴动，任中共黄梅县委军委，不久任中共赣南特委军委委员。1928年4月4日特委机关遭到破坏，被捕后英勇就义。

【注释】

①“二七”节：即1923年京汉铁路工人大罢工纪念日。经编者查证，当年的《中国青年》未发表（刊出）此诗。

曾延生

对联（两副）

一

有理尽管胆大，
无私何妨心雄。[①]

1924年初

二

说一般人要说而不敢说的话，
做大家都想做也不敢做的事。[②]

1925年7月

曾延生（1897—1928），原名曾宪瑞，江西吉安人。1923年入上海大学学习，并加入中国共产党。曾任中共九江地委书记，组织领导了收回九江英租界的斗争。后参加南昌起义和领导万安暴动。任江西总工会代理委员长，中共赣南特委书记。1928年3月23日被国民党反动派逮捕，4月4日从容就义。

【注释】

①1924年春节之际，曾延生在本家祠堂门上书写了这副对联。②1925年7月，曾延生领导成立青年进步组织“觉群社”，成立当日，他书写了这副大红对联。

曾庆轩

题横岩寺联

横执月斧一把，威灵赫赫，杀尽天下土豪劣绅；
岩上活佛几尊，慈心荡荡，普救世界贫农赤工。

1927年7月4日

曾庆轩（1901—1928），湖南石门人。1924年在武昌中华大学读书时加入中国共产党。曾任中共石门特支宣传委员，县委书记，湘鄂赣边区游击队司令。1928年9月28日与敌作战中负伤被俘，10月11日英勇就义。

大革命失败后，作者在石门开展革命工作，经常在刘家峪横岩寺召开会议。1927年7月4日趁庙会之际，他写了此联，刻在寺门上，号召工农民众团结起来，打倒土豪，铲除剥削制度。这副对联一直在群众中流传。

谢远定

黄包车上

我坐上了黄包车了！
人道主义的良心命令我下来！
但我终于违抗了！
怜怍的表现，在脸上放出晚霞来了！

我在车上发呆了！
我知道：从北极阁到下关，
沿途布满了的是自然的图画。
但我今天并未曾看见，更说什么赏玩？
我竟以半坐半靠的姿势到了下关了！
谢谢您哟，哥哥！
一点多钟的行程，
报酬并无几何！
五个铜板，小洋一角！
谢谢你哟！哥哥！

我中心十分惭怍！

我要诅咒我底堕落！
但他并未说什么，
除掉了和气的一声：
“先生！再添我铜板两个！”

原载 1923 年 1 月 18 日上海《民国日报》

青年们起来哟

五四运动的青年们，
你们底豪气哪儿去了？
呀！听哟！
听这死于军阀枪弹下的壮士呻吟！
听这盘旋空中的精灵哀鸣！
“我们底声音要叫嘶了，
我们底血泪要洒尽了，
下方的人们呀！
你们听见没听见哟！”

空中只是呜咽：
——下方讫无回声——
这儿是海洋么？
是空山么？
竟是大沙漠哟！
他们在太空中念念不舍地飞巡——
“下方竟无一人活着么！
怎的只见了一些‘似人’的枯骨横行！”
一片一片的声音聚成雷了！
一点一点的血泪集成雨了！
“啊啊！下方的人们哟！
海怕要枯了，
雷声怕要淹没了，
你们起来——
你们起来哟！”

原载 1923 年 5 月 6 日上海《民国日报》

谢远定（1899—1928），又名谢伯平，湖北枣阳人。1922 年加入中国共产党。第一次国共合作时期，任国民党武汉特别党部宣传部秘书，国民革命军第四军十二师副秘书长。大革命失败后，在鄂北进行武装斗争，曾任中共鄂北特委书记。1928 年秋在武汉牺牲。

谢铁民

春风拂拂地吹来

春风拂拂地吹来，
桃花夭夭地开放了，[①]
革命尚未成功，
自由在哪里？

春风拂拂地吹来，
桃花夭夭地开放了，
革命尚未成功，
平等在哪里？

春风拂拂地吹来，
桃花夭夭地开放了，
革命尚未成功，
幸福在哪里?

春风拂拂地吹来，
桃花夭夭地开放了，
革命尚未成功，
理想的社会在哪里?

春风拂拂地吹来，
桃花夭夭地开放了，
革命总会成功，
自由、平等、幸福——
理想的社会不就在这里!

1927年于狱中

谢铁民（1905—1927)，原名谢振武，广西桂林人。中共党员。1925年以国民党中央农民部特派员名义回桂林工作，曾任国民党桂林县党部农民部部长、宣传部部长，桂林《革命周刊》《教育日报》编辑。曾参与发起马克思主义研究会，大力传播马列主义，并建立各行业工会和农会。1927年四一二反革命政变后被捕，同年10月14日在桂林光荣就义。

作者此诗写于狱中，以此勉励弟妹为追求自由、平等、幸福的理想社会而斗争。

【注释】

① 夭夭：形容草木茂盛。

詹谷堂

感军阀混战民不聊生口占

茫茫四州起战争，
苍生何日晓升平，
大江一把狂浪起，
斩尽妖魔济众生。

1924年

詹谷堂（1883—1929)，学名詹生堡，安徽金寨人。清末秀才。1905年在家乡任教。1923年6月加入中国共产党。曾任固始县中共特支书记，鄂东北特委书记。1929年参加领导商南立夏节起义，参加组建红三十二师工作，同年8月18日被捕，28日从容就义。

此诗写于1924年，当时作者在河南固始志诚小学教书。

蔡仲美

潢川青年志气高

潢水黄，流向远方迎朝阳，
迎朝阳，照亮我们前进方向。
潢水黄，流向农田滋禾梁，
滋禾梁，养育我们可爱的家乡。

潢水黄，激浪滚滚后浪涌，
后浪涌，前进！前进。
要把一切腐朽污秽冲刷净，
重见我们的锦绣江山，
前进，奋勇前进！

1924 年

蔡仲美（1900—1930），原名蔡良芬，河南固始人。1926 年加入中国共产党。曾任中共固始中学支部书记，固始县委书记，固始县独立团团长兼政委。1930 年领导固始县农民暴动，失败后被捕，后壮烈牺牲。

作者于 1924 年在潢川中学任教时，与吴丹坤等合写成此诗。

谭寿林

工人歌（二节）①

工人吃苦真难当，
自从进工厂，
手劳足又忙，
资本家虐待我，
残酷似虎狼，
工作十二时，
工资又微薄，
上难供父母，
下难养儿郎，
千辛万苦为人作嫁，
谁不心惨伤！
转眼日当升，
革命旗飘扬，
工友们团结起，
奋斗求解放，
有饭大家享，
有福大家吃，
努力去冲锋，
贯彻我主张，
提高工资、缩短工时，
生活要改善。

1926 年

农民歌②

农民吃苦最可怜，
炎天变冷天，
穷愁不计年，
被地主和豪绅，
吃尽血与汗。
尤恨恶政府，
杂税与苛捐，
穷得没饭吃，
破衣没有穿，
备尝剥削受尽摧残，
提起心痛酸。
革命已高潮，
抓紧好时机，
同胞们快起来，
努力向前边，
牺牲于革命，

心如铁石坚，
革命成功大家携手，
走向安乐园。

1926年

土地革命山歌（十六节）③

杨柳青青江水平，
四边田野唱歌声；
唱歌不唱风流调，
单唱农民受苦情。

我辈农民种田地，
交租纳税已有余：
官僚地主享大福，
农民生活狗不如。

地主收租吃白米，
官僚勒税吃山珍；
官僚地主真威福，
当我农民不是人。

似虎官僚迫了税，
如狼地主又追租；
终年辛苦无所得，
饥寒交迫向谁呼！

我辈农民想不通，
做牛做马苦做工；
是否生成天注定，
有吃有穿这样穷？

种田到老穷到老，
到老更穷更困难；
耕田种地挨饥饿，
地主米粮叠如山，

我明白了明白了！
明白为何这样穷，
就是高租兼重税，
剥削一重又一重。

官僚地主虎狼凶，
欺压工农理不公；
剥得工农只留骨，
看他狗命几时终！

开天辟地田何来？
是我农民辛苦开！
农民辛苦种田地，
地主收租理不该。

千年田地谁是主？
哪个田头立了碑？
只要大家合力打，
铁铸江山打得正。

道理讲来真不差，
铁铸江山打开花！
本应耕者有其田，

因何田在富人家？！

个个明白这道理，
大家努力去周旋；
打倒官僚才快乐，
铲除地主才安然。

人人种地有田地，
有饭吃来有衣穿；
若想实现这世界，
大家合力扭转天。

革命成功在眼前，
群众奋斗要争先；
杀头当作风吹帽，
坐监也要闯上天，

如果革命胜利了，
我辈主张得出头；
自己种地自己吃，
谁敢逼税把租收？！

大家努力干革命，
革命一定会成功；
到了那时真幸福，
工农来作主人翁！

少年先锋队歌

走上前去啊！
曙光在前。
同志们奋斗，
用我们的刺刀和枪砸开自己的路。
勇敢上前，
稳着脚步，
要高举我们的旗帜，
我们是工人和农民的少年先锋队，
我们是工人和农民的少年先锋队。

谭寿林，简介见第53页。

【注释】

①作者在从事工人运动时写了很多革命歌谣，这是其中的一首，曾在工人群众中广为流传。②1926年作者回贵县家乡搞农民运动时，用《苏武牧羊调》写了这首歌谣。③这是1927年端午节后，作者从广州回家乡秘密开展革命活动时写的山歌。其中第二段内的“冇”，为地方方言，没有之意。

谭其镜

为国为民

1927年

效班超投笔从戎之志，
为国为民，
拯救贫苦农民于水火，
虽粉身碎骨不容辞。

国不宁，
誓不回乡。

1924 年

谭其镜（1904—1927），别号豁明，广东罗定人。1924 年春考入黄埔军校第一期，毕业后在周恩来领导的政治部工作。这期间，加入中国共产党，并入国民党。历任指导员、教导团连党代表，中央军政学校入伍生部政治部主任，军校国民党特别党部监察委员，从事地下革命斗争。1927 年四一二反革命政变后，4 月 15 日被国民党反动当局逮捕，26 日被秘密杀害，英勇就义。

作者在军校学习时写此诗。诗题为编者所加。

谭祖尧

折扇题诗

莫教年华付白头，
横刀跃马足风流。
碧天翘首增惆怅，
不为家愁为国愁。

约作于 1923—1924 年

谭祖尧（1900—1927），字述尼，四川江津人。1922 年入北京艺术专科学校西画科学习。1924 年加入中国共产党。国共合作时任国民党北京市党部执行委员，中共北方区委秘书。曾编《新军》杂志。1927 年 4 月 28 日与李大钊等一起壮烈牺牲。

这是作者为李婉玉（后为作者之妻）的折扇画题的诗，勉励她珍惜年华，立志救国救民。

熊雄

为毕业生题诗

人世斗争几日平，
漫漫也应到黎明。
听潮夜半黄埔客，
充耳哭声与笑声。

1925 年

熊雄，简介见第 54 页。

1925 年春，熊雄作为黄埔军校教官兼政治部副主任，为第四期毕业同学录题此诗，指出革命必胜的光明前景和革命者应持的乐观主义精神。

熊少山

学馆对联

沂水春风，须拘成儿童乐趣；
鸟飞鱼跃，要唤起雅子动机。

1924 年

熊少山（1894—1930），河南光山人。1924年加入中国共产党。曾任中共殷区特支书记，光山特支书记，光山县委书记，鄂豫边革命委员会执行委员，“肃反”兼裁判委员会主席。曾参与领导鄂东多处地方农民暴动。1930年11月，在一次群众大会上演讲时，突然病逝在讲台上，以身殉职。

1924年入党后，作者回家乡办学馆，在学馆门前开宗明义地书写了这副对联。

熊亨瀚

长江百首（现存二首）①

一

浩渺向重洋，源头只滥觞。②
终知吾道胜，不畏敌人强。

二

九曲是黄河，长江曲亦多，
终将入东海，挥剑斩鼋鼍。③

1926年

示　弟④

读书岂是抬身价，
学剑须当振国魂，
碧血已教天地老，
敢抛鲜血洗乾坤。

1926年初

门　联⑤

揭开四千年间黑幕，为亿万民众大放光华，可谓自开国以来，第一个一月一日；

联合廿二行省义师，向直奉军阀齐张挞伐，宜其于旌旗直指，皆同仇同忾同歌。

1927年初

熊亨瀚，简介见第55页

【注释】

①此组诗作于北伐军胜利进军时，题为百首，现仅存两首。②滥觞：江河源头之处水极浅小，仅能浮起酒杯。比喻事物的开始。这句是将革命从无到有、从小到大的曲折进程，喻为汇百川而归东海的浩浩长江。③鼋鼍：河海中动物，这里借喻反动派。④1926年初，作者作此诗鼓励弟弟们积极参加革命。后来，他的三个弟弟熊巨才、熊熙才、熊白才均先后参加了革命活动。⑤1927年初，湖南人民掀起了支援北伐的新高潮，工农运动风起云涌。作者满怀豪情地为《湖南通俗日报》写了这副元旦门联。

熊映楚

述志诗

飞鸟鸣高树，明月上东山。
大江流日夜，谁与挽狂澜？

1922 年

熊映楚（1903—1928），又名熊厚丰，湖北黄梅人。1925 年加入中国共产党。曾任中共黄梅特支书记，县委书记，蒲圻县委书记，鄂南特委书记。1927 年参与领导鄂南秋收暴动。1928 年春节后被捕，2 月 19 日在汉口被杀害，英勇就义。

这是作者在中学读书时写的述志诗，以即兴的修辞手法烘托出一位热血青年力挽狂澜、改造社会的远大抱负。

黎冠英

庄稼老汉歌[1]

红日未升天未晓，
庄稼老汉起来了。
出门去，忙得不开交，
忙得不开交。
一年累得不得了，
挣的钱来享不到。
遭强盗抢去了，
遭强盗抢去了。
洋人就是大强盗，
军阀就是第二号。
庄稼佬遭得不少，
庄稼佬遭得不少。
贪官污吏帮倒搞，
还有劣绅和土豪。
我看你心焦不心焦，
我看你心焦不心焦。
有些富翁令人恼，
占倒田地耍横豪。
大地主一齐打倒，
大地主一齐打倒。
这些东西不打倒，
你的子孙不伸腰。
我看你怎开交，
我看你怎开交。
若是这些打倒了，
衣食住行样样好。
庄稼老汉乐逍遥，
庄稼老汉乐逍遥。

1927 年

挽农军阵亡烈士联（两副）[2]

一
三月杜鹃声，唤起农民春梦；
九月黄花祭，招来烈士忠魂。
二
战士坟前血尚腥，荐以薄酒香花，
勉作挽联来奉吊；
我辈口中有乳臭，难吐清词翰墨，

愧无佳句赋招魂。

1927年初

黎冠英（1895—1928），一写黎灌英，又名黎静中，四川内江人。1923年加入中国社会主义青年团，1925年转入中国共产党。曾任中共内江特支书记，郫县、锦竹县委书记，四川省委候补委员。1928年7月5日，领导锦竹武装暴动后被内奸杀害。

【注释】

①1927年，作者在任中共郫县县委书记时，编了许多民歌、民谣，在群众中教唱。所录是其中的一首。②1927年初，郫县农民自卫军联合其他县农军同军阀斗争，激战中有37人阵亡。这是作者为追悼死难烈士写的两副挽联。

潘本登

花甲入党[①]

世道沧桑乱似麻，
蹉跎日月枉咨嗟。
六十除开方四岁，
枯木逢春发新芽。

1927年

自挽联[②]

想当时，战在红区，顺者存，逆者亡，八面威风惊敌胆；

看今日，身羁囹圄，[③]先受刑，后受戮，一声长笑别人间。

潘本登（1864—1930），又名潘祖登，湖北广济（今武穴）人。1927年8月加入中国共产党，曾担任党的地下交通员。1930年8月中旬，到乐斯桥侦探敌情时不幸被捕，敌人用尽酷刑，可他毫无惧色，从不呻吟，反以血溅敌。9月4日英勇就义。

【注释】

①诗题为编者所加。②作者死后，人们在他上衣口袋里找出这副为自己作的挽联。③囹圄：古代称监狱为囹圄。

潘忠汝

自勉诗[①]

尧天舜日事经过，[②]
世态崎岖要整磨。
不肯昏庸同草木，
愿输血汗改山河。

1924年

潘忠汝（1904—1927），原名潘汝庭，湖北黄陂人。1926年入黄埔军校第五期，同年底加入中国共产党。1927年四一二反革命政变后，任黄安农民自卫军大队长，参加领导黄麻起义，任总指挥。起义后，任工农革命军鄂东军总指挥兼第一路军司令。同年12月5日，在战斗中英勇牺牲。

【注释】

①1924年，作者在中学接受革命思想，立志做一个改造社会、有益于人民大众的人。这是他写的一首自勉诗。②尧、舜：古代传说中的贤明帝王。“尧天舜日”比喻太平盛世，这里泛指朝代。

潘漠华

轿　夫

倦乏了的轿夫，
呆呆地坐在我底身边，
俯首凝视着石磴上纷披的乱草与零落的黄叶。
倩笑的姑娘，
烂漫活泼的童子，
赤裸裸卧在海边号哭的妇人；
这些可使我笑可使人流泪的，
尽在我膝头展开的画册上鲜明地跳跃。
但这于他有什么呢？
他只从纷披的乱草里，
看出他妻底憔悴的面庞；
他只在零落的黄叶里，
看出他儿女底乌黑的眼睛。

1922年4月1日游杭州紫云洞作

潘漠华（1902—1934），原名潘训，现代作家、诗人，浙江武义（原宣平）人。1920年开始文学创作，曾参加组织湖畔诗社。1926年参加北伐军。1927年初加入中国共产党，曾领导宣平农民起义。1933年参加中国左翼作家联盟，是北方“左联”发起人，并任中共天津市委宣传部部长。1933年被捕，次年12月24日因绝食斗争在狱中牺牲。出版有《应修人潘漠华选集》。

瞿秋白

铁　花

我不在柔和细腻的自然里，
我不在繁美华盛之中；
在这烟气迷天的工厂内，
锻炼着我的铁花，火涌。

铁花受不着阳光的煦和，
铁花领不着月光的抚慰；
小炉里融融的火飓，

嗤嗤地烧着了花蕊。

那地方锤子的声音来得蠢，
那地方金铁的声音来得紧；
好一似铜松拂着刚风，
我真爱上了，舍却不忍。

不是那轻挥羽扇，妙舞回旋的——
而是那胼胝满目，——是有力的掌。
工厂里燃着不熄的火苗，
照耀我这壮勇无畏的胸膛。

我吹着铁炉里的劳工之怒，
我幻想，幻想着大同，
引吭高歌的……醉着了呀，群众！
锻炼着我的铁花，火涌。

1923 年

我是江南第一燕

万郊怒绿斗寒潮，
捡点新泥筑旧巢。
我是江南第一燕，
为衔春色上云梢。

1923 年 12 月

赤潮曲

赤潮澎湃，
晓霞飞涌，
惊醒了
五千余年的沉梦。
远东古国
四万万同胞，
同声歌颂
神圣的劳动。
猛攻，猛攻，
捶碎这帝国主义万恶丛！
奋勇，奋勇，
解放我殖民世界之劳工，
无论黑，白，黄，无复奴隶种！
从今后，福音遍天下，
文明只待共产大同。
看！
光华万丈涌。

瞿秋白（1899—1935），原名瞿双，后改名瞿霜，江苏常州人。1920 年参加马克思学说研究会。1922 年加入中国共产党。曾是中共第三届中央执行委员，第四、五届中央政治局委员。1927 年大革命失败后，主持召开中共中央八七会议，任中共临时中央政治局常委。后曾犯过短期“左”倾盲目主义错误。1928 年任中共第六届中央政治局委员。曾任共产国际执行委员、主席团委员。1930 年回国后，曾参加左翼文化战的斗争。1933 年到中央苏区，任中华苏维埃共和国第一、二届中央执行委员、教育人民委员（部长）。1934 年 10 月，红军长征后，留在江西苏区根据地坚持斗争。是党的四、五、六届中央委员，五、六届中央政治局委员，教育部部长。1935 年 2 月，在福建长汀转移途中遭国民党军队包围，被俘，同年 6 月 18 日在长汀英勇就义。有《瞿秋白文集》行世。

魏人镜

农民协会成立歌

天上的星颗颗稀，
莫笑穷人穿破衣。
地主军阀命运短，
农民协会都成立。
要团结，把心齐，
困龙自有上天梯。

魏人镜(1906—1928)，字茂年，化名王凯，湖北汉川人。1924 年加入中国社会主义青年团，后加入中国共产党。曾任中共汉川特支宣传委员，湖北区委组织部秘书，湖北省委委员兼武昌县委书记。1928 年 3 月上旬被捕，17 日英勇就义。

作者从学生时代就开始到农村去，参加农民运动，宣传革命，帮助组织农民协会。在此期间写成此诗。

土地革命战争时期

（1927 年 8 月—1937 年 7 月）

于画舫

劳苦农民歌

劳苦农民真可怜，
从早做到晚，
半夜才吃饭。
冷难挨，寒难挡，
生活好凄惨！

纳粮又纳税，
又要特别捐，
一年粮食卖净了，
生活怎么办？！

父母已年迈，
陪伴过难关，
想尽孝，报亲恩，
哪能随心愿！

逼得闯关东，
舍命去挣钱，
省吃俭用难糊口，
只得把家还。
思想起来心如刀割，
痛苦对谁言！

短工罢市歌

可怜穷苦短工汉，
鼓打三更天，就往市上窜。
财主来叫人，讲价口舌干。
一旦下了市，上坡上场院，
竭力做营生，还说俺偷懒。
一个有错，马上就骂："你们快滚蛋。"

财主们吃什么？吃的我血汗；
财主们享福，拿我当牛马看。
联合起来罢市，看他们怎么办？！

于画舫（1905—1931），原名于清书，山东潍县人。1928年秋加入中国共产党。曾任中共阙庄支部书记，潍县县委委员，山东临时省委秘书。1930年5月被捕，1931年4月5日英勇就义。

此歌为作者于1928年至1929年间从事农民运动、工人动运时编写的歌词，鼓舞工人农民起来斗争。

卫勋元

读马列著（两行）

今阅几遍马列著，
胜读十年圣贤书。

卫勋元（1904—1940），原名卫麟瑞，山西洪洞人。早年入山西大学文学系学习。1933年参与组织"读书会"，学习宣传马列主义。1937年春加入中国共产党，任中共洪洞县一区区委兼战动总会主任，洪洞河东县抗日政府县长兼基干二支队队长。1940年2月，在与敌作战突围中不幸遇难，英勇牺牲。

马本斋

抒　怀

风云多变山河愁，
雁叫霜天又一秋。
男儿空有凌云志，
不尽沧江付东流。

1931年

马本斋（1902—1944），回族，河北献县人。曾在东北军任团长。1932年弃官回乡。抗日战争爆发后，组织回民义勇军队。1938年率部参加八路军，同年加入中国共产党，任冀鲁豫军区第三分区司令员兼回民支队司令员。1944年2月7日病逝。朱德、周恩来等均撰挽联悼念。

1931年九一八事变后，作者向上级要求率部北上抗日，得到的却是蒋介石“攘外必先安内”的反动训令。目睹祖国大好河山遭蹂躏，他忧心如焚，作此诗抒怀，次年便弃官回乡。

马定夫

誓　言

愿将浩气弥天地，
不让金钱累子孙。

马定夫（1915—1943），原名马镇西，山西榆次人。1936年春加入中国共产党。曾任中共榆次县委宣传部部长、组织部部长，县游击队第三大队指导员兼大队长，八路军晋中独立支队政治部科长，新编第十旅三十团政治委员。1943年7月23日，与日伪军作战时壮烈牺牲。

这是作者在少年时代（读高小时）所写（立下）的誓言。

王湖

题壁诗[①]

岁月如流叹逝波，
桃源何处许高歌？
一家骨肉团圆少，
万里江山感慨多。
壮志未酬书枉读，
雄心犹在剑频磨。
凄凄荒草情无限，
独向西风唤奈何！

王湖，简介见第60页。

【注释】

①1927年大革命失败后，8月下旬作者在奔赴湘东参加武装斗争，途经榕江县宰麻亭时题壁这首诗，随后继续赶路。30日便在路上被敌人逮捕。

王铸

赠友人

凄凄牢监，锵锵镣声，
为了社会革命，
哪怕牺牲一生半生。
我今天被捕，坐牢依然光荣。
倘若不幸被杀，
是为社会，也是为了大众；
是为民族，也是为了家庭。

狱中思亲

灯前忽动故乡情，
回首关山阻万程；
枕边点点思亲泪，
室外声声夜鸠鸣。

王铸(1901—1937)，字昆山，辽宁开原人。1929年冬毕业于燕京大学。1931年11月加入中国共产党。曾任《哈尔滨新报》编辑，吉林自卫军抗日游击队政委，后回中共满洲省委宣传部工作（公开身份是中学教员)。1934年5月11日被日本宪兵队逮捕，后判刑。狱中屡受敌人酷刑，身体遭严重摧残，在生命垂危之际才获得保外就医，不久便与世长辞。

王鉴

怀故里

遥聆故里起风波，
听说罹灾人更多。
隔断乡音无信息，
不知情景又如何？

王鉴（1895—1928)，号积永，湖北黄安（今红安）人。1920年入武汉中学学习，在校期间加入中国共产党。1923年参加黄安青年协进会，从事农民运动。1927年参加八一南昌起义，之后返回湘鄂西，在洪湖、沔阳一带开展农村工作。1928年因积劳成疾，不幸病逝。

此诗写于大革命失败后。全诗表达了作者对故乡革命人民的深沉怀念之情。

王干成

临刑前的遗曲（三节）

蒋介石，狼心狗肺，
杀人放火，胡作非为，
杀害良民千千万，

祖国四处凄凉景。

反动政府，贪官污吏大本营，
每日里花天酒醉，处处欺压人民，
把我革命者踩踏在铁蹄，
造谣言，放空气，造成白色恐怖满天飞。
说什么，要铲除第三国际，
说什么，共产党压迫人共妻，
这些话，完全无根蒂，
都是他，信口乱放屁。
可恨那土劣互相狼狈，
利用那“清乡”，
到处刮地皮。

革命战鼓咚咚响，
把我的精神提起了百倍。
俺老李，生是革命人，死是革命鬼，
生和死，死和生，
生生死死，死死生生就在这一回。
来到刑场不下跪，
看把老子怎么地?
但愿我革命早日胜利，
红旗飘扬日光辉。

1930年

王干成，曾化名老李，江西瑞昌人。1926年加入中国共产党。1929年任中共瑞昌区委副书记，后任瑞昌县临时苏维埃政府主席。1930年被捕，不久被杀害，壮烈牺牲。

王志风

丹心耀大地

浩浩一一·四，[①] 滚滚风雷激。
迅雷弹指间，巨声震齐鲁。
酹酒祭忠魂，[②] 前仆后者继。
云水洗浊心，丹心耀大地。

1935年

狱中题诗

笑对虎狼刑，囹圄播火种；[③]
刀头一滴血，乾坤能染红。[④]

1936年9月

王志风（1911—1936），山东海阳人。1932年2月加入中国共产党。1933年夏，组建招远县第一个党支部。1935年任中共胶东特委委员，次年9月遭敌逮捕，10月慷慨就义。

【注释】

①浩浩一一·四：指1935年农历十一月初四搅动武装暴动。②酹：指把酒浇在地上，表示祭奠。③囹圄：见第169页潘本登诗注。④乾坤：《周易》中的两种卦名。指阴阳两种对立势力。引申为天地、日月等。这里指世界、社会。

王幼安

就义诗

马列思潮沁脑骸，
军阀凶残攫我来。
世界工农全秉政，
甘心直上断头台。

1928 年 2 月

王幼安（1896—1928），又名王宏文，湖北麻城人。1924 年加入中国共产党，是中共麻城特别支部创建人之一。曾任国民党省党部特派员，麻城县教育局局长，积极领导农民运动，坚持武装斗争。1927 年冬秘密购枪，在搬运途中被捕，次年 2 月 17 日被害，从容就义。

作者临刑前留下这首壮志激昂的诗篇。

王达强

七　歌（狱中题壁诗）（五首）

有客有客居汉江，
自伤身世如癫狂。
抱负不凡期救世，
赢得狂名满故乡。
一心只爱共产党，
那管他人道短长。
我一歌兮歌声扬，
碧血千秋吐芬芳。

有家有家在鄂东，
万山深处白云中。
老父哭儿伤无椁，
老母倚闾泪眼空。
故乡山水今永诀，
天地为我起悲风。
我二歌兮歌声雄，
革命迟早要成功。

有友有友意相投，
千里相逢楚水头。
起舞同闻鸡鸣夜，
击楫共济风雨舟。
万方多难黎民苦，
相期不负壮志酬。
我三歌兮歌声吼，
怒掷头颅向国仇！

有弟有弟在故乡，
今日意料有我长。
昨夜梦中忽来信，
道是思兄忆断肠。
可怜不见已三载，
焉能继我起乡邦？
我四歌兮歌声强，
义旗闻起鄂赣湘。

我五歌兮歌声止，

慷慨悲歌今日死。
我六歌兮歌声乱，
地下应多烈士伴。
我七歌兮歌声终，
大地行见血花红。

1928年2月17日就义前一天

王达强，简介见第15页。

作者被捕后大义凛然，坚贞不屈，全诗表达他义无反顾献身革命的坚定意志。

王则鸣

绝笔诗

奔走湘鄂有三秋，
事业不成令人忧。
不幸吾身牢中囚，
死到黄泉心不休。

王则鸣（1900—1928），又名王萼，湖南湘乡人。1921年12月加入中国共产党。曾任常宁水口山铅锌矿工人俱乐部秘书长，中共湖南区委第三特支书记，曾赴苏学习。1925年春回国后，任中共湖南区执委会委员，省农民协会委员，农民赤卫队队长。1927年参加八一南昌起义、秋收起义。1928年3月20日被捕，4月5日壮烈牺牲。

作者临刑前大义凛然写下这首绝笔诗，表达出他忠贞不渝和决不动摇的革命精神。

王孝锡

自　勉[①]

任何力量不能移我心，
任何力量不堪动我情；
我的主义驱使我不能一刻留停，
我的责任策励我不能一刻安寝，
一腔热血要浇遍地球西东。

1928年春

吊故友七人（四首）[②]

一

挽救工农登仙阶，
努力实现苏维埃。
生平浩气终难泯，
革命史上第一页。

二

议案一决凛冰霜，
红军奋臂赴杀场。
贪官污吏尽丧胆，
绅豪地主如亡羊。

三

静夜悲声隐隐扬，

丑贼送君赴杀场。
枪声已息君犹哀，
烈士坑中含土亡。

四

一缕清风半轮月，
深山幽处暗举哀。
回忆往事肠欲断，
追荐惟有眼中血。[3]

狱中诗（二首）[4]

一

慷慨歌太平，从容作楚囚。[5]
暴刀逞一快，何惜少年头。

二

书剑漂流二十年，
国事无端尚依然。
革命未成身先捕，
普罗自在人世间。[6]

绝命词（遗书）[7]

纵有垂天翼，难脱今夜险。问苍天，何不行方便；驭云飞，驾慧船，搬我直到日月边 。取来烈火千万炬，这黑暗世界，化作尘烟。出铁笼，看满腔热血，洒遍地北天南。

一夕风波路三千，把家园骨肉，齐抛闪。自古英雄多患难，岂饶我今然！望爹娘，休把儿挂念，养玉体，度残年，尚有一兄三弟，足供欢颜；儿去也，莫牵连。

1928年12月29日晚

王孝锡，简介见第63页。

【注释】

①1928年春，作者领导陕西旬邑农民暴动。失败后，写了此诗自勉。诗题为编者所加。②旬邑农民暴动后，有七位共产党员被敌人活埋。作者写了这四首诗悼念故友。③追荐：请僧道为死者诵礼忏，祈祷祝福。这里是追悼的意思。④这两首诗是作者被捕后写的。⑤楚囚：春秋时，有楚国人被晋国俘虏，但他仍戴着南方样式的帽子（南冠），表现对故国的思念，这里指革命气节不变的囚禁者。⑥普罗：无产阶级一词英文缩写的译音。⑦作者得知敌人即将杀害他，便在临刑前夜写此绝命词（遗书）。

王克寇

斩妖歌[1]

耳闻天宫有妖魔，
世间妖魔比天多。

任凭妖魔多如毛，
我辈奋起斩妖魔！

1930 年

立　志

国破民穷狗霸道，
苛捐杂税如牛毛；
日寇蹂躏我国土，
独夫民贼任逍遥；
富人吸尽千家血，
强盗榨取万民膏；
我国人民遭涂炭，
胸怀大志救同胞。

1933 年

王克寇（1916—1944），原名王汝廉，又名王禄清，山东禹城人。1936 年 4 月加入中国共产党，任中共禹城县委书记，禹城抗日工作团政委，冀鲁边大队副政委，鲁西三大队政委，冀鲁豫第四军分区二团政委。1944 年 5 月在一次战斗中壮烈牺牲。

【注释】

①1930 年的一天，作者被当地恶霸地主绑架，公开勒索，其父母只好卖了二亩半地才将他赎回。作者回家后气愤难平，挥笔写下这首斩妖歌。

王步文

自挽联

是革命家，是教育家，怀如此奇才，生而无愧；
为革命生，为大众死，仗这般大义，死又何妨！

1931 年就义前

王步文（1898—1931），字伟模，安徽岳西人。1921 年 4 月加入中国社会主义青年团，1923 年转为中共党员。1924 年入上海大学学习。后赴日本留学，任中共旅日总支委员。1927 年 2 月回国后，任上海总工会青年部部长，国民党上海市党部组织部部长。大革命失败后，曾组织安庆暴动，后任中共安徽省委书记。1931 年 4 月 6 日被捕，5 月 31 日在安庆慷慨就义。

1931 年 5 月，敌人宣判作者死刑后，他从容不迫地念出这副自挽联。

王里封

拥护无产阶级的祖国

霹雳一声，震惊全世界，
凭我们的鲜血建立了工人的祖国！
全世界的工人们！
资本主义的末日到了！

光明在前，努力奋斗！
扬起鲜红的旗帜，
拥护无产阶级的祖国——苏联！

约 1932 年

王里封（1899—1935），又名王锡百，辽宁辽阳人。早年毕业于北京高等师范学校。后任哈尔滨广益中学校长，哈尔滨学院院长，曾参加党的外围组织哈尔滨反帝大同盟。1931 年九一八事变后赴苏学习，实在远东煤矿当了挖煤工人。1934 年回国，在新疆任《天山日报》编辑。1935 年秋，被盛世才反动当局杀害，后被追认为革命烈士。

此诗当时发表在远东煤矿的中文报纸《工人之路》上，用李文做笔名。

王秀松

何时洗雪清

天上有多少颗星星哟，
地上有多少只流泪的眼睛。
穷人的鲜血哟，
染红了高桥的水。
千仇万恨哟，
何时洗雪清？
万树红花迎春开啊！
万棵红花盼亲人来。
高桥河的流水无子夜啊，
洗不尽穷人的血泪哀。

吓不倒共产党

柴山野洼是我房，
青台石板是我床，
红薯蕨根是我粮，
任何困难吓不倒共产党。

1928 年

王秀松（1902—1932），原名王秀林，湖北黄安（今红安）人。1925 年加入中国共产党。次年入广州农民运动讲习所学习，结业后派回黄安从事农民运动。曾任中共黄安县委委员兼共青团县委书记。1927 年 11 月，参与领导黄（安）麻（城）起义，后坚持游击斗争。1930 年后任红军第一军团长，红四军政治部秘书长。1932 年 9 月不幸遇难。

王环心

绝笔诗

世事本如云，
我恕桃花似流水，
我生自有用，
且将头颅击长天！

1927 年

王环心，简介见第64页。

作者被捕后，敌人要他写反省书，便在纸上挥笔作此诗。诗中表达了他身陷囹圄、壮心不已的革命精神。

王若飞

狱中诗句（两处）

一

死里逃生唯斗争，
铁窗难锁钢铁心！①

二

为谋解放头可断，
留得清白在人间。

监狱怒吼歌②

伸出拳头去斗争呀！
斗争就可得自由呀！
咿呀嗨，呀呼嗨，
斗争就可得自由呀！
呀呼嗨，咿呀嗨。

王若飞（1896—1946），贵州安顺人。早年赴法勤工俭学。1922年参与组织旅欧中国少年共产党，不久转为中共党员。1923年赴苏学习。1925年回国，任中欧共豫陕区党委书记，中共中央秘书长等职。1928年任中共驻共产国际代表。1931年回国，在绥远被国民党政府逮捕，在狱中坚持革命斗争。1937年夏出狱，历任中共陕甘宁边区党委宣传部部长，八路军副参谋长，中共中央秘书长等职。是中共第七届中央委员。抗战胜利后参加重庆谈判和政治协商会议。1946年4月8日，与秦邦宪、邓发、叶挺等从重庆飞返延安时，途中飞机失事遇难。当延安各界追悼“四八”烈士时，中共中央送了挽联。

【注释】

①在归绥狱中，作者为了鼓舞同志们的斗志，写了《生活在微笑》一文。此为结尾的两句话。②此曲是作者用陶行知的《锄头舞歌》的歌谱写成。当时在狱中流行传唱。

王尚德

赠女儿王铁

三更灯火五更鸡，
正是女儿读书时，
黑发不知勤学早，
白发方悔读书迟。

1930年

王尚德（1891—1946），又名王璋峰，陕西渭南人。1922年加入中国社会主义青年团，1925年加入中国共产党。曾任中共赤水特支书记，国民党陕西党部农民部部长。1928年参加领导渭华起义，曾任中共豫西南特委委员等。后以从事文化教育工作的公开身份从事革命工作。1946年8月13日被国民党特务杀害，英勇就义。

渭华起义失败后，作者遭通缉，全家四处流浪，女儿学业荒废。他写此诗勉励女儿读书。

王金林

把地主坏蛋一扫光（五节）

莫打鼓来莫打锣，
听我唱歌农民歌，
提起农民真正苦，
流血流汗养地主。

提起农民真可怜，
家中没有半亩田，
苛捐杂税租子完，
妻子儿女不团圆。

提起农民真伤心，
一年只挣三块钱，
不够吃来不够穿，
他说农民无算盘。

土豪劣绅实在坏，
逼迫穷人女儿卖，
卖女儿来哭哀哀，
眼泪汪汪往下筛。

农民苦来实在苦，
地主吃细我吃粗，
手提钢刀和快枪，
把地主坏蛋一扫光。

1930年

士兵歌

士兵兄弟们，都是穷苦人，
没有田和地，没有钱和银。
地主老财们，逼去当团丁，
官长如虎狼，饷银克扣尽。
士兵兄弟们，听我唱红军：
官兵如兄弟，平等又相亲。
大家快起来，齐心投红军！

1930年

王金林（1903—1931），安徽广德人。1927年北伐军抵广德县，任国民党县党部农民部部长。四一二反革命政变后遭到通缉。1928年8月加入中国共产党，任安徽大学党支部书记，共青团怀宁中心县委组织部部长，中共广德特支负责人，皖南红军独立团团长。1930 年领导广德暴动。1931 年 9 月与敌作战时负重伤被俘，11 月在广德被害，壮烈牺牲。

王诗恒

就义诗

不怕你的屠刀快，
砍头莫过五尺矮。
老子死后二十年，
又是英雄再重来。

1928 年

王诗恒（1905—1928），湖北监利人。1927 年加入中国共产党。曾任中共周老嘴区委书记。1928 年 10 月被捕，不久惨遭杀害，壮烈就义。

作者临刑前高呼这首诗，后来此诗在当地广为流传。

王泰吉

关陇烽火亦可期[①]

大河南北红云起，
关陇烽火亦可期，[②]
寄语欲得升平者，
吾人昭苏在此役。[③]

1928 年

狱中诗（二首）[④]

南京被押己巳年，
蚤虱围攻何足怜。
翻身消灭尔丑类，[⑤]
革命精神炼愈坚。

三尺榻上不容睡，
五步室内寄余身，
狂吟将伯君毋躁，[⑥]
独对铁窗思好音。

1929 年夏

狱中题壁（二首）[⑦]

几经奋起几颠沛，
愧无良平智量深，[⑧]
引颈辞世诚快事，
瞑目庆祝红旗飞。

二十八岁空蹉跎，
为谒敌人入网罗，
狐鸦结交吾有愧，
悬睛待看事如何。[⑨]

1931 年 1 月

困顿漫语（二首）[⑩]

堪叹国事日益非，
屡经起义与愿违，

莫行于先谁继后，
自我牺牲视如归。

功名不必自我成，
革命实践作先锋，
遗嘱同志莫顾虑，
宇宙将来到处红！

1931 年 1 月

红军进行曲

红旗招展号声吹，
愿我同志齐向前，
求自身之解放，
为群众而斗争。
精神抖擞兮推翻统治，
迈步前驰兮赶走列强。
有工人，有农民，
赤卫队，先锋队，
周围布满游击队。
枪声劈劈连声响，
喇叭唧唧嗒嗒，
嗒嗒唧唧不停吹，
冲锋前进如虎飞。
每日间出入枪林，
身冒弹雨，
雄矣哉！
人人争先，
个个恐后，
作阶级之前驱，
毁敌人之营垒。
世界革命快成功，
人类平等可待期。
同志须斗争，
政权必归工农兵！

1933 年 12 月

绝命诗⑪

崤函振鼓山河动，⑫
萧关频翻宇宙红，⑬
系念袍泽千里外，⑭
梦魂应如寄愁容。

1934 年 3 月初

王泰吉，简介见第 64 页。

【注释】

①此诗是作者在 1928 年参与组织渭华起义而作。②关陇烽火：指即将爆发的渭华起义。③升平：太平。昭苏：恢复生机。全句意思是吾人参加人民得解放的斗争。④1929 年（己巳年）夏，作者被监押在南京监狱。⑤丑类：暗指反动派。⑥将伯：《诗经·正月》：“将伯助予。”即请长辈帮助我，后经杨虎城营救出狱。⑦1931 年 1 月，作者去豫陕边做兵运工作，途经淳化县通润镇，被老相识伪保安团长马云出卖。他在拘留室墙上题了这两首诗。⑧良平：指汉高祖手

下谋臣张良、陈平，多智谋。⑨悬睛：吴王夫差要杀忠于吴国的伍子胥。伍说：把我的眼睛挂在城门上，看越国军队打进来。这里指看革命胜利，反动派灭亡。⑩作者在被关押时写了上万言的《困顿漫语》，现只保留这两首诗。⑪《绝命诗》作于1934年3月初就义前。⑫崤函：崤山，在河南洛宁县西北。函谷关：在河南灵宝县西南。这两处是进入陕西的险要处。⑬萧关：在甘肃固原县东，是关中西北方的关口。⑭袍泽：部队中的革命同志。

王晓芗

我自有主张

我自有主张，碧血达上苍，
他日红满地，家祭慎莫忘！

1928年

王晓芗（1881—1928），又名文俊，晚号灼三，湖北沔阳人。清末秀才，为人耿直，思想进步。1924年加入中国共产党，积极参加农民运动。1927年大革命失败后，参加沔阳戴家场等地暴动。曾任工农革命军第五军十三师师长，中共沔阳县委委员。1928年秋被捕，不久光荣就义。

王晓芗被捕后，敌人劝降，遭其拒绝，便在自首书上写此诗。诗的另一版本将最后一句改为：“尔等慎勿忘！”

王盛权

绝笔诗

豺狼当道，疯狗狂咬，
今日捐我躯，来日你挨刀。

1935年

王盛权（1912—1935），福建宁化人。1929年加入中国共产党。1930年6月，参加宁化县农民武装暴动。后任宁化淮土乡苏维埃政府主席，中共淮土区委宣传部部长、区委书记，宁化县委宣传部部长，中共宁化中心县委书记。1935年4月不幸被捕，不久英勇就义。

这是作者被捕后留下的一首绝笔诗。

王德三

哀悼赵琴仙、陈祖武、罗采①

恨那壮烈的日子，
我未能置身于战场，
把这沸腾的热血，
和你们共流齐放！

今天是你们牺牲的周年忌日，

我这颤动的心弦，
奏着吾党哀悼的曲子，
敬悼我们的少年英雄！

去年今天，
你们舍了生命，
开着一朵朵红花；
你们为了劳苦群众的幸福，
将赤血遍洒；
你们死后遭了虐待，
生前受尽拷打！
残暴军阀把酷刑摧折了向阳的嫩芽！
啊！我们至爱的同志！
你们为人类负着荆棘的十字架！

不久呀！
镰刀斧头的红旗，
将飘扬在你们的冢头。
英特奈雄那尔的歌声，
荡漾于你们的四周。
……
我们静默于你们的英魂之前，
向我至爱的同志们诚挚的宣誓：
拼着这傲逆的头颅，
粉碎那束缚着人们的锁链。

1928年夏

苗夷三字经（六节）[②]

苗亲夷亲个个苦，
面面饭、麻布衣、茅草房，
无油无盐脸色黄。
滚草窝，无被盖，
……
苗亲夷亲个个苦，
上租当佃无田土。
夷亲田地哪里去了？
这盘账，怎么算，
苗亲夷亲想一转。
……
齐心合力争天下，事业大，人数多，
团结斗争怕什么？
官场田主是汉人，汉人还有工农兵；
工农兵，不分夷汉一条心，
一条心，土地革命世界新。
……
一个联一个，
大家联合起来好做事；
麻线织布缝衣裳，
草凑起来盖成房。
……
工农兵一齐起，武装暴动，
夺取政权才中用，
推翻军阀消灭田主，
成立工农兵政府；
工农兵，代表会，
夷汉平等一齐扯。
……
中国主人工农兵，
天下从此得太平。

王德三（1898—1930），名懋廷，云南祥云人。1922年加入中国社会主义青年团，同年转为中共党员。后赴陕西从事建团工作和工农运动，1926年后任黄埔军校政治教官，中共云南临时省委书记。1928年赴苏联出席中共六大，回国后任中共云南省委书记。1930年11月19日被捕，年底在昆明英勇就义。

【注释】

①1928年夏，赵琴仙（中共党员，简介见第314页）、陈祖武（共青团员）、罗采被国民党反动派在昆明杀害，作者特写此诗哀悼。②1929年，作者深入农村，到马关、文山等地发动领导武装起义。为了启发当地少数民族群众的阶级觉悟，特编《苗夷三字经》进行宣传。

王懿仁

书　联

勘破世情浓亦淡，
认真国事苦犹甘。

王懿仁（1903—1930），字德莹，广西玉林人。1925年12月加入中国共产党。1926年夏考入黄埔军校。1927年12月参加广州起义，后回玉林从事党的地下工作，曾任中共玉林县县委委员、书记。1930年11月25日被捕，12月22日壮烈牺牲。

韦拔群

青年革命歌

劳动群众快快醒，
参加革命当红军。
青年的同志，应将重任负于肩。
个个炼成铁石坚，不怕死，
不贪钱，才算得真正革命。
一切障碍及反动都肃清！
方不负红军的威名，唱凯旋。

1929年12月百色起义后

勉励战士歌

外出干革命，莫要恋家庭。
跟着共产党，做个好红军。
为民为自己，事业真光荣。
革命成功了，共享幸福年。

革命到底

穷人闹革命，众乡亲，
雄心要坚定。
今日处恶境，但相信，
雾散天会晴。
想起好前景，浑身劲，

吞菜也甜心。

穷人闹革命，众乡亲，
雄心要坚定。
那时灭土豪，吃穿好，
饭饱衣又新。
今日处恶境，但相信，
雾散天会晴。

1930年10月红七军北上后

肃清敌人的一切

血沸腾，眼火烈，
看啊！
红光照耀全中国，
工人与农民得了光明路，
再接再厉，
斗争处处激烈。
起来啊，
右江工农战斗员，
肃清敌人的一切！

如今瑶胞得解放

如今瑶胞得解放，
瑶家子弟进学堂，
民族平等样样好，
瑶家骑马上圩场。
有挑有担自己挑，
哪个请佚就推翻，
如今瑶胞得解放，
瑶家子弟进学堂。
不给土豪抬轿子，
不给劣绅当肉床，
民族平等样样好，
瑶家骑马上圩场。

挽朱锡昂烈士联[①]

血洒玉林，芳流千古；
攻高八桂，痛切同侪。[②]

1930年6月

安慰亲人歌[③]

家母力衰年已老，
家务由你一人搞；
时刻思念莫忘记，
交待事情要记牢。
述祖述忠年纪小，[④]
烦你耐心来教导；
我为人民昼夜走，
请你在家多勤劳。

挽牙苏民同志[⑤]

任红军，当红军，一体替劳动人民求解放；
你先死，我后死，大家为革命奋斗而牺牲。

1931年

韦拔群，简介见第68页。

【注释】

①这是为悼念朱锡昂写的挽联。朱锡昂，广西博白人。1925年加入中国共产党，曾任中共广西省委书记等职。1929年6月8日牺牲。②八桂：广西桂林的古称。侪：同辈，指革命同志。③这是作者写给爱妻黄秀梅的歌。④述祖、述忠：均为作者的儿子，后均被国民党反动派杀害。⑤牙苏民：广西东兰人，中共党员。曾任东兰县工农民主政府军事部部长，东兰县赤卫军总指挥。1931年牺牲。

车耀先

自誓诗（四首）

幼年仗剑怀佛心，
放下屠刀求真神；①
读破新旧约千遍，②
宗教不过欺愚民。

投身元元无限中，③
方晓世界可大同，
怒涛洗净千年迹，
江山从此属万众。

不劳而食最可耻，
活已无能焉活人，
欲树真理先辟伪，
辟伪方显理有真。

喜见东方瑞气升，
不问收获问耕耘，
愿以我血献后土，
换得神州永太平。

1929年

车耀先（1894—1946），四川大邑人。早年加入川军刘湘部，任团长、师参谋长等职。1929年加入中国共产党，任中共川西特委军委委员。1932年与党组织失去联系，后从事抗日救亡活动。1937年与党组织恢复联系，积极从事统战工作。1940年被国民党反动派逮捕。1946年8月在重庆就义。

此诗是作者1929年加入中国共产党后所作，抒发了他走过曲折的历程，终于走上光明大道的激动，也是他入党的坚定誓言。

【注释】

①求真神：意为走革命道路。②新旧约：指基督教的《圣经》，即《新约全书》和《旧约全书》。③元元：指人民大众。

毛正初

对　联

干干干，扫除黑暗，抱牺牲决心，杀向前去；
来来来，扩大赤区，踏烈士血迹，冲破重围。
横批：曙光在前。

1931年6月

毛正初(1901—1931)，安徽六安人。1926年考入黄埔军官学校第六期，同年加入中国共产党。1927年6月，受党组织派遣回六安县徐集，打入徐集民团，任队长。1929年11月，参加领导徐集民团起义。后任六安赤卫军总指挥兼六安县独立团团长，中共皖西北特委军委常委。1931年秋在“肃反”中被错杀。

1931年6月，六安县苏维埃政府、赤卫军司令部双双成立，毛正初写此对联。

毛泽覃

歌　谣

造福人，不享福，
雇农自己没有谷，
砌匠自己没有屋，
木匠自己没凳坐，
裁缝自己打赤膊。

毛泽覃(1905—1935)，湖南湘潭人。1923年加入中国共产党。曾在黄埔军校和中共广东区委工作。1927年参加南昌起义，后上井冈山。曾任红军独立师师长，中共苏区中央局秘书长，中共福建省委书记，闽粤赣军区司令员。1934年红军主力长征后，留在苏区坚持游击战争。1935年4月26日在瑞金一次战斗中英勇牺牲。

1927年冬，作者到井冈山黄洋界脚下的宁冈乔林乡从事建党活动，办起农民夜校，据说这首歌谣是他在一次讲课时吟诵的。

方汉英

勉励哥哥

本是同根豆与萁，
忠诚革命志难摧。
劝兄莫惜头颅贵，
不为穷汉又为谁？

1932年3月

方汉英(1914—1932)，湖北通城人。1930年6月参加革命，不久加入中国共产党，曾任中共通城县委组织部文书、县委委员、县委组织部部长。1932年初，在吉安被国民党军杀害，壮烈牺牲。

作者任县委组织部部长后，其兄方国番也进入县委领导班子，他写此诗勉励哥哥。诗题为编者所加。

方志敏

土地革命歌（三节）①

一

革命，大家向前进。
工农兵联合，万众同一心，
万众同一心。
除军阀，杀贪污，土豪要灭净。
打倒国民党，丝毫不容情。
反动分子，一齐铲光，
革命方可存。

二

可恨地主豪绅剥削我穷人，
为土地，为乡亲，工农团结紧。
打倒土劣绅，土地拿来分。
建立苏维埃，领导我农民。
封建势力，一齐铲去，土地革命成。

三

共产主义好，消灭私有制。
苏维埃和红军组织要健全。
工农兵政府，一定要实现。
工人管工厂，耕者有其田。
各尽其能，各取所需，
快乐永无边。

悼　歌②

可恨！一切反动派，
天天打主意，屠杀工农兵。
我们工农兵，痛苦到万分。
宁为革命死，不愿苟生存。
红军诸先烈，都是这等人！
开会来追悼，大家齐痛心。
誓把反动派，坚决消灭尽。
报得先烈仇，完成大革命。

1931年

一朝红日起③

雪压竹头低，低下欲沾泥。
一朝红日起，依旧与天齐。

1935年1月

死！④

敌人只能砍下我们的头颅，
决不能动摇我们的信仰！
因为我们信仰的主义，
乃是宇宙的真理！

为着共产主义牺牲，
为着苏维埃流血，

那是我们十分情愿的啊！

1935 年 5 月作于狱中

方志敏，简介见第 16 页。

【注释】

①方志敏的这首词，经其夫人兼同志缪敏谱曲，成了《土地革命歌》，此歌在苏区广为传唱。②这是方志敏在追悼李新汉暨阵亡将士大会上作的一首悼歌。这首悼歌凝聚着他对牺牲的战友们的深厚阶级感情，也道出了红十军全体指战员的共同心情。李新汉（1903—1931），化名胡烈。时任红十军第三团政治委员。1931 年 2 月，在攻打崇安县城时，李新汉及其战友中弹牺牲。③1935 年 1 月，作者率部北上抗日，遭到七倍于己的反动派大军的阻截。在浙皖赣三省的交界处突围时，正值大雪，竹子枝梢覆雪低垂。他触景生情，吟成此诗以激励同志。④这是作者撰写《死》一文前的序诗。副标题——共产主义的殉道者的记述。

方维夏

识字课本（节选）

——第十四课

造福人，不享福。
雇农自己没有谷，
砌匠自己没有屋，
裁缝自己穿着破衣服，
为什么这样？
被人剥削的缘故。

方维夏（1879—1935），又名方绪光，湖南平江人。早年留学日本，参加同盟会。回国后从事教育工作。1924 年加入中国共产党。北伐战争时任国民革命军第二军五师党代表。1927 年大革命失败后参加南昌起义、广州起义。后赴苏学习，1933 年回国后，任中华苏维埃中央政府总务厅厅长等职。1934 年红军主力长征后，留在苏区坚持斗争。1935 年 10 月，被叛徒杀害。

1933 年夏，作者任湘赣省苏维埃政府教育部部长时，曾主持编印《识字课本》，课本内容简明扼要，好读易懂。既能识字，又是政治教材。

尹运新

自挽联

一死何足奇！只可怜上莫救国，下未拯民，辜负好头颅，廿七年浮生若梦，归到重泉应有悔。

万言难尽意！惟希望同志努力，大众齐心，革命告成功，四百兆人民有赖，纵教碎剐也甘心。

1928 年 1 月就义前

尹运新（1900—1928），原是北京大学学生。中共党员。在北京地区从事革命工作。1927年8月在北京被捕，1928年1月16日英勇就义。

尹澍涛

挽母联

不羡富不畏贫，含笑归真，
吾母诚能殊俗鬼；
要牺牲要奋斗，余言在耳，
教儿何以慰英灵。

讽　联①

同升诸公：马公、牛公、叫鸡公。
公而不公，公道何存？公理何在？
此日借公贪货贿。
清乡总局：嫖局、赌局、洋烟局。
局中有局，局内人生，局外人死。
何时了局得安宁！

1927年马日事变后

就义诗②

一颗头颅值几何？
满腔热血洗山河。
铁脚扫开荆棘路，
后人好唱自由歌。

1932年就义前

尹澍涛，湖南宁乡人。1925年加入中国共产党。曾在常宁水口山地区从事工人运动，后任《湘西日报》编辑。大革命失败后潜回家乡，以教书为掩护，继续进行革命活动。1932年被敌人杀害，英勇就义。

【注释】

①1932年作者被捕时敌人以此联“倡导共产邪说”而作为诬害他的罪状之一。诗中“同升诸公”指反动官吏；“清乡总局”指地主武装机构。②作者在狱中留下这首慷慨激昂、豪情满怀的就义诗，并将诗作搓成纸团交给难友张世宽保存。张出狱后将诗纸藏入土墙内，直到新中国成立后才取出来。

邓贞谦

痛骂豪绅戏词

骂豪绅，骂得你是否安心。
我今日虽死，精神犹存，
什么余地，那时节千刀万剐，
一定化灰尘。
想这等害良善，岂无报应，
常言道，人莫作恶。
活是革命人，落一个血史名表，
莫大的光荣。
为国家一苍死，才是革命精神，
死是革命鬼。

做公敌，可杀的豪绅，今与你决一战，万一丧弹。
工农的敌人，你产业由何来，应该要认清。
为什么？残工农，骗民众，狗胆猪心。
骂一声，豪绅辈。

1928年6月5日在狱中

邓贞谦（1907—1928），又名邓中坚，江西萍乡人。1926年入北京师范大学学习。1927年加入中国共产党。曾任中共安源市委委员，萍乡湘东区委书记，江西省农民协会特派员。1928年1月，领导萍乡上栗靖卫团士兵兵变，后建立斑竹革命根据地。同年6月8日英勇就义。

作者临刑前写戏词怒斥豪绅。戏词中表现出他大义凛然、坚贞不屈的共产党人的革命气节。

邓步肯

赠与聂文波①

萍迹年来西复东，
忽从湖上拜高风。
倾杯已与君俱白，
醉眼相看我独红。
诗可论交情愈厚，
酒防卜夜去无匆。②
一般傲骨偏同调，
难得心同道亦同。③

1930年

邓步肯（1901—1930），湖北黄梅人。1926年加入中国共产党。历任中共黄梅二区区委委员，黄梅县赤卫队党代表，中共黄梅县委书记。后调武汉从事党的地下工作。1930年在汉口牺牲。

【注释】

①这是给同乡好友聂文波的一首赠与诗。此诗生动地描述了作者颠沛流离的革命生涯，真切地抒发了与友人深厚的革命情谊和“心同道亦同”的纯真情怀。聂文波，简介见第44页。②卜夜：卜昼卜夜的简写，即宴乐无度，昼夜相继。酒防卜夜即不可饮酒过度。③道亦同：道，一般指主义、真理、法则、法律等。这里可作主义、志同道合解。

邓恩铭

诀　别

卅一年华转瞬间，
壮志未酬奈何天。
不惜唯我身先死，
后继频频慰九泉。

1931年3月于济南狱中

邓恩铭，简介见第18页。

作者于1928年12月被捕（时任中共山东省委书记）。1931年3月在狱中写给母亲的信中附有此诗。诗中表达了作者坚定的信仰（壮志）和视死如归的革命气节。一个月后，作者从容就义。

邓雅声

绝命诗（四首）[①]

一

呜咽江声日夜流，
岂知宏愿逐波浮。
萧然独谢长生去，[②]
暮雨寒风天地愁。

二

平生从不受人怜，
岂肯低头狱吏前。
饮弹从容向天笑，[③]
长留浩气在人间。[④]

三

若虑家中更不忘，
谁知今日永分张。[⑤]
幽魂若不随风散，
应念衰亲返故乡。[⑥]

四

本来文弱一书生，
屡欲从戎愧未曾。
不死沙场死牢狱，
三年埋血恨难平。

1928年2月19日于狱中

邓雅声，简介见第74页。

【注释】

①1928年2月，作者就义前，曾写信给他的老师熊竹生先生，并附有《绝命诗》四首。诗中回顾了自己的成长历程，表达了宁死不屈的决心和对家乡亲人的思念。②萧然：寂寞冷落。③笑：一作啸。④浩气：革命的正气。⑤分张：离别。⑥衰亲：衰老的父母。

古宜权

追悼烈士歌（四节）

烈士英灵在会场，
你在阴间我在阳。
今日开会来追悼，
目汁双双流两行。

土豪劣绅心肝狠，
勾结逆军办共党。[①]
等到革命复兴日，
杀佢头颅理应当。[②]

死难烈士心莫忧，
工农替你来报仇。
如今大家团结起，
誓把反动杀呀就。[3]

死难烈士最荣光，
精神不死众颂扬。
鲜血洒遍田土上，
英雄事迹永留芳。

1930 年 3 月

古宜权（1904—1932），字克实，广东五华人。1924 年入黄埔军校第二期学习，并加入中国共产党。1926 年参加北伐战争，任左翼军党代表。大革命失败后回到五华参加革命活动，参加创建八乡山革命根据地。曾任中国工农红军团长、游击队队长，东江军事委员会委员等。1932 年 11 月 28 日在战斗中壮烈牺牲。

1930 年 3 月，作者参加五华县一次追悼死难烈士大会时写下此诗。全诗反映了他对国民党反动派围剿革命根据地的无比愤恨并要与反动派斗争到底的决心。

【注释】

① 办共党：指反动派围剿革命根据地。② 佢：方言，即他们。③ 杀呀就：方言，即杀干净。

甘汝松

进行曲（三节）

听！听呀！
朋友，你不要再梦睡了，
地球上的烈火燃烧起来了！
星星滴滴的血迹，
化成星星滴滴的炸弹，
爆发在最黑暗的角落里。

听！听呀！
朋友，你不要再梦睡了！
喇叭的声音响起了，
不知什么地方又在杀人，
腥红的血，染遍每个黑暗的处所，
被压迫者的喊声，震动着现今的世界。

起来，起来呀！
朋友，你不能再梦睡了！
随着狂起的烈火，
爆发了的炸弹，
被压迫者的喊声，
英勇无畏的冲去哟！

1928 年

甘汝松（1909—1929），云南晋宁人。1926 年加入中国共产主义青年团，1927 年 1 月加入中国共产党。曾在蒙自、开远从事农民运动，后回省至第一师范学校，边读书边参加地下党的革命活动。1929 年英勇牺牲。

作者此诗写于大革命失败后，诗中表达他要唤醒梦睡的朋友，随着被压迫者革命的喊声，勇敢无畏地向前冲去！

石锡凡

就义诗[①]

乌烟瘴气漫弥天，
视死如归岂吓焉？！
倘得一朝雷电闪，[②]
五更欢唱新纪元。

1927 年

石锡凡（1904—1928），湖南宁乡人。中共党员。大革命时期积极参加农协工作。1927 年马日事变后，曾组织农民自卫军进行武装斗争，后不幸被捕。1928 年初遇害。

【注释】

①1927 年作者被捕后，敌人威逼他写悔过书，他接过毛笔，疾书了这首诗，表达了共产党人视死如归的英雄气概和对革命事业胜利的向往。②雷电：借喻革命的强大力量。

龙大道

革命必胜[①]

身在牢房志更强，
抛头碎骨气昂扬。
乌云总有一日散，
共庆东方出太阳。

1927 年 8 月于武汉

天柱峰[②]

皖山源大别，雪后万岭白；
奇哉天柱峰，独不见雪色。

1929 年春节

黄峭山[③]

黄峭山，黄峭山，离天三尺三。
人过要脱帽，马过要下鞍。
爬来的黄蚂蚁，[④]把它消灭光。

龙大道（1901—1931），侗族，又名龙康庄，贵州锦屏人。1922 年入上海大学学习。1923 年加入中国共产党，后赴苏学习。回国后，任上海总工会秘书长，曾参加上海工人三次武装起义。大革命失败后，任中共浙江省委工人部部长、代理省委书记，上海市总工会秘书长。1931 年 1 月 17 日被捕，2 月 7 日在上海龙华就义。

【注释】

①1927年8月是作者第二次入狱。写此诗鼓励来探监的妻子要坚信革命必定胜利。1927年11月，作者同难友一起越狱。②此诗写于1929年旧历大年初一，此时作者奔走安徽，见天柱峰挺拔于漫天风雪中，吟诗将自己对革命事业的满腔热情喻义至天柱峰。此峰是皖山（潜山）的主峰。③黄峭山：是作者家乡锦屏的一座高山。当时的反动军队常到此捣乱抢劫。④黄蚂蚁：借指反动军警。

龙超清

新城女子工读学校校歌

学校是我们的新家庭，
共同生活真有趣。
姐姐妹妹齐欢聚，
互敬互爱乐无比。
求解放，谋自主，
务须努力勤工读。
他日知识齐学全，
巾帼英雄出少年。

约1927年

龙超清（1905—1931），又名龙济民，江西宁冈人。1925年秋加入中国共产党，曾任宁冈县人民委员会委员长，中共宁冈区委书记，宁冈县委书记，湘赣边特委宣传部部长，江西省行委赣东行委书记等职。1931年12月在“肃反”中被错杀。

1927年11月，宁冈土客籍革命派联合攻克宁冈县城新城后，宁冈新城妇女解放协会创办了新城女子工读学校。龙超清等为女校编写了校歌，同时也是宁冈龙市女子工读学校校歌。

卢天放

梯云塔题诗

梯云高耸入云苍，
屹立巍峨气宇昂。
湄水蜿蜒如玉带，
仙峰秀丽似霓裳。
天公有意河山美，
造化无能黎庶康。
借问征途何处见，
男儿奋志勿彷徨。

1927年马日事变后

卢天放（1899—1927），原名卢金吾，湖南安化人。1921年曾赴苏学习半年。1922年初加入中国共产党。曾任中共安化支部委员、安化县教育会长，并领导该县农民运动。1927年马日事变前后坚持武装斗争，同年8月11日在长沙英勇就义。

梯云塔位于湖南省安化县桥头河东郊。1927年夏，在此处曾召开过安化县三区农协负责人会议，会后作者写下这首诗，诗中表达了他对大好山河的向往和要革命到底的决心。

卢伯雄

口占挽联

革命未成，访先烈于地下；
牺牲不顾，别同志而神游。

卢伯雄（1889—1928），湖北黄梅人。1925年冬加入中国共产党。曾任黄梅县农民协会会长，积极领导开展农民运动。大革命失败后，转移到赣东北和皖西南继续坚持地下斗争。1928年3月初被逮捕，4月27日从容就义。临刑前口占此联，请人书写于灵位之两侧。

卢笃茂

红军忠勇

万声霹雳震长空，
高山峻壑战方隆。
碧血染红南关草，
丹心照绿北隘松。

约1932年

卢笃茂（1903—1935），广东普宁人。1923年秋加入中国社会主义青年团，1925年转入中国共产党。曾任中共揭阳县委组织部部长，东江特委农运部部长。1931年后，任红军独立第二师第二团政委，东江第二路军总指挥，东江游击总队参谋长。1934年在与敌作战中负伤被捕。1935年2月在广州被敌杀害，壮烈就义。

作者此诗是战况惨烈和红军忠勇的真实写照。诗题为编者所加。

帅开甲

就义诗①

民多菜色仕多讧，②
敢把头颅试剑锋。
记取豫章城下血，
他年化作杜鹃红。

1927年就义前

帅开甲，简介见第75页。

【注释】

①1927年大革命失败后，作者仍在永丰从事党的工作，后不幸被捕。同年11月16日英勇就义。作者在就义前写了这首诗，表达了他对革命常留在人间的愿望。②菜色：即黄青色，是说人民多脸色憔悴。讧：官场起讧相互倾轧。

叶天底

情愿立着死

我决无生路，
不死于病，而死于敌人之手。
大丈夫生而无力，死又何惜，
先烈之血，主义之花。
……
我决不愿跪着生，情愿立着死。

1928 年 2 月 3 日

叶天底（1898—1928），原名叶霖蔚，浙江上虞人。1920 年 8 月加入上海社会主义青年团。1922 年底加入中国共产党。曾任中共苏州独立支部书记。1926 年秋，国共合作时期任上虞县农工部部长。1927 年大革命失败后，正筹划组织浙东大暴动时，于 11 月 12 日被捕。1928 年 2 月 8 日英勇就义。此诗是作者在就义前五天给哥哥的信中写的，表现出共产党人高尚的革命气节。

叶秀藩

响应井冈山

碧海翻腾欲倾坍，
龙王吓得心胆寒。
怒涛拍岸啼螺激，
闽东响应井冈山。

约 1929 年

坐行不安①

谈笑强开颜，
默默立窗间，
风吹树鸟盘桓，
故乡有路难归去，
白头老母望眼穿关山，
柔情妻子念痛彻心肝，
游子何时还。

约 1934 年

人生义在奋斗

社会尚未安宁，家庭何须建设。
人生义在奋斗，观念应抱牺牲。

约 1934 年

叶秀藩（1904—1935），幼名叶俊周，福建寿宁人。1929 年秋加入中国共产党。曾任中共寿宁特支书记，红军闽东独立二团政治部主任，闽东苏维埃政府副主席，《闽东红旗报》社长兼主编，中华苏维埃共和国中央工农检察委员会委员。1935 年 5 月遭敌围捕，壮烈牺牲。

【注释】

①《坐行不安》是怀念故乡和亲人的诗，然而实际是表达为了革命抛弃家庭、财产乃至生命这种刚毅的革命精神。

田位东

胜利就在明天[①]

在我们前面，
白色恐怖，困苦，艰难，
好象几座大山，
但是挡不住我们——
劳苦大众联合起来，
粉碎帝国主义的锁链。
自食其力，
何须要人可怜！[②]
前进！前进！
冲破黎明前的黑暗，
胜利就在明天！

1931 年九一八事变前后

田位东（1906—1932），又名田秩，山东菏泽人。1928 年 1 月加入中国共产党，从事工人运动和学生运动。1931 年春，任中共枣庄矿区特委书记。1932 年组织领导七月大罢工，不幸在罢工中被捕，同年 8 月 3 日在济南英勇就义。

【注释】

①这首诗是在作者的一本札记里发现的。②作者曾靠拉包车、拾柴火为生，并以此为革命工作提供经费。

白乙化

垦区歌

乌拉山旁，黄河套里，
开辟起我们新的天地。
吃饭就得做工，
做工必须努力。
不受剥削，不分阶级，
镰刀锄头，
是我们战胜一切的武器。
我们今天流汗，明天流血，
结成一支铁的队伍，
打回东北老家去。
把日本强盗赶过鸭绿江，
把整个中国建设成为一个更新的天地。

1936 年夏

白乙化（1911—1941），满族，字野鹤，辽宁辽阳人。1930 年加入中国共产党，曾任中国大学学生会主席。1935 年参加领导一二·九运动，后任中共绥西垦区工委书记。参加冀东大暴动，任冀东抗日联军副司令员，八路军挺进军第十团长。1941 年 2 月 4 日在战斗中英勇牺牲。

此诗写于作者任中共绥西垦区工委书记时。

白汉云

追悼革命烈士歌

殉难的革命先烈，
为劳苦工农奋斗，
学习你的革命精神，
向着那光明之路，
奋勇跑上战场，
前仆后继，
不怕流血牺牲，
为揭开人类解放的序幕，
视死如归。
缅怀先烈，
我们满腔热血沸腾，
踏着烈士的血迹前进，
继承先烈遗志，
誓把豪绅地主军阀一扫平！

1930年

白汉云（1898—1932），广西东兰人。中共党员。曾任东兰县劳动小学校长，东兰县苏维埃政府秘书。1932年被叛徒出卖而牺牲。

这首歌是作者为悼念东兰县赤卫军总指挥牙苏民而写的。牙苏民简介见第191页。

包定

就义诗

碧血洒芳草，正气壮山河；
笑看刀光闪，高唱国际歌！

包定（1902—1930），又名包本锭，浙江宁海亭旁（今三门）人。1926年加入中国共产党，任中共亭旁区委书记，宁波县委常委。1928年5月亭旁暴动，任红军总指挥兼革命委员会主席，后转移至天台地区，任中共天台县委书记。1930年3月在杭州被捕，6月22日被杀害，就义前赋此首慷慨激昂的诗。

冯志召

身残志不残

夜静忆当年，身残志不残。
胸怀真理尺，彩笔绘江山。

冯志召（1904—1942），湖北麻城人。1929年3月参加赤卫军，同年加入中国共产党，年底参加红十一军，任指挥部无线电技术员。长征时任红四方面军总部电台队队长。1936年，在一次战斗中为保护电台身中子弹，住医院两年（此诗就是这时期写的）。1938年夏退伍回家，任中共安麻县支部书记。1942年6月遇害，光荣就义。

冯宪章

致被难的朋友（四节）

一

有那一朵鲜花不被暴雨扑灭？
有那一株嫩草不被狂风吹折？
啊！这是黑暗的宇宙时有的表揭；
这也是消极的获得胜利的秘诀。

二

鲜丽的芝兰不压怎得以芳烈？
涓涓的清泉不冻何能成冰雪？
啊！要是不经过层出不穷的磨折，
怎能成为领导革命民众的英杰？

三

要改革荒园自然难免磨折，
要破坏旧社会也难免流血。
啊！只有赤血才能把社会洗洁，
朋友，可别要因此厌视而悲切。

四

旧社会的破坏须要许多年月，
新社会的建设也是不能急进；
啊！只要像蜗牛上竹一节而再进一节，
胜利的灯花终要在你们的门前悬结。

原载1928年《太阳月刊》5月号

警　钟（六节）

茫茫的茫茫的白骨，
累积在我们的故国；
滔滔的滔滔的赤血，
早已是流遍了南北。
啊！这是革命的果实，
这也是烈士的艺术！

别说还有许多年月，
可知我们已被压得难于转侧；
也别说各人自扫门前雪，
可知个个都已焦头烂额；
啊！要得真正的自由解脱，
定须从速的努力团结！

啊！一钱不值的工人农人，
别再眷恋着你的父亲和母亲，
也别迷恋着你的儿女和女人；
可知你这些愿望难于完成，
除非快团结你的精神，
执着红旗努力地前进！

啊！一钱不值的工人和农人，
从速的执着光明的旗帜努力地前进！
轰！轰！轰！振起精神，
轰！轰！轰！步伐齐整！
啊！甚么痛苦我们受尽，
如今我们该做世界之主人！

我们的争斗是不能休歇，
在自由和平等之果未结；
我们别怕丛生的荆棘，
我们别怕层出的磨折；
不经苦斗的军队不在我们的地域，
懦怯畏缩的兵士不在我们的行列！

同志们，快用你的手掌，
去播散自由的种子于世上；
更把你的泪水和血浆，
去培植自由的种子发芽和滋长；
使自由之花开得绚烂且辉煌，
完成永常的色血的光芒！

原载1928年《太阳月刊》5月号

冯宪章（1908—1931），现代诗人，又名冯斌，广东兴宁人。大革命时期加入中国共产主义青年团。1927年曾参加广州起义。1928年参加进步文学团体太阳社，同年6月加入中国共产党，是第一批中国左翼作家联盟成员。1930年5月在上海被捕，次年8月病故于狱中。出版诗集有《警钟》等。

吉鸿昌

好男儿[①]

有贼无我，有我无贼，
非贼杀我，即我杀贼！
半壁河山，业经变色，
是好男儿，舍身救国。

1933年7月7日

就义诗[②]

渴饮美龄血，饥餐介石头。
归来报命日，恢复我神州。
恨不抗日死，留作今日羞。
国破尚如此，我何惜此头。

1934年11月24日

吉鸿昌（1895—1934），河南扶沟人。16岁投冯玉祥部当兵，后任军长，并为宁夏省政府主席。1932年加入中国共产党。1933年任察绥民众抗日同盟军第二军军长兼北路前敌总指挥，后继续从事抗日活动。1934年11月9日在天津被捕，24日英勇就义。

【注释】

①此诗是1933年7月7日作者在攻克察哈尔的多伦前对战士讲话时作的。
②1934年11月24日，作者就义前，在刑场上写下了这首诗，并让他姐夫记录下来。

吕金城

满江红

烹鸡煮酒，贺新年，欢度佳节。看儿郎，赳赳武夫，雄姿英发。千条青锁报阳和，一片丹心昭日月。但愿得早遂凌云志，创宏业，咸宁耻，尚未雪。①

壮士恨，何时灭？操长戈捅破石头城阙，②紫金山上树赤旗。断头台前祭英烈，到斯时普天庆共和，光马列，壮别诗。壮志凌长空，丹心昭日月，生前未了事，自有后人接。

吕金城（1887—1928），原名吕经纶，湖北嘉鱼人。1926年加入中国共产党。曾任舒桥农民赤卫营营长，率农军参加鄂南暴动。1928年2月，在与敌战斗中被俘，后壮烈牺牲。

【注释】

①咸宁耻，尚未雪：指鄂南暴动农军攻咸宁城失利。②石头城：即南京。

吕绍端

愿将热血洗江山

山川跋涉盛千般，
踏破芒鞋心坦然。
逐日辛勤何所为，
愿将热血洗江山。

1932年

吕绍端（1908—1933），又名海龙，湖北蕲春人。1926年加入中国共产党。1927年任中共蕲春青山区委书记。曾参加株林年关暴动，创立蕲中红色根据地。任红军游击队大队长，坚持对敌斗争。1933年春，前往江西瑞金追寻党中央和红军，途中被捕，同年4月英勇就义。

吕惠生

无　题

孳孳货利已根生，
哪得人人肯洗心。
只有铲除私有制，
人心才可不迷金。

1935年

吕惠生（1903—1945），安徽无为人。早年毕业于北京农业大学。曾是教师、中学校长。1942年加入中国共产党，历任江苏仪征县长，安徽无为县长，皖中行政公署主任，皖中民兵联防司令员。1945年9月，随新四军七师北上途中遭伪军袭击，不幸被捕。同年11月13日在南京被国民党反动派杀害，壮烈牺牲。

吕惠旋

就义诗

共凭铁臂挽狂澜，
火海刀山视等闲。
敢信英雄非寂寞，
丹心颗颗满人间。

1929 年

吕惠旋（1910—1929），女，广东新会人。1925 年加入中国共产主义青年团，曾任江门市学生联合会干事，新会县妇女解放协会干事，共青团新会支部委员，积极投身于学生运动和妇女解放运动。1929 年 2 月 8 日被国民党军警逮捕，次日被杀害于广州黄花岗。这是她临就义前咬破中指，用鲜血写下的慷慨激昂的遗诗。

吕渭鳌

就义诗

救国原为争自由，
革命不须怕断头。
此去黄泉魂犹在，①
愿作厉鬼斩群奴。②

吕渭鳌（1894—1934），字达潮，化名陈大齐，湖北蕲春人。1927 年初进入黄埔军校武汉兵团学军事，在校秘密加入中国共产党。结业后任国民党军部队训练员，同时做兵运工作。后一度任中共长江局交通员。1933 年不幸被捕，1934 年 3 月 6 日在南京雨花台英勇就义。

在押往雨花台的途中，作者高声吟唱这首壮烈的诗篇。

【注释】

① 黄泉：即地下的泉水。借指人死后埋葬的地方，也借指阴间。② 厉鬼：即恶鬼、鬼怪。

朱三锡

狱中诗

青天白日，满地是红。
以我热血，洗涤山河。

1928 年于就义前

朱三锡（1906—1928），湖南浏阳人。1926 年 8 月加入中国共产党，积极参加学生运动。1927 年马日事变后的 9 月参加湘赣边秋收起义，任工农革命军第三团第三营秘书。后回老家，任中共浏阳北区区委组织委员。1928 年 4 月参与领导浏阳卓然暴动。同年5月11日被捕，13日被害于浏阳状元洲。

朱也赤

就义诗（四首）

一

黑雾暗无天，豺狼当道前。
高州悲赤血，黑狱泣青年。
奋斗已经年，锄奸志愈坚。
早知遭毒手，所恨未防先。

二

狱卒呼吾名，从容就酷刑。
人生谁不死，我当享遐龄！①
白色呈恐怖，鉴江激怒鸣。②
英灵长不灭，夜夜绕高城。

三

愁云惨雾罩南粤，
战士成仁飞赤血。
浩气长存宇宙间，
耿耿丹心昭日月。

四

为主义牺牲，为工农死节。
不负天地生，无污父母血！
何呜咽？何呜咽？
壮哉十六再回头，碎破山河待建设！

1928年12月

朱也赤（1899—1928），原名朝柱，广东茂名人。1922年加入中国共产主义青年团，1925年冬加入中国共产党，任茂名县支部书记。1927年大革命失败后，任中共南路特委委员，南路农民革命委员会主任。曾参加领导信宜县怀乡和高州县沙田乡两次农民暴动。1928年12月被捕，同月23日就义。

作者的就义诗表达了自己为实现革命理想而甘愿牺牲的崇高精神。

【注释】

①遐龄：长寿。②鉴江：高州城附近的一条江。下文的高城即高州城。

朱亦岳

对　联

一根枪支开辟红色区域在今岁；
万民团结推翻黑暗统治属当年。

1927年底

朱亦岳，简介见第79页。

1927年底，中共莲花县特别支部成立（作者为书记），又成立了莲花赤卫队，重开莲花斗争局面。作者有感于此，写了这副对联 。

朱务平

颈上血

军阀手中铁，
工人颈上血。
颈可断，
肢可裂，
革命精神永不灭。
劳苦的大众们，
快起来团结！

原载1931年特委机关刊物《红旗报》

朱务平（1899—1932），原名朱焕明，安徽宿县人。1923年底加入中国共产党。曾任中共宿县县委组织委员，凤阳县委书记。1927年大革命失败后，任中共长淮特委书记，领导皖东北地区革命斗争。1932年10月因叛徒出卖而被捕，同年11月25日在南京雨花台英勇就义。

朱建国

秋风呀！

秋风呀！
你为什么只能吹跑了火热的太阳，
却不能赶走占我疆土的暴日。
你为什么能洗净柏油大道，
却不能洗清这污浊的社会，
以及我重重的国耻呢？

1936年9月15日

朱建国（1916—1948），又名朱镇国，江苏睢宁人。1942年考入国民党陆军大学。1943年加入中国共产党。1946年打入国民党（北平）第十一战区长官部，任少校参谋。1947年9月，因北平地下党情报系统破坏而被捕。1948年10月英勇就义。

伍中豪

战　死

男儿沙场百战死，
壮士马革裹尸还。
埋骨何须桑梓地，
人间到处有青山。

1929年

伍中豪（1905—1930），原名伍昭苐，湖南耒阳人。1922年入北京大学读书，同年加入中国社会主义青年团，1924年转为中共党员。1925年入黄埔军校第四期，毕业后任广州农民讲习所军事教官。1927年9月参加湘赣边秋收起义，后任中国工农红军第四军团长，第三纵队司令员，第十二军军长。1930年10月，在江西安福遭敌袭击，壮烈牺牲。

伍若兰

给朱德送鞋

莫以穿戴论英雄，
为民甘愿受清贫。
革命路上当与土，
有鞋才好赴征途。

1928 年

伍若兰，简介见第 79 页。

1928 年，作者给朱德做了一双布鞋，送鞋时写了这首诗。1929 年 2 月作者牺牲后，朱德一直把这双鞋带在身边。朱德怀念作者："苦尽甘来，尤爱那枝'兰'"，并一生都喜欢兰花。

任光

打回老家去

打回老家去，
打走日本帝国主义！
东北地方是我们的，
华北地方是我们的。
他杀死我们同胞，
他强占我们土地。
东北同胞快起来，
我们不做亡国奴，
打回老家去！

任光（1900—1941），音乐家，浙江嵊县人。早年赴法留学。1928 年回国，任上海百代唱片公司音乐部主任，并参加左翼剧联音乐小组活动。创作电影歌曲《渔光曲》《新莲花落》等。1940 年 7 月参加新四军，曾创作《新四军东进曲》等。1941 年 1 月在皖南事变中壮烈牺牲。

作者于 1937 年抗战爆发前作此诗并谱曲，当时《打回老家去》一曲广泛传唱。

庄龙甲

革命歌谣（二首）

一

一滴血，一滴汗，
收了麦子不见面，
换成银元送给张督办。①
要过好日子，
组织起来跟他干。

二

吃麦的，不种田。
种麦的，把糠咽。
春夏秋，流血汗，
冬天里，受饥寒；
穷人受苦为哪般？
就因富人喝血汗。

1928 年

庄龙甲（1903—1928），山东潍县人。1923年夏加入中国共产党。曾任中共潍县第一个支部书记，中共潍县县委书记。1928年春，领导组建农民武装赤卫队，开展抗捐税斗争。同年秋起，因劳累过度，吐血不止。10月10日被敌人抓捕，12日惨遭杀害。

【注释】

①张督办，即山东军务督办，军阀张宗昌。

刘英

赤心献革命

幼时不知路，今日上坦途。
赤心献革命，决然无返顾。

1929年

刘英（1903—1942），原名刘声沐，江西瑞金人。1929年4月参加中国工农红军，同年9月加入中国共产党。曾任军部会计、出纳、文书，连、营、团、师政委，军团政治部主任，中共闽浙临时省委书记。1937年抗日战争开始后，任中共浙江省委书记。1942年2月8日在丽水被捕，5月8日在永康英勇就义。

刘霞

狱中诗

不顾家来不顾身，
只为国家与人民。
漫谈十年驰驱苦，
真金岂怕烈火焚。

1937年

刘霞（1899—1937），又名刘召，湖南耒阳人。1922年考入北京大学。1923年加入中国共产党。后任中共耒阳县委农运部部长，县农民协会委员长。1928年2月参加湘南起义，后任红军团团长，支队政委、军委总卫生部政治部主任、总兵站政治部主任，中共湘南特委组织部部长、军事部部长，湘粤赣边游击司令。1936年秋被捕，次年9月17日英勇就义。

作者在狱中写此诗明志。

刘之言

梅①

朔风吹，
雪花飘，
独有岭头梅婷挺霜雪飙，
孤芳清缥。
看！一般桃李飘摇，

笑她争艳丽无志操。
少年立身不宜小，
当与梅争高。

满江红

全体同学，万不要沉睡梦中，睁眼看，满目荆棘，举国沸腾。列强侵略犹未已，内乱绵延遍各省。看战场同胞烈士血，满地红。

反革命，何时清，叹睡觉的奴隶，永不惊醒。何时唤醒我同胞，努力敲动自由钟。[2]快起来走上革命路，作先锋！

五三惨案纪念歌[3]

战云弥漫，
国事凌乱，
惨淡过“五三”。
倭奴逞凶，
军阀逃窜，
历下血花染遍，[4]
明湖水呜咽。
今朝忆当年，
烈士死无怨，无怨！
河山摧残，
永久乐园将来会实现！
到今日团结精神涣散，
看，多少人已跑出革命战线，
看，多少人已和仇敌亲善！
民众痛苦含冤，
阴惨，阴惨！
吊烈士莫空咨嗟，
吊烈士不用花圈，
只要，只要奋斗精诚，
和烈士一般。

刘之言（1906—1933），原名刘兆逊，山东郯城人。1926年冬加入中国共产党，曾任中共鲁南第一个支部书记，郯城码头支部书记，临郯县委书记。1933年7月6日参与领导苍山暴动，任鲁南游击总队政委。同年7月9日在与敌作战中被俘，不久被杀，英勇就义。

所录这三首诗是作者于1928年至1929年在郯城求是小学任教时写的。

【注释】

①梅：诗以梅花喻指革命意志坚强的人。②自由钟：世界最著名的大钟之一。1752年矗立在美国费城独立大厅外。钟面上刻着《圣经》中的名言：“向世界所有的人们宣告自由”，成为象征自由与独立的历史见证。③五三惨案：即济南惨案。1928年5月3日，日本军国主义无端挑起事端，在济南屠杀中国军民，在此后十多天又肆意烧杀抢掠，中国军

民死伤惨重。④历下：位于济南市区，五三惨案即发生在此。

刘齐滨

送君行

荆棘生满目，一剑送君行！
丈夫怀远志，先斩儿女情。

刘齐滨（1908—1942），又名刘府海，山东曹县人。1937年七七事变后，积极从事抗日救亡活动。1938年8月加入中国共产党，历任鲁西南抗日救国会会长。中共鲁西南地委统战部部长，曹县抗日民主政府县长，冀鲁豫第二十二专署专员。1942年5月病故。

刘自兴

寻乌山歌（十首）

山歌不唱不风流，
共产唔行茅自由。①
行起共产郎先去，
唱起山歌妹带头。

山歌不是考声音，
总爱革命意义深。②
革命不是取人貌，
总爱勇敢杀敌人。

食斋不如来食荤，
修善不如当红军。
打倒土豪并地主，
大家同志有田分。

食烟爱食水烟筒，
味道又好烟又浓。
当兵爱当红军去，
名声又好人又雄。

劝告群众莫痴呆，
求神拜佛不应该。
大家要来求幸福，
只有拥护苏维埃。

青菜生来青又青，
摘了一皮又一皮。③
敌人枪枝真快缴，
缴了一批又一批。

今个世界唔相同，
红旗飘飘好威风。
没有阿哥打单只，④
没有细妹茅老公。⑤

实行共产话你知，
共产主义不共妻。
只要两人心甘愿，
不要媒人也可以。

唱俚爹来嘱俚妹，⑥
为拥工农为自己。
饭食加餐心放开，
敌人消灭转归来。

嫩娇莲来嫩娇莲，
你要安心去耕田。⑦
郎在前方多胜利，
公婆到底总团圆。⑧

1934 年

刘自兴（1913—1935），江西寻乌人。1930 年加入中国共产党。曾任寻乌县苏维埃政府秘书，中华苏维埃共和国中央政府文书、文书科科长，中央革命军事委员会机要科长。1934 年 10 月随红军长征，1935 年夏在四川阿坝地区病故。

《寻乌山歌》曾经毛泽东、张闻天审阅评列为第二名。寻邬县于 1957 年改称寻乌县。

【注释】

①唔：方言“不”。唔行：不实行。茅：方言“没有”。②爱：方言“要”。③一皮：方言“一批”。④打单只：打单身，没有结婚。⑤细妹：方言“年轻女子”。茅：方言“没”。⑥妹：方言“母亲”。⑦嫩娇莲：指年轻的妇女。⑧公婆：方言，这里指夫妻。

刘志丹

高塘述怀 ①

秦皇逞凶强，百姓横遭殃。
老蒋欲称王，杀戮北伐将。
旗上烈士血，遗志岂能忘。
他日传捷报，祖国浴朝阳。

1928 年

赠许唐 ②

二五进军驻渭华，
插旗暴动起高塘。
相劝许唐结同心，
牢记当初志太行。

1928 年

答白冠五同志 ③

丹心绵绵欲诉君，
五中耿耿千秋铭。
西出阳关击螃蟹，
旭日东升满地红。

1931 年

挽刘林圃烈士联 ④

英雄志向实伟大；
勇气流血最光荣。

1933 年

陕甘儿女有豪气

陕甘儿女有豪气，
赤手空拳争权力。
今日武器扛肩上，
列队阵阵成铜墙。

1934 年

刘志丹，简介见第 82 页。

【注释】

①高塘：在陕西省华县境内，渭华起义的总部设在这里。②许唐：即许权中、唐澍。1928 年 5 月初渭华起义时成立了西北军事委员会，主席刘志丹，顾问许权中，西北工农革命军总司令唐澍。许、唐都是带着各自的起义部队来参加渭南起义的。③白冠五：时任南梁游击队第一大队副大队长。刘志丹是南梁游击队总队长。④刘林圃（1900—1932），1931 年后任中共陕西省委军委秘书，陕甘游击队第五支队政委。1932 年 9 月在西安被捕，不久牺牲。1933 年刘牺牲一周年之际刘志丹写此挽联。

刘伯坚

带镣行[①]

带镣长街行，蹒跚复蹒跚，
市人争瞩目，我心无愧怍。

带镣长街行，镣声何铿锵，
市人皆惊讶，我心自安详。

带镣长街行，志气愈轩昂，
拼作阶下囚，工农齐解放。

1935 年 3 月 11 日由大庾县狱中
带脚镣经大街移囚绥署候审室。

移　狱[②]

大庾狱中将两日，
移来绥署候审室，
室长八尺宽四尺，
一榻填满剩门隙，
五副脚镣响锒铛，
匍匐膝行上下床，
狱门咫尺隔万里，
守者持枪长相望。
狱中静寂日如年，
囚伴等吃饭两餐，
都说欲睡睡不得，
白日睡多夜难眠；
檐角瓦雀鸣啁啾，
镇日啼跃不肯休，
瓦雀生意何盎然，
我为中国作楚囚。
夜来五人共小被，
脚镣颠倒声清脆，

饥鼠跳梁声啧啧，
门灯如豆生阴翳；
夜雨阵阵过瓦檐，
风送计可到梅关，③
南国春事不须问，④
万里芳信无由传。

1935 年 3 月 13 日晨

刘伯坚（1895—1935），原名刘永福，四川平昌人。早年赴法勤工俭学。1922 年参加发起组织旅欧中国少年共产党，同年 8 月转入中国共产党。1923 年底赴苏学习，1926 年回国，在冯玉祥部任国民军政治部副部长。1930 年后赴中央苏区，任中共中央军委秘书长，红五军团政治部主任。是中共第七届中央委员。1934 年中央红军长征，留在根据地坚持斗争。1935 年 3 月 4 日在战斗中负伤被俘，3 月 21 日于江西大庾英勇就义。

【注释】

① 全诗表达了作者为工农解放献身的革命情操和不屈不挠的英雄气概。② 作者在此诗中控诉了敌人监狱的黑暗，抒发了对祖国的热爱和对战友的思念之情。③ 梅关：当指大庾县南的梅岭关口。④ 南国春事：指南方的大好革命形势。

刘建中

赞虎胆英雄 ①

二九年华任主席，
千般险阻志不移；
妖氛荡尽人间暖，
虎胆英雄世间稀。

刘建中（1899—1935），又名刘正发，湖南浏阳人。1926 年加入中国共产党。1927 年 9 月参加湘赣边秋收起义。历任中共湘赣边特委常委，湖南省委常委，湘鄂赣苏维埃政府副主席，是中华苏维埃共和国中央执行委员。1935 年在“肃反”扩大化中被错杀。

【注释】

① 虎胆英雄：指黄仁（1912—1932），原名汤烈成，湖南浏阳人。14 岁加入中国共产党。18 岁任浏阳县苏维埃政府副主席，19 岁任中共鄂东南区委书记。1932 年 4 月，在与敌作战时负重伤，次日牺牲。

刘绍南

答敌人审问（三节）

大丈夫，要革命，
立志创造新社会；

为工农，谋幸福，
粉身碎骨也肯为！
百折不挠气不馁，
抱着牺牲又怕谁！
革命成功占地位，
忠党美名万古垂。
你们杀了我一人，
好像明灯暂被狂风吹，
革命少了我一人，
好比大海丢了一滴水。

革命声势如浪涌，
一起一伏前后追，
浪打沙埋众贼子，
哪怕妖魔逞淫威。

白旗倒了红旗飘，
老子生死在这回，
走上前来不下跪，
贼子们，睁开眼睛看爷爷！
今天落在你们手，
任你杀来任你为。
再过二十年，
且看老子转回归。

1928 年于狱中

壮烈歌（二节）

壮！
好汉！
铡刀下，把话讲：
土豪劣绅，一群狗党，
万恶滔天，刮民血汗，
休要太猖狂！
革命人，
你杀不完，
有朝一日 ——
血要用血还。
刀放头上不胆寒，
英勇就义，
壮！壮！壮！

烈！
豪杰！
铡刀下，不变节，
要杀就杀，要砍就砍，
要我说党，我绝不说！
杀死我一人，
革命杀不绝，
直到流尽了 ——
最后一滴血，
眼睛哪肯把敌瞥！
宁死不屈，
烈！烈！烈！

1928 年于牺牲前

就义词

大吼一声如劈雷，绍南心中自徘徊，红旗招展散了队，劳苦群众一个一个眼不流泪心流泪。闹革命在学中学习革命军事政治件件会，党派我到监（利）沔（阳）领导革命代理总指挥；东西征，贼胆裂，南北剿，抖雄威，缴获敌人武器消灭匪部队，实指望，革命成功万万岁，又谁知，小小监沔又被贼兵围；一来是，邝继勋[①]领兵江南去，二来是，彭国才[②]带领部队攻打江陵未回归。张文俊，涂位云[③]，约我白庙去开会，正商讨，对敌人，怎样安排。哪晓得，有坏蛋，把消息传外，李伯岩[④]，命匪军，围困前来。那时节，众同志，难把围解，抱牺牲，与白匪，决战胜败；我一人，持手枪，冲出重围，行走到，文家墩，横祸飞来。张泽侯[⑤]，陈厚堂[⑥]，在此等待，绍南爷，刚上坡，被捆起来。都只为，身受捆，有力难使，没奈何，被匪首，押回县来。李伯岩，用高官，劝我把革命出卖，只气得，绍南爷，心如刀裁；大丈夫，为革命，创造新社会，为工农，谋幸福，百折不回。儿想要，爷投降，并不奇怪，只要儿，献上那，蒋匪的头来。只骂得，众匪首，赤耳红腮，下狠心，杀爷爷，要把刀开。行几步，来至在，法场以外。法场上，四周围，仔细观来。众匪军，好一比，牛头马面，李伯岩，赛过那，五殿阎罗，秦广辉，张泽侯，陈厚堂，好似判官小鬼，随你杀，随你砍，爷不皱眉。回头看，妻和母，依依相待，尊一声，儿的娘，细听开怀：劝老娘，莫伤心，免把身体哭坏，到如今，儿尽忠，也是应该；这本是，土匪们，将儿杀害，共产党，成了功，伸下冤来。劝妻子，不要哭，你要牢记，我死后，家中事，靠你安排。在家中，勤劳动，多多生产，我母亲，年纪迈，靠你关怀。我夫妻虽完婚，没有三载，你腹内，已怀孕，阴阳难猜。生男子，你好好，将他看待，到后来，为你夫，报下冤来。倘若是，生女子，切莫懈怠，也是夫，伸冤人，革命的后代。叮咛语，牢牢记，千万忍耐，转面来，劝乡亲，不要悲哀。我虽是，为群众，被匪杀害，众乡亲，悼念我，也是应该。劝乡亲，莫将我，一人偏爱，普天下，工农兵，汪洋大海。我死后，对革命，没有损害，望乡亲，团结紧，继续前进。这是我，衷心话，最后交待，皱双眉，叫李匪，听个明白：绍南爷，站法场，死不下跪，任凭你，把爷爷，怎样去为。你要杀，你就杀，切莫等待，想爷爷投降你，除非是日从西方出来。这本是，绍南爷，真情实话，爷死后，二十年，转世再来！

刘绍南（1903—1928），湖北沔县戴家场（今属洪湖市）人。1924年考入中华大学学习。1925年加入中国共产党，后回乡从事工农运动。大革命失败后，参加领导沔南戴家场暴动，后入湘西，任红十六师政治部主任。1928年7月在战斗中受伤被捕，同月23日被敌人杀害，壮烈就义。

1928年7月作者被捕后，敌人用各种手段迫使他投降，先用高官厚禄收买，遭到愤怒的拒绝。敌人又对其施以重刑，而他始终坚贞不屈，在回答敌人审问时写下了慷慨激昂的《壮烈歌》。之后又在狱中奋笔疾书，写下《就义词》等壮丽的英雄诗篇。

【注释】

①邝继勋：红军十六师师长。②彭国才：游击队大队长。③张文俊，涂位云：是刘绍南在洪湖的革命同志。④李伯岩⑥陈厚堂：均是当地的土匪头子。⑤张泽侯：洪湖一带的大劣绅。

刘突军

浣溪沙·贺何梅金入党

反帝反封众拥护，前赴后继皆不屈，民贼蒋秃终遁去。

拥共精英同奔赴，夏淑琼与何梅金，坚持战斗两堡垒。

刘突军（1909—1938），原名郭同薪，江西信丰人。1926年底加入中国共产党。曾任中共信丰县委委员，从事农民运动。1928年2月，参与领导农民暴动，后到国民党军队做兵运工作。1935年后，任中共闽中特委委员，游击队第一支队政委，中共闽中工委书记。1938年3月遭国民党反动派暗杀，壮烈牺牲。

刘振民

革命定成功

大雪飘飘在天空，
胶东正在闹暴动。
官府布置清乡团，
军阀下令向我攻。
机枪扫，大炮轰，
多少烈士流血红。
失败开出胜利路，
革命一定能成功。

1935年

刘振民（1900—1938），山东文登人。1932年7月加入中国共产党。曾任中共文登二区区委书记，文登县委委员，胶东特委委员。参与领导1935年胶东一一·四暴动。1937年11月后在山东人民抗日救国军第三军司令部工作。在同国民党地方武装进行统战工作时被扣押，1938年4月被杀害，光荣就义。

刘铁之

狱中诗

二月雪天，
被捕在“中大”门前，
个个绳捆索绑，
忍受警察皮鞭；
若问犯了何罪？
为爱我国锦绣江山！
坐囚车，
押解公安局转军监。
军监中，
“军法”严，
脚带镣，
衣衾寒；
铁窗里，
从此做了囚犯。
一天两个窝窝头，
两盅清水无有盐。
再想起：
敌人入腹地，
泪涟涟！
国将破，
家将亡，
民族将沦丧，
汉奸何无耻！
勾敌自残伤，
捕杀爱国人，
奴颜事东洋。
一朝人民翻身起，
叫你狗命见阎王！

1935年于狱中

刘铁之（1914—1942），河北清河人。1935年初加入中国共产党，积极参加一二·九运动，参加中华民族解放先锋队。后任南（宫）清（河）抗日工委分委委员，冀南战委分会主任，冀南行署委员、秘书长。1942年6月，在日寇大“扫荡”中英勇牺牲。

此诗是作者参加一二·九运动被捕后，在狱中所作。其中“中大”，指北平中国大学。

刘琦松

和梁兄感时并戏代某将军解嘲[①]

奉命班师不战还，

满洲千里别江山。
契丹本是儿皇主，[2]
岂忍忘恩拒汉关！

1931年冬

刘琦松（1903—1933），又名刘新岩，湖南安化人。1926年入黄埔军校武汉分校学习，同年加入中国共产党。参加北伐，任国民革命军排、连长。1927年马日事变后被捕，判刑三年。刑满后潜往南京、上海一带，与梁建新一起从事党的地下工作。1933年夏参加中国工农红军，任营长。后在第五次反“围剿”战斗中壮烈牺牲。

【注释】

①1931年冬，作者读了梁建新《感时拟赠某将军》（见第355页）一诗后，以幽默讽刺的笔调，代替某将军即蒋介石和了这首诗。②五代石敬瑭（即后晋高祖）借契丹兵灭后唐，自立国为后晋，割幽、蓟、燕云十六州以赂契丹，尊契丹主耶律德光为父皇帝，自称儿皇帝。这里是指蒋介石甘作日本帝国主义的奴才。

刘策奇

号　召[1]

鼓起勇气，喷出鲜血
泛为洪水，
洗荡此污浊世界。

1925年

填恨海[2]

娃仔，娃仔，望你长大填恨海。
中国恨海多，说起泪滂沱！
满奴政不堪，国势因之弱，
受欺于外人，日本最可恶！
先占琉球岛，后把台湾割；
高丽原属我，被异强抢夺；
满洲看作口中肉，
蒙古肆意来挑拨。
几乎吞尽我边境，
慢慢才把中原割。
任意逞其虎狼心，
日与国贼订密约。
国贼只顾金钱多，
哪管生灵受折磨！
二十一条亡国约，
欣然同意不嫌多。
军事协定致死命，
使我不能签和约。
三省又想一口吞，
学生也没奈他何！
明明藐视你中国，
看你中国能怎么！
唉！凄惨多，
国未曾亡人如是，
国亡之后又如何？！

小哥，小哥，
听了莫发三丈火，
专心立志来练磨。
手提木枪骑竹马，
共御疆邻保我国。
誓雪国耻填恨海，
崭然露我小头角。

工人谣③

鬼子鬼，想把我国毁！
借通商，吸血膏，
同胞吃尽他的亏！
低头就命几十年，
可怜最惨这一回！
上海、青岛设工厂，
牛马工人以自肥。
克扣工薪、打骂工人，
任意调戏工厂妹！
稍加反抗即残杀，
杀！杀！杀！
直待华人当畜类。
哀我大国民，
欲哭已无泪，
这气能够忍，
可以当乌龟！
唉！上海流血尚未干，
可怜汉口、广州人民
又作枪下鬼！
战舰百十只，
万千陆战队，
打得血肉满天飞！
凄啼呼号，震裂五内，
惨无人道，亘古所未！
可恨英日人，
如虎如狼正一对。
喂！喂！喂！
哭喊我同胞，
快醒莫再睡！
我非癫狂爱吓人，
洋枪已指你的背！
治本治标这两条，
死里求生谋自卫；
不买洋人货，
不吃海外味，
莫给金钱往外流，
暗用经济来抵制。
战！战！战！
宁死莫做人奴隶！
强暴终难敌公理，
帝国主义何足畏！

1925年

刘策奇（1895—1927），壮族，原名刘啸真，广西象县（今象州县）人。早年在县立第一小学任教。1927年1月加入中国共产党，后派至国民党广西省党部农民部工作。1927年四一二反革命政变后被捕，同年12月13日被杀害。

【注释】

①《号召》：刊在1925年梧州《民国日报》副刊《冲锋》上。②这是作者在象县县立第一小学任教时为五九国耻纪念而写的一首反帝爱国儿歌，当时在象县广泛流传。③1925年上海发生五卅惨案后，作者写了这首歌谣。充满对帝国主义的仇恨和反抗精神。

刘谦初

狱中给妻子的诗[①]

无事不必苦忧愁，
应把真理细探求。
只要武器握在手，
可将细水变洪流。

1930年

就义前给妻子的诗

我现在临死之时，
谨向最亲爱的母亲和亲爱的兄弟们告别！[②]
并向你坚握告别之手，
望你不要为我悲伤，
希你紧记住我的话，
无论在任何条件下，
都要好好爱护母亲！
孝敬母亲！
听母亲的话！
你的快乐，也就是我的快乐；
你的幸福，也就是我的幸福！

1931年就义前

刘谦初，简介见第23页。

【注释】

①1930年春节，狱中的作者给关在女牢的妻子张文秋送一盒食品，盒底下藏着这首诗（的纸条），后在难友中传播开来，影响很大。②母亲：指党中央。兄弟们：指同志们。

关向应

征　途

月色在征尘中暗淡，
马蹄下迸裂着火星。
越河溪水，
被踏碎的月影闪着银光，
电火送着马蹄，
消失在希微的灯光中。

1935年8月

关向应（1904—1946），满族，原名关致祥，辽宁金县人。1925年加入中国共产党。曾任共青团山东省委书记，共青团中央书记，红二军团政委，红二方面军副政委、总政委，八路军一二〇师政委，晋绥军区政委，陕甘宁晋绥联防军政委。是中共第六、七届中央委员。中华苏维埃共和国中央执行委员。1946年7月21日在延安病逝。

作者写此诗时任红军政治委员，此时正是同贺龙军长率红三军转战在湘鄂川黔边地区。

江上青

新世界底贺仪[①]

从中午到夜半，从童年到衰老，
消磨在劳动里，生机失去了油料。

没有休息，没有呼吸过暖日的光，
疲乏在机械当中，为着工资忍痛。

榨出血和汗，让有闲的哥儿充满脂肪，
意外的毒害时刻地逼迫我们准备死亡。

暗黑的生活点燃起斗争的火炬，
病的身体锻炼出坚强的意识的洪炉。

十月的巨炮是历史的教训，
远处的晨曦诱我们惊醒。

从地狱里翻转来举行旧时代底葬礼，
旧时代底葬礼是新世界底贺仪！

1929年秋

冷漠的世界[②]

诅咒它，可怖的车轮，
推送我们停在这世界底边缘，
世界边缘底黯黑的荒村。
盲子一样地被牵出来，
横在面前的是怪兽底狞恶的口，
张开着，将我们迅速地，
迅速而细心地生吞。
踏进另外一个世界，
生存在里面是无限的空漠，
无限的空漠和冰窖般的寒冷。
怕我们底青春会埋葬在冷漠的世界里，
为什么不燃烧起血和心脏？
变成青春的火紧伴着我们！

1930年

心脏底拥抱

生活在它们中间，
钢铁和水门汀中间，
我们觉得慢慢地，
慢慢地回复到青春，
力底青春了。
血管里重新注进钢铁的血潮，
坚凝的水门汀磨去我们肤面底脂膏，
——心脏被锻炼了。
我们有六千人，[③]
只有一个心脏，
目前虽然不能痛快地亲切地握手，

然而心脏是早已拥抱着了——
呵，融合着了。
将我们融合着的心脏迸出去，
和地球拥抱，
和地狱里的人们拥抱！

1930年于提篮桥监狱西牢

血底启示

——悼死难的战士④

血的历史的洪流，
终久汇集了你们底由火焰的心腔里
迸出来的鲜红的血，湍急地奔向
那桃色的朝霞和中午的太阳去了。
时代染成了这幅血底油画，
一滴一滴地流出来的血，
要永远涂在历史上面，
不能让银色的恐怖遮掩了灿烂的
光辉。
你们底血归入历史的血的洪流，
它启示，启示我们谁是历史的叛徒。
顺着你们底血流的河床，
洒上我们底心腔里的也是和你们一
样地
烧得融化了的铁汁。
最后的一滴血流尽，
伟大的历史的血的洪流会冲破
叛徒们底安乐的樱桃和白玉的美梦。
它启示我们的
是我们应该负起的血的使命呵！

1931年

江上青（1911—1939），原名江世侯，江苏江都人。1927年加入中国共产主义青年团，1929年转为中国共产党党员。曾任上海艺术大学中共支部书记，后任中学教员。经党组织安排，在安徽省战时民众动员会、省第六区专署从事统战工作。1939年7月被反动地主武装杀害。

【注释】

①1929年秋，作者在上海艺术大学读书，经常到工人中开展活动。他目睹纺织工人的劳动，写下了这首诗。②1930年，作者被捕入狱，他便用象征的笔触诅咒黑暗的旧社会。③提篮桥监狱当时关押约六千人，其中大部分是所谓的政治犯。④此诗写于1931年。在严重的白色恐怖下，作者两次被捕入狱。获释后目睹一大批革命志士先后遇难，他怀着满腔义愤，写下了这首诗。

江善忠

山　歌

草丛石岩当住房，
为了革命自带粮。
一切困难都不怕，
坚决消灭国民党。

江善忠（1907—1934），江西兴国人。1929年10月加入中国共产党。历任兴国县上社区、兴国县及江西省苏维埃政府裁判部部长。1934年红军主力长征后，留在当地任长冈县游击队政委。10月下旬与敌作战突围时负重伤，后蘸着鲜血在白衬衣上写下“死到阴间不反水，保护共产党万万年！”便旋跳下悬崖，壮烈牺牲。

作者生前自带干粮去办公。此山歌是他在动员群众送公粮支援红军时唱的。

池耕襄

狱中题壁诗

碧血渲染处，红花照眼心。
钱塘潮不尽，吾辈岂无人。

1928年1月

池耕襄（1905—1928），浙江崇德（今桐乡）人。1925年秋考入上海大夏大学，次年冬加入中国共产党。大革命失败后，党派遣其到苏北做兵运工作。后回浙江，任中共杭州县委常委。1927年12月被捕入狱，后被判处死刑。1928年1月20日壮烈牺牲。

当作者得知被判处死刑后，便在监狱墙上刻下此诗。表达他对革命事业会后继有人，革命终会胜利的信心。

汤祥瑞

书　联①

疾恶如仇，几根傲骨横天下；
舍生取义，一颗头颅落状元。②

1928年

汤祥瑞（1878—1928），又名汤祥涵，湖南浏阳人。共产党员。1926年任达浒区农民协会委员长，大革命失败后，被国民党反动派逮捕入狱。1928年11月7日，被杀害于浏阳状元洲。

【注释】

①汤祥瑞就义时，在地上大写此书联，表现出他铁骨铮铮，忠贞不渝，视死如归的革命气节。②状元：洲名，位于浏阳县城西的浏阳河上。新中国成立前曾是反动派屠杀革命者的刑场。

安哲

别友人①

踏上长途，而今分散，
肠空断！

道路茫茫何时转，
只有遥相盼。
但是我们是弱者的先锋，
一条火线，
聚也罢，离也罢，
意志精神总长贯。
何憾！
朋友，我去了，
预期着在奋斗中重见！

1927年8月

狱中诗[②]

我们的心的火焰在熊熊地烧，
我们的急流的血在激动地跳，
起来，工作，工作。
灰暗的雾正弥漫在云霄。
用赤裸的手与足，
把塞途的荆棘踏折了；
用鲜红的沸腾的血，
造成一座虹的桥。
天国不在幻想者善美的梦境里，[③]
天国是靠人间的前驱者的工作与勇骁。

安哲（1906—1934），山东日照人。1926年加入中国共产党。曾任中共日照县委书记，日照中心县委书记。1932年10月领导发动了日照暴动。后赴东北，任中共奉天特委宣传部部长。1933年6月23日因叛徒出卖被日寇逮捕。1934年冬惨死在狱中。

【注释】

①1927年8月，因革命工作的需要，安哲相识的同志被分到各处工作或学习，安哲被派回济南任省委巡视员，这是他与友人告别时所作的诗。②他临终前向难友朗诵了这首充满革命激情的诗。③天国：这里指美好的将来，即共产主义理想。

许冰

歌　谣[①]

五更落擂歌唱完，[②]
叔伯婶姆欲知端。
帮助男子来革命，
才能保住我政权。

1928年春

许冰（1907—1933），女，广东揭阳人。1925年加入中国共产主义青年团，任揭阳妇女协会主席。1926年春加入中国共产党，同年与彭湃结婚。1930年到广东大南山革命根据地工作，任东江特委委员。1933年秋被捕就义。

【注释】

①这首歌谣，是作者1928年春在大南山（广东惠来、普宁、潮阳三县交界处）革命根据地时所作。②擂歌：当地风俗，以擂茶待客。擂茶是以炒米、花生、芝麻、茶叶、盐等经捣碎后煮成的茶。擂歌是捣茶时唱的歌。

栩栩

一片忠诚

夏日可畏，事与愿违；
心之忧矣，不能奋飞。
一片忠诚，难辨是非；
成仁取义，殊途同归。
寄语所思，莫恋甘肥；
勤学苦练，趁此朝晖。

1932年牺牲前

栩栩（1903—1932），原名许炎生，湖北沔阳（今仙桃）人。1923年加入中国共产党，参与成立沔阳第一个共产党小组。曾任中共沔阳县委宣传部部长、书记，湘鄂西省苏维埃政府经济部部长，红三军第八师政治部主任等职。1932年被诬陷为“改组派”而遭错杀，但从遗诗中可以看出他对党的事业无比忠诚。

许苏魂

狱　中

转眼二寒暑，憔悴自支持，
苦况问心知。
群魔未泯日，志不移。

1929年

许苏魂，简介见第23页。

作者于1927年8月1日参加南昌起义后随军南下，又转移香港从事党的秘密工作。1929年秋被捕，后经中共广东省委营救出狱。作者此诗写于狱中，表现了身陷囹圄，受尽折磨，仍对革命事业忠贞不渝及坚信革命必胜的决心。

许瑞芳

告青年（八节）

可惜一般的青年，
只知赚几个臭钱，
以顺为正，服从一切，
吃阳间饭，过阴间世，
安分守己度一生，
岂不是活着的死人！

可惜一般的青年，
具有高尚的本能，
受尽经济的束缚，

天才怎能够发展，
经历痛苦和压迫，
还说一生都是命安排。

可惜一般的青年，
只知埋头读死书，
作文赋诗尚仿古，
高谈尧舜孔圣贤，
眼前时事不清楚，
时代落伍的痴徒。

可惜一般的青年，
玩水游山任自然，
只知征逐花酒间，
清谈陶潜、白乐天，
社会一切都不问，
个人享乐顾眼前。

可惜一般的青年，
陷入思想的错误，
走到反革命歧途，
不管乌龟王八事，
总干几个臭铜钱，
还说救民的痛苦。

可爱的青年们呵！
你的血已冷了么？
我要拿到百度的，
沸水中去煮一煮，
使你们的血沸腾，
快和敌人去斗争。

可爱的青年们呵！
你脑筋已陈腐么？
我要送到太平洋中，
替你去洗一洗，
洗去一切的陈腐，
要有阶级的觉悟。

可爱的青年们呵！
你要时刻地准备，
去和敌人相厮杀。
社会旧壳在崩坏，
只要你们努力，
幸福跟随胜利来！

1928 年 1 月

哭应昌同志[①]

应昌同志呵！
你为了无产阶级而牺牲了。
你的精神永远留在脑海中，
使我的热血更加沸腾，
使我的心灵更加燃烧。
我不愿作儿女情般的哭泣，
因为哭泣也只是无用。
只有将你未完成的志加在我肩上来，
从此应如何的加倍努力，
继着你的精神踏着你的血迹，
将敌人杀得片甲不留，

把旧社会打个落花流水。
这样才是为你去报仇,
这样才不是我的耻羞。

许瑞芳,简介见第 84 页。

【注释】

① 应昌:即章应昌(1908—1928),作者的战友、老乡(同是江西崇仁人)。1926 年 11 月加入中国共产党。曾任赣东农民赤卫军宣传委员,中共临川东溪州委支书。1928 年 5 月在赴福建工作途中被捕,9 月下旬英勇就义。

阮山

救穷歌(十七首)[①]

俚今唱歌唔要钱,[②]
总要大家肯来听;
只要大家听落脑,
十人传百百传千。

头一痛苦是工农,
着个衣衫补千层;
餐餐食个净水粥,
住个屋子似茅篷。

石榴花开满树红,
青天白日太不公;
有钱之人有福享,
无钱之人永世穷。

住在深山怕豺狗,
住在乡村怕土豪;
专靠拿钱放恶债,
本钱较少利更多。

土豪放债剥削俚,[③]
还有劣绅欺负俚;
无钱有理无话讲,
有钱无理变有理。

讲到相好就开心,
讲到劣绅心就煎;
遇到官府派捐款,
派到七百开一千。

木匠师傅箢缚床,
做衫师傅补衣裳;
泥水师傅无屋住,
耕田老哥空米楻。

冤枉娘来冤枉爷,
实在冤枉无钱侪;[④]
辛苦做来别人得,
好了别人饿自家。

千差万差自家差,
唔知团结无钱侪;
与其做个冤枉鬼,

团结起来就有差。

讲到共产唔要惊，
共产社会无相争；
工人就有好工作，
农民个个有田种。

佢今唔讲你唔知，
共产社会自由妻；
总爱两人情甘愿，
唔要金钱结夫妻。

赤色区域无愚笨，
个个男女都读书；
男人就有好妻子，
女人就有好丈夫。

紧唱歌来紧牵连，
赤色区域似神仙；
免除苛捐与杂税，
工农自己抓政权。

一根竹子拗就断，
十根竹子拗难断；
老虎行过平洋地，
不愁力小愁孤单。

共产社会一定成，
这句话语无欺人；
土豪劣绅杀干净，
军阀官僚容易平。

一理通来百理通，
十人之中九人穷；
九个穷人能团结，
何愁革命不成功。

喱今唱歌唔会懒，
听来听去心喜欢；
喜欢听来喜欢唱，
先吃苦来后吃甜。

闽西革命曲

中国共产党，领导谋解放，
深得工农兵，信仰！

神圣苏维埃，岂容弄腐败，
动摇的分子，滚开！

手段要狠辣，肃清恶腐化，
土劣团军匪，杀杀！

斗争要扩大，直捣到漳厦，[5]
一面向潮汕，打下！

军阀刘卢张，[6]爆发大混战，
全省的局面，纷乱！

官长在后面，士兵上前线，

红军一宣传，叛变！

赣南与东江，[7] 形势日紧张，
统治阶级们，恐慌！

革命高潮到，大家齐奋斗，
军阀国民党，打倒！

武汉与广东，工农起暴动，
影响到全国，成功！

红军奏凯回，红旗到处飞，
大家齐欢呼，万岁！

提早春耕歌（十四首）

今年不比旧前年，
残酷战争在眼前。
保障秋收加两成，
春耕提早莫迟延。

春耕提早莫迟延，
艰苦耐劳四字边。
多种杂粮还不够，
再加节省莫花钱。

莫熬烧酒莫花钱，
莫信神明莫信仙。
多种豆瓜多种粟，
每人多种十头棉。

每天节省一铜元，
帮助红军几万千。
巩固苏区和发展，
工农力量大如天。

工农力量大如天，
你到前方我作田。
战胜敌人同努力，
春耕胜利好明年。

早起三朝当一工，
生产也要打冲锋。
春耕计划完成后，
劳苦工农不会穷。

作田先作红军田，
做事人工莫讲钱。
做到红军极满意，
红军听到乐如仙。

增加生产各争先，
反对疏懒唔作田。
优胜题名红板上，
疏懒写在黑板边。

生产增加好自家，
多余米谷莫乱花。
白区油盐同布匹，
米谷拿来去换它。

多开荒地与荒田，
赤色农民总动员。
多铲草皮来做粪，
增加产量裕财源。

选种除虫要认真，
多花肥料多犁耘。
今年收获定然好，
实现秋收加二成。

大修坏圳与崩坡，
蓄水池塘也整齐。
水足不愁天不雨，
年成丰熟笑眯眯。

工农食用既然丰，
英勇红军心更雄。
粉碎敌人多把握，
参加革命也从容。

粉碎敌人大进攻，
苏区经济不被封。
油盐布匹和洋火，
船只装来用不空。

阮山（1888—1934），原名阮德宽，福建永定人。1926年春加入中国共产党，创建中共永定支部。1928年参与领导永定县农民暴动。曾任永定县革命委员会秘书长，永定县苏维埃政府主席，闽西工农银行委员会主任，中央教育部秘书长。1934年冬被叛徒杀害，壮烈牺牲。

【注释】

①1930年，作者随张鼎丞在闽西庐平一带进行革命活动时创作这首歌。并经常教群众演唱，群众非常喜爱，传诵不绝。②偓：福建方言，我；唔：福建方言，不。③佢：福建方言，他。④侪：福建方言，人们。⑤漳厦：福建的漳州、厦门。⑥刘卢张：指福建军阀刘和鼎、卢兴邦和张贞。⑦赣南：江西南部的简称。

孙子俦

闹革命歌谣

说今天，道今天，
你拿斧头我拿镰。
工农群众闹革命，
打倒土豪见春天！
共产主义要实现，
人民生活乐无边。
乐无边、乐无边，
白匪还在我眼前，
穷人要想坐天下，
拿起枪杆莫迟延。
组织工农百千万，
谁想报名到台前。

1928年

孙子侍（1901—1932），原名孙秉权，湖南岳阳人。1927年4月加入中国共产党。历任中共监利县委宣传部部长、组织部部长，鄂西特委委员，湘鄂西省委委员兼襄北特委书记，红三军九师政委。1932年7月，在“肃反”扩大化中被错杀。

1928年，作者在监利县发动群众开展武装斗争时编写了这首歌谣。标题为编者所加。

孙仲衢

革命歌词

太阳照四方，
革命是共产党。
不怕牺牲和流血！
誓把反动派扫光！
建立一个新中国，
共同把福享。

孙仲衢（1899—1930），山东诸城人。大革命时期加入中国共产党。1927年9月后，任中共诸城县楼子支部书记，从事农民运动，成立了贫民会，开展抗租、抗税、抗丁和抢坡割秋的斗争。1930年病逝。

此歌词是作者在从事农民运动时创作的，后谱曲，成为革命歌曲。

孙厚甫

生日盟誓

今天是我的生日，
离开了家庭的欢欣，
也无法到相馆摄影，
只在安南的车中宣誓；[①]

在这车中我宣誓，
我不愿提誓雪国耻，
更不要说收复失地，
只决心做个反帝的战士；

要做反帝的战士，
并不在今天才开始，
但这正是我的生日，
我愿在此时和此地盟誓。

1935年

孙厚甫（1906—1942），原名孙承先，云南昭通人。1928年大学毕业后，任上海《中华教育界》主任编辑，昭通中学教员。1937年12月赴延安学习。1938年后任八路军一一五师独立旅政治部交际科科长，泰西行政委员会教育处副处长，冀鲁豫抗大二分校教育处处长。1941年加入中国共产党。1942年9月在反“扫荡”中牺牲。

【注释】

①1935年初，作者从云南去上海，途经安南（即越南）时，在火车上写此诗，盟誓做反帝战士。

孙铭武　孙铭宸

血盟救国军军歌

起来！
不愿当亡国奴的人们，
用我们的血肉去唤醒全国民众。
中华民族到了最危险的时候，
我们不能坐以待毙。
必须起而杀敌。
起来！起来！
我们要团结全国民众，
去战斗！战斗！战斗！

1931年

孙铭武（1889—1932），辽宁清原人。1919年入东北军，任连、营长，后经商（开客栈）。1931年九一八事变后，在辽东成立血盟救国军，任司令，从而打响了东北民众武装抗日的第一枪。次年1月19日被伪（满）军杀害。

孙铭宸（1894—1933），孙铭武胞弟。1931年九一八事变后，协助孙铭武创建血盟救国军。胞兄牺牲后，带余部加入辽宁民众自卫军第六路军，任旅长。后任东北民众抗日义勇军第三军团总参议兼第四梯队司令。1933年2月，在大连被敌水上警察逮捕，拒降不屈被日军杀害。

此歌为孙铭武等作词，张显铭谱曲，当时在辽宁地区广泛传唱。

孙铭瑞

狱中诗

肤绽肉飞胸无愁，
国弱民贫心常忧。
缧绁难锁凌云志，①
血洒山河展锦绣。

1934年

孙铭瑞（1890—1938），山东海阳人。1928年4月加入中国共产党，建立海阳县第一个党小组，秘密开展党的工作。1933年冬被捕，在狱中咬破食指，用鲜血在狱墙上写下了这首血诗。1937年抗日战争爆发后获释。回乡后，任中共海阳特支军事委员，进行抗日救国活动。1938年2月14日，与敌作战中为掩护同志突围英勇牺牲。

【注释】

①缧绁：捆绑拘系犯人的绳索，引申借指囚禁牢狱。

孙善师

送别

清醒的太阳哪儿去了，
大地上只留下一片不分明的光芒。
往日的笑容哪里去了，
颜面上只现着一堆愁苦郁闷。
雨纷纷地下了，
泪也慢慢地滴了。
这大地是表示离别的情况吧！
与世长辞而不悲的我，
也觉得有些难过。
担负着教育人才的责任，
也只有忍心自问。
时代的巨轮正在不停地转动，
自由的波浪正在急涌奔腾。
偏偏青年们的心和木偶一样，
不能向着光明前进。①
啊！战云弥漫了全国。
鲜血流满了旷野，
为革命而牺牲的人们。
正不知有多少些！多少些！
打破了什么感情，
放松了什么关切，
铲除了一切障碍，
砍断了一切束缚。
我们只要认清革命的大道。
天地间何尝有什么生死离别。

孙善师（1904—1933），山东临沂人。1926年冬加入中国共产党。曾在郯城县第一、三小学任教，同时任中共鲁南支部组织委员。1932年中共临郯县委成立，负责组织和通信联络工作。此后，参加组织武装暴动，1933年7月被捕，9月18日英勇就义。

1930年冬，郯城县三小高一班长马某，因父亲病故申请退学，师生们都很惋惜，为他组织了送行会，在这次会上，孙善师朗诵了这首诗。

【注释】

①“偏偏”二句：作者对不思进取的青年表现出“哀其不幸，怒其不争”的思想感情。

杜涛

遗诗四章（四首）

一

国已不国家何家，
萍踪浪迹走天涯。
一片丹心为革命，
誓将头颅报中华。

二
国势阽危已堪忧，
遍地腥羶无自由。
救亡图存惟正义，
人民力量何须愁。

三
一旦成功举世惊，
十月革命奋人心。
马列主义传真理，
以俄为师步后尘。

四
列强魔爪遍中原，
河山破碎徒瓦全。
专制独裁窃政柄，
地主豪绅欺小民。
工农大众尽牛马，
深仇积怨气不平。
同心协力闹革命，
誓死推翻旧政权。

约 1928 年

杜涛（1901—1929），原名杜友菊，云南蒙自人。1926 年加入中国共产党。曾任中共蒙自县委书记，云南省临委委员、迤南区委书记。1928 年 10 月因组织阿加衣地区农民暴动而被捕。1929 年 2 月英勇就义。

作者的遗诗中表达出他对反动势力的愤恨以及献身革命的坚强意志，与夫誓死斗争的英雄气概。

杨旭

长征途中有感

百计无成事事难，
半肩行李出乡关。
丹枫似染离人泪，
红遍前山与后山。

杨旭（1902—1936），江西余干人。1926 年 12 月加入中国共产党。曾任余干县农协执委，中共余干县委第六区委书记。1932 年 9 月策动余干县警察大队起义。后参加中国工农红军，在长征途中牺牲。

杨超

就义诗[①]

满天风雪满天愁，
革命何须怕断头？
留得子胥豪气在，
三年归报楚王仇！[②]

1927 年 12 月 27 日

杨超，简介见第 25 页。

【注释】

①此诗是作者就义时，在刑场上气壮山河、视死如归的高声朗读，他用那悲壮的诗句，表达了对革命必胜的信念。②春秋时代，伍子胥的父兄无罪而被楚平王杀死。伍子胥逃到吴国，取得了吴王的信任，起兵打进楚国，当时楚平王已死，伍子胥掘墓鞭尸，报了仇。这里是说革命必将获得胜利，烈士的鲜血绝对不会白流，具有英雄气概的革命同志一定会让敌人血债血偿。

杨开慧

偶　感[①]

天阴起朔风，浓寒入肌骨。
念兹远行人，[②]平波突起伏。
足疾已否痊，寒衣是否备？
孤眠谁爱护，是否亦凄苦？
书信不可通，欲问无人语。
恨无双飞翮，飞去见兹人；
兹人不得见，惆怅无已时。

1928年10月

无　题

我一直在追随他美丽的身影。
如果他死了，
我的情思要全部注入他的尸体上。
我好像看到他站在那里！
我想马上到你那儿去，
我亲爱的人，
我要吻你，
吻你的颈，
吻你的全身！

1930年

吓不住共产党人

砍头只像风吹过！
死，
只能吓倒胆小鬼，
吓不住共产党人。

1930年

杨开慧，简介见第85页。

【注释】

①1928年10月，毛泽东已率领秋收起义的部队上了井冈山。作者写诗表达对毛泽东坚贞不渝的爱情和诚挚深切的思念。此诗系1982年3月修缮故居时发现。②远行人：指毛泽东。

杨玉英

浪淘沙

羁押在天涯，心事如麻，晨昏抛尽恨更赊。党狱沉沉何处岸，歧路回车。

自信意无邪，炎日云遮，俱焚玉石总可嗟。微志未酬身便死，如此年华！

1932年于开封狱中

杨玉英（1903—1932），女，又名杨斯萍，江苏无锡人。1927年在无锡从事妇女运动，1929年加入中国共产党。曾任中共河南省委宣传部部长、秘书长兼妇女部部长。1932年夏被捕，8月20日慷慨就义。

作者就义前，填了一组《浪淘沙》的词，抒发革命情怀。词中表现出她对党的事业无比忠诚，但微志未酬，实感遗憾。

杨而菖

胜利就在黎明

咽喉就是号角，臂膀就是长缨，
号角唤醒一切，长缨扫尽不平。
家园尚未建设，社会尚未安宁。
同学们！团结起来，胜利就在黎明！

原载《连中校刊》第一期，约1928年

杨而菖（1913—1934），福建连江人。1929年2月加入中国共产党。曾任中共连江县委书记，闽中工农游击第一支队政委。1933年11月，参与领导连江县全县武装暴动，后任红军闽中第四十三总队长兼政委。1934年1月，在与敌战斗中壮烈牺牲。

杨先洲

宁做断头汉

生死置度外，忠于苏维埃。
推翻旧社会，创造新世界。
献身共产党，始终不翻悔。
宁做断头汉，不当屈膝鬼。

1928年

杨先洲（1903—1928），湖北洪湖人。1924年赴苏留学，其间加入中国共产党。1926年5月回国，回乡从事农民运动，曾参加戴家场暴动，建立起沔南区苏维埃政府和沔南游击队，后带领游击队坚持斗争。1928年9月7日被捕，19日被杀，慷慨就义。

作者临刑前写此诗，表现出他坚贞不屈、至死不渝的高尚气节。

杨杏佛

挽李大钊烈士联①

南陈已囚，②空教前贤笑后死；
北李犹在，③哪用吾辈哭先生。

1933年4月

杨杏佛（1893—1933），名铨，江西清江人。早年加入同盟会，后赴美留学。1918年回国后，曾任孙中山秘书，东南大学工学院院长，国民党中央研究院总干事。1932年参与组织中国民权保障同盟，任总干事。反对蒋介石独裁统治。1933年6月18日在上海被国民党特务暗杀。

【注释】

①此联写于北京地下党组织为李大钊举行公祭时。②南陈已囚：指当时陈独秀已被国民党政府逮捕，囚禁在南京。③北李犹在：北李，指李大钊。此句意思是烈士虽然牺牲，但他的革命精神永存。李大钊简介见第29页。

杨和钧

苦

苦呵苦！
老是纠缠着农夫，
农夫要想离开苦，
要等红色太阳东方出。

板壁上的指南

赶场天或是平常，
寨上的农民或是行人来往，
人人的目光都投向板壁上，
因为板壁上有红军的指南。
这指南是红军留下的宣传标语，
它召唤穷苦农民站起来，
打倒土豪劣绅，分田地，
夺政权！
扛起枪把东洋鬼子赶下海洋。

忆王连长①

王连长啊王连长，
你赐给我无价之宝，
这宝比太阳还亮，
亿万金银买不到，
它赛过飞机大炮，
它赛过冲锋枪花梨，②
它是人类解放的真理，
——马列主义。

感　动③

千里迢迢只为民，
中途丧命泪沾襟；
革命真传亲遗嘱，
永世不忘誓词盟。

1934年12月

再　见④

再见，连绵的山峦，
再见，淙淙的小溪，

再见，穷苦的农民兄弟，
再见，父母妻子儿女，
再见吧！再见吧！
家乡的一切！
我要北上寻觅那
——光辉灿烂的红日。

1936年

杨和钧（1894—1936），又名老牛，侗族，贵州婆洞（今启蒙镇）人。1934年12月，红六军团长征途经婆洞，在该地进行革命宣传。他深受感动和影响，便积极救护红军伤病员，后又两次外出寻找红军。此事被反动乡长抓住，残忍地将他杀害。

【注释】

①③王连长就是作者救护的红军伤病员，二人建立了革命的友谊，并结为兄弟。后王连长被敌人杀害，他写《感动》一诗。②花梨：贵州当地称步枪为花梨。④1936年作者离家去寻找红军时写此诗。

杨春秀

深山里有义人（二首）

一

早醒歌声自外来，
好似当日在演台；
睁开双目来细视，
身在岩中卧在崖。

二

饥肠辘辘似枪声，
鹨语虫鸣若于琴；
穷途犹比家还在，
深山里面有义人。

1930年

杨春秀（1888—1930），壮族，广西龙州人。中共党员。1926年投身农民运动，曾任左江农民运动指导委员会委员。1930年，参加龙州起义，任左江革委会委员，中共左江特委委员。红八军撤离龙江后，仍坚持武装斗争。1930年因叛徒出卖，4月17日被敌人杀害，慷慨就义。

这两首诗是1930年3月龙州失守后，作者在他坚持斗争的地方山洞里写成的。

杨振铎

狱中诗

十年寒窗易铁窗，
年争日斗履冰霜。
监牢饮马长江水，
禁遏英雄呈豪光。

杨振铎（1905—1933），字警轩，山西芮城人。1925年加入中国共产党，任共青团上海大学支部书记。1927年3月参加上海工人第三次武装起义，担任少先队总指挥。后任共青团江苏省委书记，中共上海沪中区行委书记。1930年4月在上海被捕。1933年4月在南京雨花台英勇就义。

作者在狱中遭受严刑拷打，但他铁骨铮铮、坚贞不屈，写此诗以明心志。

杨匏安

狱中示难友

慷慨登车去，相期一节全。
残生无可恋，大敌正当前。
投止穷张俭，[①] 迟行笑褚渊。[②]
从兹分手别，对视莫潸然。[③]

1931年

杨匏安，简介见第27页。

1931年7月15日，作者被捕，在狱中坚贞不屈。蒋介石连写两封劝降信都被他撕毁；蒋又直接打电话到狱中劝降，也被他摔掉话筒。8月被敌人处死，英勇牺牲。作者就义前写此诗，诗中充分表现出他为革命慷慨赴死的大无畏精神，并勉励难友坚持斗争，保全气节。

【注释】

①投止：投宿的意思。张俭，东汉桓帝时人，被宦官诬害出走隐匿，虽遭倾家灭族之祸亦在所不顾。在逃亡时，见有相识之人都愿破门投止。作者借用这个典故，表明自己愿承受任何危难，也要坚持革命气节。②褚渊：南北朝时宋人。为宋明帝所信任，明帝临死时托他扶助幼主，后却出卖幼主投靠萧道成，建立南齐。迟行：形容从容不迫。作者借用这个典故耻笑那些褚渊之类的变节者。③潸然：潸，涕状；形容流泪。

杨重远

黄河颂

啊，黄河。
自古称天险。
今日不过黄河非好汉。
游击战士，
播种晋西，
转战陕甘。
三十健儿，
驰骋祖国西北高原。
……

1931年

杨重远（1894—1933），原名杨敬熙，陕西绥德人。1926年春加入中国共产党，曾参加清涧起义。1931年夏，任红军晋西北游击队政委、陕甘游击队参谋长、陕北游击队第一支队政委。1933年5月29日，与敌作战时壮烈牺牲。

1931年在黄河边，杨重远和战友们凑成这首诗。他们一直与敌作战，全队只剩30人，准备渡黄河到陕北去打游击。

杨靖宇

送战友

——周保中①

穿上征袍擐盔甲，
志强男儿保国家。
今日相聚要开怀，
共商在计闯天下。
共君一夕话，明日各天涯。
纵然惜别总须别，
相约再会在松花。
先建根据地，军民共一家。
同仇敌忾抗日寇，
联合义勇把敌杀。
三江出奇兵，辽东跃骏马，
白山黑水齐出动，复兴我中华。
祝君捷报传，盛于五月花。
振臂高呼我必胜，鸭绿江边饮战马！

1932年4月

东北抗日联军第一路军歌（四节）②

我们是东北抗日联合军，
创造出联合军的第一路军。
乒乓的冲锋杀敌缴械声，
那就是革命胜利的铁证。

正确的革命信条应遵守，
官长士兵待遇都是平等。
铁般的军纪风纪要服从，
锻炼成无敌的革命铁军。

亲爱的同志们团结起，
从敌人精锐的枪刀下，
夺回来失去的我国土，
解放亡国奴的牛马生活！
英勇的同志们前进呀！
赶走日寇推翻“满洲国”。
这一次的民族革命战争，
要完成弱小民族的解放运动。

高悬在我们的天空中，
普照着胜利军旗的红光。
冲锋呀，我们的第一路军！
冲锋呀，我们的第一路军！

西征胜利歌（四节）③

红旗招展，枪刀闪灿，

我军向西征。
大军浩荡，人人英勇，
日匪心胆惊。
纪律严明，到处宣传，
群众俱欢迎。
创造新区，号召人民，
为祖国战争。

中国红军，已到热河，
眼看到奉天。
西征大军，夹攻日匪，
赶快来会面。
日匪国内，党派横争，
革命风潮展。
对美对俄，四面楚歌，
日匪死不远。

紧握枪刀，向前猛进，
同志齐踊跃。
歼灭日匪，金田全队，
我队战斗好。
摩天高岭，一场大战，
惊碎敌人胆。
盔甲枪弹，胜利无算，
齐奏凯歌还。

同志快来，高高举起胜利的红旗。
拼着热血，
势必打倒日本帝国主义。
铁骑纵横，满洲军队，
已有十大军。
万众蜂起，勇敢杀敌，
祖国收复矣。

中朝民族联合抗日歌（六节）

山河欲裂，万里隆隆，大炮的响声，
帝国主义宰割弱小民族的象征。
国既不国，家何能存，根本没有和平。
黑暗、光明，生死线上斗争来决定。

崛起呀，中朝民族！
万不要再酣梦。
既有血，又能铁，
只等着去冲锋。

全世界上，
最大的仇敌日帝数头等，
焚烧掠夺，
奸淫侮辱，亡国且灭种；
并朝吞中，
莫非《田中奏折》的兽行！
同仇敌忾，
共赴国难，决不让再久逞！

联合呀！中朝民族！
团则生，离则亡！
谨防备离间计。
手携手打冲锋！

热血沸腾，
杀声冲天，民族齐觉醒。
壮夫断臂，
争先恐后，共夺万年灯！
旌旗所至，
势如破竹，虏焰自息影。
阵容强化，
战线巩固，基础早奠定。
团结呀！中朝民族！
互相间，本赤诚，
坚持那最后五分钟。
勇冲锋！

照耀全球，
闪烁不灭，最惊人的火星！
万恶日寇，
自掘坟墓，非人能回生。
勇猛冲锋，
吉凶祸福并非天来定。
事在人为，
诚至金开，自有曙光逢。

前进呀，中朝民族！
既有始，要有终！
誓杀到敌人大本营。
猛冲锋！

杨靖宇，简介见第 88 页。

【注释】

① 周保中（1902—1964），云南大理人，白族。1927 年加入中国共产党。1931 年九一八事变后，任中共满洲省委书记，东北抗日联军第二路军总指挥。中华人民共和国成立后，任云南省人民政府副主席。是中共第八届中央候补委员。② 1936 年 7 月，作者被任命为东北抗日联军第一路军总司令兼政委，后写此诗（歌词），谱曲成歌。③ 抗联第一路军于 1936 年 7 月、11 月两次西征，都取得胜利，作者写此诗（歌词），后谱曲成战歌。

李飞

送友赴平升学[①]

瘴气茫茫在眼前，[②]
开明道路是青年。
登山务期达绝顶，
掘井何堪不及泉。
气壮应嫌天宇隘，
心平莫畏世途艰。
英雄自古皆无种，[③]
惟吾男儿志须坚。

李飞（1917—1936），原名李英华，吉林德惠人。中共党员。曾任共青团下江特委书记。1936 年冬牺牲。

【注释】

①平：北平，即今北京。②瘴气：比喻黑暗政治。③皆无种：《史记·陈涉世家》陈涉语："王侯将相宁（岂）有种乎？"

李刚

入党誓言

铁蹄蹂躏我神州，
一代江山万种愁。
不杀倭奴不除暴，
苍天辜负少年头。

1931年

李刚（1914—1941），原名李敬文，福建南安人。1931年11月加入中国共产党。历任中共诗山县金淘区委委员、区共青团书记，晋南县委委员，泉州中心县委书记，闽南特委书记。1941年初，遭国民党顽固派"围剿"，突围后躲到偏僻荒山中，靠野菜充饥，同年2月14日饿死，不幸牺牲。

李芳

自挽联

头可断，血可流，壮志岂能馁；
敌未灭，寇未锄，虽死不甘心！

1931年

李芳（1900—1931），化名梅开武，湖北黄梅人。1925年加入中国共产党。曾任中共广济中心县委委员兼黄梅县委组织部部长。1931年国民党军队"围剿"黄梅革命根据地时，不幸被捕，不久惨遭杀害，英勇就义。就义前作此自挽联。

李林

长短句·上海送唐四归湘①

是暂别，是永别。
此情此景那堪说？
送君归去我未得，
唯余黄浦江上月。
莫伤离，莫怨别。
男儿当以身许国。
四海是家乡，
何须限南北？
同志即兄弟，
何须分胡越？
长风破浪会有时，
一饭千金须报德。
了却夙愿归来时，
酸甜苦辣从头说。

1927年中秋节

五言排律②

国家兴亡事，匹夫有责任。

同志和同学，长啸壮怀兴。
回首思故国，凭栏血沸腾。
大任自天降，立志为人民。
同志共研讨，三析与九回；
只有共产党，适合中国情。
马列是真理，众志可成城。
舍此无他由，指路有明灯。
……
虚文难缚虎，徒手不斩鲸。
复向莫斯科，东大学军事。

1929 年

李林（1896—1931），又名李范，湖南邵南人。1919 年赴法勤工俭学。1922 年加入旅欧中国少年共产党。1924 年赴苏学习，同年加入中国共产党。次年初由东方大学转入苏红军学校学军事，同年 8 月回国，曾任冯玉祥部中山军政学校副校长，参加北伐战争。1927 年 6 月后，任上海中共闸北区委常委，江苏省委常委。1930 年冬进入闽西苏区，任彭杨红军学校副校长。1931 年 6 月 29 日在战斗中英勇牺牲。

【注释】

① 此诗写于 1927 年大革命失败后，作者在上海从事党的地下工作时。此时遇到唐四（唐康黎），是作者少年时代同窗好友，也是作者恩师唐岳五的胞弟。送别友人，以诗相赠，表达了他以身许国，为党工作而四海为家的博大情怀。② 作者在上海工作期间写此诗，回忆在法、苏的学习经历，抒发自己的感受。作者明确认识到，“只有共产党，适合中国情。马列是真理，众志可成城”。

李林

出征杀敌去塞边

忽听组织一声唤，
出征杀敌去塞边。
不管他豪绅、地主、官僚、鬼子王八蛋，
一齐干！

1936 年

学得文武双本领

昨日从戎投笔砚，
如今为文卸征衣。
学得文武双本领，
再返血染沙丘地。

1936 年

李林（1914—1940），原名李朝法，河北威县人。1930 年加入中国共产党。1936 年参加冀南武装暴动，后去绥东抗战，年底调到延安中央党校学习。1938 年春派回冀南工作，任中共广宗中心县委书记，县独立支队政委，冀南军区一分区司令员，冀中九旅二十五团团长兼政委。1940年10月在战斗中壮烈牺牲。

李坦

思　念

风凄云惨月无光，
宝鸭香温夜未央。
客里十分思骨肉，
梦中几度到家乡。
似看娇女憨模样，
已解偎娘话短长。
最是恼人惊醒处，
谁家鼓乐贺新郎。

约1929年

李坦，简介见第28页。
诗题为编者所加。

李勋

劝兵歌

士兵第一志气强，
人无志气铁无钢，
堂堂男儿汉，
替军阀背枪，
倒不如参加革命战场。
……
士兵大家团结紧，
参加红军打敌人，
推翻国民党，
消灭白匪军，
大家解放才能得安宁。

李勋（1899—1929），土家族，湖北长阳人。1926年春入广州农民运动讲习所学习，同年加入中国共产党。曾任中共长阳都镇湾支部副书记。1927年大革命失败后，遵照党的指示，任县保卫团副团总。1929年7月率保卫团起义，后成立中国工农红军第六军，任军长。同年9月底被捕，光荣就义。

1929年作者在酝酿保卫团士兵起义期间，写此动员歌。

李鑫

矿工苦

矿山老板最狠毒，
要把矿工当驼牛。
前无攀胸，后无屁鞦，
驮子歪了，撇根骨头。
活人跌进死人坑，
苦死累死不得活。
死尸变成干虮子，
遍山乱丢喂豺狗。

1928年

月叹穷

正月里来是新年，
人人欢唯我独无言。
有长吁和短叹，数十余番，
可叹我们受尽熬煎，
受饥寒，骨瘦衣又单。
冷死好，饿死好，有谁加怜。
元旦饮美酒，元宵月正圆。
都只有钱人才能赏鉴。

1929年

李鑫（1897—1929），又名木子，云南龙陵人。1925年加入中国共产党。历任中共云南特委书记，云南省委委员，滇南区委书记。1929年10月在个旧矿区组织工人起义时被捕，后壮烈牺牲于蒙自。

1928年后，作者在个旧锡矿区当矿工。开展革命活动时，曾编写多首歌词，用旧小调谱上，教矿工歌唱，来启发觉悟。第一首诗的诗题为编者所加。

李子纯

满江红·北望满洲

一九三一,九一八，怎敢忘却。沈阳城，日本强盗，铁蹄践踏，东北三省颜色变，千万工农遭浩劫。奈当局，镇静不抵抗，空悲切!

李子纯（1900—1933），河南西华人。1925年加入中国共产主义青年团。1927年3月，党派其前往武昌农民运动讲习所学习，其间转为中国共产党党员。1930年3月，被党派到吉鸿昌率领的三十师任秘书，做兵运工作。1932年8月，参与三十师官兵起义，后失败。次年8月被捕，几天后被害，英勇就义。

此词共四段，现只找到第一段，作者并谱曲，教唱三十师官兵。

李天和

回答敌人审问

老子革命本是真，
老子革命一个人。
你要问，普天下都有我的人。
你杀了老子人一个，
叫你中驿不太平。

1932年

李天和（1913—1932），湖北麻城人。1929年参加中国工农红军。1932年在中驿战斗时被俘，不久被杀害，英勇就义。

李少石

咏　怀

不能狮吼忍羊驯，
十载劳劳惯卧薪。
今日岂辞缧绁苦，
此生原自为他人。

南京书所见①

丹心已共河山碎，
大义长争日月光。
不作寻常床箦死，②
英雄含笑上刑场。

九一八感怀

江南塞北尽烽烟，
大梦犹酣事已迁。
遥对黄河怀黑水，
不胜惆怅四年前。

寄　母

赴义争能计养亲，③
时危难作两全身。
望将今日思儿泪，
留哭明朝无国人。

出　狱

乍见人间一境新，
万千感集楚囚身。
荆榛障道家犹远，
烽火连云国半湮。
弹指三年阿鼻狱，④
伤心何日太平民？
萦怀不尽兴亡思，
野草岩花看未真。

李少石（1906—1945），原名李国俊，广东新会人。1926年由共青团转入中国共产党。大革命失败后，在香港党的交通站、上海工人通讯社等处从事党的地下工作。曾被捕入狱。抗日战争爆发后，在港澳工作一个时期，1943年后赴重庆，在中共中央南方局工作。1945年10月8日不幸遇难逝世。

1934年2月28日，作者在上海被捕，至1937年抗战爆发后才获释，所录的5首诗，均在被捕后所写。

【注释】

①此诗是作者被从上海解往南京时所写。②床箦死：箦：席。后汉马援说：“男儿要当死于边野……何能卧床上在儿女子手中。”这里是说革命志士立志为国牺牲，不愿昏聩度日。③争能：怎么能够。这里是说为了革命不能照顾家

了。④阿鼻狱：阿鼻是音译，这里指反动派的黑暗监狱。

李甲秾

自题联[①]

吃苦是良图，做苦事，用苦心，
费苦劲，苦境终成乐境。
偷闲非善策，说闲话，好闲游，
做闲事，闲人就是废人。

1927 年

就义诗[②]

百折不挠志如山，
且将生死置等闲。
入党战斗为革命，
粉身碎骨也心甘！

1932 年

李甲秾，简介见第 91 页。

【注释】

①1927 年大革命失败后，李甲秾潜回家乡坚持地下斗争。题写此联贴在屋里墙上，以激励自己的革命斗志。②李甲秾于 1932 年 1 月不幸被捕入狱。此诗是作者就义前一天写的。作者将诗稿卷成纸烟状，由探监者传出来。

李斗文

告于军兄弟书（节选）

于军兄弟们！
到如今祖国的山河被人强占，
主人变成了奴隶，
强盗大逞凶残。
同胞的尸骨抛满了南满和北满，
中华民族的鲜血洒遍了黑水白山。
有心人谁不流泪心酸！
有心人谁不目眦欲裂怒发冲冠！
日本强盗借着“剿匪”的名义，
使我们同胞兄弟骨肉相残。
他在背后笑的肝肠寸断，
他把你们看成走狗一般。
每当我们在战场上和你们相见，
问你们为什么杀自己的兄弟？
你们回答说“没有法子”。
听了你们这一句愁惨的呼喊，
就知道卖国害民不是你们情愿。

于军兄弟们！
请你们觉醒吧！
请你们赶快反正哗变，
趁火打铁救国不要再迟延！
请看长白山的森林里，
松花江的两岸，
中东路南满路的旁边，
大红旗迎风招展，
游击运动如烈火燎原。

日本帝国主义眼看就要倒台，
中国革命成功的曙光就在前面。
快到革命战线上来！
我们共同解放三千五百万父老同胞的倒悬。
我们的前途光明无限。

李斗文（1905—1935），山东掖县（今莱州市）人。早年在北京上大学。1930年加入中国共产党。1931年到东北哈尔滨从事革命活动，后赴苏联学习。1934年回国后，任饶河反日游击大队政委，中共饶河中心县委委员，东北人民抗日同盟军第四军第四团政治部主任。1935年9月在饶河与日伪军战斗时牺牲。

此诗是作者写的传单，诗中提到的于军，指伪满军于芷山部队。

李主一

夹竹桃

君子品，美人妆，
体态风流晚节刚。
不与凡花争俗艳，
芳姿个个倚幽篁。[1]

1928年

李主一（1892—1928），原名李宪章，上海奉贤人。1925年加入中国共产党。1927年创办曙光中学，任中共学校支部组织委员，又任中共奉贤县委组织部部长、书记。1928年3月底被捕，6月21日被枪杀，英勇就义。

作者在狱中写此诗，他用夹竹桃比喻自己“晚节刚”。作者坚贞不屈，大义凛然，最后英勇就义。

【注释】

① 幽篁：指竹林深处。

李司克

Vector（二节）[1]

——给我念念不忘的测苇

一

我去了，我去了，
今后浪迹天涯！
家庭的诘责；
乡党的舆论；
朋友的鄙视；
这都是不值留恋和顾虑哟！
我愿站在
那大炮口前！
我愿睡在
那白刀尖上！
寻找自由无羁的天乡。

二
我去了，我去了，
今后浪迹天涯！
山风呀怒号！
海水呀滔滔！
旅客呀心摇！
这大概是火山爆发的预兆！
赶紧烘热
自己的胸膛！
赶紧握着
残红的戈矛！
快快把地球迸去火烧。

1929 年作

李司克（1912—1930），原名李孝本，四川江安人。1928 年在四川大学学习时加入中国共产党。1930 年参加领导广汉起义，后进入绵竹方面的大山打游击，因寡不敌众而失败，后被捕。同年 11 月 8 日英勇就义。

【注释】

①Vector：物理学名词定向量。这里指确定革命的方向，投奔革命。

李亚声

就义诗

子弹上膛何所惧，
刺刀闪闪心不惊。
吾为民族坐牢房，
死而不悔为革命。

1930 年

李亚声（1903—1930），又名李绍棠，湖北谷城人。1925 年 9 月加入中国共产党，年底被派往黄埔军校学习。参加北伐战争和南昌起义，任北伐军政治部宣传科科长和南昌起义指挥部后方总队长。1928 年春起，任中共谷城县委书记，中国工农红军鄂北总队党代表。1930 年 9 月被捕，一个月后英勇就义。

作者此诗表现出他临危不惧、至死不渝、不屈不挠的革命气节。

李向山

雪花飘飘

雪花飘飘一片白，
日寇入侵把咱害，
砍头喂狗又活埋。
何人能安在？
奸妇女，摔小孩。
抢去土地和钱财。
一家老小泪满腮。
苦难的日子实难挨。
饥寒交迫死难逃。
何不参军抗日来。

1934 年 8 月

李向山（1884—1937），又称李相山，原名李瑞林，辽宁桓仁人。1931年九一八事变后，曾任辽宁民众自卫军团长，东北人民革命军第一军第一师副官，后组织安东救国会桓仁分会，继续从事抗日活动。1937年1月被日寇逮捕后壮烈牺牲。

李庆澜

我的“自白”

受折磨，心头滚热，
抛头颅，甘洒热血！
这是最后的斗争，
共产党人决不变节！
愿热血化作满天锦云红烂漫，
唱凯歌千万颗丹心从头越。
——这就是我的“自白”！

李庆澜（1906—1928），湖南桃源人。1925年春入广州政治讲习所受训，结业后在国民革命军第六军政治部工作，参加北伐。1927年春加入中国共产党，曾任中共桃源县委委员、民运部部长，从事农民运动。同年12月11日因党的机关遭到破坏而被捕。1928年1月5日英勇就义。

作者在就义前写此诗，表现出他大义凛然、坚贞不屈、至死不渝的志向。

李佐民

楷模王瑞俊①

楷模王瑞俊，为民主浮沉。
同出山师门，② 吾要步后尘。

李佐民（1912—1940），山东莱阳人。1932年考入济南山东省立第一师范。1934年在校加入中国共产党。曾任山东人民抗日救国军第三支队总务科长，八路军山东人民抗日游击队五支队民运科长和教导队政委，五支队海防指挥部政委，六十二团政委等职。1940年3月在与伪军作战中英勇牺牲。

【注释】

①即王尽美，原名王瑞俊。②山师：山东省立第一师范学校的简称。王尽美亦毕业于山师。

李明瑞

明心志

高官厚禄视粪土，
为民效劳堪清高。
革命志坚如磐石，
愿作壮士抗浊流。

约1929年

李明瑞（1896—1931），原名李瑾瑞，广西北流人。1920年毕业于云南韶州讲武堂，后在护国军及桂军中任职。北伐战争时，任国民革命军旅长、师长、副军长。1930年2月1日，参加领导龙州起义，不久加入中国共产党。任中国工农红军第七、八军总指挥，河西部队总指挥。1931年10月中旬，在“肃反”中被错杀。蒋介石曾以封高官、送巨款拉拢收买作者，被断然拒绝。作者写此诗以明心志。诗题为编者所加。

李鸣珂

就义词

天愁地暗，
惨雾凄凉，
千万人声沸腾，
来到杀场，
不觉恨填胸。
我心中含着许多悲愤，
别了！别了！别了！
许多朋友别了，
许多士兵别了，
许多工农及一切劳苦大众别了。
我今躺在血地上，
切莫为我空悲痛，
但愿对准我们的敌人猛攻、猛攻！

1930年就义前

李鸣珂（1899—1930），四川南部人。1925年4月加入中国共产党。黄埔军校第四期毕业，参加北伐，任叶挺部营长。1927年参加南昌起义，后在中央军委工作。1928年任中共四川省委军委书记，参加领导万源固军坝兵变、涪陵起义。1930年4月18日被捕，次日在重庆英勇就义。

李实秋

自挽联

坐望江牢，戴九江镣，
归到黄梅终一死；
国民党坏，共产党好，
奉行赤化祝千秋。
横额：痛快、快哉。

1928年

李实秋（1909—1928），湖北黄梅人。1925年加入中国共产党。曾任黄梅县区委书记。县农协会组织部部长。1927年大革命失败后转移到安徽省望江县，以当船工为名，继续坚持地下斗争。1928年5月被捕，不久被杀害，从容就义。临刑前挥笔写此自挽联。还写了“中国共产党党员李实秋之墓”的碑题。

李美群

劝降白军士兵歌

白军士兵哇你听，
自己阶级要认清，
穷人莫要打穷人，
赶快过来当红军。

白军士兵要认清，
工农本是一家人，
不给军阀来卖命，
打倒土豪和劣绅。

欢迎白军当红军，
红军纪律最严明，
官长士兵都一样，
没有人来压迫人。

1929 年

李美群（1911—1936），女，江西兴国人。1929 年秋，加入中国共产主义青年团，任兴国县坝南乡妇女赤卫队队长。1930 年 4 月转为中国共产党党员，曾任中共兴国县委妇女部部长，少共江西省委组织部部长，中共江西省委妇女部部长，中华苏维埃共和国中央候补执行委员。1934 年 10 月红军主力长征后，留在苏区坚持斗争。同年 12 月，在作战中被俘。1936 年春在狱中牺牲。

李贯慈

哭辽东

哭罢江山无泪流，
亡国惨祸已临头！
恨尔民贼方得意，
哀此匹夫能不羞？
复我片土可百世，
杀敌一毛足千秋！
男儿一副好身手，
拼将热血洒神州。

1931 年 9 月 23 日

李贯慈（1908—1947），河南沁阳人。1932 年参加中国共产党领导的农民运动。1937 年参加山西青年抗日决死队。后到晋察冀边区，曾任灵寿县县长，平西专区专员，冀东行署秘书长。1947 年冬病故。

1931 年 9 月，作者闻知辽东失陷之后写此诗。

李家俊

遣　兴[①]

故园东望途路长，
预感不吉实堪伤。
悬揣凝血留云住，
已觉腥风带雨凉。
山城晓岚五里雾，[②]

花萼浮云一片霜。[3]
愁极本凭诗遣兴，
诗成搔首愈癫狂。

1930 年夏

吊唁戴仲同志[4]

战士音容笑语亲，
传来噩耗泣三军。
牛头山麓遥相祭，
血写诗文吊唁君。

农军痛哭吊英雄，
革命豪情志尚红。
血染神州全不顾，
换来天地万年春。

1930 年 6 月

李家俊，简介见第 94 页。

【注释】

①1930 年夏，党组织调作者赴重庆任中共四川省军委书记，他预料到故乡形势险恶，便触景生情，写下此诗。②山城：即重庆。③花萼：即花萼山，在四川省万源县境内。④1930 年 6 月，川东游击军第三支队队长戴仲在陕西镇巴被敌人杀害，噩耗传来，作者非常悲痛，特写此两首七言诗，表达对战友的缅怀和对革命必胜的信心。

李得钊

烦　闷[1]

烦闷是一把利刃，
恶狠狠地刺着我的心；
我的心刺破了，
便涌出滚滚的泪涛。

烦闷是一根铁索，
怪痛苦的把我的灵魂儿束缚；
灵魂儿束缚得无可奈何了，
只呜呜咽咽地在那里哀号。

利刃哟！铁索呀！
几时我得了能力，
定要把你们捉住，
然后一齐投在洪炉里，
铸成座小小的生命胜利的纪念塔。

李得钊，简介见第 94 页。

【注释】

①1934 年 6 月，作者在上海被捕。此诗为作者在狱中所作，抒发了他忧国忧民的心情，表达他同黑暗势力斗争到底的决心。

李植华

步波安狱中感怀

焦桐逸响蔡邕琴，[①]
到处何愁不赏音。
共诉巨奸多痛恨，
佥云小丑更伤心。
知先脱难冤将雪，
觉后同情恨转深。
珍重前途加努力，
待看豪绅被人擒。

狱中春日有感

国势险危民极贫，
几曾革命可全身。
胸中成竹偏遭折，
狱里无花不标春。
乡里每怀思旧友，
世情莫问避嚣尘；
是非黑白何须问，
功罪相加总任人。

狱中感怀

一夜之床深拥被，
阿侬独睡起常迟；[②]
愁怀万种凭谁遣，[③]
心事难言我自知。
铁窗紧闭隔烟尘，
故里音书不可闻；
爱国无功身罹难，[④]
羞颜无以对人民。
夜静风来思悄然，
更筹数尽不成眠；
残灯如豆愁人伴，
孤愤一腔苦向怜。

李植华（1906—1930），字立卿，广西岑溪人。1925年入广州农民运动讲习所学习，同年加入中国共产党。曾任国民党广西省党部农民部特派员，在苍梧道一带开展农民运动。1927年9月被捕，1929年7月出狱后到右江地区任凤山县苏维埃政府主席。1930年初在战斗中英勇牺牲。

作者于1927年9月被捕后，在狱中写下多篇抒发革命豪情的诗词，这里收录三首。诗中他把马列主义比作从珍贵的焦桐发出来的声音，这声音一定会引起全世界劳动人民的共鸣。

【注释】

① 焦桐：东汉末年，蔡邕用一块质地坚实、纹理细密的上好梧桐木制成一张七弦琴。琴尾正好在烧焦的地方，因此称之为“焦尾琴”，其音甚美。② 侬：指“我”。③ 万种：古量名，指

丈量的粮食。④ 罹：即遭受之意。罹难是被害。

李赐凡

龙岗之战[①]

一九三〇年，红军摆战场，
国民党军队，被围在龙岗。
三军正面打，四军抄后面，
听到三军枪响了，
四军冲上后缴枪。
先缴迫击炮，后缴机关枪，
长枪短枪都缴了，又活捉张师长。[②]

1930年底

李赐凡（1908—1935），原名李嗣丸，湖南宜章人。1926年5月加入中国共产党。1928年1月参加湘南暴动。后任红四军连、支队党代表，红四军第一纵队政委、第十师师长，江西省军区政治部主任。1934年红军长征后任江西省军区司令员，是中华苏维埃共和国候补中央执行委员。1935年2月在宁都被叛徒杀害，英勇就义。

这是李赐凡与有关同志一起编写的一首歌谣。题目是编者所加。

【注释】

① 红一方面军对国民党“围剿”军实施反攻，1930年12月30日，于江西省永丰县龙岗地区一举全歼敌第十八师师部和第五十二、五十三旅近一万人。② 张师长：即这次战役被俘的敌前线总指挥兼第十八师师长张辉瓒，次年1月28日被红军处决。

李翔梧

小小豆油灯

小小豆油灯，
烧着灯草，
烧着我的心。
我心中的怒火直喷天廷，
把那手执鞭子……
骑在我们头上的一切人，
无论他是中国式的外国人，
或者是外国式的中国人，
一齐烧尽、烧尽。

1929年

李翔梧，简介见第31页。

此诗是作者于1929年在上海从事党的地下工作时所写的一首打油诗，从一盏小豆油灯说起，表达出他对当时黑暗旧社会的痛恨。

吴澄　李国柱

我　们

我们是世界上的奴隶。
没有家，
也没有国。
只知道是十二万万五千万中之一个。

我们生来已经受尽压榨与剥削，
把血汗去造成阔人的象牙之宫。
这是多么不平！多么可恸！
起来哟！夺回我们的自由！
造成我们的幸福！

做工的握紧斧头，
种田的拿稳镰刀，
当兵的上足子弹。
只听着冲锋号起，
杀向前去！死向前去！
一切归我们所有，
只不过失去我们一根锁链！
到那时，我们高唱凯歌，
庆祝我们的大功成就！

起来呵！起！起！
要想找我们的乐园，
完全靠我们自己！
到处已经战鼓喧天，
预兆着无产阶级最后胜利！

1929 年

革命进行曲

为救我们自己，
走上革命的路！
为杀我们的敌人，
执起钢刀在手！
为将来世界的光明，
呵！高举火焰般的红旗狂舞！

钢铁般的坚固，
是我们的营垒。
胶漆般的严密，
是我们的队伍。
前起后继的冲锋！
是我们的神武！

十二万万五千万被压迫者，
是我们的人数。
杀不尽是我们的头，
流不尽是我们的血。
战斗呵！战斗呵！
明天就要实现世界十月！

1929 年

吴澄（1900—1930），女，号剑秋，云南昆明人。1925 年加入中国共产主义青年团，1926 年加入中国共产党。云南第一个女共青团员、共产党员。曾任中共云南临时工委委员、代理书记，领导建立云南妇女解放会。1930 年 12 月被捕就义。

李国柱（1906—1930），云南巧家人。大革命时期在云南创建青年努力社。1925 年加入中国共产主义青年团，1926 年加入中国共产党。1927 年春赴苏学习，1928 年秋回国。是云南党、团组织的创建人之一。曾任中共云南临时工委委员，共青团省委书记。1930 年 12 月被捕就义。

以上所录两首诗是两位作者 1929 年用剑英、克内的笔名在《赤光》上发表的。

吴干臣

就义诗①

少年嫉世思雄飞，②
欲为生民解冻饥。
云黯城中迷正道，③
霞笼村里浴朝晖。④
书生敢击龙泉剑，
农奴初舒虎胆眉。
今日乘风归去也，⑤
应留碧血照丰碑。⑥

1930 年 9 月初

吴干臣，简介见第 32 页。

【注释】

①1930 年 9 月初，作者不幸落入敌网，翌日晨，在就义前写此诗，抒发他为实现共产主义远大理想，解放全人类而英勇献身的精神。②雄飞：这里比喻奋发有为。③意指蒋介石等走上背离革命的道路，蒋等叛变革命都是从城市开始的。④指各地在秋收起义后，广大农村蓬勃兴起的土地革命运动。⑤乘风归去：指仙逝，这里比喻为革命而牺牲。⑥碧血：周朝大夫苌弘，忠心于国却被杀害，相传他的血三年后化为碧玉，故后人称苌弘等死难者的血为“碧血”。

吴介唐

应忘家室虑①

踏遍长淮过大江，
黄山处处是吾乡。
世乱应忘家室虑，
途长愿效犬马忙。

自挽联②

为政治翻身，牺牲无愧；
干革命到底，流血何妨。

吴介唐（1901—1935），字耐夫，安徽岳西人。1926 年毕业于安徽第一师范。1927年大革命失败后毅然加入中国共产党。曾任中共贵（池）秋（浦）东（流）县委书记，芜湖中心县委书记等职。1935年夏被捕后英勇就义。

【注释】

①作者写此诗，是为动员一同志走出家门，参加革命斗争。②作者就义前写自挽联，表现出为革命献身，视死如归，大无畏的革命豪情。

吴光荣

赠方舆健（三节）

一

舆健：你看！——
枯落的黄叶，
它还在风前起舞！
算得什么！值得什么！——
只这般静悄悄的来了又去，
全不留下半点儿声息；
舆健：你看！——
将灭的灯光，
它还要抖擞精神重新焕发它的
光辉才罢！

二

毕竟是骗子啊！——
他们一路吃着人间的饭，
穿着人间的衣，
却又口口声声的说着
“宇宙虚无”的谎言！
我的朋友，
你承认宇宙是虚无的么？
人们是互相欺诈的么？
银白的匕首，
你请接吻去吧，
回到你永久的家乡！
这么杂沓的骗丛里，
实在不能容忍你了！
我的朋友，
你承认宇宙是万有么？
人们是互相爱助的么？那么——
充满了你全身的血和泪，
诚然是供给你流洒的啊：
洒了千点泪，
流了万点血；
你的血泪尽了，
你的肉体的生命也告终了，
人们的快乐也因你的血泪换来了，
宇宙的万有也重新实现了。

三

我的朋友，
别了！只是我要郑重地请你留下个
深刻的印象
在你的脑筋里——
“送你的是今日的我啊！”我更要
郑重地留下个深刻的印象

在我的脑筋里——
"我送的只是今日的你啊！"

弟 荣 敬赠

吴光荣（1901—1928），湖北黄陂人。1922年加入中国社会主义青年团，后加入中国共产党。曾任中共黄陂县委书记兼组织部部长。1927年大革命失败后转移到汉口做地下工作。1928年被捕牺牲。这首诗是作者牺牲前所写，是充满着豪情，洋溢着批判、鞭挞精神的悲壮诗作。诗题为编者所加。

吴先民

打油诗

爆竹燃在煤油箱，
发出声音震耳响。
吓得敌人心胆寒，
赛过白匪机关枪。

吴先民（1905—1932），江西横峰人。1926年加入中国共产党。1928年参加弋横起义。曾任第二路农军负责人，中共横峰县委书记，信江特委秘书长，红十军政治部主任、代政委等职。1932年11月11日在"肃反"中被错杀。

吴厚观

题壁诗

牺牲换人间幸福，
革命是吾侪生涯；
且将点滴血和泪，
洒遍天下自由花。

1928年

吴厚观（1885—1928），湖南浏阳人。1925年加入中国共产党。曾任浏阳县上东区总工会委员长。1927年马日事变后，参加浏阳工农义勇队，同年9月参加湘赣边秋收起义，部队行动时，被敌人打散，便折回家乡参加当地游击队。1928年不幸被捕，英勇就义。

作者被捕后，在监狱的墙上写了这首诗，曾在浏阳东乡广为流传。新中国成立后，在浏阳白沙区千秋大队摇臂岭屋堂屋壁上，还留有这首诗。

吴焕先

坚持斗争定胜利

深山密林是我房，
沙滩石枚是我床，
不管敌人多凶残，
坚决斗争不投降。
赤胆忠心为工农，

气壮山河志不移，
何畏今日多艰苦，
坚持斗争定胜利。

1928年初

吴焕先，简介见第97页。

1927年11月，黄麻起义失利后，作者率游击队在艰苦环境里坚持武装斗争。

吴靖宇

八月桂花遍地开（节选二节）

一

八月桂花遍地开，
鲜红的旗帜竖呀竖起来；
张灯又结彩呀，
光辉灿烂现出新世界。
亲爱的工友们哪！
亲爱的农友们哪！
唱一曲国际歌庆祝苏维埃。

二

站在革命的前线，
不怕牺牲冲向前；
为的是政权呀，
工农专政如今已实现。
亲爱的工友们哪！
亲爱的农友们哪！
今日里是我们解放的一天。

1929年

吴靖宇（1900—1931），字述烈，河南商城人。1925年加入中国共产党。1929年2月，红军解放商城后，任商城县苏维埃政府文化委员会主任兼《红日报》社长，县秘书长、县革命法庭庭长。1931年9月24日在“肃反”中罹难。

此诗（歌词）原为陈世鸿所作，后经吴靖宇重新改写（改词），又经王霁初的曲调改编，便成了一首民歌。此歌旋律优美，节奏明快，又是地方民歌的曲调和唱法，很快传唱苏区。（全诗）歌词共五段，这里选录第一、二段。

吴富莲

妇女解放歌

一早起来做到日落西，
遇到风霜又有谁人知！
真正痛苦哦，真正可怜哦，
字也不会识，书也不会读，
拿起算盘也不会算，
一生受人欺，真正不自由。
地主土豪剥削我穷人，
挑拨离间破坏我团结，
劝我妇女们快快跟我去，
我们妇女热心加入工农兵。

敌人骑兵不可怕

敌人骑兵不可怕，
目标又大又好打，
排子枪放一声杀，
我们瞄准它、消灭它、打垮它！

吴富莲（1912—1937），女，福建上杭人。1929年加入中国共产党。曾任中共上杭县委委员，闽粤赣省委妇女部巡视员，粤赣省委妇女部部长。1934年10月参加长征，后任红四方面军妇女独立第一团政委，西路军妇女先锋团政委。1937年3月，在祁连山作战中受伤被俘，不屈吞针而亡，壮烈牺牲。

吴醒国

题狱门

慷慨悲歌日，难消万古愁；
好将三尺剑，杀尽虎狼头！

1937年初

吴醒国（1905—1939），又名吴兴国。江西鄱阳人。1928年加入中国共产党。1934年被捕，1937年初从南京出狱赴延安，同年冬到八路军驻武汉办事处。后调任鄂东抗日五大队民运股长。1939年9月1日在战斗中突围时被俘，5日遭杀害，壮烈牺牲。

此诗是作者于1937年初从南京出狱时，题于狱门之上。诗题为后人所加。

何世昌

骂劣绅

未开言，不由人牙龈咬紧，
骂一声劣绅们狠毒奸佞，
我回来未住五天整，
为什么控告我丧尽良心？
今日里你纵然阴谋得逞，
为革命牺牲也显得我忠忱。
生为革命人，
死为革命鬼，
留一个忠义美名革命史上存。
骂劣绅骂得我口干舌敝，
你纵然暂得荣，万世臭名！

1928年初于狱中

绝命词

烈士，
视死如归然，
浩气凌青天，
奋身饮枪弹；
为工农，
争利权，

头颅抛荒山；
阶级斗争，
历史唯物观；
崇拜马克思，
服膺列宁言！

1928年6月于狱中

何世昌（1905—1930），原名何耀祖，湖北郧县人。1925年加入中国共产党。1927年参加南昌起义，后回家乡从事党的地下工作。1928年初因当地劣绅告发被捕。1929年6月被营救出狱，派往广西工作。1930年2月参加龙州起义，任红八军政治部主任、军委书记。龙州失守后4月被捕，8月壮烈牺牲于南宁。

1928年初，作者因当地劣绅黄文轩告发而被捕。所录的《绝命词》和《骂劣绅》均是作者在狱中写的。

何立前

自挽联

响锣山下埋忠骨，①
识字岭上吊亡魂。②

1929年就义前

何立前（1897—1929），湖南宁乡人。1925年加入中国共产党。曾任宁乡第十九区农协会长。大革命失败后，打入敌军，继续坚持革命斗争，后被叛徒出卖。1929年牺牲于长沙识字岭。

这是作者就义前写的自挽联，系难友从狱中带出。他嘱家属："将我埋在流沙河响锣山上，我要看红军开进家乡！"

【注释】

①流沙河响锣山在长沙东部地区。②识字岭在长沙浏阳门外。大革命失败后，是国民党反动派屠杀革命者的地方。

何叔衡

改作诗①

身上征衣杂酒痕，
远游无处不消魂。②
此生合是忘家客，
风雨登轮出国门。③

1928年7月

何叔衡，简介见第33页。

【注释】

①1928年7月，党派作者与徐特立等同志赴莫斯科中山大学学习，在途经哈尔滨时，他有意将陆游《剑门道中遇微雨》一诗改作了这首诗，以表达自己对革命的向往和为国舍身忘家的

决心，并借此揭露蒋介石反动派屠杀共产党人和人民群众的罪行。②远游：指赴遥远的莫斯科学习。③“风雨”句：指当时蒋介石背叛革命，正在到处屠杀共产党人和革命群众。作者就是在这种危急的情况下去莫斯科学习的。诗题为编者所加。

附：南宋诗人陆游（1125—1210），原作诗《剑门道中遇微雨》：衣上征尘杂酒痕，远游无处不消魂，此身合是诗人未？细雨骑驴入剑门。

余潢

无　题

国弱休徒唤奈何！
中流击楫且高歌。
兴亡天下匹夫事，
马革裹尸伏碧波。

余潢（1900—1932），字半溪，湖南益阳人。1925年5月加入中国共产党。曾任益阳农民赤卫军大队长，县总工会负责人。大革命失败后，在益阳、汉寿、洞庭湖一带坚持武装斗争，任工农赤卫师师长。转战到鄂西，任红六军团长。1932年5月在湘鄂西第一次“肃反”中被错杀。

余梦痕

赠学生

负笈为何事，岂敢及至贤！
心股醒世界，志切整山河。
白日常愁短，青春莫等闲。

1928年

余梦痕（1903—1931），原名余光焰，河南新县人。1925年6月加入中国共产党，曾以教书为职业，开展革命宣传活动，后组织农民武装。任鄂豫边区苏维埃政府宣传部秘书。1931年2月，在战斗中英勇牺牲。

1928年，作者任教时写此诗给学生，提出殷切期望：青年人要认真读书，立志报国。诗题为编者所加。

谷伯珊

明志诗

用吴梅村歌赠吴季子原韵

昔闻西伯囚羑里，[1]易理精深穷未已。我为真理竟来此，长途跋涉关山水，受尽天磨半生死。忆曾读破经与史，短褐反不如纨绮，管乐无大难自比，宵小乘机见诽诋，一朝来缚下于理，[2]谁识当时有牛李！狱吏威不止，囚人无所倚，宰官性不良，如斯而已矣！

孽海翻腾波浪起，深山负隅虎不饵，横逆当前成壁垒，寻仇刺骨曾有几？争执利刃搏犀兕，[3]草菅余生同蝼蚁。神龙见首不见尾，烟云变幻狂风雨。百日青天照海底，魑魅魍魉人亦鬼。[4]危矣哉，噫嘻！始皇焚书我独喜，愚民非策将何以？受害偏从读书始，青眼双垂望吾子。

谷伯珊（1878—1930），湖南常宁人。早年毕业于湖南高等学堂文科，曾任常宁县劝学所长。1926年加入中国共产党，任常宁水口特区农民协会顾问。1928年5月27日被捕，1930年被掐死于狱中，壮烈牺牲。

这是作者受审后所写的诗，以表达他至死不渝的志向。

【注释】

① 羑里：古地名，今在河南汤阴县。② 理：治狱官。③ 兕：古代指雌性犀牛。④ 魑魅魍魉：古代传说躲在深山密林里能害人的妖怪。现指专门危害人民的各种坏人。

谷雄一

革命者的光荣

我在监狱里是政治犯，
这并不是我的耻辱，
是革命者的光荣。
金钱不能动吾心，
权威不能动吾志，
岂能如一叶轻舟随波飘逐呢？

1930年

谷雄一，简介见第100页。

作者的堂兄劝他不要再革命了。作者回信表明自己的态度（上文此言）。可看出他意志坚定，忠于无产阶级革命事业。

邹琦

哪怕敌围攻！

蓝天作屋顶，大地当床铺，
高山是墙壁，哪怕敌围攻！

约1931年

邹琦（1905—1936），原名邹树德，江西弋阳人。1925年入黄埔军官学校第四期学习，同年加入中国共产党。参加了北伐战争。1927年大革命失败后，返乡从事农民运动。1928年1月参加弋横农民暴动，后任红十军团旅政委，赣东北军委副主席，闽北军委分会主席，闽浙赣军区参谋长。1935年在横峰被捕。1936年4月在南昌英勇就义。

辛先涛

宝塔诗

穷
工农
可怜虫
为人佣雇
饥寒交迫中
唤醒南北西东
高举镰刀斧头冲
把黑雾妖风一扫空
让奴隶做天下主人翁
那时火光定能够世界大同

辛先涛（1901—1932），湖北监利人。1931 年加入中国共产党。曾任湘鄂边苏维埃政府秘书。1932 年秋被捕，不久被杀害，英勇就义。

辛忠荩

第二次入狱题监牢①

能受天磨真铁汉，
不遭人忌是庸材。
监牢且作玄都观，②
我是刘郎今又来。③

1931 年 6 月

旅途口占

江州漂泊子，④柴桑失意人。⑤
何时归故里，仗剑杀豪绅。

1931 年 10 月

辛忠荩（1903—1939），江西德安人。1926 年加入中国共产党。曾任共青团黄老门区团委书记，中共德安县委秘书长、宣传部部长、县委书记，前后两次被捕，斗争坚决。1937 年任中共赣北工委宣传部部长，在岷山根据地组织抗日游击武装。1939 年 3 月 24 日，在敌人制造的岷山惨案中被捕，4 月 29 日壮烈牺牲。

【注释】

①作者写下了这首藐视敌人、藐视监狱生活的诗文，表达他大无畏的革命乐观主义精神。②玄都观：唐朝的道观，在长安。③刘郎：指刘禹锡。唐朝刘禹锡因参加革新运动，被多次贬官在外，朝廷上最后一次召他回京时，他写过“前度刘郎今又来”的诗句。作者这里借指再次入狱。抒发了自己的豪情壮志。④⑤江州及柴桑：均在今江西九江。

汪洋

为了自由

大好河山，沦为敌手。
为了自由，决不罢休。

1936年

汪洋（1913—1942），原名汪之正，山东东阿人。1936年考入东北军学兵队，同年加入中国共产党。1938年后历任八路军山东纵队四支队独立团团长、政治部主任，第四旅政委，鲁中军区一分区政委兼中共泰山地委书记。1942年10月17日在战斗中壮烈牺牲。诗题为编者所加。

汪铭

纪　影

我五十多天没有剃头洗脸，
发是长了，胡子也长得长了，
眉头上的横纹也波皱起来了，
那儿还像一个二十八岁青年！
愁容昏迷的面孔，
无精打采的神情，
有什么思想病束着心？！
沉着的面孔在思忖什么？
垂下眼皮有什么愁烦？
呵！现社会是万恶、悲惨、残酷、
不仁、吃人肉、喝人血的呵！

1931年7月于狱中

汪铭（1903—1931），字仰盘，陕西神木人。1925年春加入中国共产主义青年团，同年转为中共党员。从事工人、农民运动。1927年大革命失败后，回山西坚持斗争，任中共太原市委书记。1929年9月2日被捕，曾组织越狱斗争。1931年10月11日在太原英勇就义。

此诗作者写于狱中，写在自己一张照片的背面，他满腔愤怒地控诉旧社会的罪恶和残暴。

汪石冥

牙刷柄题壁诗（四首）[①]

当年负笈出夔关，[②]
壮志欲肩天下难，
信有身心如铁石，
哪怕楚子沐猴冠。[③]

横剑跃马几度秋，
男儿岂堪作俘囚？
有朝锁链捶断也，
春满人间尽自由。

敢从烈火炼真金，
镣铐偏能坚信心，
誓舍微命留正气，
残躯任尔斧钺临。

莫庆南牢系死囚，
众生鏖战几曾休，
铁栏杆外朝曦涌，
赤帜飞扬古城头。

1928年于狱中

汪石冥（1900—1928），原名汪志，四川南川（今隶属重庆）人。1926年在武汉中央军政学校学习，并加入中国共产党。四一二反革命政变后，在汉口从事工人运动，建立党支部，开展1927年底的年关斗争。后调湖北省军委工作。1928年3月被捕，12月10日壮烈牺牲。

作者的狱中诗反映了他不屈不挠的革命意志和对革命胜利的向往。

【注释】

①这四首诗是作者在狱中用牙刷柄刻在石灰墙上，由同狱的同志默记传出的。②夔关：夔门，指四川。③沐猴冠：猴子穿衣戴帽，装作人的样子。这里是指反动派沐猴而冠。

汪仲屏

身在最底层

地上冰封千里白，
地下熔岩尚沸腾。
敢背天公寒杀意，
只缘身在最底层。

1927年

汪仲屏（1900—1931），又名汪顺昌，江西九江人。1925年加入中国社会主义青年团，同年转为中国共产党党员。1926年11月，北伐军攻克九江后，任九江县政府科长，县农民协会委员。1927年大革命失败后，任赤湖游击队指导员，中共港口区委书记，中共九江临时县委书记。1931年9月上旬被捕，不久英勇就义。

1927年大革命失败后，作者写此诗。诗的前两句，地上指国民党反动派的统治；地下指广大群众起来与敌人斗争。诗题为编者所加。

汪裕先

给妻女的诗（二首）

遥寄芳容慰寂岑，
黛眉双锁意沉沉。
虽然相对无言语，
已解卿卿一片心。

娇娃生小不知愁，
头角轩昂意态悠。
只恨阿爷身在狱，
数春未把饼钱留。

汪裕先（1908—1934），化名陈石卿，上海南汇人。1926年初加入中国共产党。历任中共南汇县周浦区委书记，南汇县委书记，川沙县委书记，淞浦特委委员。1930年4月赴太湖组织农民武装，在返回苏州途中被捕，押解南京。1934年5月牺牲。

1930年，作者被囚禁在国民党南京中央军人监狱，妻子戴桂芳来南京探监，将她与女儿的合影照送给作者。随后，作者在照片背后题了这两首诗，送给妻子、女儿。

宋占一

狱中诗（十首）

一

铁肩担道义，辣手著文章。
生死有何惧，但愿国富强。

二

负笈东群志救国，[1]
那晓中道受折磨；
刀锯鼎镬甘为饴，[2]
看尔民贼奈若何。

三

年甫弱冠命归天，
饮弹成仁不胆寒；
设使果有英灵在，
九泉仍为党宣传。

四

敌有炮弹我有笔，
罄竹难书祸国罪；
人心所向誓难挡，
振臂一呼万众归。

五

壮志未酬系囹圄，
卖国无罪爱国诛；
豹狼当道终有尽，
荡平群丑民方苏。

六

天下真理只一个，
马列主义是正说；
笃信共党干革命，
尧天实现万众乐。

七

漫天遍撒革命种，
雨后春笋苗兴隆；
熊熊烈火烧不尽，
春风吹来叶又生。

八

老母劬劳未敢忘，[3]
移孝作忠理应当。
历下引刀呈一快，
切盼慈母莫悲伤。

九

真金不怕烈火炼，
刀下屈辱非好汉；
泉下联合众义士，
口诛笔伐从头干。

十

富贵荣华非所愿，
为求真理能实现；
满腔热血扑群丑，
我生我死复何憾。

1930 年冬

宋占一（1906—1931），字子贯，山东聊城人。1927 年 10 月加入中国共产党。曾任中共鲁西县委委员。1928 年 1 月参加阳谷坡里暴动。暴动失败后到中共山东省委宣传部工作。1929 年初任共青团山东省委书记，不久被敌人逮捕。1931 年 4 月 5 日英勇就义。

以上的十首诗是作者于 1930 年冬在济南监狱中所作。诗中表达出他坚贞不屈、矢志不移，为革命事业视死如归的革命豪情。

【注释】

① 负笈：笈是书箱。负笈：即背着书箱。② 刀锯鼎镬：指古代刑具。③ 劬：劳苦、勤劳。劬劳：即劳累。

宋铁岩

新的人生

流水不断地流过去了，
那新生的浪头已经掀起，
恬静、安闲，是过去的习染，
怒马奔腾着的战场，
要现着我的身形，
严烈的炮火下，
攫取那新的人生。

约 1929 年，长春第二师范学院

前　进

前进！前进！
高举着反抗的大旗，
杀向那资本帝国主义！
用鲜红的热血，
森白的颚骨，
创造起未来的世界。
创造起未来的世界！
要自由，求平等，
渴望着全人类的和平，
只有凭借着工农兵，
英勇的前冲！前冲！

1933 年初

走　吧

年光催驶青春少，

风云搅扰势正好。
莫使雄心付流水，
壮志应勿泻榻间。
伟业丰功标青史，
儿女柔情视等闲。
策马提鞭赴战场，
巨觥三杯热胸膛。
怒火交流我心烧，
将把人类大敌消。
资本恶魔扑杀尽，
工农专政牢又牢。

1933年3月8日

跃进呵，中国（四节）

跃进呵，中国！
你——雄壮伟大的搴手，
你——国际革命的前锋，
坚决英勇地和资本魔王抗争！
用我们工农群众的火力，
毁灭历史上无数的“英雄”。

资本主义没落的日子已经来到，
残酷的斗争展开了，
象闪电般的速度驶遍天涯地角。
铁枷中的弟兄们！
起来呵，起来！
杀！杀！杀！
拼着我们白的骨头红的血，
夺回来他们把持的世界！
夺回来他们把持的世界！

这世界，阴沉黑暗多忧郁！
万众血肉被吮吸。
资本魔王的淫逸奢骄，
凭借着工农血汗的创造。
我们生存没有生存权，
要生存只有受死坐监牢。
铁枷中的弟兄们！
起来呵，起来！
拼着我们白的骨头红的血，
夺回来他们把持的世界！
夺回来他们把持的世界！

跃进呵，中国！
你——雄壮伟大的搴手，
你——国际革命的前锋，
坚决英勇地和资本魔王抗争！
用我们工农群众的火力，
毁灭历史上无数的“英雄”。
全世界的无产者在热烈地期望着
你——
勇敢的前锋革命成功！

宋铁岩（1909—1937），原名宋肃先，又名宋占祥，吉林永吉人。

1931年考入中国大学，同年加入中国共产党，任校学生会主席，积极参加抗日救亡活动。1932年回东北，任东北人民革命军第一军独立师政治部主任，南满第一游击大队政委，东北抗日联军第一军政治部主任，中共南满省委委员。1937年2月11日在战斗中英勇牺牲。

宋绮云

告故乡父老兄弟（二节）

故乡的河山还是那样伟大，
故乡的林木房舍也还是仍旧的模样。
一切的都如旧，一切的还存留。
故乡的人们还正在甜蜜的熟梦中，
还梦想着什么皇上天子出世，
还梦想着什么星君菩萨下凡。
以为天子帝王是能使国泰民安，
以为菩萨星君是能使风调雨顺。
除了靠什么皇上、玉帝，
是不能过太平的日子的。
这都是他们的梦想，
这都是他们唯一的愿望。
嗳！我可爱的故乡啊，
我可爱的父老兄弟啊，
我将要为你们啼哭！
我将要为你们哀悼！
现在是什么时候了，
你们还怎么是这样一来的幻想？！
你们为什么还是这样一来的盼望。
你们是不是想失掉这美丽的故乡？
你们是不是不想损伤了你们可爱的乡党？

醒来吧……我亲爱的父老兄弟们呀！
快快拒绝了那些迷梦，
快快舍弃了那无边的幻想！
看一看那残酷的惨状将逼近了：
受人的侮辱，受人的残杀，受飞机上的炸弹和大炮轰击，
这些都将要出现在面前，
这些痛苦将要你们忍受。
啊，伟大的河山，将要被摧残净尽；
优美的林木房舍，将要被焚毁一空。
我将要为你们啼哭！
我将要为你们哀悼！
醒来吧，
再不要盼什么皇上出世，
再不要盼什么星君下凡。
看一看日奴一日一日的逼近了，
你们还不准备，你们还不前进吗？
拼命就是你们意想中的皇上；
奋斗，前进，就是你们意想中星君菩萨。

只要能打倒这残暴的日奴，
只要能打倒帝国主义，
那极乐世界的幸福都能使我们享受啊！
我亲爱的父老兄弟们呀，
醒来吧！
起来吧！

1932年归故乡有感

呼　声①

千万重的压迫，
千万重的毒怨，
民情沸腾了，
民情喷涌了，
火山上谁再能施着压力！
四万万同胞，
兴起！兴起！
我们去饮敌人的血，
四万万同胞，
兴起！兴起！
我们去食敌人的肉！
只要我们铁似的意志！
山可倾，海可倒！
时期到了，渡过这血潮！
那即是倭奴授首的时候了！

原载1936年12月13日
《西北文化日报》

宋绮云（1904—1949），原名宋元培，江苏邳县人。1926年入黄埔军校分校学习。1927年3月加入中国共产党，任中共邳县县委书记。1929年任杨虎城部机关报《西北文化日报》副社长兼总编辑，1935年任中共西北特支委员，参与和平解决西安事变，后任杨虎城旧部少将参议。1941年被诱捕，关押八年。1949年9月6日在重庆解放前夕被害。

【注释】

① 此诗写于西安事变发生的当天。

宋盘铭

永生的段德昌（六节）

这里挺立着真理的卫士，
这里居住着共产党的精英，
这里珍藏着不朽的忠骨，
这里安息着伟大的灵魂！

是的，你匍匐在嶙峋的山崖，
滚热的心脏暖了山山岭岭！
是的，你倒在荆棘丛生的草地，
殷红的鲜血把土地滋润！

于是，你成了长在山岩的一棵青松，
挺拔，伟岸，直指苍穹！
坚强的躯干，纵揽高天流云，

刚劲的枝条，搏击浩浩长风！

滚滚的松涛，发出战斗的警号，
斑驳的树皮，裹一身戎征铠甲，
累累的榴弹，是坚实的松果，
雄峙的枪刺，是锐利的松针！

大雪弥天，寒风磅礴，
你抗击把把冰刀铰割。
骄阳当空，烈焰威威，
你拦云遮日丝青不脱。

啊！永生的段德昌，
你有不朽的英灵。
你这棵不屈的青松啊，
处处显露着对党的无比忠诚！

宋盘铭（1909—1933），河南郾城人。14岁到纱厂做工。1928年被派到苏联莫斯科中山大学学习，同年在校加入中国共产党。1931年回国，历任共青团湘鄂西中央分局书记，中共湘鄂西中央分局委员，红三军第九师政委，是中华苏维埃共和国中央执行委员。1933年12月25日，在“肃反”扩大化中被错杀。

1931年7月后，作者任红九师政委，而该师师长就是段德昌。段于1933年5月1日在“肃反”扩大化中被错杀，作者给亲密的战友写此诗，称“永生的段德昌”。

宋锦相

就义诗

虚度韶光三十年，
为求解放与民生。
头颅虽断精神在，
一声长笑赴黄泉。

1930年

宋锦相（1893—1930），湖北广济人。1926年在武昌政法大学读书时加入中国共产党。曾任中共广济县委委员，在当地参加农民运动。1930年11月被捕，不久光荣就义。

作者临刑前写此诗，表达他大义凛然、面无惧色、从容不迫、视死如归的革命豪情。

张炽

自勉小诗

努力琢磨坚志气，
禁中切莫妄蹉跎。

张炽，简介见第105页。

1930年7月，张炽在上海组织发动法租界电车工人罢工斗争时被捕，后押解南京，1933年4月牺牲。

在狱中写此诗（只留下两句）。

张云峰

就义诗（两行）

神州大地尽妖气，
只赖工农驱阴霾。

张云峰（1900—1928），原名铭书，广东南海人。1924年加入中国共产党。曾任佛山屠宰行业工会书记，工人代表会执行委员，工农商学联合会书记，积极投身工农运动。1927年4月18日被捕。1928年10月6日被杀害，所摘是就义前写下的诗句。

张计储

明志诗

蒋贼真阴险，手段太毒辣。
有朝红旗展，全用千刀剐。

1928年

张计储（1902—1928），一名张继渠，又名张传清，湖北蒲圻人。1922年加入中国共产党，曾任中共武汉地委委员。后赴苏学习。1926年归国后，任中共湖北地委工委书记，武汉码头总工会委员长，中共鄂西特委书记。1928年3月被捕，5月英勇就义。

作者被捕后，敌人逼他写供词，他在法庭上写了这首明志诗。

张连珠

恨与望（二节）①

混世夜漫漫，
寒民悲惨惨！
列强虎视眈眈，
铁蹄狂蹂躏，
内乱烽烟频起，
贪官暴政凶残，
恶豪吸血汗。
疮痍满故国，
流民几重怨！

愿他年，
风雷滚，
战旗翻，
群英飞剑，
斩尽不平心方甘。
开辟新天地，
丹阳暖人间，
壮士创乐园。
炎黄傲然立，
华夏镇坤乾！

答敌人审问

天地有正气，
冽凛万古存。
当其贯日月，
生死安足论。

1935 年

张连珠（1904—1935），曾用名张春礼，山东文登人。1932 年 5 月加入中国共产党。历任中共党总支书记，牟平九区区委书记，牟平县委书记，胶东特委委员、书记。1935 年 11 月 29 日，以自己为总指挥的武装暴动在文登、牟平、荣城等县举事，并成立中国工农红军胶东游击队。12 月 5 日与国民党部队遭遇，在突围时被俘，12 月 18 日英勇就义。

【注释】

①1931 年九一八事变后，蒋介石实行“攘外先安内”的反动政策，激起了广大爱国志士的无比愤慨。作者此时写下此诗，鞭笞时弊，向往着“斩尽不平心方甘”的新天地。

张同嗣

自挽联

廿载轻生死；
千秋有是非。

1928 年 8 月

张同嗣（1908—1928），湖南湘潭人。1924 年加入中国共产党。1926 年参加北伐战争，同年 11 月任中共湖南省委特派员，回家乡开展农民运动，并任湘潭县农协宣传部部长。1928 年 8 月 11 日被捕，不久英勇就义。

作者被捕后，伪感化院院长、法官都是旧识，欲诱降，均遭严词拒绝。作者在供词上写下这副给父亲的诀别对联，表示宁死不屈的决心。

张自安

自编民谣（二首）

一

一粒谷，农民吃尽几多苦；
一匹布，工人吃尽几多苦。
没有工农肯吃苦，那里会有谷和布。

二

一二三四五六七，
遍地工农都哭泣。
终岁勤劳难一饱，
试看军阀与官僚。
一饭千金挥如泥。
要活，起来变天地。

张自安（1911—1935），学名张自俊，河南宜阳人。1928年初入冯玉祥部学兵团，同年加入中国共产党。1929年回家乡开展党的工作。1932年后，任中共宜（阳）洛（宁）嵩（县）伊（川）中心县委书记，河南省委军委书记。1934年6月被捕。1935年6月英勇就义。

作者于1929年返乡后次年，开展党的工作的同时办起农民夜校，自编民谣作教材，启发农民阶级觉悟，参加革命斗争。

张守仁

红旗、鲜花（二首）

一

巢湖南岸开鲜花，
鲜花开在穷人家。
地主豪绅打倒了，
红旗高高入云霄。

二

革命志气在四方，
一心跟着共产党。
吃人世界风前烛，
遍地红旗迎太阳。

1932年

张守仁（1909—1934），安徽庐江人。1925年6月加入中国共产党。曾任中共庐北特支书记，庐县白山区委书记、县委委员，合肥中心县委组织部部长。1931年建立红四方面军庐北地方游击队。1934年6月在战斗中英勇牺牲。诗题为编者所加。

张贤和

对　联

锤镰开辟新世界，
马列创建红乾坤。

张贤和（1911—1935），化名徐前进，山东海阳人。1932年8月加入中国共产党，曾任中共海阳县庙前村支部书记，会文乡总支书记，牟平县委书记。1935年参与发动胶东一一·四暴动，成立中国工农红军胶东游击队牟平大队。3天后被国民党军队包围，在率队突围时壮烈牺牲。

张昌岐

取义成仁吾辈事

纵教热血千秋碧，
忍令雄心一日灰。
取义成仁吾辈事，
有何恩怨费疑猜？

1927年8月

张昌岐（1900—1927），字凤楼，湖北来凤人。1925年夏加入中国共产党。在来凤开展革命工作，曾领导农民暴动，占领县城，成立临时县政府。1927年大革命失败后，于8月4日被捕，18日壮烈就义。

张南一

鼓书唱词

天地间都是人应该平等，
为什么豪绅富我该贫寒。
劝大家切莫要被人蒙哄，
全都是剥削者一手造成。

张南一（1878—1928），原名张香奎，湖北黄安（今红安）人。1926年加入中国共产党。1927年参加黄麻起义。曾任七里坪革命法庭审判长，七里区防务会宣传股长。1927年12月初，敌再占黄安县城后，他以鼓书艺人身份做掩护进行革命宣传。1928年因叛徒告密，不幸被捕。敌人用尽酷刑，仍坚贞不屈，后壮烈牺牲。

张剑珍

妇女痛苦歌

讲到妇女真凄凉，
当作牛猪去卖钱。
挨打受骂不平等，
封建束缚不自由！
百般苦楚都挨过，
唔知那日出头天；
诸多姐妹齐觉醒，
起来革命争自由！

1928年春

心雄胆壮打先锋

一日西来一日东，
穿州过省去进攻。
亚妹虽然年纪轻，
心雄胆壮打先锋。

1928年秋

劝降歌

一劝告来穷朋友，
八宝炉前分金银；
白军打仗为地主，
红军打仗为农民。
二劝告来你爱知，
红军战士唔好歌；
假若劝你唔晓醒，
再打阎王会等你。
三劝告来爱思量，
当人士兵真凄凉；
离别父兄妻儿走，

你家无食饿断肠。
四劝告来爱想清，
红军处处救穷人；
打下江山众人坐，
自由平等庆翻身。
五劝告来齐起来，
工农团结正应该；
同心合力打地霸，
实行共产幸福来。

1928 年 11 月

五更叹（五首）

一更叹，坐监牢，
如今变作笼中鸟。
爱剐爱杀无要紧，
为了革命心一条，
唔怕刑场去过刀。①

二更叹，火烧天，
剑珍革命意志坚。
杀头佢话风吹帽，②
坐监佢喊嬲花园，③
要为穷人出头天。

三更叹，想红军，
红军来了救穷人。
佢愿红军打胜仗，
红旗飘飘扫乌云，
工农当家万年春。

四更叹，佢家庭，
国枢时刻念剑珍。
亲人受难莫流泪，
跟着红军杀敌人，
杀尽白贼正太平。

五更叹，天就光，
又想红军古团长。
培养教育剑珍女，
党系佢个亲爹娘，
视死如归跟着党。

狱中受刑（三首）

一

你也唔使眼盯盯，
莫看妹子身骨轻；
敢干革命唔怕死，
唔怕山上睡草坪。

二

五更过哩鸡会啼，
恶鬼唔使叫豺豺；
敢搞革命唔怕死，
剥皮抽筋骨还在。

三

爱剐爱杀任由你，
为了革命吓问题，
等我红军转到时，

你颈也吪包铁皮。

就义诗

人人喊偓共产嫲，
死都唔嫁张九华！④
红白总要分胜负，
白花谢了开红花！

张剑珍，简介见第106页。

1930年11月，在一次战斗中作者被俘入狱，在狱中编了多篇山歌。山歌表达了作者坚贞不屈、至死不渝的革命气节。

【注释】

①唔：广东方言“不”。②偓：广东方言“我”。③嫐：玩耍。④张九华：广东五华县的反动头子。

张景文

信天游小曲

婆姨好，放开脚，
长发剪成短发益。
男当红军女宣传，
革命势力大无边。
……

张景文（1911—1935），女，陕西蓝田人。1930年加入中国共产主义青年团，同年转为中共党员。1937年任陕宁边区苏维埃政府妇女委员长，曾创办苏区列宁小学。1935年秋陕北“肃反”时被误杀。是小说《白鹿原》中白灵的原型。

1934年刘志丹、习仲勋决定成立一支红色宣传队，由作者带队，她还写出《信天游小曲》等来宣传新思想、新风尚、新路线，这是其中一曲。

张锦辉

团丁起来助工农

团丁本是工农们，
苦食苦穿家里贫，
土豪劣绅来骗你，
打生打死保别人。
你也穷来我也穷，
穷人痛苦一般同。
团丁要想除痛苦，
快快起来助工农。

山　歌

日头一出照高楼，
革命不分老和少。
只要真心闹革命，
手拿红旗走前头。

扛起红旗呼呼响

扛起红旗呼呼响，
工农红军有力量。
共产党万年坐天下，
反动派总是不久长。

就义诗

唔（不）怕死来唔怕生，
天大事情妹敢当；
一心革命为穷人，
阿妹敢去上刀山。

穷苦工农并士兵，
希望大家要齐心；
打倒军阀国民党，
何愁天下唔太平。

1930年5月就义时

张锦辉（1915—1930），女，福建永定人。第二次国内革命战争时期党的青年宣传员，永定地区著名的红色歌手。1930年1月加入中国共产主义青年团，4月随区苏维埃政府宣传队到西洋村开展工作，因叛徒出卖，不幸被捕。同年5月16日在刑场高唱革命山歌英勇就义，年仅15岁。

张静源

颂　梅

香自寒来梅傲雪，
山色皑皑梅更洁。
春神送暖融六出，[①]
风鸟欢唱颂梅歌。

1932年

张静源（1901—1933），原名张守（寿）安，化名舒实夫，山东博兴人。1928年加入中国共产党。曾任中共莱阳县委书记，海（阳）莱（阳）特支书记，胶东特委书记，莱阳中心县委书记。曾领导建立海莱游击队，开展游击战争。1933年10月11日被叛徒杀害。

1932年8月，张静源在任中共海莱特支书记时，曾秘密发展了一批青年党员，他写此诗鼓励青年党员要像梅花那样，愈是在艰苦的革命斗争中，愈要锻炼自己，保持革命气节。诗题为编者所加。

【注释】

①六出：雪花六角，用为雪花的别名。《宋书·符瑞志下》：“草木花多五出，花雪独六出。”

张露萍

前程、前途

前程是天上的云霞，
人生是海里的浪花。
趁着黄金的时代，
努力着你的前途，
发出你灿烂的光华！

1936 年于成都建国中学

颂《大声》[①]

真理织成了她们的心幕，
亲爱时刻从心弦弹出，
胜利充满了她们的内心，
微笑代替了一切情绪。
这些礼物是谁送的呢？
是谁？
就是四姐妹握着的它，
可爱而可敬的《大声》啊！

张露萍（1921—1945），女，原名余薇娜，四川崇庆人。1937 年秋赴延安学习。1938 年 10 月加入中国共产党。次年受党的派遣，回四川崇庆，打入敌军统局电讯处，从事秘密情报工作。1940 年被捕。1945 年 7 月 14 日英勇就义于贵州息烽集中营。

【注释】

①《大声》：即《大声》周刊，车耀先主办，为抗日救亡杂志。1937 年 1 月创刊，被国民党反动当局查禁，后改名为《大生》《图存》。1938 年 8 月，被勒令停刊，共出 61 期。

作者第一首诗的诗题为编者所加。

陈昌

除夕抒怀[①]

壮志未酬身尚健，
豺狼当道志弥坚；
鸡鸣起舞迎新岁，[②]
披衣秉剑划长天！

1928 年除夕

村　姑[③]

借问村姑姐，曾否学吟诗？
敛眉娇带怒，长叹一唏嘘。
我为贫家女，无钱怎读书？
何日均贫富，不富终为愚。

1928 年

陈昌，简介见第 35 页。

【注释】

①1928 年作者在家乡从事地下革命活动，曾被捕过一次，但在当地群众营

救下脱险。这年除夕，他在避难中作此诗以抒发革命豪情。②鸡鸣起舞：《晋书·祖逖传》载：祖逖半夜听到鸡叫，便把刘琨叫醒，一同起舞。这里有盼望天亮的意思。③此诗是1928年作者在家乡从事党的地下工作时所写。

陈文光

哭亡妻

十载飘零十载寒，
深闺惆怅泪难干。
孤魂应解征人恨，
莫向东呼战马还！

1936年冬

陈文光(1901—1939)，又名陈养吾，湖南涟源人。1925年加入中国共产党。国共合作时曾任国民党区部委员。1927年大革命失败后，历任中共郴县县委书记，湘宁中心县委书记。1939年12月在通道县遇害。

作者在外流亡的十年中，家两次被抄，三次被封，其妻梁昭悌受株连，忧郁成疾而故，爱女患病不治而亡。他1936年冬回故乡后写了此诗。

陈文荣

对　联

革命自从庭前起，
权利不让有钱人。
横批：革命精神不死。

1927年

陈文荣(1901—1930)，原名陈更豪，海南万宁人。1926年5月加入中国共产党。曾任中共万宁县委委员，第二区委书记。1930年被党组织派往香港，任共产国际驻香港办事处联络员，同年11月被捕，不久被杀害，光荣就义。

1929年春节，作者在家里写了此叙怀对联。

陈丹池

就义诗

平生不做亏心事，
所嗟家中还有娘；
国家存亡是大事，
个人性命是小事。

1928年

陈丹池(1904—1928)，浙江桐乡人。1926年冬加入中国共产党。1927年四一二反革命政变后，任中共杭州县委委员，深入农村，组织西兴暴动。同年12月10日被捕，1928年1月20日（正是除夕之日）英勇就义。

作者被判死刑后吟此诗，表达他大义凛然，为革命事业勇于献身的精神。

陈龙骧

就义诗

丹青难驻旧时颜，[1]
莫惜韶华去不还。
抱志未酬三十载，
愿留肝胆照人间。[2]

1930年就义前

陈龙骧（1899—1930），又名陈辛，湖南长沙人。1925年加入国民党。参加北伐，在国民革命军第七军政治部工作，后任国民党长沙市党部宣传部部长。1927年大革命失败，同年5月加入中国共产党。后打入安徽泾县公安局，任局长，坚持地下工作。1929年7月被捕，次年3月31日在长沙就义。

这首诗是作者牺牲前留给妻子的。

【注释】

①丹青：泛指绘画艺术。驻旧时颜：使容颜不衰老。

②肝胆：比喻真诚的心意，如肝胆照人。

陈克昌

采购军火

向敌买枪非等闲，
行动秘密难明言。
个人生死置度外，
以假扮真要自然。

1930年

陈克昌（1901—1932），字丙考，化名郑东山，湖北监利人。1926年夏参加国民革命军第四军教导团，随军北伐，其间加入中国共产党。1927年大革命失败后，曾任中共蒲圻临时县委书记，湘鄂西联县苏维埃政府交通科长兼游击队长，湘鄂西省苏维埃政府交通部部长。1932年8月，在“肃反”中被错杀。

作者曾从事采购军火工作，积极支持革命战争，才写出此诗。诗题为编者所加。

附：夏曦作诗：“川军入侵过长江，救我红军有克昌。陈沱灭鼠庆功日，军民毋忘军火人。”（夏曦时任中共湘鄂西中央分局书记。克昌：即陈克昌。陈沱：是湘鄂西党政军机关所在地。）

陈再华

献给母亲

这是旧社会走到最末的一阶，
这是矛盾对立构成了稳健的新梯，
你的儿子就这样的朝前走了！
退后的，只是那些在火山口作骷髅的人哟！
退后的，只是那些哀号、流泪、屈膝的人哟！
母亲呀！他要永远地前行！
所有的母亲的儿子都跟着起来了，
锄头、铁铲、阔斧、鹰嘴凿，
以及一切可以做我们武器的，
都让它紧握在手里吧！
为着绝对的多数，为着自己的子孙，
坚强地组织起来；
众人的血是流不尽的，
母亲呀，他要永远地前行！
……

1934 年 10 月 12 日

奋起救国①

暴敌欺凌，
破坏远东和平，
连天炮火，遍地血腥，
我们劳苦民众、士兵，
莫不愤恨填胸！
来！时极已逼，
精诚团结，死里求生。
奋起，奋起！
共作猛烈斗争！
民众、士兵，
一致奋起斗争，
宁战死不为奴隶忍辱偷生！
民众、士兵，
一致奋起斗争，
不用迟疑，
争取自由光明。

1934 年 11 月 12 日

陈再华（1904—1935），又名陈黄光，浙江平阳人。1929 年后任中学教员。1931 年九一八事变后，参加抗日剧社，从事抗日救亡活动。1933 年中共中央特科吸收为直接领导的中共党员，从事党的情报工作。1934 年 11 月 26 日被捕，次年 1 月 24 日在广州黄花岗就义。

【注释】

①《奋起救国》一诗由何安东谱曲，成为抗日歌曲，广泛传唱，影响很大。

陈仲亭

歌　谣（二首）

青的山，绿的水，
灿烂的山河；

美的衣，鲜的食，
玲珑的楼阁。
谁的功？谁的力？
劳动的结果。
全世界工农联合起来啊！

穿烂衫，住茅屋，吃的烂番薯。
工农们，真辛苦，
军阀要拉夫，
劣绅压，土豪欺，
贪官污吏抢。
全世界工农联合起来啊！

陈仲亭（1910—1936），安徽秋浦人。1927年加入中国共产主义青年团，任共青团秋浦县特支书记。1930年转为中共党员。1934年在上海从事地下工作。1935年被捕，1936年4月牺牲。这是作者从事农民运动时教农民演唱的一首民谣。

陈庆山

黑暗的旧社会

灯红酒绿倍增欢，
果腹频呼筵不鲜。
哪知街头乞丐泪，
饥肠欲断谁告怜。

约1930年

陈庆山（1910—1934），黑龙江瑷珲人。1931年九一八事变后，积极参加抗日活动。1934年春，参加珠河反日游击队，不久加入中国共产主义青年团，后任东北反日游击队哈东支队司令部秘书。同年11月，突遭日伪军包围，在突围时牺牲。

此诗发表在当时《滨江时报》上，揭露旧社会的黑暗统治。诗题为编者所加。

陈寿昌

报效工农岂知艰

身许马列安等闲，
报效工农岂知艰。
壮志未酬身若死，
亦留忠胆照人间。

1933年底

遗　诗

不到深山林，焉能伏虎威，
余生艰险尽，后继可沾辉。

1934年11月于逝世前三天

陈寿昌（1906—1934），原名陈希堪，浙江镇海人。电报工人。1924年加入中国共产党，在上海、武汉等地从事工人运动。曾任中共福建省委书记，中华全国总工会苏区中央局党团书记，中共湘鄂赣省委书记兼军区政委，是中华苏维埃共和国中央执行委员。中央红军主力长征后，留下坚持斗争。1934年11月初在湖北崇阳的一次战斗中身负重伤，不幸逝世。

陈佑魁

狱中诗

英雄不用墓志铭，
烈士何需记功碑。
生为真理而斗争，
死为主义来牺牲。

陈佑魁（1900—1928），字斗垣，湖南麻阳人。1921年底加入中国共产党。曾任中共湖南区委宣传部部长、组织部部长，湖南特委书记。八七会议后，任湘南二十四县游击队总指挥，随后发动暴动。1928年2月领导湘南暴动，后任湘南苏维埃政府主席。1928年4月去长沙向省委汇报工作时被捕，4月19日牺牲。

这首诗是作者的妻子龙淑回忆的。

陈劲言

C的留念者

C是我唯一的留念者，[1]
它开辟了革命的新纪元。
唉！
豺狼当道，猛兽横行。
猎网四张，一触即发。
不能任人俘虏、宰割。
同志们，永别了！
同志们，前进！前进！

陈劲言永别时
廿年正月初八[2]

绝命诗（二首）

一

江风狂怒号，遍地卷赤潮。
万州洒热血，铸我杀敌刀。

二

洒热血鲜红，拼筋骨铁铮。
迸自由之花，开光明之路。

1931年1月28日

陈劲言（1909—1931），又名陈静思，化名鲍叔。四川隆昌人。中共党员。中学时便积极参加学生运动。1930年党组织派到下川东工作，任中共下川东特委委员兼军委书记，组织武装斗争。1931年初在万县被捕，1月28日英勇就义。

【注释】

①C：指共产党（Communist）。②廿年正月初八：即公元1931年1月26日，作者就义前二日。

陈松山

革命的“铁砧”

共产党人意志坚，
赴汤蹈火我当先，
严刑拷打何足畏，
“铁砧”美名万古传。

1936年

陈松山，生卒年不详。1936年在江西莲花县被捕，关押在九都坊监狱，不久被杀害。江西莲花县狱中共产党人坚贞不屈，国民党下司向上司报告中说：“共产党员诚属‘铁砧’，用尽重刑亦无济于事”。作者知道这个情况后，便写了这首诗。

陈国祯

长相思

1929年赠军队同志陈某

无事忙，底事忙？[①]当道匆匆画虎狼，强弩休妄张。[②]
摄螳螂，捕螳螂。飘忽金丸出紫囊，莫教黄雀扬。[③]

除夕怀狱中子石胞弟[④]

狱中消息近如何，
壮志真惭马伏波。[⑤]
已分忘形随岁月，
那知大地又干戈。
无家耻作封侯想，
走食羞为鼓腹歌。
但愿襟怀周处似，[⑥]
共持宝剑斩蛟鼍。[⑦]

1930年

陈国祯（1898—1949），字千候，福建莆田人。1928年冬加入中国共产党，曾在军委做联络工作。1937年赴南洋工作，在新加坡主编《白虹月刊》和《闽侨月刊》。1946年回国，党派他到闽南建立地下组织。1949年3月被捕，不久就义。

【注释】

①底事：什么事。②此句是说，不要说敌人如虎如狼，他们已经成为强弩之末，没有什么可狂妄的了。这是对敌人的藐视。③此句是把想捕螳螂的黄雀比作特务，把革命者比作少孺子。要革命者惩治特务，防他们害人。④子石：即陈国柱，现名廖华。1925年加入中国共产党。1930年曾被捕入苏州监狱，新中国新立后任国务院参事。1969年病逝。

作者在此诗中以马援之志、周处之勇与弟共勉。而作者自己正是以一生的行动实现这一誓勉。⑤马伏波：即马援（前14—49）东汉光武帝时任伏波将军，后封新息侯，少有大志。⑥周处（236—297），西晋时人。少时横行乡里，与蛟、虎并称"三害"，后斩蛟射虎，发奋改过。便说周处之勇。⑦蛟鼍：鳄鱼的一种，俗称"猪婆龙"。又，"长相思"：词牌名，原唐教坊曲名，南朝乐府有'上言长相思，下言久离别'句而得名；又调36字，前后片各4句，各3平韵，1叠韵。

陈浅伦

狱中诗

夜月朦胧，星光闪闪，
铁窗风寒，镣声不断，
是这样黑暗，是这样悲惨，
借这风声，我要呼喊：
"斗争吧！劳苦的大众，
起来吧！苦难的人民，
把封建的恶势力连根除净。"

1933年4月初

陈浅伦，简介见第36页。

1933年4月1日，作者在一次与敌作战时被俘入狱，在狱中写此诗，号召人民起来斗争。五日后作者壮烈牺牲。

陈定侯

咏　竹

雪压竹枝低，岁寒志不移。
红日高照起，雪化水入泥。

1928年1月

陈定侯（1901—1932），又名陈飞，湖北黄安（今红安）人。1925年加入中国共产党。1926年秋在黄安紫云区组建第一个农民协会。1927年11月13日，参加黄（安）麻（城）起义，并当选为黄安县农民政府委员。1928年7月，任中共鄂东特委书记，红四军第十师政治部主任，红四军政治部主任。1932年10月，因抵制张国焘的左倾路线遭杀害。

作者此诗以竹为喻，既藐视了敌人，又表达了自己要在这恶劣的环境中继续斗争的决心。

陈洪涛

为男志在革命①

别妻子爹娘，
撕断肝肠；
为男志在革命，
别爹娘。

战乱纷纷众遭殃，

背井离乡；
救国拯民保家园，
就出庄。

为民为社稷流血，
重值泰山；
人生自古谁无死？
但受众彰。

别妻别子扛上枪，
时正当；
莫迟疑莫眷恋，
趁血气方刚！

1929年12月于百色起义前后

悼拔群同志[②]

踏破铁鞋，乘星光来，沾满霜珠，晨露湿衣不足惜，思友满怀。

晴空霹雳，天旋地转，消息如此惊骇！定神觉来，但见屋中起灵台。

忠诚！我师。多年的曲肠教诲，多年的与众同生涯，甘来甘来，如今只追悼你的灵台。

惜哉！我师。归念当年誓生死，我如今怎能独捐生？望灵圣复活来，瞥我一眼，悲泪已溢浸你灵台。

一人死去，万众突地站起来。你瞧着吧，誓斩叛徒之首，一颗颗祭上你灵台！

安息吧！我的师表。

狱中谣（六节）[③]

站起来，我要坚强站起来！
支撑着累伤的身躯站起来！
我要从铁窗里望出去，
望遍黎明的世界。

我爱这世界，我爱这黎明的世界，
我爱她，我实在爱她！
任何代价也抵换不了，
我对她的信赖！
我这头颅，昂扬着，
要不屈的人昂扬着；
就是无耻的叛徒，死亡的黑手，
也不能把它换下来！

我这颗心，是右江人民的心，
不屈的人们的心；
在横暴的面前，魔爪的屠刀下，
比铁打的还要坚强！

我上惯了刑架，
认清了刽子手的法庭，
而他们得到的，
是给我锁上沉重的脚镣；
审判、上架、过“堂”，
这生活是我的家常便饭。

我的头颅、生命和一切，
我要鼓励他们坚强地站起来；
只有一个打算，死，但无所畏惧，
把生命献给光明的世界。

刑架是我的卧床，
冷水是我的被盖；
镣铐的声音，
是我呼唤未来的世界！

右江儿女啊，
愿你们把悲痛化为力量；
跟着烈士的鲜血，
把更多的人团结到人类共同事业中来！

1932 年于狱中

陈洪涛（1905—1932），壮族，又名陈素华，广西东兰人。1926 年加入中国共产党。后在广西右江地区从事农民运动，任广西省农民协会委员，中共广西特委委员。1929 年百色起义后，任中共右江特委书记，右江苏维埃政府主席，红七军二十一师政委。红军主力北上后，与韦拔群坚持右江革命根据地的斗争。1932 年 11 月 9 日被捕，12 月 22 日在百色英勇就义。

【注释】

① 诗题为编者所加。②1932 年 10 月的一个深夜，叛徒韦昂竟趁韦拔群熟睡时，将其杀害。作者在狱中闻知韦拔群被害，为此写了这篇悼文。1925 年作者入东兰农民运动讲习所学习时，韦拔群兼任教员，直至 1930 年 11 月后，韦拔群任二十一师师长，作者任该师政委，作者是韦的亲密战友。韦拔群简介见第 68 页。③ 作者在狱中坚贞不屈，始终不向敌人低头。这首诗表达了一位革命者气壮山河的高尚气节。

陈勉恕

岁月如飞轮

岁月如飞轮，从来不停顿，
你要做新人，必须向前进。
比如一只钟，停了便没用，
快快去用功，快快去劳动。

1935 年

陈勉恕（1890—1938），广西贵县人。1925 年加入中国共产党。后被派往国民党广西省党部，任省党部青年部部长，省立一中校长。1927 年参加广州起义，后到香港、上海等地从事秘密活动。1935 年在广东合水地区开展抗日救亡活动，任南方支部书记。1938 年 8 月终因积劳成疾在贵县病逝。

作者 1935 年在广东高明县立第三小学任教时，为勉励学生勤奋学习、工作，写了这首诗，并贴在学校大钟旁的墙壁上。诗题为后人所加。

陈逸群

被　捕

我今何事作楚囚，
身负缧绁入囹幽。
白云悠悠寒雁怨，
狴犴森森鬼神愁。[1]
铁窗生涯意中事，
鼎镬甘饴冀能求。[2]
留得明月松间照，
掣取干将铁雠仇。[3]

1927 年 12 月

起　解

缧绁加在桃李枝，
晨光微熹穿赭衣。
穴中蝼蚁蠢蠢动，
枪上刺刀晃晃威。
天地阴沉石震怒，
日月黯淡失光辉。
桁杨雨润待何日，[4]
肺石风清不易期。
关杀未可宁宇宙，
桎梏哪能困蛟螭。
此去只凭莫须有，
留得青山扬笑眉。

1927 年 12 月在解往南昌途中

狱中杂吟（三首）[5]

一

夜深更静脚镣声，
惊断愁城梦里魂。
借问来此什么案，
瞠目不能说原因。

二

飞鸟哑哑报凶讯，
今朝几位受锋刃。
英雄好汉数不尽，
转眼人生如楼蜃。

三

精神彪炳心气正，
口号随着枪声听。
横眉怒目扫恨天，
野多忠骨少归榇。[6]

1927 年底于狱中

陈逸群（1902—1928），字力群，江西铜鼓人。1923 年加入中国社会主义青年团，不久加入中国共产党。1926 年任铜鼓县总工会常委，中共铜鼓县委书记。1927 年协助秋收起义在铜鼓打击敌人。同年 12 月被捕，次年 4 月 13 日英勇就义。

【注释】

①狴犴：牢狱。②鼎镬：古代烹煮犯人的残酷刑具。③掣：抽。干将：古之良剑名。铁：挟，指刺。④桁：古时夹在颈和脚上的木制刑具。雨润：这里比喻缓刑、免刑。⑤作者这三首狱中诗表达了他对敌人的蔑视和不可动摇的革命意志。同时也表达出他对狱中难友的牺牲深感痛惜。⑥榇：即棺材。

陈毅安

空城计

我站在黄洋界上观山景，
忽听得山下人马乱纷纷，
举目抬头来观看，
原来是湘赣发来的兵。
一来是，农民斗争少经验，
二来是，二十八团离了永新。
你既得宁冈，茅坪多侥幸，
为何又要侵占我的五井。
你既来就该把山进，
为何山下扎大营？
我这里内无埋伏外无救兵。
你来，来，来！
我准备着枪弹石头——
石头枪弹犒赏你的三军，
你来，来，来！
请你到井冈山上领教革命……

陈毅安，简介见第112页。

此诗文是作者仿京剧《空城计》中诸葛亮的唱词。这里所叙述是1928年下半年的井冈山保卫战。作者时任中国工农革命第四军第三十一团副团长兼第一营营长。

邵李清

写给妻子

半生夫妻，今虽中断，
革命事业决不灰心。
人虽死精神不死，
野火烧不尽，
春风吹又生。

1930年

邵李清（1901—1930），字泽民，浙江武义人。1926年8月加入中国共产党。曾任中共武义临时县委委员，武义县委书记，浙江武义红军游击队党代表兼副总指挥。1930年8月赴上海购买枪支弹药后，9月13日被捕，10月2日在兰溪英勇就义。

作者临刑前嘱咐妻子：“静心等待，必有光明之时。”正如诗中表述的，他对革命胜利充满信心。诗题为编者所加。

范乐春

五唱野菜（五首）

一唱野菜宝中宝，
香菇竹笋是珍肴；
养我红军革命种，
革命胜利有功劳！

二唱野菜满山冈，
红军唔愁没食粮；
要吃肉有“杀猪菜”，
“牛蹄”下锅味道香。

三唱野菜花样多，
野芍芹菜野蕉萼；
同志阿哥辛苦了，
折枝杨梅好止渴。

四唱野菜连根生，
人民和我一条心；
野菜无根要干死，
人民是我父母亲。

五唱野菜乐哗哗，
革命种子开心花；
我吃野菜为革命，
革命成功好大家。

范乐春（1903—1941），女，福建永定人。1929年5月加入中国共产党。历任永定县工农民主政府主席，福建省苏维埃政府执行委员，土地部部长，省工农检察委员会主席，是中华苏维埃共和国中央执行委员。1934年主力红军长征后，作者留在闽西，参与领导三年游击战争，因积劳成疾于1941年5月病逝。

此歌谣为作者打游击时所编。

林青

热　血

真理被“道德”欺骗，
两种人类各在天一边。
愿将满腔热血，
换来幸福人间。

合　唱[①]

用我心声的音波，
传给我的母亲，[②]
就是这样，
你在东头，我在西头，
我们都是这时代教成的牢囚。
当着这中秋是一年一度呀，
人间天上毕竟有条鸿沟。
见着这污屎桶，
仍旧精神抖擞。
我们这儿，
没有眉毛一弯、唇儿一绉。

当月影拖着一丝尾巴，
倒在这墙角的时候，
最好是起来同奏一个合唱曲。
尽你所有的歌喉，
凭着西风的遥送，
传到母亲的心中！

林青（1911—1935），又名李远方，贵州毕节人。1930年冬在上海加入中国共产党。1933年回贵州，建立贵州第一个党支部。1935年1月任中共贵州工委书记，同年7月19日被捕，9月14日就义。

【注释】

① 此诗是作者在牺牲前的一个中秋节为思念党而作。② 母亲：对党的称呼。全诗表达了作者对中国共产党的忠诚。

林基路

题　照

我愿褪除了一切的束缚与粉饰！
我愿让我的赤诚的心儿，
像狂流着的吴淞江的流水般地奔放，
向前！
我要以吴淞江的长流，
来荡尽人间的一切虚伪与丑恶！

1932年

林基路（1916—1943），原名林为梁，广东台山人。1934年赴日留学。次年加入中国共产党，任中共东京支部书记。1937年回国参加抗日救亡运动。次年被派去新疆做统一战线工作，任新疆学院教务长，库车县县长等。1942年9月被军阀盛世才逮捕，次年9月27日被秘密杀害，壮烈牺牲。

1932年，作者到上海上学。次年，上海一家白俄报纸公然诬蔑爱国学生运动。作者与同学们袭击了报馆，不幸被捕，后由党组织通过互济会保释出狱。他豪情依然，望着吴淞江写下了这首诗，并将它题在游吴淞江的照片背面。

欧阳伟

狱壁诗

抛头何足惜，五井有红叶。①
白雾朝阳扫，伫看梅城赤。②

1928年

欧阳伟（1908—1928），字润轩，湖南攸县人。1927年北伐军进驻攸县后，任儿童团团长，后任工人纠察队队长。1927年3月加入中国共产党。大革命失败后，任中共攸县党务特派员。1928年9月27日被逮捕入狱，29日英勇就义。

作者于牺牲前一晚咬破手指，书写此血诗于监狱墙壁上。全诗表达了他为革命牺牲的高尚气节和对革命必胜的坚定信心。

【注释】

①五井：指井冈山。②梅城：指攸县县城。

欧阳建

愤时篇[①]

岁月移如怒马驰，
少壮忽然近腊时，
遍地荆棘无限恨，
愿作樵牧苦莫辞。
前临大海后危岩，
逡巡退缩真愚痴，
着鞭枕戈奋身起，
破浪扫秽建宏基。
世人纷纷何所图，
彼我利害大悬殊，
贫无立锥饿寒死，
富者田连百万租。
农工被迫成牛马，
可怜时时汗如珠，
淫威之下欠饱暖，
犹云天生此贱躯。
嗟惟共产党帜张，
无产阶级猛如虎，
打倒土豪并劣绅，
贪官污吏劈以斧。
博爱平等真自由，
日暖风和皆欣舞，
忽然风变云墨色，
真理人道弃若土。
桂阳由来黑漆团，
改造革新在诸贤，
北日刘子南二李，
曹何励志冰石坚。
用能抚我愚黔首，
战胜恶霸凯歌旋，
谁料哈雷穿大地，[②]
刹那不顾走颠连。
故人西出黄鹤杳，
我独遑遑伴老园，
忆昔挑灯月夜话，
喋喋须须不惮烦。
忆昔蓉岭月晚眺，
心神契会俱忘言，
而今参商几万里，
梦魂绕君诉宿冤。

欧阳建（1903—1933），原名欧阳明彬，湖南桂阳人。大革命时期加入中国共产党，从事工农运动，任该县十四区农协委员长。曾参加八一南昌起义。后在湘南进行革命斗争，历任中共湘粤边工委委员，宜章县委书记等职。1933年8月被捕，备受酷刑折磨，死于狱中。

【注释】

①作者此诗写于八一南昌起义后，在广东革命失利并与党失去联系时。全诗回顾了自己的战斗历程并怀念远去的患难战友等。②哈雷：哈雷彗星。古以彗星为晦气，此喻革命失利。

欧阳健

过新年

过新年，过新年，
今年不比往常年，
来了工农革命军，
土豪劣绅哭涟涟。
过新年，过新年，
今年不比往常年，
来了工农革命军，
又分谷子又分田。
过新年，过新年，
今年不比往常年。
你拿斧子我拿镰：
要打倒萧家壁，
要活捉罗普权。①

1928年

欧阳健（1902—1932），湖南华容人。1926年北伐战争前加入中国共产党。1927年9月参加湘赣边界秋收起义，后任红四军第三十一团党代表，第三纵队支队党代表，纵队政治部主任，红十二军第三十五师政委等职。1932年3月8日在赣州战役中牺牲。

1928年1月3日（农历腊月十三日）工农革命军攻占遂州县城，此时欧阳健（七连党代表）编了这首歌曲。1月23日（正月初一）是大年，宣传队员教给群众唱，军民欢喜过新年，过翻身年。

【注释】

①萧家壁、罗普权：均是当地的反动民团团长，新中国成立后均被处决。

欧阳立安

歌　谣（二节）①

天下洋楼什么人造？
什么人坐在洋楼哈哈笑？
什么人看门来把守？
什么人为工人坚决奋斗？

天下洋楼我工人造，
资本家坐在洋楼哈哈笑。
国民党看门来把守，
共产党为工人坚决奋斗！

1929年

劳动儿童团歌[②]

冲、冲、冲，
我们是劳动儿童团。
不怕敌人的刀和枪，
不怕坐牢和牺牲，
杀开一条血路，
冲、冲、冲！

1930年

欧阳立安（1914—1931），湖南长沙人。从小随父参加革命工作，任交通员。1930年加入中国共产党。曾赴苏参加少共国际会议。回国后，任共青团江苏省委委员，上海总工会青工部部长。1931年1月被捕，2月7日牺牲于上海龙华。

【注释】

①这是作者在上海从事工人运动时为工人编写的歌谣。②1930年五一国际劳动节，上海500多名童工集会，进行游行示威，作者编了这首歌，教童工们唱。

罗伟

我牺牲……

大吼一声雷霆怒，
怒气冲天贯头牛。
我牺牲，
为的是无产阶级大多数；
我牺牲，
为的是劳苦工农。
枯骨铺成平等路，
一腔热血浇环球；
杀尽残酷诸猛兽，
红日照遍五大洲。

1928年1月

罗伟（1897—1928），学名克俊，字汉杰，湖北阳新人。1924年初加入中国共产党，任首届中共阳新县委书记，大革命时期又任国民党阳新县党部常委。1927年冬被捕，次年1月10日被杀害，壮烈就义。

作者在就义前写此诗，表现出他大义凛然、视死如归，为革命和劳苦工农献身的精神。

罗亦农

绝命诗

慷慨登车去，相期一节全。[①]
残躯何足惜，大敌正当前。

罗亦农（1902—1928），又名罗觉，湖南湘潭人。1921年加入中国共产党，曾在莫斯科学习。1925年回国后，任中共浙江区委书记，江西省委、湖北省委和长江局书记。参与领导上海工人三次武装起义。是中共第五届中央委员，八七会议后任临时中央政治局委员、政治局常务委员和中央组织局主任。1928 年 4 月 15 日在上海被国民党反动派逮捕，21 日被杀害，英勇就义。

作者得知自己要被处决时，从容面对并写了这首绝命诗，表达自己坚贞不屈，为革命牺牲的决心。

【注释】

① 相期一节全：即相互期望、勉励，要保持革命的气节。

罗纳川

崭新社会乐悠悠

赤潮澎湃满全球，
荡涤遗污景色幽，
杀尽贪官清内政，
推翻地主释农囚；
电声送信何须雁，
机器耕田怎用牛，
共产完成宿归愿，
崭新社会乐悠悠。

1927 年 8 月

罗纳川（1899—1928），原名罗河林，湖南平江人。1925 年加入中国共产党，任党支部书记，湖南省农运特派员，浏阳农民协会委员长，县委农民部部长。1927 年马日事变后，在平江坚持武装斗争，领导平江献钟暴动，任中共平江县委组织部部长、代书记和平（江）湘（阴）岳（阳）游击总队党代表。1928 年 5 月被叛徒出卖，6 月 1 日英勇就义，作者坚信革命事业一定会胜利，崭新社会一定能到来。诗题为编者所加。

秋步月

起义歌

农民为何不觉悟？
军阀争权力，混战已无时。
豪绅和悍吏，层层压迫你，
有饭不得吃，有屋不得住。
可怜农友们，只知长嘘气。
痛心疾首，饮泣吞声，
为人作奴隶！
快快团结起，自己靠自己。
勿叹息，勿饮泣，加紧战斗力！
要利你兵器，高举你战旗！
军阀和豪绅，一齐都杀死。
打破铁锁，摆脱压迫，
走向光明地！

1928 年 4 月

秋步月（1902—1930），又名捕

虐，陕西礼泉人。1926年由共青团员转为中共党员，任中共礼泉县委第一任书记。1928年5月1日，组织和领导礼泉农民大暴动，后开展游击战争任礼泉游击支队司令员。1930年5月9日被捕，不久被害，英勇就义。

1928年4月，即礼泉大暴动前夕，作者写《起义歌》，并在队伍中传唱，鼓舞大家的士气。

金剑啸

兴安岭的风雪（节选）

第七节　铁的意志

他们集在村的外边，
喧杂着十八个声音——
这是愉快的，
充满着青春。
——是，我们是铁的。
我们要前进！
——我们携着手，
前进，前进！
完成我们的使命，
我们爬过了死亡。
前进，
得到光明的来临！
——我们是铁铸的，
又用铜汁灌在一起。
决不回顾，
只有前进！
——只有前进。
前进是我们唯一的生存。

1935年

金剑啸（1910—1936），原名金承栽，满族，辽宁沈阳人。1931年加入中国共产党。同年九一八事变后，积极进行抗日救国宣传活动。编印抗日《民众报》，又任《黑龙江民报》编辑，发表许多反满抗日思想的诗文。1936年6月被日宪兵逮捕，8月15日被枪杀，英勇就义。

作者的叙事长诗《兴安岭的风雪》共8节205行，现节选第7节。抗联这支32人的小部队，经一场血战，牺牲14人，存活18人。18人更加紧密团结，人虽少，革命意志更加坚强，绝不退缩，奋勇前进，与日伪军斗争到底！

周　洋

革命到底

云天碧树晨香露，
南塔游人步履留。
峰屹青松春常在，
伊水东流不回头。

周洋（1898—1929），字水松，湖

南安化人。早年在湖南第一师范读书时积极参加五四爱国运动。1924年在常宁水口山从事工人运动，次年加入中国共产党，任湖南省农民协会干事，中共安化县城关支书。1928年春参加安化农民暴动，不幸被捕，次年5月从容牺牲。

此诗是作者生前登安化南塔时写的。诗中隐有自己的名字“水松”二字，表达他岿然屹立，决心革命到底的志向。诗题为编者所加。

周文雍

狱中题壁诗

头可断，肢可折，
革命精神不可灭。
壮士头颅为党落，
好汉身躯为群裂。[①]

1928年1月题狱中墙上

周文雍（1905—1928），广东开平人。1925年加入中国共产党，参加了省港大罢工。后任中共两广区委委员，共青团广州地委书记，中共广州市委组织部部长。广州起义时，任工人赤卫队总指挥，广州苏维埃人民劳动委员。1928年1月17日，与陈铁军（中共广州市委组织部部长）同时被捕，2月16日与陈铁军一起在广州从容就义。

周文雍与陈铁军相爱，在生命的最后时刻，他们决定将埋藏在心底的爱情公布于众，在敌人的刑场上举行了革命者婚礼，表现了大无畏的英雄气概。

此诗是作者写在监狱墙壁上的。全诗慷慨激昂，表现出作者坚贞不屈、视死如归的革命气概。

【注释】

① 为群裂：为广大群众而牺牲。

周以栗　任作民

同志愈坐志愈坚歌

革命青年真勇敢，
一旦被捕了，
不惧敌刑惨。
假若是，无凭据，
力争早脱险。
如果有物证，
个人来承担。
坐监家常饭，
牺牲重泰山。
革命志士，
视死如归，
流芳亿万年！
立场要坚定，
保密应记清，

不怕死，不投敌，
配称英雄汉。
对党要忠诚，
对敌必警惕，
任何情况下，决不稍动摇，
大家同志出了监狱还要干革命！

1928 年

周以栗（1897—1934），字子慎，湖南长沙人。1924 年加入中国共产党。曾任农民讲习所教务主任，中共河南省委书记，红一方面军政治部主任，红军总前委组织部部长，红军中央军政学校政治部主任，中华苏维埃共和国中央执行委员，内务人民委员（部长）。1934 年 11 月在与国民党军作战中英勇牺牲。

任作民（1899—1942），又名培度，湖南汨罗人。1921 年赴苏联学习。1922 年加入中国共产党。1925 年回国后，任陈独秀办公室负责人。1927 年 8 月，任中共河南省委宣传部部长，次年 4 月被捕入开封监狱。1929 年 11 月出狱后，任中共山东省委书记，湖南省委书记，中共中央西北局秘书长。1942 年 2 月在延安病逝。

上面这首诗是二位作者在开封被捕入狱后在狱中创作的，并配了曲，在狱中广为传唱。鼓励同志们的斗争勇气，表达了作者临危不惧、忠贞不屈、坚定革命信念，愈坐牢，愈意志坚强的革命精神。

周正林

半山亭下出英雄①

半山亭，半山亭，②
半山亭下出英雄。
打倒土豪和劣绅，
劳苦工农得翻身。

1927 年 9 月

周正林（1904—1931），湖南醴陵人。1923 年加入中国共产党。1926 年毕业于黄埔军校武汉分校，回醴陵从事农运工作。1927 年马日事变后，任湘东特派员，在醴陵坚持武装斗争，同年 9 月，参加湘赣边秋收起义筹划工作。后在南京被捕，1931 年遇害。

【注释】

①1927 年 9 月初，作者参加了毛泽东在安源张家湾召开的秋收起义预备会议。会后回醴陵，在半山亭传达行动计划，并写此诗，鼓舞同志们的斗志。
② 半山亭：在醴陵县南乡的天华台上。

周仲武

狱中竹枝词（三首）[①]

一

万祈千求偶许来，
来时咫尺亦天涯；
隔窗肠断无言说，
珍重一声又泣回。

二

一饭传时日正中，
残羹冷炙半尘封；
平生最耻嗟来食，
泪糗和咽恨梗胸。[②]

三

半盆冷水胜兰汤，
盥罢犹须密密藏，
戏设职司理其事，
一瓢一勺细匀量。

歌莫哀（四首）

拔剑伤心歌莫哀，
蛮烟霸雨满蒸台，
东南到处啼痕湿，
遍地鹃花带血开。

拔剑伤心歌莫哀，
谁教傀儡滥登台，
九州铸错嗟何及，
惟有青萍带泪开。[③]

拔剑伤心歌莫哀，
唏嘘凭吊钓鱼台，[④]
桃源旧迹模糊甚，
万里妖氛荡不开。

拔剑伤心歌莫哀，
不甘渔父返泉台，
欲凭几点长沙泪，[⑤]
哭到芙蓉满地开。

周仲武(1881—1927)，原名周锡桓，广西邕宁人。早年参加同盟会。民国后，在南宁任简易师范学堂的学督（校长）和《岭表日报》总理（社长）。大革命时期，当选为国民党广西省党部监察委员。支持工农革命及学生运动，是国民党左派。1927年四一二反革命政变时被捕入狱，同年9月1日被害。

【注释】

①词共十二首，此收三首，均是对国民党反动派迫害、虐待政治犯的揭露和控诉。②糗：干粮，炒熟的米、麦等谷物。③青萍：古代宝剑名。④钓鱼台：在浙江省桐庐县富春江畔，分东西两台，东台传为东汉严子陵隐居垂钓之处，西台是宋末谢翱哭文天祥处。这里

是指西台。⑤长沙：指西汉贾谊，因他曾被贬为长沙王太傅。他写过很多批评时政的文章。这里用长沙泪表达作者忧国忧民的思想。

周庚年

挽父联

为革命奔波，明知父病在床，母亲啼哭，情形极凄惨。怎奈一肩任务，不我自由，使命未完成，三过门庭空怅惘。

念前途险恶，可恨权奸当道，豪辈纵横，压迫太难堪。从兹万众一心，济民水火，服丧怀报本，几行血泪祭幽魂。

约 1929 年

周庚年（1901—1930），又名周时林，江西湖口人。1925 年入广州农民运动讲习所学习，后参加国民革命军北伐。1926 年 11 月回乡从事农民运动。1928 年 5 月加入中国共产党，曾在中共赣东北特委做保卫工作，后任赣东北工农红军第一游击大队队长。1930 年 4 月 13 日与敌靖卫团激战，英勇牺牲。

周庚年的父亲病故，他亦未返家，便作一副挽联，托人送回。由于当时的白色恐怖，这副挽联到新中国成立后才送到周家。挽联表达了一个革命者的心声，表现了一个无产阶级战士的高尚情怀。

周树屏

自绝联

革命不贪生，贪生不革命，英灵赴泉台，革命精神留世界。

共产不避难，避难不共产，雄心震岳北，共产实现定他年。

周树屏（1876—1928），字凤翔，湖南衡山人。1923 年参加衡山岳北农工会。1926 年春加入中国共产党。任衡山县总工会委员长。1927 年大革命失败后曾在岳北开展武装斗争，任中共衡山县委组织部部长。1928 年 4 月 2 日被捕，当晚惨遭杀害，壮烈就义。牺牲前写下此《自绝联》。

周炳文

自挽联（两副）[①]

一

造成伯有以相惊，方为雄鬼；[②]
做到世人皆欲杀，[③]方算男儿。

二

肉躯壳无足轻重，

但求身后有灵魂，
死一时实生千古；
鬼伎俩何等凶险，
寄语党中诸巨子，④
鉴已往宜慎将来。

周炳文（1892—1931），湖南长沙人。1922年加入中国共产党。曾在家乡组织农民协会，后调安源工作，从事工人运动，不久回湖南，任中共湖南省委秘书处主任兼宣传委员会主任。1931年3月被捕，5月14日被害，英勇牺牲。

【注释】

①这两副挽联是作者被捕后宁死不屈，为激励难友，在狱中自设灵台，自挽自奠而作的，与此同时还高唱了《国际歌》。挽联表现出作者为共产主义献身的坚定信念。②伯有：春秋时郑国大夫良霄的字，相传他死后曾作祟。后世用伯有作厉鬼的代称。这句是说：即使死了，也要闹得反动派不安宁。③世人皆欲杀：这里是指杀尽敌人。④巨子：大家。这里指党内同志。

周狷之

绝命诗

头颅抛千触，风雨撼孤舟；
宁为革命死，不作阶下囚。

1930年

周狷之（1903—1930），原名周天瑜，安徽六安人。1926年加入中国共产党。1927年大革命后，组织一支革命武装赤卫队进行活动。1929年11月参与领导六霍暴动，任六霍行动委员会政治部主任，后任六霍前方办事处主任。1930年7月29日不幸被捕，9月光荣就义。作者临刑前高声朗诵这首诗。

周逸群

工农团结歌

工农，世界主人翁！
我们的血汗，几乎要流尽。
衣与食、住与行，我们所造成。
权位与幸福，倒归寄生虫。
世界创造者，反作穷罪人。
封建制度，资本主义，一律要铲平。
高举鲜红旗，强与作斗争。
资本家、地主们、我们对头人。
苏维埃政权，从此就实现。
工厂归工友，土地归农民。
工农团结，民主共和，革命大功成。

1928年

农民联合起来

农民，联合起来呵！
黑地又昏天，压迫数千年。
忍劳苦，忍饥寒，生产供人间。
手胼复足胝，[1] 终岁不空闲。
历尽难中难，才到打谷关。
四六、三七租课付齐，[2] 衣食不周全。
想来好伤悲，农民真吃亏。
要吃饭，要穿衣，大家打主意。
快快来团结，加入农协会。
建立苏维埃，实行分土地。
铲除封建，打倒礼教，才得享安逸。

1928 年

妇女解放歌

愿我女界同胞起来，大家谋解放！
铲除封建，打倒礼教，女权要提倡。
速将足放，快去读书，人格才高尚。
大家奋斗，男女平等，不必存观望。
为什么，一切权力尽归男子掌？
我女子同是人类，为何不一样？
起来，起来！参加革命才有幸福享。
联合世界革命妇女，同登极乐场。

1928 年

周逸群，简介见第 38 页。

【注释】

①手胼复足胝：胼胝是人的手和脚上的老茧。②四六、三七租：农民被地主剥削交田租，地主剥削六成称四六；地主剥削七成称三七。

宛希先

绝笔诗

断头今日已成局，
煮豆燃萁我未泣。
希先之志报国死，
悲哉成仁一墙戏。

1930 年

宛希先（1906—1930），湖北黄梅人。1925 年加入中国共产党，北伐战争时曾任国民革命军连长。1927 年 9 月，参加湘赣边秋收起义，任中国工农红军营、团、师的党代表，中国前敌委员会委员，中共茶陵县委书记，湘赣边特委常委。1930 年 2 月 24 日牺牲。

赵一曼

滨江书怀

誓志为国不为家，
涉江渡海走天涯。
男儿岂是全都好，

女子缘何分外差？
一世忠贞兴故国，
满腔热血沃中华。
白山黑水除敌寇，
笑看旌旗红似花。

1931年九一八事变后于哈尔滨

赵一曼（1905—1936），女，原名李坤泰，四川宜宾人。1923年加入中国社会主义青年团。1926年加入中国共产党。后派往莫斯科学习。1928年冬回国，在上海、江西从事党的地下工作。1931年九一八事变后派往东北工作，任哈尔滨总工会代理书记，珠河中心县委书记，东北抗联团政委。1935年在战斗中负伤，养伤时被俘，次年8月英勇就义。

此诗的五、六句，有的版本是："未惜头颅新故国，甘将热血沃中华。"

赵天鹏

就义诗

钢刀虽快，
杀不尽天下平民；
渔网虽大，
捉不尽东海之鱼。

1928年就义前

赵天鹏（1903—1928），原名赵长生，江苏南汇（现上海浦东新区）人。1926年参加贺龙领导的第十五师，任连队司务长，随部队参加南昌起义，后回家乡。1927年10月加入中国共产党，曾任中共南汇县委委员。1928年6月，中共奉贤县委书记李主一同志被害，作者在他人协助下，将陷害李主一的伪区长处死，不幸被捕，后英勇就义。

此诗是作者就义前在路上高声朗诵的。新中国成立后，人们在作者就义处建立了纪念碑，并刻上了这首诗。

李主一，简介见第253页。

赵以政

狱中题壁诗

死刑何所惧，我辽仰天呼；
爱国本无罪，革命岂有辜。

1928年

赵以政（1904—1928），字存礼，山东聊城人。1925年11月入广州黄埔军校第四期学习。1926年毕业后在北伐军任排、连长，同年底加入中国共产党。1927年大革命失败后，任中共鲁西县委委员、代书记。1928年1月参与领导阳谷县坡里暴动，同年6月8日被捕，19日英勇就义。

赵世当

答母诗[1]

革命岂怕死，为民献此身。
飘流江汉外，纵迹楚山荫。[2]
战斗求真理，谋猷尽至枕。[3]
尺书游子意，寄与倚闾人。[4]

1928年

赵世当，简介见第120页。

【注释】

①1928年，作者的母亲来信催他回乡一看，但因工作不能分身，特写此诗回答母亲。②在当时国民党白色恐怖统治下，作者匿居武汉三镇从事党的地下工作。③谋猷：指策划革命事业。④倚闾人：指倚门望子归来的母亲。

赵尚志

满江红·从军

黑水白山，被凶残日寇强占。我中华民族，无辜备受摧残。血染山河尸遍野，贫困流离仇戴天。想故国家园无复见，泪徒然。

争自由，誓抗战，效马援，裹尸还，看男儿奋斗疆场军威赫显。冰天雪地矢壮志，霜夜霪雨勇倍添。待光复东北凯旋日，尽欢颜。

赵尚志（1908—1942），化名李育才，辽宁朝阳人。1925年加入中国共产党，同年冬入黄埔军校第四期。1931年九一八事变后，历任中共满洲省委军委常委、书记，东北反日游击队哈东支队司令，东北人民革命军第三军长，北满抗联总司令，东北抗联第三军长、第二路军副总指挥。1942年2月12日，被混入抗联的日军特委击中腹部被俘，后惨遭杀害，壮烈就义。

赵祚传

狱中有感

镣锁琅铛进县城，
狱里无处不冤声。
茹尽人间无限苦，
但期革命早日成。
耕者无田是乱根，
贪污腐化交相侵。
世间多少不平事，
骚首问天恨无垠。
矮檐怎敢不低头，
敲尽骨髓吸尽油。
大解小解俱要钱，
县宰贪心欲何求。

狱中对联

联系伪县长杨振海在大姚做生日而作

大老爷做生，银也要，钱也要，纸票也要，红白兼收，何分乎南北。

小百姓该死，谷未熟，麦未熟，黍稷未熟，青黄不接，有甚么东西。

狱中思母

楚囚无辜恨难平，
革命奋斗只为民。
寄语慈母宽自慰，
日落西山莫待门。

狱中感闻

罗网投身苦不支，
鸿鹄失志隐身时，
纵欲乘风破浪去，
恨无羽翼足系丝。①
凄然闷坐若无神，
鸣和或语似有情，
无聊试作飞飞想，
翱翔之霄乐春城。
幽禁城垣僻静处，②
日夜不闻丝竹声，
其间旦暮闻何物，
镣响兮铮铮，
狼吠兮唁唁，③
鼾呼叹息兼相听。

赵祚传（1903—1929），云南大姚人。1926年加入中国共产党，是中共云南组织创建人之一。曾任中共云南省临时工委组织部部长、书记。1928年中秋节前后被捕，1929年3月英勇牺牲。

【注释】

①原作诗旁有下注：因足上有镣。②原作诗旁有下注：牟定监狱在西门城边。③原作诗旁有注：城外豺狼之声无夜不闻。

赵博生

革命精神歌

先锋！先锋！
热血沸腾，
先烈为平等牺牲，
作人类解放救星。
侧耳远听，
宇宙充满饥饿声，
警醒先锋，
个人自由全牺牲。
我死国生，
我死犹荣，

身虽死精神长生，
成功成仁，
实现大同。

约写于1928年

赵博生（1897—1933），河北黄骅人。早年毕业于保定军官学校，曾任西北军旅长，第二十六路军参谋长。1931年9月加入中国共产党，同年12月和董振堂一起率部举行宁都起义，任红第五军团参谋长兼第十四军军长、副总指挥。1933年1月8日在战斗中英勇牺牲。

作者写此诗（歌）以激励士兵的爱国热情和牺牲精神。

赵琴仙

青　春

年龄正当青春，
青春谁不赞美！
可是年华如水，
青春哪能常在！
我们应当把青春，
献给被压迫的无产阶级，
让我们的青春永放光辉！

赵琴仙（1906—1928），女，云南昆明人。1926年初加入中国共产主义青年团，同年加入中国共产党。曾负责昆明市的妇运和青运工作，并参与编辑《女声》杂志。1928年3月被云南反动当局逮捕，同年英勇就义。

胡底

抗日反帝歌（五节）

一

国民党成什么样，
日本进兵到长江，
谁都不抵抗，谁也不打仗。
节节退让节节退让，退到石家庄。
关外那精兵二十多万，
全不抵抗只会缴枪，
见了日本就投降，
出卖了东北好地方。

二

蒋介石更荒唐，
日本杀进了扬子江，
不准放一枪，不准去打仗，
蒋家政府赶快搬家，搬到洛阳。
十九路的士兵孤军血战，
蒋介石还要缴他的枪。
好个卖国的蒋介石，
见了日本就投降。
蒋何汪李都是一样。

三

蒋介石会投降，

日本进兵占领沈阳，
到处烧民房，见人就开枪，
飞机大炮到处屠杀工农如虎狼。
义勇军抗日身经百战，
蒋介石还要缴他的枪。
好个无耻蒋介石，见了日本就投降，
完全是个狐群狗党。

四

蒋介石新花样，
他说先要消灭共产党，
才能去打仗，才能把日抗。
四次“围剿”大举进攻如疯狂，
“七分政治三分军事”，
送给我红军三万多支枪。
无可奈到南昌，又要勾结陈济棠。
大家一齐去投降。

五

共产党有主张，领导群众把日抗。
工农皆武装，一齐上战场。
百战百胜铁的红军真顽强。
收回我们的东三省，驱逐帝国主义小东洋。
中共人民齐解放，大家来把凯歌唱，
常胜的红旗到处飞扬。

约 1933 年

胡底（1905—1935），原名胡北风，安徽舒城人。1925 年加入中国共产党。长期在北京、上海等地从事党的秘密工作。1930 年秋到达中央苏区，任国家保卫局侦察部部长，红军工作部执行部长，红军总司令部侦察科长。1934 年 10 月参加长征，曾任红军左路军侦察科长。1935 年 10 月，因反对张国焘的分裂活动而被杀害。

胡陈杰

普度众生

拔出慧剑斩六根，[1]
扫荡群魔朝至尊。
慈航普度众生后，
普遍天下极乐民。

1930 年

胡陈杰，简介见第 124 页。

1930 年，党中央决定派胡陈杰去湘鄂西苏区工作，他临行前给妻子写了一封信，并附一张身穿僧衣，头戴僧帽，手拿佛珠的照片（伪装），背后题了这首诗。全诗以佛家隐语，曲折表达了他以解放全世界劳动群众为己任的共产主义理想。

【注释】

① 慧剑：佛家以利剑喻智慧，言其能斩断一切烦恼。六根：也是佛家用语，

谓眼、耳、鼻、舌、身、意六部是各种罪恶的根源。诗题为编者所加。

胡家骅

阵亡前遗言

此次暴日逞凶，人神共愤，
男儿身许当国，倘能参加抗日，
自当勇往杀敌，痛饮黄龙，
虽断头捐躯，亦所不辞。
宁为抗日鬼，不作亡国奴。

1932年

胡家骅（？—1932），字道生，湖北荆门人。1929年入陆军军官学校武汉分校，毕业后任国民党军队的排、连长。1932年2月22日与日寇作战时壮烈牺牲。

此诗是胡家骅牺牲前写给家属信上的附诗。

胡福田

送给革命同志

蒋贼害民万夫指，
明知有虎此山行。
母体腐烂新芽长，
何吝热血洒鸳江。

1928年12月

胡福田（1896—1928），又名胡善庆，广西桂平人。1918年从军到桂系部队，官至营长。1925年冬加入中国共产党。任中共广西特委常委。1928年6月赴苏出席中共六大，被选为大会主席团成员。回国后，任广西临时省委委员兼中共平南临时县委书记。同年10月被捕，12月底惨遭杀害，英勇就义。

此诗是在狱中作者遗物中发现的。原诗后署有：“送给革命同志，胡福田在狱中，1928年12月。”等字，此诗鼓励同志坚持斗争。

项英

红军游击战术歌

团结群众，配合行动；
支配敌人，自己主动。
硬打强仗，战术大忌；
优势敌人，决战要避。
敌人正面，力量集中；
攻打费力，又难成功。
敌人侧翼，力量虚空；
集中力量，坚决猛攻。
驻止之敌，施行袭击；
行进之敌，采取伏击。
动作突然，敌难防范；
不行火线，白刃来干。
行迹飘忽，敌难追踪；

死板不动，挨打最痛。
胜利要快，进攻进攻；
保守主义，革命送终。

项英（1898—1941），原名项德隆，湖北武昌人。1922年4月加入中国共产党。曾任湖北省总工会党团书记，中华全国总工会副委员长，中共中央长江局书记，苏区中央局代书记，苏区军委书记，中华苏维埃共和国副主席，中共中央东南局书记，新四军副军长。是中共第三至五届中央委员，第六届中央政治局委员。1941年3月，在皖南事变中被叛徒杀害。

柳直荀

挽红军烈士联[①]

铁打均州被红军突破；
钢铸头颅为革命牺牲。
横额：浩气长存

1931年5月

红军跑步歌[②]

共产光明好主义，
打土豪，均田地。
男女平等，同唱幸福曲。
有志青年快起来，
向黑暗，猛攻击。
切莫再迟疑。
不贪生，死何惧?
冲锋在前，一定得胜利。
洪水滔天路漫漫，
洒热血，染红旗。

柳直荀（1898—1932），又名柳克明，湖南长沙人。1924年春加入中国共产党。曾任湖南省农民协会秘书长。1927年参加南昌起义。后任中共顺直省委秘书长，任红二军团政治部主任，红六军政委，红三军政治部主任，中共鄂西北分区特委书记，湘鄂西苏维埃政府财政部部长。1932年9月，因被诬害而遭错杀。

【注释】

①此联是1931年5月，红三军攻克湖北均州（即均县）时，作者为纪念战役中光荣牺牲的同志而写的。②此歌词配谱后，成“红军跑步歌”在红军中传唱。

柳志杰

寄友人[①]

绸缪曾忆睡花荫，
起视朝曦露正浓。
寄语东君好调护，
明春又是一山红。

1930年

狱中诗[②]

父兮空生我，母兮空鞠我。
辜负罔极恩，此生一无所。
愿将寸草心，化作光明火。
长照可怜人，渡此汹涛舸。

1934年

柳志杰，简介见第125页。

【注释】

①1930年，作者参加潜山农民暴动，失败时，与储文朗等同志夜宿山中映山红树下。同年秋，作者回忆前事，写成此诗寄储文朗。②作者于1934年3月被捕，在狱中坚贞不屈，做好了为革命献身的准备，为表心志写下此诗。

段德昌

悼步云[①]

生死置度外！忠于苏维埃；
推翻旧社会，创造新世界；
献身共产党，始终不翻悔；
宁做断头汉，不当屈膝鬼。

1929年4月

红军纪律歌[②]

大马刀，红缨枪，
我到红军把兵当。
革命纪律要遵守，
共产党教导记心头。
行动听指挥，团结又友爱；
官兵同甘苦，平等来互助；
吃苦抢在前，享受放后头。
大马刀，红缨枪，
我到红军把兵当。
革命纪律要遵守，
共产党教导记心头。
爱护老百姓，到处受欢迎；
遇事问群众，买卖讲公平；
一针和一线，不损半毫分。

1929年

段德昌（1904—1933），又名段魂，湖南湘潭人。1925年加入中国共产党。黄埔军校第四期毕业。北伐时任国民革命军师政治部主任。1927年领导南县等地农民起义。后任红军鄂西游击总队参谋长，红六军参谋长兼第一纵队司令、军长、政委，中共湘鄂西省委委员和军委分会主席团委员，中华苏维埃共和国中央执行委员。1933年6月1日，在“肃反”扩大化中被错杀，不幸牺牲。

【注释】

①步云，即陈步云（1899—1929），湖北监利人。1925年加入中国共产党。

1927年大革命失败后，任两湖革命非常委员会主席，领导监利秋收起义，后任中共监利县委书记。1929年2月7日被捕，3月22日英勇就义。②此歌写于1929年作者在任红军鄂西游击总队参谋长时，曾在部队中传唱。

侯甫贵

生生死死在一起

我俩革命其有味，
活着配夫妻，
死时同枪毙。
生同存，死同归。
生生死死在一起。

1933年

侯甫贵（1907—1933），湖北大冶人。1926年3月，任大冶县邓垄村农会会长。1928年3月加入中国共产党。1929年秋，与邓垄村妇女会会长邹琳结为夫妇。次年任鄂东南被服厂厂长，邹琳也到被服厂工作。1933年1月17日在与反动民团激战中负伤，同邹琳一起被俘。2月13日，二人一起（同时）被杀，英勇就义。

此诗是作者在狱中谱写的就义歌。

俞作豫

绝笔诗（两行）

十载英名宜自慰，
一腔热血岂徒流。

1930年就义前

俞作豫（1900—1930），广西北流人。早年投身于军界，曾参加北伐战争，任国民革命军团长。1927年大革命失败后，10月加入中国共产党，12月参加广州起义。后回广西坚持工作，任中共北流县委书记。1930年2月参加领导龙州起义，建立中国工农红军第八军，任军长。同年8月8日，前往香港向上级党委汇报工作时被捕，押回广州，9月6日就义于广州黄花岗。

俞作豫就义前仿效清末女革命家秋瑾在《对酒》和《感时》中的诗句，写下这一豪迈壮烈的绝笔诗句，表现一位共产党人捐躯祖国的高尚气质和耿耿丹心。

钟杰

行军歌①

天也寒来地也寒，
只有人民战士心不寒。
妻离子散闹革命，

一心为了把身翻。
好汉十六条，
携枪三条半，
跨过高峰岭，
穿过陡悬崖，
忍饥耐寒把路赶，
为的奔赴石潭再起家。
打团防，夺武装，
杀豪绅，捉阎王，
威名大震传四方，
革命红旗永飘扬！

钟杰（1896—1932），湖南宁乡人。1926年在家乡石潭参加农民运动，任宁乡县五都东湖塘农民协会委员长。1927年初加入中国共产党。同年马日事变后参加沩水起义，后任靳水地区游击队长。1932年2月1日被捕，4月7日被杀害，英勇就义。

【注释】

①1927年大革命失败后，作者坚持武装斗争，曾先后三次率部攻打石潭团防局，三战三捷。这首歌是他在第三次攻打石潭的行军途中为鼓舞战士的斗志而作的。

施霖

新白扇歌

一把白扇画牡丹，
财主收租太不堪。
不营收冬割无谷，
一斤半两不让宽……
三把白扇画牡丹，
国民党政府贼做官。
凡事都是帮地主，
穷人无罪要坐监……
五把白扇画牡丹，
忍气求生难上难。
大家趁早去革命，
参加共产斗争团……

施霖（1900—1935），原名昌其，福建福安人。1927年参加革命。1931年秋加入中国共产党。曾组织领导霞浦青皎等地暴动，先后任中共福安县委委员，中心县委委员，霞浦工委负责人。1935年4月19日被捕，5月6日英勇牺牲。

作者利用闽乐的《白扇歌》民间曲调，填写上革命内容，向群众进行宣传，此歌曲在闽东广为传唱。诗题为编者所加。

恽代英

时代的囚徒（四节）[①]

囚徒，时代的囚徒，
我们，并不犯罪，
我们，都从火线上捕来，
从那阶级斗争的火线上捕来。
囚徒，不是囚徒，
是俘虏！

凭它怎样虐待，
热血仍旧是在沸腾！
蚊蝇和蚤虱，
黄饭和枯菜，
瘦得了我们的肉，
瘦不了我们的骨！

囚徒，时代的囚徒，
我们并不犯罪，
我们都从火线上捕来，
从那阶级斗争的火线上捕来。
囚徒，不是囚徒，
是俘虏！

我们并不怕死，
胜利就在我们眼前！
铁壁和铜墙，
手铐和脚镣，
锁得住我们的身，
锁不住我们的心！

1932年

狱中题壁诗[②]

浪迹江湖忆旧游，[③]
故人生死各千秋，
已摈忧患寻常事，
留得豪情作楚囚。[④]

1931年4月

恽代英，简介见第40页。

【注释】

①作者这首诗由难友谱曲，成为“革命者的囚歌”，在狱中广泛传唱。②1931年4月，李求实等23位同志牺牲的消息传来，作者惊闻噩耗，立即在牢房的墙壁上题写此诗，这是用血写成的。诗中饱蕴着对死去的战友的深厚情谊，并抒发了作者不计个人得失，甘愿为革命牺牲的大无畏英勇气概。③旧游：指老朋友。④楚囚：见第180页王孝锡诗注⑤

宣侠父

咸德小学校歌[①]

长山蜿蜒，
泄溪清，
绿杨荫里，
一片书声和歌声。
乘少年，

学习参加大革命，
这中间
翻天覆地自由人。

1927年8月

悼吉鸿昌

面对敌枪弹，屹然似泰山。
以死报国家，名垂宇宙间。

1934年11月

宣侠父，简介见第133页。

【注释】

① 咸德小学在陕西省西安市内。

贺锦斋

浪淘沙·闻秋收暴动喜作

一九二八年初，我在湖北藕池一带游击，闻毛泽东同志已在湘南组织农民起义，朱德同志亦收集散部由粤回湘，令人喜而不能成寐。

花好正含苞，色胜鲜桃，一遇春风即吐娇。飞遍全球成硕果，自信非遥。

反动命难逃，挣扎徒劳，革命巨浪比天高。试看湘南与粤北，滚滚波涛。

澧源歌（四节）①

澧源之水清且凉，
蜿蜒漂荡入安乡。
两岸居民百余万，
世代勤苦事农桑。
大仓小廪堆谷米，
还有棉花运川康。
出产丰富衣食足，
人人鼓腹乐陶唐。

哪知好景难再得，
一群鬼怪恣妖孽。
贪官污吏与豪绅，
彼此扭手相勾结。
抽税筹款征钱粮，
催租逼押夺田宅。
张三去了李四来，
暮暮朝朝无停歇。
新捐旧债紧纠缠，
一窝青菜连根掘。
门前鸡犬不闻声，
灶中烟火久断绝。
可怜广大劳动人，
难堪剥削与压迫。
弃家逃走走无途，
处处乌鸦一般黑。
到底何处可藏身？
恨天无梯地无穴！
心中忍受千般苦，

面面相对只悲咽。

自从南昌起了义，
澧源更招匪注意。
认为贺尤生其间，
定步革命潜伏力。
惟恐烈火发高烧，
吓得蒋匪心着急。
调遣大批强盗军，
“剿共”“溶共”更积极。
漫山遍野紧搜查，
硬将人民当仇敌。
头上套着红帽子，
诬为犯了滔天罪。
从早到晚乱抓人，
一杀二绑三关闭。
地上鲜血流成渠，
狱中冤囚挤破壁，
许多志士不怕死，
愿将肉身抗刀锯。
尤有一事更痛心，
婴儿也当纸撕碎。
妇女不愿受奸污，
悬梁投河甘自缢。
眼见滨澧八九县，
山川改色人绝迹。
灾难实在比水深，
欲想排荡无良计。
也曾不断作斗争，
结果总是败下去。
常从事后追原因，
无人领导空叹息！
大家抬眼望贺龙，
只有他能吞魔魅。
党为人民谋解放，
必须靠他作领队。
党比父母恩德深，
定不使民遭陷溺。
果然派他远归来，
人人雄心高百倍。
一齐投入斗争场，
不辞生死与艰巨。
斗争可以求生存，
这点大家才明晰。
从此有党作领导，
我们事事都不惧。

我今写了澧源歌，
当作一篇讨匪檄，
蒋匪已经靠西山，
垂死挣扎也无济。
尚望万众一条心，
努力向前莫后退！
手执大刀和枪炮，
打遍湘鄂与赣豫。
要将全国大片土，
一块一块来“割据”。
前途障碍要荡平，
消灭敌人要干脆。
反动统治要推翻，

人民政权要建立。
党如旭日向东升，
霞光早已照大地。
人民忿火化怒潮，
任何力量难抵御。
革命到处发吼声，
势如暴风卷残絮。
估计不到二十年，
定在京沪庆胜利。

1928年6月

信给贺锦章[②]

云遮雾绕路漫漫，
一别庭帷欲见难。[③]
吾将吾身交吾党，
难能菽水再承欢。[④]

忠孝本来事两行，
孝亲事望弟承担。
眼前大敌狰狞甚，
誓为人民灭虎狼。

1928年9月1日

贺锦斋，简介见第42页。

【注释】

①澧源：指澧水，是湖南四大河流之一，发源于桑植县，故桑植亦称澧源。1928年五六月间，红军正在澧水发源地分水岭、苗咀河一带休整，作者触景生情而作此歌。这首诗长达94句，658字，记述了当地人民惨遭屠戮的情景和南昌起义后革命力量的发展和壮大。指出“估计不到20年，定在京沪庆胜利”的光明前途。②这是作者殉难前两天写给弟弟贺锦章的信，并附此两首诗。③庭帷：父母居住地方，这里借指父母。④菽水：普通的饮食，这里指对父母的赡养。

姚有光

我是新干姚有光

我是新干姚有光，
轻摇竹筏往南昌。
多谢你们有心送，
到处设卡和站岗。

1927年

姚有光（1906—1927），字陟卿，江西新干人。1924年8月加入社会主义青年团，任团新干支部书记。1926年3月加入中国共产党，任中共新干支部青年委员，新干农民协会青年部部长，新干等三县农运特派员。1927年大革命失败后参加南昌起义，后留在南昌地区从事地下革命工作，同年11月初被捕，21日英勇牺牲。

此诗是作者在南昌执行革命任务途中写的，后两句是嘲笑敌人到处设卡站岗。

姚伯壎

大地多荆棘

三稔离愁为甚因，[①]
青山红泪两锁魂。
堪嗟大地多荆棘，[②]
愿借犁锄一扫空。

乾坤能整理

危棋争一局，死里去逃生。
乾坤能整理，[③]何必寿乔松。[④]

男儿当展平生志

蚩蚩黔首甚堪悲，[⑤]
那堪长夜睹熹微。
饥溺宜存禹稷志，[⑥]
苦甘决上凤凰台，[⑦]
支持倾厦非一木，[⑧]
挽救狂澜赖众才。
男儿当展平生志，
不扫匈奴誓不归。

姚伯壎（1909—1930），又名楚友，湖南醴陵人。1926年冬加入中国共产党。后任共青团醴陵团委委员。1928年冬任醴陵县赤卫纵队政委。1930年6月任湘赣边区游击队司令部地下工作队队长。同年10月被捕，12月在武汉遇害。

【注释】

① 三稔：三年。谷一年一熟，故年为稔。② 嗟：叹息。荆棘：这里比喻革命道路上的种种障碍。③ 乾坤：《周易》中的两种卦名。指阴阳两种对立势力。引申为天地、日月等。这里指世界、社会。④ 乔松：指长寿的人。此句意思是为了革命的胜利，不惜去牺牲，不必像乔松那样长寿。⑤ 蚩蚩：敦厚，纯朴貌。黔首：指普通老百姓。⑥ 禹：古时夏朝帝王，传说夏禹治水。稷：古代管理农业的官员。此句作者意在有禹、后稷那样拯救苦难人民的志向。⑦ 凤凰台：在南京。此句意说不论革命道路多么艰险，我们一定能战胜摧垮反动派。⑧ 非一木：语出《文中子》，“大厦将颠，非一木所支也。”此句意挽救国家危亡，不能只靠少数人，而依靠广大人民。作者这三首诗写于1929—1930年之间。

柔石

血在沸（十五节）

——纪念一个在南京被杀的小同志

血在沸，
心在烧，
在这恐怖的夜里，
他死了！

他死了！
在这白色恐怖的夜里——
我们的小同志，
枪杀的，
子弹丢进他的胸膛，
躺下了——小小的身子，
草地上，
流着一片鲜红的血！

国民党，
魔脸的刽子手。
狼的心，
狐狸的尾巴，
狗的鼻；
嗅到他了，
咬去他了，
吞下他了！
血在沸！
心在烧！
地球在震动！
火山在爆发！

帝国主义呀，
记住你们的末日！
大风在飞沙，
猛浪在卷石。
从工厂的烟囱里喷出火，
在犁锄上，土地溅出了血！
一切，你们的一切，
都在崩溃了，
都在收场了！
金钱，淫威，压迫，剥削，
还给他们吧！
大炮，飞机，毒瓦斯，电网，
你们快些布置吧！

这是最后的一幕，
在人类斗争的历史上。
血腥的历史，
枪和炮的历史，
地球震撼着的历史呀！

我们的小同志，
十六岁的人类底兄弟，
就牺牲在这一幕的历史上了！

——切断！号哭！恸心！
子弹穿过他的脑袋。
伴着他有五人，
排成一列的；
伴着他有五百人，
排成一队的；
伴着他有无数万人，
全世界无产阶级的队伍！
奋斗的队伍呀，
敢死的队伍！

血在沸，
心在烧，
我们小同志有铁的筋肉，

——如火的眼睛。
子弹向他们飞进去了！
他做了打靶者的靶子，
瞄准的黑点，
他被残杀而死了！

“起来！
饥寒交迫的奴隶！”
全国的工农劳苦群众呀！
一齐起来，
解放我们自己！

黄河的红水冲上两岸了，
苏维埃的旗帜，
在全国的山岭上飞！
伟大的革命，
伟大的斗争，
我们的小同志，
少年先锋队的队长，
就死在这里面了！

疯狂的夜，
白色恐怖的夜。
处处有狼的心，
狐狸的尾巴，
狗的鼻！

群山号叫了！
统治阶级，
你们的末日，
白衣，
白棺，
快些预备吧！
你们的坟墓，
工农群众，
早已亲手给你们掘好了！
挽歌被唱着：

“我们有锄，
我们有斧，
我们有热血，
我们有赤心！”

疯狂的夜，
白色恐怖的夜。
鼾卧的人们是——
豪绅，
买办，
资产阶级。
你们从此没有天明，
你们从此不能见晨星，
——“微笑你们自己的罢，
黑暗！在你们临死的时候！”

我们底小兄弟，
可敬可佩的 C.Y. 同志！
枪杀的，
你微笑而死了去！
这是使命，
这是真理！

黑夜，
狂风，
迅雷，
暴雨，
——看争斗的末日！

冲向前！
同志们！
我们要为死者复仇，
要为生者获得迅速的胜利！
血在沸，
心在烧，
我们十六岁的少年同志被残杀，
在这白色恐怖的夜里！

1930年10月23日夜

柔石，简介见第134页。

此诗是为纪念在南京被杀的谢纬棨同志而作的。谢纬棨（1910—1930），湖南长沙人。1927年入晓庄师范读书。在校时积极参加学生爱国运动。1930年晓庄师范被国民党反动派封闭后，在南京被捕。同年10月8日壮烈就义。

袁世英

自白词[①]

天地正气，成仁取义。
不畏恐惧，前仆后继。
南八男儿，[②]死当为厉。[③]

1929年10月

袁世英（1904—1929），湖北蕲水（今浠水）人。1926年在武汉中学任教时加入中国共产党，曾担任校共青团支部书记。中共党组织负责人之一。1927年大革命失败后，在武汉被捕入狱，后被营救出狱。1929年初再次被捕，同年10月11日英勇就义。

【注释】

①袁世英在就义前，敌人要他写《自首书》，他却挥笔写了《自白词》一首，充分显示了他的革命气节。这首词至今仍在浠水城乡广为传诵。②南八男儿：原指唐代名将南霁云，这里借指自己。南在安史之乱中，从张巡守睢阳。睢阳陷，敌帅胁迫他投降，张巡呼曰："南八，男儿死耳，不可为不义屈！"和张巡同日被杀。事见韩愈《张中丞传后叙》。③厉：恶鬼。这句意思是说死后也要成为恶鬼，使反动派感到害怕。

袁国平

和毛主席长征诗

万里长征有何难？
中原百战也等闲。

驰骋潇湘翻浊浪，
纵横云贵等弹丸。
金沙大渡征云暖，
草地雪山杀气寒。
最喜腊子口外月，
夜辞茫荒笑开颜。

长征后有感

十载辛酸斗兵戎，
愧我吴下旧阿蒙。①
半壁河山沉血海，
满地干戈抖沙虫。②
北伐长征人犹在，
千伤万死鬼也雄。
弹丸挣扎鱼龙变，③
地覆天翻见大同。

1937 年春于庆阳

济同舟（两首）④

一

三年同学十年仇。
百战纠缠一战休。
差幸干戈化玉帛，
愿从风雨济同舟。

二

逐鹿中原为国是，
十年征战听人评。
相逢休话阋墙事，
莫使神州大陆沉。

袁国平（1906—1941），湖南邵阳人。1925 年 6 月入黄埔军校第四期，同年年底加入中国共产党。参加北伐战争、南昌起义和广州起义。曾任工农革命军党代表，红五军政治部主任，红三军团政治部主任，红军总政治部副主任兼一方面军政治部主任，红军教导师师长兼政委，新四军政治部主任。是中华苏维埃共和国中央执行委员。1941 年 1 月在皖南事变战斗突围中牺牲。

【注释】

①吴下旧阿蒙：三国时代，东吴的鲁肃认为吕蒙无学问。后吕蒙发愤苦读，终于成为有学问的人。鲁肃极佩服，说他不再是吴下阿蒙了。吴下阿蒙是一种不尊敬的称呼。这里是作者自谦的话。②沙虫：传说周穆王南征时，一军尽化，君子变成猿和鹤，小人变为沙和虫。③弹丸挣扎：弹丸指日本岛国是弹丸之地，喻其国小。挣扎，指日寇侵略中国，不过是帝国主义做垂死的挣扎而已。④1937 年，作者任红军教导师师长兼政委，驻甘肃省庆阳。当时国共合作，国民党军官前往庆阳参观。其中有些人曾是作者在黄埔军校的同学，他便

写了这首诗勉励他们响应我党号召，团结抗日。

袁铸仁

狱中诗

失败成功母，联共又联俄。
寄语后来者，英勇莫蹉跎。
我今虽已矣！死后流碧波。

1927年于狱中

袁铸仁（1897—1927），湖南益阳人。早年考入湖南省立第一师范，毕业后任教员。1925年加入中国共产党，任中共益阳县委书记。北伐军进入益阳后，积极领导群众运动，农会会员发展到二十万。1927年大革命失败后，任益阳、汉寿工农赤卫军六旅政治部部长。联防军与敌作战失利后不久被捕，同年8月1日被害，英勇就义。

作者的狱中诗表达了他为革命勇于献身的精神，并期望后继人们要为革命事业努力奋斗。

聂永晖

题　扇[①]

大翼卷云天作浪，
余威激水月生波。
岂甘自好为风舞，
怕听人间叫热何。[②]

1928年5月

聂永晖（1895—1933），湖南浏阳人。1926年9月加入中国共产党，曾任中共浏阳县委宣传部部长。1929年任湘鄂赣苏区文化部副部长。1933年任宜（丰）铜（鼓）万（载）中心县委书记，同年被捕牺牲。

【注释】

①1928年5月，作者与慕容楚强在江西上栗市以织布为掩护，开展党的秘密活动，这是他在慕容楚强折扇上题的诗。②叫热何：言劳动人民处在水深火热之中受煎熬。

聂汝达

民族呀，民族

民族呀，民族！
你有光明伟大的历史，
你要什么时候，
方能自由地生存在地球上！

1936年九一八纪念日

我们愿[①]

我们愿
将我们的心血，

贡献给社会，
以我们的血和汗
来为将来的社会作基石。

1936年11月1日于上海

聂汝达（1911—1949），贵州贵阳人。1931年在上海大厦大学读书时即从事进步活动，曾当选为上海学联主席团主席之一。1937年回贵州从事抗日救亡活动。1949年11月11日英勇就义。

【注释】

① 这首诗录自作者1936年给妻子蔡之琦的信。

栩栩

狱中诗

夏日可畏，事与愿违，
心之忧矣，不能奋飞。
一片忠诚，难辨是非。
成仁取义，殊途同归。
寄语所思，莫恋甘肥。
勤学苦练，趁此朝晖。

1932年

栩栩（1903—1932），原名许炎生，湖北沔阳（今仙桃）人。1923年加入中国共产党。历任中共沔阳县委宣传部部长、秘书长兼党校校长、书记，湘鄂西苏维埃政府经济部部长。1932年在“肃反”扩大化中被错杀。这是作者牺牲前给学生夏愚诚写的忠告诗。

顾衡

农民携手齐斗争①

农夫一生最辛苦，
不论寒热天，
锄苗田野间，
没饭吃，
没衣穿，
年年受熬煎。
既然收成好，
送给地主餐。
受尽苦中苦，
享福难上难。
看他挨打，
忍饥受冻，
令人心痛酸。
革命赴东西，
世界血染红。
农夫们，
醒，醒，醒！
携手齐斗争，
推翻大地主，
铲除资本营。
托洛斯基者，②

妖言来惑众，
贪官污吏，恶狠狠，
土豪劣绅，齐杀干净。

顾衡（1909—1934），号孟方，江苏无锡人。1930年加入中国共产党，任中共安徽太和县委书记，曾领导太和农民暴动。1933年调任中共南京市委组织部部长。1934年在南京被捕，同年12月英勇就义于雨花台。

【注释】

①1931年，作者到安徽省太和县工作，为了启发农民的觉悟，他写了这首诗，号召农民推翻土豪劣绅，并用“苏武牧羊”调子教农民歌唱。②托洛斯基者：指当时中国的托派分子。

顾作霖

题　词

休损害宝贵的身体，
莫辜负不再的韶光。
伟大的事业
正需要你年轻力壮。

顾作霖（1908—1934），江苏嘉定人。1926年加入中国共产党，曾参加上海第三次工人武装起义。后任共青团江苏、山东省委书记，团中央组织部部长。1931年赴中央革命根据地，任少共苏区中央局书记，中共闽赣省委书记，红军总政治部代理主任，是中华苏维埃共和国中央执行委员，中共中央第六届政治局委员。1934年5月28日病逝于江西瑞金。

以上题词是作者任少共苏区中央局书记时为共青团员题写的，以自己切身体会说出的肺腑之言。

夏凤山

死得其所

死有重于泰山，
死有轻于鸿毛。
死得其所，
死有何妨。

1931年

夏凤山（1907—1931），原名桢聚，江苏宝应人。1928年加入中国共产党。曾任中共高邮县委常委，从事农民运动。1931年任中共上海浦东区委宣传科长。同年被捕入狱，11月18日，遭受敌人种种折磨致死。留下一纸豪言壮语，表现了共产党人高尚的革命情操。

夏明翰

越杀胆越大[①]

越杀胆越大，杀绝也不怕。
不斩蒋贼头，何以谢天下？！

1927 年秋

诗　谜[②]

一车只装一斤（斩）
好个草包将军（蒋）
两个小孩相助（示）
又来三个大人（众）

就义诗[③]

砍头不要紧，只要主义真。
杀了夏明翰，还有后来人。

1928 年 3 月

遗书——给母亲[④]

你用慈母的心抚育了我的童年。
你用优秀古典诗词开拓了我的心田。
爷爷骂我，关我，反动派又将我百倍熬煎。
亲爱的妈妈，
你和他们从来就是格格不入的，
你只教儿为民除害，为国除奸。
在我和弟弟妹妹投身革命的关键时刻，
你给了我们精神上的关心，
物质上的支援。
亲爱的妈妈，别难过！别呜咽！
别让子规口血蒙了眼！[⑤]
别用泪水送儿离人间！
儿女不见妈妈两鬓白，
但相信你会看到，
我们举过的红旗飘扬在祖国的蓝天。

1928 年 3 月

遗书——给夫人[⑥]

亲爱的夫人钧：
同志们曾说世上唯有家钧好，
今日里我才觉你是巾国（帼）贤。
我一生无愁无泪无私念，
你切莫悲悲凄凄泪涟涟。
张眼望，这人世，
几家夫妻偕老有百年。
抛头颅，洒热血，
明翰早已视等闲。
“各取所需”终有日，
革命事业代代传。
红珠留着相思念，
赤云孤苦望成全！[⑦]
坚持革命继吾志，
誓将真理传人寰。

1928 年 3 月

夏明翰，简介见第44页。

【注释】

①②1927年秋，作者从武昌回到长沙，看到不少革命同志被捕牺牲，他义愤填膺，便写了此诗和诗谜。③1928年3月20日清晨作者被杀害，留下这首短诗，表现了共产党人气壮山河，正气凛然的革命气概。④作者的母亲名陈云凤。⑤子规：鸟名，即杜鹃。⑥作者的夫人名郑家钧。作者在这封遗书信上留下了一个带血迹的吻印。⑦赤云：作者之女儿夏云的乳名。新中国成立后上大学，毕业后在九江地区工作。

钱振标

绝命诗

草地斜阳，
洁白而纯洁的羔羊，
不绝地跳跃，
不绝地徜徉。
归乡何处？
断头台上！

钱振标（1895—1928），江苏江阴人。1925年4月加入中国共产党。受党组织派遣到国民军冯玉祥部做政治工作。1927年大革命失败后，任中共江阴县委书记兼江阴农民革命军总司令，参与领导江阴农民暴动。1928年7月，任中共京沪特委军委书记。同年10月17日被捕，11月25日英勇就义。就义前写下这首悲壮的诗。

徐玮

就义诗

前人去后后人到，
生死寻常何足道。
但愿此生有意义，
哪管死得迟和早。
灰色马儿门外叫，
我的使命已尽了。
出门横跨马归去，
蹄声响处人已遥！

1928年于就义前

徐玮（1903—1928），原名徐宝兴，江苏海门人。1923年加入中国社会主义青年团，1925年转为中共党员。参加了五卅运动和上海工人三次武装起义。曾任共青团上海市委委员，江浙区团委书记，浙江省团委书记，中共浙江省委常务委员。是共青团六届中央委员。1927年11月初被捕，次年5月5日英勇就义。

此诗是作者就义前几天写的。在

狱中他读过俄国作家库普林小说《灰色马》。作者借题写了此诗，抒发了一个革命者为革命事业视死如归的豪情壮志。

徐大孝

工农起来革命歌

我们准备把敌杀，
打倒国民党，铲除新军阀。
不贪生，不怕死，改造旧中华。
首先杀土豪，继灭资本家。
地主的财产也要没收呀。
无产阶级努力奋斗，
切莫放松他！

徐大孝（1907—1930），又名徐熙，湖北兴山人。1924年加入中国社会主义青年团。1926年底加入中国共产党。曾任共青团兴山县委书记，团巴（东）兴（山）归（秭归）县委书记兼少先队书记。1929年11月参加兴秭两县联合暴动。次年5月26日被捕，不久英勇就义。

徐朋人

雇农歌

清早起来好凉风，
肩扛犁耙进田冲。
一脚踩着茅柘利，
怨来怨去打长工。
豪绅地主真可恨，
剥削农人个个穷。
幸亏有了共产党。
一心一意救工农。

1929年

徐朋人（1903—1932），字仕洪，湖北黄安（今红安）人。1926年加入中国共产党。1927年参加黄麻起义，后历任中共鄂东特委常委兼宣传部部长，鄂北特委书记，鄂豫边特委书记，鄂豫皖边特委书记。1932年4月在“肃反”扩大化中被错杀。

作者常编一些通俗易懂的歌谣，如《雇农歌》等，来宣传革命道理。

徐宗舆

前　路（六节）

朋友呵！
莫彷徨！莫徜徉！
青年呵！
莫凄凉！莫悲伤！

前途原是这样——
乌烟瘴气，笼罩日光；
狂风暴雨，摧残弱者；
崎岖不平。

荆棘满道，
成群虎狼，
魑魅魍魉，
前途原来就是黑暗，
原来是茫茫。

朋友呵！莫退缩；
青年呵！莫惊惶；
凭着满腔鲜红的热血，
抖擞精神，
整理行装；
要提着开荒的锄头，
要拿着杀敌的利刃，
要带着光明的路灯，
向前！

冲！冲！冲！
要用开荒的锄头——
锄去前途的荆棘，
锄去满道的不平。
要用杀敌的利刃——
斩去成群的虎狼，
斩去魑魅魍魉！
要用光明的路灯——
扫去前途的黑暗，
驱逐无际的茫茫！

朋友呵！青年呵！
你们要知道；
过了这一段路程，
便是我们归宿之乡；
那里有康庄大道，
那里有清脆的音乐，
那里有光明的太阳，
那里有……

朋友呵！
莫彷徨！莫徜徉！
青年呵！
莫凄凉！莫悲伤！
要努力向上！
向上！向上！向上！
要达到我们归宿之乡！

1935年

徐宗舆（1916—1948），又名徐效孟，山东曹县人。1938年加入中国共产党。曾任中共鲁西南地委组织科干事、科长，考城（今河南兰考）县委书记。1948年4月29日，在一次战斗中遭敌主力合击，不幸被俘，后被杀害，英勇就义。

徐腾蛟

立　志

男儿立志比钢坚，
革命不成誓不还。
儿女寻生各自去，
信仰马列天地宽。

公仇不报目不瞑，
私怨无偿心自甘。
埋骨何须家园地，
祖国到处是青山。

徐腾蛟（1898—1933），字孟章，山东郯城人。1932年10月加入中国共产党。曾任中共郯城县徐圈子村党支部书记。1933年7月3日，参与领导郯城大暴动，任中国工农红军郯城县游击大队副大队长。7月7日暴动失败后被捕。农历八月初七（公历9月26日）英勇就义。

殷夫

让死的死去吧！

让死的死去吧！
他们的血并不白流，
他们含笑地躺在路上，
仿佛还诚恳地向我们点头。
他们的血画成地图，
染红了多少农村、城头。
他们光荣地死去了，
我们不能向他们把泪流。
敌人在瞄准了，
不要举起我们的手！
让死的死去吧！
他们的血并不白流，
我们不要悲哀或叹息，
漫漫的长途横在前头。
走去吧，
斗争中消息不要走漏，
他们尽了责任，
我们还要抖擞。

1929年11月

前进吧，中国！（三节）

前进吧，中国，
目前的世界——
一面大的旌旗，
历史注定：
一个伟大的搴手——你
前进吧，中国！

一九三一的地球，
是新的圆体，
我们的时代，
是浸在狂涛里，
不一定是为了太平洋的叛乱，
不一定是为了乌拉尔的旌旗；
每个砂砾都叫喊你：
中国，前进，中国！

你是宇宙的次子，
复得乐园不在这时，
一切的罪恶，
都磨炼了你的意志，
一切的魔障，

都寄附在你身体，
你今日，听，
从波罗的海到好望角，
从苏伊士到孟买城，
从菲律宾到南美洲，
都是声音：
中国，兴起！
你是第二次十字军的领首，
你是世界大旗的好搴手！
前进！中国！

1930 年 1 月

殷夫（1909—1931），原名徐柏庭，浙江象山人。1926 年加入中国共产主义青年团，1927 年转入中国共产党。后参加革命文学团体太阳社、中国左翼作家联盟，任共青团机关刊物《列宁青年》编辑。1930 年 5 月参加全国苏维埃区域代表大会。1931 年 1 月被捕，2 月 7 日被杀害于上海龙华，为著名“左联”五烈士之一。著有《殷夫选集》。

高文华

火（节选）

森林里起了星星之火，
山野里起了星星之火，
平原里起了星星之火，
水边上起了星星之火。
火的光渐渐明亮，
星星的火光成为块块的大火，
块块的火光成了大块的火光。
……
水边之火接着了平原之火，
平原之火接着了森林之火，
森林之火接着了山野之火，
山野之火接着了水边之火！
全世界的火光衔接了！
全世界都着了火了！
哦！全世界起了火灾，
不，全世界全是火焰。
红的火光愈加浓厚，
一切灰白的都化成了火焰，
一切封建的都由火焰烧灭。
……
一切的废物都需烧，
一切的创造都由烧。
烧！烧！烧！
烧！烧！烧！
废物愈烧得干净，
创造愈来得光明。
……
只看见到处是光明的火焰，
只看见到处是煌耀的光彩。
美丽的宇宙啊！
灿烂的宇宙啊！
我要心醉！
我要疯狂！

1929 年 3 月 12 日于狱中

饿囚之死（节选）

所谓尊严的法律，
只是压迫者的工具，
可以保障暴虐的官吏，
不能卫护贫穷的奴隶！
醒来吧！未死的囚徒，
死去的，
已不能回头。
我要活，就要坚强的奋斗！
醒来吧！未死的囚徒，
死去的，
已不能回头。
向屠夫去请求，
只有一条死路，
只有用自己的气力，
才找得着自己的出路！

1930年3月12日于狱中

高文华（1908—1931），江苏无锡人。1925年考入黄埔军校第二期，同年加入中国共产党，参加北伐战争，任国民革命军工兵团党代表。后任共青团无锡县委书记，曾组织农民暴动。1928年3月被捕。1931年7月16日牺牲于南京狱中。

高咏生

坚强苦战

全苏大会赐我旗，坚强苦战！
鲜红旗帜招展兮，光荣灿烂；
几年残酷血战兮，精神不灭！
今后如何贯彻兮，工农利益；
盼我全师将士兮，更加努力！
坚强苦战，光荣灿烂，
万岁！万岁！万万岁！

高咏生（1908—1934），又名高伯坚，湖南平江人。1924年加入中国共产党。1927年10月参加工农革命军平江游击队。历任红军支队党代表、团长兼政委、师长，红军大学分校校长，红十六军代军长。1934年6月初在突围战斗中负伤被俘。后趁夜逃脱，落入潭中不幸牺牲。

此诗是一首红军军歌歌词。

郭一清

题壁诗

拔山盖世眼重瞳，
垓下悲歌末路穷；
成败归天谁肯信，
乌江自刎亦英雄。

1928年

郭一清，简介见第139页。

1928年，作者率部行军途中，在黄柏山上一座寺庙墙壁上挥笔题此诗。诗中说的项羽（前232—前202）原为楚将，是率兵摧毁秦军的主力。秦亡后，自封西楚霸王。在以后楚汉战争中，为刘邦击败，最后从垓下突围到乌江自刎。作者的诗中谈及楚霸王项羽，是想说明信丰暴动失利后作者并不气馁，以诗明志。

郭士杰

就义诗

神州大地起风暴，
席卷华夏灭群妖。
我自举杯仰天笑，
宁甘斧钺不降曹。

1930年

郭士杰（1906—1930），又名慕韩，四川隆昌人。1924年秋，经柯庆施介绍加入中国共产党。历任中共安庆师范学校党支部书记，安庆地委书记，安徽省临时委员会委员，湖北省委委员，武汉市委常委。1930年10月，被军阀夏斗寅部逮捕，不久英勇就义。临刑前，作者写此诗，表现了其大义凛然、视死如归的英雄气概。

郭云舫

桃李迎春曲

诸同学，好兄弟。
共同生活，百有余日。
沧海桑田，人情世事。
因我理想，弃东而西。
祝各位同学：快些努力。
不学无术，少阅历，
自愧不胜为人师。
从此握别，后会有期。

1929年

郭云舫（1909—1933），山西永济人。1929年在兰陵县文峰小学任教。1931年春加入中国共产党。曾任中共临郯县委委员、军事部部长。1933年7月，任中国工农红军鲁南游击总队司令。1933年7月6日，参与领导苍山暴动，7月9日在战斗中被俘，7月12日英勇就义。

1929年郭云舫在文峰小学任教时，对国民党员、训育主任王某的所作所为十分反感，要求校长赵某处理，赵某畏其权势没作处理。为此，郭云舫愤然辞职。临行时师生挥泪相送。郭写了这首诗回赠。

郭石泉

蜡　梅

北风烈烈舞婆娑，
白色而今恐怖多。
赤壁包围成玉壁，[①]
黄河遮蔽变银河。
一杆叟下寒江钓，
六出花飞富岁歌。[②]
惟有蜡梅难压服，
五葩开着满枝柯。[③]

郭石泉（1889—1930），又名志广，江西铜鼓人。1926年加入中国共产党。曾任铜鼓县第七区工会和农民协会负责人。1927年秋收起义前后在铜鼓坚持斗争，同年10月不幸被捕。1930年夏在南昌狱中被敌人折磨致死。

作者用含蓄的手法表述了自己的革命心迹。

【注释】

①赤壁：在湖北省嘉鱼县长江南岸，是历史上“赤壁之战”的地方。②六出：指雪花，因雪花是六角形。富岁：丰收年。③葩：即鲜花。

郭寿銮

社会主义似神仙

社会主义似神仙，
各地学堂设普遍。
男女儿子都读书，
识字做事都方便。
再讲狗官势头凶，
百样物件都要捐。
前手要钱后手缴，
两间破屋没门窗。
我今再说大家知，
共产公妻没这事。
总要两人情意好，
结成夫妻不用钱。

郭寿銮（1906—1932），化名谢刚，福建莆田人。中共党员。曾任中共莆田县委军事委员会书记，莆属（闽中）特委委员兼涵江区委书记，仙游县委书记。1932年7月牺牲。

作者是用福建莆田方言赋此诗。

郭纲琳

新歌词

共产党创造新世界，
领导工农兵，
努力干革命，
杀地主，除豪绅。

贫农土地分。
打倒资本家。
实行八时制。
推翻国民党，
军阀铲除尽。
大家齐心努力，
共产主义社会兴。

1932 年

狱中绝笔

坚持立场，为革命而牺牲！
拥护真理，为正义而流血！

1937 年 7 月

郭纲琳（1910—1937），女，江苏句容人。1931 年 10 月加入中国共产主义青年团，同年底转为中国共产党党员。曾任共青团无锡中心县委书记，团上海闸北区委书记。1934 年 1 月被捕，后转押南京监狱。1937 年 7 月壮烈牺牲于南京雨花台。

郭绍伯

题壁诗[①]

铁肩担主义，血手写文章。[②]
励志从军乐，愿君莫彷徨。

1935 年秋

郭绍伯，生卒年不详，湖南石门人。原为乡村教员。1935 年带着儿子参加中国工农红军。红军北上长征后，他奉命留在地方收容伤病员，不幸被捕，坚贞不屈，后被敌人杀害，英勇就义。

【注释】

①1935 年秋，红二方面军在石门县内驻扎了一个时期，在当地的房墙上写了很多标语。其中有人抄录了唐代诗人柳宗元的《江雪》（千山鸟飞绝，万径人踪灭。孤舟蓑笠翁，独钓寒江雪）一诗，表现了孤独、动摇的情绪，作者即在其旁边题写了这首诗（题在湖南石门农民唐春娥家的墙壁上）。② 明嘉靖杨继盛“铁肩担道义，辣手著文章”。作者在此作了转用和改作。

郭滴人

春节对联

欠租欠债，用刀还尽；
有枪有炮，快乐过年。

1929 年

郭滴人（1907—1936），福建龙岩人。1926 年 6 月加入中国共产党。1927 年大革命失败后，曾参加领导龙岩后田暴动，历任中共龙岩县委书记，县苏维埃政府主席，中共闽西特委书记，闽粤赣省委宣传部部长，福建省委组织部部长。长征到达陕北后，任中共陕北省委宣传部部长，中央局组织部科长。1936年11月18日病故。

这是1928年3月龙岩后田暴动成功后的第一个春节。作者为后田村写的一副对联。

唐士谦

就义诗

一为难客过长沙，①
猛虎狂吞百万家。②
我志未酬身先殒，
忠贞千古共咨嗟！

1928年

唐士谦（1902—1928），字寄凡，湖南醴陵人。1924年冬加入中国共产党，曾任醴陵县农协副委员长，湖南省农协执委，中共醴陵地方执委会委员。1927年大革命失败后，作者家中六口人先后为革命牺牲，但他仍无所畏惧，坚持斗争。1928年8月17日在去井冈山根据地的途中被捕，8月25日殉难。

作者就义前写此诗，表达他忠贞不渝，视死如归的革命气节。

【注释】

① 难客：指作者自己。② 猛虎：指国民党反动派。

唐伯壮

绝命词——狱中月夜感怀

拼将壮志誓牺牲，
踏破血路追先烈。
壮志未酬系囹圄，
此身遗恨终难灭。
我犹宇宙一微尘，
进化永追驹过隙。
前仆后兴大有人，
终了此生未了责。
成仁永追文文山，①
正义岂为强权折。

1929年

唐伯壮，简介见第46页。

作者于1929年8月1日被捕，关押在达县监狱中，写此诗。

【注释】

① 文山：即南宋文天祥，作《正气歌》。

凌霄

狱中诗（二首）

一

立马吴江百粤游，
沙场酣战几经秋。
血袍染却亲娘线，
望断长江空自流。

1934年

二

雨过三更夜，云收月又新，
檐边声渐息，滴满一壶春。

1934年

凌霄（1905—1935），原名凌志昂，安徽贵池人。1924年加入中国共产党，次年入黄埔军校第四期学习。1926年参加北伐战争。1928年后任中共贵池特支书记，贵池县委书记。参加领导潜山清水寨起义，任中国工农红军潜山独立师副师长兼参谋长。1934年秋被捕，1935年1月16日在贵池牺牲。

理琪

铁人诗

铁躯铁棂披铁索，[1]
铁棂铁索奈我何？！
铁骨铮铮铁索断，
铁鹰展翅铁窗破。
铁人铁肩负道义，
铁臂挥刀斩恶魔。
铁流汇成铁长城，
铁血装点锦山河。

1937年

理琪（1908—1938），原名游建铎，河南太康人。1925年加入中国共产党。1926年到冯玉祥部任报务员，开展兵运工作，后赴江西中央苏区。1936年春任中共胶东特委书记，后相继领导了天福山武装起义和威海起义。建立了山东人民抗日救国军第三军，任司令员兼军政委员会主席。1938年2月13日率部与日军作战时英勇牺牲。

作者于1936年12月底被捕，次年11月获释，此诗是他在伪高等法院看守所时所作。全诗慷慨激昂，豪情满怀，表现出作者虽身陷囹圄仍壮心不已的革命气概。诗题为编者所加。

【注释】

① 棂：旧式房屋的窗格。

黄诚

亡　命

茫茫长夜欲何之？[1]

银汉低垂曙尚迟？[②]
搔首徘徊增愧感，
抚心坚毅决迟疑。
安危非复今朝计，
血泪拼将此地糜。
莫谓途难时日远，
鸡鸣林角现晨曦。

1936 年 2 月

黄诚（1914—1942），原名黄庆和，河北安次人。早年入清华大学读书，任清华大学学生会主席、北平学联主席。1935 年参加领导一二·九学生爱国运动。1936 年 3 月加入中国共产党。抗日战争爆发后参加新四军，曾任新四军总政治部秘书长。1941 年 1 月皖南事变时被俘，1942 年 4 月 23 日牺牲于上饶集中营。

此诗是 1936 年 2 月，国民党反动派闯入清华大学搜捕进步同学时所作，表达了作者在斗争中的决心。

【注释】

① 何之：何往，向哪儿去。② 银汉低垂：指夜深。

黄道

斥叛徒李德胜歌（二节）[①]

李德胜，真混账，
敌人进攻他就慌张。
借口探敌情，
公开去投降，
带了敌人奔袭我们到三港。
贪生怕死最可耻，
拖枪投敌黑心肠。
骂声叛徒休猖狂，
乌云一过出太阳，
这笔血债一定要还偿！

同志们，不要惊，
革命好比火炼金。
真金不怕火，
怕火不真金。
一切复杂一经火炼现原形。
革命同志心如铁，
任何困难不变心，
为着工农的利益，
不顾一切的牺牲，
最后胜利一定属于我们！

1935 年春

我们红军歌

我们红军抗日反帝责任大，
保护苏维埃中华。
苏区工人实行劳工保护法，
管理国家顶呱呱。
平分田地穷苦农民真快乐，
要求武装保护它。

送饭烧茶大家自动当侦察，
碰到白军真说假。
草鞋布衫成群结队手里拿，
不是红军我不嫁。
小小年纪也学站岗兴打靶，
生太迟啦怨妈妈。
上海工人红色飞机第一架，
捐助广视满天下。
抗日反帝杀尽卖国贼军阀，
勇敢冲锋死不怕。
我们红军擎起红旗向前插，
红旗插遍全中华。

抵抗曲

日本强盗无比横暴，
侵占我国土，
不顾公理，
惨无人道，
屠杀我同胞，
灭亡之祸火样的烧。
抵抗要趁早，
亲爱的同胞一齐起来，
赶快团结好，
努力杀敌，
驱逐强梁，
奋斗牺牲，
誓保国疆。
拼我的血，
拼我的命，
一起上战场，
打倒强权，
打倒汉奸，
增我民族光。

1937 年

黄道（1900—1939），江西横峰人。1923 年加入中国共产党，任北师大党支部书记。1925 年组建横峰县第一个党支部。1927 年参加南昌起义，后参加领导弋阳等多处农民起义。任赣东北省委秘书长，省苏维埃政府秘书长，闽北特委书记。是中华苏维埃共和国中央执行委员。红军长征后，坚持游击战争，任闽赣省委书记，中共中央东南局宣传部部长，新四军驻赣办事处主任。1939 年 5 月 23 日被反动派谋害，壮烈牺牲。

【注释】

①1935 年春，中央红军已北上抗日，闽北分区司令员李德胜叛变投敌。作者立即召开会议布置转移，并写诗教育大家坚定革命立场，保持革命气节。

黄大业

奔走革命理应该

倾盆大雨哥也走，

雷雨交加亦不休；
兄妹本是情意好，
奔走革命理应该。
人虽两地心常聚，
边干革命边思怀；
等到革命成功了，
兄妹双双再团圆。

黄大业（1890—1929），壮族，广西东兰人。1926年参加右江地区农民运动。1927年大革命失败后，参加韦拔群领导的农民武装，任东兰县赤卫队连长。1929年12月11日参加百色起义，任红七军第三纵队连长，不久在战斗中英勇牺牲。

这首诗是作者出征时对爱人唱的。

黄公略

赠彭德怀①

广暴失败旗帜在，②
树立红军苏维埃。
旅沪武岳语弃市，③
乌云蔽日只暂时。
欣谈时局喜春风，
柳絮飞舞庆重逢。
锦绣洞庭八百里，
四江精粹在湖滨。④

1928年2月

黄公略（1898—1931），湖南湘乡人。1925年入黄埔军校学习。1927年参加广州起义，同年年底加入中国共产党。1928年7月参加领导平江起义。曾任红五军副师长、纵队队长、副军长，红六军军长，红一方面军总前委委员等。1931年9月17日，在江西吉安东固遇敌机轰炸，身负重伤，当晚不幸逝世。毛泽东、朱德联名撰挽联悼念。

【注释】

①此诗作于1928年2月。这时作者与彭德怀交谈了广州暴动后的局势，并写此诗相赠，说明了建立革命武装的重要意义，对革命事业充满了必胜的信心。同年7月便与彭德怀等领导了平江起义。彭德怀（1898—1974），湖南湘潭人。1928年加入中国共产党。曾任红三军团总指挥，中央革命军事委员会副主席，八路军副总指挥，第一野战军司令员兼政委，中国人民解放军副总司令。中华人民共和国成立后，任西北军政委员会主席，中国人民志愿军司令员，国务院副总理兼国防部部长，共和国元帅。是中共第六、七、八届中央政治局委员。②广暴：指广州起义。③旅沪武岳：指路过上海、武汉、岳州。语弃市：指当时因议论国事就被杀害，弃尸街头。④四江：指流入洞庭湖的湘江、资

水、沅江、澧江。精粹：指彭德怀领导的独五师第一团中的革命力量。

附：彭德怀给黄公略的回赠诗：求知心切去黄埔，夜梦依依我不然。马日事变教训大，革命必须有武装。秋收起义在农村，失败教训是盲动。惟有润之工农军，跃上井冈旗帜新。我欲以之为榜样，或依湖泊或山区。利用周盘办随校，谨慎争取两年时。

黄书祥

奋勇直前立功

军号划破长空，工农马强兵雄。
叱咤风云气概，奋勇直前立功。
顽敌炮火狂轰，艰险亘古未有，
敢夸民族英风。

1929年百色起义后

黄书祥，简介见第145页。

黄齐生

探视阿甥

忽惊一电发归绥，
囹圄阿甥盼诀离，[1]
三次往探嗟无术，
难为视死等如归。

百灵鸟[2]

平明跨驴东郊出，
极目白杨映朝日。
前呼后拥恰三人，
大笑机缘真巧值。
道旁诧见一秃翁，
颜色艳艳桃花红。
手擎铁笼腰脚健，
见客满脸堆笑容。
翻身下驴攀翁语，
翁今此鸟得何处？
其名若何用若何？
把此能无妨正务！
翁言此便是百灵，
君胡不识而我名！
惯通人性知人意，
不信试听三两声。
年年来自张家口，
欲得其精须选手。
我今把此已四年，
相爱相亲同腻友。
君看羽毛紫带黑，
不似寻常尽灰白。
两睛光亮若点漆，
身量长不逾半尺。
换毛年年五月期，
垂头丧气不闻啼。
直待旧毛脱却尽，
欢如婴儿穿新衣。

天气愈寒声愈劲，
恍如深夜闻清磬。
翻过春来更精神，
枝头昂首相呼应。
洁身岂为肉食鄙，
日日清供惟小米。
拌以卵黄亦无多，
气饱力足歌声起。
我闻翁言良自得，
却对百灵长叹息。
笼中虽好岂其家？
纵会高飞空扑壁。
不自由兮毋宁死，
人与物兮同一理。
鱼脱钩兮虎脱柙，
世间快事畴能比？
别翁上驴回顾意茫茫，
百灵百灵尔堪怜。
愿得世界铁笼齐毁尽，
乐园处处鸟关关。

黄齐生，简介见48页。

【注释】

①阿甥：指王若飞。此诗作者是王若飞舅父，抚养若飞成人。若飞在绥远狱中时，作者不避险阻，曾三次前往探视营救。对若飞正气凛然、视死如归的精神深为称赞。②这首诗是1931年至1932年作者赴绥远狱中探视若飞时写的。据说王若飞看了以后十分喜爱，曾以此作为教授同监难友的语文教材。

黄仿日

工农先锋歌

走上前去啊！
曙光在前，
同志们奋斗，
用我们的刺刀和枪炮开自己的路。
勇敢向前，
稳着脚步，
要高举我们的旗帜。
我们是工人和农人的先锋队。

黄仿日（1902—1934），壮族，广西东兰人。1925年参加农民运动。1928年加入中国共产党。曾任中共东兰县委委员，东兰赤卫军连长。1929年2月参加百色起义，任红七军营、团长，红三军团四师副师长。1934年2月23日在战斗中英勇牺牲。

作者的诗作谱曲后，在赤卫军、起义军中传唱。

黄金鉴

农民生活真可怜

农民生活真可怜，

一天做到夜，片刻不能停。
太阳晒，狂风吹，暴雨头上淋。
栽秧要折腰，车水像抽筋。
害病不许歇，逢节不能停。
一年到头牛马一样做，养活了别人。

农民生活真可怜，
老婆肚中饿，儿子身上冷。
腰无钱，家无粮，合家无被巾。
老板手段狠，地主黑良心。
官家催粮紧，还要抽丁。
苛捐杂税，敲诈勒索，一齐逼煞人。

黄金鉴（1910—1938），江苏溧阳人。1931年1月加入中国共产党。后从事农民运动，开展革命活动。1933年2月，任中共溧阳县委组织部部长。1937年底后到江西青年战地服务团等单位工作。1938年4月28日因狱伤发作，在江西省玉山县不幸去世。

黄冠群

就义诗

辛酸遍体尽伤痕，
骨肉行抛杂草中。
记取浏阳门外血，
他年化作杜鹃红！

1931年就义前

黄冠群（1906—1931），湖南宁乡人。1925年10月加入中国共产党。大革命时期在宁乡从事革命活动，后转移到上海。1931年4月派回湘乡，以做生意为掩护，寻找红二十五军二师，不幸被捕，同年7月8日英勇就义。

此诗是作者在就义前写的，他将诗贴在碗底由狱中递出。全诗表达他为革命不怕献身的精神，并对革命胜利抱有的坚定信心。

黄绍谦

妇女参加前锋队

妇女胆量可包天，
参加前锋队，
忠勇上前杀敌人，
视死也如归，
宁流血不流泪，
不胜利誓不回。

妇女胆量可包天，
参加前锋队，
宁可做烈士，
决不做奴隶，
打倒反动恶势力，
誓死保家乡。

1930年底

黄绍谦（1903—1936），壮族，广西田东人。1934年加入中国共产党。曾任向都县农民自卫军总指挥，中共右江下游革命军委会委员兼红军第二联队队长，是向都县巴麻革命根据地创始人之一。1936年7月在向都县被叛徒暗杀。

这首诗是作者在恩隆县（今田东县）发动妇女群众参加革命时写下的几首歌词之一。

黄奇彦

囚　心（四节）

同志！我们是洞庭里的小麻雀，
还要学会啄虫鸟，
啄鼠蛇，啄野兽，
啄吧！长大成鹰鹞，壮大成鸿鹄，
飞出洞庭湖，飞到海洋，
见见大风浪！

我们从来不吝啬我们传统的财富，
我们爱祖国，爱和平，爱全世界一切被压迫民族！
也会爱，爱手上那副万斤的手镣！
因为它，就是一把量仇的尺度。

仇深似海，仇重如山，量不尽！
多少人被折磨得体无完肤，多少人被迫害而终身残废，
多少个怒发冲冠的头颅，多少具忠骨暴露旷野，
还有，大江小河，日日夜夜奔腾着残缺的尸浪！

同志！小小的狱室容不下多数觉悟的工人、农民，
苏维埃政权一定建立，
握紧拳头，揍！
要揪住封建统治、豪绅地主揍，消灭它！
要揪住帝国主义、资产阶级揍，消灭它！
古时候，天牢中的死囚，有时也要唱唱情歌，
同志，我们纵声高唱吧：
“起来！饥寒交迫的奴隶，
满腔的热血已经沸腾，要为真理而斗争！”

1927年于狱中

黄奇彦（1910—1934），壮族，广西龙州人。中共党员。1927年入广西农民运动讲习所学习，后参加南宁郊区的农民革命斗争。1927年四一二反革命政变后被捕，判刑一年。释放后参加红七军，任军部参谋，红十九师参谋长。1934年在江西反“围剿”战斗中英勇牺牲。

黄接舆

绝命诗[①]

君为我作楚乡舞，[②]
按节我为汝楚歌。
四面云山齐控纵，[③]
廿年岁月冷云过。
道高一尺魔高丈，
牺牲争随代价多。
此去心安理自得，
更无泪泗对江娥！[④]

黄接舆，生卒年不详，湖南浏阳人。早年参加北京马克思主义研究会，后从事工人运动。牺牲时年仅 28 岁。

【注释】

①此诗是作者临刑前给妻子江娥写的绝命诗。②楚乡：指家乡，湖南古时属楚国。③控纵：犹掌握，这里是说四面山区都归革命势力掌握。④江娥：作者的妻子。

萧扬

烈火一二·九

蠹虫独夫"安内策"，[①]
撒在人间尽啼泣。
烈火一二·九，
烧沸青年血。
南下民先队。
声势若卷席。

1936 年

萧扬（1915—1944），原名杨树义，山西永济人。1929 年加入中国共产党，后失去联系，1936 年 12 月重新入党。历任中共北平市委秘书，北方局组织干事，离（石）中（阳）地委书记，晋绥分局秘书长、宣传部副部长、分局党校副校长。1944 年 6 月 20 日病逝。1955 年被追认为革命烈士。

萧扬参加了 1935 年一二·九爱国运动。后参加中华民族解放先锋队，到广大农村进行抗日宣传，从此走上了抗日革命新征途。作者写此诗抒发了满腔革命豪情。诗题为编者所加。

【注释】

①蠹虫独夫：指蒋介石。

萧次瞻

登观音山[①]

（四月五日晨，由龙里出发，上观音山，口占一律。）

跋涉来千里，登程趁早阳。
路宜之字曲，花爱忍冬香。[②]
四顾群山静，摩肩旅客忙。

升高宜缓步，此去乃康庄。

1935年4月

萧次瞻（1905—1940），原名炳煌，贵州思南人。1925年加入中国共产主义青年团。1926年加入中国共产党。曾在中学教书并任中共思南县委书记，中共贵州省工委秘书长。1940年夏被捕，同年12月被敌人秘密杀害于贵阳。

【注释】

①1935年4月，作者赴贵阳找党组织接关系，路经观音山时写了此诗。表达了作者在革命征途中虽几经周折，但不心灰意冷，而是更加坚强地投入新的战斗。②忍冬：即金银花，枝叶经霜不败。

曹维山

鹧鸪天·狱中寄亲人①

（前天李狗来，以亲戚关系，劝予自首，遭予拒绝。今天余舅复来相劝，唯言“容再思之”。辞去。志不可夺，乃作词以明志。）

铁镣铜墙兼酷刑，此志难移哂贼臣；共产主义真理在，后继有人好前程。

休难过，别伤心，日后当知此时情，遥望天边暴风雨；雨过天晴寰宇新。

1929年

曹维山，简介见第149页。

作者于1928年9月被捕入狱，这是在狱中写的明志诗，表达了自己矢志不移的坚强决心。

【注释】

①鹧鸪天：词牌名，又名思佳客。双调55字，前片4句，后片5句，各3平韵。

龚友喜

就义诗

自从把革命，此去坚如铁。
痛恨反动派，杀尽那顽劣。
谁知反动派，勾引“清乡”狗。
围困了汉河口，①竟遭匪毒手。
宁死不背党，同志当共守。
紧跟贺老总，②牺牲价值有。

龚友喜（1897—1932），湖北监利人。1929年加入中国共产党。曾任监利县游击队中队长，鄂西苏维埃政府巡视员。一直坚持武装斗争，1932年被捕，不久被杀害，壮烈就义。

【注释】

①汉河口：洪湖县的一个集镇。②贺老总：即贺龙。

盛浩如

残　酷①

残酷何妨十族诛，
此身亦可醢如鱼。
大多群众终难尽，
他日成功不必吾。

哭亡室胡芸子②

一瓣心香祝项王，
美人垓下与偕亡。
我今四面歌声里，
无复虞兮慰寂凉。

1931年

盛浩如（1908—1932），原名可权，湖北鄂城（今鄂州）人。1928年加入中国共产党。曾任中共鄂城县委委员，参与领导鄂城八一边境暴动。1930年后在鄂南地区开展武装斗争。1932年在襄河一次战斗中壮烈牺牲。

【注释】

①鄂城反动当局以高官厚禄为诱饵劝降作者，遭到作者严词拒绝，反动派便以残酷手段将他八位亲属杀害。作者闻讯后，悲愤至极，写了此诗。②1931年作者率同志赴一地工作，晚间在一小客栈休息，被敌人侦悉，其妻胡芸子为掩护他而被捕，次日被杀。作者得知后，异常悲愤，写此诗，以西楚霸王项羽同虞姬的爱情悲剧为比，抒发了对爱人的怀念。

常恩多

请　战

堂堂七尺躯，何颜立于世。
扛持手中枪，不得战豺狼。

1931年

常恩多（1895—1942），满族，辽宁海城人。1913年后加入奉军，历任排、连、营、团、师长。积极参加抗战，曾参加台儿庄战役。1939年春加入中国共产党。1942年8月3日率部起义参加八路军，8月9日病逝。

1931年九一八事变，日军侵占沈阳。常恩多目睹蒋介石丧权辱国，义愤填膺，曾上书张学良请战，未能如愿，挥笔自叹。

梁伯隆

狱中诗

奉党指令返天府，
与敌苦斗在渝蓉。
大志未成身先碎，
流芳百世主义真。
为党为民尽生死，
勇斗魔鬼志更坚。
要杀吾头何所惧，
共产主义留人间。

1930 年 10 月

梁伯隆（1904—1930），又名梁廷栋，四川江安人。1923 年考入上海大学。1924 年加入中国共产党。大革命时期，在国民革命军第六军工作，后任国民新闻总社总编。大革命失败后，参加南昌起义。后回四川，继续做党的地下工作，并从事教育工作。1930 年 6 月 8 日被捕，同年 10 月 31 日在成都英勇就义。

作者的狱中诗热情地赞颂了革命的道路，倾诉了为党为革命献身的决心。

梁建新

感时拟赠某将军①

百万貔貅不战还，
将军拱手送河山。
忍看日落崦嵫后，②
胡马纷纷入汉关。③

1931 年冬

梁建新（1911—1932），湖南安化人。1926 年加入中国共产党，曾任中共安化兰田区委委员。1927 年大革命失败后，转移到上海、南京一带从事党的地下斗争。1932 年春在南京被捕，同年冬牺牲于南京雨花台。

此诗作于 1931 年冬，正值日本军国主义大举进犯中国，蒋介石消极抗日，积极反共，把大好河山送给敌人之时。作者有感于当时的时局，写了此诗。

【注释】

①某将军，指蒋介石。诗中对蒋作了辛辣的讽刺。②崦嵫：古代指太阳落山的地方。③胡马：指日本帝国主义侵略军。

续范亭

哭　陵①

谒陵我心悲，哭陵我无泪。
瞻拜总理陵，寸寸肝肠碎。
战死无将军，可耻此为最。

觍颜事仇敌,[2] 瓦全安足贵!

1935 年

绝命诗（二首）[3]

一

赤膊条条任去留，
丈夫于世何所求?
窃恐民气摧残尽，
愿把身躯易自由。

二

灭却虚荣气，斩删儿女情，
涤除尘垢洁，为世作牺牲。

1935 年

大无畏

不怕死，不怕疼，
不怕辛苦不怕穷。
养成一身大无畏，
誓与倭寇决雌雄。

1936 年秋杭州

国难日有感

乡邦不可问，有家若无家。
奔驰三十载，国危空咨嗟。
北守贺兰缺，西征入流沙。
未遂区区志，苍苍鬓已华。
黄金身外物，美女雾中花。
我惟爱宝剑，干将与莫邪。
我亦爱名马，骐骥与骝骅。
剑马求不得，狂歌走天涯。

1936 年

续范亭，简介见第 151 页。

【注释】

①1935 年，日本帝国主义侵占东北后进一步窥伺华北，作者到南京去呼吁抗日，看到蒋介石政府屈辱卖国，心中极度悲愤，在中山陵前痛哭。②觍颜：犹丢脸。③此诗系作者在中山陵哭陵后所作。作者作诗后，在中山陵前剖腹自杀以示抗议，但遇救未死。他的自杀震动了全国，激发了人们的爱国热情。

彭湃

打倒地主佬

无道理，无道理，
死了一个人，
吃饱通乡里。
太不该，太不该。
地主来讨债。
孝子哭哭哀哀!
真可恼，真可恼，
生做个穷人。
死不当只狗。

莫烦恼，莫烦恼，
大家合起来，
打倒地主佬！
打倒地主分田地，
千家兴，
万家好。

1929 年

铲除迷信（三首）

一
神明神明，有目不明。
有耳不灵，有足不行。

二
终日静坐，受人奉迎。
奉迎无益，不如打平。

三
打平打平，铲个干净。
人群进化，社会文明。

1929 年

绝命诗[①]

急雨渡江东，狂风入大海。
生死总为君，可怜君不解。

1929 年

彭湃，简介见第 50 页。

【注释】

①作者于 1929 年 8 月 30 日就义，就义前被押解示众。沿街观众中不少受反动宣传蒙蔽，不知道他是一位革命者，更不知道他为谁而死，人群中不时爆发出讪讪笑声。彭湃临刑前作此诗，视死如归，哀而不怨，胸襟开阔。

彭友仁

自然如此

世界哪一种道路，没有高低曲折？
世界哪一条河流，未分深浅缓急？
世界哪一个人生，不受艰难困苦？
欲免去高低曲折，除了不走路！
欲免去深浅缓急，除了不航船！
欲免去艰难困苦，除了不出世！
既要走路，就不要避那高低曲折。
既要航船，就不要嫌那深浅缓急。
既要出世，就不要怕那艰难困苦。

彭友仁（1903—1934），又名彭中亮，江西余干人。中共党员。1922 年考入上海美专，在校时积极参加学生运动，毕业后任中学教员。1932 年赴赣东北革命根据地，任《工农报》编辑，省苏维埃政府文化部画室主任。1934 年“肃反”扩大化被错杀。

这是作者自己的心言。总之，既要走路、航船以及出世，就不要“避那”，“嫌那”，“怕那”了。

彭信儒

就义诗

镣铐加身意若何，
仰天长啸放悲歌。
书生意气凌江汉，
烈士高风被薜萝。①
翡翠飞来春雨歇，②
狂飚过去落花多。③
此生早许头颅贱，
化作尘沙逐玉珂。④

1930年9月

彭信儒（1908—1930），又名彭香圃，湖北汉阳人。1926年加入中国共产党。曾参与北伐军攻克汉阳的战斗。1928年4月，任中共兴隆支部书记，武汉市人力车夫总工会秘书主任，中共汉口行动委员会主席团成员。1930年9月16日被捕，22日英勇就义。

【注释】

①被薜萝：薜荔和女萝都是蔓生植物。被，同披。这里谓革命志士为真理而牺牲，志行高洁。②翡翠：这里是作者自比。③飚：暴风。这里比喻革命风暴。④玉珂：以色白如玉的贝壳镶饰的马勒，振动有声。这里比喻共产主义的高尚理想。

彭雪枫

草地联诗①

牛羊肉干邀明月（张爱萍——政委），
水乡泽国没酒喝（胡耀邦——总支书）。
该请老乡杜康来（彭雪枫——团长），
打倒老蒋醉弥陀（冯文彬）。

彭雪枫（1907—1944），原名彭修道，河南镇平人。1926年由共青团转入中国共产党，历任红军大队、纵队、师政委、八路军总部参谋处长，第四纵队司令员，新四军第四师师长兼政委。1944年9月11日在战斗中英勇牺牲。毛泽东、刘少奇等联名撰挽联悼念。

【注释】

①1935年8月，在长征中，红一方面军政治部组织部部长冯文彬率团到红一团慰问。他们四人相会在草原上，享受一顿精神聚餐。此诗表达作者在长征艰苦环境中表现出的革命乐观主义精神。

彭澜征

就义诗

革命何须泪湿襟？
抛头洒血为苍生；

今日英雄领刀去，
千秋功业有后人。

彭澜征（1889—1928），湖南浏阳人。早年参加辛亥革命，后在家乡任教。1926年冬加入中国共产党，从事武装斗争。1927年9月参加湘赣边秋收起义，任工农革命军第一军一师三团副团长。1928年部队转移时因病留乡，被捕后慷慨就义。

此诗是作者就义前对前来探望的弟弟所吟的，表现出他大义凛然、视死如归的高尚革命气节。

董毓华

暮春杂感（三首）

一
独立危峰百尺巅，
黑云片片蔽南天。
关山万里怀人切，
底事王孙去杳然。

二
我欲留春春不留，
绿肥红瘦使人愁。
芹泥碾碎香如故，
叶底黄莺暗点头。

三
连朝阴雨密霏霏，
莫道花残叶自肥。
且待阳春回大地，
满园红艳竞芳菲。

1933年

董毓华（1907—1939），化名王春裕，王仲华，湖北蕲春人。1924年3月加入中国共产党。1933年考入北平中国大学。1935年参加领导一二·九爱国学生运动。曾任北平学生抗日救国联合会主席，平津学生南下宣传团总指挥，全国学生救国联合会组织部部长。1938年7、8月间，参加领导冀东起义，任冀东抗日联军政委、司令员。因积劳成疾，于1939年6月病逝。

作者为怀念同学陈博写此诗，全诗表达了他对同志的爱和对敌人的恨及对未来的憧憬。陈博，中共党员，1930年就义（详见第109页）。

蒋晔

书　怀

北风卷地雪花抛，
旅邸湘城忆新桥；
满腹愁云随流水，
一轮明月逐波涛。

阿瞒魄返闻煮豆，[①]
国父魂归看舞刀；[②]
重负在肩何所惧，
岂经事变惜头颅！

1927 年

蒋晔（1907—1927），字仲和，湖南安化人。1926 年 6 月加入中国共产党，任共青团湖南区委委员，省青年农运委员会书记，中共安化县委书记。为营救被捕同志曾三次组织劫狱斗争。1927 年 7 月 22 日被捕，8 月 24 日壮烈牺牲。

【注释】

①煮豆：喻国内军阀混战。②国父：指孙中山。

蒋绪贤

正气歌

闹革命，忠爱党，永讨蒋派；
身今陷，狗狼窝，气节不改；
面对你，小豺狼，把我奈何。

蒋绪贤（1898—1932），湖北潜江人。1929 年 5 月加入中国共产党。任中共潜江县莫市区委书记。1932 年 5 月被敌逮捕，后被同志营救。同年 9 月 15 日，同敌作战时被内奸杀害，英勇牺牲。

此诗是 1932 年 5 月作者被捕后，面对敌人的审讯和酷刑，唱出的正气歌。

覃道平

农军征战胜过雷

不管吾家变飞灰，
农军征战胜过雷。
霸占桃园岂常在？
主人战出定战回！

1928 年

覃道平（1894—1932），壮族，原名覃善鸣，广西都安人。中共党员。1925 年参加革命。1927 年大革命失败后率领都安县农民起义，解放了都安镇。历任都安县农协会主席，农民赤卫军大队长，县苏维埃主席，右江革委会主席。1932 年 12 月在东兰壮烈牺牲。

此诗写于 1928 年，当时大土豪覃文贵烧毁了作者的房屋，并留一首反动诗；“竹林房屋变飞灰，冤枉农民势如雷。桃李满园依旧在，不知主人何时回？”作者在外地闻讯后，怀着愤慨的心情写下此诗，以回击敌人。

覃超容

狱中诗（二首）

一

谁说人无死，光荣是革命。
将来解放时，永受人尊敬。

二

我嗟生不辰，幸复自由身。
在狱敢云苦，勉君杀敌人。

1927 年于狱中

覃超容（1909—1927），女，广西桂平人。少时为童养媳。1925 年冬参加梧州妇女联合会，曾任二分会宣传部副部长。同年加入中国共产主义青年团。1927 年初担任党的地下交通员，并加入中国共产党。同年 9 月 7 日被捕，25 日英勇就义。

作者这两首诗是在狱中写给曾与她伪装为夫妻的战友，以勉励他英勇杀敌。

覃辅臣

以韩、文自喻①

韩非《孤愤》奈若何，
高唱文山《正气歌》；②
三尺龙泉凝壮志，
凭君日后斩蛟鼍。

1935 年冬

覃辅臣（1882—1935），湖南省大庸县人。早年从事军旅生涯，与贺龙交谊甚深。曾参加北伐。1927 年在大庸组织武装响应南昌起义。1929 年率部编入红军，任红四军二路军指挥。1934 年底做兵运工作时被军阀何键扣押，次年冬被毒死在狱中。1951 年被追认为革命烈士。

【注释】

①此诗写于 1935 年冬。作者写此诗系给探监的好友吴义丰。诗中悲愤难抑，抚今追昔，以韩非、文天祥自喻。②文山：南宋文天祥。《正气歌》：文天祥在狱中所写的诗，表现了崇高的民族气节，强烈的爱国思想和坚强的斗志。

程伦

狱中诗

泪水何轻轻，铁骨须铮铮。
英雄佩利剑，慷慨斩温情。

程伦（1905—1935），原名程祥，河南通许人。1931 年九一八事变后加入中国共产党。1934 年春到胶东工作。1935 年胶东一一·四暴动爆发，任副总指挥领导西路举事。3 天后被国民党军队包围，在突围中被俘，是年 12 月 13 日英勇就义。

作者作此诗表现出革命者的铁骨铮铮、威武不屈和坚强意志。

程攸生

死

为国而死，
死得其所，
死得了然，
死得安逸，
死得自在。

1930 年

程攸生（1900—1930），又名嘉乐，四川巴县人。1926 年加入中国共产党。曾任中共自贡特支书记，自贡特委工运委员，自贡总工会负责人。1929 年冬，任中共四川省委宣传部部长。1930 年 5 月 5 日，被反动当局逮捕，7 日英勇就义。

这是作者临刑前，激愤挥毫写下的豪言壮语。表现了共产党人视死如归的革命气概。

傅丹湘

赞瓦仓起义①

好汉做事好汉当，
好汉就是共产党。
今天你杀我一人，
明天它把你们消灭光。
党政赤化快如风，
长坂坡前逞英雄。
万卷波涛正澎湃，
抢杀许多老富翁。②

傅丹湘（1890—1928），湖北当阳人。1927 年加入中国共产党。曾任瓦仓农民赤卫团副团长。1927 年 9 月 14 日，参与领导瓦仓起义。10 月起义失败后，领导组成鄂西挺进大队，继续坚持斗争。1928 年被反动民团杀害，壮烈牺牲。

【注释】

①1927 年 9 月 14 日，中共鄂西特委组织了 1000 余人的农民自卫团及 10 余乡农会会员举行声势浩大的瓦仓起义（瓦仓位于湖北省远安县城东）。形成了以瓦仓为中心的约 200 平方公里的暴动区域，并成立了瓦仓区革命政府。②瓦仓起义后，一夜间捕获 80 多土豪恶霸，枪决了其中罪大恶极者。

焦维炽

入狱，出狱（二首）

一

铁牢可坐穿，壮志不能变。

革命胜利后，共话狱中难。

二
人走囚室留，知斗不知愁。
黑夜冷星光，迢迢路亦长。

1928年9月，1929年春

焦维炽（1906—1932），又名仲明，陕西定安（今子长）人。1925年春加入中国共产主义青年团，后转为中共党员。历任共青团延安地委书记，团陕北特委书记。1928年9月被国民党当局逮捕，次年春出狱。后任共青团陕西省委常委、组织部部长、秘书长，中共陕西省委委员、秘书长。1932年5月相继参与领导靖远两地区起义。后任陕甘游击队第四支队政委，陕甘游击队政委。同年8月6日被捕，9日英勇就义。

舒玉林

诗言志

吾比长江一滴水，
永向东流不回头；
欲叫吾身不革命，
除非海洋水倒流。

1928年

舒玉林（1901—1928），又名金山，湖南长沙人。1923年春加入中国共产党。1926年7月到新化锡矿山从事工运工作，任锡矿山工会执委兼工人纠察队总队长。大革命失败后，参加湘赣边界秋收起义。后任中共湘西特委书记。1928年9月15日被捕入狱，同年10月25日英勇就义。

在狱中敌人想收买他，便写诗回答，立场坚定，毫不动摇，后为革命献身。

舒汉诚

就义诗

革命是吾志，杀头何所惧？
暴匪留血债，万众会讨还。

1927年11月

舒汉诚（1876—1927），原名焕辰，湖北通山人。1925年加入中国共产党。任中共宝石村党小组小组长，并主持宝石村农民协会工作。1927年9月参加通山农民暴动与鄂南秋收暴动。失败后，随队坚持游击战争。同年11月4日被反动民团逮捕，7日英勇就义。

作者被捕后，敌人想收买他。但他毫不动心，毅然写下此诗，表达自己忠贞不渝，矢志不移，为革命事业视死如归的革命豪情。

舒传贤

十字歌

十字下来一笔长，
革命根据地在赣湘。
毛泽东、朱德是好汉，
手拿镰刀与斧头，
大战三省无敌手。

1930 年

一字歌

一字下来一笔拖，
蒋介石督战秦淮河。
一口吞进长江水，
惹动各省动干戈，
不怪蒋介石怪哪个。

1930 年

舒传贤（1899—1931），又名舒公甫，化名夏唯宁，安徽霍山人。早年留学日本。1926 年回国，同年冬加入中国共产党。1927 年参加八一南昌起义。1929 年 1 月后，任中共霍山县委书记，六安中心县委书记，曾参与领导六（安）霍（山）起义，后任中共中央鄂豫皖分局组织部部长。1931 年冬，在“肃反”中被错杀。

鲁迅

无　题①

惯于长夜过春时，②
挈妇将雏鬓有丝。③
梦里依稀慈母泪，
城头变幻大王旗。④
忍看朋辈成新鬼，⑤
怒向刀丛觅小诗。⑥
吟罢低眉无写处，
月光如水照缁衣。⑦

1931 年 2 月

自　嘲⑧

运交华盖欲何求，⑨
未敢翻身已碰头。
破帽遮颜过闹市，
漏船载酒泛中流。
横眉冷对千夫指，⑩
俯首甘为孺子牛。⑪
躲过小楼成一统，
管他冬夏与春秋。⑫

1932 年 10 月 12 日

无　题⑬

万家墨面没蒿莱，⑭
敢有歌吟动地哀。
心事浩茫连广宇，⑮

于无声处听惊雷。⑯

1934年5月30日

鲁迅（1881—1936），原名周树人，浙江绍兴人。文学家。他一生创作大量小说、杂文、散文、诗歌等作品。他以笔为武器战斗一生，被誉为“民族魂”。是中国现代文学的奠基人。毛泽东评价他是中华文化革命的主将。于1936年10月19日病逝。当即中共中央发唁电，悼念鲁迅逝世。

【注释】

①1931年2月7日，“左联”成员李伟森等五人被秘密杀害。作者得知后写此诗。诗中充分表达了他对反动派的无比憎恨和对遇害战友的深切怀念。②长夜：漫长的黑夜，指国民党反动派统治的黑暗岁月。③挈妇将雏：指携带妻子和幼儿。④此句指城池不断地变换首领，比喻当时政局的动荡。⑤朋辈：朋友们，指遇害的五烈士。⑥刀丛：统治者的屠刀丛，喻白色恐怖。⑦缁：黑布的衣服。⑧这是作者抒写革命情怀的诗篇，诗中的“横眉冷对千夫指，俯首甘为孺子牛”正是他一生的写照。诗题为“自嘲”。表面是嘲自己，实际是讽敌人。⑨运交华盖：佛家人称是吉星当头，走好运，作者在这里是反用其意，说交了厄运。⑩千夫指：即众人所指斥的对立面——敌人。⑪孺子牛：幼儿的牛，表示甘当人民大众的牛。⑫此句不仅指自然气候，更指政治气候。⑬《无题》一诗中控诉了日寇和蒋介石的残酷统治，揭示了人民群众的巨大革命力量。表现了对革命事业的必胜信心。⑭万家：指中国劳苦大众。墨面：指面容憔悴，黑瘦。蒿莱：泛指野草，此指荒野。⑮浩茫：广大、辽远。广宇：广大辽阔的宇宙，广大区域。⑯惊雷：惊天动地的雷声，喻指民众愤怒的吼声。

童祖恺

狱中自咏（四首）

者番被捕为何因，
忠直为人是祸根。
三字狱成千古恨，
世间皂白颇难分。

（上句于十一月二十八日
口占　被捕第一天①）

镇日幽居镇日眠，
安心静养也安闲。
人间烦恼由他去，
落得胸怀且放宽。

漫道牢笼不自由，
风霜雨雪不须愁。
从兹负担肩堪卸，
似较奔波胜一筹。

莫愁诬案白无时，
善恶人间纵有知。
生死从来置度外，
心闲无事学吟诗。

童祖恺（1907—1930），字瑞梅，浙江建德人。1926年加入中国共产党，任中共建德县委第一任书记。1929年初，因组织农民运动被捕入狱，由于身份未暴露而具保获释，继续担任县委书记。1930年7月6日领导建德暴动，数日后暴动失败。19日被捕，27日英勇就义。

这是作者于1929年初被捕后在狱中所写的诗，抒发了意志弥坚的革命情怀。

【注释】

①十一月二十八日口占：其时间为1928年农历，公历为1929年1月8日。

曾莱

春[①]

春来百花开满林，
米口袋撇紧，
无心去玩春。
工农同志要谋生，
军阀要打倒，
土豪要肃清。
同志们，下决心，
努力前进，
革命大功，
即将全告成。

夏

夏日田中谷子黄，
拌桶乒乓响，[②]
可望吃粭粭。[③]
背时军阀真堪伤，
捐款多花样，
催兵如虎狼。
挑黄谷，
折苛捐，
五拖六抢，
看着看着，
抢得精光。

秋

秋来桂花满园香，
军阀又打仗，
人民遭大殃。
丘八爷，下四乡，
挑抬拉汉子，
陪睡拖女娘。
倘若不依从，
要扳要犟，
钢枪一响，
命见无常。

冬

冬日天寒雪花飘，
年关已将到，
心里慌又焦。
儿啼饥，女号寒，
衣服当完了，
红苕没一条，
债主家中逼，
如何是好?
起来革命，
才有下场!

曾莱（1899—1931），原名曾永宗，四川荣县人。1926年参加国民革命军、学生军，随军北伐。1927年大革命失败后，参加广州起义。1928年3月加入中国共产党，后回荣县开展农民运动。任中共内江县委书记，梁山中心县委书记，领导创建了梁山游击根据地。1931年秋在梁山被害。

【注释】

①《春》《夏》《秋》《冬》四首歌谣是农民四季苦歌谣，是作者在内江从事农民运动期间写的。以此歌谣启发农民的革命斗争精神。②拌桶：打谷用的木桶。③粭粭：四川土话，即吃干饭之意。

谢云龙

匡时独远征[1]

有志匡时独远征，
腰间宝剑尚随行；
双肩承得头颅在，
愿与苍生共太平。

1930年7月

谢云龙（1901—1930），字芳成，江西兴国人。1925年加入中国共产党。历任中共兴国县支部委员，县总工会委员长，中共崇贤特区委书记。1928年5月18日，参与领导崇贤农民大暴动。后任中共建宁县委书记，赣南特委书记。1930年10月被敌安远县靖卫团逮捕后英勇就义。

1930年7月，谢云龙被调任中共赣南特委书记。江西省委与兴国县委联合为他饯行时，他作了此诗。

【注释】

① 匡时：挽救危难的时局。

谢远定

十　年（二首）

一

远山如带锁碧水，
势力寒露草白头。

瘦骨两肩他年泪，
赢得柳岸一线秋。

二
倦鸟奋飞西复来，
人间何日歌大同？①
闭门高卧客来少，
一夜相思一夜风。

1928 年元旦

谢远定，简介见第 161 页。此诗是作者 10 年艰苦革命斗争的写照。诗题为编者所加。

【注释】

① 大同：我国儒家学说的社会理想。这里借指共产主义或革命者的理想。

游雪程

红米饭，南瓜汤（二首）

红米饭，南瓜汤，
秋茄子，味儿香。
餐餐吃得精打光，
养好身体打豺狼。

干稻草，软又黄，
金丝被儿盖身上。
不怕北风与大雪，
暖暖和和入梦乡。

游雪程（1905—1930），四川邻水人。1926 年入中央军政学校武汉分校学习。1927 年加入中国共产党。1929 年参加红军，后任红五军第五纵队支队党代表，代理纵队司令等职。1930 年 4 月初在江西瑞昌作战时英勇牺牲。

1927 年初冬，工农革命军派出游雪程等人帮助袁文才训练部队。时值冬季，生活十分艰苦，他们凑在一起编出了这首乐观向上的歌谣。

鄢洪榜

就义诗

身戴镣铐上刑场，
眼望红日笑开怀。
共产自有后来人，
革命成功爷再来。

1932 年

鄢洪榜（1903—1932），又名鄢青云，湖北天门人。1926 年 9 月加入中国共产党，曾任甘驿苏维埃政府主席，天沔汉三县游击队大队长。1932 年 4 月被捕，不久被害，英勇就义。

作者身戴镣铐，临危不惧，大义凛然，高唱此诗走上刑场。

蓝泽

狱中诗

白匪白日白做梦，
挨狗挨贼挨不长。
螳臂挡不住车轮，
乌云遮不住太阳！

蓝泽（1912—1931），女，湖南湘阴人。1930年加入中国共产党，曾任湘阴县第一区第九乡苏维埃宣传委员兼妇女会主任，湘北特区妇协宣传委员。1931年4月牺牲。

此诗是作者被捕后在狱中写的，痛斥敌人的暴行，表达对革命胜利的信心。诗中的“挨狗挨贼”，系指反动的地主还乡团。

蓝飞鹤

绝命诗

横胸铁血扫难开，[①]
浩劫摧磨志不灰。
满地铜驼荆棘变，[②]
游魂应逐战旗来。

1930年9月26日于狱中

无　题

闽南土匪惠安最，
此剥彼敲无已时。
饭桶大官如醉梦，
倒悬民苦有谁知？

蓝飞鹤（1901—1930），原名蓝福栾，畲族，福建惠安人。1929年加入中国共产党。曾任中共福建省委特派员，中共泉州特委常委，中共闽南行动委员会组织部部长和红军惠安第三团长。1930年9月领导惠安起义，同年9月19日与敌作战突围时因疟疾发作被俘，29日英勇就义。

【注释】

① 铁血：指为革命而牺牲的壮志。② 铜驼荆棘：指战乱。晋朝索靖有远见，他看到大乱要来了，指着洛阳宫门前的铜骆驼叹息道：“将要看到你埋在荆棘丛中了。”

蒲风

码头工人歌（四节）

从朝搬到夜，
从夜搬到朝，
眼睛都迷糊了，
骨头架子都要散了。
搬哪！搬哪！
唉咿哟嗬！唉咿哟嗬！
唉咿哟嗬！唉咿哟嗬！

笨重的麻袋、
钢条、铁板、木头箱，
都往我们身上压吧！
为了两顿吃不饱的饭，
搬哪！搬哪！
唉咿哟嗬！唉咿哟嗬！
唉咿哟嗬！唉咿哟嗬！

成天流汗，成天流血，
在血和汗的上头，
他们盖起洋房来！
搬哪！搬哪！
唉咿哟嗬！唉咿哟嗬！
唉咿哟嗬！唉咿哟嗬！

一辈子这样下去吗？
不！兄弟们！团结起来！
向着活的路上走！
搬哪！搬哪！
唉咿哟嗬！唉咿哟嗬！
唉咿哟嗬！唉咿哟嗬！

1934年

热望着

在不远的彼方，
有光明在照耀。
热望，把握，追求，
粉碎身上枷锁，
建造甜的欢笑。
路不远，
心莫焦；
不是孤舟
在大海里漂；
不是只马单身
在日夜里奔驰、跃跳。
热望着，热望着……
前有光明在引导，
前有光明在照耀！

1934年7月

武装田地山河

不要冷视了它们，
让我们来武装田地山河；
都会城市是田地山河的儿子，
无条件地让它们也来共枕干戈。
在那倭鬼的侵略蹂躏中，
受痛苦的不光是你和我：
在东北，在淞沪，
山河为了敌人的大炮，舰艇，飞机，
曾日夜喘息；
青青的田地，
曾突的变作长长的战壕；
省会，城市变成了废墟，
商店，民房，学校烧起过烈火。
——醒醒吧，
为敌人而怒吼的不光是我们的心，
我们要来武装都会和城市，
我们更要武装一切田地和山河！

1936年8月10日

蒲风（1911—1942），原名黄日华，广东梅县人。1927 年 1 月加入中国共产主义青年团。同年开始诗歌创作，后参加左翼作家联盟。1932 年参加发起中国诗歌会，又进行抗日救亡活动。1935 年加入中国共产党。1940 年参加新四军，1942 年病故。著有诗集《钢铁的歌唱》《六月流火》《蒲风诗选》等。《码头工人歌》是歌剧《扬子江暴风雨》中的一首歌曲，作者作词，聂耳作曲。

雷晋笙

革命意志

头颅赌博贯年年，
结慧凌霄交大千。
那堪澎湃英雄血，
杀向天涯染杜鹃。

1927 年 10 月后

雷晋笙（1898—1931），又名凤翼，陕西西安人。1920 年秋加入中国社会主义青年团，1921 年 7 月中国共产党成立后转为中共党员。曾任中共西安地委委员，陕西民国日报社社长，中共河南省委秘书长，山东省委书记。1930 年 1 月 29 日被捕，次年 4 月 5 日遇害，壮烈牺牲。

1927 年大革命失败后，在白色恐怖中，作者充满革命信心，把生死置之度外，吟此诗表达自己的革命意志。诗题为编者所加。

詹大悲

就义诗

一心办赤化，不惜死与生。
留得丹心在，永远照汗青。

1927 年

詹大悲（1887—1927），原名詹翰，湖北蕲春人。早年参加同盟会，曾创办《大江报》宣传革命。1911 年武昌起义后，任武汉军政府主任，湖北省议会议长。北伐时任武汉政治分会委员。湖北政务委员会委员。1927 年 12 月 17 日，汉口桂系军阀以“赤化分子阴谋暴动罪”将其逮捕杀害。

詹大悲就义前慷慨激昂、视死如归。他捡起一根木炭头，就地写此诗。

詹文卿

绝命诗

年逢四二数篇空，
壮志成城贯日红。
英雄盛气临刀下，

革命何辞瘁鞠躬。
名留青史千秋记，
血染英山万古红。
同志厉声齐怒吼，
定教世界现大同。

詹文卿（1898—1930），湖北蕲春人。1928年加入中国共产党，并任蕲北第一个党支部领导人。1930年5月参与发动和领导五月暴动，任起义军总队长。同年6月19日在反“围剿”战斗中被俘。7月26日惨遭敌人杀害，壮烈牺牲。

这是作者在狱中写的绝命诗。

詹谷堂

对　联

赤帝本威灵，应教普开赤化；
红军初暴动，试看遍地红花。

1929年5月7日

詹谷堂，简介见第162页。

1929年5月7日，在南溪庆祝立夏节起义的大会上，作者挥笔写了这副对联，贴在当地火神庙大门两侧。

詹梓祥

狱中诗

吾死不足惜，恨未见解放。
革命千秋业，壮志寄远人。

詹梓祥（1908—1930），原名醒名，浙江桐乡人。1925年底加入中国共产党。1927年四一二反革命政变后，任中共浙江省委交通。1928年7月，领导永康、武义两县联合武装暴动。后调任中共海宁县委书记。1929年5月初被捕，1930年8月27日英勇就义。作者临刑前留下这首豪壮的诗篇。

褚雅青

迷途之中党指路（二首）

一

山河破碎吾心碎，
世浊无处不冤魂；
雅青愿为苍生故，
弃医寻法闯天门。

二

少壮立志献神州，
半生漂泊竟未酬。
迷途之中党指路，
康庄大道阔步走。

褚雅青（1902—1942），山东微山人。1919年南下投军，曾任连长，参加过北伐。1927年四一二政变后，离开军队去学医二年，后行医。1933年加入中国共产党。曾任抗日义勇队总队军医处处长，陇海南进支队运河支队作战参谋，峄县县大队副大队长。1942年4月21日在与敌作战中壮烈牺牲。

蔡上林

遣　怀[1]

雄心射越三千丈，[2]
未达成功哪肯休！
尝遍穷愁生死味，
淡然过去乐无忧。

1931年

蔡上林（1898—1932），又名东曙，湖南华容人。出身贫农家庭，当过长工。1925年加入中国共产党，任华容县农会委员长。大革命失败后，坚持武装斗争。任石首县赤卫大队大队长，中共湘鄂赣省委特派员。1931年赴湖北洪湖苏区工作。因劳累成疾，1932年3月去世。

【注释】

①此诗是作者在湖北天门、汉川一带工作时写的。②射越：这里指决心与敌人作英勇斗争。

蔡会文

挥戈直指油山中[1]

连天烽火炮声隆，
惜别赤都情意浓。[2]
突破重围万千里，
挥戈直指油山中。

1935年2月

好事近·三月渡桃江[3]

三月渡桃江，江水滔滔不绝。
休道人饥马乏，三军心似铁。
过关斩将敌胆寒，破贼围千叠。
指顾油山在望，喜遂风云合！

浪淘沙·突围行军纪事[4]

料峭春寒浓，强敌跟踪，夜行山谷月朦胧。林密坑深惊敌胆，莫辨西东。

血染遍山红，士气豪雄，餐风饮露志若虹。倦卧茅丛石作枕，若醉春风！

蔡会文，简介见第51页。

【注释】

① 此诗是作者1935年2月从中央根据地突围向南岑山脉油山进军时所写。诗题为后人所加。② 赤都：指江西瑞金。③ 此词是作者向油山进军途中渡过桃江时写的。另,《好事近》：词牌名，又名《钓船笛》《翠园枝》等。双调45字，仄韵。④ 此词是部队向粤赣边的油山地区行进途中写的。反映了作者的大无畏的革命精神，更体现了红军战士的豪迈气概。

蔡济璜

雄心誓不降

明月照秋霜，今朝还故乡；
留得头颅在，雄心誓不降。

蔡济璜（1905—1928），原名蔡雪奇，湖北麻城人。1925年加入中国共产党。任中共麻城特支书记，麻城县委书记。1927年11月参加领导黄麻起义，同年底被捕。1928年2月17日英勇就义。

1927年冬，黄麻起义失利后，作者仍留在原地坚持斗争。在艰难的征途中，他们壮心不已，斗志更坚。作者的诗抒发了誓死与敌人斗争到底的决心。

蔡鸿猷

给双亲（二首）

一

违别双亲七八春，
断梗浮萍苦飘零。
天涯寄迹音书绝，
患难偏增骨肉情。
珠海悲歌声惨切，
白云呜咽雁不鸣。
昔日青山今何在，
望断秋风五羊城。①

二

赤血染黄花，磷光照万家。
两度中秋月，平生志未偿。

蔡鸿猷（1897—1928），浙江缙云人。1924年加入中国共产党。1924年8月入黄埔军官学校第二期学习。毕业后任国民革命军第一军连长、连党代表，国民政府财政部缉私卫商总队营党代表等职。1927年广州四一五反革命政变时被捕。1928年10月6日被枪杀，英勇就义。牺牲前留下给父母双亲的绝笔家书并附有这两首诗。

【注释】

① 五羊城：即广州。

熊亨瀚

途　中[①]

昨夜洞庭月，今宵汉口风；
明朝何处去，高唱大江东。[②]

1928年

客中过“上元节”[③]

大地春如海，男儿国是家。[④]
龙灯花鼓夜，长剑走天涯。[⑤]

1928年2月6日

自挽联[⑥]

十余载劳苦奔波，秉春秋笔，执教士鞭，仗剑从军，矢忠护党，有志未曾伸，此生空热心中血；

一家人悲伤哭泣，求父母恕，劝弟妹忍，温语慰妻，负荷属子，[⑦]含冤终可白，再世当为天下雄。

熊亨瀚，简介见第55页。

【注释】

①1927年大革命失败后，作者在极端困难的情况下为革命事业奔波途中写下此诗，抒发不畏风险、勇往直前的革命豪情。②大江东：苏轼《念奴娇·赤壁怀古》词中有“大江东去”句。③作者亡命中于农历正月十五日上元节（即元宵节，公历2月6日）抒怀之作，充满了革命乐观主义精神。④国是家：以国为家。⑤长剑句：意思是拿起武器，到远方去开展武装斗争。⑥作者牺牲前作一副对联自挽，简述他革命的一生和对革命必胜的坚强信念。⑦负荷属子：负荷，即担任。属，即嘱。是说把一家生活负担托嘱给儿子。

熊绍琮

黄梅雨时节（三节）

黄梅雨时节，
我想起了家乡——
那蔓藤爬满的门墙，
在牛脚印遍的泥巷。

屋角挂起蛛网了，
门锁无声的生锈了，
人们呢？
走的走了，
死亡的已经死亡。
虽仅剩有败瓦颓垣，
对这绵绵的苦雨，
料仍继续着坚强的抵抗！

自从蚕丝跌了价，
我便离开家乡，
远了，黄梅雨时节，

到这滨海的城里流浪。
忘去吧，人烟冷落后
我记忆里的家乡——
不要悲哀，
不要彷徨，
肩起那人间的仇恨，
挺起胸我走，走，
走向那新的方向！

1936年5月于沙塘

五　月

五月是一篇算不清的血账，
破案头的日历展开了。
想有人在风里雨里，
撑一只孤帆，
浪拥上船舷。

满身的血汗，
时光都记在账上了，
他不会忘记。
撑往何处呢？
你看！前面有举。

1937年5月1日于兴安

无声的中国（三节）
——纪念“五卅”

你爱说“无声的中国”，
中国是无声的么？
我听见了，
十二年前在东南，[①]
有一片众口同声的吼叫，
“我们要活！”
一个人用他的鲜血，[②]
向时间的账簿上画一朵红花。
后来他悄然去了，
他是严肃而壮烈的。

如今度过了十二年的岁月，
这朵红花更艳丽了，
你想是隐隐的雷声么？
不啊！那是一片吼声响彻天外！

如今年年五月有个季节，
来纪念那位高明的画手：
那千万口牙一齐咬紧——
要挣脱巨锁走上理想的路程！
会有一天你会不说“无声的中国”，
那时你震得昏去了，
那一声怒吼一声雷！

1937年5月30日于兴安

熊绍琮（1912—1946），广西桂林人。中共党员。1940年进入解放区，曾任新四军江北指挥部秘书，新四军政治部宣传部副部长，华中建设大学预科主任兼总支书记，山东大学教育长和党委书记。1946年7月22日，在临沂县南村考察教育工作时被国民党特务暗杀。

【注释】

①此句指1925年发生在上海的五卅惨案和省港大罢工。这几个城市都位于我国东南面，故说在东南。②一个人：指顾正红。

熊琼仙

遗　言

死在太阳山麓，
活在人民心里！

熊琼仙（1904—1928），女，化名陈觉，湖南龙阳（今汉寿）人。1926年3月加入中国共产党。曾任汉寿县妇女协会副会长。中共汉寿县委委员和妇女部部长。1927年马日事变后，任中共湘西特委委员。1928年6月被捕，7月23日英勇就义。

熊琼仙被捕后，几次“过堂”，她一言不发，直到就义时留下这两句遗言。

穆清

遗诗（两行）

光明日月无私照，
万古经天给予人。

穆清（1898—1930），四川合江人。1920年赴法勤工俭学。1922年8月在法国加入中国共产党。1924年秋赴苏学习。1925年秋回国，任中共广东区委组织部部长。1927年大革命失败后，12月11日参加广州起义，当选为广州苏维埃政府土地委员会成员。1928年夏以后任中共四川省委组织部部长、省委书记。1930年5月被四川军阀杀害，壮烈就义。

遗诗（两行）正是穆清光辉一生的真实写照。

瞿秋白

给女儿

小小的蓓蕾，
含孕着几多生命。
陈旧的死灰，
几乎不淹没光明。
看那沙场的血花灿烂，
经过风暴之后的再生。
谁道是无意中的赤化？
却是赤爱的新的结晶。

1929年3月

满洲的“毁灭”

要有满洲的“毁灭”！
毁灭的可并不是满洲，

而是一切种种的猎人，
一切种种的猎狗！[1]
只要看看中国这片土地上，
已经有过这里那里的毁灭，
可是“莱奋生”旗帜的飘荡，[2]
正在开展着全中国的“毁灭”。[3]
夺尽指挥刀，掉转机关枪，
冲锋罢，看究竟是谁的毁灭！

写于1931年九一八事变后

无　题[4]

（近读《申报》“自由谈”，见有人说真正快乐的情死却是《金瓶梅》里的西门庆。此外尚有冷摊负手对残书之类的情调，实在“可敬”。欧化白话文艺占领“自由谈”，正像国民革命军进北京城；欲知后事如何，只要看前面分解可也。因此打油一首。）

不向刀丛向舞楼，[5]
摩登风气遍神州，
旧书摊畔新名士，
正为西门说自由。[6]

1932年12月7日

卜算子[7]

寂寞此人间，且喜身无主。眼底云烟过尽时，正我逍遥处。

花落知春残，一任风和雨。信是明年春再来，应有香如故。

1935年初夏

瞿秋白，简介见第171页。

【注释】

①种种的猎人：指国际帝国主义。种种的猎狗：指为帝国主义服务的国民党反动派。②莱奋生，苏联作家法捷耶夫名作《毁灭》中的主角。他是远东一支红军游击队的队长，在极艰苦的条件下顽强不屈地坚持斗争。③此句指中国工农红军正在全国范围内展开对国民党反动统治的英勇斗争。蒋介石的反革命政权注定要被人民推翻、摧毁。④1932年12月7日作者曾以魏凝落款写诗两首，寄赠鲁迅先生，此是其中之一。它揭露了当时资产阶级反动文人企图引诱青年堕落腐化、逃避现实、对祖国的前途漠不关心的阴谋。⑤不向刀丛：指不去和日本帝国主义与国民党反动派架在中国人民头上的屠刀作斗争。⑥西门：《金瓶梅》中的恶霸西门庆，这里指宣传那个恶霸的荒淫生活来迷惑青年。⑦这是作者步陆游《卜算子·咏梅》词原韵写成的，写于长汀狱中。作者这时知道自己生命已经走到尽头，死亡不可避免了。他沉着、镇定，挥笔填写了这首词。这是一首咏物言志诗词。卜算子：词牌名。

宋黄庭坚词有“似挟着，卖卜算”句而得名。又名“百尺楼”“眉峰碧”等。双调，前后行各四句，44字，各2仄韵。

附陆游原词：《卜算子·咏梅》：驿外断桥边，寂寞开无主，已是黄昏独自愁，更著风和雨。

无意苦争春，一任群芳妒。零落成泥碾作尘，只有香如故。

魏嫲

就义诗[①]

又吹号筒又拿枪，
咁多士兵来送丧。[②]
咁多官员做孝子，
死到阴间心也凉。[③]

魏嫲（1903—1928），广东五华人。3岁被卖给人家当童养媳。1925年参加乡农民协会，任妇女委员、宣传员。1926年参加乡农民赤卫队。1927年11月加入中国共产党。1928年3月在五华塘湖被杀害，英勇就义。

【注释】

① 此诗是作者就义时唱的山歌。② 咁多：广东方言，即这么多。③ 心也凉：心里痛快。

魏人镜

就义诗

夜台犹有钢筋骨，[①]
地下更加奋斗争。
寄语党中诸勇士，
砍斗枪毙莫灰心！

1928年

魏人镜，简介见第172页。

作者就义后，亲人们从他遗体的衣袋中发现一张纸条，上面用铅笔写着这首就义诗。全诗表达了作者坚定的斗争意志和宁死不屈、视死如归的革命情怀。

【注释】

① 夜台：即墓穴。

魏克仁

打倒封资帝

地主老财心肠狠，
敲骨汲髓害穷人；
可恨万恶资本家，
工人血汗全归他；
帝国主义行霸道，
弱小民族受欺压。
高楼大厦富人住，
可把穷人都苦熬。

劳苦大众团结起，
握紧枪杆打倒它！

1930 年

魏克仁（1911—1946），原名十篇，河北唐县人。1927 年加入中国共产主义青年团，后转为中共党员。曾任中共保定市委组织委员、市委书记，浚县赵岗高等小学校长，中共北京大学党支部书记。1937 年抗战全面爆发后，任冀鲁豫军区第一军分区政治部副主任，豫东纵队政治部主任。长期带病坚持斗争，1946 年 1 月 15 日在东明县病逝，以身殉国。

1930 年作者在河南浚县高小任校长时，为了进行反帝反封建教育，传播革命思想，写此类诗歌多篇，通过课堂传授给学生。诗题为编者所加。

全民族抗日战争时期

（1937 年 7 月—1945 年 8 月）

于超

振臂驱日寇（二首）

一

神州已破碎，父老饮刀枪；
腥风进长城，日寇更猖狂。
唤起我乡亲，揭竿保家乡；
众志定成城，中华总有望。

二

巍峨黑铁山，振臂驱日寇；
滔滔乌河水，冲洗亡国垢。
共产党领导，困难何需愁；
胜利指日待，曙光在前头，

于超（1909—1941），原名于修銮，山东桓台人。1937年七七事变后，参加华北抗日游击队十二梯队任宣传干事。1940年春加入中国共产党。曾负责组建桓台县文化救亡协会，后任县教育科长。1941年夏被敌人逮捕，英勇就义。

王助

思　念

远离膝下光明久，
历尽风涛与艰辛。
烽火熏天连数月，
岭空黯淡望吾亲。
起看庭前中夜月，
凭空传语寄平安。

约1941年

赠　言①

愿大家永久的；
愿大家幸福的；
愿大家互相让步；
愿大家互相尊重；
愿大家互相怜贴；
愿大家互相帮助；
在狂风暴雨中，我们同舟共济，
在凶波恶浪中，我们同登彼岸；
记住：我们是在这样紧急形势下，
而认识，而了解，而结合，
我们（结合的）意义，
也就在这里。

1941年1月28日

王助（1914—1941），福建福州人。1931年冬加入中国共产党。1933年底赴中央苏区工作。任闽北军分区政治部主任、政委，闽东北抗日军政委员会主席，坚持三年游击战争。后任新四军驻福州办事处主任，中共福建省委宣传部部长。1941年9月21日遭土匪袭击，英勇牺牲。

【注释】

①这是作者写给妻子宋梅影信中的赠言。

王干青

在延安呈毛主席

三秦北户古延安，
上将英名说范韩。[1]
自古贤豪不世出，
如公英武信才难。
十年叱咤雷霆斗，
一鼓和平亿兆欢。
沧海横流经此日，
更看双手挽狂澜。

1937年9月

王干青（1890—1949），四川绵竹人。早年毕业于四川通省师范学堂，后曾任四川古蔺县知事，省议会议员。大革命时期任绵竹县国民党党部书记长。1927年四一二反革命政变后曾被逮捕，出狱后毅然加入中国共产党。同年7月3日，参与领导绵竹大暴动。后长期从事党的上层统战工作。1949年11月9日被捕，后英勇就义。

1937年8、9月间，作者任四川军阀刘湘派驻延安的代表，在延安曾受到毛主席亲切接见。该诗写于此时。

【注释】

①范韩：指范仲淹和韩琦。北宋康定元年（1040），二人同任陕西经略安抚副使。其间改革军队、巩固边防，同经略西事，并称范韩。现延安宝塔山上有范韩寺，山腰有范公井。

王之燕

就义诗

浩气永长存，丹心照万古。
生前未了事，留与后人补！

1942年6月

王之燕（1915—1942），河北束鹿（今辛集）人。1939年加入中国共产党。曾任新四军后方留守处俱乐部主任。1941年初皖南事变时被捕，囚于上饶集中营，为七峰岩监狱中共秘密支部委员。1942年6月19日，赤石大屠杀时被害，壮烈就义。

作者在就义时高声朗诵这首壮丽诗篇。

王炳亮

送战友

昂首挺胸上前线，
不破敌寇终不还。
全国人民齐奋战，

小鬼何敢窥中原。

1939 年

王炳亮（1913—1940），又名朱兴华，山东昌邑人。1937 年春参加中华民族解放先锋队。1938 年 3 月加入中国共产党，历经中共昌邑县四区区委书记，昌潍联合县委宣传部部长，胶北特委宣传部部长，昌潍中心县委书记。1940 年 1 月 7 日在昌北与敌战斗中英勇牺牲。

1939 年 7 月，作者的战友要调外地工作。作者在送别之夜吟咏了这首诗。

王凌波

为青年人题诗①

已是家亡国破时，
要抽利剑斩情丝。
十年艰苦今磨尽，
重整旌旗报故知。

1937 年 12 月

互　勉②

相识多年少，而今快白头。
前途正艰险，拔剑断横流。③

1940 年

王凌波（1889—1942），湖南宁乡人。1925 年加入中国共产党。大革命时期任国民党湖南省党部书记长兼党团副书记。1927 年大革命失败后，曾两次被捕入狱，但始终不屈。抗战爆发后，任八路军驻湘通信处主任兼新四军驻湘办事处主任。1940 年回延安，任行政学院副院长。1942 年 9 月 3 日病逝。

【注释】

①1937 年 12 月在长沙，宁乡旅省同乡会开会欢送民训干部班学员赴宁乡开展抗日活动。会上宁乡女中学生谢淑颐请王凌波题词留念，他便写了此诗。②1940 年作者 51 岁生日时，其夫人姜国仁写诗："风雨结同舟，依依约白头。任凭风浪险，相与渡横流。"作诗祝寿，以示互勉。作者依韵和了此诗。诗题为编者所加。③横流：本指洪水泛滥，这里指国民党反动派的倒行逆施。

韦天强

赠友人

故乡诚可爱，亲人更有情；
为了民族故，献上我青春。

踏遍南北壮山河

人生满目泪沾衣，
奸徒猖狂能几时。
霜下花草虽凋谢，
春风吹到又还新。

生性刚强恕奔波，
交结周众若干多。
今朝背井离乡去，
踏遍南北壮山河。

誓将捷报慰乡亲

人生皆有事国心，
只怨世间恶心人。
连天是非相角斗，
身受欺凌岂堪忍。

故乡纵有天地情，
建国更须胆质真。
此去前程无限好，
誓将捷报慰乡亲。

韦天强（1909—1948），又名韦世刚，广西武宣人。1936年参加广西抗日学生军工作。1937年1月加入中国共产党。曾任学生军中队地下党支书。1944年5月，任中共贺县特支书记，粤桂边区中国人民解放军一二一纵队十二支队队长兼政委。1948年3月到黔桂边区工作，同年4月7日被捕，5月4日英勇就义。

所录三首诗，均是作者离乡参加广西学生军时所写。后两首诗的诗题为编者所加。

毛中玉

青年特等射手

我们的铁流奔向那靶场上，
我们把嘹亮的歌儿高唱。
我们是青年特等射手，
我们的子弹决不让它空放。
沉住气，紧握枪，
弹上膛，瞄准放，
敌人来一万，
杀它五千双。
敌人来进攻，
给它一个反“扫荡”！
我们是青年特等射手，
我们的子弹一颗一颗地，
打进敌人的胸膛。

毛中玉（1918—1941），浙江宁波人。曾任新四军教导总队俱乐部主任。1941年1月，在皖南事变中壮烈牺牲。

尹自勇

革命不怕死

革命不怕死，怕死不革命。
杀了尹自勇，杀不掉革命。

1939 年

尹自勇（1914—1939），原名尹贞金，江西永新人。1929 年参加红军。1930 年加入中国共产党。任红军助征员、营长、团长等职。1934 年 10 月参加长征。1935 年 4 月留在贵州坚持武装斗争。1939 年 4 月被国民党反动派杀害，英勇就义。临刑前口占此豪言壮语。

邓耶

当兵要当新四军（五节）

正月里来是新春，
剪掉辫子去当兵，
打倒日本狗强盗，
穷人才能得安宁。

听说女儿去当兵，
为娘有话儿细听，
当兵要当新四军，
切莫去当蒋家兵。
娘的话我记在心，
女儿今天要起程，
新四军革命为穷人，
穷人拥护新四军。

听说女儿要起程，
为娘有话儿细听。
到了队伍多写信，
为娘在家才放心。
女儿一定多写信，
信上写着打胜仗，
我娘见了喜盈盈。

送儿送到十里亭，
为娘有话儿细听。
上阵多杀日本鬼，
娘在家中等喜讯。
娘的话我记在心，
新四军革命为穷人。
祝福我娘多保重，
打倒日寇报娘恩。

一把大刀两面光，
叫声鬼子莫猖狂。
中华儿女是好汉，
坚决把你消灭光。

保卫大悟山

去掉枪口帽，
同志们随时准备战斗：
大悟山是我们的，

我们决不白白丢。
我们从来不愿内战，
今天敌人要来打我们。
我们只有忍着痛，
坚决自卫战斗。
看！老百姓都起来了，
救护送饭杀敌不落后：
敌人不退出大悟山，
永远也不放弃战斗。

1943 年

邓耶（1923—1944），湖北宜昌人。任新四军第五师政治部文工团团长，曾创作《战洪山》等一批革命歌曲。1944 年夏在战斗中光荣牺牲。

邓业懋

别矣故乡

别矣故乡，拜辞爹娘；
男儿此去，前程理想；
金钱断绝，难锁志向；①
但愿故乡，东出朝阳；
历史转捩，群乐洋洋；
民众掌权，可爱故乡。

1938 年

沟漏山上的五月②

沟漏夜半楼鸟声，
渔火星星江中明。
遥闻敌垒吹寒角，
怒愤填胸待出征。
那怕豺狼张牙爪，
报国卫家把战迎。

1940 年

邓业懋（1916—1945），又名陈浩、侯启荣，广西灵山人。1939 年 10 月加入中国共产党。曾是中共钦县特支领导成员，后任钦县人民抗日解放军参谋长。1945 年 2 月 26 日与国民党反动军队作战时被捕，3 月 10 日在钦州被害，英勇就义。

【注释】

①作者于 1938 年参加革命，其父对革命不理解，暂时不给予经济上支持，他作此诗而离家。诗后有“不肖男懋叩别”字样。②此诗是作者于 1940 年 5 月参加“小江朱案”武装斗争时在沟漏山上写的，战斗结束后寄给他爱人留作纪念。

左权

悼平江惨案烈士挽歌①

你忍受了最大痛苦，
你光荣地牺牲了。
在顽固分子的手中！

你英勇地抛弃了头颅。
英勇！你为了国家，抛弃了头颅。
英勇！你为了民族，抛弃了头颅！

1939年8月17日

挽武士敏烈士联[②]

尽忠于民族国家，努力求团结进步，磊落奇才，一世如君有几？

坚持在敌后抗战，英勇至杀身成仁，敢为将略，数年知己情深！

1941年

左权（1905—1942），原名纪权，湖南醴陵人。1924年入黄埔军校第一期。1925年加入中国共产党，同年赴苏联学习。1930年回国后，任中央军委参谋处长，红十五军政委、军长，红一军团参谋长、代理军团长，八路军副参谋长。1942年5月25日在山西辽县（今左权县）反“扫荡”战斗中英勇牺牲。朱德撰挽联悼念。

【注释】

①1939年6月12日，国民党反动派军队将新四军设在湖南平江的通信处包围，杀害新四军参议涂正坤等人，造成平江惨案。为此作者写挽歌，悼念烈士。②1941年9月，国民党政府军第九十七军军长武士敏在战斗中牺牲。1942年1月，太行区党政军民为武士敏举行追悼大会，作者作此挽联。武士敏简介见第436页。

石莹

投　军

国事蜩螗百感生，[①]
弃家辍学自投军。
……
投笔班超令慰愿，[②]
登楼王粲漫伤神。[③]
湖光虽好休留恋，
岂敢偷闲作沉沦。

1938年

石莹（1917—1938），又名保罗，湖北黄梅人。1938年参加黄梅抗日少年先锋队，不久加入中国共产党。曾任中共黄梅县委委员，新四军江北游击第八大队副队长。一次在广济郑公塔执行任务时，被敌逮捕杀害，英勇就义。

【注释】

① 蜩螗：即蝉。② 班超：东汉名将，少佣书养母，旋投笔从戎。③ 王粲：东汉人，作《登楼赋》，“建安七子”之一。

石潇江

对　联

今古上国衣冠沦为夷狄；
相率中原豪杰还我河山。

石潇江（1909—1945），原名石湘璞，山东临淄人。1928年加入中国共产党。曾任小学教员、校长。1937年七七事变后，任八路军三支队营长，蒙山支队副支队长兼参谋长，清河军区参谋主任，清东军分区副司令员。1945年10月率部渡海挺进东北，航行木船触礁遇难。

叶挺

皖南重围中口占①

雾里旌旗云里山，
凭崖勒马君试看。
层峰直上三千丈，
出峡蛟龙瞬息还。

1941年1月4日

《囚语》明志诗②

不辞艰难那辞死，
生死原来相游戏。
只问此心无愧怍，
赤条条来光棍逝。

1941年1月21日

题壁诗

富贵不能淫，威武不能屈。
正气压邪气，不变应万变。
坐牢三个月，胜读十年书。

1941年4月题上饶集中营壁上

四言诗③

四次辞呈，三年军长。
一朝革职，无期徒刑。

囚　歌④

为人进出的门紧锁着，
为狗爬出的洞敞开着，
一个声音高叫着：
——爬出来吧，给你自由！
我渴望自由，
但我深深地知道——
人的身躯怎能从狗洞子里爬出！
我希望有一天，
地下的烈火，
将我连这活棺材一起烧掉，
我应该在烈火与热血中得到永生！

1942年11月21日

叶挺（1896—1946），字希夷，广东惠阳人。1924年加入中国共产党。参加北伐战争，任国民革命军独立团团长、二十四师师长、十一军军长。1927年参加领导南昌起义和广州起义。抗战时任新四军军长。1941年皖南事变时被国民党非法逮捕。1946年3月，在中共中央坚决要求下，始获自由，同年4月8日，自重庆飞返延安途中，因飞机失事遇难。

【注释】

①此诗是作者与钱俊瑞共同题咏作。此诗的另一种传文为《过黄山》："层峰直上三千丈，雾里美人云里山。悬崖勒马往前看，出峡蛟龙几时还。"②皖南事变发生后，作者被无理扣押。1941年1月21日开始写《囚语》，记叙自己的革命斗争经历。《囚语》的开头就是这首诗。③此诗是作者写于狱中。郭沫若在旧政协期间，大声疾呼地要求国民党无条件释放叶挺时，曾经援引了这首小诗。④此诗是在囚禁作者的"中美特种技术合作所"渣滓洞集中营楼下第二号牢房墙壁上发现的。

史轮

老百姓偷枪（五节）

二更里月正明，
我们要进敌兵营，
腰里暗藏杀猪刀吧，
呀咦哟！
大家跑起来一溜风！
咦儿呀儿哟！

二更里月平西，
蹲在山凹出主意，
鬼子哨兵睡着了吧，
呀咦哟！
可不要把他惊动起。
咦儿呀儿哟！

三更里月儿降，
进了敌营莫慌张。
他们睡的像死猪吧，
呀咦哟！
悄悄的摘下他的枪。
咦儿呀儿哟！

四更里黑沉沉，
我们出了敌营门。
卧倒开枪砰砰叭吧，
呀咦哟！
看你们还杀中国人。
咦儿呀儿哟！

五更里东方明，
武装起来真英雄，
东南西北去游击吧，
呀咦哟！
打他汽车收县城。

咦儿呀儿哟！

1937年冬作于山西前线

大家来杀鬼子兵（四节）

达达达，机关枪，
轰隆隆，大炮响，
日本鬼子兵来到我村庄，
你看那黑烟腾空强盗们多猖狂。

东邻在哭儿郎，
西邻在叫爹娘，
咱们的乡亲紧捆在大树上，
强盗们把那刺刀刺在人胸膛。

妇女们跑得慢，
满脸上是血浆，
你看那鬼子兵朝我们家里闯……
兄弟们拿起家伙赶他们出村庄！

乒乒乒，锄头拼，
咕冬冬，棍子枪，
看这些野兽们栽倒在地埃尘，
我们就去打游击，大家去杀鬼子兵！

1937年写于山西前线

史轮（1902—1942），原名马清瑞，山东邱县人。曾任西北战地服务团战地记者，后在晋察冀文救会工作。编过诗刊、文艺宣传品。1942年5月，在反“扫荡”战斗中英勇牺牲，时年不到40岁。

前两首诗曾由劫夫作曲。

史履升

狱中诗

马首龙沙垣，血染嫩江边。
夙怀报国志，黑发变苍然。
苍天何独恨，被擒在济南。
今生一去也，中华万万年。

史履升（1908—1943），辽宁义县人。1939年加入中国共产党。1941年参与成立中共北满省委第一执委部。1941年12月被日本宪兵在济南逮捕，1943年3月被杀害，壮烈牺牲。此狱中诗由狱友带出。

白乙化

壮士志增羞

古刹映清流，松涛动风愁。
原无极乐园，今古为诛仇。
闲话兴亡事，安得世外游。
燕山狂胡虏，壮士志增羞。

1941年1月

白乙化，简介见第203页。

1940年初，作者途经龙泉寺时，

住持老僧认出他，称是当年的“白才子”。在老僧的请求下，作者在影壁上题诗，表达自己要把日本鬼子赶出中国的意志和决心。

乐恭彦

人生当如蜡烛[①]

人生当如蜡烛，
在给予人们的光明中，
消失了自己。

1939 年 4 月

为战友考入空军题词[②]

穿划过晴空，
远远地离开了
地面上的友人们，
你是更接近光明和自由。

1939 年 4 月

乐恭彦（1920—1949），贵州贵阳人。中共党员。贵州学联的发起人和组织者之一。曾任中华民族解放先锋队组织部部长，从事抗日救亡运动。解放战争时期，曾组织贵州大学学生爱国民主运动。1949 年 6 月被捕，同年 11 月英勇就义。

【注释】

①作者的这首诗表现出他为革命甘当“蜡烛”的无私奉献精神。②此诗从对战友的勉励中，反映出作者对光明的无限向往。

司徒扬

四季风车歌（四首）

春风吹来暖又暖，
风车团团转，
播种插秧家家忙，
为了抗日多生产，
救国公粮齐缴足，
军队吃饱好打仗。

夏风吹来热又热，
风车转如梭，
太阳当头要车水，
田里水满稻子活，
前线胜利靠军队，
一年收成靠风车。

秋风吹来凉又凉，
风车吱吱响，
前门有个日本狼，
后门有人要投降，
反共内战害百姓，
反共派要把中国亡。

冬风吹来冷又冷，
风车不怕冻，
反对反共投降派，
大家来帮抗日军，
时局好转风车转，
来年开春有田耕。

黄海海民曲（二节）

潮汛来了哟，
船儿起来吧，
艄公喊起呼哨，
三月的风，
吹向那深海中。
下海奔向东，
伙伴们拉紧篷，
心儿随着帆飞，
黄花鱼浪花中奔腾。
冲过黄狗兵船的黑烟，
压倒海霸的猖狂，
千万只船呀一条心，
筑成了海上的铁墙，
千万只手呀张开网，
结成了海上的屏障。

风哟，
雁鹅子飞翔，
老二用力撒下网，
绞起鱼虾装满舱，
乘风破浪向前进，
迎着满天的曙光。
海里有我们的食粮，
海洋是我们的家乡，
谁敢拦住我们的去路，
管叫他狂涛中灭亡。

司徒扬（1918—1945），上海人。新四军战地服务团团员，后任苏浙军区第一纵队二支队宣传股长。于1945年10月乘中安轮强渡长江中遇难，不幸牺牲。

司马军城

我们的宣言

我们写诗，
我们不是在写“诗”！
而是愿意——
在我们生命的奔流里，
迸流出鲜红的血；
我们面对着千百万的伙伴，
——人类解放的战士，
我们伸出了双手：
“同志，饮一杯吧！
今宵是一个长夜的战斗！”
我们在队伍里，
和大炮、机关枪站在一起，
我们将鲜血洒向前面：
“同志，放射吧！
对准那鲜血洒向的地方！”

我们写诗，
难道我们这是在写“诗”！

老乡们，欢迎去！
老乡，老乡！
你看咱们的同志呀，
咱们那好样的儿郎，
一个个穿着汗湿的衣裳，
挺着胸，扛着枪，
从战场上下来了。
他们又打了一个大胜仗！
邻家的王福哥，
对门的李大嫂和张二娘，
咱们都欢迎去。
“你们辛苦啦，同志们！
我给你们洗了这几件衣裳。”
咱们要拿出所有的东西，
慰劳咱们的同志。
让咱们好样的儿郎，
吃得饱，长得更壮，
打起仗更有力量。
他们用性命换来了胜利，
就是用性命筑起了保护咱们的城墙。

司马军城（1920—1944），原名牟伦扬，湖北利川人。抗日战争爆发后到延安，入陕北公学学习，后任《晋察冀日报》编辑，又到冀东地区工作办报。1944年4月7日在战斗中英勇牺牲。

成善谋

幸福定是无边

遥望西天、北天，
在那里人权尊重，
衣食充足，
男女平等，
种族无间，
福寿绵绵。

它虽被希匪强劫，
但已被赶出家园，
那人民军直捣匪穴，
莫不奋勇向前。
啊，自由的曙光，
出现在南天、北天，
东天、西天。
被压迫的人们，
被奴役的人们，
不久的将来，
民主、和平，
幸福定是无边！

1944年7月20日

成善谋（1917—1949），四川合江人。早年曾在四川无线电收音员训练班学习。1939年加入中国共产党，任党小组长，电台特支宣传委员。1949年又加入民盟，公开身份为飞机修理厂职员，专用无线电台工作人员。运用自己的专长收听、抄录新华社电讯，供中共重庆市委机关报《挺进报》刊用。1948年4月因《挺进报》事件被捕，囚于重庆渣滓洞监狱。1949年10月28日在大坪刑场就义。

此诗写在成善谋的日记上。西天、北天指苏联。

吕光

悼念顾宁

正当绿柳迎春时，
噩耗惊心颤发丝。
伤友岂宜洒热泪，
雪仇应待搴敌旗。
一朝雄师缚厉鬼，
三军壮歌作哀诗。
俯首停车无由写，
任他东风弄征衣。

1944年

吕光（1914—1944），苗族，云南思茅人。1935年考入北平朝阳大学。1937年加入中国共产党，同年去延安，入陕北公学学习。后任华北联合大学组织科长，中共冀东地委宣传部副部长，冀热边特委宣传部副部长兼救国报社长。1944年10月中旬，在反“扫荡”战斗中中弹牺牲。

为悼念战友顾宁，吕光写了此诗，并发表在《新长城》杂志上。顾宁为新闻工作者，是冀热边五地区委《救国报》燕南版负责人。

吕大千

狱中诗（三首）

一

利用寇刀杀寇仇，
一腔义愤不日休。
纵然没有脱身计，
那肯涕零学楚囚。

二

时代转红轮，朝阳日日新；
今年春草除，犹有来年春。

三

马列题开共产大，
崭新主义有来由。
劝君莫发呻吟语，
不到十年遍地球。

吕大千（1909—1937），又名吕树俊，黑龙江宾县人。1929年考入北平民国大学。1930年参加反帝大同盟。1933年加入中国共产党，任中共宾县特支宣传委员、代理书记。

1937年5月13日被日寇逮捕，7月21日在哈尔滨英勇就义。

作者在狱中所写的三首诗，表达了他与敌人誓不两立的鲜明立场和视死如归的革命英雄主义气概；也表达了他对党所领导的抗日救国斗争必胜的坚定信念。

吕惠生

书　联

八千里路江山，方共策同筹，
收拾平章臻上理；
四百亿兆意志，看磨金炼铁，
开张挞伐靖群妖。

约1940年

吕惠生（1903—1945），安徽无为人。1942年参加中国共产党，曾任江苏仪征县县长，安徽无为县县长，皖江行政公署主任。1945年9月随新四军七师北上，途中遭蒋匪军袭击被捕，同年11月4日在南京被杀害，英勇牺牲。

作者从共产党人身上看到了国家的前途，民族的希望，对抗日战争充满了胜利的信心，便书联抒怀。

朱克靖

驱倭溅血痕

七载驱倭溅血痕，
剧怜焦土万家村。
街枪夜袭惊残吠，
策马宵征见晓星。
尺地争回尝百战，
一声杀敌九天闻。
莫谓重光无底事，
须凭群力任贤能。

1944年2月

朱克靖（1895—1947），原名朱宏夏，湖南醴陵人。1922年加入中国共产党。曾参加北伐战争，任国民革命军第三军党代表，后参加南昌起义。抗日战争时期，任新四军政治部顾问兼战地服务团团长、联络部部长，苏浙行政公署主任。1947年1月，在华中民主联军做政治工作时被捕。同年10月被国民党当局杀害，英勇就义。

1944年2月，作者去往苏中根据地，途经新解放区水洞口、高明庄等地，目睹败垣残砾，旧痕依稀，有感而发，遂成此诗。诗题为编者所加。

朱学勉

有　感

男儿奋发贵乘时，
莫待萧萧两鬓丝！
半壁河山沦异域，
一天烽火遍旌旗。
痛心自古多奸佞，
怒发而今独赋诗。
四万万人同誓死，
一心一德一戎衣。

1937 年 8 月

朱学勉（1912—1944），原名应端贤，浙江宁海人。1937 年奔赴延安，同年 11 月加入中国共产党。次年派回浙江工作，任中共鄞县县委组织部部长，余姚县委书记，诸北中心县委书记，浙东游击队金萧支队第一大队大队长。1944 年 4 月 27 日，与日伪军作战时英勇牺牲。

朱镜我

我们是无战不胜的铁军

我们是工农自己的队伍，
我们在斗争中生长壮大，
千百次血战恶斗，
锻炼出无限的伟大力量。
我们有共产党坚强的领导，
我们有指战员勇敢杀敌的决心，
我们是无战不胜的铁军，
我们是无坚不摧的钢军。
我们紧紧地握着刀枪，
对准敌人胸膛，
谁敢向我们挑战，
谁就遭受我们顽强的反击。
谁敢向我们进攻，
谁就一定在我们面前灭亡！

1940 年 6 月

朱镜我（1901—1941），原名朱德安，浙江鄞县人。早年留学日本。1927 年回国后，参加创造社。1928 年加入中国共产党。任中国社会科学家联盟党团书记，中共中央文委书记，上海中央局宣传部部长，新四军政治部宣传部部长。1941 年 1 月在皖南事变中牺牲。

1940 年 6 月，国民党反动派军队向新四军军部四周迫近，几乎形成了包围形势。作者写了这首歌并由何士德谱曲，在新四军全军中流传起来，起到极大的鼓舞士气的作用。这首歌在皖南事变后仍在江南、皖北、山东等地流传了很长时间。

向奉之

我爱我的家乡

我爱我的家乡，
因为她靠着这条被激怒的黄河。
这广阔的平原啊，
曾是哺育中华民族成长的地方。
尔今，您可听见，
那铁蹄踏破长城的声响？
可看见，
这铁蹄声所震撼着的层层表演？
故乡啊，母亲
这时候——
我怎能熬得住十年寒窗？
为了您，母亲
我决不把《流亡曲》到异乡去唱。

向奉之（1915—1947），山东曹县人。1938年春加入中国共产党，任中共鲁西南地委秘书、组织科长，齐滨县委副书记。1947年7月的一天，作者率警卫班截击搜捕国民党散兵残敌，不幸牺牲。

1937年七七事变后，国民党军政人员纷纷南逃，有些青年学生也随之流亡。是年冬，作者所在的学校也准备南迁，他出面反对，并写下了这首诗。不久作者入党，在当地坚持斗争。

刘英

给魁梅同志（二节）①

一

站稳自己的立场，
把握住事体的真理，
任何麻醉欺骗与利诱，
均不能丝毫动摇，
我们的斗志与决心！

二

抛弃一切动摇，
准备一切牺牲，
集中一切力量，
一切的一切，
都应该服从于革命战争！

1939年10月

悼念皖南阵亡将士

生而为英，死而为灵。
念我烈士，万古垂青。

1941年1月

狱中诗②

十年征尘到如今，
偷生弹雨息枪林。
战死沙场堪自乐，
囹圄室内何我分。

1942年

刘英，简介见第212页。

【注释】

①1939年10月，作者与丁魁梅在温州结婚。在结婚当天便为妻子写了这两份题词。②作者于1942年2月在温州被捕，在狱中写此诗明志。

刘滔

殉道如归

抗大膺选学敌工，
宿淮虎穴寻难行。
攻心为上却倭伪，
殉道如归薄盛名。

1941年5月

刘滔（？—1942)。新四军敌工干部。1942年被叛徒出卖，遇害。彭雪枫师长表扬刘滔是“手无寸铁，腹有雄兵的人”。

刘子超

山东纵队进行曲

日寇侵入了山东，
投降派便挂上了免战牌。
投降派逃跑了，
我们便从地下站起来。
徂徕山举义旗，
誓死守土我们不离开！
土生土长在农村、在民间，
虽然是赤手空拳，
但是，
有三千八百万人民和我们
血肉相连。
虽然是一无所有，
但是，
有中国共产党领导着我们
迈步向前！
虽然是年轻的党军，
但是也进行过无数的血战：
我们用土炮打下过飞机、
击沉过兵舰，
在雷神庙、魏家堡、杨家楼、刘家井……
曾用我们的热血，
写下了辉煌的战史，
看吧，看吧！
敌人正在我们面前发抖，
只要我们战斗，
战斗啊，不断的战斗！
胜利就在我们的前头！

刘子超（1906—1941)，原名刘起亚，广东兴宁人。1926年8月加入中国共产党。曾任中共上海沪西区委宣传部部长，闸北区委书记，华北军政干部学校校长，八路军第一纵队政治部宣传部部长，山东纵队政治部宣传部部长。1941 年 12 月在费县大青山突围战斗中壮烈牺牲。

刘仲羽

狱中题壁诗

铁窗难锁革命志，
愿将热血献人民。
皮鞭棍棒何所惧，
誓把地狱翻转身。

刘仲羽（1914—1942），山东东平人。1937 年 12 月加入中国共产党。先后任中共东平县委书记，泰西地区抗日动委会主任，中共泰西地委宣传部部长等职。1941 年秋回东平检查工作时，因叛徒告密被敌人逮捕。1942 年 1 月被杀害，英勇就义。

作者面对敌人的凶残酷刑而临危不惧，表现出对革命忠贞不渝、甘于献身的革命气节。

刘保罗

黄海潮

人心有血，
黄海有潮。
潮涨浪涛高，
血战志气豪。
日本强盗进了门，
抢你的谷子割你的稻。
屋子烧光，家破人亡，
海一样深仇，怎不报？
啊！亲爱的同胞！
肩起钢枪，背起大刀
当兵把仇报！（当兵啊！趁早啊！）
打了胜仗，
父母妻儿都欢笑！
打了胜仗，全家团聚了。

1941 年

刘保罗（1907—1941），原名刘脐生，湖南长沙人。1929 年加入中国共产党。曾任左翼戏剧家联盟党团书记。1939 年到淮南抗日根据地，任鲁艺华中分院戏剧系主任。创作《一个打十个》《湖上柳梢头》等抗战戏剧。1941 年 3 月 6 日，在排练抗日剧目时，因道具枪走火不幸牺牲。

此诗又称《当兵歌》。

刘继哲

自誓诗

人呀，除了呆汉，
都有理想、有心愿，
有的想全球共产，
有的想发财做官，
有的想淫乐酒欢，
有的想上天成仙。

我为人类崇高理想而奋斗，
只为五洲红丹丹！

1938 年 8 月

狱中诗

你问啥，我不讲，
你动刑，我不降，
你要杀头我昂头，
甘将热血献八荒！[①]
今日鲜血浇棉田，
明日红旗满天扬。

1943 年

刘继哲（1919—1943），陕西西乡人。1933 年参加农民暴动和游击队。1939 年 7 月加入中国共产党，曾任中共西乡县黄池区委负责人和支部书记。1943 年 8 月被捕，同年 11 月 3 日英勇就义。

作者的《自誓诗》写于他刚入党不久，诗中表达了自己要为人类的崇高理想——共产主义事业奋斗终身。作者在《狱中诗》中表现出共产党人宁死不屈、舍生取义的崇高精神。

【注释】

① 八荒：《说苑 · 辨物》："八荒之内有四海，四海之内有九州。"这里是指祖国辽阔的土地。

刘惠馨

我们结婚了

我们结了婚，
没有双方的收入和支出，
用不着"立此存照"的证书。
我们不必登报要求社会承认，
这个社会本身我们就不承认。
我们并不害怕法律来否定，
我们藐视这法律不值一文。
我们不会离婚，
除非谁做了前线上的逃兵。

1939 年秋

刘惠馨（1914—1941），女，又名刘一清，江苏淮阴人。1938 年 1 月加入中国共产党。曾任中共宜昌县雾渡河区委书记，鄂西特委委员兼秘书，鄂西特委妇女部部长兼恩施县委副书记。1941 年 1 月被捕（还带着不满周岁的婴儿），同年 11 月 17 日在恩施英勇就义。

1939 年秋，刘惠馨与马识途（时任中共鄂西特委书记）结婚，这是为自己的婚礼写的诗。

刘慕琨

满江红

大敌当前，要报国，匹夫有责。

好男儿，头颅可弃，何惜热血。鼙鼓紧催关内外，[1] 血痕遍洒江南北。量倭奴猖獗不多时，莫悲切。

国已破，山河裂；家已破，骨肉折，这公仇私愤怎能不雪？壮志未酬同有恨，倭奴不灭会无日。且看我率齐鲁健儿，杀顽敌。

1938 年

刘慕琨（1911—1939），原名刘敦驹，湖北武汉人。1930 年入国民党中央军校武汉分校第八期。毕业后曾任排、连长，1937 年抗日战争后，曾参加上海四行仓库保卫战。1939 年在山东任团长时，惨遭敌伪杀害，光荣就义。

1939 年，作者要求到敌后参加抗战。临行前填此词，抒发了作者的爱国情怀和率众杀敌、报仇雪恨的决心。

【注释】

① 鼙鼓：古代军队中用的小鼓，这里指日本帝国主义侵略的枪炮声。

许晴

中华民族好儿女（四节）

春天的太阳放彩光，
胜利的歌声响四方！
我们是中华民族好儿女，
千锤百炼已成钢，
从不怕千难和万险，
坚持抗战在敌后方。

敌后方，敌后方，
前门有虎后有狼，
反共派进攻要打退，
鬼子来了要反“扫荡”。
进攻扫荡都不怕，
我们在斗争中成长。

敌后方，敌后方，
军民合作力量强，
抗战歌声震天地，
民主旗帜在飘扬。
抗战民主齐努力，
我们的祖国得解放。

春天的太阳放彩光，
胜利的歌声响四方！
我们是中华民族好儿女，
千锤百炼，千锤百炼，
千锤百炼已成钢！

1941 年春

许晴（1914—1941），江苏扬州人。1933 年参加革命。曾任鲁迅艺术学院华中分院戏剧系主任。1941 年 7 月 23 日，在反“扫荡”战斗中突围时被刺，壮烈牺牲。

此诗作于1941年春，由孟波作曲，是抗日战争时期在华中最为流行的歌曲之一。

许晓轩

除夕有感[1]

不悲身世不思乡，
百结愁成铁石肠。[2]
止水生涯无节日，[3]
强颜欢笑满歌场。
追寻旧事伤亡友，
向往新生梦北疆。[4]
慰罢愁人情未已，
低徊哦诵“惯于”章。[5]

1947年1月

许晓轩（1916—1949），学名永安，江苏无锡人。1938年加入中国共产党。后在《新华日报》工作，曾是《青年生活》主编，后任中共川东特委青委宣传部部长。1940年4月被捕，被囚在贵州息烽和重庆“中美特种技术合作所”白公馆集中营内，是狱中党组织负责人之一。1949年11月27日被害，壮烈牺牲。

【注释】

①作者的《除夕有感》写于1941年1月29日。②百结愁成铁石肠：意指历经千愁百恨的苦难之后，反滤净个人情思，增强了革命到底的决心。③止水：死水不波。连下句，是说旧社会停滞落后、糜烂腐朽。④北疆：指延安。连上句，意说作者除夕心怀，追思战友，向往延安。⑤“惯于”章：指鲁迅为悼念“左联”柔石等五烈士殉难而作的《无题》诗。“惯于长夜过春时，……”诗中表达了对蒋介石屠杀革命者的愤慨。

迟健民

感　恩

身系绳绁牵逢君，
感君之情似海深。
一宵如遂凌云志，
愿与日月话古今。
谷草为褥书为枕，
忧思国难恨逆军。
大义勇为岂能忘，
永记中华好儿孙。

1939年

迟健民（1908—1942），原名迟受义，山东蓬莱人。1938年2月参加蓬莱武装起义，后任蓬莱抗日民主政府教育科长，蓬莱中学校长，胶东公学教导主任，胶东东海军校校长。1942年12月在反“扫荡”中被俘，

12月7日英勇就义。

1939年11月，作者奉命到蔡晋康部做统战工作，被蔡扣押，转解国民党政府鲁东行辕。在被押期间，他积极向看守宣传我党抗日救国正确主张，揭露国民党破坏抗战的罪行。终于感动了看守，送他逃出虎口。这首诗是作者逃出虎口后写的。诗题为编者所加。

孙晓梅

遗 言

多少人妻离子散，
多少人家破人亡？
多少人尸骨纷飞？
多少人战死沙场？
想人生不免一死，
不过死得其时而得所值乎！
我们除了为大众谋福利而奋斗外，
个人的利益本来是放在后面的。

1943年

孙晓梅（1914—1943），女，浙江富阳人。1938年8月参加新四军，1940年9月加入中国共产党。曾任中共镇丹县委、武进县委妇女部部长。1941年后担负中共长江工委与路北特委之间的政治交通工作。1943年5月初被日本宪兵队逮捕，后被残忍杀害，壮烈牺牲。

孙铭瑞

悼佟、赵二将军

将军壮志贯长虹，
戎马纵横驰征程。
军旗猎猎风雷吼，
战马萧萧倭魂惊！
碧血涛涛染南苑，
英名浩浩垂汗青。
几时能饮黄龙酒，
横揽济水一奠公。

1937年8月

孙铭瑞，简介见第236页。

1937年8月，作者闻知国民党第二十九军副军长佟麟阁、第一三二师师长赵登禹二位将军在卢沟桥事变后的7月28日与日寇交战，率部奋勇杀敌而壮烈牺牲，写此诗悼念。诗题为编者所加。

麦新

牺牲已到最后关头

向前走，别退后，
生死已到最后关头。
同胞被屠杀，
土地被强占。

我们再也不能忍受，
亡国的条件决不能接受，
中国的领土一寸也不能失守。
同胞们向前走，别退后，
拿我们的血和肉，
去拼掉敌人的头。
牺牲已到最后关头！

向前走，别退后，
生死已到最后关头。
拿起我刀枪，
举起我锄头，
我们再也不能等候。
中国的人民一齐起来救中国，
所有的党派快快联合起来奋斗。
同胞们向前走，别退后，
拿我们的血和肉，
去拼掉敌人的头。
牺牲已到最后关头！

1937 年

大刀进行曲（二节）

一　原作：

大刀向鬼子们的头上砍去！
二十九军的弟兄们，
抗战的一天来到了，
抗战的一天来到了。
前面有东北的义勇军，
后面有全国的老百姓，
咱们二十九军不是孤军！
看准那敌人，
把他消灭！把他消灭！（喊冲啊！）
大刀向鬼子们的头上砍去！（喊杀！）

二　后改成：

大刀向鬼子们的头上砍去！
全国武装的弟兄们，
抗战的一天来到了。
前面有东北的义勇军，
后面有全国的老百姓，
咱们中国军队勇敢前进，
看准那敌人——
把他消灭！把他消灭！
冲啊！
大刀向鬼子们的头上砍去！
——杀！

1937 年

麦新（1914—1947），著名音乐家，原名孙培元，江苏常熟人。1935年一二·九运动后，积极从事抗日救亡歌咏运动。1938年加入中国共产党。曾任鲁艺戏剧、音乐部支部书记。1945年九三胜利后赴东北工作，任中共热河省开鲁县委组织部部长兼宣传部部长。1947年6月6日，遭残匪袭击，壮烈牺牲。

所录两首歌词，分别由孟波和作者谱曲，广为传唱。

杜树华

无　题

孤鹤辽天久失群，
特来穷谷仿小僧。
妙高不许人常往，
第一峰头见德云。

杜树华（1877—1944），湖北浠水人。早年教书，思想进步。1941年5月参加革命，任陂安南抗日民主政府副县长。1942年秋身患重病，党组织送他到鄂城县云孟寺隐蔽，养病期间仍继续从事革命活动。1944年9月26日病情恶化，不幸逝世。1951年，浠水县人民政府追认其为革命烈士。

此诗写于养病期间，表达了对革命事业的必胜信心。

杨十三

挽　诗

洪杨举义为图存，①
台头血战君先殒。②
待到华夏光复日，
把酒公祭慰忠魂。

1938年

杨十三（1889—1939），原名杨彦伦，河北迁安人。1920年毕业于直隶省高等工业学校，后赴美留学，获博士学位。1925年回国在母校任教授。抗战时毁家纾难，投笔从戎。1938年7月参加领导冀东抗日武装暴动，后任冀东抗日联军第一路军政治部主任。暴动失败后赴太行山八路军总部。因经常转战，积劳成疾。1939年7月21日病故，朱德总司令主持其追悼大会，彭德怀副总司令致悼词，毛泽东寄挽联悼念。

1938年10月，冀东抗日联军第一路军司令洪麟阁在对敌作战中英勇牺牲，作者为战友写诗悼挽。

【注释】

①洪杨指太平天国洪秀全、杨秀清在广西举义。②洪麟阁在河北蓟县台头村对日军作战时英勇牺牲。

杨杞松

抗日义勇军歌

我们抗日义勇军，
人民的武装，救国打先锋。
不怕死，不贪财，纪律严明。
谁若违反了，处罚定不饶，
个个心记牢，处处为人民。
共产主义爱国战士。
大家团结好，人人志气高。

吃苦能耐劳，打起仗，听指挥，
不蛮乱干。
敌情先摸清，我方打隐蔽。
依靠群众力，共产党领导，
大智大勇，顽强战到最后胜利。

杨杞松（1914—1947），又名杨光辉，福建莆田人。1936年加入中国共产党。曾任中共莆田县委书记。1947年8月被叛徒出卖而被捕，不久光荣就义。

杨道生

狱中诗

中原大地起腾蛟，
三字沉冤恨未消。
我自举杯仰天笑，
宁甘斧钺不降曹。

1942年

杨道生（1911—1942），江苏淮安人。1938年加入中国共产党。曾任中共成都市西城区委书记，并任成都战时出版社社长（用以掩护党组织活动）。1942年2月13日，在前往乐山就任中心县委书记的途中被捕，6月3日被国民党军统特务杀害，壮烈牺牲。

作者的狱中诗表达出他对革命事业忠贞不渝、从容不迫、视死如归的革命气节。

李策

狱中寄语之九十七（七节）[①]

风——呼啸！
雷——怒吼！
闪电——疾驰！
暴风雨又来了。

“一九”，这不祥的日子，
“七一九”，是毛哥的
鲜血染红的，[②]
“二一九”，产生在抗日时期的
风暴中，[③]
偏僻的贵州，
依旧是敌人血腥的屠场，
刽子手们从不考虑外患日重。

狱中的岁月，
漫长的过去，
发霉的年华，
过惯了。
革命的花朵呵，
是需要任何情况下的
坚贞来培育的。

我们吃惯了黄饭和苦菜，
我们不怕蚊蝇和蚤虱，

潮湿病，生了根，
肺结核，成朋友，
血色，没有了，
大家都这么消瘦，
但我们的骨头呵，
仍然是挺硬挺硬的。

呵，亲爱的！
让我告诉你：
敌人的皮鞭，我能忍受，
母亲的误解，我能承担，④
当然，对自己的遭遇，
我一点也不会模糊。

呵，亲爱的！
让我告诉你：
你应该更勇敢地站起来，
为了保卫真理，
准备与各种各样的敌人，
进行无情的搏斗！

年轻的妈妈呀，
我们新生的婴儿不满一岁，
要教育她成为一个坚实的人，
继承父亲的遗志，
学习母亲的品德。
他们的岁月呀，
将是光辉灿烂的。

记住鲁迅的诗句：⑤
“自己肩住因袭的负担，
抵住黑暗的闸门，
让孩子们到宽阔的地方去，
光明的生活，
合理的做人。”
风暴中要向前走，
风暴中要向前走着，
才能站立得起来。
侧面袭来的寒气，
只能吹僵那
——卧下了的老人！

1939年9月20日

李策（1914—1941），又名李策良、李智卿，贵州贵阳人。1934年冬加入中国共产党，曾任中共贵州省工作委员会委员。1938年2月21日，因组织学生运动被捕。1941年元月被敌人秘密杀害于贵阳。

【注释】

①此诗是作者写给他的妻子丁毅（地下党员）的。作者在狱中写了不少文章、诗、信和日记，先后一一编号送出。这是第九十七号。②“七一九”：指1935年7月19日，贵州党组织遭到破坏，敌人逮捕了工委书记林青等人。毛哥：即林青，他的乳名为毛幺。③“二一九”：指1938年2月19日，国民党反动派破坏贵州省学联。④母亲：地下党员对党

组织的称呼。误解：作者在狱中时曾受到当时省工委个别负责同志的误解。他牺牲后，误解消除。⑤鲁迅这首诗，李策仅凭记忆与原诗略有出入，原文：“自己带着因袭的重担，肩住了黑暗的闸门，放他们到宽阔光明的地方去，此后幸福的度日，合理的做人。”

李子芳

囚 诗

敢笑狼烟骤起，顽军暗设铁笼。
春桃柳笑东风，南北江村雾浓。
敌区哀鸿遍野，丕岭血色朦胧。
今年何处觅峰，槛外夜啼如梦。

1942 年

绝笔诗（二首）

一

铁军战士不弯腰，
岂能怕死去求饶。
人生百年终一死，
留得青山上云霄。

二

铁军战士不发愁，
革命何须怕断头。
留得子胥豪情在，①
三年归报楚王仇。②

1942 年

李子芳（1910—1942），福建晋江人。1932 年 5 月参加中国工农红军。1933 年 4 月加入中国共产党。曾任红一军团政治部组织部干事、部长，新四军政治部组织部部长。1941 年 1 月在皖南事变中被俘，同年 7 月被押至监狱，在狱中任中共秘密党支部书记。1942 年 5 月上旬，被国民党特务毒死，壮烈牺牲。

【注释】

①②：子胥，即伍子胥（？—前484），春秋时楚国人，后是吴国大夫。楚平王七年（公元前 532 年），楚平王杀其父兄，其逃离后入吴国，帮助吴王整军练武，发奋图强。前 506 年，率吴军袭楚，攻入楚都，掘楚平王墓，当众鞭尸三百，终为父兄报仇。

李友梅

誓 言

右肩有担当，国耻不可忘；
誓把满腔血，遍洒太平洋。

1937 年

李友梅（1908—1937），广东五华人。1925 年毕业于黄埔军校第四期，参加了东征和北伐战争。1937

年抗日战争全面爆发时，任国民党陆军第一军一师四团团长。8月，率部开赴上海参加会战。9月5日，与日军激战中不幸中弹牺牲。家乡人民为其建一座亭台，以志纪念。

此诗是作者赴上海前线前留影并赋诗寄其兄。

李少石

咏　史[①]

万千逻卒猎街衢，
偶语宁辞杀不辜？
安内难忘伤手足，
攘夷偏惜掷头颅。
天之未丧斯民主，
人尽能诛是独夫。
二世亡秦前鉴在，
祖龙何事怒坑儒？

1944年

行　年[②]

行年四十原非老，
荷重如君便已稀。
难得称觞同聚首，[③]
况能举案效齐眉。
雪山未阻征人路，
霜狱宁磨战士姿。
不负埋头双苦斗，
神州遍地见红旗。

1945年

李少石，简介见第251页。

【注释】

① 此诗是1944年作者在重庆工作时写的。当时国民党反动派盘踞重庆，到处充满白色恐怖。作者在诗中控诉了他们的反动统治。② 行年：经历过的年岁。这首诗表达了作者要为党的事业，全人类的解放努力奋斗的决心。③ 称觞：举起酒杯。

李公朴

要救国

要救国，要赶早，
国亡后，更难了。
华北抗战已爆发，
救亡雪耻在今朝。
和平不是靠哀求，
和平后面要有炮。

怒　涛（二节）[①]

怒涛！
你这个极大的，
大到不易形容的整个儿的东西，
不受任何的分化与离间，

不怕任何的阻碍与打击。
永远保持这整个儿的一块，
扫荡了一切陈腐，
扬弃了一切古旧的东西。
永远是前进，永远是不可克服。
人类进步的力量也从来是这样，
也将大自然的一部分，
我们也是它的一部分，
都是来自一个源头。

你这永远不感疲倦的战斗力量，
表现着自然界伟大的动力，
象征着人类解放的光明前途。
更加上“我们贡献给革命的不仅是自己的生命，而且还有集体的经验和智识”。
我们应该比你更有力量，
也将必然的更有力量。

1941年

李公朴（1900—1946），原名李永祥，江苏扬州人。早年留学美国。1931年九一八事变后，积极投身抗日救亡运动，任全国各界救国联合会执委。1936年11月在上海与沈钧儒等七人被捕，世称七君子事件。1946年任中国民主同盟中央委员，积极从事爱国民主运动。1946年7月11日，被国民党特务在昆明杀害，英勇就义。

【注释】

①作者为其夫人张曼筠画作《怒涛集》题诗。画集中《怒涛》画的是汹涌澎湃的浪涛。作者在画集的最后一页写了这首诗，表达出人民的力量无比强大，能战胜一切反动势力。张曼筠（1901—1975），社会活动家、国画家，江苏江阴人。1928年与作者结婚。新中国成立后，任民盟中央委员，第1—3届全国人大代表，全国妇联执行委员。

李延平

游击队

我们是共产党领导的抗日游击队，
英明的毛主席指引着前进方向。
马列主义是我们的理论武器，
我们在各个战场上都打胜仗。
为了从祖国领土上赶走日本法西斯，
同志们不断地战斗在寒冷的疆场。
脚下的雪花越铺越厚，
霜雪凝成的冰溜越挂越长。
严寒不能把英雄们吓倒，
千万个神枪手挥动着步枪，
冰得麻木的手继续着射击，
尽管血水脑浆溅满了衣裳。
把抗日游击战争进行到底！
胜利火花闪耀着一簇簇红光。

李延平（1903—1938），吉林延

吉人。1932年参加救国军，任副官，同年加入中国共产党。1933年率部参加抗日救国游击军，任支队长。后赴苏联学习。1935年冬回国，任东北抗日同盟军第四军代军长兼第一师师长，东北抗日联军第四军军长。1938年10月在黑龙江省五常地区与日伪军作战中负伤，11月20日逝世。

作者的这首诗表现出游击队员不怕艰难困苦的革命精神以及作者对游击战争的坚定信念。

李兆麟

长白山歌

强敌东来，侵略我国疆，
施残暴如疯狂，白山血染红，
黑水遗恨长。
男儿壮，男儿壮，团结起来赴战场，
血洗三岛国，[1] 气贯太平洋。
军威远，红旗扬，
但知救中国，誓死振家邦。
不怕强，不怕强，
驱贼滚出鸭绿江。

1938年5月

革命歌（四节）

一

烟尘哪炮火飞，战争呀迫燃眉，
全中国人民们，死亡流离无处归。
大中华民族们，誓死抗日不降贼，
为我民族生存，千辛万苦死不回。

二

联合着我民族，团结起赴国难，
有钱的就出钱，出枪出粮赴火线。
走狗与汉奸们，好没脸无耻甘下贱，
叛卖了中华祖国，还和日贼讲亲善。

三

巩固起来战线，团结呀不分散，
和平的红旗帜，所向无敌光灿烂。
万恶的强盗们，阴谋造谣与欺骗，
我们要消灭他，疯狂残暴来捣乱。

四

只要是血未干，只要是头未断，
努力呀前进！前仆后继不疲倦。
武装驱逐日寇，即刻消灭狂澜，
中华民主政府，那时一定会实现。

1938年8月

露营之歌（四节）[2]

一

铁岭绝岩，林木丛生，
暴雨狂风，荒原水畔战马鸣！
围火齐团结，普照满天红。
同志们，锐志哪怕松江晚浪生！

起来哟，果敢冲锋！
逐日寇，复东北，天破晓，
光华万丈涌！

二
浓荫蔽天，野雾弥漫，
湿云低暗，足溃汗滴气喘难。
烟火冲空起，蚊吮血透衫。
兄弟们，镜泊瀑泉唤起午梦酣。
携手吧！共赴国难，
振长缨，缚强奴，山河变，
万里息烽烟。

三
荒田遍野，白露横天，
野火熊熊，敌垒频惊马不前。
草枯金风疾，霜沾火不燃，
战士们，热忱踏破兴安万重山。
奋斗呀！重任在肩，
突封锁，破重围，曙光至，
黑暗一扫完。

四
朔风怒吼，大雪飞扬，
征马踟蹰，冷风侵人夜难眠。
火烤胸前暖，风吹背后寒，
壮士们，精诚奋发横扫嫩江原！
伟志兮！何能消减，
全民族，各阶级，团结起，
夺回我河山。

第三路军成立纪念歌（四节）③

一
绚烂神州地，
白山黑水间。
八载余，强敌嚣张，
铁蹄肆踏践。
中华民族遭蹂躏，
惨痛何堪言！
骨露原野，
血染白山巅。
义忿填胸，
揭杆齐向前。
誓驱倭寇，
团结赴国难。
民族自救抗日军，
铁血壮志坚，
杀敌救国复河山。

二
驰骋吉、黑边，
横扫哈东南。
军威远，松江动荡，
兴安亦震撼。
冰天雪地朔风吼，
夜雨复霜天。
救亡壮志，
永矢兮弗谖！
鼓角乍鸣，
将士各争先。

杀声四起，
敌寇心胆寒。
六载于兹未稍懈，
孤军喋血战，
伟哉豪气长虹贯！

三
机动游击战，
突破嫩江原。
貔貅健，长驱挺进，
到处得声援。
反日怒潮澎湃起，
爆发指顾间。
响应我党对日总抗战，
消灭日贼走狗与汉奸。
精诚团结，
粉碎封锁线。
救国重任万众担，
势急不容缓，
国耻血债血来还！

四
举国鼎沸兮，
全民总抗战。
烈焰炽，
战争烽火延烧遍中原。
东北抗联齐奋斗，
统一指挥建，
三路军成立军民齐腾欢。
厉兵秣马，
慷慨赴火线。
果敢冲锋，
寇氛一扫光。
民族革命成功日，
红旗光灿烂，
高歌欢唱奏凯旋。

1939年5月

李兆麟（1910—1946），化名张寿篯，辽宁辽阳人。1932年加入中国共产党。曾任东北人民革命军团政委，东北抗日联军第六军政治部主任、政委，第三路军总指挥，创建汤原抗日根据地。抗战胜利后，任中共松江地委书记，哈尔滨中苏友协会长，松江省副省长，中共中央北满分局委员。1946年3月9日在哈尔滨被国民党特务杀害，壮烈牺牲。

【注释】

①三岛国：指日本国。②《露营之歌》是李兆麟（为主）、高禹民、冯仲云、陈雷、于天放集体创作的。此诗是东北抗联战士浴血奋战和艰苦斗争的真实写照。③“纪念歌”歌颂了抗联战士誓将日寇赶出中国的坚强决心。

李佣彪

忼　歌[①]

苍天是纱帐，
大地是卧床，
遍身长满虱子，
肌肤变成菜黄！
多少的埋怨，
多少的诽谤，
残酷的威胁，
卑鄙的诱降，
然而——
我们却毫不懊悔，
毫不悲伤，
毫不动摇，
毫不沮丧，
因为——
在我们的心坎上，
早已播下了坚强的信仰！
伟大的卡·伊主义，[②]
点燃着我们不熄的革命希望！
我们曾庄严的盟下了誓约：
为了革命，
任何的苦怨，
我们都甘愿而且可以担当，
即使就是不幸的死去，
我们决不会饮过泉乡！
不管是：
战地，
刑场，
抑或亡命的道路上，
况且——
今天祖国的原野上，
四面都燃起了革命的火光！
在不远的前面，
胜利已经射出了光芒！
向前走几步的，
纵然还有更多的苦痛，
但过了这段地狱薄火的洗炼，
便是幸福的天堂！
同志！
我们为什么要懊悔？
为什么要悲伤？
为什么要动摇？
为什么要沮丧？

1945年

李佣彪（1925—1948），广西陆川人。1938年参加革命，1940年8月加入中国共产党。曾任中共陆川太行区党总支书记，中共陆川县委特派员，因在艰苦的革命斗争中积劳成疾，于1948年10月病逝。

【注释】

① 此诗写于1945年5月，当时桂东南起义失利，作者坚持地下革命斗争，写下许多鼓舞革命斗争的诗歌，这是其中的一首。忼，即慷，是充满正气、慷慨激昂之意。② 卡·伊主义：即马克思列宁主义。

李沛三

立　志

男儿立志出乡关，
国耻怒火胸中燃；
今生不为国效力，
不见江东父老面。

李沛三（1910—1946），又名李作霖，山东桓台人。1927 年考入孙殿英部军官学校，毕业后在孙部任连、营长。1938 年加入中国共产党。后任国民党新五军团长、副旅长，并秘密进行党的工作。1946 年 5 月奉命撤出该部，回到解放区。同年 9 月奉命回孙部做策反工作，被孙亲信听见，将其逮捕杀害，光荣就义。

李绍夫

记七七事变

噩耗远传我心忧，
倭寇出兵占芦沟。
祖国河山重破碎，
有谁抗战领貔貅。

1937 年 7 月 7 日

李绍夫（1904—1941），四川峨眉人。中共党员。1937 年到贵州黔西等地从事革命活动，曾任中共金沙县总支书记。1941 年 8 月初被捕，7 日遇害，壮烈牺牲。

作者的这首诗表达了他对民族存亡的担忧以及抗日救国的志愿。

李培根

克日兴师渡长江[①]

偶因小集话沧桑，
慷慨悲歌聚一堂；
仰屋兴嗟何补益，
挥戈奋起莫彷徨；
请缨无路添人恼，
报国有心务自强；
盼待中枢军令下，
克日兴师渡长江。

1938 年

李培根（1907—1941），原名李荣明，江苏扬中人。1938 年 11 月加入中国共产党。曾任新四军挺进纵队战地服务团团长，扬中县抗敌委员会主任，扬中县抗日民主政府代县长等职。1941 年 1 月 25 日在战斗中壮烈牺牲。

【注释】

① 克日：克同刻，刻日。

李增援

黄桥烧饼歌（六节）

黄桥烧饼黄又黄，
黄黄烧饼慰劳忙，
烧饼要用热火烤，
军队要靠老百姓帮。
同志们呀吃个饱，
多打胜仗多缴枪。

黄桥烧饼长又长，
长长烧饼有分量，
烧饼一口吃不下，
敌人一下打不光。
同志们呀别心急，
还要长期来抵抗，

黄桥烧饼圆又圆，
圆圆烧饼多好看，
烧饼劈开不好卖，
国共分裂更危险，
同胞们呀团结牢，
反共就是准汉奸。

黄桥烧饼甜又甜，
甜甜烧饼好下咽。
烧饼好吃面难磨，
胜利当中有困难，
同胞们呀努力干，
坚持抗战不投降。

黄桥烧饼香又香，
香香烧饼传四方，
烧饼有名人人买，
八路军到处威名扬。
百团大战要学习，
会师东台反“扫荡”。

黄桥烧饼千万千，
千万烧饼上火线。
保卫黄桥总动员，
苏北换了新局面，
同志们呀加油干，
一打打到东海边。

1940年夏

大红灯

大红灯红又红，
红光明亮照华中。
新四军力量已壮大，
鬼子兵“扫荡”不放松。
动员千万老百姓，
帮助八路新四军。
巩固抗日根据地，
民主政治好实现。
新年新年万年新，
红灯红灯万年红。

李增援（1913—1941），原名李增园，山东莱芜人。1938年加入中国共产党。1940年参加新四军战地服务团，任剧团戏剧组长，剧团副主任、主任。1941年2月21日，在日军对新四军一师后方医院偷袭中壮烈牺牲。编剧有《繁昌之战》《勇敢人》《大红灯》等。1994年12月31日，江苏省人民政府追认其为烈士。

《黄桥烧饼歌》是作者在1940年夏写于苏北黄桥，后由章枚谱曲，至今仍在苏北流行传唱。

花喜露

烈烈诚贞情

慷慨赴囚虏，挺身担大刑。
愿将新血肉，烈烈诚贞情。

1944年于狱中

我是王

我是王！
端坐在恶魔的监牢，
饥寒毒打全都不关我的痛痒，
你们卑鄙毒狼，
不用趾高气扬，
我知道，
在这里就是我战斗的地方！

我是王，
把生命发出万道光，
毁掉这恶牢的万道墙，
跳到大路的当央：
要活我就要主张，
死也死在主张上……

1944年于狱中

花喜露（1911—1946），字灵莎，笔名田责，满族，辽宁盖县人。早年曾组织LS（鲁迅）文学研究社，是辽南地区左翼文学运动的领导人。1937年抗战爆发后，参加东北青年救国会，从事情报工作。1944年4月加入中国共产党。不久被日伪警察逮捕。1945年九三胜利后获释。1946年6月病逝。作品有《黑屋诗抄》等。

从作者的诗中可以看出，他在敌人的严刑拷打下，表现出铁骨铮铮，坚贞不屈，毫不动摇的共产党人的崇高革命气节。

吴建业

狱中诗（二节）[①]

一

皮肉给他吧，骨头是我的！
就是骨头碎了，
也会有强烈的一声爆响！

二

歌唱吧，
奴隶们！同志，起来！

按紧你刺痛的伤痕，
敲起那沉重的铁链，
血腥的斗争呀！歌声鼓荡着。
没有屈服，只有牺牲。
极北的星，永远光亮在黑暗里。

勇敢的去吧[②]

勇敢的去吧！我们的红色英雄，
爬上墙头，先吸一口自由的气息。
昏黄里，要当心那墙角有只狗。
……
巨人的手伸着，
等待着抚慰你这野奔的孩子，
祝福你，在黎明之前加入到战斗的行列。
……
严肃起阵容，我们在等待着最后的斗争，
只要有一个信号，
挥起我们的拳头，打碎这些枷锁，
将流尽最后的血，作决死的搏斗。

遗　嘱[③]

上前去啊，同志们，
跨过我们的死尸，
请不要忘记，当明天，
你们凯旋归来，
在我的坟上，
你可以采摘一朵鲜花，
请插在你的枪口上，
把它带给全世界劳动的人们。
因为这是我唯一的遗产。

绝笔诗

带着你们的胜利，
来吻我还热的脸，
给我带上一朵五角形的花：
你们将看到我最后的，
为真理庆祝的，
恬静愉快的笑容。

吴建业（1913—1942），又名吴大可，江西瑞昌人。1938年春赴延安，入抗日军政大学学习，不久加入中国共产党。后回江西工作，任中共丰城县自卫大队支部书记，赣西北前方工委宣传部部长，丰城县委书记。1941年2月18日被捕，次年2月23日英勇就义。

【注释】

①这是作者在狱中受刑后写的诗，诗中表现出共产党人的耿耿丹心以及不屈不挠的革命精神。②1941年9月25日，两位同志越狱成功。作者写诗为战友祝福，并表达了自己坚持斗争的决心。③作者入狱后就已经做好了牺牲的准备，便用诗的形式写了遗嘱。

何方

青年抗日挺进大队队歌

向前！向前！向前！
我们是抗日挺进队员，
国土沦丧，人民遭难，
我全民总动员。
反攻济南，破坏津浦线，
砍断敌魔爪，
保卫祖国武汉。

向前！向前！向前！
我们是抗日挺进队员。
国家危亡，民族灾难，
我们担起救国的重担。
英勇牺牲，不怕艰险，
把日寇赶出中国，
保卫祖国河山！

何方（1917—1938），江苏扬州人。1935年9月考入南开大学。同年积极参加一二·九学生爱国运动，后参加中华民族解放先锋队。1938年2月到抗日前线鲁西北聊城地区，任青年抗日挺进大队参谋长。同年8月底在与日伪军激战中英勇牺牲。队歌的歌词是何方与战友阎戎合写的。

何小静

囹　歌（九节）[①]

A 序唱

这儿是需要个性的解放，
但不是卑怯者的昏狂。
这儿荡漾着但丁《神曲》的热浪，
并不象秋夜里，
古庙钟声的荒凉。

沉重的狱门，
关不住深邃的心。
正如孤独地悲泣于无人的原野，
微风就是唯一的抚慰了。

象南归的北雁，
在高空中滑过。
心儿是这么的轻快、
安静与崇高啊！

B 看太阳

每天，
当第一道阳光
透进了狱门，
囚徒们知道
天亮了。
于是，
爬起来，
唤一声，
到厕所去！

厕所，
有比牢房里还清新的空气，
而当走出厕所，
看看刚出的太阳，
太阳是那末的鲜红而娇艳呀！
太阳不是我们的，
我们要太阳。

C 开饭

饭来了！
饭的热气，
饭的香气，
刺激起疲倦与饥饿。
“又是焦饭！”
“又是馊饭！
你妈的，
狗娘养的，
斩千刀的！
打他！打！……打呀”

一阵怒骂，
也夹着怨恨啊！
无可奈何地咽下去了！
心，
埋藏着仇恨
与血泪，
深深地，
深深地。

D 唱歌

歌声
从幽暗的狱房，
飘荡起来了，
是那么的……
“喂，
低声点，
狗头干涉啊！”
而歌者
似乎没有听见劝告，
依然是
纵情地唱啊！
谁能压制这
高扬着的
——复仇底号音。

“不要唱！”
狗头在吼叫！
轻轻地飘着，
轻轻地飘着。
歌者，
有说不出的仇恨！
而当最后的一道阳光溜走，
狱房里还飘着：
“我们的歌！”
狗头愤愤地骂：
“谁都斩不断你们的歌啊！”

E 读报

“报来了！

读报呀!
读报呀!”
于是
围拢起来,
张着耳朵,
读报者用他的枯涩的声音,
说出了
太平洋上的恶浪,
法西斯魔鬼的疯狂。
说出了
反侵略的火的燃烧,
正义者底号音的吼声。

而当读报者停下来,
却有人在
下棋,
或者想着亲人。

F 捉虱子
从肮脏的衣衫
把它捉下来了,
你这黑色的吮人鲜血的
小动物啊!
想把我们枯槁的
身躯内的鲜血
都吮得净尽么?
把它放在手中间,
“啪”的一声,
消灭了这吮血的黑色的动物,
象对敌人一样,
没有一点宽恕。

G 病
病了!
病的恶潮
袭击着
这幽暗生活里
苦难的人!

“痛啊!”
“我也头痛
还有
骨痛和伤风!”

一个接一个地,
病了!
纵然没有医
也没有药,
但有坚毅的心。
而当开水
粥
摆到病人的面前,
病者,
感到囚徒爱护囚徒,
比情人还热,
比母亲还关切!

H 讲故事
夜来了!
狱门内,

无际的黑暗。
“讲故事呀！”
围拢起来了！
都说：
“我们喜欢听抗日的英勇故事，
我们喜欢听人民的苦难，
也喜欢听《水浒传》里草泽的英雄！”
于是，
讲故事成了晚上的功课，
一晚继续一晚，
今天我们自己听着自己的故事，
明天，我们将把更多的故事，
讲给受苦难的人们听！

I 尾声

狱门倒了！
都冲出去呀！
难友们！
昨天我们是被压迫的囚徒，
今天，
我们要站到太阳底下啊！

1941 年于曲江狱中

临终壮语（二行）

宁为雁奴死，
不作鹤媒生。

何小静（1921—1942），女，广东番禺人。1937 年在广州参加艺协剧团，后参加广州少年抗战先锋队，任副总队长。1938 年在广东罗定从事抗日救亡工作，并加入中国共产党。1941 年春赴桂林途中被捕，押回曲江。次年 3 月被反动派秘密杀害，慷慨就义。

【注释】

① 作者的《囹歌》是反映监房斗争生活的长诗。

余辉

激　愤①

同室互操戈，相煎何太甚。
丑夷如是狰，共应抗强邻。
鹬蚌宜先觉，泽畔有渔人。
莫待俱伤日，相对泪淋淋。

1941 年

对　联②

粉碎神权，人的尊严须树立；
力争民主，铁的镣铐得挣开。

余辉（1922—1949），四川古蔺人。1944 年由共青团员转为中国共产党党员。1947 年春赴黔北地区工作，任中共茶园支部组织委员。1949 年春负责黔北、遵义、金沙等地下党组织工作。同年12月2日被捕，4日被杀害，英勇就义。

【注释】

①1941年初，蒋介石发动皖南事变，作者激愤地写下此诗。②作者为表达其追求民主、真理的革命夙愿，在自家神龛上书写此对联。

余志远

题壁诗

生前不能孝父母，
死后鲜血为国流。
嘱我抗日众同志，
踏我血迹报国仇。

1943年

余志远（1917—1943），原名张汉卿，山东乐陵人。1938年加入中国共产党。曾任乐陵县抗日民主政府财政科科长，后任县长兼县大队队长。1942年被专署评为模范县长。1943年4月在反“扫荡”中壮烈牺牲。

1943年4月的一天，作者和通信员被敌人堵在一座房屋内，他英勇抵抗。当得知只剩下一颗子弹时，作者视死如归，沉着地烧掉了文件，又用自己的鲜血在墙上写下这首诗，然后举枪自戕，壮烈殉国。

邹韬奋

七言诗（两行）

团结有谁甘破坏，
非我族类嫉如仇。

1940年11月9日

邹韬奋（1895—1944），原名邹思润，江西余江人。新闻记者、政论家、出版家。1926年起任《生活》周刊主编，后该刊成为国内媒体抗日救国的一面旗帜。又创办生活书店。1933年后，任中国民权保障同盟执委。全国各界救国委员会领导成员。1936年11月被国民党当局逮捕，成为著名救国会七君子之一。后又创办《抗战》三日刊、《全民抗战》等。1944年7月24日病逝。周恩来发长长的挽联悼念。中共中央根据其生前申请，追认他为中国共产党党员。

这两行诗是作者的《和朱总司令太行山口占》一诗中的两句。朱总诗前小引：“1940年5月，经洛阳去重庆谈判，中途返延安，是时抗战紧急，内战又起，国人皆忧。”诗的重点是写同国民党的斗争。我们是在击退国民党的军事进攻后，又主动讲团结，讲抗战。作者在与朱总和诗中，也道出对破坏团结抗战的愤怒和疾恶如仇。

辛忠荩

赣北红军抗日游击队战歌

游击九德瑞星区，
号角一声响，起来保家园。
歼倭寇，杀汉奸，忠义普云天。
爱护老百姓，纪律要森严，
行动听指挥，团结似铁坚。
军队生活实行整顿要健全。
……

1938年

狱中诗（二首）

一
能受天磨真铁汉，
不遭人忌是庸才。
监牢且作玄都观，
我是刘郎今又来。[①]

二
半世韶华逝水过，
敢将颠沛问如何。
喇叭声咽心余恨，
夜夜成诗当战歌。

1939年春

辛忠荩，简介见第270页。

1937年9月，作者任中共赣北工委宣传部部长，这是为赣北红军抗日游击队写的战歌。作者于1939年3月24日被捕，这是在狱中写的两首诗。诗中表现了共产党人不畏强暴，不怕坐牢牺牲的革命气节。

【注释】

①1939年2月，作者第三次被捕入狱。

宋泽夫

誓　言

头可杀，不可磕；
腿可断，不可屈。
一条路，共产党。

宋泽夫（1872—1943），江苏盐城人。早年创办亭湖中学，传授新文化，传播革命思想。1940年新四军到达盐城后，任盐城县参议会副参议长。1943年12月10日病逝，当时的《盐阜日报》发表社评，高度赞扬其爱憎分明的政治立场和刚正不阿的高尚品格。1990年11月，被江苏省人民政府追认为革命烈士。

张民

假如我战死了（三节）

假如我战死了，
请党告诉我的父亲和哥哥，
教（叫）他们不要悲伤，

因为在我的坟场里，
会生长出他们生命的食粮，
共产党赶走了饥荒。

假如我战死了，
请报告党中央，
在阵亡同志的名册上，把我写上。
冀中北部大清河旁，
霸县渔井汙——是一个小村庄，
一九三九年参加了共产党。

死时还在微笑，
为什么？
贫苦的孩子遇见了共产党，
象一只鱼儿投向了海水汪洋。
我应当告别二语：
望全党团结如钢，
望全党跟着毛主席为首的党中央。

1944年10月

张民（1923—1947），河北霸县人。1939年加入中国共产党。曾任晋绥军区独立二旅连指导员。1947年1月在攻打汾孝战役中英勇牺牲。

此诗当时被陕甘宁边区主席林伯渠记在日记上，晋绥军区副司令员续范亭也曾保存。

张仁槐

声讨反共投降派①

光明正在与黑暗搏斗，
革命的烽火燃遍全球！
我们正处在伟大的时代，
我们要以战斗迎接它的到来！
如今的抗战已进入新的阶段。
更多的困难摆在我们的面前。
民族的败类，在反共的掩盖下，
准备投降。
我们要给反共投降派以坚决的打击，
坚持抗战，反对投降！
完成党给我们的光荣任务，
争取中华民族的解放！

1941年

张仁槐（1912—1942），山西定襄人。1932年底加入中国共产党，任北京师范大学地下党支部书记。1937年抗战爆发后，任二战区战地总动员委员会宣传部科长，八路军冀中军区政治部宣传部部长。1942年5月23日，在反“扫荡”战斗突围时中弹牺牲。

【注释】

①1941年1月皖南事变发生后，张仁槐写此诗，声讨反共、分裂投降派。

张兰生

誓　言

我的头颅，
我的热血，
是献给民族革命，
是献给党的事业。

1939 年

张兰生（1909—1940），原名鲍巨魁，黑龙江呼兰人。1932 年加入中国共产党，曾参与领导哈尔滨电车工人反日大罢工斗争。1934 年 2 月，任中共珠河中心县委宣传部部长、书记，北满临省委宣传部部长、书记，东北抗联第三军政治部主任。1940 年 7 月 19 日，在与日伪军激战中壮烈牺牲。

张贵卿

诀别诗

此来分明不再来，
半抔黄土将身埋。
轻生重死何足道，
一粒石子筑基台。

1942 年 5 月

张贵卿（1908—1942），原名高一飞，河北顺义（今属北京市）人。1930 年初加入共产主义青年团。后转入中国共产党，曾任中共中央交通站交通。1937 年抗日战争全面爆发后，任中共浙江丽水、台州两地特委副书记兼组织部部长，衢州特委书记。1942 年 3 月 27 日被捕，5 月 18 日被国民党反动派杀害，壮烈牺牲。

作者的诀别诗表现出大义凛然、视死如归的崇高精神。

张亮侯

告诫战友

自古龙舒着盛名，
而今遍地血腥侵。
一肩家国双行泪，
洒向囚窗故友人。

1940 年

张亮侯（1905—1940），原名良培，安徽庐山人。1928 年 4 月加入中国共产党，曾任中共庐山县委委员。抗战期间曾任国民党桐城县政府民政科主任科员等职，以此为掩护从事共产党工作，时任中共桐城县委委员。1940 年 4 月 18 日被捕，三个月后被敌人杀害，壮烈牺牲。在狱中写下此诗告诫战友。

张智法

堂堂中国不可欺

堂堂中国不可欺，
小小日本用血洗；
今日先来捉汉贼，
明天去取凡首级。
——黑老张题

张智法（1907—1945），陕西韩城人。1927年10月加入中国共产党。抗日战争时期，曾任游击队大队长、支队副司令，一二九师团长。群众称他为“黑老张”。1945年8月25日，在战斗身负重伤，后从容牺牲。

此诗是作者在一次战斗中歼灭敌人后题在墙上的。

张智锦

河山已破碎

河山已破碎，
热血涌心头。
国难当投笔，
驱残不自由。
寇气虽然炽，
壮志何曾休？
饮马三岛地，
方除腹内愁。

1937年12月

张智锦（1918—1942），安徽和县人。1935年春加入中国共产党，曾任中共和县县委组织部部长。曾在苏皖两省交界的江（浦）和（县）全（椒）地区积极从事抗日救亡活动。1941年10月，与日寇作战时被俘。1942年12月21日被杀害，壮烈牺牲。

作者亲身感受到日本侵略军占领南京，荼毒生灵给人民带来了深重的苦难。于是写下这首控诉抒情诗。

张舜卿

绝命诗

连宵恶梦待死身，
辗转黄草倍思亲。[①]
恩仇未报身先死，
昙花一现怪做人。
愿洒碧血化作雨，
育我中华后代春。
自古人生谁无死，
自有黄花伴我魂。

1941年冬

张舜卿（1908—1941），女，山东寿光人。1929年加入中国共产党。1938年参加八路军鲁东抗日游击队宣传队。后曾任山东纵队一旅后方医院教导员。1941年冬，在反“扫荡”中被俘，不久牺牲于沂水县黄花埠。

【注释】

① 黄草：茳草的别称，多用于编织生活用品，也是造纸的原料。唐白居易《昼寝》诗："坐整日单衣，起穿黄草履。"

张熙和

夜宿山隈紧枕戈

夜宿山隈紧枕戈，[①]
森严刁斗过军歌。
梦中悦听冲锋角，
万道流光横扫倭！

张熙和（1917—1945），广西玉林人。1938年参加广西学生军，不久加入中国共产党。任学生军《曙光报》编辑，后任中共兴业县委宣传部部长，信合边区抗日游击纵队政委。1945年3月参加领导桂东南武装起义，3月17日被敌人杀害，壮烈牺牲。

此诗是作者参加广西学生军时写的，在同志中广为传诵。

【注释】

① 隈：山、水等弯曲的地方。

陈惠

青年之歌

青年的歌声飘扬，
革命的怒潮高涨，
青年的行列在战斗。
在前进，在歌唱！
我们是国际主义战士，
在马克思列宁主义的旗帜下，
全世界青年挽起手来，
粉碎法西斯蒂的魔王。
我们要加紧团结。
我们要巩固和平。
彻底消灭法西斯主义，
把民族的旗帜插遍人间。

1940年

陈惠（1919—1941），广东普济人，泰国归侨。1937年抗战全面爆发后参加新四军，后加入中国共产党。曾任新四军战地服务团团员，军组织部青年科科长。1941年1月在皖南事变中英勇牺牲。

陈辉

献诗（七节）

——为伊甸园而歌[①]

那时谁说
"北方是悲哀的"呢？

不！
我的晋察冀呵，
你的简陋的田园，

你的质朴的农村，
你的燃着战火的土地，
它比
天上的伊甸园，
还要美丽！

啊，你——
我们的新的伊甸园呀，
我为你高亢地歌唱。

我的晋察冀呵，
你是
在战火里
新生的土地，
你是我们新的农村。
每一条山谷里，
都闪烁着
毛泽东的光辉。
低矮的茅屋，
就是我们的殿堂。
生活——革命，
人民——上帝！

人民就是上帝！
而我的歌呀，
它将是
伊甸园门前守卫者的枪枝！

我的歌呀，
你呵，
要更顽强有力地唱起，
虽然
我的歌呵，
是粗糙的，
而且没有光辉……

我的晋察冀呀，
也许吧，
我的歌声明天不幸停止，
我的生命
被敌人撕碎，
然而，
我的血肉呵，
它将
化作芬芳的花朵，
开在你的路上。
那花儿呀——
红的是忠贞，
黄的是纯洁，
白的是爱情，
绿的是幸福，
紫的是顽强。

为祖国而歌（十二节）

我，
埋怨
我不是一个琴师。

祖国呵，

因为
我是属于你的，
一个大手大脚的
劳动人民的儿子。

我深深地
深深地
爱你！

我呵，
却不能，
象高唱马赛曲的歌手一样，②
在火热的阳光下，
在那巴黎公社战斗的街垒旁，
拨动六弦琴丝，
让它吐出
震动世界的，
人类的第一首
最美的歌曲，
作为我
对你的祝词。

我也不会
骑在牛背上，
弄着短笛。
也不会呵，
在八月的禾场上，
把竹箫举起，
轻轻地
轻轻地吹；
让箫声
飘过泥墙，
落在河边的柳萌里。

然而
当我抬起头来，
瞧见了你，
我的祖国的
那高蓝的天空，
那辽阔的原野，
那天边的白云
悠悠地飘过，
或是
那红色的小花，
笑眯眯的
从石缝里站起。
我的心啊，
多么兴奋，
有如我的家乡，
那苗族的女郎，
在明朗的八月之夜，
疯狂地跳在一个节拍上，
你搂着我的腰，
我吻着你的嘴，
而且唱：
——月儿呀，
　　亮光光……

我的祖国呵，
我是属于你的，

一个紫黑色的
年轻的战士。

当我背起我的
那支陈旧的“老毛瑟”,
从平原走过,
望见了
敌人的黑色的炮楼,
和那炮楼上
飘扬的血腥的红膏药旗,
我的血呵,
它激荡,
有如关外
那积雪深深的草原里,
大风暴似的,
疾驰而来的,
祖国健儿们的铁骑……

祖国呵,
你似爱情的乳浆,
教育了我;
而我,
也将以我的血肉,
守卫你啊!

也许明天,
我会倒下;
也许
在砍杀之际,
敌人的枪尖,
戳穿了我的肚皮;
也许吧,
我将无言地在绞架上,
或者被敌人
投进狗场。

看啊,
那凶恶的狼狗,
磨着牙齿。
眼里吐出
绿色莹莹的光……
祖国呵,
在敌人的屠刀下,
我不会滴一滴眼泪,
我高笑,
因为呵,
我——
你的大手大脚的儿子,
你的守卫者,
他的生命,
给你留下了一首
崇高的“赞美词”。
我高歌,
祖国呵,
在埋着我的骨骼的黄土堆上,
也将有爱情的花儿生长。

1942年8月10日初稿

抒　怀

英雄非无泪，不洒敌人前。
男儿七尺躯，愿为祖国捐。
英雄抛碧血，化为红杜鹃。
丈夫一死耳，羞杀狗汉奸。

陈辉（1920—1945），原名吴盛辉，湖南常德人。1938年2月加入中国共产党，后到延安。1939年到晋察冀抗日根据地，曾任涞涿县青救会主任、区委书记、武工队政委等职。1945年2月在与敌人激战中壮烈牺牲，出版有诗集《十月的歌》。

【注释】

①伊甸园：意即乐园，这里借指已经建立了人民民主政权的抗日根据地。②马赛曲：法国革命时，马赛地方战士出发赴巴黎时所唱的进行曲。词曲均为鲁日·德·李尔作。后被用作法国国歌。

陈凤鸣

泰山盖顶不低头

终年不忘民族苦，
端起刺刀去格斗。
匕首指向国民党，
泰山盖顶不低头。

杀敌不怕热血流

游击队员雄赳赳，
工农红军硬骨头。
大刀粉枪闹革命，
杀敌不怕热血流。

星火燎原东方红

龙潭水，波涛涌，
工农武装风雷动。
血泊里，弹雨中，
红军战士逞英雄。
天打滚，地翻动，
拿起刀枪向前冲，
旧中国已经灭亡，
星火燎原东方红！

陈凤鸣（1925—1950），又名吕剑，广西防城人。1943年6月加入中国共产党。曾任防城武工队党支书，政治指导员。1945年率部参加那良起义。后任中共靖（西）镇（边）区工委宣传部部长，人民解放军龙州军分区团政委。1950年1月22日在与国民党残军作战中负重伤，医治无效，25日光荣牺牲。

陈法轼

题　照①

人生当作江上岛，
人生莫作江上叶。
江岛逆流存千古，
落叶随风顷刻灭。

1941 年

自挽联②

生不害世，死不累人，
雄心无愧，吾亦可去；
志在救国，举在济众，
伟业未成，我应重来。

1941 年 11 月 11 日被捕前

狱中诗

一切表现着悲痛，
我内心没有悲哀。
天天沉沦在恐怖里，
我没有感到惧怕。
祖国到处是黑暗，
我看到了光明。
在黑暗里，
我听见同志们临终的惨呼，
也听见无数革命人民的咆哮。
鹊巢样的小屋，
加上层层的门和锁，
范围着我的行动，
但控制不了我的心。
我不说这里是乐园，
也不说这里是愁城，
这是一座高度的熔炉，
锻炼我的意志成钢！
锻炼我的决心成铁！

就义诗③

磊落生平事，临刑无点愁。
壮怀犹未折，热血拼将流。
慷慨为新鬼，从容作死囚。
多情惟此月，再照雄心酬。

1942 年 6 月

陈法轼（1917—1942），又名陈平，贵州贵阳人。1939 年底加入中国共产党。曾任党支部委员，并被选为贵州省邮务工会理事。曾积极参加贵州邮电职工运动。1941 年 11 月 20 日被捕，1942 年 6 月 20 日在贵阳被害，英勇就义。

【注释】

①作者将诗题在照片上，以表其志向。②1941 年 11 月，作者发觉自己将被捕，便自题此挽联，表达对革命的无限忠诚。③作者就义前写此诗，反映了他视死如归，为革命毫不动摇的献身精

神，也表达了他追求革命理想而壮志未酬的心情。

陈宜圣

题　照

为了革命把母丢，
数年无音使母忧。
一旦今日见相片，
如同会面解忧愁。

陈宜圣（1914—1937），湖南茶陵人。1930年加入中国共产党，曾任茶陵县苏维埃政府文化部部长，后调晋察冀边区任县武装部部长、县委书记。1937年12月11日，在与日军作战中壮烈牺牲。

1937年作者从陕北鄜县往家中寄信和照片，随信附有此诗。

陈振先

号　召

激流激流，民主自由，
涤荡污泥，布以新猷。

陈振先（1922—1947），福建福清人。1935年秋加入中国共产主义青年团。1936年加入中国共产党。1937年抗日战争全面爆发后，入中学学习。1940年秋末参加抗日游击队，在福清、长乐一带开展抗日游击斗争活动。抗战胜利后，任中共闽中地委宣传部部长。福（清）长（乐）平（潭）县委书记。1947年5月10日被国民党军警逮捕。10月30日，在押解就刑的路上，与敌拼死一搏，为革命英勇牺牲。

此诗发表在他上中学时的校刊上，号召同学们投身到抗日救亡运动中。标题为编者所加。

陈康容

狱中诗

青春价无比，团聚何须提。
为了申正义，何惧剥层皮。

1940年

陈康容（1915—1940），女，福建永定人。1930年入集美学校、厦门大学学习，并在大学期间加入中国共产党。曾任中共永定县岐岭支部宣传委员。1937年抗战全面爆发后，在家乡坚持敌后游击战争。1940年11月18日被捕，不久被杀害，英勇就义。

在狱中，敌人让她写自白书，她反而写下这首诗，表现出大义凛然、坚贞不屈的革命气节。

陈煦云

给战友的诗（二节）

一

战争的岁月，
带来了胜利的春天。
——春天，
你这副与我不同的脸，
我早就认识你，
常想找些话同你攀谈。
谁知话到了嘴边，
又不知从何说起。
忧伤曾蛀蚀过我的心，
使我变得非常的沉静，
常喜在薄暮中看落日的余晖，
常喜在月夜踽踽独行。
但我不会忘记那血腥的日子，
不会忘记从艰苦中找到的真理，
我要用自己的劳动来养育自己的生命，
并用自己的生命来肥沃自己的土地！

二

告诉你：
暴风雨常常向我们袭击，
请赶快象海燕那样武装自己，
在战斗里生，
在战斗里死！

陈煦云（1913—1947），又名陈文纲、陈刚，广西藤县人。1940年底加入中国共产党。抗日战争时期参加广西学生军，积极参加抗日宣传工作。学生军解散后，曾派到桂平工作。解放战争时期，在左江地区参加游击战争。1947年11月23日，在靖西县边境战斗中英勇牺牲。

这两首诗是作者于1942年4月赠给战友的一张相片的背面、正面题写的。诗题为编者所加。

武士敏

横幅两联

国破山河碎，城荒犬狼行。
父老遭涂炭，羞煞带枪人。

军民团结紧，合力扫妖魔。
抗战必胜利，建国定成功。

武士敏（1892—1941），字勉之，河北怀安人。早年参加同盟会，护国讨袁和北伐战争。1927年后，曾任西北军旅长、师长。1939年任国民党政府军第九十八军中将军长，驻防中条山一带，与八路军关系密切。1941年9月在战斗中殉国。

这两联横幅写于1938年至1939年作者任军长期间，是应士兵之请而写的。

芮奚定

从军赋

父母生我望成龙，
我不成龙终惶恐。
若为抗日救国死，
虽非人杰亦鬼雄。

1939 年

书　联

为大时代里儿女，必须志浩气壮；
作巨风浪中舵手，更应目明耳聪。

1941 年

就义诗

面对豺狼，义愤填膺上刑台；
心怀祖国，亭亭独立看解放。

1942 年

芮奚定（1919—1942），原名芮祥麟，化名芮义亭，江苏武进人。1939年春加入中国共产党。曾任中共长溧县臧村区工委委员，金坛县水北区区长。1942年3月3日被汪伪自卫团逮捕，3月7日英勇就义。被敌人枪杀后，一伪军从他衣袋摸到一张字条，便是此就义诗，诗中藏有“义亭”二字。

范子侠

为祖国救生存

我们是中华民族的优秀儿女，
我们是炎黄的子孙，
我们是英勇善战的军队，
我们是勇往直前的铁军，
我们要为民族求解放，
为祖国求生存，
誓以头颅换回已失去的锦绣河山，
誓以鲜血粉碎万恶的汉奸敌人。

范子侠（1908—1942），江苏丰县人。早年参加东北军，任班、排、连、营、团长。1933年参加察哈尔抗日盟军，任团长。1937年七七事变后，在河北无极、行唐一带组织抗日义勇军。1939年加入中国共产党，后将部队改编为一二九师新编十旅，任旅长兼太行军区第六军分区司令员。1942年2月12日，在反“扫荡”激战中不幸中弹牺牲。诗题为编者所加。

范筑先

抗日诗四章（四首）

甲午国耻四三年，[①]
先民鏖战渤海边，
马关丧权又辱国，[②]

台澎领土拱手献。

“五七”“五卅”复“五三”，③
倭寇欺我曷凶残。
工农挥戈齐上阵，
反抗呼号遍地传。

沈阳事变狼烟起，④
抗日烽火正燎原。
义勇军民齐抵抗，
血染黑水白山巅。

七七芦沟炮声响，
团结御辱最为先。
收复失地庆胜利，
杀敌至果凯歌还。

1938年

范筑先（1882—1938），原名金标，河北邯郸人。行伍出身，曾任团长、旅长，冯玉祥部少将参议。九一八事变后，主张抗日，积极发展抗日武装。曾任山东省第六区行政公署专员兼游击司令，同中国共产党合作，创建了鲁西北抗日根据地。1938年11月15日在聊城与日侵略军作战时牺牲。朱德撰挽联悼念。

1938年夏，作者在王堤口村司令部时写下此诗，诗作副标题：为青年战友题词。

【注释】

①19世纪末爆发甲午战争，距作者写此诗时间43年。②1895年签订不平等《马关条约》。③五七：指五七国耻。1915年5月7日，日本迫使袁世凯政府接受丧权辱国的“二十一条”。五卅：即上海五卅惨案。1925年5月30日，上海、青岛等地工人游行抗议日侨纱厂欧打工人引发的流血事件。五三：即济南惨案。1928年5月3日，日本帝国主义在山东济南大肆屠杀中国军民。④沈阳事变：即1931年九一八事变。

茅丽瑛

遗　言

我们要有热的血，
冷的头脑，
积极的精神，
战斗的意志。

1939年

茅丽瑛（1910—1939），女，浙江杭州人。1938年加入中国共产党。曾在党领导下的职业妇女俱乐部任主席，积极从事抗日救亡工作。1939年9月，在上海发起义卖运动，以募捐来支援新四军，救济难民。同年12月12日遭汪伪特务暗害，壮烈牺牲。

林心平

看我英豪战旗飘

星月当灯照，芦苇青纱帐。
割捆芦苇柴铺作床，我歇敌疲劳。
敌寇汽艇围湖绕，
我在帐中看热闹。
笑敌逞强能几何，
看我英豪战旗飘。

1941年

林心平（1919—1942），女，浙江平阳人。1936年11月加入中国共产党。后到延安抗日军政大学学习。毕业后曾调到中共中央东南局妇女部工作，后调新四军江南指挥部一支队任文工团副团长。1941年3月任金坛县抗日民主政府文教科科长兼官林区区长。1942年7月被日军逮捕，后被杀害，壮烈就义。

此诗是作者在官林区（游击区）工作时写的。

林正良

除夕前二日被捕

蓦地风波起不平，
满城风雨鸡犬惊。
声声腊鼓催除岁，
处处警岗在捉人。
思想自由偏犯罪，
救亡努力反殃身。
河山破碎扶桑恨，[①]
祸起萧墙耻用兵！[②]

狱中感怀

腊底蟾圆此地游，[③]
万家灯火照洋楼。
河山一角藏歌舞，
教育无功罪朋侪。
伤心怕读东林传，[④]
挥泪那堪作楚囚。
底事敌人尚压境，
同根萁豆忍相仇？[⑤]

狱中勉诸儿

国仇家难恨重重，
责在儿身莫放松。
学艺克家跨灶子，[⑥]
读书救国主人翁。
歌成正气文相国，[⑦]
冰洁坚甲史阁公。[⑧]
千古英雄承母教，
圣贤事业盼追踪。

林正良（1907—1941），贵州金沙人。曾任金沙县城关小学教员、校长。1935年10月加入中国共产党，任中共金沙县党支部书记、金沙中心县委负责人之一。1941 年 1 月被捕，8 月英勇就义。

作者这三首诗，第一首诗强烈指责国民党假抗日真反共的本质。第二首诗谴责国民党破坏统一战线，残害革命同志的罪行。第三首诗是作者临终嘱托孩子们继承遗志。

【注释】

①扶桑：指日本。②祸起萧墙：萧墙，照壁，喻内部，即发生在内部的祸乱，指国民党反动派施剿共政策。③腊底蟾圆：指农历十二月十五日，蟾月，即月圆。④东林传：指明朝宦官魏林贤乱政，大兴党狱，杀戮东林党人。⑤同根萁豆：指曹植吟的诗，这里指国民党反动派破坏统一战线，残害革命志士。⑥克家跨灶：克家，担当家事；跨灶，儿子超过父亲，灶有釜（锅）。成语：跨釜胜父。⑦文相国：南宋文天祥。他在抗元失败被俘后，在燕京狱中写下了《正气歌》，表现出宁死不降的志气。⑧史阁公：明末名将史可法拒绝清多尔衮诱降，坚守扬州孤城。清军南下，扬州城被破后自杀未遂，为清军所执，终于不屈被杀。

林基路

新疆学院院歌[①]

巍峨天山，
环绕着戈壁无边。
在这大自然之间，
陶冶着新社会的青年。
民族的命运担在双肩，
努力莫迟延。
团结、紧张、质朴、活泼，
争当抗战教育的模范，
锻炼建设新疆的骨干。
时代的青年，
勇敢向前，勇敢向前，
胜利就在眼前。

1938 年

囚徒歌（三节）[②]

我噙泪低吟民族的史册，
一朝朝，一代代，
但见忧国伤时之士，
赍志含忿赴刑场。
血口獠牙的豺狼，
总是跋扈嚣张。

哦！民族，苦难的亲娘！
为你那五千年的高龄，
已屈死了无数的英烈。
为你那亿万年的伟业，

还要捐弃多少忠良！
铜墙，困死了报国的壮志，
黑暗，吞噬着有为的躯体，
镣链，锁折了自由的双翅，
这森严的铁门，囚禁着多少国士！
豆萁相煎，便宜了民族仇敌。
无穷的罪恶，终要叫种恶果者自食，
难闻的血腥，用噬血者的血去洗。

囚徒，新的囚徒，
坚定信念，贞守立场！
砍头枪毙，告老还乡；
严刑拷打，便饭家常。
囚徒，新的囚徒，
坚定信念，贞守立场！
掷我们的头颅，奠筑自由的金字塔，
洒我们的鲜血，染成红旗，万载飘扬！

1942 年

思夫曲（五节）[3]

怀念那笼中的猛虎，
是我梦里的人儿。
苍天为我叫月儿缺圆，
夜色荒芜；
草木为我在窗外含愁
长夜悲哭！

可恨那丑恶的老鸦，
披着孔雀的羽衣彩裳；
挥动“柔情”的臂膊，
露着“温馨”的胸脯，
骗去我心爱的丈夫！

猛虎落在囚笼，
红颜变成寡妇！
莫再说红粉佳人，
我但愿拿起长剑，
去为郎复仇！

也不要为郎憔悴，
我但愿振臂挥拳，
高挺着胸脯，
迈开结实的脚步，
跟我心爱的人儿，
踏上斗争的征途！

丈夫啊！
你不要焦愁，
你坚持节操，
黎明就在眼前，
黑暗已到尽头！
一旦光明到来，
你就回来，
拥抱！拥抱！

1942 年

林基路，简介见第 299 页。

【注释】

①1938年4月，作者任新疆学院教务长后，努力改变原来的校风，亲自撰写了这首寄托革命理想，催人奋发向上的院歌歌词。②1942年9月，新疆军阀盛世才逮捕了一大批中共人士及其家属，其中就有作者，他在狱中写了《囚徒歌》（歌词）。③当时被捕的还有作者的爱人和孩子，在黑暗的牢狱里他想到被囚禁在女牢房的爱人和孩子，便以爱人和其他女同志的口吻写了这首《思夫曲》，表达对生命，对爱情，对党的耿耿深情。《囚徒歌》和《思夫曲》均由难友陈谷音谱曲。

郁达夫

满江红

闽于山戚继光祠题壁，
用岳武穆韵。①

三百年来，我华夏威风久歇。有几个，如公成就，丰功伟烈。拔剑光寒倭寇胆，拔云手指天心月。到于今，遗饼纪征东，②民怀切。

会稽耻，③终当雪。楚三户，教秦灭。愿英灵，永保金瓯无缺。台畔班师酣醉石，亭边思子悲啼血。④向长空，洒泪酹千杯，蓬莱阙。⑤

1937年于福州

郁达夫（1896—1945），原名郁文，字达夫，浙江富阳人。早年留学日本。1922年回国后积极投身新文化运动。1937年7月抗战全面爆发后，参加军委政治部第三厅的抗日宣传工作。后赴南洋，任新加坡华侨抗敌动员总委员会执委，新加坡文化界抗日联合会主席。1945年8月29日被日本宪兵杀害，英勇就义。

【注释】

①1937年7月7日，抗日战争全面爆发后，作者在福建福州。闽于山位于福州，上有戚继光祠。戚继光是明朝抗击倭寇的名将。作者此词就刻在祠前的石上，借古喻今，表达他抗敌爱国的热情。②遗饼：民间的光饼，即饼中间有孔，可穿绳挂在身上食用。③会稽：山名，在浙江绍兴东南。越王勾践被吴王夫差打败，退守于此屈辱求和。后越王卧薪尝胆，终于灭吴雪耻。④台畔……二句：祠附近有戚继光胜利归来醉在此处的石头，以及悼念其子的思子亭。⑤蓬莱阙：即蓬莱宫，指仙人居住的宫殿。这里借指山上的名胜处。

易安华

别　妻

不灭倭寇，誓不生还。

国将不保，何以家为。

1937年8月

别子女

名编壮士籍，不得中顾私。
捐躯赴国难，视死忽如归。

1937年8月

易安华（1900—1937），号济臣，江西宜春人。1925年黄埔军校第三期毕业，曾参加北伐战争。任国民党军队排、连、营、团、旅长。1937年参加淞沪会战、南京保卫战，屡建奇功。同年12月12日在南京郊区同日军作战时壮烈牺牲，为国捐躯。

1937年七七事变后，作者即接到参加对日作战命令，马上把妻子儿女送回家乡，并给妻子施德群写了《别妻》一诗，又给子女留下一首《别子女》。诗题为编者所加。

罗化民

狱中诗

为革命战友不要望我还；
为革命准备刺刀透胸穿；
为革命冲破黑暗迎光明；
为革命披荆斩棘永向前。

1938年冬

罗化民（1905—1945），湖北天门人。1938年加入中国共产党。曾任应城盐矿工会主席。1938年冬被捕入狱，后经党组营救出狱。又任天门县北联乡主任，中共潜北区委书记，天门京山潜县游击大队参谋。1945年8月27日被敌杀害，壮烈就义。

这是作者1938年冬被捕时在狱中写的诗，表现出他至死不渝、视死如归的革命气节。

罗世文

别渝留念（二首）

一

渝州酷暑话沧桑，
百姓埙篪斗志昂。[①]
共勉终身无小我，
虚心暖暖内含光。

二

从来壮烈不贪生，
许党为民万事轻。
百战身经尝考验，
廿年冰蘖励忠贞。[②]

1938年秋月

罗世文，简介见第116页。

作者这两首诗是送给堂弟罗世良的，勉励他要为党、为人民无私工作，并要坚定战斗意志。

【注释】

①沧桑：沧海变成桑田，指时世的变化。埙篪：土制和竹制的乐器。《诗经·何人斯》："伯氏吹埙，仲氏吹篪。"指兄弟协调。这两句指在重庆讲到抗战形势的变化，要求国共合作，共同发扬抗战斗志。②冰蘖：饮冰食蘖（指中药黄柏），比喻处境艰苦。

罗炳辉

挽　父[①]

痛吾父幼小困穷厄，备尝炎凉，劬劳七十又六龄，[②]到老来只剩一身孤苦，易箦呼儿难瞑目；[③]

感不孝早岁事戎机，历尽艰危，转战二万五千里，看今日挥戈大江南北，誓歼倭寇奠先灵。

1939 年

忆夺天全[④]

辉病沉重旦夕间，
中央陷危在天全。
一息尚存赴营救。
赤诚气勇破强敌。

1944 年 9 月

暑日随笔[⑤]

正酷暑夜宿树下荷塘边，
逢明秀安儿同我共帐眠。
巧普天无云皓月清风爽，
忆暴动成红军内战九载。
在敌后抗日屈指已八年，
身经数千次战阵今余生。
反省吾服务人民如日月，
牺牲一切忠贞共产主义。
尚希子继余正意立志行，
求共产主义社会早实现。

1945 年 7 月

罗炳辉（1897—1946），原名罗德富，云南彝良人。1929 年加入中国共产党，同年领导吉安起义。后任红十二军军长，红九军团团长，中华苏维埃共和国中央执行委员，新四军第五支队司令员，第二师师长，第二副军长兼山东军区副司令员。1946 年 6 月 21 日病逝在战斗岗位上。是中共军事家。

【注释】

①1939 年秋，作者父亲病故。作者当时正在苏皖地区对日寇作战。他以极其悲痛的心情写此挽联吊唁。②劬劳：即劳累。③易箦：即竹席。指人病重垂危将死之意。④1935 年 5 月中旬，红军

长征至四川境内，时任红九军团长的作者带病率两个主力营，趁夜猛袭，机智勇敢地夺取了天全城，成功掩护了中央红军北上。⑤此诗前有作者小引：“1945年7月23日（农历六月十五日），正是大暑日，天气久旱已半年，但一落雨又多阴晴几天。今天天气特别晴朗，因此房内热得不能受，烈日正西落时，移到树下荷塘边。有红军长征的女同志张明秀，她是1937年在延安与我结婚，此同志政治上日求上进，8年来各自在工作上互相帮助，夫妻感情上是很相融的。1943年冬生一子，名为新安，已19个月了，活泼好玩。这夜月特光辉，像画一样，满天看去毫无一点云，突然偶发感想，回忆起往事，即触动心思，提笔随意书成十言，作为留念和历史参考。”

金方昌

狱中题壁

严刑利诱奈我何，
领首流泪非丈夫。

金方昌（1921—1940），回族，山东聊城人。1938年2月加入中国共产党。任晋察冀边区中共代县区委书记、县委委员，县游击大队队长。1940年11月23日被捕，受到敌人严刑拷打，宁死不屈。他蘸着流淌的热血在牢房的墙壁写下了这样气壮山河、惊破敌胆的壮烈诗句。同年12月3日英勇就义。

周志远

新四军太湖抗日游击支队进行曲

同志们，
向前进，
向太湖，
向着光明的路！
不怕它，
狂风、
骇浪、
波涛万顷，
挡不住，
我们革命斗争的雄心。
我们是英勇的太湖支队，
是苏南抗日的尖兵，
从西北，
到东南，
从延安，
到上海，
我们要把革命的根据地
向南发展！
打进天目山，
驱逐亲日派，
讨还皖南事变的血债。
我们是英勇的太湖支队，
是狂风中的英雄，

我们要
渡过惊波恶浪，
争取八百里太湖的解放！

周志远（1919—1943），又名许荣生、许志远，安徽人。1937年加入中国共产党。任中共无锡县委组织部部长。1940年冬任新四军江南指挥部驻锡南办事处主任，领导开展太湖抗日游击斗争。1943年在一次反“扫荡”中负伤被俘，在押送途中，纵身于河中英勇牺牲。

作者所作此诗，由王建谱曲，曾在太湖支队中广泛传唱。1942年重建太湖支队后仍继续用为队歌。

周维景

狱中诗

头可断，肢可折。
革命精神不可灭。
好汉身躯为群裂。
……

1943年

周维景（1918—1943），上海人。中共党员。1937年秋起，任繁峙县一区农会主席、区长。同年9月繁峙沦陷后，积极投入开展敌后根据地工作。1943年11月11日，在与敌激战中负伤被俘，不久被杀害，壮烈就义。

这是作者在敌人发的自首书上写下的豪言壮语。

赵聿才

抗战歌词

东洋鬼子犯中华，
奸淫掳掠又烧杀；
中国人民不可侮，
男女奋起保国家。

团结一致齐努力，
拿起枪杆打鬼子；
打倒汉奸投降派，
抗战定能得胜利。

共产党是引路灯，
八路军是子弟兵；
民主政府政策好，
人民解放有保证。

赵聿才（1915—1941），山东淄博人。1939年6月加入中国共产党。曾任中共村支部书记兼政治指挥员，张赵乡政治指导员。1941年9月被捕，同年10月英勇就义。后被中共益（都）临（淄）工委追认为模范共产党员。

赵敬夫

远征颂

万里长征，山路重重。
热血奔腾，哪怕山路崎岖峥嵘。
纵饥寒交迫，虽雨雪狂风，
我同志，慷慨勇往直前，不怕牺牲。
奋斗！冲锋！
为革命，流尽血，
事业成，变为光明。

赵敬夫（1916—1940），原名白长岭，黑龙江桦川人。1935年加入中国共产党，曾任东北抗日联军第三军第五师政治部主任，第三路军第三支队政委。1940年7月下旬，在德都县朝阳山战斗中英勇牺牲。

胡继亭

狱中诗（四首）

暗无天日困三春，
牢狱生涯闷煞人。
心想银屏花似火，
思春只有听鹃声。

铁窗羁禁自堪忧，
梦在沙场醒在囚。
战斗一生无险虑，
一心抱死亦何愁。

一年之计在于春，
黑牢囚笼苦难人。
夜半思家眠不得，
哭声呜咽动酸心。

十五年来历艰辛，
大江半渡却遭擒。
恶魔兽性任残害，
头断血流不屈心。

胡继亭（1916—1944），安徽金寨人。1932年加入中国共产党。曾任红二十八军政委高敬亭秘书，中共鄂东北道委书记，新四军第四支队九团政委，第七师皖南支队参谋长，沿江支队参谋长等职。1944年2月13日在战斗中英勇牺牲。

1943年3月间，作者渡江至江南遭日军逮捕，被囚禁于铜陵监牢，因未暴露身份，后被营救出狱。此诗作于狱中。

柳乃夫

报国大为先（四首）

一

倭奴入寇一年余，
河山破碎已半壁。
男儿不禁兴亡恨，
投笔从戎古有之。

二
高堂遥盼他乡子，
战地星月倍家思。
若问何日回故里，
杀尽倭奴建国时。

三
自古忠孝难两全，
于今报国大为先，
建功立业父母愿，
不作牛马子孙贤。

四
海阔天空各一方，
异地索怀夜梦长。
惟望举家多和泰，
聊寄近影慰思量。

1938 年秋

柳乃夫（1910—1939），原名赵宗麟，四川荣昌（今隶属重庆）人。1928 年考入中央大学。1931 年因传播革命书刊被捕。1933 年出狱。1935 年赴日留学，加入中国共产党。回国后，编辑《永生》等进步刊物。后任上海文化界内地服务团团长，参加抗日救亡运动。1938 年去赵寿山部做政治工作，次年 6 月在战斗中英勇牺牲。著有《中条山下》《抗日政治工作》等。诗题为编者所加。

钟骞

赠　别[①]

相聚无几话别离，
叙别岗上风凄凄。
莫忘家国恨，
能寄长相思。
天涯何处有芳草？
踏过遍野铁蒺藜。

1940 年 3 月

临终诗（二句）

思亲泣尽韩江水，
报党未已命如丝。

1944 年 5 月

钟骞（1915—1944），广东潮安人。1934 年冬加入中国共产党。曾任中共潮安县委宣传部部长，潮汕中心县委宣传部部长，并任永定县中川村侨育中学教导主任。1942 年后，任中共闽南特委副书记。1944 年 5 月 31 日，因积劳成疾病逝。

【注释】

①1940 年，作者在侨育中学任教时，遭到反动当局的迫害。1940 年 3 月不得不离开学校，很多同学为他送行，便写此诗。

钟毅

感 怀

半夜班师天地昏，
中原到处哭声闻。
料应卷土重来日，
一战唤回故国魂。

四境纷传撤退忙，
倭夷横海渡长江。
临淮关上思歼敌，
剑气升腾日满窗。

1938 年

钟毅（1901—1940），字天任，广西扶南（今扶绥县）人。韶关讲武堂毕业，曾参加北伐战争。抗日战争时期，任国民革命军旅、师长，曾转战江浙皖之间。1939 年与日寇血战随枣会战。1940 年 5 月 9 日在宜昌战役中牺牲。

这首诗写于 1938 年春，当时作者所率部队遭日军攻击，损失甚众。在退至淮河沿岸时，作者目睹沿途军民四散奔逃的情景，感慨作诗。诗题为编者所加。

钟昌基

告之同乡

闻君三降驾，道是旧故人。
本是同根生，和恨志不同。

1940 年

钟昌基（1902—1941），湖南平江人。1925 年元月中学毕业前夕，加入中国共产党。曾任平江县委苏维埃政府秘书，中共湘鄂赣省委秘书，湘鄂赣特委秘书，平江县委书记，新四军司令部秘书主任。1941 年 1 月，在皖南事变中牺牲。

1940 年，一位充当国民党说客的同乡来劝说作者脱离共产党，遭到其坚辞拒绝，写诗告之。诗题为编者所加。

钟袁平

月 夜

星儿明灭，
月儿穿过如絮的云团，
我的心，
像湖畔的芦苇随风飘荡，
你疲倦了吗?
不!
我曾奔走万里的途程，
你痛苦了吗?
啊!
这是爱国忧家的忠诚!
你是来自西北，
我是来自东南，

你是来自黑龙江上，
我是来自南国的海滨。
为了赶走日本强盗，
泣别了爹娘，
别离了家乡。
我的心，
像怒吼的钱塘江潮……

1941年狱中

钟袁平（1915—1941），又名袁斌权，浙江桐乡人。1937年入陕北公学学习，并加入中国共产党。1938年底到皖南，曾任新四军皖南政工宣传组织、副队长。1940年初被国民党特务逮捕。1941年5月28日在上饶集中营遇难，壮烈牺牲。

侯信

血染好山河

惊悉邕城陷，[①]昆仑莫奈何；
人民遭屠杀，血染好山河。

1939年冬

侯信（1919—1949），壮族，又名侯骏驹，广西柳城人。1938年参加广西学生军。1941年11月加入中国共产党。1941年夏，学生军被迫解散后复学，毕业后从事党的地下活动。1948年组织柳北地区武工队，任队长，后任解放桂黔边人民保卫总队第二大队长。1949年11月12日在战斗中英勇牺牲。

【注释】

① 邕城：即邕宁城。

闻允志

闯　关

策马布防漳河边，
太行矗立白云间。
红霓关前投石虎，
管叫敌尸随波旋。

1939年

闻允志（1904—1940），原名闻家骅，湖北浠水人。1926年加入中国共产党。1931年九一八事变后，曾任河北民军政训处处长，华北抗日民军政治部主任，冀鲁豫军区第一军分区政委。1940年8月赴延安开会时，途经卫河无城县的一渡口过河时，突遭日军袭击，不幸失足溺水逝世。

1939年12月，作者率部东进林县，途径红霓关，受到国民党孙殿美部阻拦。作者率部机智斗敌，强行通过，为此作了此诗。

宣侠父

抗日游击战赞

重整旧河山，男儿万万几。
广大战场中，异军看崛起。
奇师出代幽，义旗指辽蓟。
攻敌于不备，出敌于不意。
如虎常闻声，似龙不见尾。
使敌疲奔波，辟易千百里。
胜报频相传，料君闻亦喜。

1937年9月

宣侠父，简介见第133页。

1937年9月，作者被任命为十八集团军高级参议，此时在集团军总部遇到故交高岚溪，便写此五言诗赠给他。全诗表达了作者对抗日游击战争的必胜信念。诗题为编者所加。

贺仇

九一八小调（三节）

哥哥营中把枪擦，
想起当年九一八，
心中如刀剐，
哎哎呦，心中如刀剐。

八年前今日多悲痛，
日本小鬼进关东，
沈阳乱哄哄，
哎哎呦，沈阳乱哄哄。

爹娘被杀血流红，
妻子被奸在房中，
人心何能容，
哎哎呦，人心何能容。

1939年

贺仇（1914—1941），原名贺先勤，山东牟平人。早年在家乡任小学教员。1940年加入中国共产党。曾任中共福山县委秘书，牟平松岚小学教导主任，积极从事抗日救国工作。1941年11月12日被国民党顽固派逮捕，11月19日英勇就义。

贺琼

狱中诗

辛苦遭遇事未全，
悲民悲国不悲身。
此身愿为山河碎，
一寸丹心共月明。

贺琼（1914—1940），女，湖南会同人。1938年底加入中国共产党。曾参加湖南女兵团，赴江浙一带抗日前线做宣传、救护工作。后回湘西，参加会同女子工读团。1940年7月初被捕，同年12月中旬英勇就义。

这首诗可看出，作者已抱定与敌人斗争到底、视死如归的信念。

贺清亮

藏头诗

英雄失在豪杰地，
汉（锻）炼身体受辛苦。
清（亲）自参加共产党，
亮（谅）不陷害我同志。

1938 年

贺清亮（1903—1938），又名英汉，江西莲花人。1926 年加入中国共产党。曾在莲花县苏维埃政府工作。后赴湖南攸县等地从事秘密活动。1938 年被捕，在狱中坚贞不屈，被敌杀害。

作者临刑前作此藏头诗，以表明革命心迹。

姚子青

阵前誓言

剪灭倭奴凶焰，
洗雪国耻，
爱我河山，
誓与敌不共戴天，
誓与阵地共存亡！

1937 年 8 月

姚子青（1909—1937），广东梅州人。1926 年考入黄埔军官学校。毕业后任北伐军排长、连长、营长。1937 年 8 月，在淞沪会战中，他率全营近 600 名官兵死守上海水路门户——宝山，全营将士与日军奋战七昼夜，后壮烈殉国。

姚名达

书生亦欲请长缨

万里无垠一望平，
漫天风雪赋南征。
太息匈奴犹未灭，
书生亦欲请长缨。

1940 年

姚名达（1905—1942），目录学家，又名姚显微，字达人，江西兴国人。早年毕业于北京清华研究院，曾为复旦大学、正中大学教授。抗日战争时组织正中大学战地服务团，并任团长。1942 年 7 月 7 日在江西新淦石口村被日军包围，在肉搏中打死一名日寇后中弹，壮烈牺牲。

袁国平

赠邱一涵同志（二首）[①]

一

十年征尘感系多，
问君何事费蹉跎！
愿将头颅抛原野，
不随池流逐浊波。

二

不是甜的蜜，不是香的花。
好比茅台酒，淳芳与日加。

1939 年

别了，皖南[②]

前进号响，
大家准备好，
子弹上膛，
刺刀出鞘。
扬子江头，
淮河新道。
哪个来拦路，
哪个被打倒！
冲过重重叠叠的封锁，
冲进日本的窝巢。
我们一定胜利，
我们一定达到目标！

东进歌[③]

前进号响了，大家准备好。
子弹要随时准备上膛，
刺刀要随时准备出鞘。
别了，三年的皖南！
目标，向敌后抗战的大道。
顽固派滚开，投降派打倒，
日本鬼子碰到了，
打完子弹拼刺刀。
不怕山又高，不怕路又遥；
山高总没有雪山高，
路遥总不比长征遥。
敌后进军胜利了，
自由的中国在明朝。

袁国平，简介见第 329 页。

【注释】

①作者同邱一涵于1930年结婚，婚后夫妇俩一直战斗在一起，1939年“三八”国际妇女节时，被新四军军部评选为模范夫妻。1956年11月邱一涵（新中国成立后，曾任中共江苏省委常委，监察委员会书记）病逝后，遗体被安葬在南京雨花台，与作者合墓。

②③两诗为作者于皖南事变前所作。

顾士多

青山密林乐常在

高山陡峭过往多，
胜利凯旋放声歌。
青山密林乐常在，
英雄一逝滴水落。

顾士多（1914—1940），又名顾百汉，湖北大悟人。中国共产党党员。1932年参加中国工农红军，任红二十八军枪团分队长，鄂东北独立团团长，新四军第四支队团长，江北游击纵队副团长。1940年8月中旬，在江北作战时牺牲。

作者这首诗写于抗战时期，全诗体现出作者对险恶环境的蔑视和对战斗胜利的信心。

顾希均

奋　斗

鼓起自己所有的热情，
与大自然作一奋斗。
是因为青年的心，
青年的前程，
民族的生存。
需要在激流中，
奋发行为的果敢，
与社会作一剧烈的斗争。

1938年

顾希均（1921—1949），苗族，又名顾怀成，贵州凯里人。1939年到邵阳《力报》社工作。1945年回到贵州，1947年7月起任贵阳《力报》总编辑，在报纸上宣传进步思想。同年9月9日被捕，1949年11月11日光荣就义。

作者此诗写于中学时，彼时他参加了党领导的读书会，具有初步的革命思想。

钱毅

墙头诗（六首）

一

解放区欢天喜地，
大后方乌烟瘴气，
要把解放区的欢喜，
带到全中国各地。

二

解放区人民逢人就笑，
敌伪区人民眼泪滔滔，
大后方人民伸不直腰，
请看！哪个地方好？

三

蚂蚁不敢碰热锅，
恶狼不敢靠猛虎。
人民武装扩千万，

反动派只好把脚跺。

四

当了伪军臭煞，
当了顽军咒煞。
子弟加入人民军，
祖宗万代荣耀煞！

五

流血流汗三千日，
百年苦水才吐得。
伸腰日子要长久，
端起钢枪防民贼！

六

一人栽树，
万人遮荫；
新四军流血，
为的是百姓。
劳军！劳军！
祝部队把敌伪灭干净！

大喜临门（三节）

电话铃咯啷啷响！
半夜里分外噪人，
同志们起床听，
听了半点音，
光着身子在庄上直奔：
"日本投降了！
——投降我们！"

消息象炸雷，
通庄上直滚，
麦场上尽是人，
同志紧拉住老乡打转，
老乡乐得直蹦，
光说："好！好！好！大天明！"

好几百人围得紧紧，
几百颗心跳嘣嘣，
阳光普照，
大喜临门。

1945 年 8 月 10 日半夜

钱毅（1925—1947），安徽芜湖人。1941 年参加新四军，任《新知识》杂志编辑，《盐阜大众》副主编。1945 年加入中国共产党。后任华中文协大众文艺委员会委员，新华社盐城分社兼《盐阜日报》特派记者。1947 年 3 月 1 日深入蒋占区采访，遭敌人俘劫，次日遇害英勇就义。著有《大众诗歌》等。

钱亦石

战地服务队队歌[①]

脱掉长衫，
同赴战地。

一面唤起民众，
一面教育自己。
我们愿在枪林弹雨中，
把身体炼成铁，
把意志炼成钢，
把大家炼成分不开的集体。
以热忱励士气，
以鲜血染征衣。
努力！努力！
动员全国同胞，
争取抗战到底！
努力！努力！
动员全国同胞，
争取抗战到底！

1937年9月于嘉兴

抗战到底（四节）②

抗战，抗战，抗战到底！
有钱的出钱，
有力的出力，
四万万人一条心，
全国动员，一致杀敌！

抗战，抗战，抗战到底！
有枪的拿枪，
有笔的拿笔，
四万万人一条心，
驱逐敌人，收复失地！

抗战，抗战，抗战到底！
怕什么飞机，
怕什么毒气，
四万万人一条心，
前面受伤，后面继起！

抗战，抗战，抗战到底！
小败不必忧，
小胜不必喜，
四万万人一条心，
争回自由，争回独立！

1937年10月于上海

钱亦石（1889—1938），原名钱城，字介磐，湖北咸宁人。1924年4月加入中国共产党。大革命时，任国民党湖北省党部常委。1927年大革命失败后，赴苏学习。1930年底回国，任中国社会科学家联盟党团书记。1937年抗战全面爆发后任战地服务队队长。终因积劳成疾，于1938年1月29日病逝。

【注释】

①抗战爆发后，在上海的一些文化工作者纷纷参加战地工作，作者所领导的战地服务队是第一个成立的。此诗（歌词）由孙慎谱曲。②作者此诗（歌词）由孟波谱曲。

徐婴

自　嘲

狂风从天边刮来，
卷起一阵漫漫的黄土和沙粒，
整个的沙漠灰黑了——
骆驼依然闭着眼皮，
慢慢地走着，
它艰苦的足迹深印在沙漠上……
没有水草更没有盐。
呀！只有来埋葬你的飞沙呀！
而骆驼还是向前……
我，也真象这只犯贱的骆驼！

1942年8月

徐婴（1921—1944），学名会庆，浙江鄞县人。1939年加入中国共产党。任中共鄞县大雷区工委书记兼区长，樟水区区长，曾在四明地区从事抗日救亡活动。1944年4月5日被国民党反动派杀害，壮烈牺牲。

作者在诗中把自己比作骆驼，要克服一切困难永远向前。

徐楚光

与友人游栖霞山

破碎河山乱如麻，
寺僧钟鼓噪无鸦。
山枫自有丹橙色，
无意胜于二月花。

1943年

贺洪侠猎取汪伪密码[1]

敌军战鼓响叮冬，
信陵盗符建奇功。[2]
伤心千载秦淮水，
血泪染洒雨花红。

1945年4月

赠友人（二首）[3]

一

秦淮画舫似浮尘，
誓杀匈奴不惜身。[4]
生死存亡无足论，
为家为国为人民。

1943年

二

敌强我弱感时艰，
国事蜩螗莫等闲。[5]
死里求生风雨里，
待看红日照人间。

1945年6月

徐楚光（1909—1948），湖北浠水人。1927年底加入中国共产党。1929年后从事兵运工作。1940年回延安，任抗大教员。1942年后被派往敌占区做军队策反工作，曾成功策动汪伪警卫师起义。1948年10月9日被杀害于南京，英勇就义。

【注释】

①洪侠：又名洪正国。原日伪军委会参赞武官。1942年作者发展他为地下情报工作人员，为革命做了许多工作。②信陵盗符：指魏国信陵君设法窃取兵符，夺取兵权，出兵救赵，击败秦军，建立了大功。这里借用这个典故比喻猎取敌伪电码的重要意义。③赠友人：作者的这两首诗都是赠洪侠的。④匈奴：古代我国北方民族之一。这里借指日本侵略者。⑤蜩螗：蝉的别名。后来以蜩螗表示纷扰不宁。等闲：寻常、随便。

高禹民

浪潮歌

法西肆残暴，战火烈焰烧。
革命斗争汪洋大海，
谨防海底礁。
狂风起浪潮。
水手舵把牢，毁船难上难。
上岸冲，冲！敌伪难脱逃。
资本主义坟墓俱备了，
葬钟一声敲。
阶级仇恨难消，
誓死高举红旗摇，
赤光普照，中华万恶消。

1938年11月

高禹民（1916—1940），原名高升山，山东高密人。1924年随家闯关东来到黑龙江省依兰县。1935年秋加入中国共产党。历任中共依兰县委书记，下江特委宣传部部长、书记，抗联第三路军第九支队政委。1940年11月9日在战斗中光荣牺牲。1938年曾与李兆麟等一起创作《露营之歌》。

高培谟

日寇失败无几时

东瀛群岛烽火起，
日寇失败无几时；
待到来年樱花节，
正是你妻祭你时。

高培谟（1922—1944），又名高烈，山西保德人。中共党员。1937年冬参加县“动委会”工作。后任浑源县政府教育科科长。1943年调任中共灵邱县四区区委书记。1944年1月，在突围战斗中英勇献身。

这是作者向敌人开展整治攻势所写的诗。

高敬亭

兴师东进灭倭奸

兰田谈判九河签,[①]
喜看抗日新章篇。
三省健儿七里汇,[②]
兴师东进灭倭奸。

1938年春

高敬亭(1907—1939),原名高志员,河南光山人。1929年加入中国共产党。历任中共光山县委书记,鄂豫皖省委常委兼组织部部长,豫东南道委,皖西北道委书记,红二十五军师政委,红二十八军政委,新四军第四支队司令员。是中华苏维埃共和国中央执行委员。1939年6月24日被错杀。1977年4月平反,1978年10月被追认为革命烈士。

【注释】

①兰田、九河:地名,在安徽省岳西县。1937年秋,作者与国民党地方当局进行停战谈判,并签订了共同抗日的协议。②七里:地名,在湖北省红安县。1938年2月,在皖的红二十八军与鄂豫红军游击队在七里会师,改编为新四军第四支队。

凌毓俊

炼　狱(三节)

不管是凄迷的薄雾,
抑是撒遍鸟喧的清晨,
请勿为我担下过多的焦灼,
我已经过惯了这发霉的年华。

春,悄悄地爬上枝头,
石墙上画出一道水痕,
阴影罩住这年轻人的心哪!
你以为我会这样愚蠢,
想从那阴暗的墙角去
采摘一朵春之花吗?
让潮湿病在那儿生根吧!
雨夜,
疾走的檐滴催我入睡,
我却有着无边的遐想,
我的心已不是空漠的大鼓,
那已成了飘忽的梦,
这血泊中的洗浴,
将给我带来一条更坚实的胳膊。
昨宵,
我也许还有一丝感喟,
和一点淡淡的哀愁,
然而,新世纪的风沙,
会把我们吹到天末。
漫长的岁月,
使得这饰着镣铐的脚步也轻松了。
不用去请教那只古老的白羊,[①]

也不要将期望寄托在一只可怜的雄鸡上，[2]
而今，
母亲也失望于这样的欺骗了，[3]
对自己的遭遇，
我不会朦胧的。

祖国殷红的原野上，
艰苦的搏斗还在继续着，
为着要这
被屈辱的
被奸污的土地上生长起自由来，
优秀的子民们，
将灌溉她以鲜血，
而我，也将以自己的受难，
去预约那新生的太阳。

凌毓俊（1916—1941），贵州贵阳人。中共党员。学生时代即参加革命活动。1938年5月，任中华民族先锋队贵阳总队宣传部部长，同年8月17日被捕。1941年1月18日壮烈牺牲。

此诗是作者在狱中写的。

【注释】

①指羊毫笔，这里指写申诉书要求释放。②旧时迷信杀鸡祭神祈求平安或宽恕。这里亦比喻不向敌人寄以幻想。③当时民先领导人缺乏斗争经验，使民先总队于（1938年）8月17日遭敌人破坏。

涂剑光

祝淘金山伏击战胜利[1]

仓阳倭寇运输忙，[2]
满载"金标"满载粮。[3]
抗日军人多妙计，
汉奸走狗费思量。
连声号角枪声急，
十辆敌车九车翻。
流水落花"君"去也，[4]
豺狼岂敢再猖狂？

1943年5月

涂剑光（1919—1947），原名涂明清，湖北黄冈人。1938年2月加入中国共产党。历任黄冈县救国联合会宣传部部长，黄冈中心县政府动员科科长，中共金台乡区委书记兼乡长。1947年在陕南一次战斗中壮烈牺牲。

【注释】

①淘金山：在新洲县金牛镇。1943年5月，新四军五师一部在此伏击日军军车两部，缴获一车伪币和部分枪支。②仓阳：即黄冈县的仓埠镇和阳逻镇，有公路相连。③金标：译音，日本人称货币为金标。④"君"：日本侵略者强迫中国

人称他们“太君”。这里是有意嘲讽。

陶阜訇

我需要太阳

我需要太阳
需要照着遍体通红的太阳光辉！
愿——
阴云被暴风扫去，
血红的太阳照遍人间……

1937 年

光华中学校歌

在这伟大的时代，
我们站在战斗的最前线。
我们在艰苦中学习，
我们在战斗中成长。
永不忘战士的头颅，
永不忘战士的鲜血
到底为谁牺牲？
我们要不断地战斗，
把历史推向前进。
高举起我们的旗帜，
向着解放自由的路走。
我们光芒万丈，照耀中华。

1940 年

陶阜訇（1918—1943），原名陶炳麟，江苏溧阳人。1939 年底加入中国共产党。曾任中共溧阳县委青年部部长，城区区委书记，《战斗报》分社主任，光华中学教导主任。1941 年 3 月后，任溧阳县抗日民主政府文教科科长，后周区区长。1943 年 7 月遭日伪军袭击，不幸牺牲。

姬兴周

狱中诗

壮士从容入狱中，
身心似铁气长虹。
工农革命成功日，
万里山河一片红。

姬兴周（1905—1942），又名纪守先，吉林伊通人。1933 年加入中国共产党。1934 年 5 月，组建焚烧破坏日本军用物资的地下革命组织“抗日谋略纵火团”，任总负责人。在沦陷区各地纵火 80 余次，使侵华日军损失达两千万日元。1940 年 8 月 15 日不幸被捕。1942 年 10 月 8 日英勇就义。

作者这首充满革命激情的诗句，至今还保存在旅顺监狱旧址的墙上。

黄彰

我 愿

我愿：她的性质上——
如松柏一样，
不怕烈日，不怕风霜。
不怕野蛮横暴的倒退势力！
我愿：她的表现上——
如松柏一样，
为绿不凋，为青不老，
为真理实现而不折不挠！
我愿：她在交际上——
如松柏一样，
与竹梅配合，映耀残年晚景，
与XX联盟，[1] 创造人类幸福！

1941年

黄彰（1901—1945），广西贵县人。1927年加入中国共产党。曾任中共贵县、宾阳县委书记。1936年后，任中共广西工委委员、组织部部长、副书记。1944年秋，广西沦陷后，任桂东南抗日游击区办事处主任。1945年春领导桂东南抗日武装起义，起义失败后被捕，同年3月9日英勇就义。

黄彰为一位同志抚养的女孩照片的背面写了这首诗，以勉励革命后代。

【注释】

①“与XX联盟”：其中“XX”指当时的苏联。

黄晓庄

送给自己

莫回顾你往日的美丽，
莫依恋你从前的幸福。
既然为革命来到这里，
就该勇敢地战斗到底！

1945年3月20日

黄晓庄（1926—1946），贵州安顺人。青年作曲家，王若飞的表侄，曾入育才学校学习。1946年4月8日同王若飞及叔祖父黄齐生回延安时因飞机失事遇难。

黄樵松

述 志[1]

陈兵娘子关，壮志薄云天。
笑斩鲤登头，放歌大坂山。

1937年10月

榴 花[2]

昨夜梦中炮声隆，
朝来满院榴花红。

壮士效命咫尺外，
榴花原是血染成。

1938 年

练　兵③

春天天气好，人人要起早。
挥舞刀和枪，杀敌逞英豪。
救国寸肠断，先烈血成河。
莫忘山河碎，岂能享安乐？

1938 年冬

黄樵松（1901—1948），原名黄德全，河南尉氏人。1922 年考入冯玉祥的西北军学兵团，后任排、连、营、团、旅、师长。抗战时，曾在娘子关、台儿庄、大别山对日作战。1945 年秋以后，任国民党军的副军长、第三十军代军长。因反对蒋介石发动内战，于 1948 年 11 月在太原前线筹划阵前起义，由于部下告密被捕，同年 11 月 27 日被杀害于南京雨花台。

【注释】

①1937 年 10 月，作者率军迎击进犯日军，在娘子关附近击落敌机一架，挫败敌人进攻的锋芒，此诗正是在此期间所作。②此诗是作者在 1938 年台儿庄战役前后所作。③此诗是作者为激励官兵所作。

萧扬

请君入瓮

紫荆山上炮声隆，
吕梁山上旌旗红。
明庶风拂朝霞波，
请君入瓮谈笑中。

1939 年 12 月

萧扬，简介见第 352 页。

1939 年后山西军阀阎锡山追随蒋介石反共。当年 12 月阎锡山发动了向党领导的山西新军——抗日决死队的进攻，即晋西事变。这是作者记述的在紫荆山处一次对阎军的反击战。后山西新军正式编入八路军。

萧次瞻

《海底梦》读后①

假如你，曾经在工作中，
忍受着各种艰难困苦，
而仍未失去你的信念，
那这本书，
将给你无尚的安慰；
假如你，
曾经在工作中，
失去你的信仰，
出卖了你的灵魂，
牺牲了你的人格，

那这本书，
将是一把锐利的尖刀，
直刺你的心！

1938 年

狱中诗[②]

云锁苍穹铁锁门，
才惊午炮又黄昏。
焦枯床板连肝腑，
灰黑檐墙合梦魂。
人世荒唐堪诅咒，
血轮循转自寒温。
殷勤护惜三朝孺，[③]
收拾锋芒且勿言。

1940 年 9 月

新正气歌[④]

心志既坚实，苦汁甘如饴；
读书三十年，真伪辨须臾。
仰不怨天命，俯不怪人非；
生当大时代，鞠躬唯赴义。
服劳尚有日，慎保五尺躯；
大义须舍身，慷慨亦何辞！
不恋我身前，陈账一笔除；
不虑我身后，后事有人继。
人生持久战，小败大胜利；
胜利多信心，遗忘个人私。
招手有巨人，普罗米修士。[⑤]

1940 年 11 月

题赠熊大瀛[⑥]

历尽崎岖路几程，
寸心原欲救危倾；[⑦]
黄花寂寞锁深院，
浓雾迷漫罩古城。[⑧]
忍受折磨堪励志，
相关痛痒见交情；
劝君正向光明面，
心自安详气自盈。

1940 年 12 月

萧次瞻，简介见第 353 页。

【注释】

①1938 年，作者读完《海底梦》后，便在书的扉页上题写了这首诗，对周围的进步青年进行革命气节教育。②③ 三朝孺：生下来才三天的婴儿。作者于 1940 年夏被捕入狱，写此诗，告诫狱中同志要像爱护婴儿那样维护党的利益。④ 此诗作者写于狱中，诗中体现了一个共产党人崇高的革命气节和鞠躬尽瘁的精神，写后立即在狱中传诵。⑤ 普罗米修士：即希腊神话巨人普罗米修斯，因盗神火给人类被天神宙斯锁于高加索山上。⑥ 这是作者写给刚入狱的战友熊大瀛（简介见第 476 页）的一首诗。诗中倾注了对同志的关心和鼓励，对光明前途的无限希望。⑦ 危倾：指国家民族面临危亡。⑧ 浓雾：指反动势力。

曹英

革命流血不流泪

革命流血不流泪，
生死寻常无怨尤。
碧血长江流不尽，
一言九鼎重千秋。

曹英（1917—1946），又名曹广升，山东宁阳人。1939年加入中国共产党，后在中共宁阳工委民运部工作。1940年后，任中共宁阳县第五区分委会指导员。1946年8月，在宁阳沈家林召开干部会议时，遭敌包围，壮烈牺牲。

曹吉亭

马亓山开荒

马亓山上开荒田，[1]
干部战士都参战。
生产自救衣食足，
抗日军民尽开颜。

1942年

曹吉亭（1912—1945），山东莒县人。1938年加入中国共产党。曾任山东纵队二旅五团排长、连政治指导员。1942年春带领全连在马亓（訾）山开荒生产。后任莒中独立营副政委，滨海军区独立三团副政委兼政治部主任，1945年7月23日在新旺战斗中英勇牺牲。

【注释】

①马亓山：位于山东省东南部莒南县附近。

常恩多

共整旧河山

明月良宵里，静卧草房间。
沉思既往事，阵阵痛心酸。
谁设征夫意，共整旧河山。

1941年6月9日

恨未到辽东

夜半睡朦胧，忽听雷雨声。
狂风如怒吼，好象赴敌兵。
惊我还乡梦，恨未到辽东。

1941年6月15日

岂能撼泰山

载我有大地，覆我有青天。
饱餐新空气，常在日月间。
病魔纵然顽，岂能撼泰山。

1941年6月20日

花[①]

门外青松墙内花，
花笑青松不如花。
待到冬日严霜至，
只见青松不见花。

1941年6月20日

常恩多，简介见第354页。

【注释】

①1941年夏，作者的部下陶景奎、孙焕彩投敌。此诗作者原注为：这些人（指投敌者）为了眼前一点小便宜，眼皮太浅了，可怜可叹又令人恼。此等人无以名之，可以叫作“花”。

康浪平

给

久旱的田园，
播下了仇恨的种子。
是需要
甘露来滋长，
才会发出
忿怒的幼芽。
怎样才能收获呢？
艰苦的年代，
那要望
田主与田丁了。
记着：
“有春之生长，
才有夏之成熟。”

1940年

康浪平（1920—1945），又名康志刚，广西南宁人。1937年加入中国共产党。曾任中共南宁市工人支部书记，邕宁中心县委委员，桂西南党委工运委员，南路特支书记。1945年3月在邕宁遭恶霸杀害，壮烈牺牲。

续范亭

八路军与新四军

深知为甚要打仗，
因此人人苦亦甘。
赤足麻鞋小米饭，
华中华北战方酣。

1942年

赠毛主席

领袖群伦不自高，
静如处子动英豪。
先生品质难为喻，
万古云霄一羽毛。[①]

1942年

赠朱总司令

敌后撑持不世功，[2]
金刚百炼一英雄。
时人未识将军面，
朴素浑如田家翁。

1942年

赠彭副司令[3]

爽直将军贵姓彭，
心如铁石气如鲸。
三军一致称模范，
粗布征衣半老兵。

1942年

续范亭，简介见第151页。

【注释】

①万古句：杜甫《咏怀古迹》："万古云霄一羽毛。"赞美诸葛亮的品德崇高。这里借指赞美毛主席。②不世功：非常大的功绩。③彭副司令：即彭德怀。

彭雪枫

书联两副

拥政爱民联[1]

政府卫队，保卫政府，乃是义务；
人民护兵，爱护人民，原为本分。

贺村民婚禧联[2]

树国树人长期抗战，
宜家宜室并蒂腾欢。

彭雪枫，简介见第358页。

【注释】

①作者十分重视拥政爱民工作，并要求部队把它当作长期的政治任务，为此编写此对联，贴到每个连队的俱乐部里。②1942年，安徽省怀远县李家办婚事，特约作者参加，他欣然而往，并且带去此对联，这是我军重视军民团结的佐证。

董警吾

辛亥革命逾卅春

辛亥革命逾卅春，
年年征战扰黎民！
金陵建国似有绪，[1]
江西剿共血染尘；
十年对垒临潼了，
三瀛兽兵芦沟陈；[2]
名列国军不御侮，
党派气焰更凌人。

董警吾（1913—1946），原名书绅，山西万泉人。1938年5月加入中国共产党。曾任高小校长，后被派入阎锡山精建会万泉分会任农运干事，又任猗氏县教育科科长、县长。后回太岳抗日根据地，任汾南抗日游击队政治主任，太岳行署汾南办事处副主任兼稷山县长。1946年9月9日被害，壮烈牺牲。

此诗写于1941年皖南事变之后。

【注释】

①金陵：指南京。②三瀛：指日本。

蒋可然

誓将日寇赶进洋

东洋鬼子太猖狂，
烧杀抢掠辱亲娘。
新仇旧恨一齐涌，
抽刀杀向古战场。
还我河山还我娘，
愿向战袍洒血浆。
金猴奋力降妖魔，
誓将日寇赶进洋。

1938年

蒋可然（1915—1949），原名蒋昌繁，四川武胜人。1935年冬加入中国共产党。任中共巴县县委书记，梁（山）大（竹）中心县委书记，川东第八区工委副书记，西南民主联军华蓥山游击队第八支队负责人。1948年领导武胜起义，后在战斗中被捕。1949年11月14日在“中美合作所”渣滓洞英勇就义。

覃星

爱与恨

……我要生活，
便要战斗。
让我勇敢地
去爱我所爱的一切！
去恨我所恨的……

1944年

覃星（1915—1947），又名覃绍育，广西贵县人。1938年参加革命。1945年春参加桂东南抗日武装起义，任第一支队三分队队长，任粤桂边区人民解放军第十八团联络员。1947年牺牲。

程翊

给同志

去，勇敢的吧！
望着死，
我也前去！

要自由
怕死是懦弱的。
流出一条血路。
这一条路
让后一代子孙走去。
要知道，
死了自己，
还有
无穷尽的，
继起的同志。
无穷尽的后备军。
在踏着我们的血来了呀！
亲爱的同志。

无　题

我爱自由，
生命是宝贵的，
自由却比生命更伟大。
为了自由
我甘愿抛弃我的生命。

我们的旗帜举起了。
啊！多么美丽的
共产主义的旗帜呀！
我对您宣誓，
我说旗呀！
我永远忠实您，
忠实您，
希望您发出光辉，
决不软弱我的意志！

狱中诗（五节）①

亲爱的同志，
我向你们道别了，
亲爱的党，
我向你道别了。

今天，
我关在船湾，
关在敌人的仓内，
我没有机会和你们再见。

今天啊！
我关在这阴暗的仓内！
明天啊！
也许我在背后的山上，
我被强盗们秘密地杀死。

我只是等待这个日子，
因为我心里很光明。
我忠实了祖国，
忠实了党，
忠实了列宁同志，
我没有一丝儿惭愧，
我很对得住我的志气。

若是我真的死了，
请你们不要流下眼泪，

死，活你们要看作平常的事，
人生都要有一次的啊，同志。

1941年

程翊（1913—1941），号晓村，笔名路马，江西鄱阳人。1936年秋加入中国共产党。1937年抗战全面爆发后，参加青年服务团，开展抗日宣传活动。1939年后参加中共鄱阳县委工作，任船弯乡乡长，赣北游击队司令。1941年7月被捕，7月30日壮烈牺牲。出版《路马诗集》。

【注释】

①1941年7月，作者被捕后预感到敌人将要杀害他，便写下此诗，以诗的语言向党，向同志们告别。其凛然正气跃然纸上。

鲁特夫拉·木塔里甫

给岁月的答复

时间太匆忙，一点也不肯停留，
岁月便是时间的最快脚步。
畅流的水，破晓的黎明依然清晰，
疾驰的岁月却是窃取寿命的小偷；
窃取后，头也不回地
一个追着一个，匆忙逃走。
在青春的花园里听不到黄莺拍翅，
树叶枯萎凋零，树枝变成秃头。
青春是人们最美妙的季节，
然而它又是何等短暂。
当你撕去日历上的一页，
便会预感到青春的花朵凋落了一瓣。
岁月之风在飘舞，落叶掩盖了大地，
落了叶的树显得格外可怜……格外悲凄。
岁月，那么慷慨地给姑娘们带来了皱纹，
给男子们带来了满腮的胡须。
但是，不能咒骂岁月，
让它流过去吧，这是它必然的规律。
人们不会放松时间，
把戈壁变成绿洲的还是人们的双手。
岁月的胸襟辽阔，机会无穷，
山一般重大的事还是在岁月里耸立。
你瞧，昨夜还那么幼小的婴儿，
啊，今天他就会站起来走路了！
战斗的人们追随着战斗的岁月，
一定会留下他战斗的子孙；
昨晚为幸福而牺牲的烈士墓上，
明天一定会布满悼念他的花丛。
尽管岁月给我带来了胡须，
但我会在岁月的怀抱里锻炼自己。
在我面前败走的每个岁月里，
早已铭刻了我的创作——
不朽的诗篇。
在斗争激烈的时候，我决不会衰老，
我的诗，象天空的繁星在我面前闪耀。

我时时不会忘记，坚忍——
果敢就是胜利，
在战斗重重的陡坡上，死亡对我是何等渺小，
我要跟射手们牵起手来，
在前进的道路上紧紧地跟随旗手，
在战斗的疆场上始终不显出疲惫；
我要走遍一切走向胜利的道路。
岁月，你别得意地擂胸狂笑，
在你面前我宁肯断头，绝不受你凌辱。
你别为了催我衰老而过分地枉费心机；
我会把我的儿子许给最后的决斗。
岁月之海，尽管你的浪涛那样汹涌起伏，
我们的舰队一定会突破你的浪头。
尽管你以飞快的速度想恫吓我们，
但是，创造必定会使你衰老——
这就是我们对你的答复。

1943年于乌鲁木齐

我决不……

任凭黑暗的势力压得我驼背弯腰，
任凭魔爪掐住了我的咽喉；
但是，我决不屈服——决不！
决不用哀求的声音要求还给我——
属于我的——
一生只有一次的——生命；
决不伸出颤抖的双手向偶像求饶。
我憎恨那些把头埋在敌人脚下的懦夫，
我憎恨那些把光明送给黑暗的叛徒，
我憎恨那些跪拜在偶像面前哭泣的人……
我要揭发——
那独裁者龌龊的灵魂，
那鲜血淋漓的屠刀，
那绞杀真理和幸福的绳索……
敌人砍去了我的头颅——
人民会还给我，
敌人砍倒了革命的旗帜——
人民会将它重新撑起，
敌人将我推向倒塌的死亡的大门，
敌人把我的头悬挂高竿——
去告诫人民……
但是，我决不屈服——决不！
我要用我整个的精神歌唱，
我要用我纯洁的心拨响琴弦，
我要用我的血化成复仇的巨流，
冲垮敌人的宫庭，
冲垮魔王摇摇欲坠的宝座，
冲！
冲！
冲！

鲁特夫拉·木塔里甫（1922—1945），诗人，维吾尔族，新疆伊犁人。1939年入省立师范学校读书，并

开始文学创作。1941 年后在新疆日报社、阿克苏报社从事编辑工作。1945 年参加革命组织“火星同盟”，正准备组织农民武装起义，不幸被捕，于 1945 年 9 月牺牲。遗著有《黎·穆特里夫诗选》。作者姓名原译为黎·穆特里夫，不够确切，应译为：鲁特夫拉·木塔里甫。1956 年被追认为革命烈士。

童怡生

无　题

轻装短扎赴长征，①
万里何妨戴月星。
勒马高原舒视线，
河山半壁叹民生。②

童怡生（1912—1941），湖北新洲人。1938 年加入中国共产党。曾任新洲县阳逻区区长。积极参加抗战，因此受到日伪势力的嫉恨。1941 年 3 月遭到逮捕，不久壮烈牺牲。

【注释】

①短扎：指手枪、匕首一类的短兵器。②河山半壁：这里指大片国土沦陷日军铁蹄下。

谢白浪

自勉诗

跃上骅骝快似仙，
柳莹春拭意悠然。
佳人切莫伤迟暮，
杀贼擒王尚少年。

1943 年

谢白浪（1905—1947），原名谢鑫，湖南长沙人。1926 年 1 月，考入黄埔军校第四期。不久，加入中国共产党。曾参加北伐战争、八一南昌起义和广州起义。三次被国民党反动派逮捕入狱。1937 年 6 月到延安，任抗大军事教员、大队长，新四军司令部作战科科长、第九旅副旅长、第七师代参谋长。1947 年 9 月 9 日病故。新中国成立后，被追认为革命烈士。

谢晋元

八百壮士

勇敢杀敌八百兵，
抗敌豪情以诗鸣。
谁怜爱国千行泪，
说到倭奴气不平。

谢晋元（1904—1941），广东蕉岭人。1925 年入黄埔军校第四期，毕业后参加北伐战争，历任排、连、营、团长。1937年上海八一三事变中，率第五二四团“八百壮士”（实为一个营452人）坚守苏州河北岸四行仓库，与日本侵略者血战4昼夜，后退入租界。1941年4月24日被日伪收买士兵杀害。

作者此诗写于八一三事件时。诗题为编者所加。

蓝蒂裕

无　题

风雨飘摇，
激荡神州，
展望祖国，
半壁河山谁主沉浮。

1937年12月

蓝蒂裕（1916—1949），重庆梁平人。1938年冬加入中国共产党。曾从事学运工作。1947年底转入川东游击区，任中共特支书记，区委书记，边区党委书记。1948年12月被捕，押在渣滓洞监狱。1949年10月28日被枪杀，壮烈牺牲。

1937年12月13日，南京陷落，消息传来，作者万分悲痛，为国家、民族担忧。写此诗抒发内心的焦急与忧虑。

蒲风

前进是胜利曲

前进，前进是胜利，
被压迫够了的同胞，
会高举着鲜明的旗帜欢迎你。
我们头顶着天，脚踏着地，
我们要把中华民族
解放的任务担起；
懦怯的是乌龟！
我们不后退，
后退的报酬是灭亡，
敌人的飞机会炸死我们。
在那凄凉的荒野里。
我们前进，
我们冒着敌人的炮火前进；
前进，前进，前进是胜利！

1937年9月1日

看守海岸线

大家来，
看守着我们的海岸线，
东邻的海盗，
要想前来劫掠我们的财产，
屠戮我们的生命，
那怪难看的红膏药旗
他们想用来替代我们的真太阳；
我们只有团结，
武装起来就有伟大的力量。

大家来，齐心合力，
看守海岸线，
一步不准他们踏上！

1937年9月5日

我爱一枝枪（四节）

我爱一枝枪，
枪口上着刀，
时常背在肩上，
雄赳赳的
是一个战士模样！

我爱一枝枪，
把它紧靠在身旁；
前后左右移动都先照顾它，
它是我的生命，
永远握在我手上！

我爱一枝枪，
带它进出在火线上；
两眼对准标尺也对准前方，
我要用珍珠般的子弹
射出敌人的脑浆！

我爱一枝枪，
把它擦得满漂亮，
太阳照着射光芒！
早也爱它，晚也爱它，
夜里有时也把它共着躺。
它是我的枕头，
它是我的姑娘。

蒲风，简介见第371页。

雷烨

滦河曲

滦河的流水唱着歌，
歌声浮载着子弟兵。
子弟兵底青春——
好象河边的青松林。
滦河的流水含砂金，
金子好比子弟兵的心。
滦河的流水向渤海，
渤海岸上发源子弟兵。
滦河的流水发源长城外，
子弟们回旋喀喇心。
滦河的流水涌浮着死尸，
松林里的人民热爱子弟兵。
子弟兵，
象飞鹰，
回旋在家乡的河流上，
松林里的人民是好母亲。
青春的鹰！
勇敢的鹰！
冀东年轻的子弟兵！

雷烨（1917—1943），原名项俊文，浙江金华人。中共党员。曾任八路军前线记者，冀东军分区政治部宣传科科长、组织科科长，晋察冀边区参议员。1943年4月20日，与日伪军遭遇，交战中身负重伤，不甘被俘，举枪自戕，壮烈牺牲。

甄磊

参加妇救会歌

大娘、大嫂、大姐呀，
咱们动员起来吧！
参加了妇救会，
给咱们伸冤、诉苦呀嗨。
几千年的锁链，
咱们受尽压迫，
厨房里莫事多，
无计的劳动不如牛马，
挨打受骂，
这么痛苦过日子，
一辈子受罪抬不起头呀嗨！
妇女们呀动员起来，
参加妇救会呀嗨，
站岗放哨，做鞋袜，
读书识字要参加，
要解放，要做堂堂的人，
救国也是救自己呀嗨！

甄磊（1919—1941），女，原名甄玉桂，山东莱芜人。1938年秋入山东抗日军政干校学习，在校时加入中国共产党。曾当选山东省妇救会执行委员，后任山东姊妹剧团政治指导员。1941年11月中旬，在反“扫荡”中壮烈牺牲。

这首歌是甄磊和辛锐（曾任姊妹剧团团长）等人一起创作的。

廖海涛

赤山之战

坚持江南抗日侵，
义师所向寇寒心。
赤山之战缴敌炮，①
茅山烽火震南京。②

1940年7月

廖海涛（1909—1941），福建上杭人。1930年加入中国共产党。曾任上杭军政委员会主席，中共上杭县委代书记，新四军第二支队团政委、支队副司令员，新四军第六师十六旅政委。1941年11月28日，在战斗中英勇牺牲。

【注释】

①1940年6月1日，新四军第二支队四团在湖熟镇以东赤山，打了一场漂亮的伏击战，毙伤伪军130余人，缴获92步兵炮一门，步枪60余支。②南京：当时是汪伪政权的首都。

熊大瀛

悲壮的五月（五节）

牺牲多少人的头颅和赤血，
造成了这悲壮的五月，
借着他们的赤血，
洗刷去好多污旧的痕迹。

呀！
现在还能嗅着血腥气的五月，
在历史的意义上，
你该是怎样的时节？

啊！
悲壮、扰攘、牺牲、激烈。
是十几年前的现在，①
学生在示威了。
旧势力的边沿，
渐渐地裂开了缝隙，
所谓道德——沦亡，
所谓统治——推倒。

又是前几年的现在，②
帝国主义的炮弹飞来了。
工人头上的鲜血，
染红了军阀手中的钢刀，
在北方在南方，
都血水成渠，
尸首乱抛。

又是还要更早些的现在，③
卖身契约写定了，
有人又很快地登了大宝座，
可惜好运不长，
霹雳一声发难在西南，
江山动了。

呀！
这多事的五月，
你的历史说不尽、写不完，
但都是剑刺出的血，
血凝成了铁，
遍地留下了泪和血的痕迹，
总括起来是：
悲壮、扰攘、牺牲、激烈！

1941年5月于狱中

熊大瀛（1917—1941），贵州思南人。1938年6月加入中国共产党。历任中共思南县委组织委员。1940年任中共思南工委书记，同年7月被捕。1941年8月英勇就义。

【注释】

① 指1919年五四运动。② 指1925年上海五卅运动。③ 指1915年5月9日，袁世凯与日本签订“廿一条”，恢复帝制，受到举国上下一致反对。

熊绍琮

我们的芦沟桥（二节）

芦沟桥，我们的芦沟桥，
呆望着永定河的晓月，
在回忆，它永不曾
意识到它的苍老，多少风尘，
几回干戈动地，
踏上无数铁蹄的印迹——
它成了北平的锁钥！
有回李自成统兵一直逼上京城，[①]
你，你记得清那时，
永定河边堆积多少血骨？
久了，这年的记忆是模糊的。
我再问你，那回
几国外族的刁兵，[②]
是怎样侵袭过古老的都城？

这回忆是伤心的，
你自己也重重受不了！
芦沟桥这是难言的耻辱，
你甘心背负敌人的寇骑？
想无心再望晓月，
你将哀伤于刺耳的啼声！
保卫你，我们保卫你，
你看，
抗战的呼叫响彻四方了！
永定河里的水年年潮，
年年的潮不比今年高，
我们的心呀，随着潮，
潮在高，心在烧——
热的心，高的潮，
保卫芦沟桥！
保卫芦沟桥！
保卫芦沟桥！

熊绍琮，简介见第376页。

【注释】

①李自成：明末农民起义领袖。②几国：指八国联军。

黎又霖

回乡诗（二首）

一

人生不唱大风歌，[①]
莫使年华逐逝波；
万卷蜡红余韭架，
一杯梨绿醉漓涡。

二

廿年不见故园春，
子侄犹疑附耳频；
世乱时荒兄弟隔，
一回相见一回亲。

1944年回黔西探亲时

黎又霖（1895—1949），又名雨林，贵州黔西人。1927年加入中国共产党。曾参加北伐战争，长期在国民党军政界做统战工作，参加中国民主同盟。1949年因策动川滇黔军事起义及会同杨杰先生策动昆明事变不遂，于8月19日被捕，囚于重庆“中美合作所”集中营。1949年11月27日殉难。

作者的这首诗表现他粪土王侯将相，鄙薄个人功名利禄，以解放全人类为己任的理想豪情。

【注释】

①《大风歌》：汉高祖刘邦建立帝王大业后，衣锦荣归到故乡和父老子弟唱歌时即席所唱的歌。作者意指革命者不学刘邦显辉自己。

瞿世俊

早晨的跑步

太阳的红光，
刚映在山那边。
大枪、子弹袋、背包。
在战士的背上跳动起来，
沙土象尘烟跟着他们奔跑，
大颗的汗水，
在他们的脸上流呵！

瞿世俊（1920—1940），江苏常州人。1938年4月，入抗日军政大学学习，不久加入中国共产党。毕业后任晋察冀军区政治部文化娱乐科干事，营宣传干事，团干部教育股股长。1940年6月，遭日军袭击，突围时被俘，囚保定监狱，后从容就义。

戴安澜

入缅甸作战（二首）

一

万里旌旗耀眼开，
王师出境岛夷催。
扬鞭遥指花如许，
诸葛前身今又来。①

二

策马奔车走八荒，
远征大业迈秦皇。
誓澄宇宙安黎庶，
手挽长弓射夕阳。

1942年3月4日

战场行②

弟兄们，向前走！
弟兄们，向前走！
五千年历史的责任，
已落在我们的肩头。
日本强盗要灭亡我们的国家，

奴隶我们的民族。
我们不愿做亡国奴。
只有誓死奋斗！
弟兄们，大胆向前走！
敌机虽在我们头上盘旋，
炮弹虽在我们头上飞过。
弟兄们，大胆向前走！
休为自己打算，休担忧。
弟兄们，大胆向前走！
隐蔽瞄准，沉着战斗。
弟兄们，大胆向前走！
拼命杀敌。虽死光荣。
弟兄们，大胆向前走！
要做那轰轰烈烈奇男子，
打倒日本强盗，
才显得我们的好身手。
弟兄们，大胆向前走！

戴安澜（1904—1942），学名戴炳阳，安徽无为人。1924年底考入黄埔军校第三期。任国民党军团、旅、师长。1942年3月，率部参加中国远征军赴缅甸作战，身负重伤，同年5月26日在缅病故。毛泽东写挽诗，朱德等撰挽联悼念。新中国成立后，1956年被追认为革命烈士。

【注释】

①三国时期，诸葛亮率部西征，曾到过缅甸。

②作者此诗曾由杜雷谱曲，后在军队中广为传唱。

魏立久

誓　言

驱除鞑虏，[1]粉身碎骨。
恢复中华，誓死保国。

1937年

魏立久（1903—1941），原名宗唐，回族，山东费县人。1936年9月加入中国共产党，次年七七事变后，曾在家乡组建一支50余人的抗日游击队。后任费县区中队长，费南县大队副大队长。1941年3月4日，壮烈牺牲。

七七事变后，魏立久写此条幅，挂在居室墙上。

【注释】

①鞑虏：旧时对北方少数民族的蔑称。此处指日本侵略者。

全国解放战争时期

（1945 年 9 月—1949 年 9 月）

王元

死又何惜！

苦难是给我们的锻炼，
看谁经得起考验，
就是遭到杀害，这牺牲是值得的。
为大众谋幸福，求生存，争自由，
死也值得；
为革命铺下一条血路，
让成千成万的群众踏着血路，
向魔王斗争。
死又何惜！

约 1949 年初

王元（1918—1949），江苏镇江人。当过学徒、小工、电车司机，曾任上海公交公司职工、员工福利常务理事。因从事革命活动曾两次被捕。1949 年 2 月 17 日，在上海被国民党反动政府杀害，壮烈牺牲。

这是作者的狱中遗言，表现出大义凛然、视死如归的革命情操。

王白与

秋　夜[①]

秋夜宜相根，真如独肿何。
凉风又剪劲，新月一弦多。
市影随灯幻，乡心共观摩。
高楼闻战伐，无口不悲歌。

1947 年上海

天　下[②]

天下汹汹事可知，
危巢须懔祸深时。[③]
遥怜宋室空南渡，[④]
敦信王师更北移。

一士遽捐犹谔谔，[⑤]
千夫所指竟迷迷。
英雄覆辙相寻惯，
忍听斑雅不逝辞。[⑥]

1948 年

狱中诗（三首）[⑦]

一

由来志士苦心多，
蜀络千秋恨不磨。[⑧]
心如止水无牵挂，
犹惭百日□东坡。[⑨]

二

斗室南冠作楚囚，
纷然万念一身收。
人经忧患殊轻死，
书到厄疑不解仇。[⑩]

三

天上星河看灿烂，
江间波浪纵横流。

悠然翠秀南山影，
何日芒鞋得再游。

王白与（1902—1949），四川蓬安人。早年历任四川省府编译室主任，《华西日报》社长，《新军报》总经理等职。解放战争初期在上海加入民革组织。1949年春回重庆，在川东军政界开展策反活动。1949年8月20日被捕，27日被害。

【注释】

①② 作者以诗文为武器，进行反蒋斗争。揭露蒋介石把枪口对准共产党发动内战的罪行。③ 危巢：指南京。④ 南渡：宋高宗迁都临安。⑤ 一士：指蒋介石的大秘书陈布雷。⑥ 斑雅：项羽坐骑。⑦ 此诗系作者在狱中所作。新中国成立后在白公馆监狱附近的垃圾堆中发现。⑧ 蜀络：即络纬，俗名“纺织娘”。⑨ 百日：入狱近一百天了。□：疑为“坐”字，指被反动派定为有罪。东坡：地名，在今湖北省黄冈县东。宋朝苏轼贬官黄州时，住在东坡，因号东坡居士。这里说明自己入狱，原是反动派横加诬陷。⑩ 厄疑：危难。这句是说作者饱经反动派摧残折磨，每一提笔，对敌人总有不可调和的仇恨。

毛岸英

快板诗[①]

张家集上，
粗卤不堪设想。
六个虾兵蟹将，[②]
到此决心换模样，
东头步到西头，
犹似走遍五洲。
马列主义在手，
细水变成洪流。

1948年

读斯大林著作有感

斯大林把人民比作土，[③]
离土即死近土生。
这话虽然响如雷，
直到今天我才弄清。

1948年

毛岸英（1922—1950），湖南湘潭人。毛泽东的长子。八岁时随母杨开慧被捕入狱。出狱后入上海大同幼稚园学习，后因幼稚园遭敌人破坏，与弟流落街头。1936年党组织找到了他，送苏联学习。1943年在苏联入党。1946年初回延安，在中共中央宣传部工作。新中国成立后，曾任北京机械总厂党总支副书记。

1950年10月参加中国人民志愿军，任总部机要秘书；同年11月25日以身殉职。毛泽东闻讯后，为子挥笔成联："青山到处埋忠骨，何必马革裹尸还。"成联后，嘱咐将岸英遗体葬于朝鲜。

【注释】

①1948年春节后，作者被派到渤海地区信阳县张家集参加土改复查工作。此诗是他初到此时写的，表达了立誓要通过土改复查工作，改变张家集贫穷落后的面貌。②这是作者对当时参加张家集土改复查工作六位同志的戏称。③斯大林著作中引用希腊神话安泰的故事来阐明党与人民群众的关系。斯大林（1879—1953），苏联人民领袖。任苏联共产党中央总书记，苏联部长会议主席。大元帅。

艾文宣

狱中诗[①]

别妇抛雏不顾家，
横眉冷眼对虎牙。
深知牢底坐穿日，
全国遍开胜利花。

1948年

悼龙光章同志[②]

不要眼泪
不要人们的慰藉。
记着呵——
中国人还活着，
这册血写的账簿，
将是一块历史的丰碑！

死，是永生，
死，并不是战斗之火的熄灭。
让他永不泯灭的忠魂，
在青翠的歌乐山巅，
仰望黎明！

1948年12月

艾文宣（1913—1949），四川广安人。1931年冬加入中国共产党。曾任中共川东第七工委委员，民主联军七支队政委。1948年7月参加川北武装起义。9月被国民党特务逮捕。在狱中参加创立"铁窗诗社"，坚持斗争。1949年11月27日被害，壮烈牺牲。

【注释】

①作者的这首诗写于1948年淮海战役之后，诗中写了自己对家人，对敌人，对坐牢的正确态度，以及对革命的胜利充满革命乐观主义的精神。②龙光

章（1925—1948），四川合川人。新四军战士。1947年1月，在与敌人遭遇战中受伤被俘。1948年4月，押解至重庆渣滓洞监狱，在国民党特务长期折磨和百般摧残下，于同年12月15日病逝。作者怀着无比悲愤的心情写了这首悼念诗。

古承铄

薪水是个大活宝[①]

薪水是个大活宝，
想和物价来赛跑，
物价一天涨一天，
薪水半年赶不到。
赶不到呀赶不到，
公教人员啷开交？[②]
这个日子天知道，
怎么能够过得了？
年老的爹妈要活命，
小小的孩儿要温饱；
自己忽然得了病，
那时有谁来照料？
过不了呵吃不消，
竟有人还在旁边哈哈哈哈笑！
可恨可恨又可恼，
这样的日子要改造，要改造！

1946年6月于北碚

綦江河（三节）

綦江河水清又清，
两岸碧草绿茵茵；
船娘划桨儿打鱼，
娘儿母子笑盈盈。

太平日子不长久，
谁知又要抽壮丁，
提起了抽丁心恼恨，
娘痛儿来儿痛心。
去年才把日本打，
今年又去打谁人？

为谁战争为谁苦，
为谁抛妻别父母。
为谁离家当炮灰，
为谁丢了田和土。
年轻人的日子不好过，
这样的痛苦向谁诉。

1946年10月于江口

无　题

——“六一”大逮捕有感

假如山崩地裂，
假如天要垮下，
假如一动就会死，
假如有血才有花……
只要能打开牢笼，

让自由吹满天下；
我将勇敢上前，毫不惧怕！

1947年6月

宣　誓（五节）③

在战斗的年代，
我宣誓——
不怕风暴，
不怕骤雨的袭击！

一阵火，一阵雷，
一阵狂风，一阵呼号，
炙热着我的心；
脑际胀满了温暖与激情。

我宣誓——
爱那些穷苦的、
流浪的、无家可归的、
衣单被薄的人民；

恨那些贪馋的、
骄横的、压榨人民的、
杀戮真理的强盗。

我宣誓——
我是真理的信徒，
我是正义的战士，
我要永远永远
为人类的自由幸福而战！

1948年作于渣滓洞楼下一号牢房

天亮了④

远处有鸡啼报晓，
太阳随黎明而到。
黑暗已经死亡，
这世界再没有强盗。

1449年春

古承铄（1920—1949），四川南川人。1947年加入中国共产党，任中、小学教员，银行职员。写过很多反对蒋介石反动统治的歌曲，如《薪水是个大活宝》等，新中国成立前在群众中流传甚广。1948年5月被捕，囚于“中美特种技术合作所”渣滓洞内。1949年11月27日重庆解放前夕壮烈牺牲。

【注释】

①作者这首诗，后被谱曲，新中国成立前在群众中广为传唱。②啷开交，四川方言，怎么得了。③《宣誓》一诗，表达作者为人类自由、幸福战斗到底的决心。④1949年春，淮海大捷的消息传来，狱中的难友们非常激动。作者便创作了这首歌曲，这首歌词后半段已经失传。

卢志英

狱中诗（四首）

一

不期被难又同室，
倾诉衷肠两相知。
闻君伉俪已就义，[1]
常留肝胆照青史。

二

铁镣啷当恨倍添，
狱卒狰狞肆凶残。
伤心最是囚婴泣，
凄凄切切震心弦。

三

一统江山扰攘遍，
满朝文武裙带连，
鉴呈恳请辞旧岁，
等因奉此过新年。[2]

四

马依者狄克，奥期威辛，[3]
消灭不了欧洲人民的反抗的心；
柏林和罗马的两位暴君，
终于在人民面前粉骨而碎身。
中国的参保者及其一群，
虽然凶暴了二十年，
你们的末日即将来临；
纵然是帝国主义者全力支助，
也挽救不了你们的失败命运。

1948 年

卢志英（1905—1948），原名子江，又名卢涛，山东昌邑人。1925 年加入中国共产党。后在甘肃、陕西等地从事兵运工作。1932 年任中共南京市委书记，后任中央军委军事特派专员。抗战时期，任苏北抗日联合部队副司令兼参谋长。抗战胜利后，任中共中央华中局上海联络部特派员。1947 年 3 月被捕，次年 12 月 27 日英勇就义。

以上四首诗是作者于 1948 年在南京监狱中所写，后由其爱人张育民探视时带出来。另外还有一张纸条，上书“胜利在望，死而无怨”八个字。

【注释】

① 伉俪：即夫妻。② 等因奉此：旧时公文套语，比喻例行公事，官样文章。③ 马依者狄克，奥期威辛：是德国法西斯屠杀人民的两个集中营。

白深富

花（八节）[1]

我爱花。
我爱洋溢着青春活力的花，
带着霜露迎接朝霞。

不怕严寒，不怕黑暗，
最美丽的花在漆黑的冬夜开放。

它是不怕风暴的啊，
风沙的北国，
盛开着美丽的矫健的百花。

我爱花。
我爱在苦难中成长的花，
即使花苞被摧残了，
但是更多的
更多的花在新生。

一朵花凋谢了，
但是更多的花将要开放，
因为它已变成下一代的种子。

花是永生的啊，
我爱花，
我爱倔强的战斗的花。

花是无所不在的，
肥沃的地方有花，
贫瘠的地方有花。
在以太里，②
有无线电波交织的美丽的花；③
在一切的上面
有我们理想的崇高的花。

我爱花，我愿为祖国
开一朵绚丽的血红的花。

无　题④

只为祖国不为家，
消灭群凶与爪牙；
正气歌声震寰宇，
要叫铁水开红花。

白深富（1917—1949），又名白石坚，四川璧山人。1939年春加入中国共产党。在四川合江、广安等地做学运工作。1948年8月在璧山被捕，囚于重庆“中美特种技术合作所”渣滓洞。1949年11月27日重庆解放前夕壮烈牺牲。

【注释】

①作者选用了花所具有的青春活力、美丽矫健和顽强战斗等“性格”，来比喻、歌颂革命者。表达自己也要参加到火热斗争中去，为人民革命献身的决心。②以太：物理学名词，又称能媒。③此句指秘密收听解放区广播时的喜悦。④1949年初，作者在渣滓洞监狱，喜闻中国人民解放军在淮海战役中取得胜利，特写这首庆贺诗，充分反映了他为祖国的解放勇于献身的精神和对革命胜利的坚定信心。

吕调元

狱中诗

监狱是我家，镣铐作玩耍。
拼我头颅血，浇开革命花。

吕调元（1908—1946），字乾初，山西静乐人。早年就读北平大学。1932年被捕，在狱中加入中国共产党。1935年出狱后，任牺牲救国同盟会（牺盟会）组织部副部长，民族革命青年军官教导团政治部主任等职。1940年1月再次被捕入狱，长期关押。1946年春被敌人毒杀，壮烈牺牲。

吕惠生

就义诗

忍看山河碎？愿将赤血流！
烟尘开敌后，扰攘展民猷。[①]
八载坚心志，忠贞为国酬。
且喜天破晓，竟死我何求！

1945年于南京江宁镇狱中

吕惠生，简介见第396页。

1945年9月，作者随新四军七师北上，途中遭国民党军队袭击而被捕。作者在南京江宁镇狱中写了此诗。就义前，他在刑场上高声朗诵了此诗。

【注释】

① 扰攘展民猷：扰攘，纷乱。展民猷：开展人民的事业。意指开辟敌后根据地，建立抗日民主政权。

朱自清

挽一多先生

你是一团火，
照彻了深渊；
指示着青年，
失望中抓住自我。

你是一团火
照明了古代；
歌舞和竞赛，
有力猛如虎。

你是一团火
照见了魔鬼；
烧毁了自己！
遗烬里爆出个新中国！

1946年8月16日

朱自清，简介见第78页。

1946年年中，传来了李公朴、闻一多相继被国民党特务暗杀的消息。作者感到万分悲愤和激动，写下此诗。诗中歌颂闻一多是“一团火”，照彻了深渊，照见了魔鬼；相信在这火的遗烬里，必将爆出个新中国。

朱克靖

狱中诗（二首）

一

此身早许国，被卖作楚囚。
壮士非无泪，不为断头流！
一颗为民心，万古终不泯。
身心献党国，一死何足愁！

二

风雨打牢墙，南冠客思长。
寄衣不见人，日日依囚窗。

绝命诗

我生君所依，我死君所泣。
良侣须自择，儿女当教齐。

朱克靖，简介见第396页。

作者于1946年1月任华中民主联军政委，驻郝鹏举部军代表。1947年初因郝鹏举反水被捕，押解在国民党监狱。这是在狱中写的三首诗。其中《狱中诗》(《古风》)的主题表明作者为革命视死如归的决心。

朱洪山

颂“公馆”

深山密林小“公馆”，①
金毯铺顶金条围四边。②
不动椅子自动桌，③
囫囵眠床沙发垫。④
长年不断自来水，⑤
烧饭做菜不冒烟。⑥
不是无聊享清福，
只为革命做神仙。

1946年

朱洪山（1917—1946），浙江宁波人。1937年12月加入中国共产党。历任中共慈溪县工委委员，奉西区委书记，鄞慈县办事处主任，嵊新奉办事处主任，新四军浙东游击纵队后勤部副部长。1946年12月31日在战斗中英勇牺牲。

【注释】

①1945年春，作者率领游击队在浙东四明山坚持对敌斗争，当时，环境十分艰苦。但他们以苦为荣、以苦为乐，将住宿的草棚命名为“永安公馆”“桃源公馆”。这首诗生动地描绘了当时的情景。②金毯：指茅草。金条：指柴枝。③不动椅子：指岩石。自动桌：指膝盖。④囫囵眠床：用柴棒竹枝搭成一个

大床，十几个人可挤在一起睡。沙发垫：用柴草垫床。⑤自来水：竹管引来溪水。⑥这句是说，为了不暴露目标，游击队除经常吃炒米以外，只能在天未亮或夜幕降临后再烧饭。

任天石

狱中诗

春景宜人群魔盗，
万世逞雄易烟消。
咫尺重山繁荣市，
为民幸福被坐牢。
惨淡灯光照监房，
坚壁重门意不挠。
百般磨难非人受，
自古暴政系回光。

1948 年 7 月

任天石（1913—1948），又名任启生，江苏常熟人。1937 年抗战全面爆发后弃医从戎，任常熟人民抗日自卫队副大队长、大队长。1939 年加入中国共产党，任中共常熟县委书记，通海工委书记，通海行署副主任，中共苏中十地委常委兼社会部部长。1947 年 2 月被捕，1948 年底被敌人杀害于南京，英勇就义。

1948 年，作者被囚禁于南京国民党首都卫戍司令部。他在狱中写信给大年哥（即包厚昌同志，当时为苏中十地委常委兼军事部部长），同时在信中作了此诗。

刘振美

狱中诗

事歼国贼野心家，
生命何须问字呀。
乐观主义心无畏，
坐对铁窗吐笔花。

刘振美（1916—1949），四川叙永人。文化工作者。曾组织过文艺团体，又创办书店，因著书撰文抨击国民党的独裁统治，曾被捕两次。1947 年夏第三次被国民党特务逮捕，后转押在重庆“中美特种技术合作所”渣滓洞。1949 年 11 月 27 日重庆解放前夕被杀，壮烈牺牲。

作者的这首狱中诗不仅表述了“事歼国贼”的愿望，也表现了其对革命必胜的坚定信念。

刘载铭

真有价值的人

当人生命象柔歌般的流行，
那不难使人觉得欢欣。
而真正有价值的人，

却是那能在一切逆境中
——含笑的人。

刘载铭（1923—1948），又名刘白辰，贵州贵阳人。1947年加入中国共产党。后由重庆回贵阳开展革命活动，创办地下刊物《矿苗》。1948年正准备以青岩地据点进行武装斗争，因叛徒告密被捕，在狱中牺牲。

许晓轩

赠　别[①]

相逢狱里倍相亲，
共话雄图叹未成。
临别无言唯翘首，[②]
联军已薄沈阳城。[③]

1947年底

吊许建业烈士[④]

噩耗传来入禁宫，
悲伤切齿众心同。
文山大节垂青史，[⑤]
叶挺孤忠有古风。
十次苦刑犹骂贼，
从容就义气如虹。
临危慷慨高歌日，
争睹英雄万巷空。

1948年7月

许晓轩，简介见第403页。

全诗热烈赞颂烈士坚持对敌斗争的崇高品质。

【注释】

①这首诗是作者1947年底在白公馆集中营中写的。当时他常与李子伯同志等筹划集体越狱，后李子伯等同志被移走，他作此诗赠别。李子伯，中共党员。1947年计划发动川东农民武装起义，不幸于10月间被捕。1949年11月27日牺牲于重庆“中美特种技术合作所”集中营。②翘首：抬头沉思。③联军：指东北民主联军。④许建业：曾任中共重庆市委委员、工运书记。1948年4月被国民党反动派逮捕，多次遭受酷刑，始终坚贞不屈。同年7月21日，牺牲于重庆大坪。⑤文山：宋朝文天祥。诗中用文天祥、叶挺的坚贞不屈来比喻许建业同志。

麦新

农会会歌（四节）

穷人穷，为什么穷？
打下粮食归地东；
吃粮还要五分利，
官工羊草几十个工，
年年穷，辈辈穷。

耪青扛活流血汗，
高粱谷子把苗生；
地主吃的是白米面，
穷人吃的是糠皮子，
猪毛菜，猪毛菜！

参加农会抱团体，
清算退租又分地；
地主的地是穷人的血，
现在穷人要收回来，
好翻身，好过活。

翻了身，当了家，
农会的力量大又大；
喝水不忘打井的人，
共产党是大救星，
忘不了他！忘不了他！

反“扫荡”歌

烈火燃烧在辽西河原上，
怒火充满了每个人的胸膛；
国民党到处行凶来“扫荡”，
杀人放火奸淫又抢粮。
沙河震惊，
辽河动荡，
到处是反蒋的热情，
到处是人民的武装。
兄劝弟，
儿别娘，
前呼后应上战场，
齐心合力打老蒋。

麦新，简介见第405页。

1946年3月，作者时任中共开鲁县委宣传部部长、组织部部长。为了贯彻土地法，作者带领县委工作队到群众中去，发动群众组织农会。作者在这期间写出《农会会歌》。不久，将此歌刊载在县《工作快报》上印出来，很快传遍了全县。

杜斌丞

牢中慰问同难王菊人同志[①]

国家正多难，南冠到此城。
望门思张俭，慷慨感侯生。
我志非石转，[②]君心比月明。
表怀诚恒恒，自足慰吾情。

七绝五律（二首片段）[③]

一
汉家旌旗满潼关，
为问元戎今何在？
不扫楼兰誓不还。

二
人恨秦暴虐，群望汉旌旗。
我有擎天手，与子以为期。

杜斌丞（1888—1947），陕西榆林人。早年从事教育工作。后任第十七路军杨虎城部总参议。抗日战争时期，先后在重庆、昆明、西安等地从事爱国民主运动。抗战胜利后，任中国民主同盟中央常委兼西北总支部主任委员。1947年3月20日被国民党匪特逮捕，10月7日被杀，壮烈牺牲。

【注释】

①王菊人（1905—1975），陕西蒲城人。曾任第十七路军机要科科长，西北抗日处副处长，民盟成员，新中国成立后任民革陕西省委副主席，陕西省政协副主席。1947年曾与作者同牢半年。②非石：摘自《诗经·柏舟》："我心匪（非）石，不可转也。"这里是说，作者的革命志愿不会像石头那样转动，有着宁为革命牺牲而毫不动摇的决心。③作者在狱中得知中国人民解放军威逼潼关的消息时，喜赋诗抒怀言志。（不完整，仅靠王菊人背诵记忆下的）。

李卡

给朋友的最后遗书

我们这一代就是施肥的一代，
用自己的血灌溉快将实现的乐园，
让后代享受人类应有的一切幸福，
这就是我们一代的任务，
是光荣不过的事业，
死就是为了这，
而生者亦是生的努力方向。
几多英雄勇士为此而流血，
抛出自己的头颅。
我不过是大海中的一滴水，
平原的一株草，
大海无干旱之日，
烈火亦无烧尽野草之时。
我走了，
太阳我带不走，
你跟着它呀！
永远地跟着它呀！

1949年8月25日

李卡（1922—1949），又名李钧海，广东化州人。早年曾任报社记者。1947年7月加入中国共产党。曾任韶关粤赣先遣支队司令部参谋，曲南游击大队的武工队队长，曲南工委会主任。1949年1月15日被国民党反动派逮捕，同年9月4日被杀害。所摘"给朋友的最后遗书"部分内容，可见其对正义事业无私的、执着的追求。

李公朴

不要让胜利冲昏了头脑①

不要狂欢，且慢骄傲，
胜利团结与民主并没有真正得到。

它还要靠咱们大家努力，
抓紧时间共同创造。
八年来团结成了空口号，
中国的命运几乎不能保。
现在“胜利”总算被“等”到，
胜利果实不能白白地送掉。
今天我们为胜利与民主而歌，
却不要教胜利冲昏了头脑。
团结的障碍多的很，
民主的暗礁更不少。
让我们抓紧时机，打定主意，
把民主和平高唱入云霄！
把反民主的将军、老爷、汉奸、走狗、
摩擦专家、顽固分子，一齐都打倒！

1945年9月2日

挽昆明一二·一血案死难烈士联（两副）②

一

要独裁，残杀学生之政府。
从来没有好结果；
反内战，代表人民的公意，
不久一定会成功。

二

四位民主战士，你们死去，
你们永远不会死；
一群专制恶魔，他们将来，
他们已没有将来。

1945年12月

你们的死叫我格外不怕死

——献给若飞、博古、邓发、希夷、齐生诸先生

你们的死，
使我没有什么话说，
只有叫我格外不怕死。
你们的死，
叫我没有什么能说，
只有格外多做事，准备随时死。
你们的死，
叫我还有什么可说，
只有增加我的责任与勇气，
在未死之前，要尽力消灭法西斯蒂！

1946年4月

李公朴，简介见第411页。

【注释】

①作者认为1945年抗战胜利后，（当时）斗争形势更为复杂，便写此诗提醒人们。作者曾在一次晚会上即席朗诵此诗。

②1945年11月下旬起，云南省昆明市大中学校学生掀起反内战争民主的群众运动。因此，12月1日国民党军警特务攻打已罢课的西南联大等校，殴打罢课学生，并投掷手榴弹，南菁中学教员于再、西南联大学生潘琰和李鲁连、昆华工校学生张华昌等4人惨遭杀害，十余人受伤，这就是昆明一二·一惨案。

李德光

寄　妻

人生自古谁无死，
惟比泰山抑鸿毛。
情兮“利”兮何者重？
重利轻离意泰然。①
忍看妻雏成孤寡，
留待日后享富荣。
凄苦一时何足惜，
且愿收泪待黎明。

1947 年 3 月

寄妻及友好

志趣相投兮我共君，
十载共苦乐兮从不分。
眼看经营将大获兮不幸失足，②
愧误所托兮惭失职责，
资财乃令亏损兮情焦如焚。
惟幸我虽去矣君仍在兮心亦安然，
且看春暖花开兮大地灿烂芳芬。

1947 年 3 月

李德光（1918—1947），广东台山人。1938 年加入中国共产党。历任党支部书记、区委书记，台山人民抗日游击队连指导员。广东中区人民抗日解放军团政治处主任，台山人民游击队政委。1947 年 3 月在战斗中被俘，4 月 6 日牺牲在狱中。作者在狱中所作的诗表现了共产党员的高尚情操和对共产主义必胜的信念。

【注释】

① 利：暗语。指革命利益。② 经营：暗语。指革命事业。

花喜露

不，先不要放下武器（三节）

不，先不要放下武器！
你瞧，封建官僚们来啦，
仍要用贪佞的狗手段，
把我们搜刮得干净……

不，先不要放下武器！
你瞧，警察和特务又跳梁起来啦，
你们要用狗一样的贪鄙和无耻，
把我们的好百姓一一扑灭。

不，先不要放下武器！
你瞧，恶势力的保持者，革命的摧残者，戴着民主的假面具的专制的暴君，人民对面的伪善的敌人的大兵运来了，
用人民的血汗钱购买外敌的新武器，
要把觉悟的人民杀光，要把我们杀光。

……在奴隶的状态把魂魄锤得更壮，
……象灯火似地烧灼着心灵，去求一次彻底的解放！

原载 1945 年九三胜利后的沈阳《文化导报》

花喜露，简介见第 419 页。

吴云鹏

一心向着亲爱的党

我们挺起胸膛，
要在战斗中成长。
冲破黎明前的黑暗，
革命前途万丈光芒。
枪林弹雨难阻挡，
穷山恶水又何妨。
敌弹中膀受重伤，
一心向着亲爱的党。

1946 年 6 月

吴云鹏（1916—1947），原名吴学海，湖北汉阳人。1937 年加入中国共产党。曾任中共南（漳）宜（城）保（康）中心县委书记，南宣特委副书记，天汉中心县委书记，襄南地委书记，房（县）保（康）地委书记兼房保军分区政委。1947 年 1 月在反“清剿”战斗中弹尽援绝，纵身崖下，壮烈牺牲。

1946 年 6 月，作者在进军南漳县途中战斗时身负重伤，离队治疗，在病床上写下了这首充满革命乐观主义精神和无限热爱党的战斗诗篇，表达了对党的无限热爱。

何敬平

我是江河（三节）[①]

我只是细小的溪流，
我只有轻轻的涟漪，
微弱的旋涡。

我将是汹涌的江河，
我要用原始的野性
激荡、澎湃！
我要淹没防堵的堤坝，
我要冲毁阻碍的山岳！
我决不让我的生命窒息，
我渴望海……

我不只是细小的溪流，
我不只有轻轻的涟漪，
微弱的旋涡。
我是江河！
我是江河！

1946 年于重庆电力公司

把牢底坐穿[②]

为了免除下一代的苦难，
我们愿——
愿把这牢底坐穿！
我们是天生的叛逆者，
我们要把这颠倒的乾坤扭转！
我们要把这不合理的一切打翻！
今天，我们坐牢了，
坐牢又有什么稀罕？
为了免除下一代的苦难，
我们愿——
愿把这牢底坐穿！

1948年夏于渣滓洞

何敬平（1918—1949），四川巴县人。1946年加入中国共产党。1943年在重庆电力公司工作，曾任电力公司党支部组织委员。1948年4月因《挺进报》事件被捕，囚于重庆“中美特种技术合作所”渣滓洞。1949年11月27日，重庆解放前夕壮烈牺牲。

【注释】

①作者闻知被批准入党，便写了这首自誓诗。“江河”比喻“小我”，“海”是党组织的形象；“堤坝”“山岳”都是反动派的代称。反映了作者对革命胜利满怀信心，决心在党的领导下与敌人斗争到底。②作者这首诗表达了难友们坚定的革命信念和勇于牺牲的崇高精神。此诗被难友谱曲，在狱中传唱。

何雪松

海　燕（节选）[①]

你——
暴风雨的海燕
迎接着黎明前的黑暗。
飞翔吧！
战斗吧！
你——
骄傲的海燕！

灵魂颂[②]

——献给小江

你又镣铐着回来了，
毒刑，没有屈服你的忠贞；
许多同志，因你的忠贞而安全了，
革命工作，因你的忠贞会开展飞腾。
你，你是苏菲亚的精灵，[③]
你是丹娘的化身！[④]
呵，
不，你就是你，
你是中华优秀儿女的典型，
你是受着考验的灵魂。
叛徒，见你而颤栗，
敌人，见你而震惊。
你今天的事迹，

将化成美的旋律，
成为千万人颂赞的歌声。
姑娘呵！姑娘呵！
我们没有什么来安慰你，
但是，你在那里呻吟，
我们却同样的痛心。
请将息你的创伤吧！
我们得熬过这深沉的黑夜，
迎接那霞光焕发的朝暾！
朝暾！！！

1948 年

你等待着吧⑤

为什么你尝尽了离别的痛苦，
为什么孩子们见不着爸爸？
为什么你献出了自己的爱人，
为什么我抛别了我爱的她？
为的是千万对情侣不被拆散，
为的是千万个孩子不再失掉爹妈。
为的是穷人要翻身啦，
为的是不再做牛马。

莫以为今天的胜利，
已开出了民主的鲜花，
眼前的障碍还和昨天一样的人。
假如你爱我爱得很深，
你等待着我吧！
让我清算了敌人，
我再回家。

1949 年春

何雪松（1918—1949），又名永柏，四川高县人。中共党员。1934 年在中学读书时，加入中国共产主义青年团，抗日战争时期在江西从事抗日宣传工作。1947 年 8 月参与组织武装起义，在重庆被捕。1949 年 11 月 27 日，重庆解放前夕在“中美特种技术合作所”渣滓洞遇害。新中国成立后被追认为中国共产党党员。

【注释】

①② 这两首诗是歌颂被囚禁在渣滓洞的江竹筠烈士。其中《灵魂颂》是狱中难友的集体创作，由作者执笔。③ 苏菲亚：俄罗斯人。因反对沙皇专制和封建农奴制度被处以绞刑。④ 丹娘：苏联卫国战争时期的女游击队员。在袭击德寇战斗中被俘，宁死不屈。⑤1949 年春天，在全国解放指日可待时，作者怀着对亲人的思念、宽慰写下这首诗，并抒发了身陷囹圄，却对革命胜利充满信心的心情。

余文涵

婶娘送香烟入狱有感①

自由花开在眼前，
铁窗外面是蓝天。
何时突出牢门去，
飞上青天看自然。

铁窗明月有感[2]

铁窗明月恨悠悠，
无限苍生无限仇。
个人生死何足论，
岂能遗恨在千秋！

余文涵（1917—1949），又名余惠波、余学成，四川长宁人。1938年加入中国共产党。曾任中共达县县委书记，川南六县（江安、长宁、南溪、庆符、珙县、兴文）边区县委书记。1949年6月为当地敌特所捕，7月被害，壮烈牺牲。

【注释】

①作者自注："婶娘罗荣绪毗户探监，送进'自由花'牌香烟一包，文涵触景生情，在烟纸上题此。"此诗表达作者期盼能早日出狱，继续参加革命战斗的心情。②此诗表达了作者大义凛然，视死如归的共产党人的革命气节。

余祖胜

晒太阳

太阳倾泻在石头上，
温暖着我的身躯，
呵？这也触犯了吸血鬼的法律，
"哼！不讲羞耻！"
眼珠翻滚
怒目瞪瞪。

在这人和兽混居的城堡里——
道德、法律、武力、金钱……
全是吃人的野兽！
春天，是强盗们的，
穷人永远生活在冬天里。
愤怒地站在石头上，
我要回答——
总有一天，我们将
站在这个城堡上，
高声宣布：
太阳是我们的！

1947年3月9日

明　天

我伏在窗前，
让黑夜快点过去。
希望的梦呵——
总是做不完的。
黑夜里总有星光，
白天怎能叫太阳躲藏？
明天，是个幸福的日子。
明天是我的希望！

1947年春

火焰献词（五节）

火焰！火焰！
燃烧着热情的火焰！
你辉煌万丈的光芒，
照遍了大地阴暗的角落。

你强烈的火焰燃烧着魔鬼，
温暖着我们每个战斗的心。
为着真理……
……
我们要唤醒沉醉的人们。

你美丽鲜明的火焰，
使多少人倾羡着你！
只有顽固的自私者，
想用残酷不仁道来毁灭你！

多少青年狂恋着你，
呵！你的爱赐给大众，
是那么的普遍，
象天宇的太阳一样。

在黑暗里你指示正确的路，
他们举起了坚实的手臂，
向你致敬；
呵！投进你的怀抱！

写于1947年4月1日《火焰》半月刊

余祖胜（1927—1949），江西湖口人。13岁即是兵工厂的童工。1947年参加党刊《挺进报》的发行工作。1948年元旦加入中国共产党。同年8月4日被捕，囚于“中美特种技术合作所”渣滓洞。1949年11月27日渣滓洞大屠杀中壮烈牺牲。作者所写的诗，充满战斗激情和对光明未来的憧憬。

沈迪群

山歌（三首）

雇工

栀子花儿两头黄，
唯有帮人才没祥；[①]
白天吃的冷稀饭，
晚上睡的牛圈房。
初二十六打牙祭，
看到肥肉不得尝；
拿根骨头跟你啃，
牙齿震得血汪汪！

青杠叶

青杠叶，二面黄，
四面八方在征粮，
征粮征得民叫喊，
伤心伤意哭断肠。
若问征粮做啥子，
他说拿去打内战！

苦竹叶

苦竹叶，青又青，
家家户户要抽丁。
张家抽了张大定，
石家又抽石耀廷。
张大定，石耀廷，
丢下家中老小一大群；
挨饥受饿无依靠，
哭哭啼啼有谁怜？

约 1947 年

沈迪群（1912—1949），四川南充人。抗日战争时期和解放战争时期，在重庆从事文化工作。1945 年加入民盟，曾主办进步刊物《活路》。1948 年 8 月被捕，1949 年 11 月 27 日重庆解放前夕，在“中美特种技术合作所”渣滓洞被害，壮烈牺牲。作者的《山歌》（口语诗）展示了旧社会劳动人民血泪斑斑的遭遇，同时也在控诉国民党残民以逞的内战政策。

【注释】

①帮人：当雇工。没祥：没有好处。祥：吉利，好的征兆。

宋绮云

狱中诗

我绝不能弯下腰，只有怕死才求饶。
人生百年终一死，留得清白上九霄。

宋绮云，简介见第 277 页。

作者从 1941 年被捕起，已被监禁八年，三易监牢，经常遭受严刑拷打，但从未屈服。据难友梅含章回忆：“绮云受敌人刑讯，从不吭声。而以诗明志。”

张光庭

路

没有路走么？
走，才有路！
我们的路不是石块，
却是我们脚步铺成的。
有脚就有路，
有方向就有路呵！
路是河流，
我们的足尖是水头。
脚溅尘埃成浪花，
我们勇往直前如奔马。
我们停止，
路也停止，
我们再向前，
路才再伸展。
路在背后跟我们走。
极目荒土无边么？
勇者的前程
是越出天外去的！

历史是我们的背囊，
理想是我们的行杖，
我们的足尖
是路的开端，
我们的足印
是铺成路的砖头。

约 1939—1940 年

张光庭（1917—1949），化名杨彬，陕西乾县人。1937 年加入中国共产党。1938 年秋入陕北公学等校学习，后在西安等地任中、小学教员，从事党的白区工作。曾任中共西安市工委下属西安地区大专院校地下党组负责人。1949 年 1 月被捕，4 月下旬英勇就义。

张学云

狱中诗（二首）

一
对敌斗争靠大家，
酷刑难熬咬紧牙；
蒋贼兵败末日近，
坐穿牢底戴红花。

二
怒把牢房当作家，
军装卸去穿囚褂，
铁窗共语兴亡事，
热血浇出自由花。

1949 年

张学云（1922—1949），又名张帆，四川越西人。1940 年考入中央军官学校，毕业后在四川军区任上尉参谋。组建进步组织“力行学社”。1947 年加入中国共产党。1948 年 6 月，受党组织派遣打入罗广文部开展策反工作，任连长，并任地下党支部委员。1949 年 1 月被捕，押于渣滓洞监狱，11 月 27 日壮烈牺牲。

陈然

我的“自白”书（三节）

任脚下响着沉重的铁镣，
任尔把皮鞭举得高高，
我不需要什么自白，
哪怕胸口对着带血的刺刀！

人，不能低下高贵的头，
只有怕死鬼才乞求“自由”；
毒刑拷打算得了什么？
死亡也无法叫我开口！

对着死亡我放声大笑，
魔鬼的宫殿在笑声中动摇；
这就是我——一个共产党员的自白，
高唱凯歌埋葬蒋家王朝。

陈然（1923—1949），河北香河人。1937年抗战初期加入中国共产党。1947年在重庆创办《彷徨》杂志。后任中共重庆市委（新中国成立前）机关报《挺进报》的特支委员、书记。1948年4月被捕，1949年10月28日被杀害，壮烈就义。

作者被囚期间，国民党特务强迫他写自白书叛党，但他写的却是共产党员气壮山河的战斗誓言，“高唱凯歌埋葬蒋家王朝。”

陈丹墀

王朝崩溃在眼前

钢筋铁骨志弥坚，
铁锁锒铛六月寒。
那怕魔鬼施毒计，
王朝崩溃在眼前。

陈丹墀（1915—1949），四川涪陵人。1938年秋加入中国共产党。曾任重庆《新民报》校对、编辑、记者。1948年4月因《挺进报》事件被捕，关押在重庆渣滓洞看守所。1949年11月27日殉难，壮烈牺牲。

陈用舒

生来不是屈服汉（四首）

一

铁打英雄胆，不怕牢坐穿；
一心为人民，革命意志坚。

1947年1月

二

我若被虎伤，脸色都不变。
我若被虎吃，决不伤同伴。
死我何可惜，自有擒虎汉。
壮烈九泉下，瞑目笑开颜。

1947年7月

三

生来不是屈服汉，
那怕而今家法严。[①]
绞刑架上心不跳，
断头台上色不变。

1948年6月

四

唤起工农千百万，
信奉马列意志坚。
牺牲小我何可惜，
五殿阎王闹翻天。

1948年10月

咏　怀（附言二节）

砍头何所惧，坐牢心不惊。
革命凌云志，春风吹又生。

诗后附言——
一
我还在人间，
我要看到天的闪光，
生的渺小，
斗的愉快，
死的荣光。

二
搞好庄稼！
才有好收成！②

1949年1月下旬

陈用舒（1922—1949），四川南充人。曾任小学教师、报社记者。1945年加入中国共产党。1946年10月创建武胜县复兴乡地下支部并任书记。1948年参与领导四川岳（池）武（胜）起义，同年底被捕，关押在重庆渣滓洞监狱。1949年11月27日在敌人大屠杀中遇害，壮烈牺牲。作者的诗抒发了自己炽烈豪放的情怀，展现了革命者的雄风。

【注释】

①家法：实际上指国民党的法西斯统治。②附言（二）：意思为必须坚持党的地下斗争，直到取得革命胜利。

金燧

就义诗（两行）

恨无奇策安天下，
死后正气照乾坤！

金燧（1916—1945），四川兴文人。1934年冬参加红军川南游击队，任侦察参谋。1936年春加入中国共产党，任游击支队支队长。曾三次被敌逮捕，坐牢五年。1943年3月出狱后，重新组织游击队，开展武装斗争。1945年9月25日不幸被捕，当夜被枪杀。临刑前，写下这段豪言壮语。

周从化

仗剑虎山行

神州嗟浩劫，四族胜狼群。①
民生号饥寒，民权何处寻？
兴亡匹夫志，仗剑虎山行。
失败膏黄土，成功济苍生。

1948年10月

周从化（1895—1949），四川新都人。1911年从戎入川军，曾任团、旅长。后任国民党集团军总部参谋长，川康绥靖公署参谋处长，师管区司令。1944年加入中国民主同盟。1948年春加入中国共产党。1949年8月21日被捕，同年11月27日英勇就义。

这首诗表现了作者强烈的爱国主义思想和大无畏的革命英雄主义精神。

【注释】

① 四族：指当时国民党的蒋、宋、孔、陈四大家族。

罗世文

望　春

故国山河壮，群情尽望春；
“英雄”夸统一，[1] 后笑是何人。[2]

1946年

罗世文，简介见第116页

1946年8月18日，作者走向刑场，他望着祖国的壮丽河山，仿佛看到了即将到来的胜利。又环顾四周的苍松翠柏，昂首挺胸放声朗诵着这首诗，英勇就义。

【注释】

①“英雄”夸统一：指蒋介石等一直叫嚷着要统一军令、政令。② 后笑：西方谚语，谁笑到最后，谁笑得最好。

单本善

长歌当哭挽先烈

“好人不长寿，祸害一千年。”
本是平常语，孰料成预言。
王叶诸君子，秦邓各时贤。
还有黄齐生，举国闻名焉。
为了和平业，不惜冒天险。
竟在黑茶山，牺牲乃空前！
人不分老少，地无论南北，
莫不齐捶胸，犹如垮半天。
若有上帝，帝不仁。
若有果报，报何偏？
我向死神提抗议，
何让民贼扬眉而吐气。
我向苍穹长太息，
奚令白日云雾常密密？
问天？天不语，
叩地？地不应！
君子求诸己，应把遗志承。
人人要作王若飞，
人人要作邓叶秦，
人人要作黄齐生，
贡献一切为人民。
铲除法西斯，齐把民主兴。

谁谓祸害能千年？
谁道好人不永生？
起兮，起兮！
漫天云雾行将散，
一轮红日快当空。

原载《新华日报》1946年4月19日

单本善（1913—1949），原名单玉书，山东巨野人。早年在川东盐务局工作。1941年从川北投奔延安，中途被反动派截回。1946年冬任《陪都晚报》编辑主任。1949年9月18日被捕，同年11月29日被害于重庆歌乐山松林坡。

这是作言（署名善爱）写的悼念诗，悼念王若飞、叶挺、秦邦宪、邓发、黄齐生等人。他们于1946年4月8日自重庆返回延安，在山西黑茶山一带，飞机撞山失事遇难。

胡秀清

无 题

敌寇残暴乱华年，
揭竿抗战非偶然。
忧国忧民聚涢水，[①]
投笔从戎上洪山。[②]
艰苦磨炼添双翼，
众志成城排万难。
愿得黎民身康健，
血染红旗映中原。

1947年7月

胡秀清（1915—1948），化名周志华，湖北随县人。1938年加入中国共产党。历任中共鄂豫边区委社会部锄奸科科长，鄂豫边公安总局政工处副处长，江汉军区干部团大队长，军分区侦察队队长。1948年春潜入武汉做情报工作，同年6月1日被捕，遭到残酷迫害，9月25日死于狱中，壮烈就义。

【注释】

① 涢水：汉江支流，在湖北省中部。
② 洪山：大洪山，在湖北省中部偏北。

贺致华

奔向太阳

在那些年头，
灯里没有油；
在那些年头，
锅里生了锈。
忽然，
太阳出来啦！
光明来到了人间，
肚子不再发愁。
我们，
新时代的青年，

奔向太阳，
奔向自由。

贺致华（1932—1949），女，广西柳州人。1948年参加都宜忻游击队，后在人民解放军桂西第五团文工队工作。1949年5月，在战斗中英勇牺牲。

此诗是作者在柳州龙城中学读书时写的，曾刊在“奔流社”社刊上。

高波

狱中诗[①]

本为民除害，那怕狼与狗；
身既陷囹圄，当歌汉苏武。[②]

高波（1913—1948），原名高如化，陕西米脂人。1937年入抗日军政大学学习，同年加入中国共产党。曾任八路军留守兵团烽火剧团团长，警备第三旅民运科科长，敌工科科长，新十一旅第一团政委。1947年因叛军出卖而被捕。1948年10月下旬在南京雨花台被害，英勇就义。

【注释】

①此诗系作者被敌人关在兰州集中营期间所写。②苏武：西汉时期，苏武（中郎将）出使匈奴被扣，匈奴多方威胁诱降，又把他迁到北海边牧羊。苏武坚持19年不屈，后因匈汉和亲才被遣回朝。

高厚祖

绝　笔

血是红的！
汗是热的！
要用红的血和热的汗！
才能获得自由之花！

高厚祖（1916—1948），湖北红安人。1931年3月参加中国工农红军。1934年4月加入中国共产党。曾任红军股长、科长，八路军一二九师团政委。解放战争时期任晋冀鲁豫军区第三纵队第七旅政治部主任。1948年在河南病逝。

郭庠生

狱中诗（三首）

一

不学关羽暗保汉，
愿学天祥浩气然。
威武不屈干到底，
不避斧钺直向前。

二

不愿封位不牟利，
为民服务身系狱。

壮志四海天地小，
气吞山河宇宙微。
杀尽人间不平等，
魔鬼不除心难已。
三军夺帅难夺志，
待机而动有其时。

三
革命意志坚如铁，
身临法堂胆不怯。
富贵软诱不移志，
威武硬逼难屈节。
抗日救国不怕死，
为民除魔何惧灭。
只要一口气存在，
坚持斗争永不懈。

就义诗

不怕皮肉烂，但愿党性全；
杀了我一个，还有后来汉。

郭庠生（1911—1947），字瑞卿，河南镇平人。1936年6月加入中国共产党。曾任鄂豫边区洪山公学中共分总支书记，汉（川）黄（陂）孝（感）工作团团长，湖北军分区贸易总局副局长兼黄陂县贸易局局长。1947年7月被捕，11月15日壮烈牺牲。

作者在狱中时，敌人让他写悔过书，他挥笔写下了大义凛然、气壮山河的诗句，作为对敌人的回答。

唐征久

春　残

苔径陂陁阻缘柯，
春光欲尽强登坡。
草长莺乱花容瘁，
室罄四荒菜色多。
十载惨流盈野血，
一瞥仍是破山河。
三江风浪兼天涌，
独立苍茫思远波。

1947年

唐征久（1911—1949），又名唐璜，四川岳池人。1930年加入中国共产党，曾任四川《华西日报》编辑主任，《华西晚报》总编辑。曾两次被捕入狱。1947年秋到南充，负责当地党的地下工作，任支部书记。1948年8月，因联络策动岳池广安武装起义而被捕。1949年11月27日牺牲于重庆渣滓洞监狱。

此诗写于1947年。十四年抗战后，国民党反动派又发动内战，人民伤亡惨重，故说“十载惨流盈野血”。此诗写出了人民控诉暴行，反对内战的心声。

黄明

狱中诗（四首）

八年抗战胜利临，
全国老小喜盈盈；
可恨内战干戈动，
杀害人民好伤心。

反动部队“清剿”起，
指我青年为“奸匪”；
“水漫金山”“老虎凳”，
妄想青年口供认。

坐牢坐到六月天，
人多监小热炎炎；
淡饭还要逼饭钱，
蚊叮蚤咬苦难言。

等呀等呀眼望穿，
老娘翻过山岭来；
眼泪汪汪难接见，
心头好比滚油煎。

黄明（1925—1947），原名金达，浙江余姚人。1942 年加入中国共产党。曾参加浙东游击队，后任区组织干事、特派员。1947 年 3 月 21 日被捕，8 月 10 日被害，英勇就义。此诗为作者牺牲前所写。

黄齐生

答钱老①

自顾偏陬鄙陋姿，②
怯如小草望金枝。③
忆从戊戌维新后，
种下共和革命思。
入死出生无尽险，
翻云覆雨百千奇。
皇天到底不终复，
惭愧群英呼我师。

1946 年

黄齐生，简介见第 48 页。

此诗是黄齐生 67 岁寿辰时所作，是他一生出生入死、追求光明的写照。

【注释】

① 钱老：即钱来苏（1884—1968），吉林梨树人。1943 年抵延安，任陕甘宁边区政府参议。1947 年加入中国共产党。新中国成立后为中央文史馆馆员。1968 年 12 月 3 日病逝。②③ 偏陬：偏僻地区。黄齐生谦称自己如小草，生在贵州偏僻地区。金枝：对钱老的尊称。

黄细亚

一个微笑（五节）

——写在高风的纪念册上

我呵，
来自沙漠中的骆驼，
驮着“寂寞”的流浪者，
离开了“象牙之宫”，
流浪在十字街头……

第一次遇见了你，
我该说些什么？
我应该唱哪一支歌呢？

你，年轻的诗人，
人民的歌手，
向“苦难”跋涉的勇士，
我应该向你呈献些什么……

默祝你，
中国未来的江布尔，[①]
用你响亮的声音，
去唱出人民的“忧郁”；
用你粗壮的字眼，
去吼出人民的愤怒；
用你自己的“血”和“泪”，
蘸着笔，
为历史写下光荣的诗篇，
给自己描下动人的故事。

你，年轻的诗人，
人民的歌手，
希望你，
伸出热情的两臂，
去拥抱古老多病的农村，
去拥抱祖国忧伤的原野；
“去以自己的火点燃旁人的火，
去以心发现心。”
用你笔的斧头，
去砍掉人类的痛苦；
以你诗的镰刀，
去收割人类的幸福。
牢记着吧，诗人！
在凯旋的号声里，
我们将会交换
一个微笑……

1949年6月9日于重庆

黄细亚（1928—1949），女，原名李京兰，湖南常德人。1949年6月加入中国新民主主义青年团，又加入中国民主同盟。曾任《西南风晚报》记者，并从事革命活动。1949年9月13日被捕，11月27日被害于戴公祠的松林坡。

【注释】

① 江布尔：哈萨克民间诗人（1846—1945）。创作了很多反映本民族劳动人民生活和愿望的诗歌。

黄樵松

诗人节①

榴花红，红似血；
热情沸，赤胆裂。
甘愿为国抛头颅，为民洒热血。
红似血，不是血。
忠奸不易识，是非难辨别！
笑耶？哭耶？这诗人节。

1946年

狱中诗②

戎马仍书生，何事掏虎子？
不欲蝇营活，但愿艺术死。

黄樵松，简介见第463页。

【注释】

①此诗是作者1946年端午节所作。②1948年秋，作者来到华北内战前线太原，决定率军起义，不料被部下告密。阎锡山借口召开军事会议，诱作者至绥署扣捕，由于疏忽大意造成举义失败，其诗中"戎马书生"之叹出于此。此诗正是作者被国民党当局扣押后所作。

曹志坚

赠　妻

蜀路险绝道难通，
从来豪士不善终。
一生离合浑似梦，
廿年奔走总成空。
已无寸绩酬初志，
剩有孤魂向萧风。
含笑劝君心莫苦，
几世修来嫁英雄。

曹志坚（1910—1947），原名曹瑞卿，湖北天门人。1938年加入中国共产党。曾任天门区委书记、县委书记，天（门）汉（川）中心县委书记及抗日民主政权天门县行政委员会主席。抗战胜利后，在新四军第五师转移时被俘。1947年在郑州监狱中牺牲。此诗是作者就义前写给妻子的遗作。

董存瑞

誓　言

仇恨满胸怀，
隆化要打开。
推倒三座山，
新中国要用我们双手建起来。

1948年5月

董存瑞（1929—1948），河北怀来人。1945年7月参加八路军。1947年3月加入中国共产党，是东北野战军十一纵队的班长，曾立大功3次，小功4次。1948年5月在解放隆化的战斗中，以自己的身体当支架，手托炸药包炸毁了国民党军据守的桥型碉堡，壮烈牺牲。

这是作者在自己捆好的炸药包上写下的誓言。

谢士炎

就义诗

人生自古谁无死，
况复男儿失意时。[①]
多少头颅多少血，
续成民主自由诗。

谢士炎（1910—1948），又名谢天纵，湖南衡山人。早年毕业于国民党伪陆军大学，抗战胜利后，任国民党军队北平第十一战区长官部作战处处长。1947年2月加入中国共产党，从事情报工作。同年9月27日因叛徒出卖被捕，解往南京，次年10月19日英勇就义。临刑前写下了这首铿锵悲壮的《就义诗》，抒发了革命豪情。

【注释】

① 失意时：指被捕入狱。

楼阅强

愿将热血洒人间

胸怀天宇为民恋，
驰骋疆场战敌顽。
饱尝甘露楼不平，
愿将热血洒人间。

楼阅强(1923—1949)，四川成都人。1947年毕业于中央政治学校，后在川北从事农民运动。1948年加入中国共产党，参加华蓥山农民起义，任西南民主联军川东纵队大队长。1949年9月在战斗中被俘，同年10月28日在重庆慷慨就义。此诗为作者就义前所写。

蔡梦慰

祭（六节）[①]

安息吧，烈士，
请接受这最高的敬礼！
我们不能到坟头来举行奠仪，
甚至于还不知道
你们是否还有一块墓地？
在敌人的监禁中，
我们只有用沉默来包藏着哀痛；

而把你们的碑石呀，
深深的建立在我们的心里。

一年了呵，
你们的尸骨该已化黄土！
而你们英勇的身影，
却活活地显现在革命的火光中，
象一面大旗，
感召着后继者不息的战斗，
感召着我们二百多个人，
在敌人的面前永远不屈，

安息吧，烈士，
请接受这最高的敬礼！
用甚么文词呀，
刻在你们的碑石上，
才能显示你们的忠贞？
把金子扔在粪坑里！
把红顶花翎用脚踢开！②
你们站在利禄的诱惑前，
象一座巍峨的山，
连敌人的头也低低地垂了下来！

烙铁烧焦了胸脯和背，
竹签子钻进每一根指头……
你们熬受着毒刑，
保障了千百个同志的安全。
象铁锤击落在炽热的钢上，
迸射出意志的火星！
敌人愈残酷呀，
愈显出你们的坚毅。

安息吧，烈士，
请接受这最高的敬礼！
当其你们的面前有两条独路，
你们毫无踌躇，
从容地走上刑场，
象去赴一个神圣的约会。
在断头台上，
你们先宣判了敌人的命运，
用震撼地球的声音向全世界播告：
——中国革命胜利！
——中国人民能够胜利！

一年了呵，
胜利的花朵，
在战士们的血泊中蓬勃开放！
你们被害的去年今日，
大半个中国还在罪恶的统治下；
今年今日呀，
人民的军队已经渡过大江，
扫荡着敌人的败兵残将；
不会等到明年的今天，
解放的红旗呀，
将飘扬在中国的每一寸土地，
飘扬在你们的墓头，
飘扬在这黑牢的门口！
无数代享受幸福的人民，
将从不朽的烈士碑上，
读出那代表光荣与庄严的名字：

——中国共产党党员许建业，
——中国共产党党员李大荣。

1949年7月21日

蔡梦慰（1924—1949），四川遂宁人。新闻记者、诗人。民盟盟员。1948年4月被捕，囚于重庆“中美特种技术合作所”渣滓洞。1949年11月27日重庆解放前夕壮烈牺牲。著有长诗《黑牢诗篇》等。

【注释】

①这首诗写于1949年7月21日，是为悼念许建业、李大荣两位烈士牺牲一周年写的。诗中的许建业烈士是中共重庆市委委员、工运书记。1948年4月被国民党反动派逮捕。1949年7月21日壮烈牺牲。李大荣烈士，中共党员，被国民党反动派非法逮捕，囚于重庆“中美特种技术合作所”。1949年牺牲。
②红顶花翎：清朝重要官员头戴红顶花翎冠，表示官阶等级。此比喻敌人诱以高官厚禄。

黎又霖

狱中诗（四首）

一

斜风细雨又黄昏，
危楼枯坐待天明。
溪声日夜咽墙壁，
似为何人数不平。

二

祸国殃民势莫当，
三分天下二分亡。[1]
狱中自古多豪俊，
留待他年话仇肠。

三

卖国殃民恨独夫，
一椎不中未全输。[2]
锒铛频向窗前望，
几日红军到古渝?![3]

四

革命何须问死生，
将身许国倍光荣。
今朝我辈成仁去，
顷刻黄泉又结盟。

黎又霖，简介见477页。

作者于1949年8月被捕，在狱中写了四首《狱中诗》，表达了作者盼望革命胜利的迫切心情和视死如归的豪迈气概。

【注释】

①此句指全国大部分地区已经解放，国民党的反动统治快要灭亡。《论语·泰

伯》：“三分天下有其二。”② 一椎不中：据《史记》记载，秦时张良为报亡国之仇，花重金招募一力士，在博浪沙用铁椎刺杀秦始皇，未遂。③ 古渝：古代称重庆为渝州，今简称渝。

潘仲轩

昨夜吹来西北风

昨夜吹来西北风，
惊醒酣梦坐牢中。
豺狼当道民遭劫，
斗魔战鬼誓不躬。
为民为国学英雄，
视死如归追天祥。
今日无法报母恩，
死后作鬼孝爹娘。

潘仲轩（1911—1949），四川武胜人。1946年参加农民协会。1948年8月参加岳武起义，起义失败后被捕，押入武胜监狱。后监禁在重庆渣滓洞。1949年1月被害。此诗写于武胜监狱。

索引

作者汉语拼音音序索引

（雍华　编）

附录

本书诗词作者中是

1. 中国共产党第一至第七届中央委员、候补中央委员及“一大”代表

王尽美　王若飞
邓中夏　邓恩铭
向警予　关向应
李大钊　何叔衡
何孟雄　陈潭秋
林育南　罗亦农
项　英　赵世炎
恽代英　秦邦宪
顾作霖　夏　曦
高君宇　郭　亮
彭　湃　蔡和森
瞿秋白　方志敏
阮啸仙　杨匏安
（阮、杨二人为中共中央监察委员）

2. 中共军事家

叶　挺　许继慎
段德昌　左　权
彭雪枫　罗炳辉
黄公略　方志敏
刘志丹
（1994年，中央军委确定毛泽东等16位为军事家，其中11位是新中国成立前故去的）

3. 中华苏维埃共和国中央执行委员、候补中央执行委员

韦拔群　方志敏
刘伯坚　刘建中
关向应　阮啸仙
李美群　李赐凡
何叔衡　宋白民（宋盘铭）
陈寿昌　陈潭秋
范乐春　罗炳辉
周以栗　项　英
段德昌　袁国平
夏　曦　顾作霖
高敬亭　黄　道
博　古（秦邦宪）瞿秋白
叶秀藩（叶为中央工农检查委员）

4.（1）为新中国成立作出突出贡献的英雄模范人物

说明：2009年，为深入开展群众性爱国主义教育活动，为迎接新中国成立60周年，经中央批准，中宣部等11个部门联合组织开展评选“100位为新中国成立作出突出贡献的英雄模范人物和100位新中国成立以来感动中国人物”活动。先由广大干部群众提名推荐候选人，根据提名情况确定150名候选人。后由近亿人投票，各选出100名。

马本斋 方志敏
毛泽覃 王尽美
王若飞 邓中夏
邓恩铭 韦拔群
叶　挺 左　权
关向应 刘伯坚
刘志丹 吉鸿昌
向警予 江上青
许继慎 阮啸仙
何叔衡 佟麟阁
吴焕先 李大钊
李公朴 李兆麟
杨开慧 杨虎城
杨靖宇 萧楚女
邹韬奋 陈潭秋
周文雍 周逸群
林祥谦 罗亦农
罗忠毅 罗炳辉
恽代英 段德昌
赵一曼 赵世炎
赵尚志 赵博生
闻一多 夏明翰
黄公略 彭　湃
彭雪枫 董存瑞
鲁　迅 蔡和森
戴安澜 瞿秋白

（2）新中国成立以来感动中国人物

毛岸英

（3）被提名推荐（但未评选上）的候选人

马　骏 古　柏
刘　英 孙炳文
朱自清 何孟雄
张露萍 李子洲
李明瑞 陈毅安
陈赞贤 宛希先
范筑先 续范亭

（4）被写诗的英模（包括英模写英模）

王尽美（王瑞俊） 王若飞
韦拔群 古柏
吉鸿昌 朱锡昂
江竹君 杨闇公
李大钊 李启汉
佟麟阁 林祥谦
武士敏 赵登禹
赵琴仙 赵醒侬
段德昌 闻一多
施　洋 夏明翰
顾正红 廖仲恺
熊大瀛

（附录排名不分先后）